Captifs du doute

*

Retrouvailles clandestines

*

Garde du corps d'une héritière

JENNIFER MOREY

Captifs du doute

Traduction française de
CAROLE PAUWELS

BLACK ROSE

HARLEQUIN

Collection : BLACK ROSE

Ce roman a déjà été publié en 2021

Titre original :
COLD CASE MANHUNT

HARPERCOLLINS FRANCE
83-85, boulevard Vincent-Auriol, 75646 PARIS CEDEX 13
Service Clients — www.harlequin.fr
ISBN 978-2-2805-1674-7 — ISSN 1950-2753

Édité par HarperCollins France.
Composition et mise en pages Nord Compo.
Imprimé en février 2025 par CPI Black Print (Barcelone)
en utilisant 100% d'électricité renouvelable.
Dépôt légal : mars 2025.

FSC
www.fsc.org
MIXTE
Papier issu de sources responsables
FSC® C159065

Pour limiter l'empreinte environnementale de ses livres, HarperCollins France s'engage à n'utiliser que du papier fabriqué à partir de bois provenant de forêts gérées durablement et de manière responsable.

1

L'éclairage tamisé et l'atmosphère raffinée du Pinocchio's de Chesterville n'avaient pas le même charme sans Payton Everett.

Perchée sur un tabouret en cuir en compagnie de ses deux autres amies, Jaslene Chabot savait qu'elle ne plaisanterait plus jamais sur leur bande de copines à la *Sex and the City*.

Il en manquait une.

Pensive, Tatum Garvey remuait la pique garnie d'olives dans son verre de martini.

— Je pense qu'il est temps de tourner la page, dit Catherine Starr.

— Je ne peux pas.

Jaslene ressentait douloureusement l'absence de Payton, et c'était une véritable torture pour elle de ne pas savoir ce qui était arrivé à son amie, une rousse flamboyante aux yeux verts. Journaliste dans une gazette locale, Payton était une femme généreuse qui adorait écrire des chroniques sur des sujets de société, en particulier sur les bonnes actions et les injustices.

— Je ne peux pas non plus, dit Tatum.

Cette blonde époustouflante, à la silhouette de

mannequin, venait de créer son agence d'architecture d'intérieur et avait fait l'objet d'un article élogieux dans un magazine de décoration de premier plan.

— Mais, pourquoi la police ne l'a-t-elle pas retrouvée ? Ça fait quand même sept mois qu'elle a disparu.

— Vous n'avez pas l'air de comprendre que Payton est morte, dit Catherine.

Mariée à un courtier en assurances prospère, elle avait deux enfants et essayait d'en avoir un troisième. Elle n'était pas aussi grande que Tatum, mais elle avait de beaux cheveux noirs, lisses et brillants, et des yeux gris pétillant d'intelligence. Adepte du franc-parler, elle disait tout ce qu'elle pensait.

Bien que choquée, Jaslene ne pouvait contester cette éventualité. Cependant, elle n'était pas encore prête à y faire face.

— Personne ne peut l'affirmer avec certitude, dit-elle.

— L'inspecteur t'a dit que l'affaire allait être classée sans suite, lui rappela Catherine.

En effet, il l'avait appelée pour le lui dire, comme si cela allait suffire à la faire abandonner.

— C'est vrai. Et je vais le voir demain.

— Tu l'as déjà vu plusieurs fois, et ça n'a donné aucun résultat, remarqua Tatum.

Jaslene lui lança un regard agacé. Il n'était pas utile de lui rappeler que son insistance n'aidait en rien à faire avancer l'enquête. La situation était déjà assez frustrante comme ça.

Il n'y avait pas vraiment de piste. La voiture de Payton avait été retrouvée près d'un parc. Avait-elle décidé d'y faire un tour ? Lui était-il arrivé quelque chose pendant qu'elle marchait dans le parc ? Elle n'était pas du genre à fuguer. Elle avait forcément fait une mauvaise rencontre…

— S'il n'y a pas d'indice, personne n'en fera apparaître par magie, dit Catherine.

— Donc, toutes les deux, vous allez simplement laisser tomber ?

Comme aucune de ses amies ne répondait, Jaslene s'enflamma.

— Qu'en penserait Payton, à votre avis ? Vous croyez qu'elle serait heureuse de voir que ses plus proches amies se fichent complètement de savoir ce qu'elle est devenue, et que leur seule envie est de passer à autre chose ?

— Ce n'est pas juste, protesta Tatum. Ce n'est pas parce que nous ressentons le besoin d'aller de l'avant que nous oublierons Payton. Elle fera toujours partie de nous.

— Je ne renoncerai jamais, déclara Jaslene.

Même les proches de Payton avaient arrêté les recherches. S'ils attendaient de savoir ce qui lui était arrivé, ils avaient perdu tout espoir qu'on la retrouve en vie.

Catherine tendit le bras et posa sa main sur celle de Jaslene.

— Tu as toujours été la plus proche d'elle.

Jaslene dégagea sa main, ne comprenant pas comment Catherine et Tatum pouvaient renoncer aussi facilement. Ses amies lui apparaissaient sous un nouveau jour. Elle avait toujours pensé qu'elles seraient constamment solidaires. Quoi qu'il arrive. Maintenant que Payton n'était plus là, ça n'avait plus cours. C'était un peu comme si elle était le ciment qui les maintenait toutes les quatre unies.

— Bien, dit-elle sèchement.

Puis elle sortit son portefeuille de son sac et déposa un billet sur la table.

— Voyons Jaslene, protesta Tatum. Nous ne te laissons pas tomber. Mais nous avons nos familles et nos emplois. Nous ne pouvons pas prendre un congé comme tu l'as fait, et toi tu n'as personne qui t'attend à la maison.

Géologue conseil en environnement, elle avait pris un congé sabbatique et elle était célibataire. Mais cela ne signifiait pas qu'elle n'aurait pas fait la même chose si elle avait eu un homme dans sa vie.

Jaslene se leva.

— Je suppose qu'il n'y a plus aucune raison de continuer ces petites réunions.

— Ne sois pas mélodramatique, dit Catherine. Bien sûr que nous devons continuer à nous voir. Ce n'est pas parce que Payton n'est plus là que nous avons cessé d'être amies.

Jaslene se pencha, une main posée sur la table.

— Je retrouverai Payton, morte ou vivante.

Elle se redressa.

— Vous n'êtes pas obligée de m'aider.

— Jaslene..., protesta Tatum.

— Ne le prends pas comme ça, dit Catherine.

Sans un mot, Jaslene tourna les talons et s'en alla.

Ni Tatum ni Catherine n'essayèrent de l'arrêter. Peut-être en faisait-elle trop... Mais il lui suffisait de penser aux souffrances de Payton, passées ou actuelles, pour conforter sa décision. Jamais, à aucun moment, elle ne renoncerait.

Si Payton était toujours en vie, elle devait espérer de toutes ses forces que quelqu'un continuait à la chercher. Et, même s'il était beaucoup plus probable qu'elle soit morte après avoir disparu depuis si longtemps, Jaslene avait besoin d'en être certaine. Elle n'abandonnerait pas tant que ce ne serait pas le cas.

Elle obligerait la police à poursuivre ses recherches et elle ne cesserait d'insister et d'insister encore, jusqu'à ce qu'ils déploient tous leurs efforts pour retrouver Payton.

La police pensait qu'elle avait été enlevée quelque part dans le parc, mais il n'y avait pas eu de témoin. D'ailleurs personne ne l'avait vue entrer dans le parc, ni ne l'y avait croisée.

— Le chef veut vous parler.

Calum Chelsey leva les yeux et vit la secrétaire du commissaire de Chesterville qui se tenait devant lui, avec un gobelet de café.

— Pour quelle raison ?

— Il ne me l'a pas dit.

Alice lui tourna le dos et s'en alla. Grande et maigre, avec des lunettes à monture de plastique noir, les cheveux tirés en queue-de-cheval, elle était du genre austère et irritable.

Calum avait entendu dire qu'elle était mariée et qu'elle avait deux enfants, et il espérait qu'elle était différente en dehors du travail. Plus heureuse.

Il se leva et se dirigea vers le bureau de son supérieur. La porte était ouverte et le chef Moran lui fit signe d'entrer.

— J'ai une nouvelle affaire pour vous.

Calum s'arrêta devant le bureau de Moran. Formidable ! Encore une enquête à rajouter à sa charge de travail déjà bien remplie.

— Le maire veut que ce soit résolu le plus vite possible.

Vous connaissez Christopher McBride ? Il possède l'usine d'hydrocarbures liquides au sud de la ville

— Je connais cette usine.

— Son fils a été tué la nuit dernière au sortir d'un bar. Je vous mets sur l'enquête. Occupez-vous uniquement de ça. Laissez tomber tout le reste.

— Et l'enquête pour disparition de personne ?

C'était le seul cas qui intéressait Calum. En fait, il estimait que ses compétences n'étaient pas pleinement exploitées dans ce commissariat.

— Je l'ai confié à quelqu'un d'autre.

Calum fut à la fois choqué et terriblement déçu par cette nouvelle.

— Pourquoi moi ?

— Vous êtes mon meilleur inspecteur. Je sais que je peux compter sur vous.

— En quoi est-ce si important ?

— Le maire veut que ce soit résolu le plus vite possible.

Calum n'aimait pas cela. Il n'avait aucun respect pour quiconque faisait passer le statut social d'une personne avant la résolution d'un crime, avant les victimes.

— En d'autres termes, ce Christopher McBride pense qu'il est plus important que Payton Everett et sa famille ?

Moran lui adressa un regard sévère.

— Ne commencez pas.

— Je peux très bien travailler sur les deux affaires en même temps.

Calum tournait déjà les talons quand le commissaire déclara, d'un ton sévère.

— Uniquement le cas McBride. C'est un ordre.

Voilà ce qu'il détestait le plus dans son travail de policier : les ordres. Et aussi le manque d'intégrité. Il avait plusieurs fois exprimé ses opinions en toute honnêteté, et il savait qu'il avait frôlé le renvoi. Si son licenciement n'avait jamais été prononcé, c'était uniquement parce qu'il était le meilleur inspecteur du district.

Calum se tourna lentement vers le commissaire. Il ne pouvait pas renoncer maintenant.

— Je n'ai pas l'intention d'arrêter d'enquêter sur le cas Everett.

Moran cessa de tourner les pages d'un dossier posé sur son bureau et croisa le regard de Calum.

— Je crois que je n'ai pas bien compris ce que vous venez de dire.

— À qui avez-vous confié mon dossier ?

— Walsh.

Walsh n'avait pas l'expérience pour prendre en charge un dossier comme celui-là.

— Ce n'est pas la peine. Je peux très bien prendre en charge les dossiers McBride et Everett.

— Il n'est pas question de savoir ce que vous pouvez ou ne pouvez pas prendre en charge, Chelsey.

Le commissaire avait haussé le ton, et on sentait la colère vibrer dans sa voix.

— Ce qui compte, c'est ce que veut le maire. Maintenant, mettez-vous au travail. J'ai déjà dit à McBride que vous étiez le meilleur. Il vous attend dans la salle de conférences.

Calum ne bougea pas. Quelques jours auparavant, il avait reçu une proposition pour rejoindre une agence privée, Dark Alley Investigations, qui envisageait d'ouvrir un bureau à Chesterville. Ils avaient déjà essayé de le débaucher par le passé, et Calum n'y avait pas vraiment prêté attention, jusqu'à ces derniers jours.

C'était le coup de pouce qu'il lui fallait pour franchir le pas.

— Dans ce cas, vous aurez ma lettre de démission avant la fin de la journée.

Il se tourna à nouveau et quitta le bureau avec un profond soulagement et le sentiment d'avoir pris la bonne décision.

— Chelsey !

Le commissaire s'avança jusqu'à la porte de son bureau.

— Chelsey !

Calum continua à marcher, non sans remarquer que ses collègues s'interrompaient dans leur tâche pour le regarder. Il les ignora tous et entra dans la salle de conférences. Un homme en costume noir vint aussitôt vers lui.

— Inspecteur Chelsey ?

Le deuil que vivait McBride n'entamait en rien l'arrogance du personnage.

— Inspecteur Chelsey ? appela soudain une voix de femme dans son dos.

Calum la reconnut et se retint de soupirer. Décidément, on lui tombait dessus de tous les côtés.

— Eh bien, Chelsey est très demandé aujourd'hui, remarqua un de ses collègues d'un ton pincé.

Calum entendit claquer les talons de Jaslene Chabot tandis qu'elle venait dans sa direction. Il se tourna et la regarda charger vers lui.

— Je viens d'apprendre que le dossier de Payton avait été confié à un autre inspecteur, s'exclama-t-elle.

— C'est exact.

— Pourquoi ce n'est plus vous qui vous en occupez ?

— Parce que j'ai été mis sur une autre affaire.

— Mais... je croyais que vous étiez le plus expérimenté de ce commissariat.

— C'est pour cette raison qu'il va enquêter sur le meurtre de mon fils, intervint McBride.

Les magnifiques yeux bleus de Jaslene se posèrent brièvement sur l'homme, avant de revenir vers Calum.

— Payton a peut-être été assassinée aussi. En quoi cette nouvelle affaire est-elle plus importante ?

— Elle ne l'est pas.

— Il vient de vous dire qu'un autre enquêteur s'occupait de votre dossier.

McBride les avait interrompus d'un ton impatient et se tournait maintenant vers Calum.

— Mettons-nous au travail. Je voudrais vous exposer mes attentes.

Ses attentes ?

Tandis que Calum se contentait de hausser un sourcil, la réaction de Jaslene fut moins nuancée.

— Vous vous prenez pour qui ? s'exclama-t-elle.

Calum avait découvert son caractère emporté dès leur première rencontre. En premier lieu, il avait été frappé par sa beauté, mais leur relation avait immédiatement pris un tour professionnel. Jaslene était déterminée à retrouver son amie disparue, et rien d'autre ne l'intéressait ni ne comptait pour elle.

Il leva les mains.

— Attendez une minute ! Pour commencer...

Il se tourna vers McBride.

— Je démissionne aujourd'hui.

Puis il s'adressa à Jaslene.

— Aucune enquête n'est plus importante qu'une

autre. Les seules personnes qui comptent pour moi, ce sont les victimes.

Il se tourna à nouveau vers McBride.

— Je vous suggère de méditer là-dessus.

— Quoi ?

Outré, l'industriel planta les poings sur ses hanches.

— Comment cela, vous démissionnez ? Mais vous n'avez pas le droit !

— Si vous voulez vous offrir mes services, adressez-vous à l'agence Dark Alley Investigations.

Sur ces mots, il quitta la salle de conférences et se dirigea vers son bureau.

Il s'installait devant son ordinateur pour taper sa lettre de démission, quand Jaslene se posta devant lui. Elle semblait embarrassée.

— Pourquoi avez-vous démissionné ?

— Je ne l'ai pas encore fait.

Il suspendit ses doigts au-dessus de son clavier.

— Mais je suis sur le point de le faire.

Elle prit place sur l'une des deux chaises métalliques inconfortables qui faisaient face à son bureau.

— Pourquoi ?

— Parce que je veux résoudre l'affaire Everett.

— Mais il faudrait que je vous engage pour cela, non ?

— Pas nécessairement. Le principal objectif de DAI étant d'arrêter les criminels, l'agence s'engage à intervenir à titre gracieux si un client n'est pas en capacité de payer. Par ailleurs, je peux apporter mes propres affaires et mener mes enquêtes comme je le souhaite.

— Je peux payer. Et je suis prête à le faire, à condition que vous me laissiez vous aider.

La détermination de Jaslene se voyait dans son regard,

mais aussi dans sa façon de se tenir : dos droit, jambes croisées, mains enserrant son genou. Mais il savait que son apparence prude n'était qu'illusion, et la perspective de travailler régulièrement avec elle n'était pas sans provoquer en lui une petite étincelle de sensualité.

Il n'en restait pas moins méfiant. En dehors du fait qu'elle était particulièrement exigeante en ce qui concernait la recherche de son amie, elle faisait également preuve d'une grande froideur à son égard. Parfois, il percevait l'attirance qu'elle ressentait pour lui, mais elle se ressaisissait toujours avant que cela n'évolue vers quelque chose de plus tangible. C'était encore un des aspects de son fier tempérament. Mais que trouverait-il sous cette carapace de reine des glaces ?

— Vous n'avez aucune expérience, dit-il.

— Je veux être partie prenante.

— Vous voulez dire que vous avez l'intention de me mener à la baguette.

Elle soupira.

— Je ne suis pas comme ça, normalement. Payton est mon amie.

Elle ne manquait jamais une occasion de le rappeler, et il trouvait cette ténacité charmante.

Pour autant, il n'avait pas l'intention de l'encourager dans cette voie.

— Vous me l'avez déjà dit. À plusieurs reprises.

Il commença à taper sa lettre de démission. Elle ne serait pas très longue.

Alice se présenta une fois de plus devant son bureau.

— Le chef veut vous voir à nouveau.

— Je m'en doute. Dites-lui que je serai là dans cinq minutes.

Lorsque Alice s'en alla, Jaslene se cala contre le dossier de sa chaise, adoptant une posture moins rigide.

— Écoutez, inspecteur Chelsey, je sais que je me suis montrée insistante. Mais, je…

Elle soupira et regarda ailleurs.

Calum crut voir ses yeux s'embuer, avant qu'elle ne refoule son émotion.

— Hier soir, j'ai retrouvé mes amies autour d'un verre, et elles m'ont dit que je devrais tourner la page. Elles pensent qu'on ne retrouvera jamais Payton. Elles sont persuadées qu'elle est morte. D'après elles, l'homme qui la harcelait l'aurait tuée.

— Riley Sawyer ?

Elle hocha la tête, visiblement bouleversée.

Calum avait creusé cette piste dès le début. Payton était sortie pendant un an avec Sawyer. Quand elle avait mis fin à leur relation, il avait commencé à la suivre partout, restant garé de longues heures devant sa maison à regarder par les fenêtres. Elle avait obtenu une mesure d'éloignement, mais les choses étaient passées à la vitesse supérieure, et il avait fini par entrer chez elle par effraction. Payton se trouvait alors au téléphone avec Jaslene qui avait aussitôt appelé la police. Sawyer avait été arrêté. C'était la dernière fois qu'il avait essayé de voir Payton.

— Je ne l'ai pas rayé de la liste des suspects, dit Calum. Son alibi est fragile, et il avait un mobile. Mais aucune preuve concrète ne permet d'établir sa culpabilité, comme vous le savez.

— Je ne le sais que trop.

Il n'y avait pas de signe de lutte, pas de sang, pas

d'empreintes… absolument rien. C'était, depuis le départ, le plus frustrant dans cette enquête.

— Mes amies ont renoncé, mais pas moi, ajouta Jaslene.

— Elles s'inquiètent peut-être de votre obsession pour cette affaire.

— Je ne dirais pas que c'est de l'obsession.

Cal se retint de commenter, mais Jaslene l'observait, et elle avait dû comprendre la direction générale de ses pensées.

— Je connais Payton depuis le collège. Nous sommes allées à la même université, où nous avons rencontré deux autres filles avec qui nous avons loué un appartement. Payton et moi avons fait beaucoup de choses ensemble. Nous avions prévu de nous marier le même jour, et d'avoir des enfants au même moment…

Elle soupira.

— Tatum et Catherine ne comprennent pas. Elles ne la connaissaient pas depuis aussi longtemps que moi.

— Eh bien, moi je comprends.

Le regard de Jaslene s'emplit de soulagement et de gratitude. Un doux sourire étira le coin de ses lèvres, et il fut sous le charme.

— Vous avez déjà déjeuné ? lui demanda-t-il.

— Non.

— Que diriez-vous d'aller manger quelque chose et de discuter de la façon dont nous allons procéder ?

Le sourire de Jaslene s'élargit, et il fut cette fois totalement conquis.

— D'accord.

— Il faut d'abord que je donne ma démission.

Elle rit.

— Je vous attends dehors.

Jaslene ne s'attendait pas à ce que Calum soit aussi sympathique. À chaque fois qu'elle l'avait rencontré auparavant, il s'était toujours montré professionnel et concentré sur l'enquête. Aujourd'hui, son comportement semblait... plus personnel. Peut-être parce qu'il se sentait soulagé d'avoir démissionné. En tout cas, elle avait toujours pensé qu'il était le mieux placé pour enquêter sur la disparition de Payton.

Elle était persuadée qu'il était sincère en disant qu'il ne se souciait que des victimes. Il avait également fait preuve de compassion envers elle. Elle ne s'attendait pas à cela, ni à l'élan soudain qu'elle avait éprouvé envers lui. Dès le début, elle avait remarqué qu'il était séduisant, mais elle était tellement préoccupée par la disparition de Payton que ça n'avait pas vraiment d'importance.

Aujourd'hui, Calum quittait son emploi et rejoignait une agence d'investigation privée, en promettant de poursuivre son enquête. Il était son héros.

Il sortit du commissariat, avec ce regard dur qu'elle avait toujours trouvé si difficile à déchiffrer. À présent, elle le trouvait tout simplement sexy dans son costume cravate. Un mètre quatre-vingts, des cheveux sombres, et des yeux bleus d'une nuance plus claire que les siens : c'était typiquement le genre d'hommes qui aurait pu lui plaire en d'autres circonstances.

— Il y a une brasserie sympa en haut de la rue, dit-il.

— D'accord.

Tandis qu'elle marchait à côté de lui, elle s'interrogea sur son apparence. Était-elle à son avantage ? La trouvait-il séduisante ?

— Vous êtes d'ici ? lui demanda-t-il.

— Oui. Ma famille vit ici. Et vous ?

— Du Texas. Je préfère être loin de ma famille.

— Le mouton noir, c'est ça ? Ma famille est très unie. Je suis l'avant-dernière d'une fratrie de quatre.

Parler tempérait quelque peu sa nervosité. Pourquoi était-elle aussi nerveuse, d'ailleurs ?

La brasserie était bondée, et la seule table libre se trouvait près de la vitrine. Même si le ciel était dégagé, il faisait froid, et Jaslene sentait l'air glacé s'infiltrer à l'intérieur. L'hiver s'était installé rapidement cette année. Des feuilles mortes tourbillonnaient dans la rue, éparpillées par la circulation des voitures.

— Et quel métier faites-vous, exactement ? voulut savoir Calum. Je crois que vous avez parlé de géologie ?

— Je suis géologue conseil en environnement. Je travaille sur les énergies renouvelables dans un cabinet de consultants.

— Ça semble très intéressant.

— Au risque de vous choquer, je n'étais pas très intéressée par l'environnement quand j'étais au lycée, mais c'était une filière tendance à l'époque, et l'assurance d'avoir un travail bien payé. Comme tout le monde, je me soucie de l'avenir de la planète mais, sur le plan de la science, ça n'a rien de passionnant. Souvent, je me dis que j'aurais dû choisir quelque chose de plus stimulant, comme la sismologie par exemple.

— Vous auriez été obligée de quitter Chesterville. Il n'y a pas beaucoup de tremblements de terre par ici.

Jaslene sourit. L'idée de déménager ne lui était jamais venue. Elle adorait sa famille et n'imaginait pas ne pas pouvoir faire un saut à l'improviste pour prendre un thé avec sa mère dans la véranda décorée de plantes en pots et de meubles en rotin. Elles pouvaient parler pendant des heures toutes les deux.

— Pourquoi n'aimez-vous pas votre famille ? voulut-elle savoir.

— Je les aime bien… Enfin, plus ou moins.

Il grimaça un sourire.

— Mon père est un ancien militaire reconverti dans l'industrie pétrolière. Il a toujours été très strict, mais le problème n'est pas vraiment là. Ce qui me dérange, c'est sa passion pour les armes, et ses idées politiques. Mon jeune frère, Corbin, a suivi ses traces. Il est cadre dans la même compagnie pétrolière et s'entraîne au tir avec lui. Je n'ai jamais voulu d'un emploi de bureau.

Il haussa les épaules, vaguement désabusé.

— Je voulais être utile, améliorer le monde dans lequel nous vivons, défendre les victimes… Mon père et moi avons eu de nombreuses disputes à propos de mon choix de carrière.

— Et votre mère ?

— Elle s'occupait du ranch familial qu'elle gérait d'une main de fer. Mais elle a toujours laissé mon père prendre les grandes décisions concernant la famille. Je lui en ai beaucoup voulu pour ça, mais les choses vont mieux entre nous maintenant.

— Vous n'êtes que deux enfants ?

Jaslene se demandait pourquoi elle se montrait si curieuse. Jamais auparavant ils n'avaient parlé ainsi.

— J'ai une petite sœur. Elle dirige le ranch familial depuis que ma mère a décidé de prendre sa retraite. Je suis probablement plus proche d'elle.

— Qu'est-ce qui vous a poussé à devenir enquêteur criminel ?

— Mon grand-père a été tué par des braqueurs. Il se trouvait dans une épicerie quand deux hommes ont surgi. Il a essayé de les arrêter, mais l'un d'eux a tiré sur lui. Je l'aimais beaucoup. Sa mort m'a bouleversé.

— Je suis désolée.

Jaslene percevait son chagrin. Même après toutes ces années, son grand-père lui manquait toujours.

Elle détourna le regard, songeant à son propre deuil. Son mari avait été tué aussi.

Avant que la douleur par trop familière ne la submerge, elle s'efforça de la refouler, comme elle le faisait toujours.

— Ça m'a donné envie de poursuivre tous les criminels, reprit Calum. Et je vais continuer à le faire en rejoignant DAI. Je pourrai même être encore plus utile, en aidant des gens qui ne savent plus vers qui se tourner. Ce sera ma plus grande gratification.

Jaslene avait déjà ressenti chez lui cette détermination à traquer les criminels. Il s'était lancé dans l'enquête sur la disparition de Payton avec une opiniâtreté qu'elle n'avait jamais vue chez d'autres policiers. Et pas un instant elle n'avait douté de lui quand il lui avait dit qu'il était confronté à une impasse et que le dossier allait être clos faute d'éléments probants. Elle en avait été désespérée, mais elle n'avait jamais douté de lui car elle savait qu'il n'avait négligé aucune piste.

Alors qu'ils quittaient le restaurant, Jaslene s'émerveilla de la façon dont les choses avaient changé en moins d'une journée. Ce matin, elle ne pensait pas grand-chose de Calum Chelsey. À présent, elle le voyait sous un tout autre jour. Peut-être était-ce dû au fait qu'il comprenait ce que lui inspirait la disparition de Payton... Peut-être était-ce sa dévotion à l'égard des victimes...

Elle s'arrêta à proximité d'une jeep Renegade vert pâle.

— C'est ma voiture.

— Je vous appelle dès que j'aurai trouvé un local commercial pour y installer mon nouveau bureau.

Cela ressemblait à la fin d'un agréable rendez-vous, où ils avaient appris à se connaître sur un plan beaucoup plus personnel que précédemment.

Elle se demanda s'il ressentait les choses de la même façon.

Il se tenait assez proche d'elle, à la hauteur de la portière conducteur. Une lueur indéchiffrable passa dans ses yeux bleus.

— Bien..., dit-elle, en fixant ses lèvres.

Soudain agitée, elle fouilla dans son sac et laissa tomber sa clé.

Il se pencha en même temps qu'elle, et leurs têtes se heurtèrent.

Ils rirent nerveusement et s'excusèrent, et elle le laissa ramasser la clé.

Il déverrouilla la portière à l'aide de la télécommande et la lui tint ouverte.

Elle tendit la main et attendit qu'il lui donne sa clé. Ce faisant, il effleura sa paume du bout des doigts, et elle sentit un frisson brûlant courir tout le long de son bras.

Elle se hissa sur le siège de la jeep et claqua sa portière. Puis elle le regarda par la vitre, l'observant tandis qu'il reculait sur le trottoir.

Lorsqu'elle tourna la clé de contact, elle se rendit compte qu'elle avait besoin de reprendre son souffle.

Tandis qu'elle quittait sa place de stationnement et s'engageait dans la circulation, elle chercha à comprendre ce qui venait de se passer.

Pourquoi lui ? Et pourquoi maintenant ?

Elle n'avait pas la réponse, mais force lui était de constater qu'elle avait déjà hâte que Calum l'appelle.

Puis elle pensa à son mari...

2

— Donc, la reine des glaces n'est pas aussi glaciale que tu le pensais...

Calum jeta un coup d'œil à son associé, Roman Cooper, et se dit qu'il aurait dû s'abstenir de lui faire des confidences sur Jaslene.

— Eh bien non. Elle s'est montrée sous un jour totalement différent, et il se trouve que nous avons passé un très bon moment.

— Elle a apprécié le fait que tu rejoignes DAI, j'imagine.

— Il faut croire, puisqu'elle m'a engagé.

Roman resta songeur quelques instants.

— Ne le prends pas mal, mais je crois qu'elle est comme toi, et que quelque chose s'est produit dans sa vie qui l'a fait se détourner de l'amour.

Calum s'interrogea. S'était-il vraiment détourné de l'amour, ou bien avait-il fini par comprendre qu'il fallait une femme vraiment exceptionnelle pour accepter son métier ?

La porte en verre dépoli du local s'ouvrit, et Jaslene apparut. Sous un manteau trois-quarts en cachemire camel, elle portait un jean glissé dans des bottes fauves à talon qui lui arrivaient aux genoux et un chemisier en soie ivoire à lavallière, dont le style guindé contrastait plaisamment avec l'aspect plus décontracté du reste de sa tenue. Jamais il ne l'avait vu faire autant d'efforts vestimentaires.

L'espoir suscité par la perspective d'une nouvelle avancée dans l'enquête lui avait-il redonné un peu de joie de vivre et l'envie de prendre soin d'elle ? Ou bien l'avait-elle fait pour lui ? L'idée était alléchante, mais il refusa de s'enflammer, conscient que la prudence était de mise.

Il n'empêchait qu'il aimerait bien, un jour, la voir dans une petite robe noire ajustée, avec des escarpins à talons vertigineux.

Elle regarda autour d'elle, avec une petite moue indécise.

Roman et lui avaient loué un espace de bureau dans Main Street, au milieu d'une rangée de boutiques, d'agences et de locaux commerciaux divers. Il y avait une porte au milieu, une minuscule salle d'attente sur la droite, avec une vitrine masquée par un store et un couloir étroit menant à une banque d'accueil des plus sommaires. Tout au fond, une porte métallique ouvrait sur une ruelle sombre et quelque peu effrayante. Sur la gauche se trouvaient deux bureaux en enfilade. Le premier, en façade, était relativement lumineux, tandis que celui situé à l'arrière n'était éclairé que par des soupiraux, et les néons au plafond y étaient allumés en permanence. Roman et lui avaient prévu d'y apporter quelques améliorations, mais cela ferait l'affaire pour commencer.

Tandis que Jaslene s'approchait, Calum sentit qu'elle était à nouveau sur la défensive. Elle ne souriait pas, et il n'émanait plus d'elle cette petite étincelle qu'il avait vue quelques jours auparavant.

Avait-elle l'intention de revenir à une relation uniquement professionnelle ? Ils avaient pourtant commencé à se rapprocher... Quand il lui avait parlé de son grand-père, la sympathie dont elle avait fait preuve l'avait beaucoup touché, et il n'avait pu s'empêcher de se demander quel genre de perte elle avait subi pour faire preuve d'autant de compassion.

— Venez dans mon bureau, dit-il.

Au passage, il remarqua la mine amusée de Roman.

Jaslene le suivit, et il ferma la porte. Elle s'assit sur l'unique chaise destinée aux clients. Le bureau et l'armoire à dossiers prenaient presque toute la place.

— Vous avez progressé ? demanda-t-elle.

Donc, ils en étaient à nouveau là ? Elle s'impatientait et exigeait des résultats. Elle avait peut-être soigné sa tenue pour paraître plus féminine, mais elle avait adopté une approche guerrière.

Heureusement, il avait des nouvelles pour elle.

— Justement...

Il se pencha sur son bureau et trouva le rapport qu'il avait imprimé la veille.

— Vous vous souvenez que j'ai fait passer au peigne fin la maison de Payton ?

— Oui.

— Eh bien, je n'ai jamais dit que je pensais qu'elle avait déjà été fouillée avant.

Elle écarquilla les yeux.

— Pourquoi cela ? Ça semble être une information importante.

— En effet.

— Dans ce cas, pourquoi n'en avez-vous parlé à personne ? Vous auriez pu au moins me le dire à moi.

— Je voulais d'abord en être sûr. Et je ne voulais pas non plus que la presse divulgue cette information.

— Bien. Et qu'est-ce que c'est que ça ? demanda-t-elle, en indiquant le rapport qu'il tenait à la main.

— C'est le détail de ce que la police scientifique a découvert dans l'ordinateur de Payton.

Il déposa le document devant elle.

— Il y avait plusieurs e-mails supprimés de ses boîtes de réception et d'envoi, ainsi que des dossiers effacés. Les experts ont pu en reconstituer assez pour établir que Payton était en contact avec un certain John Benjamin.

— Elle ne m'a jamais parlé d'un homme prénommé John. Or, elle ne me cachait rien.

— Elle avait peut-être ses raisons.

Jaslene hocha la tête et commença à lire.

— John Benjamin est un médecin de la région, dit Calum. Et il est marié.

Jaslene leva brusquement les yeux.

— Payton voyait un homme marié ?

— Il est difficile de dire quelle était la nature de leur relation, mais c'était plus personnel qu'une simple relation médecin-patient. Allez à la page trois.

Jaslene obtempéra, et Calum lui laissa le temps de lire la correspondance électronique. Payton avait commencé par remercier John de l'avoir invitée à déjeuner, avant de suggérer qu'ils se revoient. Le médecin l'avait invitée à dîner, et elle avait accepté. Il avait dit ensuite qu'il l'appellerait.

— Si elle voyait un homme marié, je comprends pourquoi elle ne m'en a pas parlé dit Jaslene. Ça devait la perturber.

Elle écarquilla les yeux.

— Vous croyez qu'il aurait pu la tuer parce qu'elle avait l'intention d'en parler à sa femme ?

— Difficile à dire. Le Dr Benjamin affiche une belle réussite. Il possède plusieurs cliniques, dont une à Chesterville, où il assure des consultations. Il a également fondé une agence de placement d'aides à domicile qui lui rapporte beaucoup d'argent. Il a deux enfants et vit dans une immense propriété à Riverben, le quartier le plus prestigieux de Chesterville. Aujourd'hui, sa maison pourrait se vendre plus d'un million de dollars.

— Payton aurait donc eu une liaison avec un riche médecin ? murmura Payton.

— Ce n'était peut-être pas sexuel.

Calum saisit sa veste sur le dossier de sa chaise et l'enfila.

— Commençons par une petite discussion avec lui, et voyons ce qu'il a à dire.

La clinique avait été construite récemment, et tout y respirait le luxe, depuis le jardin magnifiquement arboré, en passant par le hall de marbre blanc, de verre et d'acier. On leur dit que le médecin était occupé avec un patient, et ils durent attendre. Au bout d'une demi-heure, une jeune femme vêtue d'un élégant tailleur vint les chercher.

Le Dr Benjamin était assis à son bureau et travaillait sur son ordinateur. Il était mince, avec d'épais cheveux bruns coupés court et des yeux noisette. Jaslene lui donnait entre quarante-cinq et cinquante ans, et admettait qu'il était assez séduisant. Mais elle connaissait les goûts de Payton et ne voyait pas comment il aurait pu lui plaire.

Il se leva, révélant qu'il portait sous sa blouse ouverte un pantalon gris anthracite et un polo noir, et permettant à Jaslene d'estimer qu'il mesurait environ un mètre quatre-vingts.

— Mon assistante m'a dit que c'était urgent. Je n'ai pas bien compris qui vous êtes, des sortes de détectives ?

— Calum Chelsey. Dark Alley Investigations.

Il tendit la main.

Le médecin la saisit.

— Qu'est-ce que Dark Alley Investigations ?

Calum prit son portefeuille et en sortit une carte de visite qu'il tendit au Dr Benjamin.

— C'est une agence d'investigation indépendante, spécialisée dans les affaires classées.

Le Dr Benjamin hocha la tête et se tourna vers Jaslene.

— Et vous êtes ?

— Jaslene Chabot

— Ravi de vous rencontrer.

Il s'inclina pour effectuer un baisemain dans les règles de l'art.

— Qu'est-ce qu'une jolie femme comme vous fait avec un détective privé ?

Jaslene retira sa main. Cette façon mielleuse de faire du charme pouvait peut-être fonctionner avec certaines femmes, mais pas avec elle.

— J'enquête sur la disparition de Payton Everett, répondit Calum. Jaslene était son amie la plus proche.

— Payton ? C'est une de mes patientes.

Le médecin plissa le front, perplexe.

— Je suis désolé. Je ne comprends pas.

— Quand l'avez-vous vue, ou lui avez-vous parlé pour la dernière fois ? demanda Calum.

Le médecin réfléchit un moment.

— Oh ! cela fait des mois. Je ne me rappelle pas

exactement. Il faudrait que je demande à mon assistante de vérifier.

— Vous ne l'avez jamais vue en dehors de vos consultations ?

— Non.

— Donc, vous dites que vous ne l'avez jamais invitée à déjeuner ou à dîner ?

— Bien sûr que non.

— La police scientifique a analysé l'ordinateur de Payton, et a retrouvé plusieurs e-mails qui avaient été effacés.

Tout comme Calum, Jaslene guettait une réaction de la part du médecin. Elle n'en vit aucune. Il paraissait seulement perplexe.

— Ces e-mails ont révélé une correspondance entre Payton et vous. Vous avez déjeuné avec elle et pris des arrangements pour un dîner.

Le visage du médecin s'éclaira, comme s'il venait d'avoir une révélation.

— Ah, oui. J'ai effectivement déjeuné avec elle. Payton avait besoin d'un chiropracteur, et je voulais lui en présenter un. Malheureusement, il n'a pas pu venir.

— Il n'y avait donc que Payton et vous, dit Calum.

— Oui.

— Aviez-vous une liaison avec elle ? demanda Jaslene.

Le médecin eut une réaction offusquée.

— Je suis marié.

— C'est pour cela que je parle de liaison.

— Je pourrais avoir des ennuis avec le conseil de l'ordre si j'avais une aventure avec une patiente.

Il ne répondait pas réellement à la question. Esquivait-il

la réalité ? Ou venait-il de reconnaître une liaison par omission ?

— L'avez-vous revue après ce déjeuner ? demanda Calum.

— Je ne m'en souviens pas.

Il ne s'en souvenait pas ? Jaslene n'y croyait pas une seconde.

— L'avez-vous déjà rencontrée en dehors de votre cabinet avant cette fois-là ?

Le Dr Benjamin hésita.

— Vous dites que Payton a disparu ?

— Oui. Depuis sept mois.

— Je l'ignorais.

Il baissa la tête, comme s'il se plongeait dans ses pensées.

— C'est une femme charmante, que j'apprécie beaucoup.

— Vous étiez donc de simples amis ? demanda Calum.

— Effectivement. Mais nous n'étions pas proches. Sinon, j'aurais su qu'elle avait disparu, n'est-ce pas ?

— Il faut croire, dit Calum, non sans une légère ironie dans la voix. Vous avez l'habitude de rencontrer vos patients en dehors de la clinique ?

— Cela peut m'arriver. Payton n'avait pas le temps de venir à la clinique, c'est pour cela que je lui ai proposé de la retrouver au restaurant avec mon confrère.

— L'avez-vous vue à d'autres reprises et pour d'autres raisons ? insista Calum.

— Vous me posez ces questions parce que vous pensez que j'ai quelque chose à voir avec sa disparition ? demanda le médecin, sans parvenir à masquer son agacement.

— Est-ce le cas ?

— Non. Si la police veut m'interroger, je suis à sa

disposition. En revanche, je ne vois aucune raison de répondre à vos questions.

Il était évident qu'ils n'iraient nulle part avec cet homme. Mais Jaslene ne pouvait s'empêcher de se demander pourquoi il avait commencé par nier qu'il avait rencontré Payton en dehors de la clinique.

— Qu'en pensez-vous ? demanda Jaslene, tandis qu'ils se dirigeaient vers le SUV de Calum.

— Je trouve étrange qu'il ait rencontré Payton en dehors de la clinique s'il n'avait pas de liaison avec elle.

— Et qu'il se soit montré si évasif à propos de leur relation.

— Ça peut se comprendre s'il veut protéger son mariage. Et ça ne veut pas dire pour autant qu'il a quelque chose à voir avec sa disparition.

Jaslene s'arrêta soudain de marcher, et Calum suivit son regard.

Assis au volant d'un vieux pick-up Ford, un homme fumait une cigarette en les observant. Il portait une casquette de base-ball sur ses cheveux bruns, mais Calum n'eut aucune difficulté à reconnaître Riley Sawyer.

— Je l'ai vu sur le trottoir devant chez moi, il y a trois semaines environ, dit Jaslene.

— Il vous observait ?

Elle hocha la tête.

— Je l'ai menacé d'appeler la police, et il est parti. Mais pas avant de m'avoir dit que c'était ma faute si Payton était morte. Il a ajouté que, si je ne m'en étais pas mêlée, ils seraient toujours ensemble, et elle n'aurait jamais été enlevée.

— Pourquoi ne me l'avez-vous pas dit ?

Elle haussa les épaules.

— Je ne l'ai plus revu après ça.

— Mais il vous a menacée.

— Il a toujours eu un tempérament excessif. Et je savais qu'il avait été éliminé de la liste des suspects.

— À partir d'aujourd'hui, s'il se passe quoi que ce soit, je veux que vous me le disiez, même si ça vous paraît insignifiant.

Elle hocha la tête.

— S'il m'a reproché la mort de Payton, c'est qu'il ne l'a pas tuée. D'ailleurs, pourquoi l'aurait-il fait ?

— Pourquoi est-ce que les gens tuent ? Il a pu comprendre qu'elle ne lui reviendrait jamais et décider que personne d'autre ne l'aurait. Il a pu aussi la tuer dans un excès de passion, sans en avoir l'intention.

Il vit Jaslene réfléchir à cela, tandis que son expression se teintait de gravité. Riley tira sur sa cigarette, tout en continuant à les dévisager calmement. Elle se frotta les bras, comme si elle était traversée par un frisson.

Soudain, Riley jeta sa cigarette par sa vitre et forma un pistolet avec sa main, en appuyant sur une gâchette imaginaire tandis qu'il visait Jaslene.

Elle eut un hoquet de surprise.

— Est-ce qu'il vient de...

Furieux que l'homme ait osé faire un tel geste, Calum commença à avancer vers lui. Riley démarra et s'inséra dans la circulation.

Calum revint vers Jaslene, posa une main au creux de son dos et la guida vers son SUV.

— On va éplucher à nouveau son alibi.

Il lui ouvrit la portière, mais elle ne monta pas tout de suite en voiture.

— Ça ne vous effraie pas de prendre en chasse les gens comme ça ?

— Non. Au début, je ressentais un peu d'adrénaline, mais je m'y suis vite habitué.

— Au Texas, vous voulez dire ? Que faisiez-vous là-bas.

— J'étais réserviste de l'armée, tandis que j'étudiais le droit et la criminalistique. Ensuite, j'ai été agent de la police d'État pendant quelques années, avant de rejoindre la division des Texas Rangers.

— Puis vous êtes venu ici.

— Oui.

Il n'avait pas envie de parler de ça maintenant. Non seulement c'était trop personnel, mais ça réveillait des souvenirs indésirables.

Elle lui jeta un coup d'œil étrange avant de prendre place dans l'habitacle. Il fit le tour de la voiture et s'installa au volant.

— Pourquoi ici ? demanda-t-elle, tandis qu'il démarrait. Vous auriez pu aller n'importe où pour vous éloigner de votre famille. Pourquoi Chesterville ?

— C'est ici que vit la famille de mon ex-femme.

— Vous êtes divorcé ?

Calum soupira et ne mit pas le contact tout de suite. Elle faisait preuve de trop de curiosité pour abandonner maintenant.

— Depuis deux ans.

— Oh...

Était-ce une erreur de sa part, ou semblait-elle soulagée ?

Il la regarda. La tête penchée, les mains croisées sur son estomac, elle semblait triste. Pourquoi ?

— Ça va ?

— Moi aussi, j'ai été mariée, dit-elle, à voix basse.

— J'espère pour vous que votre divorce n'a pas été aussi compliqué que le mien.

— Je n'ai pas divorcé. Mon mari a été tué pendant un rodéo sauvage sur la route. Il y a deux ans également.

Calum se sentit stupide.

— Je suis désolé.

— Deux chauffards faisaient la course entre eux. Mon mari rentrait du travail et s'est trouvé pris entre les deux. Le conducteur qui se trouvait sur sa droite a sorti une arme pour tirer sur son rival qui se trouvait donc sur la gauche de mon mari. Il a fait feu, et c'est Ryan qui a pris la balle.

C'était horrible. Elle ne devait pas s'en être remise. Roman avait vu juste : quelque chose s'était produit dans la vie de Jaslene, qui l'avait fait se détourner de l'amour. Mais la raison en était bien plus grave que la sienne. Dans quelle mesure était-elle encore amoureuse de son mari ?

Depuis deux ans, le chagrin avait dû la ronger. Et maintenant, elle était confrontée à la disparition d'une autre personne qui lui était proche.

Même si cela pouvait paraître brutal, il décida de lui dire les choses avec honnêteté.

— Jaslene, vous devriez vous préparer à ne pas retrouver Payton vivante. Dans la plupart des cas, quand une personne a disparu depuis si longtemps, c'est son cadavre qu'on recherche.

— Je sais.

Il tendit le bras et posa la main sur la sienne, en un geste de réconfort. Elle sourit, toujours avec tristesse, mais il vit qu'elle était touchée. Cela faisait longtemps qu'il n'avait pas eu d'empathie pour quelqu'un. La trahison dont il avait été victime l'empêchait désormais d'aller vers les autres. Vers les femmes...

— Vous savez, en parlant avec ce médecin, j'ai compris quelque chose...

Calum fut surpris par ce changement brutal de conversation.

— Quoi ?

— S'il a eu une liaison avec Payton, ce n'était pas planifié. Payton n'aurait pas eu de relation avec un homme marié si elle avait pu l'éviter. Ils ont dû tomber sincèrement amoureux... ou tout au moins s'en persuader... Je sais tellement comment ça peut arriver...

Elle tourna la tête vers sa vitre, une main posée sur sa bouche, et il ressentit sa tension.

— Comment cela, vous savez ?

Un mauvais pressentiment envahit Calum. Jaslene avait-elle aussi quelque chose à cacher, tout comme le bon docteur ?

— Avant que mon mari ne soit tué...

Il sut ce qu'elle allait dire, et tout en lui se figea.

— Laissez-moi deviner : vous avez eu une liaison.

Juste au moment où il pensait avoir établi un lien avec une femme, il découvrait qu'elle n'était pas différente de son ex. C'était pour cette raison qu'il n'avait pas beaucoup de rendez-vous amoureux. Il ne faisait plus confiance aux femmes.

Elle lui lança un regard en biais, tandis qu'il mettait le contact.

— Ce n'est pas ce que vous croyez.

Il enclencha la marche arrière et commença à reculer dans la rue.

— Ça ne l'est jamais.

— Pourquoi êtes-vous aussi contrarié ?

— Je ne sais pas... Peut-être parce que je vous croyais plus honnête que ça.

— Quoi ? Comment osez-vous !

— Comment j'ose ? répliqua-t-il, tandis qu'il s'insérait dans la circulation. C'est vous qui avez trompé votre mari. Moi, je n'ai rien à me reprocher.

— Je ne l'ai pas trompé. Pas vraiment.

— Vous avez embrassé quelqu'un d'autre ?

L'absence de réponse de la part de Jaslene lui apprit ce qu'il voulait savoir.

— Votre mari savait ?

— Non. Et je ne comprends pas ce qui vous met en colère. Je n'ai rien fait de mal.

— C'est exactement ce qu'a dit mon ex quand j'ai découvert les textos qu'elle avait échangés avec un autre homme.

— Ah...

Jaslene hocha la tête.

— C'est pour ça que vous avez divorcé. Votre femme vous a trompé, et maintenant vous pensez que toutes les femmes sont infidèles.

— Pas toutes. Mais beaucoup de femmes mentent, ne serait-ce que par omission.

Elle lui lança un regard scandalisé. Il la devinait en colère et offensée. Comment pouvait-elle se considérer comme irréprochable ?

— Vous ne savez même pas ce qui s'est passé.

Il n'en avait pas besoin.

— Ma femme aussi a essayé de se trouver des excuses.

Je n'avais pas envie de l'écouter. Après avoir découvert les textos, je l'ai suivie. Ce que j'ai vu de mes yeux m'a suffi.

— Vous les avez surpris au lit ?

— Exactement. Et, dès le lendemain, j'ai déposé une demande de divorce.

— Vous êtes terriblement amer.

— Vous ne le seriez pas à ma place ?

— Si. Mais ce n'est pas une raison pour juger les autres sans savoir.

Calum ne répondit pas. Il n'avait pas envie de connaître sa version de l'histoire.

Amer ? Oh oui, il l'était. Et il préférait encore rester seul plutôt que de prendre le risque d'être trahi à nouveau.

C'est pourquoi il devait à tout prix réprimer son attirance pour Jaslene. Il ne pouvait pas s'impliquer avec une femme comme elle.

3

Jaslene descendit de voiture en ayant du mal à contenir sa colère.

Il ne lui avait même pas accordé une chance de s'expliquer, préférant la condamner sans savoir.

— Je serai de retour dans une heure, dit-il.

Elle évita de le regarder, l'agacement se joignant à sa colère.

Comment était-il possible qu'elle continue à le trouver séduisant ?

— Très bien.

Elle s'en voulait de ressentir une telle attirance pour un homme si prompt à la juger.

Claquant la portière avec plus de force qu'il n'était nécessaire, elle serra son manteau contre elle et, la tête baissée, luttant contre les rafales de neige, elle trottina jusqu'à l'entrée du Pinocchio's, en prenant garde où elle mettait les pieds.

Catherine et Tatum l'attendaient à une table près de la vitrine.

— Désolée, je suis en retard, dit-elle.

Elle s'assit et frissonna en sentant l'air froid se propager à travers la vitre.

— C'est qui, ce beau gosse ? demanda Tatum.

Jaslene regarda le SUV s'insérer dans la circulation, les essuie-glaces peinant à évacuer les gros flocons de neige qui s'écrasaient sur le pare-brise.

Le profil énergique de Calum était flouté par la condensation des vitres, mais ses traits anguleux et résolument virils tout comme son expression cynique restaient imprimés dans son esprit.

— L'inspecteur Chelsey, répondit-elle sèchement, tout en accrochant la bandoulière de son sac au dossier de sa chaise.

— Le flic dont tu te plaignais ? demanda Catherine.

D'un mouvement d'épaules, Jaslene fit glisser son manteau en arrière et le laissa retomber sur sa chaise.

— Tu sembles nerveuse, remarqua Tatum. Il est toujours dans une impasse avec l'enquête ?

— Il l'a déposée pour le déjeuner, fit remarquer Catherine. Ils se sont rapprochés.

Tatum observa attentivement Jaslene.

— C'est vrai ?

— Elle est très en beauté, aujourd'hui, dit Catherine.

— En effet, reconnut Tatum.

— Vous voulez bien arrêter, toutes les deux ?

Sa tenue n'avait rien de sexy, mais il est vrai qu'elle avait pris un soin particulier à se préparer ce matin, en espérant faire bonne impression sur Calum.

On ne pouvait pas dire que le résultat était à la hauteur de ses espérances.

— Qu'est-ce qui t'est arrivé ? demanda Catherine, avec un sourire moqueur.

— Je ne comprends pas ce que tu veux dire.

— Tu n'as jamais rien eu à dire de gentil sur ce policier,

et maintenant il te dépose pour le déjeuner ? Où étiez-vous avant ? Visiblement, vous étiez ensemble.

— Je suis passée à son nouveau bureau. Il a quitté la police pour rejoindre une agence d'enquêteurs privés.

— Oh ! un homme d'action.

Tatum s'éventa avec la main.

— Visiblement, ce n'est pas le fumiste pour lequel tu essayais de le faire passer.

— Je n'ai jamais dit que c'était un fumiste.

Jaslene chercha des yeux une serveuse, pressée de passer à autre chose avant que ses amies n'exagèrent sa relation avec Calum.

Ce n'était pas parce qu'il l'avait déposée qu'il se passait quoi que ce soit de romantique entre eux. Loin de là !

— Quelqu'un de pas très malin, alors, insista Catherine.

— Je n'ai jamais pensé cela non plus.

Au contraire, elle le tenait pour quelqu'un de supérieurement intelligent.

— J'avais seulement l'impression qu'il n'avait pas beaucoup d'empathie. Mais il a démissionné parce que son supérieur allait le dessaisir de l'enquête.

Tatum rejeta la tête en arrière, surprise, tandis que Catherine suspendait son geste, au moment de porter son verre d'eau à ses lèvres.

— Mince, alors ! s'exclama Tatum. Il a quitté son travail pour toi ?

— Non, pas pour moi. Pour être libre d'enquêter comme il le voulait.

Elle n'avait fait aucun effort pour dissimuler son agacement.

Ses amies échangèrent un regard dubitatif.

— La seule chose qui l'intéresse, ce sont les victimes, insista Jaslene.

— Tu as couché avec lui ? lui demanda Tatum.

La question l'estomaqua.

— Non !

Comment ses amies pouvaient-elles lui poser une telle question ?

Elle n'avait pas pensé à être intime avec un autre homme depuis la mort de son mari. Quant à ce qui s'était passé avant, elle en éprouvait encore de la culpabilité, mais Calum n'avait aucun droit de la juger.

— Je pensais qu'il ne faisait rien pour résoudre la disparition de Payton, dit Catherine.

— Moi aussi. Mais en fait, il remuait ciel et terre. Par ailleurs, il a découvert que la maison et l'ordinateur de Payton avaient été fouillés avant l'arrivée de la police.

Une serveuse se présenta à leur table, mais Jaslene n'avait pas encore eu le temps de consulter le menu.

Lui adressant une moue contrite, elle lui demanda de repasser et poursuivit :

— Payton était en contact avec un homme dont elle ne m'avait pas parlé. Vous saviez qu'elle voyait quelqu'un ?

Tatum secoua la tête.

— Non, dit Catherine. Ton inspecteur a découvert son identité ?

— Nous savons qu'elle a déjeuné une fois avec un médecin, John Benjamin. Il nie avoir eu une liaison avec elle, et affirme qu'elle était seulement sa patiente. Le déjeuner avait pour but de lui présenter un chiropracteur, mais celui-ci n'est pas venu au rendez-vous. Je trouve ça bizarre.

— C'est vrai qu'il n'est pas courant de déjeuner avec son médecin, dit Tatum.

— D'autant que le Dr Benjamin est marié.

Jaslene guetta la réaction de ses amies qui apparurent toutes deux médusées.

— Ça ne ressemble pas à Payton d'avoir une liaison avec un homme marié, finit par dire Catherine.

— Je suis d'accord, approuva Tatum.

— C'est peut-être pour ça qu'elle ne nous en a pas parlé, suggéra Jaslene.

— Une minute...

Jaslene se pencha, en appui sur ses coudes.

— Tu n'es pas en train de dire que ce médecin l'a enlevée et peut-être tuée ?

— Et si Payton l'avait menacé de tout dire à sa femme ?

Jaslene était vraiment curieuse d'avoir l'opinion de ses amies.

— Il lui a peut-être promis qu'il allait quitter sa femme, et elle a pu découvrir qu'il n'en avait pas l'intention.

Catherine secoua la tête.

— Elle n'aurait jamais fait ça.

— Il y a autre chose, reprit Jaslene. J'ai vu Riley l'autre jour. Il a formé un pistolet avec sa main et a fait mine de tirer sur moi.

— L'espèce de petit minable ! s'exclama Catherine.

— Riley te harcèle maintenant ? demanda Tatum. Tu l'as dit à la police ?

— Calum le sait. Je l'ai également vu devant chez moi, il y a trois ou quatre semaines. Et je l'ai croisé plusieurs fois en ville. Ça ressemble à une rencontre fortuite, mais il s'arrête net et me fixe longuement comme il le faisait avec Payton.

— Il a envie de te tuer, suggéra Catherine. C'est bien ça que son geste veut dire, non ?

— En tout cas, c'est comme ça que je l'ai ressenti. Il avait un alibi pour la disparition de Payton, mais Calum va y regarder de plus près.

— Tu l'appelles par son prénom, maintenant ? releva Tatum. Oh ! là, là !

Elle agita les sourcils d'un air entendu.

— Arrête ! protesta Jaslene.

— Que se passe-t-il entre vous deux ? demanda Catherine.

— Rien du tout.

Catherine et Tatum firent la grimace.

— Rien, répéta-t-elle.

— Il est très séduisant, dit Tatum.

— Et viril, ajouta Catherine.

— Il ne se passe rien entre nous, insista Jaslene. En fait, j'ai voulu lui parler d'Ansel, et il a supposé que j'avais trompé mon mari.

— Tu as bien failli le faire, lui rappela Tatum.

Jaslene baissa la tête, honteuse.

Tatum tendit le bras et posa sa main sur celle de Jaslene.

— Excuse-moi. Je sais que c'est un sujet sensible.

— Tu n'as pas trompé Ryan, trancha Catherine. C'est Ansel qui t'a embrassée, pas le contraire. Tu n'as rien fait de mal.

Jaslene aurait aimé que ce soit aussi simple.

Certes, elle n'avait pas été à l'initiative du baiser, mais ce qu'elle avait ressenti lui faisait éprouver de la culpabilité.

— J'ai demandé à mon mari ce qu'il ferait si cela m'arrivait, dit Catherine. Il a répondu qu'il irait casser la figure à l'autre type, et qu'il ferait en sorte que je me sente aimée.

Jaslene s'était-elle sentie aimée par son mari ?

Ryan était géologue comme elle. Ils avaient fait leurs études ensemble. Parfois elle se disait que ce n'était pas une bonne chose qu'ils aient le même métier. Ils ne défendaient pas toujours les mêmes thèses scientifiques et se disputaient souvent sur tel ou tel sujet.

Ils avaient longtemps été les meilleurs amis du monde, avant qu'elle ne succombe à son intelligence et à son physique ténébreux.

Mais, était-ce suffisant ?

Pourquoi un autre homme avait-il embrasé ses sens, quand Ryan n'y était jamais parvenu ?

Elle aimait faire l'amour avec lui, mais elle n'avait jamais été transportée au septième ciel. Elle n'était pas sûre qu'Ansel aurait su libérer sa sensualité, mais un seul baiser avait suffi à lui faire découvrir de nouvelles sensations.

— Rassure-toi, tu n'es pas une femme qui ment et qui trompe, dit Tatum. Tu es intègre et tu respectes les autres.

— Dis ça à Calum.

Jaslene grimaça un sourire pour dissimuler son amertume.

— Il finira par le découvrir tout seul, affirma Catherine.

Le Dr Drake Faulkner, le chiropracteur que Benjamin avait recommandé à Payton, accueillit Calum dans son cabinet.

Grand et mince, il avait des cheveux poivre et sel et des lunettes avec de fines montures en titane.

Lorsqu'il ferma la porte, les bruits du couloir furent considérablement étouffés.

— Merci de me recevoir.

Calum s'assit et nota les piles de dossiers qui encombraient le dessus du bureau et les appuis de fenêtres. Dehors, des flocons de neige tourbillonnaient et venaient frapper les vitres, y laissant de longues rigoles humides.

— Ma réceptionniste m'a dit que c'était important... En lien avec une personne disparue que j'aurais eue comme patiente ?

— Payton Everett.

— Ce n'était pas ma patiente. Elle devait me consulter, mais elle n'est jamais venue.

Il eut une moue désolée.

— Il semblerait que je ne puisse pas vous aider...

— Peut-être que si. Que pouvez-vous me dire sur le Dr Benjamin ?

— Que voulez-vous savoir ?

— Vous a-t-il demandé de déjeuner avec Payton et lui ?

Faulkner hésita.

— Oui, mais j'ai refusé.

— Vous avez refusé ou vous n'êtes pas allé au rendez-vous ?

Le patricien se pencha, les coudes sur son bureau.

— J'ai trouvé la demande du Dr Benjamin contraire à l'éthique médicale.

— Pourquoi ?

— Parce que je n'ai pas de relations personnelles avec mes patients.

— Jamais ?

Faulkner parut vexé.

— Puisque je vous le dis ! S'il voulait que je la voie, il lui suffisait de me demander de la recevoir à mon cabinet. Il n'était pas nécessaire que nous déjeunions ensemble.

— Pourquoi l'a-t-il suggéré, dans ce cas ?

Faulkner haussa les épaules.

— Je n'en sais rien. Il avait peut-être des vues sur elle.

Il se cala contre son dossier.

— Quelle était la nature de votre association avec Benjamin ?

— J'ai travaillé dans sa clinique quand j'ai commencé à exercer, mais j'ai fini par ouvrir mon propre cabinet.

— Pourquoi ?

— J'étais en désaccord avec ses méthodes... Comme celle qui consiste à déjeuner avec ses patients.

— Il était coutumier du fait ?

— Il a toujours mélangé travail et vie privée. Il a réalisé des transactions très lucratives grâce à son seul charisme. Il possède de nombreuses cliniques à travers le pays, et deux agences de services de soins à domicile. Il est multimillionnaire aujourd'hui...

Faulkner haussa les épaules, comme si c'était un détail sans importance.

— Je lui reconnais un grand sens des affaires, mais je trouve ses interactions avec ses patients trop risqués.

— Savez-vous s'il avait une relation personnelle avec Payton ?

— Non. Comme je vous l'ai dit, elle n'est jamais venue me voir, et j'ai quitté la clinique peu après cet incident.

Faulkner se mit à tapoter ses accoudoirs, paraissant hésiter.

— Vous savez, le Dr Benjamin est un homme qui n'obéit à aucune règle à part les siennes.

Cette mentalité était commune à de nombreux criminels.

Le Dr Benjamin était-il responsable de la disparition de Payton ? Si elle avait représenté une menace pour lui, c'était plausible. Mais la crainte que sa femme apprenne leur liaison était-elle un mobile suffisant ?

— Êtes-vous resté en contact avec lui.

— Non. Il n'a pas apprécié ma décision de quitter la clinique.

— Sait-il pourquoi vous l'avez fait ?

— Je n'ai pas dénoncé ses pratiques quand je suis parti. Mon intention n'était pas de lui causer du tort. Mais la plupart de mes patients m'ont suivi, et cela a représenté pour lui une perte de chiffre d'affaires certaine.

— Donc, vous avez démissionné avant la disparition de Payton ?

— Oui. J'ai ouvert mon cabinet quelques semaines après cette invitation à déjeuner. Comme tout le monde, j'ai appris la disparition de Payton en lisant la presse.

— Vous pensez que le Dr Benjamin pourrait être responsable de cette disparition ?

— Je ne le connais pas assez bien pour faire une telle supposition. Je ne sais même pas quelles étaient leurs relations.

N'ayant plus de questions, Calum remercia Faulkner et s'en alla.

Il était temps pour lui d'aller chercher Jaslene.

Alors qu'il se demandait si sa colère s'était calmée, il ressentit l'étrange besoin de se faire pardonner.

4

Jaslene consulta à nouveau l'heure sur son téléphone portable.

Où diable était passé Calum ? Ses amies étaient déjà parties. Tatum devait retourner travailler, et Catherine avait des courses à faire avant d'aller chercher ses enfants à l'école.

Dehors, le vent s'était levé. La neige fondue qui s'abattait sur la rue détrempait tout, les flaques sales accumulées sur la chaussée et les trottoirs offrant un paysage de désolation. Jaslene était prudemment restée à l'intérieur de la brasserie, et guettait derrière la porte vitrée.

Un mouvement de l'autre côté de la rue attira son attention. Un petit chien venait de pointer son nez derrière une benne à ordures, dans une allée entre deux immeubles. Timidement, la tête basse, il fit quelque pas. Il était trempé comme une soupe.

Jaslene ouvrit la porte de la brasserie et s'avança jusqu'au bord du trottoir, attendant une brèche dans la circulation.

Elle traversa d'un pas pressé et s'approcha de la benne à ordures. Le chien la vit et se réfugia aussitôt derrière le métal glacé. Elle jeta un coup d'œil à l'angle de la benne.

La pauvre bête était blottie contre le mur en brique de l'immeuble et tremblait.

Elle se rendit compte qu'il s'agissait d'un très jeune animal, un adorable chien noir, blanc et feu, qui ressemblait à un berger australien. Il n'avait pas de collier et, compte tenu de son état de maigreur et de saleté, il devait être dehors depuis un moment.

— Tu es perdu ?

Le chien garda la tête baissée mais redressa légèrement ses oreilles.

Elle s'accroupit à sa hauteur.

— Tout va bien. Je ne vais pas te faire de mal.

Le chien releva la tête, et Jaslene découvrit des yeux qui contenaient toute la détresse du monde, des yeux d'une magnifique couleur ambrée, assortie aux deux touffes de poils qui lui dessinaient des sourcils.

— Oh ! pauvre bébé.

Elle toucha la tête trempée du chien et commença à la caresser doucement.

— Je vais te réchauffer et te sécher, d'accord ?

Le chien gémit et un violent frisson agita son corps décharné.

Jaslene fit un effort pour refouler ses larmes.

— Comment es-tu arrivé là ?

Elle souleva l'animal avec précaution et vit que c'était une femelle. Écartant son manteau, elle la glissa contre elle.

— Tu t'es sauvée ou quelqu'un t'a abandonnée ?

La chienne se blottit dans sa chaleur, en gémissant de plus belle, et le chemisier de Jaslene ne tarda pas à être trempé.

Revenant vers la rue, elle regarda autour d'elle. Elle

ne vit personne qui cherchait son animal domestique, ni aucune affichette signalant une disparition de chien.

Calum se gara devant la brasserie et vit Jaslene traverser la rue en pressant le pas, contournant son SUV par l'avant pour atteindre le côté passager.

Elle se hissa sur le siège, soutenant quelque chose sous son manteau.

De petits gémissements s'élevèrent dans l'habitacle.

— C'est un chien ? demanda-t-il, incrédule.

— Une chienne. Je l'ai trouvée dans une ruelle.

Calum continua à observer Jaslene quelques instants, bouche bée, puis il s'inséra dans la circulation.

— Vous ne pouvez pas la prendre comme ça. Elle appartient peut-être à quelqu'un.

— Qui laisserait un chien dehors par ce temps ? Surtout si jeune. Même si elle a un propriétaire, je ne pense pas qu'il ait beaucoup de cœur et qu'il mérite qu'on la lui rende.

— Je vous conduis à la fourrière.

Elle tourna vers lui un regard à la fois stupéfait et scandalisé.

— C'est ce que vous feriez ? Vous déposeriez un pauvre animal sans défense à la fourrière ?

Jaslene déposa un baiser sur le sommet du crâne de la jeune chienne.

— Arrêtez-moi plutôt devant une animalerie.

Elle en repéra bientôt une.

— Et si vous vous attachiez à elle ? demanda Calum, tandis qu'ils marchaient vers la boutique.

Jaslene tenait toujours l'animal sous son manteau.

— Eh bien, je la garderais.

— Vous êtes prête à prendre un chien ? Vous décidez ça comme ça ?

— Elle a besoin d'un foyer.

Lui signifiant que le sujet était clos, elle entra dans le magasin et trouva un chariot. Comme elle soulevait la chienne et la déposait dedans, celle-ci recommença à gémir, et essaya d'en sortir.

— Tout va bien, dit Jaslene d'une voix rassurante, tout en repoussant le petit animal d'une main douce mais ferme. Nous allons faire des courses pour toi, ma belle.

Elle dirigea son chariot vers le rayon alimentation, tandis que Calum la suivait en traînant les pieds.

— Vous n'aimez pas les chiens ?

— Si, mais c'est une énorme responsabilité. Ils demandent beaucoup d'attention, contrairement aux chats.

— Vous êtes un homme à chats ?

Elle lui lança un regard surpris par-dessus son épaule.

— Je n'aurais pas cru.

— Je suis un homme qui n'est pas souvent chez lui.

Elle choisit un sac de croquettes, que le petit chien s'empressa de renifler dès qu'elle l'eut mis dans le chariot, et des friandises. Puis elle changea de rayon et sélectionna un panier et son coussin, ainsi qu'un collier et une laisse. Pour finir, elle acheta du shampooing et des dosettes de produit antipuces.

— Si vous tenez absolument à avoir un chien, il faudrait peut-être prévoir des jouets, suggéra Calum.

— Vous avez raison. Je risquerais de me retrouver sans chaussures sinon.

Ils se dirigèrent vers le rayon des jouets. Rieur, Calum défit du présentoir un écureuil en tissu avec une longue queue en panache et l'agita devant elle. Quand il pressa son abdomen, cela fit un petit cri comme celui d'un véritable écureuil.

Jaslene rit et mit le jouet dans le chariot. Elle ajouta une balle et un os en buffle à mâcher, et se dirigea vers la caisse.

— Et si vous deviez rendre le chien ? demanda Calum.

— Vous êtes toujours aussi négatif ?

Il rit.

— Vous dépensez beaucoup d'argent pour un chien qui a probablement un propriétaire.

— J'informerai la fourrière et le refuge et je passerai des messages sur les réseaux sociaux. Mais j'en doute. Regardez la pauvre bête : il est évident qu'elle a été abandonnée.

— Ou qu'elle s'est enfuie. Les chiens ont tendance à fuguer.

— Et voilà que vous recommencez avec votre pessimisme !

— J'essaie juste d'éviter que vous ayez le cœur brisé.

Jaslene venait de laver la petite chienne dans la baignoire, et l'essuyait avec des gestes maternels qui émurent Calum beaucoup plus qu'il n'aurait pu l'imaginer.

— Comment allez-vous l'appeler ?

— Je ne sais pas encore.

Elle l'avait déjà nourrie et abreuvée et avait installé son panier dans sa chambre.

L'enveloppant dans une épaisse serviette, elle s'installa sur le canapé, en la gardant dans ses bras.

Les yeux lourds, le jeune animal posa le menton creux de son coude, soupira et s'endormit.

— C'est comme si vous teniez un bébé.

À peine eut-il prononcé ces mots que Calum les regretta.

— Vous avez pris beaucoup de bébés dans vos bras ? demanda Jaslene, d'un ton quelque peu ironique.

— Non.

— Des neveux ou des nièces ?

— C'était juste une façon de parler.

Mais, par pitié, qu'elle se taise !

— Vous voulez des enfants ?

Et voilà ! Maintenant, il se sentait vulnérable, exposé... Il fit un effort pour paraître détaché.

— J'en ai voulu, à une certaine époque.

— Mais plus maintenant ?

— Je ferais mieux d'y aller, dit-il, sèchement.

— Très bien. Laissez-moi mettre Rapunzel au lit, et je vous accompagne jusqu'à la porte.

Apparemment, elle avait trouvé un nom pour la chienne. Mais pourquoi voulait-elle qu'il attende. Ne pouvait-elle le laisser s'en aller maintenant ? À moins qu'elle ne veuille l'interroger encore sur son envie d'avoir des enfants...

Elle emmena la chienne dans sa chambre et, bien qu'il se sente stupide d'attendre, il resta posté dans l'embrasure de la porte du salon, observant la pièce, plus fonctionnelle qu'accueillante.

En l'entendant revenir, il se tourna vers elle.

— Hum...

Elle passa les doigts dans ses cheveux blonds.

— Le trajet n'est pas long, dit-il en désignant la porte.

Elle rit nerveusement et laissa retomber sa main.

— En fait, je vous ai demandé d'attendre, parce que je voulais savoir… Enfin, ça ne me regarde pas, bien sûr…

Bon, il avait vu juste.

— Je ne veux plus d'enfants aujourd'hui, parce que j'en voulais avec ma femme, et cette dernière m'a montré que certaines personnes ne pensent pas ce qu'elles disent.

— Mais elle n'avait probablement pas prévu de rencontrer un autre homme. Et je suis certaine qu'elle n'avait pas l'intention de vous faire souffrir.

Elle tendit les mains vers lui.

— Regardez-vous : vous êtes un bel homme. Elle devait se considérer chanceuse de vous avoir.

— Non. Elle pensait que c'était moi qui avais de la chance de l'avoir.

La façon dont il s'était jeté à corps perdu dans cette relation le rongeait. Il se sentait stupide de ne pas avoir reconnu les signes pourtant évidents qu'elle ne l'aimait pas.

Il soupira.

— Et le pire, c'est que maintenant elle a fondé une famille.

— Oh…

Elle lui toucha brièvement l'avant-bras.

— Maintenant, je comprends pourquoi vous êtes aussi amer.

Il s'efforça d'ignorer la douce chaleur qui se propageait dans son bras au contact des doigts de Jaslene.

— Je ne suis plus un rêveur. Les gens meurent. Les gens tuent. Les gens couchent à droite et à gauche et divorcent…

— Tous les mariages ne sont pas des échecs.

— On dit que le taux de divorces est de cinquante pour cent, mais je dirais plutôt soixante-dix pour cent.

— Vous devriez peut-être essayer de tourner la page.

— J'ai tourné la page.

Jamais plus il ne ferait cette erreur.

— Pas du tout. Vous pensez que toutes les femmes sont aussi peu dignes de confiance que votre ex.

— Pas toutes.

— Je n'ai pas trompé mon mari.

— Parce que vous n'en avez pas eu l'occasion.

— Quoi ?

Une main à plat sur son torse, elle le repoussa d'un geste brusque.

— Vous ne savez rien de moi !

— Et c'est aussi bien comme ça !

Sur ces mots, il se dirigea vers la porte et sortit.

Tandis qu'il se dirigeait vers sa voiture, Calum remarqua un pick-up garé de l'autre côté de la rue. Le véhicule lui était familier, et il ne tarda pas à reconnaître Riley Sawyer.

Bon sang, ce type ne manquait pas de toupet ! Il ne se souciait même pas d'être vu.

Inquiet pour la sécurité de Jaslene, il se dirigea vers le côté conducteur et fut encore plus surpris de voir Riley baisser sa vitre.

— Qu'est-ce que vous fichez ici ? lui demanda-t-il.

— J'attends Jaslene pour lui parler.

Cela semblait pour le moins curieux. Pourquoi attendre dans sa voiture, au lieu d'aller frapper à la porte.

— Qu'avez-vous à lui dire ?

— Je veux savoir si elle se sent coupable d'avoir causé la mort de Payton.

— Comment savez-vous qu'elle est morte ?

— Si elle était en vie, il y a déjà longtemps qu'elle serait revenue vers moi. D'ailleurs, elle ne m'aurait jamais quitté si Jaslene ne s'en était pas mêlée.

— Libre à vous de le croire. Mais, si vous continuez à harceler Jaslene, je vais devoir vous faire arrêter.

Riley démarra son pick-up.

— Elle va payer pour ce qu'elle a fait, et vous aussi si vous continuez à traîner avec elle.

— J'aimerais bien voir ça. Si vous vous approchez d'elle à plus de deux mètres, vous aurez affaire à moi. Ne revenez plus ici.

Calum regarda à l'intérieur de la cabine du pick-up. Il y avait beaucoup de canettes vides et d'emballages de nourriture, comme si Riley y passait le plus clair de son temps.

Riley bougea sur son siège, et Calum repéra un pistolet dans sa main droite. Il le cachait sous sa cuisse, mais une partie de la crosse était visible.

Il chercha le regard de l'homme.

— Pourquoi avez-vous une arme ?

Riley démarra dans un crissement de pneus.

Calum courut jusqu'à son SUV, mit le contact et fit précipitamment demi-tour pour suivre le pick-up.

Il suivit Riley à travers la ville, jusqu'à un bar malfamé appelé Harley's Tavern. La nuit de la disparition de Payton, Riley se trouvait justement dans ce bar.

Le parking était en piteux état, avec son goudron craquelé où poussaient des mauvaises herbes et son éclairage défectueux. Riley s'y gara, jeta un coup d'œil à Calum qui stationnait dans la rue et s'engouffra dans le bar.

À présent qu'il travaillait dans le privé, Calum ne

pouvait plus l'arrêter, mais il pouvait aisément arranger cela. L'homme représentait une menace évidente pour Jaslene, et Calum se sentirait beaucoup mieux s'il était placé en détention.

En entrant, Calum fut assailli par la musique country que diffusait un juke-box. Un groupe d'hommes jouait au billard, tandis que d'autres s'entassaient au bar. Seule une des six tables était occupée par deux femmes exagérément maquillées, en jeans moulants et blousons de cuir.

— Où est allé l'homme qui vient d'entrer ? demanda-t-il au barman.

L'homme désigna les toilettes d'un signe de tête.

Calum pressa le pas vers le couloir, vit la porte des toilettes ainsi qu'une autre porte au fond. Le temps qu'il l'atteigne et l'ouvre, il entendit le bruit d'une moto. Courant dans la ruelle, il vit Riley s'éloigner. Avait-il garé une moto à cet endroit ou l'avait-il volée ?

Il retourna dans le bar.

— Vous connaissez ce type ?

— Ouais. Riley Sawyer. C'est un habitué. Il avait l'air bien pressé. Il a encore des ennuis ?

— Nous nous intéressons à lui.

— Vous êtes flic ?

— Je l'étais. Je suis détective privé maintenant.

— Les flics sont venus poser des questions ici quand cette fille a disparu.

— Riley a complètement changé depuis, dit l'un des hommes assis au bar. C'était sa petite amie.

Il avait les paupières bouffies et les cheveux gras, et son jean crasseux empestait. Comme presque tous les autres clients, il portait un blouson de cuir.

— Sa petite amie ?

— Il n'arrête pas de parler d'elle, dit le barman, en passant une éponge sur un coin du zinc.

— Elle avait obtenu une ordonnance restrictive contre lui avant de disparaître, dit Calum.

— Il ne l'a jamais mentionnée, dit le client.

— Il se conduit bizarrement ces derniers temps.

Le barman servit deux bières, et une serveuse les emporta sur un plateau.

— Seulement ces derniers temps ? s'étonna Calum. Ça fait des mois qu'elle a disparu.

— Ça l'a perturbé, bien sûr. Mais il est de pire en pire.

— Complètement dingue, ajouta le client.

— Sa nouvelle lubie, c'est de laisser une moto garée dans la ruelle, ajouta le barman.

— Pour quelle raison ?

— Parce qu'il n'a pas de place chez lui.

Ou plutôt pour pouvoir s'enfuir rapidement s'il était poursuivi.

Calum chercha des yeux la serveuse qui avait servi Riley la nuit où Payton avait disparu.

— Je ne vois pas Sharon.

— Elle ne travaille plus ici.

— Merci, dit Calum.

Puis il se dirigea vers la porte en portant son téléphone à son oreille.

Il allait rapporter l'incident à la police. Même s'il avait du mal à considérer Jaslene comme une victime, elle pourrait le devenir.

D'ordinaire, il enquêtait sur des morts. Il était rare qu'il ait la chance d'empêcher qu'il soit fait du mal à une personne en vie.

5

Le lendemain matin, Jaslene tendit à Calum quelques affichettes où figuraient son numéro de téléphone et une photo de Rapunzel.

Elle redoutait de faire cela. Surtout maintenant qu'elle avait donné un nom à l'adorable petite chienne et commençait à s'y attacher. Mais c'était son devoir de tout faire pour retrouver le ou la propriétaire de l'animal.

Calum punaisa une affichette sur un poteau en bois.

— Qu'allez-vous faire si quelqu'un répond ?

— La rendre. En attendant, j'ai pris rendez-vous avec un vétérinaire pour vérifier si elle a une puce d'identification, et aussi vérifier son état de santé.

— Je suis sûr que vous croisez les doigts pour que personne ne la réclame.

— Exact.

Elle fixa une affichette sur un réverbère avec de l'adhésif.

— Nous avons fait la même chose pour Payton, mes amies et moi. Sans comparer les humains aux chiens, bien sûr. Nous nous sommes vraiment démenées pour la retrouver.

Elle avait espéré de tout son cœur que quelque chose ressortirait de leurs efforts, mais ils n'avaient rien donné.

Des flocons de neige tourbillonnaient autour d'eux, créant autour des réverbères un halo irréel, tandis que sa respiration et celle de Calum dessinaient de petits nuages de buée dans l'air froid.

Les grilles ouvragées du jardin public recouvertes de neige ressemblaient à une dentelle délicate, et la ville à un décor de carte de vœux.

Le centre de Chesterville avait le charme quelque peu suranné de l'Amérique provinciale, avec son bureau de poste en briques rouges, flanqué de son drapeau ; sa banque à la façade impressionnante flanquée de quatre piliers de marbre soutenant un fronton, à la manière d'un temple antique, ses boutiques semblant appartenir à une autre époque, comme celle du quincaillier ou du grainetier...

Jaslene jeta un coup d'œil à Calum, surprise par sa gentillesse. Il n'était pas obligé de venir l'aider à poser les affichettes.

En fait, il avait mieux à faire.

— Je sais que vous avez interrogé ses collègues, mais avez-vous regardé les articles qu'elle écrivait ?

— Je n'avais rien remarqué de particulier avant que nous nous intéressions au Dr Benjamin. Après ça, j'ai revérifié. Il se trouve qu'elle a fait un papier sur lui.

— Je peux le voir ?

— Bien sûr.

Calum chercha l'article sur son téléphone et le lui montra.

Jaslene s'arrêta au milieu du trottoir, cala son paquet d'affichettes sous un bras et commença à lire. C'était une chronique assez élogieuse sur la réussite de Benjamin, et Payton s'y réjouissait qu'une de ses cliniques soit précisément implantée à Chesterville.

— Comment vous êtes-vous rencontrées ? lui demanda Calum.

Jaslene lui rendit son téléphone et ne put retenir un sourire attendri en évoquant le souvenir de Payton.

— Sa famille s'est installée ici un an avant son entrée au lycée. Ses grands-parents maternels étaient originaires de Chesterville. Payton n'était pas très heureuse de ce changement. Elle avait quitté ses amis et ne connaissait personne pour sa dernière année de collège.

— N'importe quel adolescent aurait trouvé cela difficile.

— Son casier était à côté du mien. À la minute où je lui ai dit bonjour, j'ai su que nous allions devenir amies. Plus tard, nous avons découvert que nos grands-parents étaient amis. Nous avons fait toute notre scolarité ensemble.

Jaslene se remit à marcher.

— À l'université, nous avons partagé une chambre sur le campus la première année. Puis nous avons trouvé une maison à louer. Nous avons mis une annonce pour trouver deux autres colocataires, et Catherine et Tatum se sont présentées.

Elle jeta un coup d'œil à Calum par-dessus son épaule, tandis qu'il traînait en arrière.

— Nous ne faisions pas beaucoup la fête, comme les autres étudiants. Nous aimions bien nous amuser de temps en temps, mais nous avions toutes des rêves de réussite en tête, et les études étaient primordiales pour nous.

— Je faisais beaucoup la fête. Et les filles m'intéressaient beaucoup plus que les études.

— Oh !

Jaslene fit mine d'être choquée.

— Je me suis calmé quand j'ai commencé à travailler

mais, je crois que j'avais besoin de liberté après avoir vécu sous la poigne de fer de mon père.

— Il était si dur que ça ?

— Il n'a jamais levé la main sur nous, mais il avait un caractère emporté et ne supportait pas que nous ayons un avis différent du sien. Or, il se trouve que j'étais en totale opposition avec ses idées et ses valeurs. Il n'y avait que mon grand-père qui me comprenait.

Soudain, la neige se mit à tomber dru, et Calum la prit par la main pour l'entraîner vers un pub tout proche.

Jaslene frappa ses semelles sur le paillasson et secoua ses cheveux pour en déloger les flocons. L'odeur des hamburgers lui rappela qu'elle avait pris son petit déjeuner de fort bonne heure.

Installée dans une alcôve aux banquettes capitonnées, elle ôta ses gants et son écharpe, les posa sur la table et tendit son manteau à Calum pour qu'il l'accroche avec sa veste au portemanteau perroquet.

Une serveuse se présenta, et ils commandèrent des hamburgers, ainsi qu'un café pour Calum, et un thé pour elle.

— Quelle est la chose la plus folle que vous ayez faite ? demanda Calum. À part votre liaison ?

— Je n'ai pas eu de liaison. Arrêtez avec ça.

Il eut la bonne grâce de paraître contrit.

— Désolé. Vous ne m'avez toujours pas dit ce qui s'est passé.

Et elle n'en avait pas envie maintenant.

— En fait, j'ai mené une existence beaucoup plus ennuyeuse que la vôtre. J'ai respecté la promesse faite à mes parents de toujours être rentrée à la maison à

22 heures, j'ai eu de bonnes notes au lycée et à l'université et j'ai travaillé dur une fois adulte.

Leurs boissons arrivèrent, et Jaslene se réchauffa les mains autour de sa tasse de thé.

— Comment était votre grand-père ?

Elle se disait que c'était la meilleure façon de mieux connaître Calum, sans paraître trop curieuse.

Le visage de ce dernier s'éclaira, et elle ressentit l'amour qu'il avait pour cet homme.

— C'était un ancien mineur de fond, qui fumait et buvait du whisky. Il ne s'enivrait jamais, cependant. Il aimait les gens, sans distinction de couleur de peau ou de statut social. Pour lui, personne n'était supérieur à quelqu'un d'autre.

Elle le laissa rester dans ses souvenirs un moment, en sachant que cela lui faisait du bien.

— C'était plus un père pour moi que ne l'était le mien.

Il regarda par la vitrine la neige qui tombait en gros tourbillons sous l'effet du vent.

— Je passais tous mes week-ends et toutes mes vacances chez mon grand-père. On jouait aux cartes et aux échecs. Il m'emmenait à des matchs de football et à la pêche... Mon père et lui se disputaient tout le temps. Ils ne s'entendaient pas du tout. Grandpa disait souvent qu'il avait mal élevé son fils... C'était mon meilleur ami.

Le visage de Calum s'assombrit, et elle fit un effort pour ne pas lui prendre la main.

— Quand est-il décédé ?

— Juste après mon entrée à l'université.

Il détourna les yeux et fixa la rue à travers la vitre.

Jaslene ressentait le profond amour qu'il avait pour son grand-père, tout comme la profondeur de son chagrin.

Quel dommage que cet homme ait disparu alors qu'il entrait dans les années les plus formatrices de sa vie.

Abandonnant son observation de la rue, Calum posa les yeux sur elle, et un moment de chaleureuse complicité passa entre eux. Parler de son grand-père l'aidait à s'ouvrir, qu'il s'en rende compte ou non.

— Quand avez-vous parlé à votre père pour la dernière fois ?

— Il y a au moins trois ans. Il ne me téléphone jamais, donc je ne dois pas lui manquer. Personne de la famille ne m'appelle jamais.

Ils étaient trop occupés à travailler, à gagner de l'argent. En tout cas, elle imaginait que c'était ce que dirait Calum.

— Ils pensent peut-être que vous n'avez pas envie qu'ils vous appellent.

— Croyez-moi, ils ne veulent pas me parler. Ils savent que je n'apprécie pas leur façon de vivre.

— Mais c'est votre famille. Vous devriez peut-être faire un effort pour vous entendre. Ou bien, tomber d'accord sur le fait que vous ne serez jamais d'accord.

Calum eut un rire cynique.

— Newman en serait bien incapable.

Newman devait être son père. Apparemment, Calum était persuadé qu'il fallait faire comme le voulait son père, ou ne rien faire du tout.

— Vous pourriez expliquer à votre père ce que vous ressentez.

— À quoi bon ?

— Tout le monde a besoin de l'amour de ses parents.

— Je ne pense pas que vous puissiez comprendre. Vous ne savez pas ce que c'est de grandir parmi des gens qui ne se soucient absolument pas les uns des autres.

Jaslene décida de ne pas insister. Il n'était pas prêt à résoudre le problème, et ce n'était pas à elle de l'éduquer. Il n'avait pas besoin qu'on lui donne des leçons sur la façon d'aimer. Et, de toute façon, après le deuil qu'elle avait subi, elle n'était probablement pas la mieux placée pour ça.

Le lendemain, Calum se gara devant l'immeuble de Riley, et laissa tourner le moteur. La tempête était passée, laissant dans son sillage des températures particulièrement fraîches.

— Il n'a pas l'air d'être chez lui, dit Jaslene.

Elle avait raison. Ils étaient arrivés assez tôt pour le prendre en filature s'il partait travailler. En lisant les rapports de police, Calum avait appris qu'il était cadre dans une entreprise de technologie. Quelques semaines plus tôt, avant qu'il n'intègre Dark Alley Investigations, il avait discuté avec la responsable des ressources humaines de West Virginia Tech, qui lui avait appris que Riley était toujours en période probatoire du fait de la traque exercée envers Payton. Ce que la responsable des ressources humaines ignorait, c'était qu'il avait été accusé de harcèlement sexuel sur son ancien lieu de travail.

— Vous pensez qu'il a quitté la ville ?

— C'est possible.

Calum prit son téléphone et appela West Virginia Tech. Après quelques transferts, il parvint finalement à être mis en relation avec le supérieur direct de Riley.

— Cela fait deux jours qu'il n'est pas venu au travail. Nous ne savons pas où il est. Vous savez s'il lui est arrivé quelque chose ?

— Non. Nous essayons de le localiser pour lui poser des questions concernant une disparition.

— Vous pensez qu'il est impliqué dans la disparition de Payton Everett ?

Calum ne voulut pas éveiller ses soupçons.

— Nous devons seulement l'entendre en qualité de témoin, pas de suspect.

— Eh bien, il a un comportement étrange depuis des mois. Et s'il n'a pas une bonne excuse pour n'être pas venu travailler, je vais être obligé de le licencier.

— A-t-il exprimé des sentiments à propos de Payton Everett ?

— Pas à moi. Mais son collègue le plus proche m'a dit qu'il était très perturbé de ne pas parvenir à la retrouver.

Riley recherchait Payton ? Ou bien, avait-il dit cela pour s'innocenter ?

— A-t-il parlé de Jaslene Chabot ?

— Je l'ignore.

Calum mit fin à la communication.

— Nous pourrions essayer de joindre sa famille, suggéra Jaslene.

— Je vais d'abord voir si je trouve quelque chose dans son appartement. Attendez-moi ici.

— J'ai les pieds gelés.

— Vous auriez dû le dire, j'aurais augmenté le chauffage.

— Ils se réchaufferont si je bouge.

Elle ouvrit sa portière et sortit avant qu'il ait pu insister pour qu'elle reste.

Ils marchèrent vers l'immeuble de bon standing. Leurs semelles craquaient sur la neige tassée, et leur respiration dessinait de la buée dans l'air froid.

Jaslene était vêtue chaudement d'une robe en laine

noire à col roulé portée avec d'épais collants et des bottes, et d'un long manteau noir qui lui battait les mollets.

Il n'y avait pas de piétons dans la rue, et les voitures circulaient au ralenti.

Ils montèrent à pied jusqu'au deuxième étage et trouvèrent l'appartement de Riley.

Calum sonna et attendit un moment. Comme personne ne répondait, il regarda de part et d'autre du couloir et sortit une pochette avec des instruments de serrurier.

— Ce n'est pas illégal ? lui demanda Jaslene, dans un murmure.

— Nous n'allons rien prendre. C'est juste une recherche d'information. Je trouverai un moyen légal plus tard, si je découvre quelque chose ici.

Il déverrouilla la porte en quelques minutes, et ils entrèrent.

Riley n'était pas chez lui. Dans la chambre principale, la porte de la penderie était ouverte, et des vêtements gisaient au sol.

Il n'y avait ni valise ni sac de voyage, et Calum en déduisit que Riley avait dû empaqueter quelques affaires à la hâte.

— Par ici, appela Jaslene.

Il la découvrit dans la seconde chambre.

Elle avait ouvert la porte de la penderie. La tringle et les étagères avaient été enlevées, et les murs étaient couverts de photos de Payton.

— Je ne peux pas dire que ça me surprend, dit Calum.

— Moi non plus.

Jaslene désigna des emplacements vides.

— On dirait qu'il en a emporté certaines avec lui.

— Bien vu.

6

Le lendemain soir, Jaslene et Calum entrèrent chez Harley's, où Calum avait poursuivi Riley et perdu sa trace.

En entrant dans la taverne délabrée, Jaslene comprit que l'homme avait une double vie. Il avait un bon salaire chez West Virginia Tech et pourtant il traînait dans le bar le plus mal famé de Chesterville.

Calum avait fait jouer ses relations et découvert que Riley allait souvent à Las Vegas pour jouer et s'arrêtait tous les soirs chez Harley's après le travail.

Elle suivit Calum à travers le bar.

La soirée semblait calme. Deux tables seulement étaient occupées. L'une par un barbu aux cheveux longs et gras, vêtu d'un sweat-shirt sale et déchiré et une femme en surpoids au visage bouffi par l'alcool, l'autre par deux ouvriers d'un chantier de construction.

— Vous avez retrouvé Riley ? demanda le barman. Il n'est pas revenu ici depuis l'autre jour.

— Pas encore. Je voudrais parler à Sharon. Vous m'avez dit qu'elle ne travaillait plus ici, mais vous savez peut-être où je pourrais la trouver.

— Je l'ai virée. Elle buvait pendant le service.

Jaslene ne se rappelait pas avoir lu ça dans les rapports que Calum lui avait laissé lire après son départ de la police.

— Elle avait bu, la nuit de la disparition de Payton, quand elle a prétendument servi Riley ?

— Je n'en sais rien. Personne ne s'est plaint ce soir-là. Mais comme elle buvait tous autres les soirs, je suppose que oui. Les employés se plaignaient de son haleine et de devoir faire le service à sa place.

— Vous l'avez signalé à la police ? lui demanda Calum.

Le barman haussa les épaules.

— Je n'en voyais pas la nécessité. Et puis vous avez parlé avec elle. Vous auriez pu vous en rendre compte par vous-même. Ou l'apprendre par des clients, étant donné que vous avez interrogé tout le monde ici pendant plusieurs jours.

— Moi, je n'ai pas été interrogé, dit un homme, à l'autre bout du bar.

Jaslene se tourna vers lui.

Rasé de près, avec des cheveux noirs et ondulés qui lui tombaient aux épaules et le regard vif, il semblait en bonne santé. S'il buvait beaucoup, ça ne se voyait pas.

— J'ai entendu parler de la disparition, mais je ne savais pas que les flics étaient venus ici poser des questions.

Calum et elle se rapprochèrent de l'homme.

Il tendit la main à Calum qui la serra vigoureusement.

— Hewitt Sadira.

— Calum Chelsey. Et voici Jaslene Chabot.

L'homme lui adressa un signe de tête.

— Vous connaissez Riley Sawyer ? lui demanda Calum.

— Pas très bien. Mais je me suis retrouvé assis à côté de lui plusieurs fois au bar. Quel jour exactement cette fille a disparu ? Je crois que c'était en mai...

— Le vendredi précédant Memorial Day.

— Le week-end avant le jour de commémoration des morts de guerre ?

Hewitt se massa le menton tandis qu'il réfléchissait.

— Ce week-end-là, je devais aller voir ma grand-mère en Pennsylvanie. Je me souviens avoir fait un saut ici le vendredi soir, avant de partir. Riley était là.

— Quelle heure était-il ?

— 18 h 00. Il a bu deux bières et il a filé.

Jaslene et Calum échangèrent un regard.

— Quelque chose ne va pas ? demanda Hewitt.

— Sharon a dit qu'il était parti après 22 heures.

— Vous voulez dire la fille qui a été virée parce qu'elle buvait ? Elle était responsable des tables près de l'entrée. Un type qui ressemblait un peu à Riley occupait une de ces tables. En revanche Riley était assis à côté de moi au bar. Nous avons même échangé quelques mots. Je me souviens très bien qu'il a bu deux bières et qu'il est parti.

— Il vous a dit où il allait ? lui demanda Calum.

— Non. Seulement qu'il était pressé.

— De quoi avez-vous parlé ?

— Du travail, du temps... Il m'a dit aussi que sa petite amie avait rompu avec lui. Il avait l'air dévasté.

— Répétez-moi exactement ce qu'il a dit.

— Je lui ai demandé s'il voyait quelqu'un. Il m'a dit qu'il était fou amoureux d'une femme et qu'il ne comprenait pas pourquoi elle l'avait quitté. Il était persuadé que tout allait bien entre eux. Il pensait qu'elle allait revenir.

Hewitt eut une petite moue désapprobatrice.

— Je lui ai dit de ne pas se faire trop d'illusions, que les femmes reviennent rarement quand elles ont décidé de rompre. Il a affirmé qu'elle reviendrait. Sur ce, il a fini sa bière et il a dit qu'il devait y aller. J'ai pensé qu'il réagissait comme ça parce qu'il n'avait pas apprécié ce que j'avais dit.

Ou bien avait-il en tête d'enlever Payton ?

Le trajet de retour se fit en silence.

Un coude appuyé à la portière, le menton dans le creux de la main, Jaslene gardait les yeux fixés sur sa vitre, et Calum devina qu'elle s'interrogeait sur la possible culpabilité de Riley.

Deux de ses voisins l'avaient vu rentrer chez lui après 22 heures. Payton avait été vue quittant son travail à 19 heures. Son relevé bancaire avait montré qu'elle s'était arrêtée dans une supérette et avait payé ses achats par carte bancaire à 19 h 45. Sa voisine l'avait vue rentrer chez elle peu après 20 heures. Sa voiture avait été retrouvée le lendemain matin aux abords d'un parc.

S'y était-elle rendue en pleine nuit ?

Personne ne l'avait vue sortir de chez elle, et aucun des riverains n'avait remarqué de voiture suspecte rôdant dans le quartier…

— Il est tard. J'aimerais rentrer.

Surpris, Calum tourna la tête vers Jaslene et se rendit compte qu'il avait dépassé le carrefour menant à son quartier. Sans réfléchir, il avait continué tout droit vers chez lui.

— Je vous invite à dîner.

Il ne savait pas pourquoi il avait proposé cela. Les mots étaient sortis tout seuls.

— Je peux commander, ou m'arrêter pour acheter quelque chose…

Elle réfléchit quelques instants.

— Pourquoi pas. Je connais un excellent traiteur pas loin d'ici. J'ai envie de manger léger.

Calum apprécia l'idée de ne pas devoir cuisiner, mais surtout de passer un moment de détente avec Jaslene.

— Indiquez-moi la route.

Lorsqu'elle descendit de voiture, Jaslene prit un moment pour admirer la maison de Calum. Rien n'aurait pu davantage la surprendre.

Malgré la simplicité de ses murs bardés de planches de bois blanchis, la maison victorienne de deux étages était majestueuse et imposante. Sous les fenêtres du rez-de-chaussée aux persiennes laquées de noir, s'étalaient des massifs de plantes à feuilles caduques ou persistantes qui n'attendaient plus que le printemps pour refleurir. Un chêne probablement centenaire jetait son ombre sur une galerie couverte qui courait tout le long de la façade. Suspendue à une solide branche basse, une balançoire s'agitait doucement au vent.

Curieux pour un homme qui ne voulait pas d'enfants !

— Magnifique, dit-elle.

— Les anciens propriétaires l'avaient entièrement rénovée. Je n'ai rien eu à faire.

Mais quelque chose avait dû le pousser à acheter cette grande maison familiale. Même s'il essayait de se convaincre qu'il ne donnerait pas une nouvelle chance à l'amour, tout au fond de lui, il devait continuer à désirer secrètement ce dont il avait rêvé avec sa femme.

Calum posa une main dans le creux de son dos et la guida pour qu'elle avance devant lui.

Un crissement de pneus dans la rue le fit soudain se retourner.

Étirant le cou, Jaslene vit apparaître une voiture. Le conducteur avait la vitre baissée, et elle vit qu'il portait une cagoule.

Calum la poussa au sol, et elle atterrit lourdement à plat ventre juste au moment où un coup de feu explosait.

Calum riposta.

Terrifiée, Jaslene se couvrit la tête avec ses bras, tandis que des balles frappaient le sol aux alentours, soulevant des mottes d'herbe et de terre.

Elle entendit la voiture s'éloigner. Calum tira encore à deux reprises puis l'observa avec inquiétude.

— Ça va ?

— Oui, dit-elle dans un souffle, tout en essayant de maîtriser les battements désordonnés de son cœur.

— Allez à l'intérieur.

Il l'aida à se relever et ôta une clé de son porte-clés.

— Verrouillez la porte.

— Où allez-vous ?

— Mettez-vous à l'abri, insista-t-il.

Il courut à sa voiture, la démarra et exécuta une marche arrière avant même qu'elle ait le temps de monter les marches du perron.

Elle le regarda quitter l'allée et s'éloigner à vive allure dans la rue.

Des lumières s'allumèrent dans les maisons voisines, et quelques voisins commencèrent à sortir.

Jaslene se hâta d'entrer. Ses jambes tremblaient, son cœur battait toujours trop vite, et sa bouche était aussi sèche que du carton.

Elle entendit bientôt des sirènes et alla regarder par

la fenêtre. De l'autre côté de la rue, une femme parlait avec un policier. Elle pointa la maison, et deux agents en uniforme empruntèrent l'allée.

Se sentant en sécurité, Jaslene n'hésita pas à ouvrir.

— Tout va bien, madame ? demanda le plus grand des deux.

— Oui. Un homme cagoulé a longé la rue en voiture et a tiré sur nous.

— Nous ? Qui d'autre était avec vous ?

— Calum Chelsey. Le propriétaire de la maison.

Au même moment, elle vit son SUV qui abordait l'angle de la rue.

— Le voilà !

Les policiers se retournèrent et attendirent que Calum se gare dans l'allée. Il jaillit de la voiture et se précipita vers Jaslene.

— J'ai eu tellement peur qu'il vous soit arrivé quelque chose, dit-il, en la prenant dans ses bras.

Son accolade était ferme et emplie d'émotion, comme l'était sa voix. Cette inquiétude ne lui ressemblait pas, lui qui se barricadait férocement contre tout sentiment.

— Je vais bien, lui murmura-t-elle à l'oreille.

Il recula mais garda un bras passé autour de sa taille tandis qu'il se tournait vers les policiers.

Il expliqua ce qui s'était passé, précisa qu'il n'y avait pas de plaques d'immatriculation sur la voiture et qu'il avait perdu sa trace.

Les policiers ne tardèrent pas à s'en aller, et Jaslene fut soulagé de pouvoir retourner dans la maison, échappant ainsi aux regards curieux des voisins qui s'étaient massés dans la rue.

Tout ce chambardement l'avait épuisée, et elle avait hâte

de rentrer chez elle. Mais elle avait besoin de quelques instants de répit.

Ôtant son manteau, elle constata que la maison de Calum était beaucoup plus chaleureuse que la sienne.

Tandis qu'ils entraient dans le salon, il précisa :

— C'est la seule pièce meublée à part ma chambre et mon bureau. J'ai trouvé la maison avant mon divorce, et j'ai décidé de l'acheter quand même puisque mon ex-femme a pris celle où nous vivions.

L'emploi du verbe prendre n'échappa pas à Jaslene, ni la façon dont il l'avait dit.

— Il y a encore à faire, mais c'est déjà très réussi.

— Merci

C'était dommage de laisser une telle merveille en l'état. Le potentiel était énorme, et elle fourmillait soudain d'idées de décoration.

Elle se tourna vers lui et vit qu'il l'observait attentivement.

Leurs regards se croisèrent, et elle ne put détacher les yeux de ceux de Calum.

— Je ne pense pas que vous devriez rester seule.

— J'ai Rapunzel.

— Je pourrais m'installer chez vous quelques jours.

— Je crois que je préférerais rester ici.

Elle regarda à nouveau autour d'elle, se sentant beaucoup d'affinités avec l'homme qui vivait ici.

— Je sais que vous n'êtes pas une personne à chien, mais vous pourriez le devenir maintenant que vous travaillez pour DAI. Je pense qu'ils ont une sensibilité plutôt familiale.

Il sourit.

— Si on prend Roman pour exemple, alors oui, ils sont très famille.

Il soupira.

— Bien, puisque je n'ai pas le choix, allons chercher la besticle et tout le reste.

Il alla à la fenêtre pour vérifier que la voie était libre.

— J'ai un canapé-lit dans mon bureau. J'y dormirai et je vous laisserai la chambre.

Après avoir rassemblé quelques vêtements et articles de toilette pour elle, Jaslene prit tout ce qui était nécessaire pour Rapunzel. Pour le moment, personne n'avait appelé pour la réclamer.

La chienne dans les bras, elle regarda Calum charger trois valises et un sac de voyage dans le coffre du SUV.

— Vous êtes sûre qu'il vous faut tout ça ? protesta-t-il.

Elle haussa les épaules.

— Qui sait combien de temps je vais rester chez vous.

— Et moi qui vous prenais pour un garçon manqué !

Oui, elle avait pris quelques tenues qu'on pourrait qualifier de sexy, mais ce n'était pas du tout pour lui. Simplement, elle aimait être à son avantage et, si elle avait peu de vêtements, ils étaient tous de qualité.

Lorsqu'ils revinrent chez Calum, le soleil s'était couché depuis un moment, et elle était épuisée.

Pourtant, la journée avait été si riche en émotions qu'elle doutait de pouvoir s'endormir avant un moment.

Elle batailla pour ôter ses bottes, et Calum l'aida. Débarrassée de son manteau, elle le suivit dans le salon, où Rapunzel furetait déjà.

— Installez-vous pendant que je monte vos bagages, proposa-t-il.

Jaslene se laissa tomber sur le canapé et regarda Calum faire des allées et venues entre le rez-de-chaussée et l'étage, avec ses trois valises et son sac de voyage.

— Vous avez du vin ? lui demanda-t-elle, lorsqu'il revint.

Ils avaient mangé des sandwichs chez elle.

— Je boirais bien un verre.

— Oui, j'ai ça.

Elle le regarda se diriger vers la cuisine, située de l'autre côté de l'entrée.

— Je vais me mettre à l'aise, dit-elle.

— Faites comme chez vous.

— Vous êtes sûr de vouloir me laisser votre chambre ? je peux très bien dormir sur le canapé-lit.

— Quel genre d'hôte serais-je si je traitais mes invités comme ça ?

Elle sourit, ne voulant pas protester davantage et, son chien sous le bras, se dirigea vers l'escalier.

Déposant Rapunzel sur le lit, elle admira le plafond mouluré, la porte-fenêtre à petits carreaux ouvrant sur un balcon, le parquet de chêne et la cheminée.

Puis elle enfila un pyjama de satin.

Ce n'était pas vraiment sexy, mais Calum pourrait apercevoir quelques parcelles de peau, et cela suffirait à le tester.

Elle ne savait pas vraiment pourquoi elle avait décidé de faire ça, mais elle avait envie de voir comment il réagirait.

Lorsqu'elle retourna au salon, Jaslene vit que Calum avait déposé deux verres de vin rouge sur la table basse et allumé la cheminée.

Pour créer une ambiance romantique, ou simplement détendue ?

Dos à la porte, Calum était posté devant le bow-window surplombant la rue. Comprenant qu'il guettait une éventuellement menace, elle frissonna.

Apparemment rassuré, il vint vers elle et, avant de s'asseoir, ôta le pistolet du holster qu'il portait à la taille et le posa sur la table basse.

Elle y jeta un coup d'œil tandis qu'il soulevait les verres et lui en tendait un, avant de se caler confortablement contre le dossier.

— Nous sommes en sécurité ici, dit-il.

La présence de l'arme la dérangeait car elle lui rappelait qu'ils auraient pu être tués aujourd'hui.

Calum but une gorgée de vin et reposa son verre sur la table. Puis il passa un bras autour de ses épaules et l'attira contre lui.

— Je ne permettrai pas qu'il vous arrive quoi que ce soit, dit-il.

Et cela suffit pour que son anxiété se dissolve. Juste comme ça.

Elle but encore une gorgée de vin et posa la tête sur son épaule, confiante et rassurée.

Avec lui, elle se sentait en sécurité, aussi bien sur le plan physique qu'émotionnel.

Il lui prit son verre et le posa à côté du sien.

Les yeux fermés, elle se blottit dans sa chaleur, respirant au creux de son cou l'odeur boisée de son eau de toilette.

— Depuis combien de temps n'avez-vous pas été proche comme ça d'une femme ? lui demanda-t-elle.

La question lui était passée par la tête, et elle n'avait pas pu s'empêcher de la poser.

— Comme ça ? Longtemps.

Redressant la tête, elle le regarda.

— Mais vous avez rencontré des femmes depuis votre divorce ?

— Bien sûr. Mais rien de sérieux.

Ce qui voulait dire qu'il avait eu des relations sexuelles, mais rien de plus. Calum était peut-être empli d'amertume à l'égard de l'amour, mais elle était persuadée qu'il n'était pas du genre à se prétendre amoureux pour coucher avec une femme, avant de la laisser tomber.

— Eh bien, profitez-en tant que vous le pouvez, dit-elle.

Il rit.

— C'est ce que je fais.

Jaslene observa un moment les flammes qui dansaient dans la cheminée, en se demandant si Calum serait un jour capable d'oublier l'échec de son mariage.

Et elle ? Jusqu'à présent, elle ne s'était pas sentie prête à aimer un autre homme. Était-elle prête maintenant ?

Sans prévenir, il lui prit le menton et tourna son visage vers le sien. Puis il inclina la tête et l'embrassa.

Elle ne s'y attendait pas et ne pensa pas qu'il l'avait planifié.

À la seconde où leurs bouches se frôlèrent, elle vacilla sous le choc, balayée par une onde de plaisir puissante et irrésistible.

Bientôt, le baiser de Calum devint exigeant. Sa main s'aventura dans l'échancrure de sa veste de pyjama, s'arrondissant sur un sein.

Alors qu'elle commençait à prendre goût à cette étreinte si prometteuse, il s'écarta brusquement d'elle et se leva.

— Je crois qu'il est temps d'aller se coucher, dit-il, avant de se diriger vers l'escalier.

Se coucher...

Oui. Avec lui.

Sa raison essaya de la rappeler à l'ordre, luttant contre le désir qui l'envahissait. Mais elle avait déjà pris sa décision.

Elle le rattrapa et lui prit la main, montant les marches devant lui, avant de le guider jusqu'à la chambre qu'elle occupait.

Elle ne le connaissait pas encore assez pour tomber amoureuse de lui. Et elle attribuait son insatiable faim de lui à une trop longue abstinence. Dans ce monde moderne, elle pouvait satisfaire son besoin et ne pas se sentir obligée de s'engager. Calum ne le ferait pas, de toute façon.

Lentement, elle commença à déboutonner sa veste de pyjama et vit qu'elle avait toute l'attention de Calum.

Sous le feu étrange qui brûlait dans ses yeux, elle sentit son pouls s'accélérer.

Encouragée, par sa réaction, elle laissa la veste tomber au sol et s'immobilisa, s'offrant à son regard.

À son tour, il ôta son polo à manches longues en maille gris chiné, et elle eut le souffle coupé devant ses larges épaules, ses pectoraux saillants et ses abdominaux ciselés.

Enhardie, elle fit glisser son pantalon de pyjama sur ses hanches, le laissa tomber et enjamba la flaque de satin à ses pieds.

Nue devant lui, elle ne ressentait aucune gêne à se montrer à un autre homme que son défunt mari. C'était un peu effrayant, mais surtout très excitant. Et surtout, elle n'éprouvait ni culpabilité, ni doute d'aucune sorte.

Calum continuait à l'admirer, tout en déboutonnant son jean et en le faisant glisser d'un même geste avec son caleçon.

Juste comme elle commençait à se sentir un rien exhibitionniste, il s'avança vers elle et lui caressa les seins, faisant courir des frissons sous sa peau.

Elle prit tout son temps pour faire courir ses mains sur son torse puissant, ce dont elle rêvait depuis longtemps et s'aventura jusqu'à son abdomen, avant de remonter vers ses épaules.

Nouant les bras autour de son cou, elle se plaqua contre lui et l'embrassa, en s'émerveillant de cette urgence presque désespérée qu'il mettait à répondre à son baiser.

Elle lui prit la main pour l'entraîner vers le lit, repoussa la couette et s'étendit sur le matelas.

Basculant au-dessus d'elle, il l'embrassa à nouveau, avant de demander, essoufflé :

— Tu utilises une contraception ?

Elle fit un rapide calcul dans sa tête.

— Il n'y a aucun risque.

— Tu es sûre ?

— Oui.

Elle ne pouvait plus attendre. Elle voulait s'ouvrir à lui, éprouver au plus profond d'elle-même les assauts redoublés de ses reins puissants.

— S'il te plaît, ne t'arrête pas. Je suis tellement prête pour toi.

— C'est vrai ?

— Tu n'as qu'à le vérifier par toi-même.

7

Le lendemain matin, Calum frôlait la panique en songeant à ce qui s'était passé avec Jaslene.

Cet événement de nature à modifier le cours d'une vie chamboulait tout dans son esprit.

Lui qui ne jurait que par l'ordre et le contrôle ne maîtrisait plus rien.

Debout devant l'évier de la cuisine, il buvait un café en regardant par la fenêtre la neige tomber sur le jardin.

Le plus perturbant à propos de la nuit dernière, c'était qu'il ne s'agissait pas uniquement de la satisfaction d'un désir sexuel. Il sentait qu'il pourrait y avoir quelque chose de plus sérieux avec Jaslene. Et, cependant, il ne voulait pas s'engager.

Qu'espérait Jaslene ?

Elle l'avait invité dans son lit, mais il n'était pas obligé d'accepter. Peut-être aurait-il dû réfléchir un peu plus aux conséquences…

Il l'entendit entrer dans la cuisine et se retourna.

Elle avait pris une douche et s'était habillée. Rapunzel trottinait sur ses talons. Elle se contenta de lui adresser un bref coup d'œil avant de faire sortir sa chienne, guettant derrière la porte vitrée pour vérifier que l'animal faisait ses besoins.

— Un café ? lui proposa-t-il

— Oui.

Il remplit une tasse.

— Du lait ?

— Non merci.

Il s'avança vers elle et lui tendit la tasse.

— À propos d'hier soir..., commença-t-il.

Elle leva une main pour l'interrompre.

— C'est inutile. Je savais à quoi m'attendre.

La chienne revint et gratta à la porte.

— Au moins, je sais maintenant qu'elle a été éduquée, dit-elle.

Posant sa tasse sur un des plans de travail, elle remplit une gamelle d'eau fraîche et l'autre de croquettes. Puis elle s'accota à l'évier et but lentement ce qu'il lui restait de café.

— Rassure-toi, dit-elle. Je n'ai aucune envie d'avoir un petit ami en ce moment. Je ne suis pas prête.

Tandis que son regard se perdait au loin, il comprit que le décès de son mari lui avait peut-être fait dire cela.

— Cela fait un moment que ton mari n'est plus là, dit-il.

— Oui, et j'ai fait mon deuil. Enfin, en grande partie. Le truc, c'est que je n'ai pas envie d'une nouvelle relation tout de suite. Je ne sais pas si j'en aurai envie un jour.

— Je comprends.

Mais, bizarrement, au lieu de se sentir soulagé, il ressentait une forme de rejet.

— Quelle partie n'as-tu pas encore surmontée ?

Elle lui glissa un regard en biais.

— Tu es sûr que tu as envie d'entendre cette histoire ?

Par histoire, elle voulait sans doute dire sa liaison.

— Oui.

Il se servit un nouveau café et alla s'asseoir à la table. Allait-elle lui dire toute la vérité ?

Il le redoutait un peu. Si elle avait été infidèle, il ne pourrait pas être avec elle. Il devait se conformer jusqu'au bout à ses principes.

Jaslene s'assit en face de lui, croisa les mains sur la table et parut réfléchir. Il ne put s'empêcher de se demander si elle élaborait une fable afin de se donner le beau rôle.

— J'ai épousé Ryan quand j'avais vingt-cinq ans. Il est mort huit ans plus tard. Nous nous entendions bien. Je dirais que c'était plus amical que passionné, mais nous nous aimions. Le perdre a été dur. Mais ce qui s'était passé deux mois avant n'a fait que rendre la situation encore plus dure.

Il fut surpris par sa façon détachée d'aborder les choses. Il pensait qu'elle se mettrait davantage en avant, se chercherait des excuses...

Il en conclut qu'elle disait la vérité.

— Je travaillais alors dans une autre entreprise et je partais fréquemment en mission avec un collègue. Il était allemand et s'appelait Ansel. Il avait toujours des anecdotes intéressantes à raconter sur son enfance.

Son expression un instant attendri fit place à quelque chose de plus sombre.

— À force de passer du temps à travailler ensemble, nous avons fini par très bien nous connaître. Il savait que j'étais mariée, mais il y avait une attirance entre nous. Je n'avais pas l'intention de passer à l'acte. Je me sentais coupable de ressentir ça.

Ses regrets et la culpabilité qu'elle éprouvait étaient palpables, et Calum l'admira pour son honnêteté.

— C'est devenu compliqué de travailler ensemble. Je ne me sentais plus à l'aise avec lui. Nous sommes quand même repartis en mission tous les deux. Le dernier soir, après le dîner, il m'a raccompagnée à ma chambre. Jusqu'alors il avait toujours été respectueux, mais...

Elle chercha son souffle.

— Il m'a embrassée.

Elle leva les yeux vers lui, et Calum put y lire toute sa détresse.

— Il s'est excusé aussitôt, mais le mal était fait. Le lendemain, il a pris l'avion sans moi. Je ne sais pas s'il avait honte, ou s'il était en colère parce qu'il savait que je ne divorcerais jamais pour lui. Dès mon retour, j'ai fait en sorte de trouver très vite un autre travail et je ne l'ai plus jamais revu.

Elle laissa passer un silence, observant Rapunzel qui allait se coucher sur le paillasson devant la porte du patio.

— J'ai envisagé de le dire à Ryan. Ça m'ennuyait beaucoup. Mais qu'avais-je fait, vraiment ? J'avais eu de l'attirance pour un homme qui m'avait embrassée, et ça n'était pas allé plus loin. Mon seul tort avait peut-être été de ne pas changer de travail plus tôt.

— Tu lui as rendu son baiser ?

Elle détourna les yeux et, après un long silence, finit par hocher la tête.

— Ça n'a pas duré longtemps, mais oui.

Il devina qu'elle ne se le pardonnait pas.

En tout cas, cette confession le laissait sans voix. Il ne s'attendait pas à une telle histoire. Finalement, elle avait essayé de faire pour le mieux. Elle avait su résister à la tentation d'avoir une liaison et changé de travail pour éviter tout risque.

S'essuyant les yeux, elle reprit :

— Ryan est mort si soudainement... Au début, j'ai eu du mal à accepter la réalité. J'ai traversé les funérailles et les jours qui ont suivi en pilotage automatique. Puis le temps a passé. Il me manquait, mais pas comme un mari manque à sa femme. Parfois, je pensais à Ansel, à cette étincelle qu'il y avait eu entre nous et que je n'avais jamais ressentie avec Ryan. Et je me dégoûtais de ne pas respecter la mémoire de mon mari.

Elle soupira.

— Des hommes m'ont sollicitée après sa mort, mais je n'ai jamais voulu accepter leurs invitations. J'aurais eu l'impression de le trahir.

Elle se punissait toujours d'avoir eu de véritables sentiments pour un autre homme, et Calum ne pouvait pas condamner cela. Ça n'avait rien à voir avec le comportement de son ex qui ne s'était absolument pas souciée de ce qu'il pouvait ressentir.

Pour la première fois depuis longtemps, il se trouvait en présence d'une femme qu'il considérait comme véritablement honnête.

Cela le perturbait quelque peu.

S'il lui faisait confiance, que se passerait-il ensuite ? Il y aurait un rapprochement. Puis il pourrait tomber amoureux. Il la demanderait en mariage...

Et ensuite ? Le temps passerait, et un autre homme viendrait peut-être. À ce moment-là, tout lui serait peut-être égal, comme son ex.

Il eut soudain l'estomac noué. L'appréhension, sans doute. Il n'était pas prêt.

— Ce n'est pas ta faute.

Il devait le lui dire, parce que c'était vrai.

— Tu n'as pas choisi de tomber amoureuse d'un autre homme et tu es partie. Tu n'as pas laissé tes sentiments t'entraîner dans une liaison. Tu n'as pas à te sentir coupable, Jaslene.

Elle soutint son regard quelques instants.

— Venant de toi, cela représente beaucoup.

Elle se força à sourire, alors qu'on voyait qu'elle avait envie de pleurer.

— Malheureusement, mon cœur n'est pas prêt à le croire. C'est pour ça que je voudrais que ça reste informel. Est-ce que ça te va ?

À nouveau, il se sentit rejeté. Et il ne s'attendait pas à ce qu'elle dise ça.

— Bien sûr, prétendit-il.

Le téléphone de Jaslene sonna dans le salon, et elle alla répondre.

Lorsqu'elle revint, elle avait l'air déçue et triste.

— Quelqu'un a appelé pour Rapunzel.

Assise sur le canapé, la chienne sur les genoux, Jaslene se réjouissait que Calum n'ait pas compris à quel point la nuit qu'ils avaient passée ensemble avait chamboulé sa vie.

L'étincelle entre eux était encore plus forte que ce qu'elle avait ressenti avec Ansel. Mais leur entente n'était pas que sexuelle. Il y avait entre eux un lien plus profond, une complicité...

Et elle savait qu'il ne lui en faudrait pas beaucoup pour tomber amoureuse de lui.

Calum la verrait-elle sous un autre jour, maintenant qu'il savait qu'elle n'avait pas été infidèle ?

L'idée de vivre une relation passionnée avec lui, et pourquoi pas de l'épouser, la tentait énormément.

Pourrait-elle donner son cœur sans se sentir coupable vis-à-vis de Ryan ? Il était mort sans savoir pour Ansel. Il était mort après avoir vécu un mariage médiocre. Ce n'était pas juste. Elle avait toujours l'impression de lui devoir quelque chose. Mais comment se faire pardonner par un homme qui n'était plus là ?

Elle caressa la tête de Rapunzel qui somnolait sur ses genoux. Elle n'avait pas envie de s'en séparer. Ce genre d'attachement était sans danger. Il comblait un vide.

La sonnette retentit, et son cœur se serra.

Calum alla ouvrir, et un homme âgé entra, vêtu d'un loden gris, d'un pantalon de la même couleur et d'un chapeau.

— Vous devez être Jaslene, dit l'homme. Je suis Hank.

— Oui.

— Et voici ma petite Spunky.

Quel horrible nom, songea Jaslene.

— C'est la vôtre, vous en êtes sûr ?

— Certain. Ma petite-fille me l'a offerte pour mon anniversaire. C'était une surprise.

Hank n'avait pas fait un geste pour prendre la chienne et la regardait avec une certaine inquiétude.

— On dirait que vous avez réussi à l'apprivoiser.

Jaslene sourit tristement.

— J'ai eu le coup de foudre dès que je l'ai vue.

— Elle s'est enfuie pendant que je sortais les poubelles. Je n'ai pas eu le temps de voir de quel côté elle était partie.

Et il ne l'avait pas cherchée ?

— Merci de l'avoir secourue.

— C'est bien normal.

Elle commençait à se dire qu'elle ne devrait pas lui rendre la chienne.

— Je ne pensais pas que j'aurais un autre chien. Ma femme est morte il y a deux ans, et ma famille a pensé que je me sentais seul.

— Vous donnez l'impression de ne pas avoir envie de récupérer la chienne, remarqua Calum.

— Ma petite-fille ne serait pas contente si je ne la ramenais pas à la maison. Elle pourrait se vexer.

— Vous pourriez me la laisser, plaida Jaslene. Elle serait dans une bonne maison.

Hank continuait à regarder la chienne et ne la prenait toujours pas.

— Je suis trop vieux pour m'occuper d'un chien. Ils ont besoin d'une attention constante, de faire de l'exercice... Il faut penser à les nourrir et aussi leur donner de l'affection...

— Eh bien, elle a tout cela avec moi.

Elle caressa la tête de Rapunzel et se pencha pour y déposer un baiser.

Lorsqu'elle releva les yeux, elle vit que Hank lui souriait.

— Gardez-la. Je m'arrangerai avec ma petite-fille.

— Vraiment ?

— Oui, vraiment. Je n'ai jamais voulu d'un autre chien. Elle sera beaucoup mieux avec vous. Et maintenant, si vous le permettez, je vais vous laisser.

Jaslene l'accompagna jusqu'à la porte.

— Merci encore.

Calum la rejoignit et posa une main dans son dos. Jaslene leva les yeux vers lui et lui sourit.

— Vous formez un très joli couple, commenta Hank. Ma femme et moi avons vécu soixante ans ensemble. Je vous souhaite d'être aussi heureux que nous l'avons été.

Calum laissa retomber sa main et toussota.

Hank s'en alla, la porte se referma, et un silence gêné tomba sur le hall.

— Il est charmant, observa Jaslene.

— Si on veut, marmonna Calum.

Il pivota sur ses talons et se dirigea vers la cuisine.

Jaslene le suivit.

Il ouvrit le réfrigérateur, y prit une petite bouteille d'eau minérale et but au goulot.

Quand il eut fini, elle se rapprocha, se hissa sur la pointe des pieds et déposa un baiser sur ses lèvres.

— C'est beau de s'aimer pendant soixante ans, dit-elle.

— Je croyais que tu voulais que ça reste informel.

— Oui.

— Qu'est-ce qu'il y a d'informel à être marié pendant soixante ans ?

— Rien. Hank m'a donné à réfléchir, c'est tout.

8

Au cours des trois semaines qui suivirent, l'enquête resta au point mort.

Jaslene vivait toujours chez Calum, mais elle avait pris ses distances. Après avoir envisagé de retourner travailler, elle avait fini par prendre un congé pour continuer à prendre part aux recherches.

Ils n'avaient pas recouché ensemble. La promiscuité ne facilitait pas les choses, et il avait failli l'embrasser à deux reprises.

Pour l'heure, elle repassait du linge pendant qu'il travaillait. Il se rendait rarement à son bureau en ville, car il ne voulait pas la laisser seule, même dans la maison.

Riley semblait s'être volatilisé. Ils avaient interrogé les employés et les amis du Dr Benjamin. Personne n'avait rien de négatif sur lui. Et s'il avait eu une liaison, il l'avait soigneusement dissimulée. Les infirmières disaient qu'il était respectueux et charmant. Ses patients l'adoraient.

Jaslene termina de plier la dernière serviette-éponge et monta la pile dans la salle de bains. Calum terminait une conversation téléphonique dans son bureau.

Elle le vit bientôt sortir, le visage déformé par l'anxiété.

— Ma mère a fait un micro AVC, dit-il, choqué.

Jaslene n'avait aucun mal à imaginer ce qu'il ressentait. Il avait pris ses distances avec sa famille, et les problèmes de santé de sa mère changeaient la donne.

— Je dois y aller.

— Bien sûr.

— Viens avec moi.

— Quoi ? Voir ta famille ? Ce n'est pas une bonne idée. Je vais rester avec la mienne pendant ton absence. Je ne serai pas seule.

Il secoua la tête.

— Je préfère t'avoir sous les yeux. Tu as quelqu'un pour garder Rapunzel ?

— Je n'ai pas très envie de la confier à quelqu'un d'autre. La pauvre n'arrête pas de passer de foyer en foyer.

— Nous ne serons pas partis très longtemps.

— Ma sœur adore les chiens. Je vais lui demander.

Elle s'approcha de lui.

— Ta mère va s'en sortir ?

— Oui, mais elle va avoir besoin d'un traitement pour éviter une attaque plus sérieuse dans les prochains mois.

Il semblait incapable d'assimiler que quelque chose de ce genre ait pu arriver à sa mère.

Elle posa une main sur son épaule, désireuse de le réconforter.

— Personne n'est invincible.

— On voit que tu ne connais pas ma mère. Je suis sûr qu'elle fait tourner ses médecins en bourrique à l'heure qu'il est.

Jaslene avait hâte de rencontrer la famille de Calum.

Ils avaient l'air d'un groupe de gens intéressants. Et

elle était prête à parier qu'il était plus proche d'eux qu'il ne le prétendait.

Ils étaient arrivés au Texas en avion et avaient loué une voiture pour se rendre au ranch familial.

Durant le trajet, Calum se montra peu disert. Elle avait posé des questions, mais il était resté dans le vague.

Elle avait quand même appris que les parents de Calum possédaient deux maisons, une à Irving, et le ranch dans la région de Dallas. Elle en avait déduit qu'ils avaient de l'argent.

Avec un père médecin, elle n'avait manqué de rien, mais elle avait l'impression que ses parents étaient différents de ceux de Calum, aussi bien d'un point de vue financier qu'émotionnellement parlant. Ses parents avaient élevé leurs enfants dans une petite ville et avaient toujours été là pour eux, aimants et heureux.

Ayant franchi un haut portail en fer forgé, Calum engagea la Buick de location bleu nuit dans une longue allée goudronnée, flanquée de grands arbres.

— Impressionnant ! commenta Jaslene. Comment as-tu pu quitter cet endroit.

Il haussa les épaules.

— Ce n'est pas important pour moi.

Au détour d'un virage, une maison en brique rouge de style Tudor apparut, derrière une allée circulaire pavée ornée en son centre d'une fontaine.

Par sa taille, la maison ne pouvait pas être qualifiée de manoir, mais ce fut pourtant le terme qui vint à l'esprit de Jaslene.

— Je ne me sens pas du tout à ma place, dit-elle.

— Ne dis pas de bêtises.

Calum se gara derrière trois autres voitures, sortit leurs bagages du coffre et sonna à la porte, ce que Jaslene trouva étrange.

Un homme qui ressemblait de façon saisissante à Calum ouvrit. Il portait un pantalon beige, un polo noir au logo parfaitement identifiable, des mocassins qui avaient l'air de coûter une fortune et une montre connectée.

— Tiens, mais on dirait mon frère ! dit-il. Remarque, après tout ce temps, difficile d'en être sûr.

Il tendit la main.

— Comment ça va, vieux ?

— Salut, Corbin.

Calum serra brièvement la main de son frère et fit les présentations.

— Voici Jaslene Chabot.

— Chabot. Vous êtes française ?

— Mes ancêtres l'étaient probablement, mais je suis bel et bien américaine.

— Ah...

Il semblait déçu.

— Comment va maman ? demanda Calum.

— Elle te réclame.

Corbin se tourna et les précéda dans l'entrée lambrissée de panneaux de chêne flanquée de deux volées de marches en demi-cercles. Au centre de l'escalier monumental, une niche accueillait une statue. Sur la droite, les portes vitrées laissaient deviner un immense salon.

— Lorsque nous lui avons dit que tu allais venir elle s'est illuminée. Pourquoi n'es-tu pas revenu avant, d'ailleurs ? Nous sommes trop bien pour toi ?

Il adressa un clin d'œil à son frère, mais elle devina qu'il ne plaisantait qu'à moitié.

Calum ne répondit pas tandis qu'ils se rendaient à l'étage. De part et d'autre du palier, deux longs couloirs se faisaient face. Ils partirent sur la gauche. Tout au fond se trouvait une suite parentale, avec un lit à baldaquin, un coin salon autour d'une cheminée, et un immense écran de télévision fixé au mur.

Une jeune femme blonde aux yeux verts leur sourit. Soigneusement maquillée, elle portait une robe ajustée, en tissu pied-de-poule noir et blanc, des escarpins à talons vertigineux, un collier de perles et des boucles d'oreille assorties. À son annulaire gauche brillait un énorme solitaire.

Sur le lit, une femme âgée, dont les cheveux gris étaient coupés très courts, parlait avec un homme en costume, aux cheveux également grisonnants.

Elle les vit et reprit son souffle.

— Cal !

Elle tendit les bras, et l'homme, qui devait être le père de Calum, s'écarta pour lui laisser la place.

Calum s'avança et prit sa mère dans ses bras.

— Bonjour maman. Comment te sens-tu ?

— Bien. Tout le monde s'agite beaucoup trop autour de moi. On m'a donné des médicaments...

Elle soupira.

— Je vais les prendre, je suppose.

— Tu as intérêt.

Jaslene comprit à son intonation qu'il aimait sa mère. Avec son père, c'était plus compliqué. Il suffisait de voir comment Newman le regardait.

Il se tourna vers lui.

— Papa.

— Fiston.

Jaslene n'avait jamais vu de retrouvailles aussi froides entre membres d'une même famille.

— Qui est avec toi ? demanda la mère de Calum.

— Je vous présente Jaslene Chabot. Elle travaille avec moi sur une enquête.

— Je parie que vous ne faites pas que ça, marmonna Corbin.

— Arrête de faire ton cirque, Corbin, dit une autre jeune femme, assise sur le canapé. Tu n'impressionnes personne.

Corbin fit la tête, vexé.

Calum ne releva pas le commentaire de son frère.

— Jaslene, je te présente ma mère, Francesca, mon père, Newman, et Ambrosia, la femme de Corbin.

Il termina par la jeune femme qui venait de parler.

Brune, avec de longs cheveux épais et brillants, elle portait un jean, une chemise western rouge et des bottes.

— Cette cowgirl là-bas est ma petite sœur, Skylar.

Jaslene lui sourit.

— Ravie de vous rencontrer.

— Venez vous asseoir à côté de moi. Je vais vous protéger de mon père et de Corbin.

Tandis que Calum s'asseyait sur le lit et commençait à discuter avec sa mère, Jaslene prit place sur le canapé à côté de Skylar.

— Vous êtes détective également ?

— Non. Calum m'aide à retrouver une amie qui a disparu.

— Oh ! je suis désolée.

— Nous allons la retrouver. Calum n'est pas du genre à renoncer.

— À part quand il s'agit de sa famille.

— Il a sans doute ses raisons.

— Oui, je sais ce qu'il pense de papa et de Corbin. Et il n'a pas tort. Papa est impitoyable en affaires, et le seul but de Corbin c'est la réussite et le pouvoir. Prenez Ambrosia, elle était mannequin, et c'est uniquement pour cela qu'il l'a épousée. Il adore que les autres bavent d'envie devant ce qu'il a. C'est la femme trophée dans toute sa splendeur.

— Ce qui n'est pas le cas de votre mère. Je me trompe ?

— Pas du tout. En fait, elle mène mon père à la baguette. Il l'adore et ne peut rien lui refuser.

Assis à la longue table formellement dressée de la salle à manger d'apparat, Calum se sentait de plus en plus mal à l'aise devant l'amitié naissante entre sa petite sœur et Jaslene.

Surveillant Skylar du coin de l'œil, il fit passer à Jaslene un saladier rempli de pommes de terre vapeur. Ses parents engageaient parfois du personnel pour servir à table, mais jamais quand ils étaient en famille.

Tandis que Jaslene se servait, Skylar eut un sourire entendu, avant de boire une gorgée de vin blanc.

Il vit que son père l'observait depuis sa chaise aux allures de trône, l'air morose. Sa mère dormait à l'étage, et ils n'étaient que six à table. Jaslene, Skylar et lui d'un côté, Corbin et sa femme superficielle et stupide de l'autre côté.

— Et si vous nous parliez de vous, Jaslene ? suggéra Newman. Êtes-vous de Chesterville ?

Le visage de Jaslene s'illumina, comme chaque fois qu'elle avait l'occasion de parler de sa famille.

— Oui. Toute ma famille y vit. J'ai deux frères et une sœur. Mes parents ont pris une retraite anticipée.

— Que faisait votre père ?

— Il était chirurgien.

Calum s'agaça de l'intérêt grandissant de son père. Un médecin était quelqu'un que Newman pouvait respecter. Si le père de Jaslene avait été mécanicien ou charpentier, sa réaction aurait été nettement moins satisfaite.

— Mon frère aîné, Darian, est ORL. Le plus jeune, Taber est en école d'ingénieurs. Quant à ma grande sœur, Caley, elle est ce qu'on pourrait appeler une jet-setteuse, j'imagine. Elle a épousé le fils du dirigeant d'une chaîne de télévision.

— Eh bien, c'est impressionnant.

— Je ne sais pas si on peut dire ça. Je l'adore, mais elle est un peu superficielle. Son mari aussi, avec tout son argent. Donc, je suppose qu'on peut dire qu'ils sont bien assortis.

Calum lança un regard entendu à son frère qui haussa les épaules.

— Et vous, quel est votre métier ? Megan, l'ex-femme de Calum dirigeait une chaîne de restaurants.

Calum tourna la tête vers son père mais conserva une expression impassible malgré l'agacement qu'il ressentait.

— Je suis géologue. J'ai pris un congé pour rechercher une amie disparue. Calum m'aide à la retrouver. En fait, il a quitté la police de Chesterville et rejoint une agence d'investigation privée pour s'occuper à temps complet de l'enquête.

Newman grimaça.

— On dirait un film.

— En fait, Kadin Tandy, le fondateur de DAI, envisage de créer une émission de télévision à propos de certaines des affaires que ses détectives et lui ont résolues, dit Calum.

— Tandy ? Jamais entendu parler.

— Normal, répliqua Calum. Il n'est pas fou de pétrole et d'armes.

— Je me fiche du pétrole, fiston. Ce qui m'intéresse, c'est l'argent.

— Ah, pardon ! J'avais oublié.

Son père le regarda d'un air condescendant et reporta son attention sur Jaslene.

— Je n'ai pas compris pourquoi mon fils était resté à Chesterville après son divorce.

Jaslene prit le temps d'avaler une bouchée de nourriture avant de répondre

— Eh bien, je suppose que, tout comme moi et ma famille, il aime l'ambiance qui y règne.

— Les concours de tartes et les réunions paroissiales ?

Jaslene tint tête à Newman, avec une expression glaciale que Calum ne lui avait jamais vue.

— Êtes-vous déjà allé dans un festival de province, monsieur Chelsey ?

— Grand dieux, non ! Mes goûts sont un peu plus... sophistiqués.

— Eh bien...

Jaslene se tapota délicatement les lèvres avec sa serviette, et but une gorgée de vin.

— Dans ce cas, je ne crois pas que vous puissiez porter un jugement.

Skylar éclata de rire, tandis que Calum échangeait un regard avec Jaslene. Maintenant, elle comprenait sans doute pourquoi il avait fui sa famille et s'était tenu à l'écart toutes ces années.

Mais Jaslene n'avait pas terminé.

— Vous devriez peut-être rendre visite à votre fils. J'ai cru comprendre que vous ne l'avez jamais fait. Il pourrait vous faire découvrir les charmes de la vie provinciale.

Newman la toisa durement pendant quelques secondes.

— Je suis fatiguée, minauda Ambrosia, en repoussant sa chaise. Je vais me coucher.

Elle devait probablement s'ennuyer, l'assistance n'étant pas assez glamour pour elle.

Elle regarda son mari avec insistance.

— Chéri ?

— Je te rejoins, dit Corbin. Ravi de t'avoir revu, Cal. Je suppose que tu repars demain ?

— Pas forcément. J'ai envie de passer du temps avec maman.

— Comme tu voudras.

Un peu plus tard, Jaslene suivit Newman, tandis qu'il les guidait vers leurs chambres. Calum traînait en arrière, semblant un peu mélancolique.

Ils seraient les seuls à dormir dans la maison de famille. Skylar avait sa propre habitation, quelque part sur l'immense propriété que constituait le ranch. Avant de partir, elle avait glissé à Jaslene qu'elle ne supporterait pas de vivre en permanence avec ses parents. Corbin vivait à Dallas, n'éprouvant aucun goût pour la vie de rancher – son seul sujet de discorde avec son père.

— L'employée de maison a déposé vos bagages dans ton ancienne chambre, dit Newman, en s'arrêtant devant une porte située au fond d'un étroit couloir derrière la salle à manger.

Jaslene regarda de chaque côté. C'était la seule porte.

— Euh...

— Viens, Jaslene.

Calum la poussa dans la pièce et se retourna sur le seuil.

— Merci papa.

Et il ferma la porte.

Jaslene protesta.

— Mais pourquoi n'as-tu rien dit ?

— Premièrement, je te veux à côté de moi.

Il s'avança dans la pièce. C'était une suite, comme celle de ses parents, mais plus petite et plus chaleureuse, avec sa décoration dans un esprit de cottage anglais : boiseries d'acajou, plafond à caissons, cheminée de marbre noir flanquée de deux bibliothèques bien garnies, fauteuils en cuir Chesterfield réchauffés de coussins en velours, tapis aux couleurs chatoyantes, tableaux représentant des chevaux au-dessus d'un antique bureau à cylindre appuyé contre un mur... Seul le lit, immense et doté d'une tête capitonnée en lin ivoire concédait à la modernité.

— Et deuxièmement ? demanda Jaslene.

— Je n'avais pas envie d'expliquer quoi que ce soit à mon père.

— Il pense que nous sommes un couple, et ce n'est pas vrai.

— Un peu, quand même.

Il déposa les valises sur le coffre banquette formant le soubassement de la fenêtre en ogive.

Jaslene ouvrit la sienne et en sortit une chemise de nuit confortable mais sans charme. Cal ôta ses chaussures et sa chemise et alla dans la salle de bains pour se passer de l'eau sur le visage.

Jaslene le suivit, se posta devant la seconde vasque et commença à se laver les dents.

Là aussi, la décoration faisait appel aux codes de l'ancien : baignoire à pattes de lion, lavabos sur colonne, carrelage noir et blanc…

— Ta sœur est très sympathique, dit-elle.

Il s'essuya le visage et la regarda dans le miroir.

— Mouais.

— Ta mère aussi.

— Qu'essaies-tu de me faire comprendre ?

— Ce n'est pas toute ta famille qui pose problème. Ton père et ton frère ont une curieuse vision du monde, mais il n'y a rien à reprocher à ta sœur et ta mère.

— Sauf que, pour les voir, il faut aussi que je voie Newman et Corbin.

— Je continue à penser que tu devrais parler à ton père. Si tu parvenais à pacifier votre relation, Corbin suivrait probablement sa décision. Il a l'air de lui obéir au doigt et à l'œil.

Calum ôta son jean et surprit son petit sursaut inquiet.

— Ne t'en fais pas. Je suis trop fatigué pour faire autre chose que dormir.

Après l'avoir regardé marcher vers le lit en admirant ses fesses, Jaslene prit son temps dans la salle de bains.

Quand elle en ressortit, Cal était couché mais ne dormait pas. La télévision était allumée, avec le son au minimum.

Elle se glissa sous la couette, nerveuse à l'idée de dormir avec lui.

— Je croyais que tu étais fatigué.

— Je le croyais aussi.

Elle roula sur le côté, en appui sur un coude, la tête dans sa main.

— Ta mère était contente de te voir.

— Mouais…

— Tu sais, je crois vraiment que tu devrais parler à ton père.

Il soupira.

— J'ai déjà essayé. Plusieurs fois. Ça ne marche pas.

— Ça t'était déjà arrivé de disparaître pendant trois ans ?

— Non.

— Eh bien, ça l'a peut-être fait réfléchir, et il t'écoutera sûrement cette fois. Laisse-lui une chance. Quant à Megan…

— Quoi ? Ne me dis pas qu'il faut que je lui parle aussi. Il n'en est pas question.

Jaslene commença à lui caresser le torse du bout des doigts.

— Le problème est différent.

— Je brûle d'impatience de connaître ta suggestion.

Elle ne se laissa pas impressionner par son intonation ironique.

— Il te suffit de tirer les leçons de ton erreur et de passer à autre chose. Arrête de surprotéger ton cœur. Ne donne pas à Megan ce pouvoir sur toi.

— C'est plus facile à dire qu'à faire.

— Tu peux toujours avoir ce dont tu rêvais avec une autre femme.

— Toi ?

— Pourquoi pas.

Il rit et lui prit la main, interrompant les arabesques qu'elle dessinait du bout des doigts sur son torse.

Puis il la glissa sous la couette, la posa sur son érection et tourna la tête pour l'embrasser.

Émotionnellement, il restait sur la réserve avec elle. Mais, quand la passion physique s'exprimait, cela cessait d'avoir de l'importance.

9

Calum se réveilla de bonne heure le lendemain matin et laissa Jaslene dormir.

Il avait été surpris d'être aussi réceptif à ses conseils concernant son père et Megan. À propos de son père, ce ne serait pas trop compliqué.

En revanche, il aurait du mal à faire une croix sur Megan. Enfin, pas sur Megan. Elle avait cessé d'exister pour lui le jour où il avait découvert son infidélité. Ce dont il aurait le plus de mal à se défaire, c'était de son amertume.

Encore qu'il soit en train de changer sous l'influence de Jaslene. Quand il évoquait son ex, il utilisait son prénom désormais...

Il trouva son père seul dans la cuisine, assis devant l'îlot central avec un café et sa tablette, et déjà en train de travailler, sans doute.

Calum ouvrit un placard, prit une tasse et se fit un café avec la machine à capsules.

Son père lui jeta un bref coup d'œil.

— Phyllis a préparé le petit déjeuner. Il est sur la table.

Calum tira un tabouret et s'assit à côté de son père.

La tension était palpable entre eux. On aurait dit deux inconnus qui n'avaient rien à se dire.

— Ton frère a toujours été jaloux de toi.

Calum ne s'attendait vraiment à pas à ce que son père dise une chose pareille.

— C'est pour ça qu'il t'envoie toujours des piques.

— Et sa femme ? C'est pour m'impressionner ?

Newman tourna la tête vers lui, en grimaçant un sourire. C'était la première fois que Calum sentait une infime complicité avec lui.

— Non. Ça, c'est pour prouver qu'il est un vrai mec, comme toi

— Tu trouves que je suis un vrai mec ?

— Il faut un sacré courage pour faire tout ce que tu as fait. Je ne te l'ai jamais dit, mais je suis fier de toi. Ton diplôme, les rangers, la criminelle... Ce n'est pas rien.

Lisant de la sincérité dans les yeux de son père, Calum se demanda s'il avait finalement atteint l'âge où un homme gagnait en sagesse.

— C'est maman qui t'a demandé de me dire ça ?

Son père sourit à nouveau.

— Non. Et sache que je n'apprécie toujours pas ton orientation politique.

Sans doute parce qu'elle était à l'opposé de la sienne.

— Comment vont les affaires ?

— Le ranch tourne bien, grâce à l'excellente gestion de Skylar.

— Je parlais des tiennes.

— Ah, fiston, tu sais que le ranch est mon premier amour.

— En fait, je l'ignorais.

— Ce ranch représente beaucoup pour moi. C'est

l'héritage que je laisserai à mes enfants. Je veux aussi que tu saches que je vous aime tous les trois plus que tout. Dès que j'ai appris que tu venais, j'ai décidé que je devais te le dire.

— Merci, papa.

— Viendras-tu nous voir plus souvent ? Ta mère…

— Oui, je sais.

Calum détourna les yeux.

Si son micro AVC ne lui avait pas été fatal, l'état de Francesca restait préoccupant. Sa vie pouvait s'arrêter à tout moment.

— Je viendrai.

Son père posa une main sur la sienne et la tapota.

— Je vais essayer de raisonner Corbin, mais je ne te promets rien.

— Je peux le gérer.

— Et cette fille que tu nous as amenée. Depuis quand la fréquentes-tu ?

Calum s'amusa de cette formulation à l'ancienne.

— Je ne la fréquente pas.

— Ça m'en avait pourtant tout l'air. J'ai fait une erreur en vous mettant dans la même chambre ?

— Non.

Calum était de plus en plus embarrassé par le tour que prenait la conversation.

— Je veux la savoir proche de moi pour la protéger.

— Mais, vous êtes déjà proches… Je me trompe ?

Calum soupira.

— Je ne la connais pas si bien que ça.

Son père l'observa un moment, tandis qu'il semblait réfléchir.

— Je vois.

Que voulait-il dire ?

— Tu ne la fréquentes pas, mais il se passe quelque chose entre vous.

Jamais son père ne lui avait parlé de façon aussi détendue et complice.

— Tu as changé, dit-il.

Son père eut l'air étonné.

— Ah bon ?

— C'est la première fois que tu es aussi gentil avec moi.

Newman eut un petit rire et redevint sérieux.

— Quand ta mère...

Il se massa le front.

— Où étais-tu quand c'est arrivé ?

Il soupira.

— Au travail. Skylar m'a appelé pour me dire que l'ambulance était en route. J'ai pris l'hélicoptère de la compagnie pour me rendre à l'hôpital. Les médecins m'ont dit que c'était un micro AVC et qu'il fallait faire des tests. L'attente a été interminable.

Calum n'avait aucun mal à l'imaginer.

— J'étais stupéfait. Comment une telle chose pouvait-elle lui arriver ?

Son père se passa la main sur le visage, visiblement affecté.

— Je ne sais pas ce que je ferais sans elle.

— Elle sera encore là longtemps, papa. C'est une battante.

Newman hocha la tête.

— Je sais, mais je ne peux pas m'empêcher d'avoir peur.

Cette fois, ce fut Calum qui posa la main sur celle de son père.

— Quoi qu'il arrive, tu pourras toujours compter sur nous tous.

En entendant la porte d'entrée s'ouvrir, Jaslene quitta la cachette d'où elle écoutait la conversation de Calum et de son père et entra dans la cuisine comme si de rien n'était.

Tandis qu'elle se dirigeait vers la machine à café, elle sentit que Calum la suivait du regard.

Elle se hissait sur un tabouret à côté de lui, quand Skylar entra, apportant une énergie nouvelle à la pièce.

— Comment va maman ? demanda-t-elle.

— J'ai dû menacer de l'attacher si elle essayait de sortir de son lit, dit Newman. Phyllis est avec elle, en train d'essayer de lui faire prendre son petit déjeuner au lit.

Skylar se servit un café et sourit.

— Elle ne tardera pas à descendre. Laisse-la faire.

Newman grimaça. Puis il se leva et se pencha pour glisser sa tablette dans sa mallette en cuir.

— Je dois passer au bureau.

Il s'adressa à Calum.

— Tu seras là pour le dîner ?

Calum échangea un regard avec Jaslene.

— Oui.

Newman se contenta d'un bref hochement de tête.

— À tout à l'heure, papa, cria Skylar.

— Salut, fillette.

Une fois Newman parti, Calum alla s'asseoir à table et se servit un copieux petit déjeuner.

— Jaslene, ça te dirait que je te fasse visiter le ranch ? proposa Skylar.

— Avec plaisir.

Elle consulta Calum du regard.

— Tu viens avec nous ?

— C'est une visite réservée aux filles, précisa Skylar.

Calum sourit avec bienveillance.

— Je veux passer du temps avec maman.

Jaslene essaya de ne pas se laisser attendrir. Elle était ravie des nouvelles relations entre Calum et ses proches. Peut-être n'avait-il pas perdu sa capacité à aimer, après tout…

— Et ensuite, nous devrons retourner à Chesterville, ajouta Calum.

Jaslene redescendit brutalement de son nuage. Elle n'avait aucune envie de retrouver son quotidien et les menaces que Riley Sawyer faisait peser sur elle.

Confortablement installée dans l'imposant pick-up bleu ciel de Skylar, Jaslene observait le paysage avec curiosité.

À environ cinq cents mètres derrière la maison se trouvait un énorme bâtiment avec un toit en métal vert. Des kilomètres de clôtures blanches suivaient les contours vallonnés des pâtures, dessinant comme un interminable ruban.

Sur la gauche, dans la vallée, des bosquets d'arbres ombrageaient par endroits un ruisseau dont l'eau limpide scintillait au soleil. Des chevaux y broutaient une herbe déjà verte en cet hiver très doux et avaient aussi à leur disposition des balles de foin.

— Voici l'écurie principale, expliqua Skylar, tandis qu'elles marchaient vers un luxueux édifice en L, ouvert sur une cour. Il y a deux autres écuries sur la propriété, que tu ne peux pas voir d'ici.

Elle désigna les différents bâtiments.

— Là, il y a un manège couvert. Là, un hangar à carrioles. Là-bas, un abri à foin... Nous avons même un poulailler.

— J'ai vu qu'il y avait un potager. Vous l'utilisez ?

— Bien sûr. Phyllis est une excellente cuisinière. Nous avons aussi un verger avec des pommiers, et un jardin d'agrément, avec un étang. C'est superbe en été.

C'était ce qui manquait à la maison de Calum, un vrai jardin. Elle s'imagina jardiner en couple avec lui. Et pourquoi pas y voir courir des enfants...

En voyant des employés aller et venir autour des bâtiments, Jaslene prit conscience du travail que cela représentait de faire tourner un ranch de cette taille.

— En dehors des chevaux, vous avez d'autres animaux ?

— Un peu de bovins, des cochons, des chèvres... Tout cela dégage un revenu assez confortable.

Elle eut un sourire satisfait, et Jaslene comprit qu'il ne s'agissait pas de vantardise. Skylar était tout simplement heureuse de ne pas dépendre de la fortune de son père. D'ailleurs, pour quelqu'un qui avait grandi dans un tel luxe, elle n'était pas du tout prétentieuse.

Elle la suivit dans l'écurie et vit que deux chevaux étaient déjà sellés.

— Tu sais monter à cheval ?

— Je ne suis pas une grande cavalière mais je me débrouille.

Skylar lui tendit les rênes d'une jument baie, tandis qu'elle prenait celles d'un hongre gris.

— Voici Bogie. C'est mon grand amour.

— Bogie, comme Humphrey Bogart ? demanda Jaslene.

— J'ai toujours adoré les vieux films de détective en noir et blanc.

Dans la cour, Jaslene se hissa sur sa monture, en espérant ne pas être trop rouillée, surtout face à une cowgirl professionnelle.

— Alors, quelle est ton histoire, Jaslene ? lui demanda Skylar, tandis qu'elles cheminaient au pas sur un chemin à travers champs.

— Que veux-tu savoir ?

— Cal t'aide à retrouver une amie. Tu es géologue et tu viens d'une bonne famille. À part ça, je ne sais rien de toi. Qu'attends-tu de la vie ? Je ne vois pas d'alliance à ton doigt. Tu n'as jamais été mariée ?

— Je suis veuve.

— Oh ! excuse-moi. Cal ne me l'a pas dit.

— Ce n'est rien.

Personne ne lui avait jamais demandé ce qu'elle attendait de la vie. Avant l'université, la grande question avait été le choix de ses études. Elle ne pensait pas au mariage, seulement à sa réussite professionnelle. Elle se disait que le reste viendrait après.

— J'ai toujours eu envie de fonder une famille, dit-elle.

— Cal aussi.

Jaslene le savait déjà. Toutefois, cela avait-il encore de l'importance ? Aurait-il le courage de faire à nouveau confiance à une femme ?

— Tu m'as demandé ce que j'attendais de la vie. Eh bien, ce n'est certainement pas d'être avec un homme qui se méfie de moi.

— Dans ce cas, mon frère va devoir faire des efforts.

Elles chevauchèrent un moment en silence.

— Tu sais, Cal s'est éloigné de la famille bien avant qu'il n'épouse cette femme et déménage à Chesterville, reprit Skylar.

Pourquoi Jaslene avait-elle l'impression que Skylar essayait de la convaincre de persévérer avec Calum ?

— Ça a commencé quand notre grand-père est mort. Cal s'est replié sur lui-même… Et puis un jour il s'est engagé dans les rangers. C'est à maman que ça a fait le plus de mal. Elle n'a pas compris pourquoi il était parti comme ça.

— Tu ne penses pas que c'était pour échapper à son chagrin ?

— Il est vrai que seul grand-père comptait à ses yeux.

— Je l'ai entendu parler avec son père, ce matin. Ils ont l'air de s'être réconciliés.

— Tant mieux.

Calum avait beaucoup de choses en tête après sa conversation avec sa mère.

Il s'était aussi entretenu au téléphone avec un ancien collègue de la criminelle, qui lui avait appris que Riley avait été vu en ville mais avait réussi à filer.

Il aurait préféré que le malfrat soit arrêté avant leur retour.

Assis dans le petit salon familial, il attendait que Jaslene ait fini de se doucher après sa balade à cheval avec Skylar. Phyllis s'affairait à préparer le dîner. Il entendait des bruits de casserole provenant de la cuisine et sentait de délicieuses odeurs se propager à travers la maison.

Sa mère lui avait fait comprendre qu'il avait accumulé

beaucoup de rancœur contre son père depuis la mort de son grand-père. Il s'était senti déconnecté de la famille, comme s'il n'y avait pas sa place, et il en avait conclu qu'ils ne pensaient qu'à l'argent. Peut-être cela s'appliquait-il en partie à son père et à son frère, mais il avait eu tort de mettre sa mère et sa sœur dans le même sac.

Il avait déjà pris conscience de cela tout seul. Sa femme avait été une excuse pour s'éloigner du Texas et de sa famille. C'était même à se demander s'il ne l'avait pas épousée dans ce seul but. Son mariage était mal engagé depuis le début. Il avait mis trop de hâte à prendre sa décision.

En entendant les pas de Jaslene dans l'escalier, il se leva et lui fit signe de le rejoindre dans le salon familial. Un bar et une table de billard occupaient l'un des côtés. À l'opposé se trouvaient un immense écran de télévision et de confortables canapés.

— Viens. Prenons un verre de vin avant l'arrivée de papa et Skylar.

Il se dirigea vers une cave à vin intégrée dans le mur, dont la porte vitrée laissait voir un large choix.

— Juste de l'eau pour moi.

Il lui servit un verre d'eau filtré avec des glaçons et ouvrit une bouteille pour lui.

— Ta mère va se joindre à nous ? lui demanda-t-elle.

— Je ne sais pas.

— Comment s'est passée votre conversation ?

Il devait encore faire le tri dans ses pensées avant d'en parler.

— Bien.

Il vit qu'elle avait noté sa réticence.

— Tu vas venir voir ta famille plus souvent ?

— Oui.

Elle se hissa sur un tabouret et but une gorgée d'eau.

— J'aime bien Skylar. Elle n'est pas comme je m'y attendais.

— Tu pensais qu'elle serait plus dans le genre de mon père ?

— D'après ce que tu m'avais raconté, oui.

— Ce n'est pas à cause d'elle que je me suis éloigné de ma famille.

— Je sais et je suis contente que tu aies fini par le reconnaître.

Elle laissa passer un silence, avant d'ajouter :

— Peut-être que ce voyage te permettra de mieux comprendre ce que doit être une famille.

Avant qu'il ait eu le temps de répondre, la porte d'entrée claqua, et la voix de Skylar s'éleva, tonitruante.

— Mince, il fait un froid de loup aujourd'hui.

Calum se dirigea vers le couloir.

— Petite nature ! Il fait bien plus froid que ça à l'ouest de la Virginie.

— Mais ici, nous sommes dans le Sud. Et je ne suis pas une Texane pour rien. Je n'aime pas le froid.

Elle s'avança vers lui et lui donna une accolade.

— Je suis tellement contente que tu te sois décidé à revenir à la maison.

S'écartant, elle ajouta :

— Et j'adore ta petite amie. Tu devrais l'épouser.

Calum tourna la tête vers Jaslene qui affectait la nonchalance.

— J'avais oublié à quel point tu peux avoir du tact, ironisa-t-il.

Skylar ignora sa remarque et regarda autour d'elle.

— Où est papa ? Je pensais qu'il allait se joindre à nous. Je serais restée chez moi, sinon.

— Et, moi, je suis resté pour voir s'il serait là.

Calum ignora le regard agacé de Jaslene, comme si elle pensait qu'il devrait avoir davantage confiance en son père.

Skylar éclata de rire.

— Il s'est drôlement radouci depuis que tu as cessé de venir. Son seul défaut est de trop travailler, mais je pense que ça va changer.

Ils se dirigèrent vers la salle à manger, où la table était déjà dressée.

— Il commence à vieillir, ajouta Skylar en s'asseyant. Il se pourrait qu'il prenne sa retraite.

Calum s'assit à côté de Jaslene, et en face de Skylar.

— Il te l'a dit ?

Il avait du mal à croire que son père puisse arrêter de travailler.

— Non. Mais ce serait logique.

La cuisinière déposa sur la table un poisson cuit au four, accompagné de légumes vapeur.

— Maman va descendre pour le dîner ? demanda-t-il.

— Oui, monsieur.

Il avait perdu l'habitude qu'on s'adresse à lui avec une telle déférence.

Il commença à se lever.

— Je vais la chercher.

— Ce ne sera pas nécessaire, monsieur. Son infirmière va l'aider.

La cuisinière quitta la salle à manger, et Calum se rassit.

Newman arriva peu après.

— Regardez qui est arrivé à temps ! s'exclama Skylar.

Calum n'en revenait pas. Pour une fois, son père allait dîner en famille.

— Je peux marcher toute seule, protesta une voix féminine.

Calum tourna la tête et vit sa mère qui repoussait l'infirmière, alors que celle-ci voulait lui prendre le bras.

— Je prends le relais, annonça Newman en se levant. Vous pouvez vous retirer et profiter de votre soirée.

Calum ne l'avait jamais vu aussi aimable avec les employés. L'infirmière le remercia et s'en alla après avoir salué l'assemblée.

— Comment te sens-tu, maman, demanda Calum. Tu sembles avoir retrouvé toutes tes forces.

— Je ne les ai jamais perdues.

Elle observa le repas.

— Qu'est-ce que c'est que cette nourriture de malade ?

— Recommandations des médecins, dit Newman. Peu de sel et de graisses.

Francesca grimaça.

— Je vais mourir de faim.

Elle tendit la main vers les couverts pour se servir en poisson, mais Newman fut plus rapide et lui leva un beau filet. Puis il ajouta dans son assiette quelques légumes.

Calum les observa avec attendrissement. Malgré sa mine agacée, Francesca regardait son mari avec amour. Et l'attention que lui portait Newman prouvait à quel point il tenait à elle.

Finalement, il était content d'avoir fait ce voyage, même s'il ne savait pas encore en quoi cela changerait ses futures relations avec sa famille.

Pour le moment, il appréciait simplement l'absence de conflits. Il se réjouissait aussi d'avoir Jaslene auprès de lui, même s'il rechignait encore à considérer qu'elle faisait elle aussi partie de la famille.

— Ton père m'a dit que tu avais l'intention de partir demain, dit Francesca.

Calum hocha la tête.

— Nous prenons l'avion demain matin.

Cela faisait trois jours qu'ils étaient partis, et il lui semblait que des semaines s'étaient écoulées.

Qu'allaient-ils trouver à leur retour ?

10

Après avoir récupéré Rapunzel, Jaslene et Calum étaient retournés chez lui.

Jaslene venait juste de commencer à défaire ses bagages quand on sonna à la porte d'entrée.

Toujours vêtue du jean et du sweat-shirt noir qu'elle avait mis pour voyager, elle descendit en chaussettes au rez-de-chaussée.

Calum faisait entrer une femme vêtue d'un manteau à capuche, sous lequel apparaissait un pantalon gris-bleu qui semblait faire partie d'un uniforme.

Elle repoussa la capuche, révélant des cheveux châtains tirés en queue-de-cheval. Ses yeux bruns étaient inquiets et sa bouche crispée.

— Jaslene, je te présente Bonita Lawrence. Elle travaille comme infirmière pour le Dr Benjamin.

— Je travaillais, le corrigea la visiteuse. J'ai eu votre adresse par le commissariat. J'espère que vous ne m'en voulez pas d'être passée à l'improviste.

— Pas du tout, affirma Calum. Si nous allions nous asseoir pour discuter ? Je peux prendre votre manteau ?

Tandis que Calum suspendait son vêtement à la patère

dans l'entrée, Jaslene guida l'infirmière vers le salon et lui proposa un thé.

— Vous n'auriez pas quelque chose de plus fort ?

— Un whisky ? proposa Calum, en les rejoignant.

— Avec un peu de soda, si vous avez.

Calum ouvrit un placard qui dissimulait un bar et prépara la boisson.

— Combien de temps avez-vous travaillé avec le Dr Benjamin ? lui demanda Jaslene.

— De nombreuses années.

Calum lui tendit son verre, et elle but une longue gorgée d'alcool sans grimacer.

Fallait-il en déduire qu'elle avait l'habitude de boire ? Peut-être parce qu'elle croyait y trouver une solution à ses problèmes.

En tout cas, il émanait d'elle beaucoup de tristesse et de désillusion.

Elle entrelaça ses doigts autour de son verre.

— J'ai appris que vous l'aviez interrogé à propos de Payton Everett.

— En effet.

Jaslene comprit qu'il ne voulait pas se montrer insistant car, tout comme elle-même, il avait compris que cette visite pourrait être décisive.

— Il avait bien une liaison avec elle. Payton est venue souvent en consultation, et j'étais son infirmière attitrée. Elle a fini par se confier à moi. Les rendez-vous médicaux étaient faux. C'était un prétexte pour qu'ils puissent se voir.

Jaslene et Calum échangèrent un regard.

— Parfois, il prenait son après-midi et il allait la retrouver à l'hôtel. Un jour, je les ai suivis et j'ai pris des photos. Je ne sais pas ce qui m'a pris. Je me suis dit que ça pourrait me servir, si j'avais des ennuis, ou quoi que ce soit.

Bonita soupira.

— Mais finalement, j'ai toujours eu trop peur pour les utiliser.

Elle sortit une enveloppe de son sac et y prit une photo qu'elle tendit à Calum.

Jaslene se pencha par-dessus son épaule. On y voyait le Dr Benjamin et Payton entrer dans un hôtel.

— Quel jour était-ce ? Vous vous en souvenez ?

— Une semaine avant qu'elle ne soit déclarée disparue.

— Pourquoi nous parlez-vous de ça seulement maintenant ? lui demanda Calum.

— Il m'a renvoyée, il y a quelques jours. Je ne l'ai jamais aimé. Quelque chose chez lui me dérangeait. Comme si on ne pouvait pas croire un seul mot de ce qu'il disait. Il apparaît comme quelqu'un de charmant et d'amical, mais il ne tient jamais ses promesses.

Elle s'interrompit, le temps de boire une gorgée.

— À trois reprises, j'ai demandé une augmentation. Il a accepté, mais je n'en ai jamais vu la couleur. Il était très gentil avec les patients. Mais, s'ils étaient pauvres, ou pas très intelligents, il se moquait d'eux dans leur dos. Ça m'a choquée aussi qu'il ait une liaison avec une patiente.

Elle chercha tour à tour le regard de Jaslene et de Calum, guettant leur approbation.

— Les médecins n'ont pas le droit de faire ça. En fait, il se moque de ce que les autres pensent. Il fait comme s'il peut faire tout ce qu'il veut, sans que personne ne l'en empêche.

Jaslene avait eu la même impression à propos du Dr Benjamin.

— On dirait que vous avez retrouvé du travail.

— Je travaille dans une maison de retraite maintenant. Ils m'ont engagée dès le lendemain de mon renvoi.

— Avez-vous remarqué quelque chose d'étrange après la disparition de Payton ? demanda Calum. Un changement de comportement chez le Dr Benjamin.

— Non. Il ne semblait pas triste du tout que sa maîtresse ait disparu.

— Pourquoi vous a-t-il renvoyée ? demanda Jaslene.

— Je l'ai vu avec une autre patiente, et il s'en est rendu compte. Il m'a demandé de ne rien dire. Je lui ai dit que ce qu'il faisait était mal, et qu'il ne devait plus jamais m'en reparler. Après cela, il a passé son temps à me réprimander pour tout et pour rien. Et, finalement, il m'a dit de partir.

— Vous en avez parlé à quelqu'un ?

— Son assistante. Mais elle s'en fiche. Elle dit que c'est sa vie privée, et que ça ne regarde que lui.

Jaslene ne pouvait imaginer la Payton qu'elle connaissait tombant amoureuse d'un homme aussi peu scrupuleux.

— Pouvez-vous nous en dire plus sur le caractère du Dr Benjamin, demanda-t-elle.

— Eh bien, il perd souvent son sang-froid avec le personnel. Il crie sur nous et jette des objets. Un jour, je l'ai vu agresser un médecin qui était en désaccord avec son diagnostic.

— Payton était au courant de ces incidents ? demanda Calum.

— Je ne sais pas.

Et si c'était le cas ?

En tant que journaliste, Payton avait peut-être découvert quelque chose que le Dr Benjamin aurait préféré garder secret ; comme un mauvais diagnostic qui aurait causé la mort d'un patient.

D'un autre côté, ce n'était parce qu'il avait un comportement de goujat qu'il était capable d'enlever ou de tuer quelqu'un.

Un peu plus tard dans la journée, Calum se rendit au Sunflower avec Jaslene.

Le gérant, qu'une serveuse était allée chercher, s'avança d'un pas nonchalant.

Longiligne, il flottait dans un costume noir. Ses cheveux noirs étaient gominés en arrière, il avait des poches sous les yeux, et son regard était comme absent.

— Gary Sherman, marmonna-t-il. Il paraît que vous voulez me parler ?

Calum lui présenta une photo de Payton.

— Reconnaissez-vous cette femme ?

— Non. Mais je suis moins au contact des clients que le personnel. Est-elle venue récemment ?

Calum lui donna la date.

— Attendez. Je vais aller voir qui travaillait ce jour-là.

Calum et Jaslene attendirent quelques minutes que le gérant revienne.

— Trois des serveuses sont là ce soir.

— Parfait. Pouvons-nous leur parler l'une après l'autre ?

— Bien sûr.

Il héla l'hôtesse de salle.

— Installez ces clients à une table à l'écart.

La première serveuse ne se rappelait pas avoir vu ou servi le Dr Benjamin et Payton. La deuxième, si. C'était une étudiante blonde, dans la vingtaine.

— Le Dr Benjamin vient souvent ici. La plupart du temps, il est seul ou avec un collègue. Mais j'ai remarqué cette femme. Ils étaient assis tout près l'un de l'autre, d'une façon suggérant qu'ils étaient un couple.

— Combien de fois est-il venu ici avec elle ?

— Probablement trois ou quatre fois en l'espace de quatre mois.

— Vous rappelez la dernière fois où ils sont venus ?

Elle réfléchit un moment.

— C'était un mardi. Mon dernier jour de travail avant que je n'aille voir mes parents.

— Avez-vous remarqué quelque chose d'inhabituel dans leur comportement ?

— Pas vraiment... Ils semblaient peut-être un peu plus calmes que d'habitude. Elle ne lui parlait pas beaucoup et ne lui souriait pas.

— Nous pouvons avoir les relevés de caisse ? demanda Calum.

— Je vais demander au patron.

La troisième serveuse se présenta. C'était une femme d'une quarantaine d'années, avec des cheveux roux frisés et des yeux noisette fatigués.

Calum lui montra la photo de Payton en compagnie du Dr Benjamin.

— Reconnaissez-vous cette femme ?

À côté de lui, Jaslene observait et écoutait.

La serveuse se pencha et plissa les yeux.

Calum n'en espérait pas grand-chose.

Elle prit la photo et la rapprocha de son visage.

— Oui, je m'en souviens. Ils venaient dîner ici très régulièrement. Mais ça remonte à loin... Je me souviens d'un soir... je pense que c'était en mai... Oui, c'est ça. Il s'est plaint du vin et a renvoyé son plat deux fois.

Elle reposa la photo sur la table.

— Ce n'est pas un homme gentil. Aucune de nous n'aime faire le service à sa table. Je ne l'ai pas vu avec cette femme depuis longtemps, mais je me souviens qu'elle était un peu ivre ce soir-là. Ils avaient l'air de s'apprécier.

La visite suivante de Calum et Jaslene fut pour le Dr Benjamin.

Dans la luxueuse salle d'attente aux tonalités de beige, deux patients attendaient leur tour. La réceptionniste se fit prier pour prévenir le médecin de leur présence, arguant qu'il était débordé.

Calum menaça de le faire convoquer par la police. La mine pincée, elle quitta son poste et disparut au bout d'un couloir.

Au bout de cinq minutes, elle revint et leur annonça que l'assistante du médecin n'allait pas tarder à venir les chercher.

Deux minutes plus tard, l'assistante les guidait vers le bureau du Dr Benjamin et les assura qu'il n'allait pas tarder à arriver.

Calum et Jaslene avaient pris place dans les fauteuils de cuir bleu qui faisaient face à une table de travail quasiment vide, à l'exception d'une lampe, d'un téléphone et d'un cadre électronique où défilaient les photos de personnes qui devaient être la femme et les enfants de Benjamin.

Jaslene trouva de mauvais goût cet étalage de sa vie de famille, alors que le bon docteur passait son temps à folâtrer avec d'autres femmes.

— Il va nous faire attendre un moment, dit-elle.

— Il pense peut-être que nous allons nous lasser et partir.

Il se leva et alla fouiller les tiroirs de son bureau. Il en sortit quelques feuillets.

— Des relevés de compte American Express, dit-il.

Il les passa rapidement en revue.

— Il continue à aller au Sunflower.

Jaslene jeta un coup d'œil à la porte fermée.

— Rien d'autre ?

Calum termina de fouiller les tiroirs et déplaça la souris de l'ordinateur posé sur une console.

— Il faut un mot de passe.

Il retourna s'asseoir. Dix minutes s'écoulèrent encore, avant que le Dr Benjamin n'entre dans son bureau.

— Désolé, dit-il. Nous sommes submergés de consultations pour la grippe.

— Nous avons tout notre temps, dit Calum.

— De quoi voulez-vous encore me parler à propos de Payton ? Je vous ai dit tout ce que je savais.

— Peut-être pas...

Calum posa sur son bureau une copie de la dernière addition qu'il avait payée au restaurant datant d'avant la disparition.

— C'est la preuve que vous étiez au Sunflower quelques jours avant la disparition de Payton.

— Oui, et alors ? J'y vais régulièrement.

— Plusieurs serveuses vous ont identifié avec Payton.

L'une d'elle est certaine de vous avoir vu avec elle la semaine de sa disparition.

Benjamin lui opposa une expression impassible

— Je ne comprends pas. Si j'ai déjeuné avec elle, ça ne m'implique pas dans sa disparition.

— C'était un dîner. Et la serveuse a dit que vous vous comportiez comme un couple.

Le Dr Benjamin parut soudain embarrassé. Il cilla une fois et soupira.

— D'accord. J'avais en effet une liaison avec elle. Mais elle y a mis fin parce que je ne voulais pas quitter ma femme. Elle m'a plaqué.

Jaslene peinait à contenir son excitation. Allaient-ils enfin découvrir ce qui était arrivé à Payton ?

— Pourquoi nous avez-vous menti ? lui demanda Calum.

— Ça semble évident. Je ne voulais pas que ma femme le sache. Et puis il y a aussi le problème de manquement à l'éthique professionnelle.

— N'est-ce pas plus important de retrouver Payton ? demanda Jaslene. Elle est peut-être toujours en vie.

— Je ne peux rien faire pour vous aider. La dernière fois que je l'ai vue, c'était deux jours avant sa disparition, quand nous avons dîné au Sunflower. Elle a rompu avec moi cette nuit-là.

Cela correspondait à ce qu'avait dit la plus jeune des serveuses. Ils étaient tous les deux moroses, parlant peu, évitant de se regarder…

Payton s'était-elle lassée de voir un homme marié ? Avait-elle découvert autre chose qui avait occasionné un changement de comportement ?

— Aviez-vous des sentiments pour elle ?

— Évidemment ! J'étais très attiré par elle physiquement,

et j'adorais son énergie. Je ne peux pas dire que j'étais impressionné par son métier de journaliste, mais elle avait l'esprit vif.

Il avait l'air de considérer que Payton était médiocre en dehors de son physique, et Jaslene en fut écœurée. Qu'est-ce que son amie avait bien pu trouver à ce type ?

— Comment avez-vous pris la rupture ? demanda Calum. Ça vous a ennuyé ? Contrarié ?

— Ça m'a ennuyé, bien sûr. J'avais envie de continuer à la voir. Mais, j'ai respecté sa décision. Et je ne lui en ai pas voulu. De toute façon, je m'y attendais.

— Comment cela ? demanda Calum.

— Je savais qu'elle ne supportait pas que je sois marié. Cette nuit-là, je lui ai dit que je ne quitterais jamais ma femme. Même si ça peut paraître bizarre, je l'aime toujours. Et je veux que mes enfants grandissent dans un foyer uni.

— Comment pouvez-vous dire que vous aimez votre femme ? lui demanda Jaslene. Normalement, les gens ne trahissent pas ceux qu'ils aiment

Quand elle avait dû choisir entre la passion et le respect qu'elle devait à l'homme qu'elle avait épousé, elle avait opté pour la deuxième option.

— J'aime ma femme pour d'autres raisons que celles qui m'ont attiré vers Payton. Ma femme est sophistiquée, douce… C'est une bonne mère… Elle est tout ce que j'ai toujours voulu chez une épouse.

— Qu'est-ce que Payton savait de vos méthodes de travail, docteur ?

Jaslene se demanda pourquoi il posait cette question. Avait-il une raison particulière d'aller à la pêche aux questions ?

Le médecin ne flancha pas.

— Je ne suis pas sûr de comprendre. J'étais son médecin traitant, ma réussite l'a impressionnée, et elle a fait un article sur moi.

— Quatre cliniques, deux agences de services de soins à domicile... On peut dire que vous avez l'art d'occuper le terrain.

— Elle a peut-être découvert quelque chose en faisant des recherches pour son article, suggéra Jaslene.

— Vous pensez que je cache un secret ?

Le médecin rit de bon cœur.

— Je crains d'être beaucoup plus ennuyeux que ça.

Calum se leva.

— Merci de nous avoir reçus. Nous vous contacterons à nouveau si nous avons d'autres questions.

Le médecin changea de ton.

— À partir de maintenant, je vous demanderai de passer par mon avocat.

Il se leva et contourna son bureau.

— Vous devez comprendre que je suis choqué par vos insinuations. Je n'ai rien à voir avec la disparition de Payton, mais vous semblez déterminé à ce que tout le monde le croie.

— Je me moque de ce que pensent les autres, rétorqua Calum. La seule chose qui m'intéresse, c'est la vérité.

11

Ce soir-là, Jaslene et Calum dînèrent dans une brasserie.

Sept jours s'étaient écoulés sans nouvelle piste.

Calum avait fait placer sous surveillance le Dr Benjamin, mais ce dernier s'en tenait à sa routine. Il se comportait comme un bon père de famille, qui rentrait tous les soirs pour le dîner, et ne rencontrait personne en cachette, que ce soit des femmes ou des patients.

Riley semblait avoir disparu pour de bon. Il n'avait plus d'activité sur les réseaux sociaux et n'utilisait plus sa carte bancaire. Sa moto n'avait pas pu être localisée.

La plupart du temps accompagné de Jaslene, Calum visitait régulièrement les restaurants, les stations-service, les motels et les hôtels. Il était convaincu que Riley avait quitté la ville, mais qu'il finirait par revenir. Le désir de vengeance agirait sur lui comme un aimant.

Il tint la porte à Jaslene qui tapa ses semelles couvertes de neige sur le paillasson, et ils attendirent que l'hôtesse de salle vienne les accueillir et les placer.

Il regarda Jaslene ôter son manteau et le draper sur le dossier de la chaise. Son jean très ajusté avait déjà retenu son attention dès qu'il avait posé les yeux sur elle le matin.

Soulevant le menu, elle remarqua qu'il l'observait.

— Quoi ?

— Tu es belle.

— Toi aussi, tu es beau.

Il ne s'attendait pas à ça.

— Tu trouves ?

Elle l'étudia attentivement.

— J'aurais dû dire sexy. Ou plutôt… torride.

— J'aurais pu te croire quand j'avais trente ans.

— Tu n'es pas si vieux que ça.

Trente-sept ans, ce n'était pas vieux, mais il y avait eu une époque où il pensait qu'il aurait déjà fondé une famille à cet âge.

Un serveur vint prendre leur commande.

— Combien d'hommes t'ont dit que tu étais belle ?

— Pas beaucoup. Ryan ne me le disait jamais.

— Il y a dû y avoir des hommes après lui. Ça fait combien de temps qu'il est mort ? Deux ans ?

Elle hocha la tête.

— Tu as dû te faire draguer. Pourquoi tu n'as jamais donné suite ?

— Il m'a fallu du temps pour me remettre de sa mort.

Elle lui avait déjà dit qu'elle aurait eu l'impression de trahir son mari si elle sortait avec d'autres hommes. Était-elle parvenue à la même conclusion en ce qui le concernait ?

— Pourquoi toutes ces questions ? lui demanda-t-elle.

— J'essaie de déterminer à quoi je me confronte.

Serait-elle un jour libérée de sa culpabilité ?

— Je me sens bien quand je suis avec toi, mais je ne sais pas si je suis prête à m'engager dans une relation sérieuse.

Ils furent interrompus par l'arrivée du serveur. L'homme

posa les assiettes sur la table puis observa Calum avec insistance.

— Vous êtes le détective qui recherche Riley ? finit-il par demander.

— Oui ?

— Un gars est venu l'autre jour. Il était de passage et lisait un article sur lui. Il a dit qu'il s'était arrêté pour prendre de l'essence à webster Springs et qu'il avait vu un homme correspondant à la description de Riley, en train de faire le plein d'une moto. Ça lui a semblé bizarre parce que nous sommes en février et qu'il fait froid.

— Vous avez son nom ?

— Non. Désolé. Il a payé en espèces… Je lui ai dit d'aller voir la police. Il ne l'a pas fait ?

— Non. Quand était-ce ?

— Il y a trois jours.

Trois jours ! Riley pouvait être n'importe où, maintenant.

Lorsque le serveur s'en alla, Jaslene ne masqua pas son excitation.

— Nous devrions étendre nos recherches aux villes voisines. En commençant par webster Springs.

— Riley est peut-être déjà parti.

— Pas s'il s'y sent en sécurité. Il n'a probablement pas vu que cet homme l'avait remarqué.

— Espérons-le. Mais, s'il se déplace de ville en ville…

— Nous les vérifierons toutes.

webster Springs se trouvait à une quinzaine de kilomètres de Chesterville. Ils apprirent à la station-service que Riley s'y arrêtait souvent pour acheter des cigarettes.

Le gérant leur apprit même où vivait Riley, l'ayant vu une fois alors qu'il passait à proximité.

La chance était en train de tourner en leur faveur.

En arrivant sur le parking du motel, ils virent aussi la moto de Riley garée devant la porte d'une chambre au rez-de-chaussée.

— Reste en retrait, dit Calum.

Il frappa à la porte et, après quelques secondes, essaya de voir quelque chose à travers l'unique fenêtre. Sortant son arme, il courut jusqu'à l'angle du bâtiment.

Jaslene s'approcha de la moto et vérifia les sacoches. Elles étaient vides. Elle ne s'attendait pas à trouver quelque chose de valeur mais espérait découvrir un indice permettant de le lier à Payton.

En entendant des bruits de pas rapides, elle leva les yeux, et vit Riley se précipiter vers elle. Avant qu'elle ait eu le temps de se redresser et de s'enfuir, il se jeta sur elle et la poussa brutalement.

Elle tomba lourdement sur la chaussée. Heureusement, elle portait des gants et une parka matelassée, mais elle ressentit néanmoins douloureusement le choc.

Le temps que Calum revienne et lui porte secours, Riley s'était enfui.

— Ça va ?

— Oui.

Elle se releva et courut avec Calum vers le SUV. Le temps qu'ils s'engagent dans la rue, la moto de Riley n'était plus visible.

Ils retournèrent au motel et entrèrent dans la chambre par la fenêtre de la salle de bains, ce qui était le chemin qu'avait emprunté Riley pour s'enfuir.

Il avait laissé ses vêtements et pas mal de désordre dans la pièce, mais ils ne trouvèrent rien d'utile à l'enquête.

Plusieurs jours passèrent sans que Riley ne donne signe de vie. Calum avait pris contact avec tous les postes de police des villes voisines de webster Springs, mais aucune information ne lui était revenue.

Jaslene avait du mal à surmonter sa frustration.

Le coupable de la disparition de Payton serait-il un jour arrêté ?

Saurait-elle ce qui était arrivé à son amie ?

Elle n'abandonnerait jamais tant que Payton ne serait pas retrouvée. Mais Calum ne finirait-il pas par se lasser ?

Combien de temps pourraient-ils continuer ainsi ?

Pas éternellement. Il faudrait bien qu'elle retourne travailler un jour et que Calum s'occupe d'autres enquêtes.

Assise dans le salon, les jambes repliées sous elle, les mains serrées autour d'une tasse de thé, elle regardait tomber la neige dans la lumière déclinante de l'après-midi.

Rapunzel était couchée à côté d'elle sur le canapé et ronflait doucement.

Une drôle d'odeur lui chatouilla soudain le nez.

Elle se figea, persuadée de sentir de la fumée. Puis elle entendit l'alarme incendie.

Elle bondit et se dirigea vers la cuisine. La pièce était en feu.

Comme elle retournait chercher la chienne dans le salon, une silhouette apparut sur le côté et la frappa à la tête. Tout devint noir.

Calum sortait de la salle de bains quand l'alarme incendie se déclencha. Aussitôt, il saisit son arme sur la table de chevet et sortit en courant dans le couloir.

Il arrivait en haut de l'escalier, quand il vit une silhouette dans le hall d'entrée. L'homme portait un masque et pointait son pistolet dans sa direction.

Il eut le temps de remarquer qu'il avait la même taille que Riley et n'était pas aussi grand que le Dr Benjamin, avant de trouver refuge dans la chambre la plus proche.

Et le premier coup de feu éclata.

Calum passa la tête dans l'embrasure de la porte et riposta.

Pendant quelques secondes, les coups de feu s'enchaînèrent. Puis l'une de ses balles atteignit l'homme à la jambe.

Il vacilla et se traîna en boitant jusqu'à la porte d'entrée.

Calum dévala les marches pour le prendre en chasse.

De la fumée se répandait au le rez-de-chaussée, et il vit des flammes dans la cuisine.

— Jaslene ! appela-t-il.

Les gémissements de Rapunzel l'attirèrent vers le salon.

Couvrant son visage avec sa chemise, il s'avança et vit que Jaslene était étendue au sol. Il la souleva dans ses bras et appela la chienne. Puis il courut vers la porte en toussant. Rapunzel le dépassa et bondit dehors. Calum l'imita et déposa Jaslene sur la pelouse. Au loin, montait le son des sirènes. Des voisins s'attroupaient sur le trottoir d'en face.

Calum repoussa les cheveux de Jaslene pour dégager son visage et vit qu'il avait du sang sur les doigts.

Avec précaution, il palpa sa tête et découvrit une bosse et une entaille.

Il n'y avait pas de quoi mettre sa vie en danger.

— Jaslene !

Elle gémit.

— Jaslene, réveille-toi !

Rapunzel apparut à côté d'elle et se mit à lui lécher le visage en gémissant.

Jaslene gémit à nouveau et ouvrit les yeux.

— Que s'est-il passé ?

— Tu n'as presque rien, dit-il. Quelqu'un a mis le feu à la maison.

Un camion de pompiers s'arrêta dans la rue. Une ambulance et deux voitures de police suivaient.

Calum regarda sa maison ravagée par les flammes et ressentit un profond sentiment de perte.

S'il n'avait pas consciemment acheté cet endroit pour y avoir une famille, il s'était à plusieurs reprises autorisé à l'envisager depuis que Jaslene y vivait.

— Tu pourras la reconstruire.

Il regarda Jaslene qui l'avait observé et avait deviné ce qu'il ressentait.

— En attendant, tu peux venir habiter chez moi.

Il esquissa un sourire.

— Tu crois que j'ai l'intention de te perdre de vue ?

12

Assise à la table de sa cuisine, Jaslene cambra le dos et se tourna à droite et à gauche.

Elle avait mal, et son estomac était barbouillé.

Était-ce à cause de sa chute et de la fumée qu'elle avait respirée ?

Deux jours s'étaient écoulés depuis l'incendie, et ils ne savaient toujours pas qui l'avait allumé.

Chez elle, une routine domestique s'était installée avec Calum. Ils dormaient ensemble, prenaient leurs repas ensemble, se réveillaient le matin et partageaient un café en écoutant les informations à la radio... C'était si facile de discuter avec lui.

Mais, sous la façade de normalité demeurait l'incertitude de leur avenir.

Elle se massa le ventre et tenta de se concentrer sur le roman ouvert sur sa liseuse. Une nausée l'avait tirée du lit à 2 heures du matin, et elle ne se sentait pas prête à retourner se coucher.

Posant la liseuse, elle regarda autour d'elle et remarqua combien la pièce était vide et manquait de charme.

Pourquoi ne s'était-elle jamais occupé de la décoration ?

Elle avait acheté cet endroit après la mort de Ryan,

n'ayant pas la force de continuer à vivre dans la maison où ils avaient vécu ensemble.

Son travail avait occupé tout son temps ces dernières années, et elle s'était complètement désintéressée de son lieu de vie. Elle préférait passer le plus de temps possible dehors : aller au cinéma, assister à des événements en ville...

Apparemment, ses priorités avaient changé. Déjà chez Calum, elle avait eu des velléités de jouer les décoratrices. L'envie de construire son nid, peut-être...

Désœuvrée, elle alluma la télévision et passa d'une chaîne à l'autre, vérifiant la météo et les informations.

— Qu'est-ce que tu fais debout ?

Jaslene tourna la tête en entendant la voix de Calum et son intonation emplie de tendresse.

— Je ne pouvais pas dormir.

Elle le regarda se diriger vers la cuisine, pieds nus et vêtu seulement d'un boxer.

— Comment ça se fait ?

Il ouvrit le réfrigérateur et en sortit un pack de jus d'orange.

— Je ne sais pas.

Il se servit un verre et remit le pack à sa place.

— Quelque chose te dérange ?

— Non.

Il revint au salon et s'assit à côté d'elle sur le canapé. Tenant son verre d'une main, il passa l'autre bras autour de ses épaules.

— Qu'est-ce qu'il y a ?

— Je ne me sens pas bien.

— Comment ça se fait ?

— Je ne sais pas.

Les bras croisés, elle se tint le ventre. Et soudain elle se leva d'un bond et courut vers la salle de bains, une main plaquée sur sa bouche.

Après quelques minutes, elle se sentit un peu mieux. Elle se rinça la bouche au lavabo et observa son reflet dans le miroir.

Depuis l'embrasure de la porte, Calum la regardait d'un air inquiet.

— Tu prends la pilule, n'est-ce pas ?

— Je la prenais. Mais, j'ai arrêté à la mort de Ryan. Je n'en voyais pas la nécessité.

Calum s'avança dans la salle de bains et tapa du poing sur le plateau de la vasque, faisant sursauter Jaslene.

— Tu m'as dit qu'il n'y avait pas de risque.

Agacée par ce reproche, elle riposta.

— C'est ce que je croyais.

Il la fixa pendant de longues et inconfortables secondes.

— Qu'est-ce que nous allons faire ?

— On ne sait même pas si je suis enceinte.

Il inclina la tête, n'ayant visiblement pas besoin d'un test pour en être convaincu.

— Ça paraît pourtant évident.

— Eh bien, j'élèverai cet enfant. Tu pourras faire partie de nos vies, si c'est ce que tu veux.

— Je ne pense pas que ce soit une bonne chose d'être forcé à devenir parent. Ni pour l'un, ni pour l'autre.

— Nous n'aurons peut-être pas le choix.

— Nous ne sommes pas prêts pour ça.

— Non, ça c'est certain. Mais, que pouvons-nous y faire ?

Elle le regarda droit dans les yeux, pour être sûre qu'il la comprenne.

— Je refuse d'avorter parce que tu n'es pas prêt.

Ils avaient tous les deux commis cette erreur et ils devaient en assumer les conséquences. Ils auraient dû réfléchir avant de coucher ensemble.

— Nous ne sommes pas obligés de nous marier.

La colère enflamma le regard de Calum.

— Qu'est-ce que tu suggères, alors ? Que nous partagions un enfant sans vivre ensemble ? Je ne me vois pas faire des allers-retours pendant dix-huit ans.

— Nous aurons tout le temps de prendre des dispositions. En attendant, si je suis enceinte, je garde cet enfant.

Avec un soupir, il se passa la main dans les cheveux, puis il quitta la salle de bains en jurant.

Quelques minutes plus tard, Jaslene le rejoignit dans la cuisine.

Il se tenait debout devant l'évier, la tête penchée, en une attitude de profond désespoir.

Elle se percha sur un tabouret et attendit qu'il se reprenne.

Finalement, il se tourna vers elle.

— Comment envisages-tu ta vie dans quelques années ?

— Tu veux dire, avec l'enfant ?

— Avec tout. Le travail. L'enfant. Moi.

— Eh bien, pour commencer, je pense que j'arrêterai de travailler quelque temps. Quant à toi, je ne sais pas. Nous pourrions essayer de vivre ensemble pour voir comment ça se passe.

Il hocha la tête, mais elle ne parvint pas à déterminer ce qu'il pensait de sa proposition.

— De toute façon, quoi qu'il se passe entre nous, je ne

t'empêcherai pas de voir ton enfant. Mais, a priori, je ne vois pas ce qui nous empêcherait de faire fonctionner une relation.

— Tu vas déjà commencer par prendre rendez-vous avec un médecin. Nous déciderons plus tard.

— Je vais le faire dès ce matin.

Calum devait se forcer à se concentrer sur le dossier de Payton, alors qu'il passait en revue tous les éléments qu'il avait rassemblés depuis qu'il avait commencé cette enquête.

Sa ténacité finit par payer.

Dans une boîte contenant des notices d'utilisation pour différents appareils, il trouva un reçu pour l'achat d'un téléphone à carte prépayée un mois avant sa disparition.

Ce n'était pas lui qui avait fouillé la boîte initialement, et il comprenait très bien qu'on puisse passer à côté d'un reçu dans une pile de documents. Mais, où était passé le téléphone ?

En entendant Jaslene parler au téléphone avec la mère de Payton, pour ses points réguliers sur l'affaire, il la rejoignit au salon et lui montra le reçu.

Les yeux de Jaslene s'écarquillèrent d'excitation.

— Dites-moi, Pat, savez-vous si Payton avait un deuxième téléphone portable ? demanda-t-elle.

Elle écouta la réponse.

— Bien. Nous arrivons.

Elle mit fin à la communication et se tourna vers Calum.

— Payton a stocké plein de vieux trucs chez sa mère.

Ils se rendirent sur-le-champ chez Patricia et découvrirent

le téléphone dans un coffre où Payton avait accumulé de nombreux souvenirs d'enfance.

Calum le prit, ainsi que le chargeur, et ils retournèrent chez lui. Il brancha aussitôt le téléphone et attendit avec impatience qu'il soit chargé.

Jaslene fit passer le temps en s'occupant de sa chienne et finit par venir aux nouvelles.

— Il est chargé ?

Calum vérifia et vit que le niveau de la batterie était suffisant pour commencer à regarder.

Il vérifia les appels et, comme il s'y attendait, trouva le numéro du Dr Benjamin.

Il découvrit aussi un autre numéro qui ne lui disait rien du tout et se connecta à un annuaire en ligne.

— Unité de répression des fraudes à l'assurance maladie, murmura-t-il. Payton aurait-elle dénoncé son amant ?

— Si elle l'avait fait, il y aurait eu une enquête, non ?

Calum ne savait pas s'il y avait une enquête en cours. Il n'avait pas vérifié. Mais il allait le faire.

— Ce que je ne comprends pas, c'est pourquoi Payton avait besoin d'un téléphone prépayé, dit Jaslene.

— Pour cacher ses appels à la répression des fraudes.

— Oui, mais elle s'en servait aussi pour appeler Benjamin. Donc, il connaissait le numéro.

— Elle voulait sans doute laisser une trace des appels qu'elle lui passait.

— Elle aurait pu utiliser son propre téléphone.

— Elle pouvait se débarrasser de celui-ci en cas de besoin.

Jaslene restait sceptique.

— C'était risqué. Il pouvait se demander pourquoi elle avait un second téléphone.

— Demain, nous nous intéresserons de plus près aux pratiques du bon docteur.

Elle haussa la tête.

— Juste après mon rendez-vous.

En entrant dans le cabinet de l'obstétricien, Jaslene pouvait ressentir la tension de Calum. Elle-même n'en menait pas large.

Au cours des derniers jours, elle avait eu le temps de s'habituer à l'idée d'avoir un bébé mais ne savait toujours pas quoi faire par rapport à Calum.

Même s'ils parvenaient à passer outre leur expérience passée en matière de relations, le moment n'était pas le mieux choisi.

Un bébé ?

Elle n'en revenait toujours pas. Et surtout elle s'en voulait énormément de ne pas mieux savoir où elle en était dans son cycle.

Cela ne voulait pas dire qu'elle ne commençait pas à se faire à l'idée d'avoir un enfant. De plus en plus cette perspective prenait forme, lui apportant une douce sensation de bien-être.

Elle réfléchissait à des prénoms.

Fille ou garçon ? Elle n'avait pas de préférence.

— Tu as un drôle de sourire.

Jaslene détourna les yeux de l'écran de télévision fixé au mur. Calum la regardait intensément.

Elle haussa les épaules.

— Je réfléchissais.

Elle tourna à nouveau la tête.

— À quoi ?

Elle s'apprêtait à répondre quand une infirmière vint la chercher.

Soudain paniquée, elle chercha son souffle, regardant l'infirmière sans bouger.

Cela confirmerait ce que Calum et elle savaient déjà. Mais cette officialisation avait quelque chose d'intimidant.

Calum se leva et lui tendit la main.

Surprise, elle la prit et se leva à son tour. Il ne lâcha pas sa main tandis qu'ils suivaient l'infirmière dans le couloir.

Après un prélèvement d'urine et une prise de sang, l'infirmière lui posa une série de questions, puis elle leur demanda d'attendre le médecin.

Tandis que Jaslene s'installait sur la table d'examen, Cal s'assit, en appui sur les coudes, la tête penchée.

On voyait bien qu'il n'avait vraiment pas envie de ça.

Était-ce dû au désenchantement causé par son premier mariage ?

N'avait-il pas confiance en elle ?

Ou bien, pensait-il qu'ils ne feraient pas une bonne famille ? Il avait déjà dit qu'il n'était pas prêt pour un bébé. Elle non plus, d'ailleurs.

— Ça va aller, Cal.

Il releva la tête.

— Rien ne t'oblige à faire quelque chose qui te rendrait mal à l'aise. Aujourd'hui, des quantités de femmes élèvent seules leurs enfants. Je gagne bien ma vie. Je peux subvenir aux besoins du bébé toute seule.

Calum serra les mâchoires, et son regard se durcit.

— Tu suggères que j'abandonne mon enfant ?

Jaslene n'avait rien à répondre à cela.

À son grand soulagement, elle fut tirée d'embarras par l'arrivée du médecin.

Le fait d'avoir une nouvelle piste dans l'enquête sur la disparition de Payton faisait office de diversion, permettant à Jaslene ne pas ressasser la confirmation de sa grossesse, ainsi que les doutes et les interrogations qui accompagnaient cette nouvelle.

En sortant du cabinet médical, leur première visite fut pour Bonita Lawrence. Ils l'interceptèrent alors qu'elle arrivait chez elle et l'invitèrent à prendre un café.

Ils optèrent pour un salon de thé à l'ancienne dans le centre historique de Chesterville, appréciant l'atmosphère surannée et les photographies encadrées de la ville au XIXe siècle.

Jaslene commanda une infusion, tandis que Bonita optait pour un café crème et Cal pour un café noir sans sucre.

— De quoi voulez-vous me parler ? leur demanda Bonita.

— Nous voudrions en savoir plus sur les méthodes de travail du Dr Benjamin, dit Cal.

Il n'évoqua pas la répression des fraudes, sans doute pour éviter que l'information ne revienne trop vite aux oreilles de Benjamin.

— Pouvez-vous nous aider ?

— Je ne sais pas. Ça dépend de ce que vous voulez savoir.

Elle commença à siroter son crème.

— Il a son cabinet de consultations, mais il possède plusieurs cliniques. Quelles spécialités médicales y pratique-t-on ?

— De la médecine générale, de la chirurgie, des consultations gériatriques... Il propose aussi des soins à domicile via des auxiliaires de vie ou des infirmières pour les cas les plus complexes.

— Comment cela se passe-t-il ? Les médecins lui louent des emplacements ?

Bonita secoua la tête.

— Non. Ils sont tous salariés.

— Y a-t-il déjà eu des problèmes de diagnostic ? Des examens prescrits à tort ?

— Pas à ma connaissance.

— Comment ça se passait avec l'assurance maladie ? Chaque clinique gère ses déclarations, ou il a un service dédié ?

— Je n'en sais rien. Je ne m'occupais pas du tout des questions de prise en charge...

Son visage s'éclaira.

— Mais je crois qu'il a un système de parrainage. Quand un médecin lui envoie un patient, il reçoit une gratification, ou quelque chose comme ça. C'est de cette façon qu'il a développé ses affaires.

C'était logique. Plus on lui envoyait de patients, plus Benjamin gagnait d'argent. Mais il ne s'était probablement pas développé uniquement grâce à ça.

— Connaissez-vous quelqu'un à qui nous pourrions parler dans l'une des agences de soins à domicile ?

— Oui. J'ai une amie qui y travaille. Je vais vous donner son numéro.

Sandy Pennington, l'infirmière dont Bonita leur avait parlé, leur ouvrit la porte de sa maison de ville en briques rouges.

— Bonjour, vous devez être les détectives.

Calum ne la reprit pas.

— Merci d'avoir accepté de nous parler.

— Entrez.

Elle recula dans le couloir.

— Il fait froid dehors.

Calum laissa Jaslene passer devant lui, respirant au passage son parfum fleuri. Il l'assimilait désormais totalement à elle et aurait pu deviner sa présence rien qu'en respirant cette odeur de jasmin.

— En quoi puis-je vous aider ? leur demanda Sandy, tandis qu'ils s'asseyaient dans le salon.

— Nous aimerions savoir comment est géré le système de soins à domicile et qui gère les déclarations à l'assurance maladie ?

— Eh bien, on nous fait un ordre de mission pour aller chez un patient. On remplit un document pour l'assurance maladie et on le donne au service administratif.

— Vous a-t-on déjà demandé de réaliser des soins qui n'étaient pas nécessaires ?

— Non. La santé des patients est notre priorité. C'est pour cela que j'adore travailler là.

— Vous avez déjà travaillé directement avec le Dr Benjamin ?

— Non. Je sais que Bonita a eu des problèmes avec lui et j'en suis désolée pour elle, mais j'ai un bon emploi et je n'ai aucune critique à faire sur le Dr Benjamin.

Calum nota que Jaslene se grattait l'oreille.

Trouvait-elle curieux que tout le monde soit aussi élogieux à l'égard du Dr Benjamin ? En tout cas lui trouvait cela pour le moins suspicieux.

13

Jaslene était tombée d'accord avec Calum : ils ne devaient pas parler au Dr Benjamin de l'appel que Payton avait passé à l'unité de répression des fraudes.

S'il savait qu'ils le soupçonnaient, et s'il avait quelque chose à voir avec la disparition de Payton, nul ne savait ce qu'il était capable de faire.

Lorsqu'ils regagnèrent la maison, Jaslene fut surprise que Rapunzel ne se précipite pas sur eux pour leur faire la fête.

Calum tendit le bras pour la dissuader d'avancer.

Soudain, un bruit de pas dans le salon précéda l'apparition de Riley.

Jaslene eut un petit cri de frayeur.

Il tira dans leur direction, tandis qu'il se dirigeait vers la cuisine.

Calum gémit comme s'il avait été touché, ce qui ne l'empêcha pas de sortir son arme de son étui et de s'élancer à la poursuite du malfaiteur.

Prudemment, elle lui emboîta le pas

Riley ouvrit la porte de service et se rua dans le jardin.

Lorsqu'il atteignit la clôture, il se retourna pour tirer à

nouveau sur Calum, mais ce dernier s'accroupit derrière le barbecue.

Il riposta quand Riley enjamba la clôture

Un cri s'ensuivit, témoignant que Calum l'avait touché.

Jaslene vit Cal courir, sauter par-dessus la clôture et retomber souplement de l'autre côté. Elle en déduisit qu'il ne devait pas être gravement blessé s'il était capable de faire ça.

Elle sortit son téléphone de sa poche et appela le 911.

Au même moment, Rapunzel apparut dans la cuisine en aboyant furieusement. Puis elle courut vers le salon et se retourna pour regarder Jaslene.

La chienne revint dans la cuisine, aboya et partit à nouveau vers le salon.

— 911. Quelle est la nature de votre urgence ?

— Quelqu'un est entré chez moi.

L'opérateur vérifia son identité et son adresse.

Rapunzel traversait à présent le couloir et se dirigeait vers la chambre du rez-de-chaussée.

— Où se trouve l'intrus ?

Devant le lit, la chienne se mit à aboyer de toutes ses forces.

— Il s'est enfui.

Jaslene se pencha pour regarder sous le lit.

— Oh ! mon Dieu ! Il y a une bombe dans ma maison.

Laissant tomber le téléphone, elle prit la chienne sous son bras et courut à travers la maison vers la porte d'entrée.

Traversant la rue, elle alla se réfugier sur le trottoir d'en face, derrière un arbre, et chercha si elle voyait Calum.

Elle entendit des coups de feu un peu plus loin vers le carrefour et vit une moto s'éloigner à vive allure.

Peu après, Cal jaillit d'une allée entre deux maisons et

remonta la rue en courant, en venant dans la direction de Jaslene.

— Que fais-tu dehors ? lui demanda-t-il.

Au loin, on entendait déjà des sirènes.

— Il y a une bombe dans la maison.

— Quoi ?

Des véhicules de secours arrivèrent, accompagnés d'une unité de déminage.

Pendant ce temps, Jaslene attendait anxieusement de voir si sa maison allait exploser. Heureusement, les spécialistes parvinrent à la désactiver à temps.

— Pourquoi Riley se donne-t-il tant de mal pour nous éliminer ? demanda Jaslene.

Il était assis sur le canapé. Un documentaire passait à la télévision, le son réduit au minimum. Rapunzel était couchée à côté de Jaslene, le museau posé sur sa cuisse.

Quelque chose chiffonnait Calum.

La personne qui avait tiré sur eux depuis une voiture portait une cagoule. Celle qui avait mis le feu à sa maison aussi. Peut-être que c'était aussi le cas de celle qui avait posé une bombe chez Jaslene. S'agissait-il vraiment de Riley ?

— Le désir de vengeance l'a peut-être fait sombrer dans la folie, suggéra-t-il. À moins qu'il ne s'agisse pas de lui.

Jaslene écarquilla les yeux.

— Comment ça ? Nous l'avons vu.

— Tu te souviens de la fusillade dans la rue, de l'incendie ? Notre assaillant portait une cagoule.

Elle réfléchit quelques instants.

— Nous devons savoir avec certitude si le Dr Benjamin

est impliqué dans une fraude à l'assurance maladie. Cela pourrait nous orienter vers le véritable coupable.

— C'est exactement ce que je pensais.

Au même moment, le téléphone de Jaslene sonna.

Elle se pencha au-dessus de Rapunzel pour l'attraper et répondre.

— Allô ?

Calum la vit grimacer, l'air inquiet.

— Que se passe-t-il ?

Sans répondre, Jaslene repoussa le museau de sa chienne et se leva.

Calum l'imita.

— Quand l'ont-ils découverte ?

Jaslene se couvrit la bouche d'une main, tandis qu'elle écoutait un long monologue.

Elle cilla à plusieurs reprises, et ses yeux commencèrent à s'emplir de larmes.

— Elle s'est noyée ?

À cet instant, Calum comprit que le cadavre de Payton avait été découvert.

— Étranglée ? dit Jaslene, d'un ton horrifié.

Elle échangea un regard avec Calum.

— Ils pensent qu'elle a été jetée dans la rivière après coup ? Et ils ont une idée de qui a fait ça ?

Elle écouta la réponse.

— Si vous avez besoin d'aide pour organiser les funérailles, je suis là, d'accord ?

Jaslene échangea encore quelques mots et raccrocha, l'air sombre.

— C'était Patricia. Le cadavre de Payton a été découvert sur la berge d'une rivière, un peu plus tôt dans la journée.

Elle vient d'aller l'identifier. Elle m'a appelée parce que j'étais son amie la plus proche.

Les larmes roulaient à présent sans retenue sur ses joues.

Calum alla vers elle et la prit dans ses bras.

— Je suis tellement désolé.

Elle sanglota doucement contre lui pendant un moment.

Calum lui prit le téléphone des mains et le déposa sur la table basse.

Elle crispa les doigts dans son dos quand il la prit fermement contre lui.

— Je sais que tu souffres, mais tu devais savoir que ça risquait d'arriver.

Elle hocha la tête contre son épaule et renifla.

— Grâce à l'expertise médico-légale, nous retrouverons son assassin, tu peux en être sûre.

Elle rejeta la tête en arrière, les yeux rougis et le visage humide.

Calum avait le cœur serré du besoin de la réconforter. S'il avait pu absorber son chagrin pour l'en soulager, il l'aurait fait.

Il se contenta d'un tendre baiser – rien d'insistant, juste un effleurement des lèvres – pour lui faire savoir qu'elle pouvait compter sur lui.

Sa respiration était instable, et elle reniflait.

Il chercha des yeux une boîte de mouchoirs et en vit une sur une console en bout de canapé.

Il alla la chercher, suivi des yeux par Rapunzel qui semblait un peu effrayée par la situation, et la tendit à Jaslene qui se moucha délicatement.

— Il faut que j'aille travailler, dit-il. Je dois discuter avec les enquêteurs.

— Je peux venir avec toi ?

— Je vais chez le *coroner*. Je préférerais que tu ailles chez une amie. Je vais te déposer et revenir te chercher quand j'aurai terminé. Je te raconterai tout après.

Comme elle faisait mine de protester, il insista :

— Je ne veux pas que tu voies son cadavre, Jaslene. Et je veux être sûr que tu te trouves quelque part en sécurité.

Elle finit par hocher la tête.

— Je vais appeler Tatum. Catherine nous rejoindra probablement plus tard.

— Donne-moi l'adresse. Je vais demander qu'on place un agent devant sa porte. Il faut que je passe quelques coups de téléphone. En attendant va te préparer.

— Attends !

Jaslene s'apprêtait à ouvrir sa portière alors que Calum venait de s'arrêter devant la maison de Tatum.

Elle le regarda contourner l'avant du SUV et venir lui ouvrir la portière.

Il la chouchoutait parce qu'il devait penser qu'elle avait besoin de réconfort…

Elle descendit de voiture et se tint devant lui sur le trottoir.

— Merci.

Il passa un bras autour de sa taille et l'attira contre lui.

Plongeant son regard dans le sien, il prit son menton entre ses doigts et l'embrassa.

Le contact de ses lèvres la fit frissonner de désir.

— À tout à l'heure, dit-il.

Elle n'avait pas hâte d'apprendre la terrible nouvelle à ses amies. Elle avait juste dit à Tatum qu'elle allait passer, et qu'elle comptait sur elle pour appeler Catherine.

— Fais attention à toi, ajouta Calum, avant de remonter dans sa voiture.

Elle tourna les talons et se dirigea vers la porte de la maison de Tatum, composées de trois panneaux vitrés encadrés de bois sombre.

Catherine se tenait dans l'entrée, les bras croisés sur un vieux sweat-shirt à la gloire d'un club de foot qu'elle portait avec un jean usé et des tennis.

— Tu peux nous expliquer ce que c'était ? lui demanda Tatum.

— La dernière fois que nous en avons parlé, tu n'étais pas très fan de l'inspecteur Chelsey, ajouta Catherine.

Jaslene ferma la porte derrière elle et s'avança dans la maison sans répondre.

Elle avait d'abord une mauvaise nouvelle à leur annoncer.

— J'ai demandé à vous voir parce qu'il s'est passé quelque chose.

— Viens.

Tatum la prit par le bras et l'emmena vers le salon.

Jaslene s'assit sur le canapé de velours rose, à côté de Catherine, et Tatum opta pour l'un des fauteuils, un délicat cabriolet en bois blanchi tendu de soie gris perle.

À côté d'un vase blanc contenant des hydrangeas roses, et d'une pile de livres, Tatum avait posé un plateau avec un pichet de thé glacé et des verres.

Catherine s'avança sur le bord du canapé et remplit les verres. Elle en tendit un à Jaslene qui le prit d'une main tremblante. Tatum ne bougea pas.

Jaslene reposa son verre sans y avoir touché, cherchant un moyen de leur annoncer que leur amie était morte.

— Dis-nous ce qu'il y a, la pressa Tatum. Tu semblais affolée au téléphone.

— Ils ont retrouvé son cadavre, n'est-ce pas ? dit Catherine.

Elle n'avait jamais été du genre à tourner autour du pot, et Jaslene ne fut pas surprise par la brutalité de son intervention.

— Elle a été étranglée, et son corps a été jeté dans l'Elk River.

Jaslene se leva et se dirigea vers la fenêtre, en se massant les bras.

— Sa mère m'a appelée pour me le dire. Elle a identifié le corps.

— Il était toujours intact ? demanda Catherine.

Jaslene se retourna pour la regarder.

— Enfin, Catherine ! protesta Tatum.

— Eh bien, quoi ? Cela fait longtemps qu'elle a disparu.

— On dirait que tu parles d'elle comme d'une inconnue, et que ça ne te fait ni chaud ni froid.

Catherine haussa les épaules.

Cette façon de parler de Payton comme d'un cadavre dérangeait Jaslene. Elle se rappelait ses longs cheveux roux, ses yeux verts et sa manière unique de s'habiller, et ne pouvait se résoudre à l'imaginer en train de se décomposer dans une rivière.

— Je ne connais pas encore les détails, dit-elle, après avoir refoulé un sanglot. Mais son corps a dû être préservé d'une façon ou d'une autre.

— Mon dernier souvenir d'elle, c'est quand nous sommes allées faire du shopping toutes les quatre, avant de nous retrouver chez elle pour boire un verre.

Les yeux de Tatum s'emplirent de larmes à l'évocation de ce souvenir.

— Vous vous rappelez ?

C'était une merveilleuse journée. Payton débordait d'enthousiasme, parlant de son nouvel article, racontant des blagues…

Jaslene l'avait vue encore une fois après cela et lui avait parlé au téléphone. Mais rien n'avait pu lui faire supposer que quelque chose n'allait pas, ou que Payton avait des raisons de craindre pour sa vie.

— Je me souviens que nous avons discuté jusqu'à 2 heures du matin, dit Catherine. Elle voulait que nous fassions un voyage en Europe toutes ensemble.

— Nous devions l'organiser au cours de notre prochain dîner, ajouta Tatum.

Jaslene se souvint combien elle était enthousiasmée par cette idée.

Elle essuya une larme qui roulait sur sa joue.

Catherine se leva pour la rejoindre et la prit dans ses bras.

— Je suis désolée, dit-elle.

Et elle se mit à pleurer avec elle.

— Je n'ai jamais cru que nous la retrouverions vivante, dit Tatum.

Elle se leva à son tour et vint encercler de ses bras ses deux amies.

Elles restèrent ainsi un moment, à pleurer à chaudes larmes puis se détachèrent graduellement de l'accolade collective.

Tatum alla chercher une boîte de mouchoirs en papier dans la salle de bains et fit la distribution.

— Quand auras-tu plus d'informations ? demanda Tatum.

— Lorsque Cal reviendra me chercher. Il est parti chez le *coroner*.

— Cal ?

Tatum s'étonna :

— Vous en êtes aux diminutifs, maintenant ?

Elle lui prit le bras et la guida de nouveau vers le canapé.

— Raconte-nous ce qui se passe entre vous. Nous avons vraiment besoin de bonnes nouvelles.

— Il t'a embrassée, ajouta Catherine. Ça veut dire que tu as enfin tourné la page à propos de Ryan ?

— Eh bien, nous avons, en quelque sorte... Enfin, vous voyez...

— Vous avez couché ensemble ! s'exclama Catherine, aux anges.

— C'est évident, dit Tatum. Il suffit de voir de quelle manière il l'a embrassée.

— Il y a autre chose...

Autant qu'elle en parle tout de suite.

Une fois qu'elle fut certaine d'avoir toute l'attention de ses amies, elle déclara, non sans une certaine emphase :

— Je suis enceinte.

Les deux femmes poussèrent des cris surexcités, en sautillant comme des gamines.

— C'est formidable ! s'exclama Tatum, avant de l'embrasser chaleureusement.

— Je suis tellement heureuse pour toi, ajouta Catherine, en l'embrassant à son tour.

— Le mariage est prévu quand ? voulut savoir Tatum.

— Eh bien...

Jaslene reprit sa place sur le canapé.

— Ce n'est pas vraiment prévu.

— Et pourtant il suffit de vous regarder pour se rendre compte que vous êtes faits l'un pour l'autre, déclara Tatum.

L'alchimie entre eux était indéniable, mais cela

ne suffisait pas pour passer toute son existence avec quelqu'un... À moins qu'il n'y ait autre chose entre eux ?

— Tu n'as pas l'air sûre, dit Catherine, en scrutant son visage.

— Je ne le suis pas vraiment.

— Tu te sens toujours coupable au sujet de ce type que tu as embrassé avant la mort de Ryan ?

Jaslene comprit soudain que ce n'était plus le cas.

Médusée, il lui fallut quelques secondes pour se ressaisir.

Elle n'avait pas pensé une seule fois à Ryan depuis qu'elle avait fait l'amour avec Calum.

Pourquoi ?

La réponse lui apparut instantanément, comme une évidence.

Quand elle n'analysait pas toutes les raisons pour lesquelles ça ne pouvait pas marcher entre eux, être avec Cal lui paraissait juste.

— Il t'a fallu deux ans pour ça, dit Catherine.

— Non, corrigea Tatum. Il lui a fallu deux ans pour trouver l'homme idéal.

Tatum avait peut-être marqué un point.

Peut-être avait-il fallu qu'elle rencontre un homme qui, tout comme Ansel, sache éveiller en elle des sensations qu'elle n'avait jamais ressenties avec Ryan.

Sauf que, avec Cal, c'était encore plus fort qu'avec Ansel.

Ce qui la poussait à remettre un peu plus en question son mariage avec Ryan. Ne l'avait-elle pas aimé du tout ?

— Nous ne voulons pas te mettre mal à l'aise. Surtout maintenant, avec ces nouvelles à propos de Payton.

Jaslene tourna les yeux vers Tatum.

— Je ne le suis pas. Je viens seulement de comprendre que je ne savais pas ce qu'était l'amour, jusqu'à ce que...

Elle s'interrompit brusquement.

L'amour ?

— Ce que je veux dire, c'est que Ryan et moi étions proches, mais nous étions amis. Nous avions du respect l'un pour l'autre, nous étions bien ensemble, mais il n'y avait pas cette petite étincelle.

Catherine et Tatum échangèrent un regard puis fixèrent Jaslene.

— Je ne suis pas amoureuse de Cal, dit-elle, sur la défensive.

Elles continuèrent à la regarder sceptiquement. Et peut-être avec un peu d'envie…

— Calum ! Quel plaisir de vous revoir. J'ai appris que vous aviez quitté la police.

Toujours aussi jovial, le Dr Kenney lui serra vigoureusement la main.

— Je suis enquêteur privé, maintenant.

— Oui, oui, je sais. J'ai eu l'occasion de travailler avec un détective de votre agence. Ce groupe est franchement impressionnant.

— Merci. J'espère que vous aussi vous allez avoir quelque chose d'impressionnant pour moi.

— Oui. Venez avec moi.

Calum suivit le médecin légiste dans un long couloir menant à deux portes métalliques.

— Le corps était modérément décomposé, dit-il. La région du cou et de la tête était suffisamment préservée pour déterminer la cause de la mort.

Le médecin ouvrit une porte, et Calum l'autre, révélant une pièce à l'éclairage aveuglant. Le carrelage blanc et le métal attiraient d'abord le regard. Venaient ensuite les étagères emplies de fournitures, et la desserte à roulettes pleine de tiroirs qui devaient contenir les scalpels et autres objets tranchants.

— Elle a été enveloppée dans une bâche en plastique, comme on en voit sur les chantiers de construction.

Le légiste ouvrit un tiroir réfrigéré, contenant une dépouille sous un drap blanc.

— Le tueur a dû la jeter dans un endroit profond de la rivière, où la température reste relativement constante.

Il souleva le drap.

Calum avait déjà vu des cadavres, mais ça restait difficile à chaque fois.

Cette dépouille avait été une femme belle et énergique, avec une vie bien remplie, et des projets qui n'auraient jamais dû lui être enlevés.

La forme osseuse et décolorée sur le plateau métallique ne ressemblait en rien à cette personne. Elle était devenue une pièce à conviction.

Dans la mort, elle les aiderait à trouver son meurtrier.

Il remarqua les traces encore partiellement visibles autour du cou.

— Il y avait des fibres de corde incrustée dans ce qui restait de chair, dit le légiste. Elles vont être examinées par les experts de la police scientifique.

— A-t-elle été tuée à la rivière ?

— Absolument pas. Les lividités sont plus prononcées sur son dos que sur son côté droit.

Calum savait quelle conclusion en tirer : le corps avait été déplacé. Payton était restée sur le dos un moment après sa mort, puis elle avait été placée sur son côté droit plus tard.

Comment son meurtrier avait-il fait pour l'étrangler et la transporter à la rivière ?

L'avait-il rencontrée au parc où la voiture de Payton avait été retrouvée ?

Calum doutait qu'elle y soit allée d'elle-même. Soit on l'y avait forcée, soit on l'y avait transportée après sa mort.

Tuer quelqu'un dans un endroit public était risqué.

Il était plus probable que Payton ait été tuée chez elle. Dans ce cas, le meurtrier aurait pris la voiture de Payton pour se rendre au parc. Cela voulait dire qu'un autre véhicule l'attendait ailleurs, dans un rayon assez proche de la maison de Payton pour s'y rendre à pied.

— Ses chevilles étaient entravées et lestées par un bloc de béton. Elle est remontée à la surface quand ses pieds se sont séparés de la corde. Ça se produit pendant la décomposition.

— Comment savez-vous que la corde était attachée à ses pieds ?

— Il y avait quelques fragments autour de ce qu'il reste d'une de ses chevilles. Mais, vous aurez tous les détails demain. La scientifique vous enverra une copie de son rapport.

— Bien. J'en ai vu assez. Merci, docteur.

— Je dirais que tout le plaisir était pour moi. Malheureusement, je ne suis jamais porteur de bonnes nouvelles.

— Dans mon cas, vous l'êtes. J'ai un corps. Maintenant, je vais pouvoir arrêter le meurtrier.

— J'apprécie votre enthousiasme. Venez, je vous raccompagne.

Calum avait décidé de retracer le trajet entre le parc et la maison de Payton.

En se basant sur l'heure supposée de sa mort, sa voiture avait dû être abandonnée entre 20 heures et 22 heures. D'après le rapport de police initial, personne n'avait vu d'autre voiture sur le parking durant cette période.

Assis dans sa voiture, il étudiait l'environnement.

Un homme promenait un chien le long du trottoir. Deux mères surveillaient depuis un banc leurs enfants qui jouaient sur le terrain de jeu.

De l'autre côté de la rue, trois maisons avaient une bonne vue sur le parc.

Il sortit de voiture et avança lentement sur le trottoir, en vérifiant les maisons une à une tandis qu'il s'éloignait du parc.

Lorsqu'il arriva au carrefour desservant la rue de Payton, il vit qu'une maison arborait un panneau indiquant qu'elle était placée sous alarme et surveillance caméra. Repérant des détecteurs de mouvement et une caméra au-dessus de la porte d'entrée, il traversa la rue et alla sonner.

Un chien aboya, et une voix de femme le fit taire.

La porte s'entrebâilla sur une chaîne, révélant une blonde aux yeux verts en jean et sweater blanc.

Il sortit son portefeuille de sa poche et en tira une carte de visite qu'il lui tendit.

— Je m'appelle Calum Chelsey, je suis détective privé et j'enquête sur un meurtre. Puis-je vous poser quelques questions ?

— À quel sujet ?

— Il y a sept mois, une femme a disparu après avoir été vue dans le parc, en haut de la rue. Vous avez dû en entendre parler. Il s'agissait de Payton Everett. Nous pensons que son meurtrier a pu passer devant votre maison.

Il désigna la caméra.

— Je vois que vous avez une surveillance.

— Sept mois, ça fait long. Je ne sais pas si mon mari garde les enregistrements aussi longtemps.

— Je peux y jeter un œil ?

— Je préférais que vous reveniez quand mon mari sera rentré

— Je comprends. Quand sera-t-il là ?

— Il revient généralement du travail vers 18 h 30.

— Merci. Je repasserai tout à l'heure.

Calum retourna à sa voiture. S'il avait vu juste, et que le meurtrier avait garé sa voiture avant d'aller à pied chez Payton pour la tuer, cette caméra serait un atout de taille pour faire progresser l'enquête à pas de géant.

Il croisa les doigts pour que le propriétaire de la maison n'ait pas effacé les enregistrements.

Il fallait que la chance tourne en sa faveur.

14

À l'instant même où il arriva chez Tatum, Calum comprit que quelque chose ne tournait pas rond.

La porte d'entrée était ouverte, et l'agent de police Kennedy, à qui il avait demandé d'assurer la protection de Jaslene, n'était pas dans sa voiture.

Sortant son pistolet, il courut jusqu'à la porte et entra prudemment.

Tatum, Catherine et Jaslene se serraient l'une contre l'autre devant la cheminée, tandis qu'un homme cagoulé, tournant le dos à l'entrée, dirigeait une arme vers elles.

Jaslene avait l'air terrifiée. Calum s'obligea à garder son calme. Si quelque chose lui arrivait, il s'en voudrait toute sa vie.

L'agent chargé de la surveillance de la maison était étendu sur le sol de la cuisine, et du sang coulait de sa tête.

Tatum repéra Calum, et il espéra que le mouvement de ses yeux n'avait pas signalé sa présence. Jaslene l'avait peut-être vu aussi, mais elle ne laissa rien paraître. L'homme cagoulé masquait la vue de Catherine.

— Vous allez venir avec moi, dit l'homme à Jaslene.

Calum s'approcha à pas feutrés et pressa le canon de son arme à l'arrière du crâne de l'homme.

— Jette ton arme, ou je t'explose la tête.

L'homme se figea et leva lentement les mains, tout en gardant son arme.

Les femmes se dispersèrent. Tatum et Catherine se précipitèrent vers l'agent de police inanimé dans la cuisine. Jaslene récupéra l'arme de leur assaillant.

— Tourne-toi, lui dit Calum.

Il obtempéra.

Jaslene rejoignit ses amies dans la cuisine. Calum entendit que Tatum appelait les secours.

Calum arracha la cagoule de l'homme. Il ne le reconnut pas mais comprit, à la façon dont il se tenait sur le qui-vive, prêt à saisir la moindre opportunité, que c'était un professionnel.

Calum recula, se plaçant hors de portée.

— Qui t'a envoyé ?

L'homme ne répondit pas.

— Qui te paie ?

— Il voulait enlever Jaslene, dit Catherine, toujours essoufflée par la frayeur qu'elle avait ressentie.

— Et ensuite ? demanda Calum. Tu voulais me piéger et nous tuer tous les deux ?

L'homme resta silencieux.

— Nous savons que tu n'es pas venu ici pour une visite de courtoisie. Qui t'a engagé ?

Calum ne s'attendait pas à une réponse.

— Riley Sawyer ?

L'homme resta impassible.

— Le Dr Benjamin ?

— Il ne m'a pas dit son nom.

Enfin un progrès.

— Comment t'a-t-il trouvé ?

— Je ne sais pas. Il m'a appelé et m'a demandé de le rencontrer.

— Sur quoi êtes-vous tombé d'accord ?

Pas de réponse.

— Combien t'a-t-il payé ?

Silence.

— Allez, un petit effort. J'ai maintenant suffisamment d'éléments à charge pour te mettre à l'ombre un bon moment.

— Vous n'êtes pas un flic.

Donc, il s'était renseigné sur lui et savait qu'il était désormais détective privé.

— Je n'ai pas besoin de l'être. Il me suffit d'appeler mes anciens collègues.

Calum adopta un ton persuasif et passa au vouvoiement.

— Écoutez, vous pourriez vous faciliter les choses en parlant. Vous serez condamné à une peine de prison, c'est certain. Mais la durée pourrait être significativement réduite si vous coopériez. Que vous demande votre commanditaire ?

L'homme sembla fléchir.

— Il veut votre mort, à la fille et à vous.

— Et il vous a engagé pour cela.

— Ce n'est pas ce que j'ai dit.

Si Riley voulait se venger, il pourrait avoir engagé ce type afin qu'il lui dépose ses victimes dans un endroit où il pourrait les éliminer lui-même.

Le problème avec cette théorie, c'était que Riley se moquait éperdument d'être vu. Au contraire, le fait qu'il ait multiplié les provocations à visage découvert indiquait un désir d'affirmation de soi et de reconnaissance.

À l'inverse, la personne qui avait engagé cet homme

tenait à ne pas être identifiée. De plus il fallait avoir les moyens financiers d'engager un tueur. Riley n'était pas riche. Benjamin l'était.

— Quel est votre nom ? demanda Calum.

En un geste rapide comme l'éclair, l'homme tira un couteau de sa ceinture.

Tandis que Calum parvenait à le repousser, Jaslene apparut sur le seuil de la cuisine, tenant toujours le pistolet.

L'homme tituba, retrouva son équilibre et attrapa Catherine qui essayait de s'enfuir.

— Ne fais pas ça ! le prévint Calum.

Il n'était pas question qu'un autre criminel lui échappe. Il en avait assez de s'épuiser à consacrer le meilleur de lui-même à cette lutte. Et il ne reculerait devant rien pour protéger ces femmes, surtout Jaslene et leur futur enfant.

— Ne fais pas ça, dit-il. Je vais tirer.

L'homme commença à tirer Catherine vers lui, pour s'en servir de bouclier.

Calum tira tant qu'il en avait l'opportunité et toucha l'homme à l'épaule. Celui-ci poussa un cri, laissa tomber son couteau et tomba à genoux en se tenant l'épaule.

Calum s'approcha, donna un coup de pied dans le couteau pour l'envoyer au loin, tout en dirigeant le canon de son arme sur la tête de l'homme.

— Bouge, dit-il. Donne-moi une bonne excuse.

L'homme secoua la tête, indiquant qu'il ne résisterait pas. Il leva son bras valide, gardant l'autre replié contre son estomac pour soutenir son épaule. Calum s'accroupit et le fouilla. Il trouva un autre pistolet dans sa botte, qu'il lança à côté du couteau.

Il se redressa. L'homme se tenait à nouveau le haut du bras en grimaçant.

Dehors, le bruit des sirènes se rapprochait. Calum chercha Jaslene du regard. Elle avait passé un bras autour de la taille de Catherine et braquait toujours le pistolet sur l'homme.

Il était tellement fier d'elle.

Il la rejoignit et lui caressa tendrement la joue.

— Tu vas bien ?

— Oui.

Il tourna les yeux vers Catherine.

— Et vous ?

— Ça va. Je suis vraiment contente que vous soyez arrivé à temps.

— Continuez à le surveiller.

Calum entra dans la cuisine, où Tatum était accroupie à côté de l'agent Kennedy et pressait un chiffon roulé sur sa cuisse. Il commençait à reprendre conscience. Calum comprit qu'il avait dû se cogner la tête sur la table en tombant.

Les ambulanciers et la police arrivèrent, et Calum s'écarta pour les laisser travailler.

Jaslene ne rêvait que de rentrer chez elle, de prendre un bain, et de se mettre au lit. Mais Calum lui avait parlé de la caméra de sécurité, et il fallait qu'elle continue à prendre sur elle un peu plus longtemps.

Elle était toujours sous le choc, après avoir frôlé la mort de si près. Aujourd'hui, ce n'était plus seulement elle-même qu'elle devait protéger. Il y avait le bébé aussi.

C'était cette pensée qui lui avait procuré le plus d'angoisse durant ce calvaire. C'était cela aussi qui l'avait incité à ramasser le pistolet. Elle aurait été capable de tirer sur son agresseur s'il l'avait fallu.

À présent, elle se trouvait en compagnie de Calum, devant la maison où il s'était arrêté un peu plus tôt.

Un homme entrebâilla la porte.

— Vous êtes le détective privé ?

— Oui.

— Ma femme m'a dit que vous étiez passé.

Il défit la chaîne de sécurité et leur ouvrit la porte en grand.

— Je ne suis pas sûr de pouvoir vous être d'une grande utilité, mais vous pouvez jeter un œil aux enregistrements.

Il les avait conservés ?

Peut-être la chance allait-elle enfin tourner en leur faveur.

L'espoir lui redonna de l'énergie.

L'homme les conduisit dans son bureau. Sur l'écran de l'ordinateur s'alignaient des fichiers contenant des enregistrements.

— Ma femme m'a dit que la personne que vous recherchez s'appelait Payton Everett. J'ai ouvert les dossiers correspondant à la période de sa disparition. Je n'ai rien vu de particulier, mais vous remarquerez peut-être un détail qui m'a échappé.

Calum s'assit devant l'ordinateur et commença à visionner les enregistrements. Jaslene resta debout à sa droite et regarda par-dessus son épaule.

Un coursier avait déposé un colis. Deux personnes avaient promené leur chien. Un homme passait sur le trottoir.

Calum fit un zoom.

— C'est difficile de voir son visage, dit Jaslene.

L'homme portait un jean et sweat-shirt à capuche. Il était trop grand pour être Riley, et Jaslene avait une petite idée de son identité. Mais ils allaient avoir besoin de preuves.

— Je peux faire une copie ? demanda Calum.

— Bien sûr.

De retour à la maison, Jaslene se plongea avec délice dans un bain moussant que lui avait préparé Calum. Il avait même pensé à allumer des bougies pour créer une ambiance relaxante.

Depuis qu'il avait volé à son secours, il n'avait cessé de la chouchouter. Riley était toujours dans la nature. La police le cherchait.

Jaslene ferma les yeux, s'obligeant à penser à autre chose. Peu à peu, son corps se détendit, et elle sentit la tension qui nouait ses muscles se relâcher.

Un coup frappé à la porte lui fit tourner la tête. Elle l'avait laissée ouverte, peut-être parce qu'elle ne voulait pas être seule.

Calum entra.

— Je peux m'asseoir un moment ?

— Oui.

Il se jucha sur le rebord de la baignoire.

— Tu es sûre que ça va ? Tout ce stress ne doit pas être bon pour toi.

— Je vais bien. Tout ce qu'il me faut, c'est un bain et une bonne nuit de sommeil.

Elle sourit, en ajoutant :

— Et peut-être Rapunzel.

Elle ne dit pas qu'elle rêvait aussi de la présence de Calum auprès d'elle.

— Tu m'as fait la peur de ma vie aujourd'hui.

— J'ai eu peur aussi.

— J'ai pensé à ce qui se serait passé si tu avais été blessée. Ou pire.

— Tout va bien maintenant.

Il se leva et commença à se dévêtir.

Elle savait qu'il avait l'intention de la rejoindre dans la baignoire et elle ne fit rien pour l'en empêcher.

Même si sa raison l'avertissait du danger, quelque chose de plus profond en elle réclamait la compagnie de Calum.

Il se glissa dans l'eau en face d'elle.

— Je ne veux plus que tu sois hors de ma vue.

Elle déplaça ses jambes pour lui faire de la place, et ses genoux pointèrent hors de l'eau savonneuse.

— On prend notre bain ensemble, maintenant ?

— Ce soir, en tout cas.

— Pourquoi ça t'inquiétait autant que je sois blessée ? demanda-t-elle.

Elle voulait savoir s'il allait reconnaître les sentiments qu'il avait pour elle.

— Pour commencer, tu portes mon enfant.

Il parut hésiter à fournir une deuxième raison.

— Ensuite, tu dois savoir que je me soucie de toi.

— Ah bon ?

— Tu as vraiment besoin de poser la question ?

Ils s'observèrent en silence, chacun cherchant à déchiffrer les attentes et les désirs de l'autre.

Emplie d'espoir, Jaslene restait cependant sur sa réserve. Calum allait-il enfin faire preuve d'un peu de courage, et accepter ce qui se présentait ? Ou bien, continuerait-il à se laisser guider par la peur et à refuser indéfiniment d'être heureux ?

— Est-ce que ça change quelque chose à ce que tu ressens à propos du bébé ? finit-elle par demander.

Après une longue hésitation qui fut une rude épreuve pour les nerfs de Jaslene, il hocha la tête.

— Je veux cet enfant.

— Et moi ?

— Je ne sais pas trop comment je dois réagir par rapport aux sentiments que j'ai pour toi.

Il reconnaissait qu'il avait des sentiments pour elle. C'était déjà un grand pas. Et Jaslene était heureuse qu'il soit enfin capable d'ouvrir son cœur.

— Que ressens-tu ?

— Un peu la même chose qu'avec ma première femme. Mais c'est différent. Plus fort.

Différent. Plus fort.

Jaslene sentit son cœur se dilater de joie mais n'osa croire totalement à son bonheur. Il avait dit qu'il ne savait pas comment réagir à ses sentiments.

— Autrefois, j'imaginais ma femme enceinte. C'était merveilleux. Avec toi, je ne peux plus le faire.

Il ne pouvait pas se laisser aller à rêver. Il ne faisait pas confiance à la vie. Il résistait. Il avait peur.

Le valeureux Calum Chelsey, ancien inspecteur à la brigade criminelle reconverti en détective privé, qui ne connaissait pas la peur, était effrayé par le mariage et les enfants.

— Tu n'as pas besoin de m'imaginer enceinte. Je suis enceinte. L'avenir n'est pas au conditionnel. Il est une réalité.

— Oui, et je l'ai compris aujourd'hui en me rendant compte que j'aurais pu vous perdre tous les deux aujourd'hui, toi et le bébé. Et je n'aurais même pas essayé de nous donner une chance…

— Tu veux dire que tu es prêt à le faire maintenant ?

— Je le crois.

— Tu sais, moi aussi j'ai compris quelque chose aujourd'hui. Je n'éprouve plus de culpabilité à propos de ce qui s'est passé avec Ansel avant la mort de mon mari. Je suis passée à autre chose, et c'est grâce à toi.

Jaslene ne savait pas ce que les prochains jours leur réservaient, mais elle s'efforcerait d'en retirer le meilleur.

— Je pense que tu feras un excellent père, dit-elle.

Le regard de Calum s'adoucit. Levant un bras, il posa la main en coupe sur sa joue.

— Et, toi, tu seras une mère parfaite.

15

Le lendemain, Calum et Jaslene patientaient dans la salle d'attente du Dr Benjamin.

Ils n'avaient pas encore communiqué ce qu'ils avaient découvert, hormis à la police, et il était temps de donner une belle suée au bon docteur.

Après la découverte du téléphone à carte prépayée, Calum était plus certain que jamais de l'implication du Dr Benjamin.

Tournant le dos à la fenêtre d'angle, il regardait défiler sur le cadre électronique les photos de la femme et des enfants du médecin.

Jaslene observait les photos de bateaux sur les murs.

Leurs regards se croisèrent. Elle lui sourit avec affection. Depuis leur discussion de la veille, ils s'étaient beaucoup rapprochés. Pas sexuellement. Ils s'étaient tenu la main, avaient dîné côte à côte et avaient échangé un chaste baiser avant d'aller dormir.

La porte finit par s'ouvrir, et le médecin entra. Il contourna son bureau et s'assit dans son fauteuil en cuir avec un long soupir et un regard agacé.

— Il va falloir que vous perdiez cette habitude de

venir ici sans rendez-vous. J'ai des patients dont je dois m'occuper.

— Nous n'y serions pas obligés si vous n'aviez pas menti, rétorqua Calum.

— Je ne vois pas de quoi vous voulez parler.

— Et si vous vidiez votre sac, Dr Benjamin ?

Le médecin le dévisagea quelques instants.

— Très bien. Ce n'est pas Payton qui a rompu. C'est moi.

Ce fut un choc. Calum parvint à rester impassible. Ne pouvant constater la réaction de Jaslene, il espérait qu'elle avait elle aussi gardé son sang-froid.

— Je ne vous ai rien dit, parce que je ne voulais pas que vous me soupçonniez d'être responsable de sa disparition.

— Quelle différence cela fait-il ? Vous auriez tout aussi bien pu être contrarié qu'elle ait rompu avec vous.

— J'en ai assez !

— Malheureusement pour vous, j'ai une autre question, docteur. Savez-vous que Payton avait acheté un téléphone à carte prépayée dont elle s'est servie pour appeler l'unité de répression des fraudes à l'assurance maladie ?

— Quoi ?

La surprise du médecin semblait réelle, mais il avait déjà prouvé qu'il était un expert en mensonges.

— J'ignorais qu'elle avait un téléphone à carte prépayée.

— Son cadavre a été retrouvé. Vous l'avez peut-être entendu sur une chaîne d'information ?

— Oh ! c'est affreux. Je l'ignorais.

Il cilla, le visage crispé, paraissant sincèrement ému.

— Elle a été assassinée, ajouta Calum.

— Et vous croyez que je l'ai tuée ? Pour quelle raison ?

— Afin d'empêcher qu'on découvre vos activités illégales.

— Mais, vous venez de dire qu'elle avait déjà appelé la répression des fraudes.

— Elle ne vous a pas signalé, j'ai vérifié.

Calum surprit le regard étonné que lui lançait Jaslene. Avec l'enchaînement des événements, il avait complètement oublié de lui en parler.

— Vous pourrez chercher autant que vous voulez, vous ne trouverez rien. Mes pratiques sont parfaitement légales. Et je n'ai pas tué Payton.

— Il ment, dit Jaslene, en se levant. Allons-nous-en.

— Je ne mens pas ! Que savez-vous exactement au sujet de son ex-petit ami ?

Elle se retourna vers le médecin.

Il eut également l'attention de Calum.

— Nous savons qu'il la harcelait.

— Dans ce cas, vous ne serez pas surpris d'apprendre qu'il me harcelait aussi. Il voulait m'interdire de la revoir. Un soir, alors que je sortais de mon cabinet, il est apparu près de ma voiture avec un pistolet.

Calum savait que Riley était perturbé, mais le médecin pouvait très bien exploiter ce détail pour s'innocenter.

— Un jour, je l'ai remarqué en train de nous observer. Nous dînions en ville, comme nous le faisions souvent, et il était posté devant le restaurant. Il restait là, sans bouger, à nous fixer. C'est là que Payton m'a parlé de lui. Elle avait peur parce qu'il la suivait partout.

Le Dr Benjamin se cala contre le dossier de son siège, se montrant plus confiant.

— Je lui ai demandé si elle avait prévenu la police, et elle m'a dit que son amie Jaslene l'avait fait.

— Elle avait obtenu une mesure d'éloignement, dit Jaslene.

Le Dr Benjamin hocha la tête.

— Nous n'avons pas appelé la police ce jour-là, parce que nous ne voulions pas rendre notre liaison publique. Quelques jours plus tard, Riley m'a suivi dans un parking souterrain et m'a menacé. Il m'a dit qu'il préviendrait ma femme si je continuais à voir Payton.

— C'est pour cette raison que vous avez rompu avec elle ? demanda Jaslene.

Benjamin hocha la tête.

— Je ne le voulais pas.

— Peu importe ce que vous vouliez ou non.

Jaslene se tourna à nouveau et se dirigea vers la porte.

— Je vous assure que vous devriez creuser du côté de Riley, insista Benjamin. J'ai menti pour préserver ma famille. Mais, lui, c'est un fou.

Jaslene attendit d'être dans le hall, avant de faire brutalement volte-face et de se planter devant Calum, les mains sur les hanches.

— Pourquoi ne m'as-tu pas dit qu'elle avait appelé la répression des fraudes ?

— Je suis désolé. Je voulais le faire, mais j'avais tellement de choses en tête…

Après avoir scruté son visage et ses yeux, elle laissa retomber ses mains.

— Pourquoi Payton ne l'a-t-elle pas signalé ?

— Elle a appelé pour poser des questions. Elle leur a dit qu'elle n'avait aucune preuve, mais qu'elle avait entendu des rumeurs de médecins qui, tout en étant salariés par le Dr Benjamin, devaient payer pour qu'il répartisse entre eux des patients envoyés par d'autres médecins adhérant au système de parrainage.

— C'est un peu difficile à comprendre.

— Mais non, c'est très simple. Le Dr Benjamin a mis en place un parrainage, ce qui est tout à fait légal dans notre pays. Un médecin généraliste, dont le patient a besoin de l'avis d'un spécialiste ou d'une intervention particulière, le dirige vers l'une des cliniques du Dr Benjamin, lequel lui verse une rétribution. Jusque-là, il n'y a rien à lui reprocher. Mais là où le bât blesse, c'est qu'il mettait ses médecins en concurrence et n'adressait les patients qu'à ceux qui le payaient.

— Je repense à ce chiropracteur que nous avons interrogé. C'est peut-être cela qu'il a essayé de nous faire comprendre, en disant qu'il condamnait ses pratiques.

— J'ai demandé s'ils avaient enquêté sur Benjamin. Ils l'ont en effet interrogé, ainsi que le personnel de ses cliniques. Rien de significatif n'en est ressorti.

— Évidemment. Les gens n'allaient pas se dénoncer. Les médecins peuvent perdre leur autorisation d'exercer pour ce genre de choses, il me semble.

— Et je pense que le Dr Benjamin pouvait tout perdre si on apprenait ses malversations.

Jaslene secoua la tête.

— Tu aurais pu me le dire, quand même. C'est un scandale énorme.

— Jaslene...

Il soupira.

— Le bébé...

Elle tapa du pied.

— Quoi ? Tu omets une information aussi importante, et ta seule excuse, c'est le bébé.

— Avoue que cela a de quoi distraire. Et puis je t'en aurais parlé. Je l'ai découvert ce matin de bonne heure, et tu dormais encore. N'oublions pas non plus ce qui s'est passé hier soir. J'avais de quoi être préoccupé.

Calum fut surpris de voir que la colère laissait place sur le visage de Jaslene à une expression attendrie.

Se hissant sur la pointe des pieds, elle passa un bras autour de son cou et déposa un baiser sur ses lèvres.

— Tu es pardonné, dit-elle.

Puis elle sortit et se dirigea vers la voiture.

Calum secoua la tête.

— Je ne comprendrai jamais les femmes, murmura-t-il, tout en admirant la courbe des hanches de Jaslene, qui s'éloignait de plus en plus.

Un mini van passa au ralenti à la hauteur de Jaslene et, avant qu'il ait pu réagir, la porte latérale s'ouvrit. Quelqu'un s'empara d'elle et l'attira à l'intérieur.

— Non ! hurla Calum.

Sortant son arme, il courut vers le mini van qui prit de la vitesse.

Un autre véhicule approchait en sens inverse, l'empêchant de tirer.

Il regagna sa voiture, redoutant qu'il ne soit déjà trop tard.

Jaslene criait et se débattait, essayant de se libérer de son ravisseur qui avait beaucoup plus de force qu'elle.

Elle était à plat ventre sur la banquette arrière d'un mini van. L'homme la menotta dans le dos. Puis il lui prit son téléphone portable, baissa la vitre et le jeta sur la chaussée.

Elle parvint à se redresser sur les genoux pendant qu'il était occupé et vit le visage du conducteur dans le rétroviseur central.

C'était Riley.

— Tiens-toi tranquille, ordonna l'autre homme. Il avait des traits épais, des cheveux rasés à la militaire, et un aigle tatoué sur son bras gauche, du côté où il tenait son arme.

En regardant par la vitre, elle reconnut la route et comprit qu'ils se dirigeaient vers webster Springs.

Elle regarda par la lunette arrière et ne vit pas le SUV de Calum.

Surtout, il fallait qu'elle garde son calme et qu'elle réfléchisse à une solution pour s'en sortir...

Quand ils arrivèrent dans les faubourgs de webster Springs, Riley bifurqua sur une petite route. Ils dépassèrent quelques maisons et arrivèrent sur un terrain de camping.

Riley s'arrêta devant un mobile-home, à la fin d'une rangée.

— Si tu cries quand nous serons sortis, je te tue, dit Riley, avant de quitter son siège et de claquer la portière.

Il ouvrit la portière arrière et lui montra son arme. L'autre homme sortit, fit le tour du mini van et vint se placer à côté de Riley.

Tenant toujours Jaslene en joue, Riley sortit une enveloppe de l'intérieur de son blouson de cuir et la tendit à son complice qui s'en alla vers une voiture garée un peu plus loin.

— Si tu essaies quelque chose, je te tue maintenant. Je m'en fiche de me faire prendre.

C'était terrifiant. Elle le croyait. Il n'avait plus aucune limite.

Jaslene regarda autour d'elle. Il n'y avait personne dehors, et pas une seule voiture ne passait dans la rue.

— Sors de là ! Je ne te le répéterai pas.

Jaslene obtempéra. Il lui enfonça le canon de son arme dans les côtes, tandis que son complice faisait démarrer sa voiture et s'en allait.

Elle regarda le mobile-home avec angoisse. Chaque pas vers la porte lui semblait un pas vers sa propre mort.

L'abattrait-il aussitôt à l'intérieur ?

Elle avait envie de lutter et d'essayer de s'échapper, mais ses opportunités étaient minces avec les mains menottées.

Et elle devait penser au bébé. Si elle était blessée, il le serait aussi.

Effrayée, ses jambes la portant à peine, elle monta les marches.

— Ouvre la porte.

Il faisait sombre à l'intérieur, les deux uniques fenêtres maculées de crasse n'offrant qu'une maigre luminosité.

— Au bout du couloir.

— Pourquoi fais-tu ça ?

Elle marchait le plus lentement possible.

Il la poussa en avant.

— Tu le sais bien.

— Je n'ai pas causé la mort de Payton.

— Tu as causé notre séparation.

Il la fit entrer dans une chambre. Il y avait deux gros verrous sur la porte et des barreaux à la fenêtre.

Il la poussa sur l'un des lits jumeaux.

— Payton aurait fini par te quitter, tu le sais bien.

— Elle serait en sécurité avec moi si tu ne t'en étais pas mêlée. Maintenant, tu vas payer.

Il lui ôta les menottes.

Jaslene se leva et lui fit face tout en se massant les poignets.

— Qu'as-tu fait à Payton ?

— Je l'aimais.

Il ramassa une corde posée sur le second lit.

Jaslene y jeta un coup d'œil, se demandant si c'était la même qui avait servi pour ligoter Payton.

— Assez pour la tuer ?

— Je ne l'ai pas tuée. C'est ce médecin qui l'a fait.

— Comment le sais-tu ?

Il prit le temps de dénouer la corde qui était emmêlée.

— Je l'ai vu se garer près du parc. Je ne l'ai pas reconnu. Je ne savais pas qu'elle le voyait avant que je te voie à sa clinique avec ce détective.

Donc, le Dr Benjamin avait menti en disant que Riley le harcelait ?

— Pourquoi n'es-tu pas allé voir la police ? Tu aurais pu identifier son assassin ?

— Oh ! je vais faire en sorte qu'il paie. Mais, à toi l'honneur.

Qu'avait-il en tête ? Probablement de la ligoter dans cette pièce ?

— Que faisais-tu au parc ce soir-là ?

Il pouvait très bien mentir lui aussi.

— Je n'étais pas au parc. Je venais de partir de chez Payton. Elle n'était pas encore rentrée. En passant le long du parc, j'ai vu un homme sortir d'une Mercedes et commencer à marcher en direction de la maison de Payton. J'ai bien regardé son visage. Je suis très doué pour me souvenir des visages. J'ai su plus tard qui il était.

Il avait démêlé à peu près la moitié de la corde.

Elle regarda son pistolet qu'il avait gardé à la main tout en œuvrant. Réussirait-elle à lui donner un coup de pied ?

— Tu n'es pas revenu ?

— Si. Je suis revenu le lendemain matin. Comme elle n'est pas sortie pour aller travailler, je suis allé à sa rédaction. Elle n'était pas là. J'ai compris que quelque chose ne tournait pas rond. Le lendemain, elle était portée disparue.

Il s'interrompit dans sa tâche pour regarder Jaslene.

— Je l'ai cherchée partout. Je me suis même introduit dans sa maison pour chercher des indices.

— Tu as tout mis sens dessus dessous ?

— Non, pas du tout. Mais j'ai vu que quelqu'un avait déjà fouillé les lieux. J'ai pensé que c'était la police.

Il eut une mimique affligée.

— Je savais qu'il lui était arrivé quelque chose. J'ai pleuré pendant des semaines. Et puis j'ai compris qu'elle serait toujours avec moi si tu ne t'en étais pas mêlée.

— Riley, c'est ridicule. Nous avons découvert que le Dr Benjamin est impliqué dans une fraude à l'assurance maladie. Payton le savait. C'est lui qui l'a tuée. Calum et moi allons le prouver.

— Je le sais.

Elle espérait encore lui faire entendre raison.

— C'est lui qui devrait être puni.

Il avait à présent terminé de dénouer la corde, essentiellement d'une seule main.

— Payton n'aurait jamais dû être avec lui, répéta-t-il, d'un ton buté.

— Pourquoi tu ne me tues pas maintenant si tu es tellement persuadé que je suis fautive ?

— Parce que ce ne serait pas une punition suffisante. Je veux que tu souffres comme Payton a souffert à cause de toi.

Rongé d'inquiétude pour Jaslene, Calum devait faire des efforts pour conserver toute sa concentration. Il avait pris contact avec un expert de DAI, qui avait tracé le portable de Jaslene jusqu'à un endroit en dehors de la ville, en direction de webster Springs. C'était là que Riley avait loué un mobile-home sous son véritable nom.

Refusant d'attendre la police, il roulait à toute allure vers le camping.

Tout ce qui lui importait, c'était de sauver Jaslene et leur bébé. Si quelque chose leur arrivait, il serait plus dévasté encore qu'il ne l'avait été quand il avait découvert que sa première femme le trompait.

Il en tirerait les conclusions plus tard, quand il tiendrait Jaslene saine et sauve dans ses bras.

Aux abords du camping, il éteignit ses phares et roula au pas jusqu'au logement de Riley.

La journée touchait à sa fin, et le soleil couchant empourprait le ciel. Cela faisait déjà deux jours que la neige avait cessé de tomber, et les températures étaient plus clémentes.

Il se gara à quelques mètres et fit silencieusement le tour du mobile-home.

La première fenêtre avait des barreaux. Il pouvait

voir dans la pièce les silhouettes de Jaslene et Riley dans l'éclairage lugubre dispensé par une ampoule jaunâtre.

Déverrouiller la porte arrière avec ses outils de serrurier fut un jeu d'enfant. Il ne lui restait plus qu'à se glisser dans le couloir.

La porte de la chambre était entrebâillée. Il l'ouvrit d'un grand coup de pied et cria :

— Jette ton arme immédiatement !

Riley tenait une corde et un pistolet. Il sursauta, surpris par cette interruption. Jaslene plongea derrière le lit, s'écartant de la ligne de tir.

Riley visa Calum qui tira et le toucha à l'épaule.

Tandis que Riley laissait tomber son arme, Calum se rua vers lui et pointa son pistolet sur sa tête.

— Je devrais te tuer maintenant.

Jaslene se releva.

— Cal, non. Laisse la police l'arrêter. Il a vu le Dr Benjamin au parc.

Elle s'approcha et lui tendit les menottes.

— Il vient de me les enlever.

Calum menotta Riley dans le dos, lui arrachant un cri de douleur. Puis il le poussa à plat ventre sur le lit et lui ligota les chevilles avec la corde.

Enfin, il put se tourner vers Jaslene et la prendre dans ses bras.

— J'ai tellement besoin de te tenir dans mes bras, dit-il.

Il respira ses cheveux, embrassa son oreille, son front…

— Tu n'as pas idée.

— Et toi, tu n'as pas idée à quel point je suis heureuse que tu sois arrivé à temps.

— Je m'en doute.

Il inclina la tête pour déposer un baiser sur ses lèvres.

Puis il prit son visage entre ses mains et la regarda longuement, avec une tendresse infinie.

Elle lui adressa un sourire tremblant.

— Emmène-moi loin d'ici.

— Avec plaisir.

16

Riley avait été arrêté, et son complice était activement recherché. Jaslene et Calum pouvaient donc maintenant se concentrer sur le Dr Benjamin.

Ils étaient assis dans la cuisine, après avoir partagé un petit déjeuner léger. Jaslene terminait sa deuxième tasse de décaféiné. Elle se sentait fatiguée et rêvait que tout soit terminé pour qu'elle puisse se consacrer pleinement à Calum et au bébé.

— Il faut retrouver qui est le tireur cagoulé, dit Calum. Ce n'est pas le complice de Riley.

— Benjamin ne nous dira rien.

— Nous n'avons toujours pas de preuve, mais si la commission rogatoire est accordée, la police scientifique pourra inspecter sa voiture.

— Nous devrions peut-être rencontrer à nouveau le chiropracteur.

Calum releva les yeux de son ordinateur.

— Ça vaut la peine d'essayer.

Il posa une main sur la sienne et lui sourit tendrement.

Elle aimait ses doux moments entre eux, mais cela ne faisait que renforcer l'attirance qu'elle avait pour lui.

Et elle ne pouvait s'empêcher de se dire que ce serait délicieux de se laisser aller complètement.

— Nous y allons ?

Elle retira sa main et se leva.

La tendresse de Calum se changea en inquiétude.

Il se leva et vint vers elle.

— Je te trouve un peu nerveuse et sur la retenue avec moi. Pourquoi ?

Il devait vraiment poser la question ?

— Je ne sais pas à quoi m'en tenir en ce qui nous concerne.

— Tu n'as pas confiance en moi ?

— Je ne sais pas.

Le regard de Calum se fit plus intense, et il posa les mains sur le haut de ses bras.

— Cessons de nous projeter, Jaslene. Prenons chaque jour comme il vient.

Cela, elle pouvait le faire. Mais imaginons qu'un jour elle baisse sa garde et tombe amoureuse de lui, et qu'elle découvre alors qu'il n'a aucune envie de s'engager sur le long terme ?

Elle avait déjà eu le cœur brisé par la mort de Ryan. Il fallait au moins qu'elle essaie de se préserver un peu.

— Un jour à la fois, dit-il.

Elle hocha la tête, incapable de croiser à nouveau son regard.

Le Dr Faulkner entra dans son cabinet, l'air affairé.

— Désolé de vous avoir fait attendre.

Il contourna son bureau et s'assit, en passant la main dans ses cheveux poivre et sel.

— La journée était chargée.

— Merci de nous recevoir, dit Calum.

Le médecin ajusta ses lunettes.

— Je ne suis pas sûr de pouvoir vous aider.

— Nous avons découvert quelque chose de nouveau à propos du Dr Benjamin. Vous nous avez dit ne pas approuver ses méthodes. Or, nous avons de bonnes raisons de penser qu'il était impliqué dans diverses malversations. Vous a-t-il soutiré de l'argent en échange de l'envoi de patients ?

— Une fois.

— C'est pour ça que vous êtes parti ?

— Immédiatement. Je n'approuvais pas ces pratiques. Je m'étais déjà constitué une belle patientèle et je n'ai pas subi une trop grosse perte de revenus. Benjamin, en revanche, a perdu de l'argent avec mon départ.

— Quelle raison lui avez-vous donnée ?

— Je lui ai seulement dit que je voulais ouvrir mon propre cabinet pour être indépendant. Comment avez-vous découvert les pratiques de Benjamin.

— Payton a appelé l'unité de répression des fraudes à l'assurance maladie, avant d'être assassinée.

— Assassinée, dites-vous ?

— Oui. Son cadavre vient d'être découvert.

Le médecin baissa la tête et soupira.

— C'est terrible.

Calum lui laissa un moment pour se ressaisir.

— Dr Faulkner, nous ne pouvons pas résoudre ce meurtre sans preuves. Vous avez des informations qui peuvent nous conduire à ces preuves. Êtes-vous prêt à témoigner ?

— Naturellement. Je ferai tout ce que je peux pour vous aider.

— Eh bien, commencez par nous dire tout ce que vous savez à propos des pratiques du Dr Benjamin.

Le Dr Faulkner hocha la tête.

— Il ne fait pas que promouvoir un programme de parrainage interne. Il ordonne régulièrement aux patients des tests et des procédures totalement inutiles. Pas de chirurgies invasives, mais des choses comme des électrocardiogrammes, des radios, ou des analyses de sang, afin d'obtenir davantage d'argent de l'assurance maladie.

— Comment le prouver ? lui demanda Jaslene.

— Il va vous falloir des copies de ses dossiers…

Le Dr Faulkner réfléchit un bref instant.

— Le mieux serait de fouiller du côté des agences de placement d'aides à domicile. C'est avec ça qu'il gagne le plus d'argent, en prescrivant des soins à domicile dont les patients n'ont pas vraiment besoin.

Calum se leva et tendit la main.

— Merci beaucoup, Dr Faulkner.

Jaslene se leva à son tour.

— Payton était une amie très proche. Cela fait longtemps que j'attends une évolution dans son dossier. Vous venez de nous donner un mobile clair.

— Soyez prudents, leur conseilla Faulkner. Qui sait jusqu'où il pourrait aller pour protéger ses activités criminelles.

Jaslene écoutait Calum discuter au téléphone avec un de ses contacts dans la police, tandis qu'il approchait de l'immeuble hébergeant l'une des agences de placement de Benjamin. La veille, ils avaient monté la garde dehors et constaté que le gardien quittait les lieux à 22 heures précises.

Il ne leur restait plus que quinze minutes à attendre.

Calum mit fin à sa communication.

— Ils ont finalement obtenu de sa femme qu'elle parle. Le Dr Benjamin a dîné avec elle le soir de la disparition de Payton. Il est arrivé à 20 h 45. Il a quitté son cabinet à 18 heures. Ça lui laissait donc deux heures et quarante-cinq minutes pour rouler jusqu'au parc, garder sa voiture, se rendre à pied chez Payton, la tuer et se débarrasser du corps.

— Et après il est retourné dîner bien gentiment avec sa femme. Qui ferait cela ?

— Une personne sans conscience. Un narcissique.

— J'ai du mal à croire que personne ne l'ait vu transférer le corps d'une voiture à l'autre aux abords du parc.

— Il faisait sombre. Et puis, il y a beaucoup d'arbres. Les parcs sont les endroits de prédilection des assassins et des violeurs.

Le gardien apparut et leur fit signe. Calum avait découvert que sa sœur avait travaillé avec le Dr Benjamin. Celui-ci lui avait fait des avances déplacées, et le gardien voulait se venger. Il avait donc accepté de les faire entrer.

Calum et Jaslene rejoignirent l'homme qui leur tenait la porte.

— Tout ce que vous aurez à faire en sortant, c'est de la claquer. Elle se verrouillera automatiquement.

Calum le remercia et entra, suivi de Jaslene. Grâce aux explications fournies par le gardien, ils trouvèrent sans peine la pièce où étaient archivés les dossiers des patients et les demandes de prise en charge.

Jaslene s'assit devant un ordinateur qui n'était pas encore passé en mode veille et accéda aux dossiers.

Au bout d'une heure, ils avaient réuni tous les éléments dont ils avaient besoin. Calum sauvegarda les dossiers et prit des photos.

— La police obtiendra une commission rogatoire, mais on ne sait jamais, ça pourrait servir.

Ils s'apprêtaient à sortir quand un bruit les alerta.

Calum regarda au-dessus de la cloison du box de travail. Jaslene n'était pas assez grande pour voir, mais elle savait qu'il avait repéré quelqu'un.

Il lui prit la main et, de l'autre, sortit son arme.

— Par ici.

Se déplaçant en restant baissés, ils se dirigèrent dans la direction opposée à la sortie.

Calum contourna un autre box et s'arrêta. Prudemment, il regarda d'abord vers le couloir puis se hissa pour jeter un regard circulaire au-dessus des cloisons.

Tirant sur la main de Jaslene, il l'entraîna avec lui.

Elle jeta un coup d'œil par-dessus son épaule et ne vit rien.

Il n'y eut pas de coups de feu. Personne ne les prit en chasse.

Finalement, ils réussirent à revenir sur leurs pas et à emprunter l'issue de secours par laquelle le gardien les avait fait entrer.

Une fois dehors, ils se précipitèrent vers le SUV. Calum prit le temps de vérifier sous le véhicule qu'aucune bombe n'y avait été posée et tint la portière ouverte pour Jaslene.

— Pourquoi ne nous a-t-il pas tiré dessus ? demanda-t-elle, alors qu'il se mettait au volant.

— Il ne savait pas forcément que c'était nous. Il a pu penser que quelqu'un travaillait tard.

— Peut-être... Ça expliquerait aussi pourquoi il ne nous a pas poursuivis.

De retour à la maison, Jaslene se détendit avec Rapunzel. Un ancien collègue de Calum passa prendre ce qu'ils avaient découvert dans les archives du Dr Benjamin.

Une demande de perquisition serait faite pour les différents établissements du médecin, mais aussi sa maison et sa voiture.

Jaslene était particulièrement intéressée par ce que la police scientifique découvrirait dans la voiture, étant donné que le corps de Payton avait été déplacé.

Assise sur le canapé à côté de Calum, tandis que la télévision diffusait un documentaire auquel elle ne prêtait pas attention, Jaslene gratouillait le ventre de la chienne qui, la tête renversée, semblait au comble du ravissement, offrant la vision d'un animal absolument pourri gâté.

Calum gloussa.

— C'est comme ça que tu as l'intention de faire avec notre bébé ?

Elle adorait le son de sa voix. Surtout quand il disait « notre ».

— Et même encore pire.

17

Le lendemain matin, Calum fut réveillé par la sonnerie de son téléphone.

Il se redressa, dérangeant la chienne qui s'était couchée entre Jaslene et lui pendant la nuit.

— Chelsey, j'écoute.

— Salut, vieux.

C'était un des inspecteurs du commissariat de Chesterville.

— Nous avons l'identité du tueur à gages de Benjamin. Chaz Mendel. Il a un casier long de deux kilomètres. Cambriolages, agressions... Il a fait cinq ans de prison.

Jaslene ouvrait un œil et se redressait contre la tête de lit. Calum mit le haut-parleur. Rapunzel quitta ce lit où on s'agitait trop et retrouva le calme de son panier.

— C'est une excellente nouvelle, dit Calum.

Puis, à mi-voix, il informa Jaslene.

— Ils ont arrêté l'homme de main de Benjamin.

— Il a parlé en échange d'une sentence allégée. Il doit savoir comment ça marche, ce qui explique qu'il ait passé autant de temps en liberté.

— Et les perquisitions ?

— Nous sommes en train de remorquer la Mercedes

à l'instant où je te parle. Les équipes passent ses dossiers au peigne fin, et la fouille de sa maison a commencé.

— Et sa femme ? Comment réagit-elle ?

— Elle est plutôt secouée. Elle ignorait tout des agissements de son mari.

— Où est Benjamin ?

— Ni chez lui, ni à son cabinet.

— Il s'est enfui.

— C'est aussi ce que je pense.

L'inspecteur semblait déçu, mais pas autant que Jaslene. Benjamin était en fuite, ce qui voulait dire que ce n'était pas encore fini.

On sonna à la porte, et Jaslene s'étonna.

— Qui ça peut être, à cette heure ?

— Va prendre ta douche, je m'en occupe.

Il enfila le jean qu'il portait la veille et descendit.

Avant d'ouvrir la porte, il regarda à travers la vitre latérale.

Il eut un choc. Ses parents étaient là.

Il ouvrit, incapable de prononcer un mot.

— Bonjour mon garçon !

Sa mère le prit dans ses bras et l'embrassa avec effusion. Elle débordait d'énergie et semblait égale à elle-même, ce qui était rassurant à voir.

— Que faites-vous ici ?

— Nous voulions te faire la surprise.

— Comment m'avez-vous trouvé ?

— C'est ton employeur qui nous a dit où tu étais, répondit son père.

Ils entrèrent, et sa mère regarda aussitôt autour d'elle. Son père portait un bagage de petite taille. Ils ne semblaient pas avoir l'intention de rester longtemps.

— Tu aurais pu nous dire que ta maison avait brûlé, dit sa mère.

— Il y a beaucoup de dégâts. Je vais la faire réparer.

Il les suivit dans le salon.

— Nous n'avons pas été blessés.

— Encore heureux ! Tu aurais quand même pu nous appeler.

— Tu as raison. Je suis désolé… Je suis en plein dans une enquête.

— Si nous voulons que les choses changent, il va falloir que nous apprenions à communiquer.

Normalement, c'était son père qui lui aurait fait la leçon. Mais il comprenait qu'il avait attristé sa mère en ne l'appelant pas depuis sa visite.

Il considérait cela comme étant sans importance, puisque personne n'avait été blessé dans l'incendie. Mais, pour sa mère, c'était essentiel.

— Je vais faire des efforts.

Il alla vers elle et posa les mains sur ses épaules.

— C'est promis.

Son regard se radoucit, et elle l'embrassa.

— Très bien. Et, maintenant, dis-nous où se cache ta petite amie. Je n'ai pas vraiment eu l'occasion de discuter avec elle quand vous êtes venus au Texas.

— Elle est en train de se préparer.

Les parents de Calum étaient partis la veille, après être restés deux jours.

L'inspecteur avec qui il était en contact appela. Même s'il fallait encore attendre les résultats officiels, les fibres trouvées dans la Mercedes coïncidaient avec les vêtements portés par Payton. Les fragments de corde retrouvés sur le cadavre correspondaient à celle que le Dr Benjamin avait achetée dans un magasin de bricolage peu avant la disparition de Payton.

Par ailleurs, la femme du médecin, Sarah, semblait cacher des informations à propos de son mari.

Elle avait été réinterrogée sur l'emploi du temps de ce dernier et elle avait changé sa version.

Calum proposa de l'interroger, en suggérant qu'elle serait peut-être plus en confiance qu'avec la police.

Sarah ne quittait pas sa maison et avait changé toutes les serrures. Visiblement, elle avait peur.

Dans l'après-midi, Calum et Jaslene se rendirent chez le Dr Benjamin. Située dans le quartier le plus prestigieux de Chesterville, la maison était spectaculaire.

Une caméiste leur ouvrit.

— Bonjour, dit Jaslene. Nous venons voir Mme Benjamin.

— Elle ne reçoit pas de visite.

— Dites-lui qu'une amie de Payton Everett voudrait lui parler.

La caméiste les fit entrer dans un hall immense, avec un plafond vertigineux et un lustre impressionnant.

— Attendez ici.

Cinq minutes s'écoulèrent avant que Sarah n'apparaisse.

Elle s'immobilisa en découvrant Calum.

— Je suis le détective privé que Jaslene a engagé pour retrouver son amie Payton.

La femme, qui semblait encore plus sophistiquée que son mari, désigna un petit salon.

— Allons-nous asseoir.

Jaslene prit place à côté de Calum sur le canapé, tandis que Sarah optait pour un fauteuil canné.

— J'ai entendu parler de cette jeune femme, et du fait que mon mari pourrait être responsable de sa disparition et de...

Elle posa une main sur sa bouche, comme pour refouler un sanglot.

Lorsqu'elle eut retrouvé son sang-froid, elle ajouta :

— Je ne le crois pas capable d'une chose pareille.

— Qui vous a dit qu'il pourrait être responsable ? lui demanda Calum.

— La police m'a interrogée.

Jaslene se pencha, les avant-bras sur ses cuisses.

— Mme Benjamin, nous savons que c'est difficile pour vous. Mais, si vous pouviez nous dire où se trouve votre mari, nous pourrions passer à autre chose.

— Mes enfants...

— Ils finiront par le découvrir. Vous ne pourrez pas les protéger éternellement de ce qui va se passer. Votre mari sera arrêté et très certainement condamné pour enlèvement et meurtre. Vos enfants ne le verront plus qu'en prison.

— Vous ne pouvez pas dire ça.

— Nous avons des preuves, dit Cal. Notamment des fibres qui relient votre mari à la victime.

— Oh...

Sarah se leva et alla se poster devant la fenêtre. Du bout des doigts, elle essuya sa joue, indiquant que des larmes silencieuses y coulaient.

Elle était une victime de plus des mauvais agissements du Dr John Benjamin.

— La dernière fois que je l'ai vu remonte à quatre

jours. Il a fait un sac, prit son passeport et m'a dit qu'il avait tout prévu pour que nous allions vivre ailleurs sous une autre identité. Il a nié avoir quelque chose à voir avec la disparition de cette femme et m'a promis de revenir me chercher.

Elle renifla discrètement.

— Je l'ai cru. Mais je suis en pleine confusion depuis quelques jours. Honnêtement, je ne reconnais plus mon mari. Il n'est pas comme je l'avais imaginé quand je l'ai épousé.

Elle se tourna pour leur faire face.

— Ce matin, je suis allée le retrouver dans un hôtel de Charleston. En arrivant, j'ai découvert qu'il ne s'était pas enregistré. J'ai montré sa photo au réceptionniste, et il m'a dit qu'il avait pris une chambre sous un autre nom, qu'il était médecin… En cherchant sur Internet, j'ai découvert qu'il possédait également une clinique sous cette identité. J'ai fait jouer mes relations pour le localiser, et on m'a indiqué une maison. J'y suis allée et je l'ai vu avec une autre femme. Cela expliquerait beaucoup de choses. À chaque fois qu'il s'absentait de la maison, ce n'était pas pour se rendre dans une de ses cliniques. Il vivait une deuxième vie, dans une autre ville, avec une autre femme.

Jaslene échangea un regard surpris avec Calum. C'était cela son issue de secours ? Il avait dû passer beaucoup de temps à tout planifier.

— Apparemment, cela fait longtemps qu'ils sont ensemble. Il y avait un jeune garçon avec eux, dans les cinq ans. Il s'agit probablement de leur fils.

Jaslene la rejoignit et posa une main sur son bras.

— Je suis désolée.

18

Après qu'ils eurent quitté Sarah Benjamin, Calum et Jaslene se rendirent au Claypoole Medical Center.

C'était un petit immeuble en briques rouges, dont l'entrée était soulignée par un fronton que soutenaient deux colonnes de marbre blanc.

Situé dans Virginia Street, il était à quelques minutes de marche des berges de la rivière Kanawha. Sous un radieux ciel bleu, Charleston exprimait pleinement son charme de petite ville à l'ancienne, telle que les aimait Calum.

— Si ça se passe mal, je veux que tu ailles te réfugier dans la voiture, dit-il.

— Je n'ai pas l'intention de courir après lui, si c'est ce que tu veux dire.

— Je veux que tu sois en sécurité.

— Tu as prévenu la police ?

— Je le ferai une fois que j'aurai arrêté Benjamin.

Elle entra la première. La zone de réception n'était pas très vaste, mais la décoration était parfaite. Tout en sobriété et en bon goût, comme on pouvait l'attendre de Benjamin.

Calum attendit que la réceptionniste ait terminé avec un patient et demanda à voir le médecin.

— Vous avez un rendez-vous ?

— Non.

— Je suis désolée, il est en consultation.

Il se tourna vers Jaslene.

— Appelle le 911 et attends ici.

Elle hocha la tête.

Calum s'élança dans le couloir.

— Monsieur ! cria la réceptionniste, en courant derrière lui. Vous ne pouvez pas aller là-bas.

Il se libéra d'un mouvement d'épaule, alors qu'elle posait la main sur son bras.

Au même moment, le Dr Benjamin sortit d'une pièce, un dossier à la main.

Il vit Calum et s'arrêta net, les yeux écarquillés.

Laissant tomber son dossier, il partit en courant dans la direction opposée.

— Stop ! cria Calum, en s'élançant derrière lui.

Le médecin disparut derrière une double porte battante.

Calum se rua après lui dans une salle de repos.

Une infirmière hurla et fit un bond de côté pour les éviter.

Benjamin franchit une porte de service, Calum sur ses talons.

Le médecin était vraiment en bonne forme. Il sprinta à travers un parking situé derrière l'immeuble.

Ôtant la blouse blanche qui entravait ses mouvements, il la jeta. Calum vit alors qu'il portait une arme dans un holster d'épaule. Il sortit son propre pistolet de son étui.

Benjamin se retourna et tira. Calum plongea derrière une voiture et riposta.

Reprenant sa course, le médecin se dirigea dans une ruelle entre deux rangées de maisons anciennes.

Calum longea en courant des jardins aux dimensions réduites. Un chien aboya et se rua sur la clôture.

Deux maisons plus loin, Benjamin sauta par-dessus une barrière.

Calum avait rattrapé du terrain et sauta à son tour. Le médecin lui envoya un barbecue métallique dans les jambes pour freiner sa progression.

Calum faillit trébucher et eut tout juste le temps de s'accroupir avant que Benjamin ne tire à nouveau.

Le médecin disparut par la porte de service de la maison. Il avait l'air de savoir ce qu'il faisait, comme s'il avait planifié cela de longue date.

Prudemment, Calum entra dans la maison. Il vit Benjamin traverser la cuisine, ouvrir une porte communiquant avec un garage et la claquer derrière lui.

Le temps qu'il arrive à la porte et l'ouvre, Benjamin refermait la portière d'une BMW.

Calum tira dans les pneus et visa la tête du médecin.

— C'est terminé.

La porte du garage commençait à s'ouvrir automatiquement. Levant son arme, Benjamin tira, juste au moment où Cal se baissait.

Il n'allait pas lui faciliter les choses.

— Vous n'irez nulle part, Benjamin. Nous savons tout sur vous.

— Je vous tuerai !

Le médecin était déterminé à s'enfuir. Il refusait de comprendre qu'il avait perdu, que son crime avait été découvert, tout comme sa fausse identité.

Calum n'avait plus le choix. Voyant que l'homme le visait à nouveau, il tira vite et juste, le blessant à la main.

Benjamin cria et lâcha son arme.

Calum s'empressa d'ouvrir la portière, que le médecin n'avait pas pensé à verrouiller, et le sortit de la voiture. Puis il le menotta dans le dos et le fit avancer devant lui.

Lorsqu'ils arrivèrent sur le parking, une escouade de voitures de police bloquait les accès à la clinique.

Calum repéra Jaslene au milieu des agents en uniforme. Elle le vit, et ses épaules s'affaissèrent, exprimant son soulagement.

Un inspecteur en costume s'approcha.

— La police de Chesterville nous a prévenus que vous traquiez leur suspect. Il sera confié à cette juridiction.

Calum le remercia.

Jaslene se posta devant Benjamin.

— Pourquoi ? demanda-t-elle.

Le visage du médecin resta impassible, comme s'il n'éprouvait aucun remords.

Elle le regarda droit dans les yeux et le gifla à la volée.

Puis, sans un mot, elle tourna les talons.

Jaslene s'accorda une journée pour pleurer son amie Payton.

Jusqu'alors, elle ne s'était pas vraiment rendu compte que celle-ci était morte. Pendant des mois, elle avait espéré la revoir vivante. Puis elle avait été occupée par l'enquête…

Maintenant, tout était entre les mains de la police, et il lui fallait bien affronter la réalité. Payton n'était plus là. Elle était morte, assassinée par un amant secret avide de réussite et d'argent.

Jaslene avait envie de taper du poing sur la table. Mais elle devait l'accepter. Elle éprouverait toujours de la tristesse en pensant à son amie. Payton continuerait à lui manquer. Mais elle pourrait toujours se raccrocher aux bons souvenirs.

Ce qu'avait fait Benjamin l'emplirait toujours de colère. Elle ne comprendrait jamais pourquoi il avait ôté la vie à une si merveilleuse personne. Mais cela ne ternirait pas le souvenir que Payton laisserait.

Repoussant sa chaise, elle abandonna sa tasse d'infusion sur la table de la salle à manger et se dirigea vers la cuisine, en proie à des interrogations bien différentes.

À propos de son âme sœur.

Elle n'avait jamais expérimenté ce ressenti et ne savait pas comment réagir.

L'accepter ? Lutter contre ?

C'était tellement intimidant.

Calum lui ferait-il un jour confiance ? Elle ne voulait pas être celle qui le réparerait. Elle pensait que les hommes brisés à ce point ne pouvaient pas être réparés.

Mais peut-être n'était-il pas brisé. Peut-être avait-il besoin qu'on lui montre le chemin…

Jaslene était prête à donner une nouvelle chance à l'amour. Elle ne voulait pas passer à côté parce qu'elle avait des craintes.

Un besoin irrépressible de retourner dans la maison de Calum s'empara d'elle. Elle avait envie de la restaurer et de la décorer pour en faire une vraie maison de famille. La sienne était trop fonctionnelle. Sans charme.

— J'ai quelque chose à te montrer.

Jaslene sursauta et se tourna.

Calum se tenait sur le seuil de la cuisine et agitait un trousseau de clés.

Calum se gara dans l'allée de sa maison et fit le tour de la voiture pour ouvrir la portière de Jaslene.

Rapunzel qui était couchée en travers de ses genoux bondit hors de la voiture, et il dut faire un bond de côté pour l'éviter.

— Cette chienne devient trop grande pour que tu la transportes partout dans tes bras. Tu devrais lui apprendre à marcher en laisse.

— Mais non ! Ce n'est encore qu'un bébé.

Jaslene posa une main sur son torse et le repoussa gentiment. Il comprit le message et s'écarta. Elle descendit alors de la voiture et se dirigea vers le perron.

Calum la rejoignit et ouvrit la porte.

Elle entra, stupéfaite qu'il ait fait de son rêve une réalité.

— Tu as fait vite pour les travaux.

— J'ai été bien secondé par une décoratrice...

Il lui laissa le temps d'observer tous les changements. Le salon était la partie de la maison qui avait le plus souffert. Au lieu de reprendre les mêmes tonalités de gris et de blanc, il avait opté pour des tons plus chauds de beige sable, et de terre cuite. Des tableaux aux couleurs flamboyantes égayaient les murs. Des coussins, des tapis et des objets décoratifs contribuaient à une ambiance chaleureuse et accueillante. La cuisine avait été refaite à peu près à l'identique. Un bouquet de roses était posé sur la table.

— C'est joli, dit-elle.

— Suis-moi. Tu n'as pas encore tout vu.

Il l'entraîna vers l'escalier.

Elle le suivit dans l'une des chambres. Rapunzel trottait derrière eux.

Jaslene entra précipitamment dans la pièce, dévorée

par la curiosité, et resta bouche bée devant le berceau, la petite commode, la table à langer...

— Il ne reste plus qu'à choisir la couleur des murs, dit-il. Quand nous saurons si c'est une fille ou un garçon.

Calum se disait que ce geste suffirait à faire comprendre à Jaslene ce qu'il ressentait. Il y avait réfléchi pendant quelques jours et il était finalement arrivé à la conclusion qu'il serait fou de la laisser partir.

Elle était sincère et vraie, et il devait croire que tout se passerait bien cette fois.

Elle lui fit face.

— Tu veux vraiment faire ça ?

Il comprit ce qu'elle demandait. Elle voulait la vérité sans fard.

— J'en suis sûr. Tout comme je suis sûr que je peux avoir confiance en toi.

Il passa un bras autour de sa taille et l'attira contre lui.

— Tu m'as fait croire que l'amour était encore possible, que je devais lui donner une seconde chance.

Il plongea la main dans sa poche et mit un genou en terre, les yeux levés vers elle tandis qu'il lui présentait une bague.

— Veux-tu m'épouser ?

Elle resta bouche bée, fixant le saphir entouré de diamants.

— Cal...

Il lui prit la main gauche et présenta la bague devant son annulaire.

— Veux-tu m'épouser ? demanda-t-il à nouveau.

— Oui, mais...

Sans lui laisser le temps de finir sa phase, il glissa la bague à son doigt.

Jaslene tendit la main devant elle pour mieux l'observer.

— Elle est tellement belle !

Elle le regarda avec incertitude.

— Tu es vraiment sûr de toi ?

— Non, et oui. Je ne suis pas sûr d'être prêt pour le mariage, mais je suis absolument certain de l'être pour toi et le bébé. Je veux tout faire pour que ça marche.

— Dans l'intérêt du bébé ?

— Pour nous trois. Et pour les autres enfants qui viendront peut-être. Je veux une famille. C'est ce que j'ai toujours voulu. Et... je t'aime.

— Moi aussi, je t'aime.

— J'aimerais bien que tu me donnes ta réponse, maintenant. Le sol commence à être vraiment dur. Tu veux bien m'épouser ?

Elle éclata de rire.

— Oui.

Il se releva, l'attira contre lui et l'embrassa passionnément.

BARB HAN

Retrouvailles clandestines

Traduction française de
CHRISTINE BOYER

BLACK ROSE

HARLEQUIN

Titre original :
CORNERED AT CHRISTMAS

Ce roman a déjà été publié en 2020.

1

Une chaleur accablante, exceptionnelle pour une matinée d'automne, régnait sur le Texas. Le vent était tombé, l'air devenait de plus en plus lourd et de gros nuages obscurcissaient l'horizon. L'orage menaçait.

En proie à une profonde colère que l'atmosphère étouffante aggravait encore, Mitch Kent se hâtait vers le centre médical. Il serrait si fort le guidon de la poussette double que ses jointures en blanchissaient. Il ne comprenait pas pourquoi le destin semblait ainsi s'acharner sur lui. Il avait perdu coup sur coup sa mère et son père, il y a deux ans, puis sa femme, il y a onze mois. Imaginer que Rea, sa petite fille chérie, meure à son tour lui était insupportable.

Heureusement, tout portait à croire que la situation de l'enfant évoluait de façon positive, et Mitch avait bon espoir que cette visite chez le pédiatre le lui confirmerait. Pourtant, il n'osait pas se réjouir trop vite. La vie lui avait appris que le bonheur était fragile, fugace, et qu'il ne maîtrisait rien. Il se sentait comme un voilier en pleine tempête et détestait cette impression. Il refusait d'appartenir au camp des victimes impuissantes.

La sonnerie de son smartphone le tira de ses sombres

pensées. Il repêcha l'appareil au fond de sa poche. Sur l'écran, il vit s'afficher le nom d'Amber, sa petite sœur, la plus jeune de la fratrie Kent.

Sans perdre de temps avec les mondanités d'usage, elle alla droit au but :

— J'aimerais être avec toi, Mitch.

— Ne t'inquiète pas, tout va bien, répondit-il un peu trop vite.

— Non, répliqua-t-elle avec de la tension dans la voix. Ce n'est pas facile pour toi et ça ne le serait pour personne.

— Nous en avons parlé hier au téléphone. Ta présence au ranch est indispensable actuellement, et je suis tout à fait capable de me débrouiller, assura-t-il.

Il espérait qu'elle ne percevait pas son angoisse.

Un long silence tomba.

— Es-tu sûr de vouloir gérer tout ça seul ? demanda-t-elle finalement.

Non, il n'avait aucune envie de traverser seul toutes ces épreuves, mais il n'avait pas le choix. Le destin lui avait arraché sa femme, l'amour de sa vie. Maintenant, il lui fallait s'accrocher pour garder le cap et résister à la violence des courants.

— Seul ? Je ne suis jamais seul, ma vieille, dit-il avec un petit rire. Depuis un an, depuis la naissance des jumeaux, je n'ai pas eu une minute à moi.

S'il énonçait une vérité partagée par tous les parents de bébés du monde, il tentait surtout d'alléger l'atmosphère par un trait d'humour. Il essayait de faire croire à sa petite sœur qu'il affrontait les événements avec sérénité, alors qu'en réalité il se demandait en permanence comment il y arriverait sans Kimberly.

Amber ne fut pas dupe.

— Tu sais ce que je veux dire.

Ses quatre frères lui avaient, eux aussi, passé un coup de fil pour l'assurer de leur soutien et tenter de lui remonter le moral. Comme Amber, Will, Devin, Nate et Jordan mesuraient l'importance de cette visite médicale. Le pédiatre lui communiquerait les résultats de la batterie d'examens que les jumeaux avaient subis pour leur bilan de santé. Ils fêteraient leur premier anniversaire dans quelques heures. Au cours de cette consultation, le médecin lui annoncerait si sa fille était tirée d'affaire ou si son état nécessitait une opération. Imaginer des chirurgiens en train d'ouvrir le corps minuscule de sa petite chérie le ravageait.

— Je suis certain que tu serais là si tu en avais la possibilité, Amber. Le ranch a plus besoin de toi que moi.

Deux ans plus tôt, à la mort de leur père, les frères et sœur Kent avaient hérité des terres de leurs parents, situées dans le nord du Texas, et des troupeaux. Leur mère avait été emportée par la maladie six mois avant son mari.

Le centre médical de Fort Worth se trouvait à une heure de route du ranch, et les jumeaux avaient dormi pendant tout le trajet. Mais à présent tous deux étaient bien réveillés et admiraient le paysage depuis leur poussette. Mitch les conduisit dans une enfilade de rues piétonnes, de passages et de petites places. Au cœur de ce labyrinthe se dressait une magnifique fontaine qui attira aussitôt l'attention des enfants. Mitch se dirigeait vers une structure ultramoderne, tout en acier et en verre, annexe de l'hôpital où recevait le pédiatre. Sa femme avait choisi le praticien avec soin avant même d'accoucher.

Amber poursuivait :

— Elle va s'en tirer, Mitch. Tu le sais, n'est-ce pas ?

Il percevait l'inquiétude qui teintait sa voix, même si elle s'efforçait de la masquer.

— Les derniers examens laissaient en effet espérer une évolution favorable, répondit-il. Il y a toutes les raisons d'être optimiste.

En réalité, sans Kimberly, les onze derniers mois avaient été un enfer.

Mitch Kent ne se remettait pas de la mort de sa femme. Tout lui manquait. La façon dont elle se blottissait contre lui pour s'endormir, les fragrances de son parfum, la douceur de ses cheveux, la chaleur de son corps pressé contre le sien, la nuit. Leurs relations si simples, si faciles. Leurs discussions sous la couette avant le lever du soleil, son sourire quand il rentrait à la maison après une dure journée à s'occuper des troupeaux, la tendresse de son regard lorsqu'elle posait les yeux sur lui, leurs étreintes passionnées…

Sa mort l'avait anéanti.

Après avoir perdu successivement sa mère, son père puis sa femme, il était en train de toucher le fond.

Comme il se rendait compte qu'il serrait toujours la poussette avec force, il s'ordonna de relâcher la pression pour permettre au sang de circuler à nouveau dans ses doigts.

Sa sœur poursuivait :

— Ces bébés n'auraient pu rêver d'un meilleur père que toi.

Contrairement à ses frères, tous un peu rudes et directs, Amber était la personne émotive de la tribu Kent.

— Ils ont besoin de leur mère, répliqua-t-il.

Mitch ne comptait plus le nombre de fois où il avait

regretté que Kimberly ne soit plus là. Pourtant, tout était allé incroyablement vite entre eux. Au premier regard, il avait été foudroyé. Il était tombé fou amoureux en une fraction de seconde. Dès qu'il l'avait vue, il avait eu envie de passer le reste de ses jours avec elle. Ils s'étaient mariés quelques semaines après avoir fait connaissance, et il n'avait jamais regretté d'avoir voulu précipiter leurs noces. Chaque instant avec Kimberly avait été un bonheur pur. Elle lui avait été arrachée trop tôt.

— Heureusement qu'ils t'ont dans leur vie, Amber, ajouta-t-il.

— Tant mieux, parce que j'ai bien l'intention d'être là pour eux, de jouer les super tatas.

Les tentatives ratées de sa sœur pour faire de l'humour trahissaient son émotion.

— Formidable, dit-il avec sincérité.

— Et n'oublie pas Amy.

Elle faisait allusion à leur cousine. Amber et Amy avaient presque le même âge. Toutes deux étaient adorables et avaient, chacune, un petit côté rebelle qui leur causait parfois des ennuis. Elles avaient un cœur d'or, et Mitch se félicitait chaque jour de leur présence auprès de ses jumeaux.

— Appelle-moi ou envoie-moi un texto dès que tu as du nouveau, ajouta-t-elle.

— Compte sur moi, promis, dit-il avant de mettre fin à l'appel.

Mitch apprendrait dans moins d'une heure si sa fille, née deux minutes après son frère, était ou non tirée d'affaire. L'enfant souffrait d'une malformation septale. Une ouverture anormale avait été détectée dans la paroi qui séparait les deux ventricules de son cœur. Dans le meilleur des cas, cette ouverture s'était refermée toute seule ou était restée trop petite pour provoquer l'envoi du sang dans la mauvaise direction. Dans le cas contraire, il faudrait la colmater chirurgicalement. Mitch refusait d'envisager une opération à cœur ouvert pour sa puce adorée.

Lors de la visite médicale du mois dernier, le pédiatre s'était montré optimiste. D'après ce qu'il avait entendu dans la poitrine de l'enfant via son stéthoscope, la situation s'améliorait : le petit trou semblait vouloir se résorber naturellement. Les signes étaient encourageants.

Mais l'absence de Kimberly assombrissait tout, y compris les événements heureux de sa vie. Depuis onze mois, depuis l'accident dont sa femme avait été victime, Mitch broyait du noir.

Une vague de culpabilité le submergea. Jusqu'à son dernier souffle, il se reprocherait de ne pas l'avoir empêchée de sortir ce jour-là, ses clés de voiture à la main.

Il s'ordonna de revenir au présent. Revivre l'enfer n'en atténuait pas la douleur.

Si leur histoire avait démarré sur les chapeaux de roue, s'il avait été emporté au premier regard par un tourbillon amoureux, ses sentiments pour Kimberly avaient été tout sauf un feu de paille. Il la connaissait depuis deux mois à peine lorsqu'il lui avait demandé sa main, à la grande surprise de ses proches. Mitch n'était pas du genre à prendre des décisions à la légère, il n'avait rien d'un irresponsable. Mais Kimberly avait été une évidence. D'ailleurs, après l'avoir rencontrée et les avoir vus ensemble, ses frères et sa sœur lui avaient donné leur bénédiction. Et tous les cinq avaient été là pour l'entourer le jour de l'accident. Il n'oublierait jamais la pluie froide qui tombait sur les lieux du drame et sa détresse lorsqu'il avait vu ce qu'il restait de sa voiture.

Mitch refoula les larmes qui lui brûlaient les paupières. Il devait cesser de se torturer avec ces terribles souvenirs. Se reprocher la tragédie ne ramènerait pas sa femme.

L'épuisement expliquait sans doute l'accentuation de son découragement, mais il n'avait pas le droit le droit d'y céder. Pour ne pas perturber ses enfants, il devait faire un effort, surmonter ses idées noires.

Un bon café l'y aiderait.

Depuis la naissance des jumeaux, et surtout depuis qu'il les élevait seul, Mitch manquait terriblement de sommeil. Les petits faisaient leurs dents, et les effets des nuits trop courtes commençaient à se faire sentir.

Ignorant l'inquiétude de son père à son sujet, la petite fille babillait joyeusement. Au départ, il avait voulu donner à l'enfant le nom de sa propre mère, mais Kimberly s'y était opposée. Ils étaient finalement tombés d'accord pour l'appeler Andrea, à condition qu'elle puisse être surnommée Rea. Aaron et Andrea. Bien sûr, s'il avait eu la possibilité de revenir en arrière, il aurait accepté tous les prénoms proposés par Kimberly. Il regrettait surtout de ne pouvoir revivre le dernier jour passé avec elle pour lui ordonner de rester à la maison parce qu'elle avait besoin de se reposer.

En grandissant, Rea devenait une véritable bavarde. Elle s'exprimait dans une langue secrète qu'elle seule comprenait. Mitch n'avait aucune idée de ce qu'elle racontait, mais cela n'empêchait pas sa fille de parler avec entrain. Comme lui, Kimberly était dotée d'un caractère réservé, et voilà pourquoi il ne comprenait pas de qui l'enfant avait hérité cette éloquence. Contrairement à sa jumelle, Aaron était un petit garçon silencieux. Il aimait ramasser un caillou, une feuille, un bout de bois et les examiner pendant un long moment.

Mitch pensa à tous les rôles qu'il avait endossés au cours des deux dernières années : propriétaire de ranch, mari, père, veuf.

Le pire était le fait d'être veuf. Non seulement vivre sans sa femme était un cauchemar, mais il avait la certitude aussi ancrée qu'irrationnelle que Kimberly était encore en vie.

Certes, son corps n'avait jamais été retrouvé. Mais, d'après le shérif Zachary McWilliams, cousin de Mitch, il était impossible qu'elle ait survécu à l'accident. Lorsque sa voiture avait été sortie du ravin, il n'en restait rien. Elle était en bouillie. Selon toute probabilité, Kimberly avait été éjectée de son véhicule et était tombée dans la rivière. Des crues soudaines et plusieurs orages avaient compliqué la tâche des secouristes. Après six jours de recherches intensives, ils les avaient abandonnées. Lorsqu'ils avaient appris que la victime de cette tragédie était la femme de Mitch Kent, plusieurs plongeurs s'étaient portés volontaires pour travailler pendant leurs jours de repos. Mais plus le temps passait, plus les chances de la retrouver s'amenuisaient, d'autant que les conditions météorologiques s'aggravaient.

Mitch avait demandé aux médias de ne pas ébruiter le drame. Pour respecter son deuil et surtout parce qu'il était certain que sa femme l'aurait souhaité. D'après Zach, il s'était ainsi protégé des cinglés et des escrocs qui se seraient prétendus héritiers de Kimberly dans l'espoir de mettre la main sur une partie de la fortune des Kent. Cela dit, Mitch l'avait surtout fait pour elle.

De son vivant, Kimberly avait toujours été très discrète et réservée. Si elle avait eu voix au chapitre, elle aurait insisté pour rester à l'écart des projecteurs, il le savait. Grâce à l'avocat de la famille, Harley Durant, toute l'histoire avait été résumée en quelques lignes en dernière page du *Fort Worth Star-Telegram*. Un vrai tour de force, mais Harley était capable de déplacer des montagnes. Il avait fait jouer ses relations pour s'assurer que le secret serait préservé.

Depuis la mort de leur père, il y a deux ans, les six enfants Kent avaient hérité du ranch. Mitch avait alors appris à exploiter le domaine et à gérer l'activité. Là encore, il le devait surtout à Harley, qui l'avait toujours guidé et conseillé. Jusqu'à présent, Mitch était le seul à vivre à plein temps sur le domaine, mais ses frères et sa sœur y faisaient tous construire leur propre maison.

Jusqu'ici, seuls Kimberly et lui avaient séjourné sur la propriété, voilà peut-être pourquoi Mitch s'attendait toujours à la voir apparaître.

Une tante bien intentionnée lui avait dit qu'il ne ferait pas le deuil de sa femme tant que son corps n'aurait pas été retrouvé. Elle l'avait encouragé à rejoindre un groupe de soutien pour trouver la force de tourner la page et de passer à autre chose. Mitch n'adhérait pas beaucoup à ces idées. Pour lui, le fait que Rea ait hérité des yeux et des épais cheveux noirs de Kimberly, qu'elle lui ressemble chaque jour davantage, expliquait son incapacité à l'oublier. Les jumeaux lui rappelaient leur mère. Et voilà peut-être aussi pourquoi il la voyait partout.

Mitch conduisit les bébés vers l'annexe de l'hôpital qui apparaissait au bout de la rue.

De nouveau, la sonnerie de son smartphone retentit.

Comme il cherchait l'appareil dans sa poche, il remarqua soudain une inconnue qui le regardait, et un long frisson lui parcourut l'échine. L'approche du jour anniversaire de la mort de Kimberly devait lui jouer des tours. En effet, sous prétexte que cette jeune femme avait la même taille et la même silhouette que Kimberly, il se demanda immédiatement s'il ne s'agissait pas d'elle.

Aïe. Il commençait à perdre la tête. Il avait besoin de reprendre le contrôle.

Comment sa chère et tendre épouse aurait-elle pu se promener près du centre médical ? C'était impossible, il le savait. Il avait enterré Kimberly Kent, du moins symboliquement, puisqu'il n'avait pu le faire physiquement. Il avait installé une tombe dans un coin du domaine qu'elle aimait beaucoup, à quelques mètres de la maison, de sa famille.

Il prit l'appel.

— Que se passe-t-il ? demanda-t-il à son contremaître, Lonnie Roark, alias Lone Star Lonnie.

— J'ai découvert quelque chose près de Rushing Creek, répondit Lone Star. Vous devriez venir y jeter un œil.

— D'accord. De quoi s'agit-il ? s'enquit Mitch avec impatience.

Il n'était pas en colère contre Lonnie mais contre lui-même. Pourquoi continuait-il à voir sa femme partout alors qu'elle était morte il y a près d'un an ?

Pourtant, la curiosité l'emporta, et il se retourna pour regarder l'inconnue avec attention. Lorsqu'elle fit passer son sac à main d'une épaule à l'autre, il se figea. Là encore, le geste lui rappelait Kimberly de façon effrayante.

Ce n'était pas elle, il le savait bien. Sa femme avait des cheveux noirs qui lui tombaient dans le dos comme un voile. Cette fille avait, elle, les cheveux courts et les avait passés tant de fois à l'eau oxygénée qu'ils étaient devenus presque blancs.

Pendant une fraction de seconde, leurs regards se croisèrent. La blonde pivota aussitôt sur ses talons pour lui tourner le dos. Elle baissa la tête et s'éloigna à grands pas. Cette réaction lui parut étrange, et de nouveau un long frisson le traversa. Il avança sur le trottoir, s'efforçant de s'approcher d'elle pour tenter de distinguer ses traits.

Elle se tenait à présent près d'une sculpture d'art moderne. Il y en avait plusieurs dans ce quartier. Il faut bien le dire, Mitch était un peu hermétique à ce style et ne comprenait pas la signification de cette œuvre.

Quand l'inconnue lui jeta un coup d'œil de biais, il sentit son ventre se nouer.

Il tenta de se raisonner. Croiser une jeune femme ayant la même silhouette que Kimberly était banal, et seule sa fatigue lui faisait imaginer qu'il la reconnaissait.

Elle s'arrangea pour sortir de son champ de vision en contournant la statue. Que fabriquait-elle ?

Au téléphone, Lone Star répondit d'un ton ennuyé.

— Il s'agit de l'une des génisses du troupeau...

Son contremaître hésitait, ce qui ne lui ressemblait pas, et une brusque angoisse saisit soudain Mitch. Son ventre se noua. Décidément, cette journée promettait d'être un enfer.

— Eh bien quoi ? s'enquit-il d'un ton insistant.

Il ne parvenait pas à détacher les yeux de la mystérieuse blonde à moitié cachée par la sculpture. Son besoin de l'examiner de plus près pour obtenir la preuve qu'elle n'était pas Kimberly était absurde.

Il était impossible que cette fille soit sa femme, alors pourquoi était-il incapable de laisser tomber ?

Lone Star finit par lâcher le morceau :

— Elle a dû se coincer la patte quelque part et elle s'est sans doute blessée en tentant de se libérer. Le problème est que j'ai eu beau fouiller les alentours dans un rayon de trois cents mètres, je n'ai rien trouvé qui puisse expliquer un tel accident. En tout cas, sa plaie n'était vraiment pas belle à voir.

— Que s'est-il passé, à ton avis ? Que lui est-il arrivé ?

Mitch n'aimait pas cette histoire, et son humeur déjà morose s'assombrit encore.

— Je ne comprends pas, patron. Je vous l'ai dit, rien ne l'explique. Apparemment, elle s'est vidée de son sang et elle en est morte.

Mitch grimaça en songeant à la lente agonie que l'animal avait dû endurer. Il retint un juron.

— Tu as bien fait de m'appeler, dit-il avec un soupir.

La journée avait à peine commencé et il avait déjà hâte qu'elle se termine.

— Je sais que je tombe mal, patron, et que vous avez d'autres problèmes plus importants à gérer.

Lone Star n'ignorait rien de l'état de Rea. Mitch le considérait comme l'un de ses proches. Certes, il était le patron, mais Lonnie était un ami de longue date. Ayant grandi à Jacobstown, Mitch connaissait la plupart de ses habitants. Lonnie et lui avaient été camarades de classe.

— Laisse-la où elle est jusqu'à mon retour au ranch. Tu as raison, mieux vaut que je voie la scène par moi-même. Peux-tu t'arranger pour que personne ne l'approche avant moi ?

La mise à mort de cette génisse était peut-être l'œuvre

d'une bande d'adolescents désœuvrés qui avaient eu envie de faire un mauvais coup pour s'amuser ou pour relever un défi lancé par une secte quelconque. S'il s'agissait d'une sale blague qui avait mal tourné, il se chargerait personnellement de leur apprendre la vie, songea-t-il avec colère. Rien ne justifiait de faire souffrir un animal.

— Merci de m'avoir prévenu. Appelle-moi si tu en trouves d'autres.

— Je n'en ai pas vu pour le moment, mais j'ai demandé aux hommes de compter les bêtes, dit Lone Star Lonnie. Je garde l'œil ouvert, au cas où.

— Conduis le reste du troupeau ailleurs, loin de l'endroit où la génisse est morte. Dans le pâturage sud, par exemple.

Comme il levait le nez, il se rendit compte que la mystérieuse inconnue avait disparu. Il promena les yeux autour de lui dans l'espoir de la retrouver.

Il aperçut soudain une mèche de cheveux blonds sortant d'un sweat à capuche. La jeune femme portait un jean, des chaussures de tennis et des lunettes de soleil. Il s'assura d'un coup d'œil qu'il s'agissait bien d'elle. Avait-elle vu qu'il l'observait ?

Bien sûr, elle avait forcément remarqué son manège. Sinon, pourquoi aurait-elle enfilé le sweat qui était auparavant noué autour de sa taille et en aurait-elle rabattu la capuche sur sa tête ?

Mitch était conscient qu'il devait renoncer à poursuivre cette filature absurde et faire demi-tour pour ne pas être en retard chez le médecin.

Alors pourquoi ne parvenait-il pas à bouger ?

Il termina son échange téléphonique avec Lone Star et glissa son smartphone dans sa poche. Toutes sortes de scénarios traversaient son esprit au sujet de la mystérieuse blonde. Kimberly pouvait-elle avoir survécu à l'accident et être devenue amnésique ? Avait-elle oublié qui elle était ? Quelqu'un l'avait-il sauvée, tirée de la carcasse de la voiture et soignée ? Et gardée chez lui depuis onze mois ?

Non, tôt ou tard, ce sauveteur aurait forcément compris qui elle était.

Le manque de sommeil ramollissait ses neurones et l'empêchait de réfléchir correctement. Il était impossible que cette blonde soit Kimberly. Sa femme était morte.

Pourtant, pour une raison qu'il ne comprenait pas, il était incapable de la quitter des yeux. S'agissait-il de curiosité ? D'autre chose de plus primitif ?

Une profonde douleur se réveilla dans sa poitrine. Kimberly lui manquait tant qu'il la voyait partout, voilà la vérité. Il n'y avait aucune chance que cette inconnue soit Kimberly, il le savait, mais l'amour fou qu'il avait éprouvé, qu'il ressentait toujours pour sa femme chérie le rendait irrationnel. Il prenait ses désirs pour des réalités.

Il consulta sa montre. Il lui restait dix minutes avant son rendez-vous.

Il décida soudain d'en avoir le cœur net. Il fit pivoter la poussette vers la femme mystérieuse et se dirigea vers elle. Comme il s'approchait d'elle, il remarqua soudain deux types de l'autre côté de la place qui, eux aussi, observaient la blonde avec attention. Apparemment, elle s'en rendit compte et son visage se crispa. Elle s'éloigna vers un réverbère, et Mitch comprit qu'elle s'efforçait de sortir de leur champ de vision.

La curiosité de Mitch grimpa brutalement en flèche.

Peut-être était-il fidèle au mythe du cow-boy qui incarnait les valeurs américaines et qui voulait qu'il prenne toujours la défense de la veuve et de l'orphelin. En tout cas, maintenant, il tenait absolument à s'assurer que tout irait bien pour elle. Il n'aimait pas la mine patibulaire des deux types. Ils dissimulaient leur visage derrière des lunettes de soleil réfléchissantes et une casquette. Et, par expérience, Mitch savait que les citoyens respectueux des lois ne se cachaient pas ainsi. Comme, par ailleurs, rien n'indiquait qu'ils soient des représentants de la loi, il en déduisit que l'inconnue ne faisait rien d'illégal.

L'un des hommes se déplaça pour la suivre. Il avait sorti un smartphone qu'il pointait vers la jeune femme. Pour la filmer ? La harcelait-il ? S'agissait-il d'un ex-petit ami ? D'un prétendant éconduit ? Plusieurs hypothèses de ce genre traversèrent l'esprit de Mitch, mais aucune ne collait.

Un ex serait seul. Alors que le type aux côtés de celui qui photographiait la blonde semblait tout aussi intéressé par elle. En réalité, tous deux lui semblaient louches. Que cherchaient-ils exactement ?

Elle parut soudain prendre conscience de leur présence, du danger. Tant mieux. Elle ne serait pas une proie facile.

Une fois de plus, il se demanda pourquoi il avait l'impression de la reconnaître. Y avait-il une chance pour que sa femme ait survécu à l'accident et ait perdu la mémoire ?

Aurait-elle pu vivre les onze derniers mois sans savoir qui elle était ni d'où elle venait ?

Cette éventualité semblait tirée par les cheveux, mais il avait déjà entendu parler d'événements plus étranges encore.

Ou avait-il tellement envie de revoir son épouse adorée qu'il la voyait partout ? Une inconnue de la stature de

Kimberly, qui paraissait seule et en difficulté, lui suffisait pour s'emballer. S'accrochait-il à tout et n'importe quoi pour garder espoir ?

Il n'y avait qu'une seule façon de le savoir.

2

Lorsque Kimberly vit Mitch se tourner vers elle et avancer dans sa direction, elle se mit à paniquer.

Non, non. Ne fais pas ça ! Repars vers le centre médical.

Elle avait été incapable de résister à la tentation. Contre tout bon sens, elle avait voulu revoir ses bébés. Les jumeaux avaient un an, maintenant, et elle n'ignorait pas qu'ils devraient subir un bilan de santé pour cet anniversaire. Il n'avait pas été difficile d'appeler le secrétariat du pédiatre pour obtenir le jour et l'heure exacts de leur rendez-vous.

Mais contempler leur visage sans pouvoir les toucher, sans les embrasser, se révélait beaucoup plus douloureux qu'elle ne l'avait anticipé. Submergée par une profonde douleur, elle s'efforça de lutter contre cette vague d'émotion.

Il lui fallait se ressaisir, et vite. L'enjeu était trop important.

La situation était en train de lui échapper. Une fois de plus. Pour revoir ses jumeaux, Kimberly Kent – ou plutôt Lily Grable – avait dû prendre des risques. Même si elle avait changé d'apparence, elle pouvait être reconnue. Pourtant, malgré le danger, il avait fallu qu'elle vienne, qu'elle les voie. Loin d'eux et de Mitch, les onze derniers mois avaient été atroces. Elle avait eu l'impression d'être enfermée au fond d'une grotte, privée de la lumière et de la chaleur du soleil.

La vie avait appris très tôt à Kimberly à encaisser les coups du sort, à affronter les épreuves. Mais rien ne l'avait préparée à rester volontairement éloignée du seul homme qu'elle ait jamais aimé et des enfants qu'elle avait eus avec lui.

Quand elle avait rencontré Mitch, elle avait cru vivre un conte de fées. Épouser ce merveilleux cow-boy, fonder une famille avec lui, tout cela lui était apparu comme un rêve. Malheureusement, elle aurait dû le savoir, le bonheur était réservé aux princesses. Pas aux orphelines comme elle.

Et maintenant, si Mitch la reconnaissait, elle aurait enduré ces onze mois d'enfer pour rien. Et, pire encore, si les deux tueurs qui étaient à ses trousses prenaient conscience des liens qui l'unissaient à cet homme et à ces deux enfants, elle aurait exposé sa famille à un danger mortel.

La panique s'empara d'elle.

Si Mitch se rapprochait encore, ce serait la catastrophe. Pourtant, malgré le danger, elle mourait d'envie de le dévorer des yeux.

Mitch était encore plus beau que dans ses souvenirs. Il mesurait près de deux mètres, et à côté de lui elle avait toujours paru minuscule. Ses larges épaules et son torse puissant se devinaient sous sa chemise de coton. Tout en muscles, il resplendissait de force et de vitalité. Il avait enfoncé son stetson sur sa tête, mais des mèches de ses cheveux blond sable dépassaient du bord. Son chapeau avait la couleur gris acier de ses yeux.

Si elle faisait semblant d'être décontractée, si elle la jouait détendue, Mitch cesserait peut-être de s'intéresser à elle. Il n'y avait aucune chance pour qu'il comprenne qui elle était. Elle avait radicalement changé d'apparence. *N'est-ce pas ?*

Alors qu'elle glissait de nouveau un regard de biais vers son mari, elle sentit son ventre se nouer. Visiblement, elle l'intriguait et il avait l'intention de venir l'examiner de plus près. Sa curiosité posait un vrai problème.

S'il la reconnaissait, il les mettrait en danger sans s'en douter, leurs enfants et lui-même. Elle jeta un œil vers les deux truands qui avaient retrouvé sa trace. Certes, ils l'avaient repérée, mais l'avaient-ils identifiée ? Savaient-ils qui elle était ? C'était la grande question.

Kimberly contourna la sculpture moderne, s'ordonnant de s'éloigner de Mitch alors que chaque parcelle de son corps brûlait de courir vers lui. Elle l'aimait tant ! Et elle s'était toujours sentie en sécurité dans ses bras. Pour se donner du courage, elle prit une profonde inspiration. L'air lourd du Texas emplit ses poumons tandis qu'elle tentait de refouler ses souvenirs.

À l'idée d'avoir, malgré elle, poussé ses poursuivants à s'intéresser à son mari et à leurs jumeaux, la terreur la saisit. Son cœur se mit à battre à tout rompre dans sa poitrine. Ceux qui avaient tué son père étaient à ses trousses depuis ce crime. Ils semblaient prêts à tout pour la capturer. Ils n'hésiteraient certainement pas à utiliser ses enfants ou Mitch pour la faire sortir du bois.

Voilà deux ans et demi que ces tueurs la traquaient et elle ignorait toujours ce qu'ils attendaient d'elle. Sa seule certitude était que, peu de temps avant sa mort, son père adoptif s'était retrouvé dans de sales draps. Mais, là encore, elle n'avait pas la moindre idée de ce dont il s'agissait ni des personnes impliquées dans cette histoire. Seul son sens de la débrouille lui avait permis de rester en vie. Dès qu'elle avait senti le danger, elle avait immédiatement changé d'identité et quitté le Nouveau-Mexique.

Mais elle avait eu beau faire, ces sales types réussissaient toujours à la débusquer, à remonter sa piste.

Peu de temps après la naissance des jumeaux, lorsqu'elle s'était rendu compte que les tueurs étaient à Jacobstown, au Texas, près du ranch de Mitch, elle avait été obligée de disparaître, une fois de plus. Elle ne comprenait toujours pas ce qu'ils espéraient d'elle. Quelques heures avant d'être assassiné, son père lui avait laissé un message énigmatique, l'exhortant à faire profil bas, à demeurer dans l'ombre jusqu'à ce qu'il ait arrangé les choses.

L'adjoint du shérif avait conclu à une mort accidentelle, mais Kimberly était certaine qu'il s'agissait d'un meurtre. Son père adoptif ne s'était pas noyé accidentellement. Il ne savait pas nager et avait terriblement peur de l'eau. Il n'avait jamais mis un pied sur un bateau. Jamais il ne serait monté de son plein gré sur une embarcation. Et pourtant la thèse officielle prétendait qu'il en avait loué une, l'avait sortie en mer avant de jeter l'ancre au large. Il aurait soi-disant piqué une tête et fait quelques brasses pour la première fois de sa vie. Le scénario était absurde.

La culpabilité revint la ronger. À l'époque, elle avait deviné que son père adoptif avait des ennuis, mais elle passait alors ses journées à travailler dans une boutique d'artisanat et ses soirées à suivre des cours. Elle n'avait jamais pris le temps de lui demander ce qui n'allait pas. Depuis des mois, il se comportait de façon étrange. Il annulait des dîners avec elle programmés depuis longtemps, ne lui répondait plus au téléphone. Elle se reprochait de ne pas l'avoir interrogé, de ne pas avoir insisté pour comprendre le problème. Avec une certaine naïveté, elle avait cru que, s'il y avait vraiment eu quelque chose qui n'allait pas, il lui en aurait parlé. Il avait toujours été son roc, le seul sur qui elle avait pu compter dans les moments difficiles. Perdre sa femme – la mère adoptive de Kimberly —, emportée par une maladie rénale, avait été une terrible épreuve. Elle avait pensé que l'attitude irrationnelle de son père était liée à son chagrin.

Avec le recul, elle s'en voulait de ne pas avoir pris la situation plus au sérieux. Elle n'avait pas été une fille digne de ce nom pour l'homme qui l'avait accueillie lorsqu'elle était rejetée par tous et qui lui avait sauvé la vie.

— Tu me fais peur, papa, lui avait-elle dit quand il lui avait demandé de se débarrasser de son smartphone et d'utiliser à la place le téléphone jetable qu'il lui tendait.

— Je suis seulement prudent, avait-il répliqué. Sers-toi désormais de cet appareil, pour faire plaisir à ton vieux père.

— D'accord, mais seulement si tu me promets de m'expliquer pourquoi, avait-elle dit.

— Je le ferai, promis. Donne-moi quelques jours pour tout régler et ensuite je te dirai tout.

— Es-tu sûr que ce n'est pas grave ?

Son comportement inhabituel lui faisait craindre le pire.

— Je dois un peu d'argent à quelqu'un, trois fois rien, mais il en fait toute une histoire.

Il lui avait fait un clin d'œil avant d'ajouter :

— Rien de grave, je vais arranger le problème, mais en attendant je ne veux pas que tu sois ennuyée.

La seule raison pour laquelle elle avait préféré en rester là avait été son expression gênée. Peut-être ne voulait-il pas qu'elle soit contactée par ce créancier. Elle avait cru l'aider à garder la face.

Si elle avait insisté pour obtenir des réponses, il aurait peut-être encore été en vie…

Elle se le reprocherait jusqu'à la fin de ses jours.

Lorsque l'adjoint du shérif Talisman avait insinué qu'elle aurait eu intérêt à tuer son père pour hériter de son entreprise, elle avait senti le danger. Elle avait vite compris qu'il la considérait comme le suspect numéro un et que l'enquête aurait pour unique objectif de prouver sa culpabilité. Et puis deux hommes avaient fait irruption dans son appartement au milieu de la nuit. Par miracle, elle avait réussi à s'échapper, et depuis lors elle était en fuite.

Elle avait épousé Mitch sur un coup de tête, ou plutôt sur un coup de cœur, un coup de foudre. Découvrir sa grossesse quelques semaines plus tard avait été un choc. Et toute sa vie il lui faudrait payer son irresponsabilité. Une vie qui promettait d'être courte si les deux tueurs finissaient par la rattraper.

Il lui arrivait parfois de se demander si ce cauchemar cesserait un jour, si elle parviendrait à revenir à l'existence qu'elle aimait avec Mitch et les bébés.

C'était impossible, elle le savait bien. Officiellement, aux yeux du monde et de Mitch, elle était morte.

Son cœur s'accéléra dans sa poitrine lorsqu'elle vit son mari se diriger vers elle avec les jumeaux. Ils fêtaient leurs un an aujourd'hui. Les anniversaires étaient censés être des événements heureux. Mais être si proche de ses chéris sans pouvoir les embrasser était une torture.

Savoir que les enfants rendraient visite au pédiatre, qu'elle avait elle-même choisi avant de les mettre au monde, lui avait donné envie de profiter de l'occasion pour les voir de loin. Le centre médical se trouvait à Fort Worth, loin du ranch. Bien entendu, il lui était interdit de s'approcher de Jacobstown, de la propriété de Mitch. S'y risquer aurait exposé sa famille, jamais elle ne le ferait. Peu importe qu'elle ait tellement envie – non, *besoin* – de revoir ses bébés. Il n'était pas question de permettre aux tueurs qui étaient à ses trousses de s'attaquer à eux. Et puis il y avait Mitch...

Le revoir était comme un coup de poignard.

Semer le doute dans l'esprit de son mari au sujet de sa mort n'était vraiment pas malin. S'il l'imaginait encore en vie, il ferait tout pour la retrouver. Un homme déterminé était susceptible de se révéler dangereux. Une partie d'elle regrettait qu'elle ne puisse pas se confier à lui, le laisser la sauver. Quelques jours avant de découvrir sa grossesse, elle avait failli tout lui raconter. Heureusement, elle avait réussi à se l'interdire à temps. Mitch n'aurait pas hésité à mettre sa vie en danger pour elle, elle le savait, mais l'important, la priorité, était qu'il protège les jumeaux.

Lorsqu'elle l'avait rencontré, elle avait cru pouvoir mener une existence normale, avec des enfants, un mari qu'elle aimait et qui l'aimait. Quelle idiote !

Leur amour était si puissant qu'elle avait été incapable de lui tourner le dos. Elle s'y était abandonnée en imaginant bêtement qu'elle serait bien cachée au ranch et que personne n'irait la retrouver dans cette petite ville perdue au fin fond du Texas.

À ses yeux, Mitch incarnait l'homme idéal. Il était fort, viril, sincère, intègre. Voilà pourquoi lui mentir, lui cacher sa véritable identité, avait été si difficile. Kimberly se protégeait derrière des mensonges depuis si longtemps qu'elle avait fini par oublier ce qu'était la sincérité. Et l'honnêteté viscérale de Mitch, sa droiture, avait peut-être été la principale qualité qui l'avait attirée vers le rancher aux yeux d'acier.

Tomber folle amoureuse de Mitch Kent avait été facile. Au premier regard, elle avait été subjuguée. Malheureusement, elle avait du même coup oublié bon nombre de précautions élémentaires, persuadée qu'il lui suffirait de faire profil bas pour que tout s'arrange, pour que tous ses ennuis disparaissent comme par enchantement. Elle s'était imaginée mariée, mère de famille, heureuse. Mais les truands déterminés à l'éliminer étaient toujours là. Quand elle avait rencontré Mitch, elle fuyait déjà depuis six mois.

Depuis qu'elle avait mis en scène sa propre mort, onze mois plus tôt, une partie d'elle souhaitait que Mitch oublie tout d'elle et se reconstruise avec une autre femme. L'autre partie – la plus égoïste – refusait d'envisager cette éventualité. Elle voulait qu'il se souvienne d'elle, qu'il l'aime sa vie durant.

— Kimberly, dit-il derrière elle.

Il y avait de la certitude dans sa voix. Il ne s'agissait pas d'une question.

Un coup d'œil vers la droite lui confirma que Mitch n'était pas le seul à se rapprocher d'elle. Elle se sentait comme une souris prise au piège dans un labyrinthe.

Elle devait à tout prix trouver un moyen de sortir de là. L'air lourd, chargé d'orage, accentuait son sentiment d'oppression. Elle avait soudain du mal à respirer.

Une femme d'une quarantaine d'années, vêtue d'un jean

et d'un pull en coton, se dirigeait vers elle, accompagnée d'un labrador en laisse.

Kimberly se précipita vers elle et s'obligea à sourire.

— Puis-je caresser votre chien, madame ? demanda-t-elle avec douceur. Il est magnifique.

Son interlocutrice rayonna de fierté.

— Bien sûr, répondit-elle avant de préciser l'âge et le pedigree de son protégé. Il s'appelle Rex.

Kimberly s'agenouilla. Elle fit mine de lui tapoter les flancs et en profita pour décrocher sa laisse.

— Je suis désolée, dit-elle à la propriétaire de l'animal. Va, Rex, cours ! ordonna-t-elle alors à ce dernier.

Le labrador s'élança vers la fontaine tandis que la quadragénaire, affolée, se précipitait à sa poursuite.

Kimberly se sentit horriblement mal d'avoir joué un si mauvais tour à cette malheureuse. Elle aurait préféré trouver un autre moyen de créer une diversion. Mais, dans le feu de l'action, elle n'avait pas eu le choix.

Après de nouvelles excuses, Kimberly se mit, elle aussi, à courir. Malheureusement, elle entendit aussitôt des pas retentir derrière elle. Sans ralentir, elle jeta un œil par-dessus son épaule. Les truands allaient plus vite qu'elle et gagnaient du terrain.

Au moins Mitch avait-il dû renoncer à les suivre à cause de la poussette. Elle aurait donné beaucoup pour pouvoir à nouveau poser les yeux sur le visage des jumeaux, mais il n'était pas question de céder à la tentation. Elle devait protéger les siens, sa famille chérie. Refouler ses sentiments au plus profond de son cœur l'aida à se concentrer.

Elle comprit que, pour se débarrasser de ses poursuivants, sa seule chance était de les perdre à l'intérieur de l'hôpital, dans le dédale de bâtiments et de couloirs. Elle connaissait les lieux, ce qui lui donnait un avantage. Il y aurait des agents de sécurité armés, des policiers, et les tueurs à ses trousses ne prendraient sans doute pas le risque d'attirer l'attention en tirant sur elle.

En tout cas, elle l'espérait.

Au moins parviendrait-elle ainsi à les éloigner de Mitch et des bébés. Elle piqua un sprint, déterminée à semer les bandits. Elle courait de toutes ses forces. Ses poumons étaient en feu, sa respiration devenait sifflante.

Soudain, les pas précipités dans son dos s'arrêtèrent, et la peur la saisit. Les malfrats avaient-ils cessé de la poursuivre pour s'intéresser à Mitch ?

Le souffle court, elle retint un hurlement. Non !

Qu'elle avait donc été stupide et égoïste de venir ici ! Depuis onze mois, elle avait pesé chaque geste, chaque décision, pour minimiser les risques et surveiller en permanence ses arrières.

Et là elle avait jeté Mitch et les jumeaux dans la gueule du loup. Elle s'interdit de succomber au désespoir. Battre sa coulpe ne servait à rien. Elle avait commis une erreur. Maintenant, elle devait agir, les sauver.

Avec sa poussette, Mitch n'avait aucune chance de la rattraper. Elle longea quelques bâtiments et parvint devant l'hôpital. Elle s'obligea à ralentir le rythme pour entrer par les portes vitrées, qui s'ouvrirent automatiquement sur son passage.

Une grande activité régnait à l'intérieur, et le hall moderne ressemblait à un Starbucks, avec ces tables alignées et tous ces gens penchés sur leur ordinateur portable. La principale différence était le nombre de médecins et d'infirmières, reconnaissables à leur blouse blanche, qui traversaient l'espace pour rejoindre les zones qui leur étaient réservées.

Kimberly risqua un œil derrière elle, cherchant les deux tueurs du regard. Ils n'étaient nulle part en vue. Son cœur se serra.

Où étaient-ils passés ?

Mitch se traita d'imbécile. Visiblement, il avait effrayé une jeune femme en la prenant à tort pour son épouse. Décidément, il accumulait les bourdes, aujourd'hui.

Il aurait bien aimé avoir la possibilité de regarder attentivement le visage de la blonde. Mais elle avait disparu derrière un chien qui avait échappé à la vigilance de sa propriétaire.

Non seulement sa journée s'annonçait stressante à souhait, mais, s'il se mettait à terrifier les inconnues, il était mal parti.

Heureusement, les jumeaux n'avaient rien remarqué de la scène. Rea continuait à bavarder joyeusement dans son langage personnel, et Aaron, à promener les yeux autour de lui tout en suçant son pouce.

Les deux types qui, eux aussi, s'intéressaient à la blonde semblaient l'avoir abandonnée. Ils étaient revenus sur leurs pas et se dirigeaient à présent vers le parking. L'imagination de Mitch lui avait sans doute joué des tours. En croyant qu'ils la poursuivaient, il s'était manifestement fait des idées.

Il devenait paranoïaque, se dit-il avec un soupir.

Les nouvelles que Lone Star Lonnie lui avait communiquées avaient jeté Mitch dans une profonde perplexité. La mort inexpliquée de la génisse, en plus de tout ce qu'il avait à endurer par ailleurs, était peut-être la goutte d'eau qui faisait déborder le vase. Peut-être commençait-il à craquer. Et voilà pourquoi il croyait voir sa femme morte à tous les coins de rue. Elle était dans son esprit encore plus que d'habitude, aujourd'hui.

Il était temps de revenir à la réalité, et surtout d'emmener ses bébés à leur rendez-vous.

Mitch passa les doubles portes de l'immeuble en conduisant la poussette, puis prit l'ascenseur jusqu'au troisième étage. Là, il gagna le cabinet du pédiatre.

Quelques instants plus tard, la secrétaire le fit entrer dans une salle bleue pour qu'il attende le médecin. Il allait savoir si sa vie serait bientôt bouleversée. Une fois de plus.

Mais le pédiatre avait de bonnes nouvelles à lui annoncer. Rea semblait guérir toute seule de sa malformation cardiaque. Bien sûr, il faudrait qu'elle reste sous surveillance, mais le trou dans la valve inférieure paraissait se refermer de façon naturelle. Un profond soulagement envahit Mitch, et des larmes lui montèrent aux yeux.

Le trajet de Fort Worth à Jacobstown lui donna la possibilité d'informer par SMS ses frères, sa sœur et ses cousins, grâce à la saisie vocale de son smartphone.

Joyce, la nourrice chargée des jumeaux, l'attendait au ranch. Elle avait décoré la salle à manger avec des ballons et préparé le repas préféré des enfants et deux gâteaux d'anniversaire. Savoir que sa fille chérie n'aurait finalement pas à subir d'opération permit à Mitch de fêter l'événement avec une joie réelle.

Lorsque, à la fin du repas, Joyce emporta les bébés pour leur sieste, Mitch les embrassa tendrement. Puis il prit le gros bouquet de fleurs qu'il avait commandé et se dirigea vers l'arrière.

Âgée d'une soixantaine d'années, Joyce était une femme douce qui avait autrefois aidé leur mère à élever Mitch et ses frères et sœur. Une fois les six enfants Kent devenus adultes, elle avait quitté le ranch pour prendre sa retraite. Mais, quand elle avait appris que l'un de ses bébés allait avoir des jumeaux, elle avait insisté pour revenir s'occuper d'eux.

Kimberly avait beaucoup apprécié l'aide de Joyce. Il en avait d'ailleurs été surpris, au début. Kimberly avait toujours été secrète. Mais, loin de l'inquiéter, la présence de Joyce l'avait au contraire rassurée.

Assis sur le banc sous le plus beau chêne de la propriété, Mitch baissa les yeux vers la pierre tombale sur laquelle étaient gravés les mots :

KIMBERLY KENT
ÉPOUSE AIMANTE ET MÈRE DÉVOUÉE

Littéralement parlant, sa femme chérie n'était pas enterrée. Cela n'avait pas d'importance. Kimberly Kent était morte.

Quand les jumeaux seraient plus vieux, il les amènerait ici et leur parlerait de leur mère, de l'amour qui les avait unis.

Il déposa les fleurs fraîches – des lys, ses fleurs préférées. Elles lui rappelaient son parfum.

Le vent se levait tandis que l'horizon s'assombrissait de gros nuages noirs qui reflétaient son humeur. Le tonnerre grondait au loin, l'orage menaçait. Il n'allait pas tarder à pleuvoir.

Le sentiment d'être regardé, épié, s'insinua soudain en lui. Qui était là ? Amber ? L'un de ses frères ?

Il balaya les alentours des yeux mais ne vit rien. Une autre preuve qu'il perdait la tête.

L'idée que n'importe qui puisse pénétrer dans le ranch à son insu l'inquiétait. Il n'était pas très difficile de s'introduire sur ses terres sans être repéré. La superficie de l'exploitation ne permettait pas de surveiller chaque centimètre. Pourtant...

Son regard se posa sur les champs qui s'étendaient devant lui.

— Je t'ai vue devant le cabinet du pédiatre, aujourd'hui, dit-il à la tombe vide. Même si cette blonde ne pouvait pas être toi, j'aurais tant voulu que ce soit le cas.

Il s'interrompit, étouffant l'émotion qui le submergeait. La visite médicale de Rea avait été positive. Elle irait très bien, c'était l'essentiel.

Il laissa passer un moment avant de murmurer :

— Tu me manques, Kimberly.

Mitch jura. Maintenant, il parlait à un arbre.

Il se leva, envahi d'un sentiment de vide qui menaçait de l'engloutir.

La douleur lui donnait la preuve qu'il était vivant. Il luttait contre elle depuis des mois. Et pourtant la souffrance qu'il éprouvait à respirer loin de son amour lui disait que l'absence de sa femme ne l'avait pas encore tué.

Une sensation étrange s'empara soudain de lui.

Les paroles que sa petite sœur lui avait dites l'année dernière ne cessaient de revenir le hanter. Contre toute logique, contre tout bon sens, il se surprit une fois de plus à croire à l'impensable.

Et si elle était vivante ? Et si elle était toujours là-bas ?

Mitch caressa la pierre tombale du bout des doigts,

suivant les rainures creusées pour former les lettres du nom de Kimberly.

Il prit une profonde inspiration pour tenter de recouvrer ses esprits. Refusant de s'attarder plus longtemps sur l'espoir fou qui l'étreignait, il prit son smartphone. Il envoya un texto à Lone Star Lonnie pour lui annoncer qu'il était sur le point d'aller voir la génisse. Il préférait se rendre là-bas avant que l'orage n'éclate et que la pluie n'efface tout sur son passage.

S'éloigner de la tombe de sa femme lui fut particulièrement douloureux. Le cœur lourd, il se dirigea vers la base de Rushing Creek, du côté nord-est de la propriété.

Alors qu'il s'était cru préparé au pire, la scène le glaça. Couchée sur le flanc, la génisse baignait dans une mare écarlate. Rien n'expliquait comment elle s'était entaillé la patte. En tout cas, elle s'était vidée de son sang.

Une profonde colère envahit Mitch. Il pensait aux souffrances qu'elle avait endurées. Il était inhumain de faire subir pareil traitement à un animal.

Lone Star Lonnie avait minimisé la situation, pensa Mitch, écœuré.

Mitch n'avait pas l'intention de passer l'éponge. Quel qu'il soit, l'auteur de ce crime serait traduit en justice.

3

La nuit était noire comme de l'encre. Cachée derrière d'épais nuages, la lune ne prodiguait pas la moindre luminosité. Le vent soufflait en rafales, la pluie tombait à verse. Les conditions météorologiques posaient un vrai problème à Kimberly. Les empreintes de ses chaussures sur le sol boueux risquaient de la trahir. Elle ne pouvait pas se permettre de laisser la moindre trace de son passage.

Si les éléments continuaient à se déchaîner après son départ, il n'y aurait plus de raison de s'inquiéter. Le déluge emporterait tout. Les orages étaient aussi violents que soudains, au Texas. En revanche, s'il cessait de pleuvoir, n'importe qui aurait la possibilité de la pister en suivant ses pas.

Depuis qu'elle s'était introduite sur la propriété, elle avait veillé à se faufiler entre les branches basses, à ne pas les casser. Là encore, elle voulait à tout prix éviter de donner à ses poursuivants des éléments qui leur permettraient de la traquer. Être en fuite lui avait appris à se rendre invisible. Si elle manquait de vigilance, quelqu'un risquait de la retrouver. Les tueurs à ses trousses l'avaient déjà prouvé plus d'une fois. Ils étaient doués et parvenaient encore à la surprendre. Par exemple, elle avait eu beau chercher, elle n'avait pas compris comment ils avaient su qu'elle se rendrait près du cabinet du pédiatre dans la matinée.

À ce souvenir, elle serra les poings tandis que des larmes lui brûlaient les paupières. Comment avait-elle pu se montrer aussi insouciante ? Aussi stupide ?

Ravagée par une profonde culpabilité, elle avait deviné l'imminence d'une catastrophe. À cause d'elle, de son égoïsme, de son irresponsabilité, les tueurs allaient s'attaquer aux trois personnes qu'elle aimait. Il n'était pas question de rester les bras ballants. Il lui fallait absolument intervenir avant qu'il ne soit trop tard, empêcher la tragédie annoncée. Elle espérait trouver les bons mots, réussir à convaincre Mitch de fuir avec les bébés et de disparaître.

La voir en vie le bouleverserait. Et il la détesterait pour ce qu'elle lui avait fait endurer ainsi qu'à leur famille. Comment le lui reprocher ? À sa place, elle ressentirait la même colère.

Pourtant, au plus profond d'elle-même, elle savait qu'elle avait fait la seule chose qui s'imposait pour protéger les siens.

Revenir sur le ranch ravivait d'autres souvenirs, des souvenirs qui lui nouaient le ventre. Elle se revoyait sous ce ciel alors rempli d'étoiles, dans les bras de Mitch. Elle s'y était toujours sentie protégée. Elle avait eu l'impression que ses peurs n'avaient plus lieu d'être et qu'avec lui à ses côtés elle serait à l'abri pour la vie entière. Elle se remémora aussi ces petits déjeuners qu'ils prenaient au lit le dimanche matin après des nuits passionnées.

Ils s'étaient rencontrés à l'époque où elle venait de s'installer dans un chalet sur les rives d'un lac, non loin de

Jacobstown. Ce jour-là, elle était descendue en ville pour se ravitailler. Elle était vêtue d'un jean et d'un T-shirt en coton, chaussée de tennis, une tenue destinée à passer inaperçue, et elle avait laissé ses cheveux bruns tomber en voile sur ses épaules.

Lorsqu'elle l'avait vu pour la toute première fois, elle était à la supérette, à patienter devant la caisse avec son Caddie rempli de provisions. Mitch se tenait derrière elle. Il ne lui avait pas parlé tout de suite, mais elle s'était brièvement tournée vers lui au moment où elle avait senti sa forte présence dans son dos. Il semblait que toute la gent féminine du coin s'était donné le mot pour venir le saluer dans la file d'attente. Non seulement Mitch était beau comme un dieu, mais il était aussi doté d'un sex-appeal qui affolait les femmes. À leurs intonations, à leurs sourires éclatants, à leurs œillades appuyées, il était évident qu'elles flirtaient avec lui et tentaient toutes de le séduire.

Quand l'une d'elles avait failli renverser le présentoir à journaux alors qu'elle le complimentait sur ses bottes, Kimberly avait eu du mal à ne pas lever les yeux au ciel. Le séduisant cow-boy avait remercié la flatteuse, mais avec une telle perplexité dans la voix – une voix grave et profonde qui l'avait fait frissonner – que Kimberly avait failli éclater de rire. Toutes ces femmes qui lui tournaient ouvertement autour lui semblaient grotesques.

Il avait dû surprendre sa réaction sur son visage lorsqu'elle s'était de nouveau retournée pour mesurer l'agitation provoquée par le beau cow-boy. La première fois qu'elle avait jeté un coup d'œil derrière elle, elle cherchait seulement à s'assurer que ce brouhaha ne présentait pas de danger. La seconde, elle l'avait vu, vraiment vu, et elle avait aussitôt compris son erreur. En effet, elle s'était mise à rougir et elle avait eu soudain l'impression que des nuées de papillons voletaient dans sa poitrine.

Troublée, elle avait laissé son portefeuille lui échapper des mains et son contenu s'était renversé sur ses bottes, des bottes en effet très sympas. Heureusement pour elle, le ridicule ne tuait pas. Sinon, elle serait morte sur le coup. Lorsqu'il s'était accroupi pour l'aider à ramasser ses affaires, elle aurait voulu disparaître dans un trou de souris.

Il s'était montré courtois, gentil. Il correspondait en tout point à l'image du cow-boy telle qu'elle apparaissait dans les films ou les livres. Mais, quand leurs doigts s'étaient effleurés alors qu'il lui remettait une poignée de pièces, une décharge électrique l'avait traversée. Elle s'était mise à trembler et, à en juger par la lueur qui brillait dans ses yeux gris acier lorsqu'ils avaient croisé les siens, il avait ressenti ce courant avec la même intensité.

Après s'être présenté, il lui avait demandé si elle serait libre pour dîner avec lui ce soir-là.

Sidérée, subjuguée, Kimberly avait failli accepter. Elle avait eu besoin de quelques instants pour recouvrer ses esprits et se rappeler pourquoi elle devait impérativement refuser. Par chance, elle y était parvenue et avait décliné son invitation, mais peut-être sans beaucoup de conviction. Après l'avoir remercié de l'avoir aidée, elle s'était retournée vers la caisse, soulagée d'être la prochaine dans la file. Tout en posant ses articles sur le tapis roulant, elle s'était efforcée de se calmer. En vain, malheureusement.

Son cœur battait la chamade et elle n'avait qu'une hâte : sortir de cette supérette et rentrer au plus vite au chalet, loin des regards. Elle avait tendu un billet d'une main tremblante à la caissière. Régler tout en liquide était une autre façon de ne jamais apparaître sur des écrans radars.

Le beau cow-boy l'avait suivie sur le parking alors qu'elle chargeait ses sacs dans le panier fixé à l'arrière de sa bicyclette. Achetée d'occasion, celle-ci ne payait pas de mine, mais elle s'en fichait. Elle avait besoin d'un moyen de transport fiable et discret afin de descendre faire des courses et éventuellement de s'enfuir, et ce vélo remplissait parfaitement sa fonction.

L'expérience lui avait appris à se préparer à tout et surtout à voir apparaître à tout moment les deux tueurs qui lui collaient aux basques depuis des mois.

Le cow-boy s'était approché d'elle.

— Attendez, j'ai trouvé d'autres pièces, avait-il dit en lui tendant une poignée de monnaie. Êtes-vous sûre de ne pas vouloir dîner avec moi ? avait-il ajouté avec un sourire craquant.

Le cœur battant, elle l'avait regardé, trop bouleversée pour répondre.

Elle avait fini par recouvrer l'usage de sa voix, par refuser une nouvelle fois l'invitation. Mais son émotion, ce moment d'hésitation, ce sourire trop rapide avaient sans doute encouragé Mitch à réapparaître deux jours plus tard.

La pluie tombait également à verse, ce soir-là.

— Que faites-vous ici ? avait-elle demandé en ouvrant la porte.

Il était encore plus beau que dans son souvenir.

— Écoutez, je n'ai pas cessé de penser à vous depuis deux jours, avait-il répondu.

À ces mots, le cœur de Kimberly s'était mis à battre si fort contre ses côtes qu'elle avait craint qu'elles ne se brisent.

Il était là, avec son stetson gris qui ruisselait, son T-shirt noir trempé de pluie qui moulait les muscles de son torse.

— Je ne veux surtout pas vous ennuyer, avait-il poursuivi. Dites-moi de partir et je m'en irai. Je vous laisserai tranquille. Vous avez ma parole. Mais, si vous acceptez de dîner avec moi, je vous invite dans le restaurant de votre choix.

Et, en regardant ses yeux gris, son sourire, Kimberly avait senti toute volonté – et tout bon sens – l'abandonner.

— D'accord, mais seulement si nous restons ici, avait-elle dit. Si nous dînons chez moi, à l'intérieur du chalet.

Un grand sourire avait éclairé son visage viril – le même sourire qui l'avait poussée à lui ouvrir son lit au bout de trois jours. Et, deux mois plus tard, il lui avait demandé sa main.

Des larmes lui brûlaient les paupières. S'éloigner de Mitch Kent avait été l'une des pires épreuves de sa vie.

Et retourner dans la maison qu'ils avaient partagée autrefois n'allait pas être simple.

Mitch se frotta les yeux. Voilà deux fois qu'il entendait du bruit dans la pièce voisine. Il jeta un œil à sa montre et grommela un juron. En principe, les jumeaux ne réclameraient leur premier biberon que dans plusieurs heures. L'un d'eux s'était peut-être réveillé et s'agitait dans son petit lit à barreaux.

Il y a encore un an, le craquement du plancher lui aurait sans doute échappé. Avoir des enfants l'avait entraîné à ne dormir que d'une oreille. S'il allait voir tout de suite ce qui se passait, il aurait peut-être la chance de résoudre le problème avant que l'autre ne se réveille. S'il ne réagissait pas très vite, il aurait bientôt deux bébés en larmes et pas assez de bras pour les bercer.

Joyce lui avait plusieurs fois proposé d'emménager dans la chambre d'amis pour pouvoir se charger d'eux la nuit, mais Mitch avait toujours refusé. Sa vieille nourrice avait un cœur d'or et ne cherchait qu'à lui faciliter la vie. Mais Kimberly n'aurait pas voulu d'un tel arrangement. Elle avait accepté l'aide de Joyce pendant la journée, mais elle n'aurait pas supporté qu'une tierce personne s'occupe des petits pendant la nuit.

Un autre grincement se fit entendre, et maintenant Mitch était suffisamment réveillé pour l'identifier.

Il rejeta les couvertures et enfila à la hâte le jean posé sur la chaise, à côté de son lit. Ce bruit n'avait rien à voir avec les jumeaux.

Quelqu'un s'était introduit dans la maison.

Les planchers de bois craquèrent dans le couloir.

Son adrénaline monta en flèche quand il comprit que l'intrus se dirigeait vers sa chambre.

Celle des jumeaux se trouvait de l'autre côté du couloir, et un instant il se demanda si quelqu'un venait les chercher. Mais qui aurait pris une telle initiative et pourquoi ? Et surtout comment cette personne aurait-elle réussi à déjouer le système de sécurité du ranch ?

L'un des membres de sa famille avait peut-être eu besoin de lui parler, se dit-il soudain. Mais il repoussa aussitôt cette éventualité. Ses frères et sa sœur auraient téléphoné en cas d'urgence. Il n'y avait aucune raison non plus pour que ses cousins, Zach ou Amy, se présentent à l'improviste en pleine nuit. Et aucune autre personne n'aurait pu s'y risquer sans être inquiétée par les agents chargés de la sécurité.

Mitch s'assura qu'il n'avait pas mis son smartphone en mode silencieux. Comme le souvenir du cadavre de la génisse lui revenait en mémoire, il se demanda pendant une fraction de seconde si ce carnage avait été un avertissement.

Lorsqu'il vit tourner la poignée de la porte, il passa à l'action. Si quelqu'un s'était imaginé pouvoir s'introduire chez lui en catimini, il avait eu tort.

En deux enjambées, il se posta derrière la porte. Elle s'ouvrait vers lui et le protégerait quand l'intrus pénétrerait à l'intérieur.

Ce n'était probablement pas le moment de regretter que son fusil de chasse soit enfermé dans une armoire, une précaution destinée à protéger ses enfants d'un accident. De toute façon, même s'il avait eu le temps d'atteindre le meuble, son arme ne lui aurait servi à rien. Les cartouches étaient rangées dans un tiroir.

Alors que la porte s'ouvrait sans bruit, Mitch retint son souffle. Il avait sa haute stature, sa force physique et l'élément de surprise pour lui. Et rien d'autre.

Il se reprocha soudain de ne pas avoir actionné l'alarme. Il en avait fait installer une sur l'insistance de sa femme mais ne l'avait jamais utilisée.

Encore quelques instants et il serait prêt à bondir sur celui qui franchirait ce seuil. Et il espérait qu'il n'aurait affaire qu'à une seule personne.

Mitch se tendit. Il était prêt.

Une petite silhouette se glissa à l'intérieur. Lorsqu'il se jeta sur elle et l'attrapa, l'immobilisant du bras, elle lui parut vaguement familière, mais il rejeta aussitôt cette hypothèse saugrenue.

L'intruse lui envoya un coup de pied là où aucun homme ne voulait être frappé, avant de se laisser lourdement tomber sur le sol, obligeant Mitch à la lâcher. Manifestement, elle savait se défendre.

— Arrêtez et je ne vous ferai pas de mal, dit Mitch.

Avant que son adversaire ne puisse s'écarter, il la saisit par sa veste. Mais, comme il la plaquait au sol, des fragrances lui chatouillèrent les narines et il se figea.

Un parfum de lys.

L'intruse se dégagea avec peine.

— Quoi que tu fasses, n'allume pas la lumière, dit-elle d'une petite voix, le souffle court.

— Qui êtes-vous ? demanda-t-il.

Mais il avait déjà la réponse, il avait reconnu sa voix.

— C'est moi. Kimberly.

4

Kimberly avait besoin de trouver les bons arguments pour décider Mitch à quitter le ranch et Jacobstown, et l'encourager à aller se cacher quelque part avec les enfants. Tant que les tueurs, qui l'avaient retrouvée, seraient dans les parages, ils devaient absolument demeurer à distance, hors de leur portée.

Il était donc vital qu'elle lui parle, qu'elle parvienne à le convaincre. Mais, incapable de prononcer une parole, elle restait là à le regarder dans la pénombre.

Il finit par répondre.

— Ma femme est morte.

Il détacha chaque mot avec colère, d'un ton accusateur, et, en proie à un regain de culpabilité, elle les reçut comme des coups de poing en plein cœur. Elle comprenait sa réaction. En mettant en scène sa propre mort, elle l'avait fait terriblement souffrir. Certes, elle n'avait cherché qu'à les protéger, mais elle devinait qu'il ne le comprendrait pas. Et elle avait envie de lui demander pardon.

Pourtant, dans l'immédiat, un autre désir la taraudait. Elle se leva et, passant devant lui, s'élança vers la chambre d'en face, celle des jumeaux. Pour s'y rendre, elle n'avait pas besoin d'allumer la lumière. Ses yeux s'étaient depuis longtemps adaptés à l'obscurité et elle ne voulait pas réveiller les bébés. Pas tout de suite.

Mitch la suivit. Elle sentait les tensions qui émanaient de lui.

Alors qu'elle s'approchait des petits lits à barreaux, il la retint par l'épaule. Elle s'en aperçut à peine. Seuls les jumeaux lui importaient. Ses enfants. À l'idée de les revoir, de les prendre dans ses bras, son cœur éclatait de bonheur.

— Non ! ordonna Mitch à mi-voix. Arrête.

La réalité la frappa au visage comme une gifle. Il refusait qu'elle touche les petits et s'apprêtait à la jeter dehors.

Elle se dégagea de son emprise et se tourna vers lui.

— Je sais que tu as l'impression d'être dans un mauvais rêve, mais vous êtes en danger, les jumeaux et toi, je te supplie de le croire, murmura-t-elle. Il faut sortir très vite d'ici. Sinon, deux tueurs vont surgir d'un instant à l'autre. Et ce sera une catastrophe.

Il la dévisageait comme s'il était face à un fantôme. Et c'était le cas. Du moins, dans son esprit.

Mitch s'immobilisa et elle comprit qu'il réfléchissait. En colère ou non, il avait toujours été raisonnable. Certes, il avait revêtu son armure, une armure qu'elle ne parviendrait sans doute plus jamais à percer. Mais il avait entendu ce qu'elle avait dit.

— Où étais-tu depuis onze mois ? finit-il par demander.

— Dans le coin…

Elle était consciente que des réponses aussi vagues étaient insupportables, mais au moins étaient-elles sincères. Et il n'était pas possible de lui dire où elle avait vécu depuis un an. Il lui serait alors trop facile de prédire où elle irait se cacher par la suite.

Mitch redressa les épaules et croisa ses bras musclés.

— Pourquoi m'avoir fait un coup pareil ? Pourquoi t'être fait passer pour morte ?

Il avait posé la question d'un ton calme. Rien dans sa voix ne trahissait les souffrances qu'il avait certainement endurées depuis sa disparition. Rien ne révélait le désespoir qui l'avait sûrement étreint au cours de ces interminables nuits loin d'elle. Elle mesurait ce qu'elle lui avait fait subir.

Il méritait au moins une explication. Malheureusement, dans l'immédiat, elle n'avait pas le temps d'entrer dans les détails. L'important était de les mettre tous en sécurité, et ensuite seulement elle lui parlerait, elle lui raconterait toute l'histoire. Mais là, tout de suite, elle avait conscience que le danger était à la porte. La situation lui échappait, elle ne maîtrisait plus rien. Elle voyait arriver le mur contre lequel allaient se fracasser ceux qu'elle aimait. Elle préférait ne pas imaginer les dégâts.

Il fallait les mettre à l'abri. Vite.

— Je t'en prie, dis-moi que tu acceptes de venir avec moi et d'emmener les enfants, répéta-t-elle d'un ton suppliant.

— Tu es censée être morte. Explique-moi pourquoi tu es en vie.

Visiblement, il refusait de bouger tant qu'elle ne lui aurait pas répondu. Et une telle colère brillait dans ses yeux qu'elle recula, impressionnée.

— Je ne peux pas maintenant, Mitch. Mais je te promets que dès que…

— Non, je ne suis pas d'accord.

Il secoua la tête. Il n'avait pas l'intention de céder.

Elle ferma un instant les paupières.

— Mitch. Je t'en prie. Écoute ce que je te dis, commença-t-elle.

Mais il l'arrêta d'un geste de la main.

— Pardonne-moi, mais depuis des mois je m'adresse à une pierre tombale.

Ses mots étaient des coups de poignard.

— Pour tenir, j'avais enterré tes souvenirs et tout ce que je chérissais de toi, continua-t-il, sans ciller. Question de survie.

Le vent soufflait contre les fenêtres, faisant trembler les vitres. Kimberly prit une grande inspiration.

— Il faut partir, Mitch. Nous devons y aller, maintenant, tout de suite. Il n'y a pas un instant à perdre.

— Pourquoi ? Les enfants ont besoin de stabilité. Être ici les rassure. Donne-moi une raison pour laquelle je devrais les arracher à cet environnement familier qui les sécurise pour les jeter sur les routes.

Il exigeait des réponses qu'elle était incapable de lui donner. Mais, à ce stade, lui demander de lui faire confiance serait interprété comme une provocation.

À contrecœur, elle sortit de la chambre, sachant qu'il la suivrait dans le couloir. Réveiller les jumeaux était prématuré et les entendre pleurer lui briserait le cœur. Elle ne voulait pas non plus risquer que leurs cris couvrent le bruit de quelqu'un qui s'introduirait en catimini dans la maison. La panique lui serra la gorge comme un étau, l'empêchant de respirer librement.

Mitch la talonnait. Il était si près qu'il faillit la heurter quand elle s'arrêta.

Elle pivota sur ses talons pour le regarder en face.

— Des tueurs sont à mes trousses. Ils n'hésiteront pas à utiliser les jumeaux ou toi pour m'obliger à sortir du bois et réussir à m'attraper. Je n'aurais jamais dû venir traîner près du centre médical, ce matin, reconnut-elle. J'ai eu tort. J'ai attiré leur attention sur vous trois, alors que jusqu'ici ils ne soupçonnaient sans doute pas votre existence.

— C'était donc bien toi ?

Il commençait à admettre qu'il n'avait pas confondu ses désirs et la réalité, mais cette prise de conscience n'atténuait en rien sa colère.

Elle poussa un gros soupir.

— Je suis désolée, Mitch. Sincèrement. J'ai commis une erreur, mais maintenant il est trop tard. Il ne m'est pas possible de revenir en arrière. Les enfants et toi êtes en danger.

— Pourquoi ne pas aller trouver le shérif pour lui expliquer la situation ?

Son ton méfiant était compréhensible, mais il la blessa.

— Dans mon cas, impliquer les forces de l'ordre causerait plus de dégâts encore, dit-elle.

La veilleuse du couloir projetait une lueur chaude sur ses traits virils. De nouveau, elle planta les yeux dans ses prunelles d'acier où se reflétait un mélange de suspicion, de fureur et d'incrédulité.

Il finit par hocher la tête.

— Je ne sais pas quoi te dire. Visiblement, tu as des ennuis.

— C'est bien pire que ça. Je vous ai exposés, les bébés et toi. Par ma faute, vous êtes maintenant en danger de mort. Il faut fuir, il n'y a pas d'autre issue. J'ai besoin que tu me croies, Mitch.

Elle soutint son regard, un regard qui s'était durci en se posant sur elle. Avait-elle seulement réussi à le convaincre de sa bonne foi ? À en juger par son expression froide, la réponse était non.

Ce n'était pas le moment de renoncer.

— Je parle sérieusement, Mitch. Viens avec moi et, dès que nous serons tous les quatre loin, à l'abri, je t'expliquerai tout. Des tueurs vont surgir d'un instant à l'autre, répéta-t-elle. Ils seront plus nombreux que nous. Et armés.

Elle finissait par penser qu'elle serait en cavale sa vie durant. Au moment où elle avait fait la connaissance de Mitch, elle se cachait déjà depuis six mois. Lorsque l'homme qui l'avait élevée lui avait donné un téléphone jetable et l'avait suppliée de n'utiliser désormais que cet appareil, elle s'était demandé avec inquiétude s'il perdait la tête.

Pour justifier son étrange comportement, il lui avait vaguement expliqué qu'il risquait de la mettre en danger, mais il ne lui avait jamais dit pourquoi. Sans doute aurait-elle dû l'interroger davantage, insister pour obtenir des réponses. Mais, au début, elle n'avait pas accordé beaucoup d'importance à cette histoire.

Son père adoptif était un homme profondément intègre, honnête, droit. Elle avait imaginé qu'il lui parlerait s'il était confronté à un vrai problème. Elle aurait aimé demander conseil, mais à qui ? Ses inquiétudes avaient grimpé en flèche quand il avait cessé de répondre à ses coups de fil. Il y avait quelque chose qui n'allait pas.

Quelques jours plus tard, l'adjoint du shérif l'avait appelée pour lui annoncer sa mort. Son père s'était soi-disant noyé accidentellement. Et, depuis le drame, ses assassins la pourchassaient.

En tout cas, le meurtre de son père adoptif comme les

menaces qui planaient désormais au-dessus d'elle ne l'avaient pas étonnée. Kimberly avait toujours vécu dans les drames et les épreuves. Mitch avait été une lumière au milieu des ténèbres. Voilà pourquoi tomber amoureuse de lui avait été si facile. Elle l'avait vu comme un soleil dans un monde plongé depuis toujours dans le noir.

Il avait été égoïste de sa part de vouloir le suivre et de se réchauffer à son amour. Elle ne lui avait apporté que des ennuis.

En prendre conscience raviva sa détermination, sa résolution. Parce qu'elle l'aimait, parce qu'elle aimait leurs enfants, il n'était pas question de renoncer. Pour eux, elle se devait d'être forte, de se battre. Elle avait mis Mitch et les bébés en danger. Il lui appartenait de les sortir de là.

Un éclair suivi d'un coup de tonnerre déchira la nuit.

— Que veulent ces types ? demanda-t-il finalement. Qu'espèrent-ils de toi ?

Et elle se rendit compte qu'il avait dû les voir près du centre médical.

— Ils ont dû me repérer. Je ne les avais pas vus depuis plusieurs jours et j'avais bêtement imaginé les avoir semés. Je suis sûre qu'ils ont perçu la réaction que j'ai eue en te voyant, et ils ont compris qui tu étais, qui vous étiez. Voilà pourquoi ils ont disparu alors que j'étais à leur portée.

— Ils ne pourraient pas contourner le système de sécurité du ranch. Ils ne connaissent pas la propriété comme toi, commença-t-il.

Il s'interrompit brusquement, fronça les sourcils, le visage sombre, et elle demanda :

— Quoi ? Qu'y a-t-il ?

— Une de mes génisses a été tuée, hier. Est-il envisageable que ces hommes commettent ce genre de méfaits ?

— Tu veux savoir s'ils s'en prendraient à ton troupeau pour t'envoyer un signal, un avertissement ? Non, répondit-elle en secouant la tête. Ils utiliseraient les bébés ou toi pour m'attirer, pour m'obliger à me livrer. Tu ne les verrais pas venir.

Mitch serra les poings. Elle devinait sa frustration.

— Je suis certaine que ces types ne s'attaqueraient pas à tes génisses, mais cette histoire démontre que la sécurité du ranch n'est pas assurée à cent pour-cent, ajouta-t-elle.

Il n'en discuta pas, et elle comprit qu'il ne tarderait plus à accepter de coopérer.

— Je te promets que tout cela aura bientôt un sens pour toi, Mitch. Viens, partons. Je ne sais pas combien de temps il nous reste avant qu'ils n'arrivent, dit-elle d'un ton pressant.

Revoir cet homme qu'elle n'avait jamais cessé d'aimer la remuait profondément. Pourtant, elle luttait contre les émotions dont elle était la proie. Il lui fallait garder le contrôle pour les protéger.

À un autre moment, dans un autre lieu, tous deux auraient pu partager quelque chose de très spécial, de très réel.

Mitch secoua la tête.

— J'ignore ce que tu as fait et à quel jeu tu joues, mais tes problèmes ne sont plus les miens, Kimberly. Tout s'est arrêté lorsque tu nous as quittés, dit-il, les dents serrées.

Pendant une fraction de seconde, il avait pensé – espéré

– que sa femme avait peut-être survécu à son accident mais que la violence du choc l'avait rendue amnésique.

Cet espoir avait été balayé dès qu'elle avait commencé à parler. Elle savait qui il était. Elle savait qu'ils avaient eu des enfants ensemble, des enfants qu'elle n'était pas venue voir une seule fois depuis près d'un an. Elle avait fait le choix de disparaître.

Tandis qu'il l'observait, une profonde colère bouillait en lui. Comment avait-elle osé remettre les pieds au ranch, refaire surface, sans même chercher à s'excuser du mal qu'elle avait fait ? Aaron et Rea avaient passé la première année de leur vie sans leur mère.

— Ma chère et tendre est enterrée près du gros chêne, à l'endroit où elle aimait s'asseoir autrefois, lança-t-il, essayant de ne pas crier mais incapable de s'en empêcher.

Il refusait de croire que la femme dont il était tombé amoureux ait pu faire preuve de tant de cruauté.

Ses paroles étaient destinées à lui faire mal, et la voir blêmir lui prouva qu'il avait réussi.

— Je... Je suis désolée, Mit...

— Ne t'excuse pas. Je ne l'avais sans doute pas volé. J'ai sûrement obtenu ce que je méritais. Mais pas eux, dit-il en désignant d'un geste du menton la chambre des jumeaux. Ces deux-là ne t'ont rien fait de mal.

Sans répondre, Kimberly promenait les yeux autour d'elle, scrutant les alentours.

Elle avait l'air effrayée et un peu en colère. Même s'il avait du mal à l'admettre, elle avait aussi ce regard de mère protectrice. Cette expression butée signifiait que rien ni personne ne toucherait à ses bébés. Et ce qu'elle lui avait dit n'était sans doute pas dénué de fondement. Quelqu'un avait réussi à s'introduire sur ses terres et à tuer l'une de ses vaches. Ce quelqu'un pourrait-il aussi s'en prendre aux enfants ?

Kimberly n'était ni grande ni épaisse, mais une telle détermination l'habitait qu'elle en devenait impressionnante. Elle était aussi belle que dans ses souvenirs. Depuis onze mois, elle s'était glissée dans ses rêves des centaines de fois. Ou près de lui dans son lit. Ou dans la maison, se déplaçant avec cette grâce, cette énergie et cette légèreté qui n'appartenaient qu'à elle.

En revanche, il n'avait jamais imaginé qu'elle reviendrait au milieu de la nuit pour l'avertir de l'imminence d'un danger. Au cours des derniers mois, plusieurs hypothèses lui avaient traversé l'esprit. L'amnésie avait toujours été la plus fréquente. Peut-être parce qu'elle présentait l'avantage de tout expliquer sans remettre en cause leur amour mutuel.

Mais voir réapparaître au cœur de la nuit la femme qu'il avait crue morte, l'entendre essayer de le convaincre de fuir, les jumeaux et lui, cela n'avait jamais fait partie des nombreux scénarios qu'il avait échafaudés depuis un an.

— Je t'en prie, Mitch. Je sais que je ne mérite pas ta confiance. Mais crois-moi, je suis revenue ici pour vous protéger tous les trois. Pas pour vous faire du mal, plaida-t-elle, une fois de plus.

— Tu ne peux plus me faire de mal, tu ne peux plus m'atteindre. Je me fiche de ton sort. Il ne me concerne plus.

Les mots s'échappèrent avant qu'il ne puisse les retenir. Bien sûr, c'était faux. Elle restait la mère de ses enfants. Et ils avaient besoin d'une mère. Mais en était-elle une, pour disparaître ainsi ? Et, pire, pour avoir mis en scène sa propre mort ?

— Pourquoi avoir fait ça, Kimberly ?

— Il y avait une bonne raison pour laquelle je me montrais si discrète, si secrète au cours de notre vie conjugale. Si je ne voulais jamais être photographiée ou vue en public, il ne s'agissait pas seulement de timidité. T'es-tu un jour demandé s'il n'y avait pas autre chose derrière les mauvaises excuses que je t'avais données, à l'époque ? Lorsque je prétendais par exemple que je n'aimais pas me voir en photo ?

— Pourquoi t'aurais-je interrogée ? Jusqu'à aujourd'hui, je ne doutais pas de ta parole, j'ignorais de quoi tu étais capable. Je ne savais pas qui tu étais, je ne le sais toujours pas.

Les mots eurent l'effet escompté – nets et directs, ils lui firent mal, la blessant au cœur. Quand il la vit blêmir, un soupçon de culpabilité mordit le ventre de Mitch. Il repoussa avec force la petite voix qui lui reprochait sa violence verbale. Il n'avait pas à se sentir coupable. Ce n'était pas lui qui avait abandonné sa famille.

Elle secoua la tête, réprimant un sanglot.

— Je comprends que tu me détestes mais, tout ce que j'ai fait, je l'ai fait par amour. Personne, pas même toi, ne peut me traiter de mauvaise mère. J'ai toujours donné la priorité à mes petits.

La fureur montait du plus profond de ses entrailles comme la lave d'un volcan sur le point d'entrer en éruption.

— Pourquoi avoir mis au monde Aaron et Rea si tu ne voulais pas d'enfants ?

— Tu penses que je ne voulais pas d'enfants ?

La détresse de Kimberly et son chagrin furent alors balayés par une vive colère. Ses yeux lancèrent des éclairs, et il comprit qu'elle s'apprêtait à lui répondre sans le ménager. Mais soudain elle parut prendre conscience du contexte, de l'urgence du moment, parce qu'elle garda le silence. Elle baissa la tête, ses épaules s'affaissèrent. Kimberly n'avait jamais eu l'air aussi vaincue.

Pourtant, Mitch pensait chaque mot qu'il avait dit. Il ne la connaissait pas, parce qu'il ne l'aurait jamais imaginée capable de… simuler sa propre mort ? D'abandonner sa famille ? De le quitter sans un mot d'explication ? Tout lui paraissait encore impensable. Et pourtant…

Elle redressa la tête.

— Je me souciais d'eux, de toi.

— Seuls les actes comptent. Pas les mots creux, rétorqua-t-il.

Une autre rafale de vent fit trembler la fenêtre de la chambre des enfants, et Kimberly blêmit. Visiblement, quelque chose l'avait effrayée, mais sans rien savoir de la situation – jusqu'à présent, elle avait botté en touche et esquivé ses questions – il n'avait pas la possibilité de prendre une décision rationnelle. De plus, il avait vu ces hommes qui la pourchassaient, ce matin. Son instinct protecteur s'était aussitôt réveillé, et pourtant il était alors certain qu'il s'agissait d'une inconnue, pas de sa femme prétendue morte.

Mais la suivre sur un coup de tête semblait de la folie.

— Dis-moi pourquoi tu fuis et qui te poursuit.

Il décida de lui donner une chance de s'expliquer. Pendant le temps qu'ils avaient passé ensemble, il n'avait jamais remarqué qu'elle perdait le contact avec la réalité. Peu importe ce qu'il ressentait à son sujet, il savait qu'elle n'était pas du genre à consommer des stupéfiants ou de l'alcool. Donc, si elle était saine d'esprit, il devait au moins l'écouter. Son cœur se serrait lorsqu'il prenait conscience qu'elle était là, qu'elle était revenue d'entre les morts.

Il était à la fois furieux de comprendre qu'elle lui avait joué cette horrible comédie macabre et bouleversé de la savoir toujours en vie.

— Je ne peux pas.

Elle se tourna vers les fenêtres comme si elle s'attendait à ce que quelqu'un surgisse à tout instant.

— Pourquoi es-tu revenue ici ?

Ce n'était sûrement pas pour les sauver, lui et les jumeaux, d'une mystérieuse menace. Une telle hypothèse aurait signifié qu'elle se souciait d'eux, et ce n'était pas le cas.

— Je l'ai déjà dit.

Elle pouvait se montrer têtue. Et, dans le passé, il avait trouvé ce trait de caractère sexy. Mais il ne voulait plus éprouver quoi que ce soit de positif pour elle.

— Es-tu sûre que cela n'a rien à voir avec la génisse que nous avons trouvée près de Rushing Creek ?

— Je suis certaine que ces types ne toucheraient pas ton troupeau.

— Dis-moi qui veut te capturer.

Peut-être pourrait-il rassembler les pièces du puzzle pour voir s'il y avait un lien.

La frustration et peut-être la peur assombrirent ses jolis traits.

— Je ne sais pas.

Il secoua la tête.

— Alors nous n'avons rien d'autre à nous dire.

Il lui faisait face, refusant de bouger.

— Mitch, tu ne comprends pas. Si je pars d'ici, ils vont se montrer. Tôt ou tard, ils débarqueront pour s'en prendre à toi ou aux jumeaux. Et tu ne pourras rien faire. Tu ne seras pas préparé.

— Tu ne me dis rien de concret. Comment évaluer une menace si j'ignore de quoi il s'agit ?

Bien sûr, il ferait n'importe quoi pour protéger les petits endormis dans la pièce voisine. Et, après le départ de Kimberly, il avait l'intention de prendre des précautions supplémentaires. Mais il n'était pas convaincu que quitter le ranch soit dans l'intérêt des jumeaux.

— Je suis sincère, Mitch. Je suis incapable de te dire qui en a après moi et pourquoi, répéta-t-elle en soupirant. Je l'ignore.

— Comment sais-tu que tu es dans le collimateur de quelqu'un, alors ?

— Cela a quelque chose à voir avec Randy Bristol, mon père adoptif, mais c'est tout ce que je sais.

Un grondement de tonnerre secoua les vitres et elle repartit vers la chambre des enfants.

— Je comprends que tu n'aies aucune envie d'exposer nos jumeaux au danger, Mitch. Crois-moi, ils vont avoir des problèmes s'ils restent ici. C'est à toi de décider, mais, je t'en prie, ne laisse pas ces hommes toucher mes bébés.

— Tu as perdu tes droits sur ces deux-là quand tu es morte, répliqua-t-il.

— Je suis bien vivante, non ?

— Pas aux yeux du tribunal.

— Essaye de m'arrêter !

— Fais un pas de plus vers Rea et Aaron et je le ferai, n'en doute pas. Ensuite, j'appellerai Zach.

Il faisait référence à son cousin, shérif.

— Il te jettera en prison, ajouta-t-il.

— Tu ne me ferais pas ça.

— Tu veux parier ?

5

Kimberly regarda Mitch. Sa mâchoire serrée comme son regard sévère lui disaient qu'il n'irait nulle part tant qu'elle ne lui aurait pas tout expliqué. Elle était coincée, dos au mur. Le seul point positif auquel elle avait abouti jusqu'à présent était qu'il l'écoutait.

Elle céda.

— Quelqu'un essaie de se débarrasser de moi. Cette histoire est, d'une manière ou d'une autre, liée à Randy Bristol, mon père adoptif, mais je ne sais ni comment ni pourquoi. Il m'avait prévenue de façon sibylline d'un danger, quelques semaines avant d'être retrouvé noyé. Pour l'adjoint du shérif chargé de l'enquête, sa mort était accidentelle. En réalité, il ne s'agissait pas d'un accident mais d'un meurtre, j'en suis persuadée. Mon père détestait l'eau. Il ne savait pas nager. Jamais il ne s'approchait d'une étendue d'eau. Mais, lorsque je lui ai fait part de mes doutes, l'adjoint a commencé à insinuer que j'étais la seule personne à tirer profit de sa mort et que moi seule pouvais avoir eu intérêt à le faire disparaître. Il m'a promis de mener des investigations, mais je sentais bien qu'il s'agirait d'une enquête exclusivement à charge, visant à réunir les preuves de ma culpabilité. De plus, quelques heures plus tard, au cours de la nuit, quelqu'un a tenté pour la première fois de s'en prendre à moi.

C'était la première fois qu'elle avait la possibilité de parler de cette histoire, et elle avait soudain l'impression d'être soulagée d'un énorme poids.

Mitch la dévisageait comme si elle avait perdu l'esprit. Elle ne pouvait pas vraiment lui en vouloir.

— Ton père adoptif ? J'ignorais que tu avais été adoptée.

Il s'interrompit un instant, comme pour laisser son cerveau mettre en place les pièces du puzzle.

— Tu m'avais raconté que tes parents avaient été tués lors d'un accident de voiture quand tu étais adolescente et que tu avais été recueillie par une vieille tante chez qui tu étais restée jusqu'à la fin de tes études universitaires. Et que cette parente, déjà malade à l'époque, était morte à présent.

Elle lui lança un regard contrit.

— Je suis désolée de t'avoir menti à ce sujet. J'ai toujours considéré Randy Bristol comme mon père, même s'il n'était pas mon géniteur. Te dire la vérité n'aurait servi à rien.

— Comment oses-tu le prétendre ? protesta-t-il. Manifestement, la relation que tu avais nouée avec lui n'était pas anodine. Cet homme comptait beaucoup pour toi. Je m'aperçois que j'avais épousé une totale inconnue. Je n'ai jamais su qui était réellement ma femme, et maintenant ma vie est en danger.

Comme elle avait été stupide de penser qu'elle pouvait se marier et fonder une famille alors que des tueurs étaient toujours à ses trousses !

Heureusement, à l'époque où elle l'avait épousé, elle ignorait que Mitch était l'un des plus beaux partis du Texas et l'un des plus riches. Avec son jean et sa chemise en coton, son stetson et ses bottes, ses mains calleuses et sa beauté sauvage, il avait tout d'un véritable cow-boy, et elle ne l'imaginait pas alors propriétaire d'un immense ranch.

— Tu n'avais pas été totalement honnête avec moi non plus, répondit-elle.

Il ne lui avait pas tout de suite dit qu'il était l'héritier d'un des plus gros élevages bovins texans. L'idée de vivre l'existence d'une femme de cow-boy dans l'un des baraquements réservés aux familles des ouvriers agricoles lui aurait convenu. Elle y aurait été très heureuse.

— Je pensais que tu savais qui j'étais, répliqua-t-il.

Elle en doutait. En tout cas, il avait certainement apprécié de rencontrer une femme qui ignorait tout de lui et n'était donc pas intéressée par sa fortune.

— Bien sûr. Et tu pensais aussi que j'étais la reine d'Angleterre.

Mitch resta silencieux pendant ce qui lui parut une éternité mais qui ne dura probablement que quelques instants. Sous l'intensité de son regard, elle sentit un frisson lui parcourir l'échine. La lueur qu'elle vit briller dans ses yeux gris réveilla un désir aussi inattendu qu'inopportun.

— J'espère que tu as prévu de me mettre au courant de tout dès que nous aurons réglé le problème, dit-il.

Son ton glacé la fit frissonner. Elle se frotta les bras pour lui cacher sa réaction physique. En sa présence, elle ne cessait de passer du chaud au froid, et elle prit conscience qu'il attisait sans le vouloir une faim trop longtemps ignorée. Elle ne pouvait s'empêcher de se remémorer ses mains sur elle. Elle repoussa ces pensées dérangeantes. L'important était qu'il accepte de la suivre avec les enfants.

— Naturellement, répondit-elle. Mais il nous faut partir sans tarder, maintenant. Les tueurs ne doivent pas être loin et nous avons déjà perdu assez de temps à parler. Si nous ne sortons pas d'ici très vite, il sera trop tard.

Ce fut au tour de Kimberly de croiser les bras et de le mettre au défi de ne pas la croire.

Il céda.

— D'accord, dit-il en hochant la tête.

Elle se dirigea vers les sacs à couches qu'elle avait vus sur la commode.

— Je vais empaqueter quelques affaires pour les jumeaux.

— Laisse-moi faire. Tu ne sais pas de quoi ils ont besoin.

Ses paroles la blessèrent, comme toutes les vérités désagréables.

Il lança :

— Comment sais-tu que ces tueurs sont à tes trousses et t'ont suivie jusqu'ici ?

Il cherchait à gagner du temps. Mitch n'était ni naïf ni bête. Il avait forcément compris que les deux types qui la suivaient sur la place, ce matin, la pourchassaient.

Un éclair zébra le ciel et un coup de tonnerre secoua une nouvelle fois les vitres.

— Je te l'expliquerai plus tard, promis. Mais il faut y aller, maintenant. Je t'en prie, Mitch.

Avec un soupir, il s'approcha des lits à barreaux.

Si le revoir avait donné à Kimberly l'impression d'un coup de poignard en plein cœur, regarder ce grand gaillard prendre avec une douceur extrême l'un des bébés dans ses bras faillit l'achever. Mais, là encore, elle n'aurait pas dû être étonnée. Mitch avait toujours été ce mélange parfait de virilité brute et de tendresse.

Ses mains étaient rugueuses lorsqu'elles caressaient son corps, mais elle avait adoré leur infinie douceur. En se remémorant les délicieuses sensations qu'elles avaient fait naître, un frisson sensuel parcourut son échine, picotant ses terminaisons nerveuses.

Quand elle aperçut le visage de sa petite fille chérie posée sur l'épaule paternelle, son cœur se serra et des larmes lui montèrent aux yeux. Rea. Comme l'enfant était belle, avec son visage angélique et ses grosses boucles sombres !

Kimberly avait cru s'être préparée à ces retrouvailles, mais revoir sa fille l'émut au-delà de tout ce à quoi elle s'attendait. Elle mesura soudain tout ce qu'elle avait manqué depuis un an et eut bien du mal à ne pas exploser en sanglots.

Qu'avait-elle imaginé ?

Lorsqu'elle était partie, la petite avait un mois. Elle avait un an, à présent. Au cours de sa première année d'existence, un bébé changeait chaque jour de façon stupéfiante. Elle le savait, et pourtant elle en était bouleversée.

— Comme elle a grandi ! murmura Kimberly doucement.

Mitch acquiesça d'un léger signe de tête.

— L'astuce consiste à la changer avant que son frère n'ouvre les yeux.

Il s'approcha d'une table à langer, berçant l'enfant à moitié endormie contre son torse nu. Kimberly n'avait jamais rien vu de plus sexy que ce grand cow-boy s'occupant de cette minuscule petite fille. Une dizaine de papillons voletèrent dans son ventre. Pendant une fraction de seconde, il lui vint à l'esprit que l'homme qui tenait tendrement ce bébé était *son* mari, ou du moins qu'il l'avait été.

Désormais, Mitch ne voulait plus avoir affaire à elle. Il avait cédé à ses supplications pour le salut de leurs enfants, mais il ne lui ferait plus jamais confiance. C'était évident. Mitch était un honnête homme. Il ne méritait pas ce qu'elle lui avait fait subir.

Kimberly avait tout raté avec lui. Sa vie durant, elle en paierait le prix fort. Pourtant, consciente d'avoir suscité sa colère, elle se refusait à plaider sa cause.

À quoi bon lui expliquer qu'elle avait menti justement parce qu'elle se souciait d'eux ?

Elle s'interdit de laisser ses yeux s'attarder sur son dos musclé ou sur les muscles de ses bras alors qu'il soulevait leur fille pour la placer avec douceur sur la table à langer. Le voir si capable avec leurs enfants remuait son cœur de manière douloureuse.

S'efforçant de se ressaisir, Kimberly s'obligea à détourner le regard. Être avec Mitch la bouleversait. Les émotions qu'il provoquait en elle étaient plus intenses que tout ce qu'elle avait vécu ces derniers mois.

Pour ne pas s'effondrer, le mieux était de passer à l'action, de se rendre utile.

— Je pense être capable de deviner ce qu'il faut empaqueter pour eux, chuchota-t-elle. Tous les bébés ont besoin de couches et de vêtements.

Avant que Mitch ne puisse répondre, Aaron se réveilla. Vu l'intensité de ses cris, l'enfant était en parfaite santé.

L'instinct maternel de Kimberly se mit aussitôt en branle, et elle se précipita pour le prendre dans ses bras. Son fils pleurait les yeux fermés, mais, en le soulevant tendrement de son petit lit, elle espérait qu'il était conscient que sa mère le tenait.

Elle le berça avec douceur, retrouvant les gestes d'autrefois. Il était plus lourd, maintenant. Lui aussi avait beaucoup grandi.

Pendant un instant, son monde, qui avait basculé dans le néant depuis onze mois, se repositionna dans l'axe. Il y avait quelque chose de magique à se retrouver dans la même pièce que Mitch et les jumeaux, *en famille*. Elle avait l'impression d'être redevenue une personne entière.

À l'idée de devoir les quitter de nouveau, elle sentit ses jambes se dérober, et elle craignit de s'effondrer. Une larme s'échappa alors qu'elle consolait son petit garçon, un bonheur dont elle s'était crue privée à jamais.

Sans lui permettre de savourer ce moment, Mitch s'approcha pour lui prendre l'enfant des mains.

Plongée dans ce moment de grâce, elle ne s'était pas rendu compte qu'il avait placé leur fille dans un transat qui la berçait automatiquement. Mais, au moment où Aaron lui fut arraché des bras, elle ressentit un grand vide dans la poitrine.

— Je m'occupe de lui, dit Mitch, visiblement gêné qu'elle le fasse.

Mais il ne pouvait pas gérer deux bébés à la fois. Tôt ou tard, il allait être obligé de la laisser faire.

À son regard possessif, elle comprit qu'il valait mieux ne pas en discuter avec lui pour le moment.

Après avoir mis en scène sa propre mort, elle avait pensé qu'elle n'aurait plus jamais le privilège de serrer ses enfants contre elle, même pendant quelques instants. Égoïstement, elle était folle de joie de les avoir retrouvés.

Mais son euphorie fut de courte durée, balayée par la conscience d'avoir mis sa famille en danger.

Sa disparition était peut-être fondée sur une raison valable. Mais tout ce qu'elle avait enduré depuis des mois n'aurait servi à rien si, en revenant au ranch, elle menaçait la sécurité des trois personnes qu'elle aimait le plus au monde. Elle espérait s'inquiéter pour rien. Les tueurs qui la pourchassaient n'avaient peut-être pas fait le rapprochement, pas deviné leurs liens.

Sérieusement, Kimberly, quelle est la probabilité qu'ils ne l'aient pas fait ? lui demanda une petite voix au fond de son esprit.

Assez mince, elle devait en convenir.

Un éclair aussitôt suivi d'un coup de tonnerre lui prouva que l'orage se déchaînait à présent au-dessus de leur tête.

Il n'y avait pas une minute à perdre, et Kimberly se mit en mouvement. Elle ouvrit les tiroirs, cherchant des petits vêtements, puis les fourra dans des sacs de voyage.

Sans cesser de s'activer à changer la couche d'Aaron, Mitch lança :

— Tu es consciente que le ranch est protégé par une équipe d'agents chevronnés qui interdiront l'accès de la propriété à toute personne indésirable ?

— Ces types n'ont pas l'habitude de demander l'autorisation lorsqu'ils décident de se rendre quelque part. Ni de rentrer par la grande porte.

Et, comme un autre éclair déchirait le ciel dans un énorme grondement de tonnerre, elle ajouta :

— Nous devons partir *maintenant*.

Mitch regrettait déjà d'avoir accepté de tirer du sommeil les jumeaux et de les conduire en pleine nuit Dieu savait où en compagnie de sa femme, qui s'était prétendue morte.

Kimberly était vivante. Encore sous le choc, il ne parvenait pas à y croire totalement.

Et pourtant ils étaient là, à rouler sur la voie express avec les enfants.

— J'ai besoin d'un café, déclara-t-il en dirigeant son SUV vers une station-service.

Malgré les craintes de Kimberly, ils avaient quitté le ranch sans incident, et jusqu'à présent tout allait bien. Apparemment, personne ne s'était lancé à leur poursuite lorsqu'ils avaient gagné la route. L'angoisse de Kimberly était sans doute irrationnelle. D'ailleurs, s'il ne la connaissait pas, il aurait pensé qu'elle était folle.

Cela dit, il se souvenait avoir vu des types qui lui avaient, en effet, paru louches lorsqu'il s'était rendu chez le pédiatre. Elle ne mentait sans doute pas en affirmant que les jumeaux et lui étaient en danger.

Assise à l'avant du SUV, elle semblait très nerveuse. Il percevait les tensions qui émanaient d'elle. Quand ils étaient mariés, il avait toujours su quoi faire pour l'apaiser lorsqu'elle était anxieuse ou contrariée. Maintenant, il ne lui paraissait guère approprié de réfléchir à la meilleure façon de calmer ses angoisses. En tout cas, son côté paranoïaque, qui l'avait surpris pendant leur brève vie conjugale, prenait tout son sens, à présent. À l'époque, cela dit, il n'avait jamais considéré son comportement comme de la paranoïa. Il estimait alors qu'elle avait le droit d'être discrète, secrète.

Les choses avaient changé.

Elle ne protesta pas mais, lorsqu'il s'arrêta devant la cafétéria de la station-service, elle promena le regard sur le parking.

— Tu restes là avec les jumeaux, ordonna-t-il.

Il hésita une fraction de seconde avant d'ouvrir sa portière, mais il était certain qu'elle ne ferait rien qui risquerait de lui nuire ou de blesser les bébés. S'il avait une certitude au sujet de sa femme - au sujet de Kimberly –, c'était qu'elle aimait les deux enfants qui dormaient à l'arrière.

Les trajets en voiture avaient toujours calmé les petits. Une vraie bénédiction, au cours des mois qui avaient suivi la disparition de leur mère. Lorsqu'ils avaient mal au ventre, aux dents, rouler, avaler les kilomètres, avait souvent été le seul remède pour réussir à les calmer.

Alors qu'il sortait du véhicule, Mitch s'efforça de reprendre ses esprits.

Kimberly était vivante. Combien de fois avait-il prié pour que ce scénario soit vrai ? Un milliard de fois.

Maintenant que son souhait le plus cher avait été exaucé, s'était concrétisé, il se sentait perdu. Son cerveau était confus. Il avait vraiment besoin d'une bonne dose de caféine. Quelque part, il voulait croire qu'il dormait encore, qu'il était plongé dans un rêve merveilleux où il voyait sa femme comme si elle n'était jamais morte.

Combien de nuits avait-il vécu ces moments de détresse ? Il se réveillait en sursaut, s'attendant à la découvrir à côté de lui. L'odeur de son shampoing remplissant ses narines...

Mais, elle, elle n'était pas là...

Kimberly, sa femme, était à jamais morte pour lui.

Il ouvrit la porte vitrée de la station-service, qui faisait également office d'entreprise de dépannage. L'endroit proposait tout ce dont un voyageur était susceptible d'avoir besoin. Les murs étaient couverts de rayonnages chargés de toutes sortes d'articles.

Mitch balaya rapidement la salle du regard et s'approcha de la machine à café.

Il y avait suffisamment de véhicules qui allaient et venaient à l'extérieur pour que son SUV s'intègre parfaitement au paysage et que Kimberly soit en sécurité.

Au départ, troquer son vieux pick-up pour faire l'acquisition de ce SUV avait été l'idée de Kimberly. Il avait conduit le même pick-up jusqu'à la naissance des jumeaux. Depuis leur arrivée, il avait eu besoin de plus de place dans l'habitacle, il avait donc été logique d'acheter un plus gros véhicule. Il n'avait pourtant pas pu se résoudre à se séparer de son pick-up. Il l'avait garé dans un coin de son garage. Le vieux pick-up lui rappelait une époque lointaine où il ignorait comment changer une couche et monter une poussette. Bien entendu, il ne regrettait rien.

Sauf le fait d'avoir été trahi par sa propre femme, qui lui avait fait croire qu'elle l'aimait.

Il se dirigea vers le distributeur automatique. Il n'avait jamais été du genre à s'appesantir sur ses émotions. Être éleveur de bétail était simple. Il prenait soin de ses troupeaux, et les animaux le lui rendaient au centuple.

Kimberly le mettait en colère parce qu'elle le bouleversait par sa seule présence. Il ne voulait plus rien éprouver pour elle, et pourtant il ressentait avec force au creux de sa poitrine des émotions, des sentiments qu'il avait enfouis au plus profond de son cœur quand il l'avait crue morte.

Distrait par ses sombres pensées, il laissa couler trop longtemps le café noir. Le breuvage déborda, lui brûlant la peau. Rien ne réveillait mieux quelqu'un qu'une brûlure.

Mitch secoua la main avant de poser un couvercle en plastique sur le gobelet. Tout en sirotant son café, il glissa quelques pièces dans la machine pour en obtenir un second. Il empocha quelques sachets de sucre pour Kimberly.

De retour au SUV, il lui tendit l'un des deux cafés. Il lui donna ensuite le sucre, furieux de s'être souvenu de la façon dont elle aimait boire le breuvage. Très sucré. Et elle le remuait avec application avant d'y tremper les lèvres. Elle poussait alors un soupir de plaisir si le mélange était à son goût ou fronçait les sourcils dans le cas contraire. Quant à lui, il le préférait fort et noir.

Comme il contournait la voiture pour regagner la place du conducteur, il remarqua une berline blanche qui s'approchait de la station-service.

Lorsqu'elle ralentit, un sentiment de malaise l'envahit soudain. Que faisait ce type ?

Il s'installa au volant.

— Connais-tu quelqu'un qui conduit une Toyota blanche à quatre portes ? demanda-t-il.

Kimberly secoua la tête.

Ce n'était probablement rien mais, tout en manœuvrant pour quitter le parking, Mitch décida de faire preuve de prudence. Sciemment, il prit la direction opposée à celle qu'il avait l'intention d'emprunter. Alors qu'il jetait un coup d'œil à son rétroviseur, il eut l'impression que le conducteur de la Toyota le suivait des yeux. Se faisait-il des idées ?

Il n'allait pas tarder à le savoir.

— Où veux-tu que je te dépose ? demanda-t-il.

— Tu viens avec moi, non ? balbutia Kimberly.

— Pourquoi ? Je ne vois pas l'intérêt de rester ensemble. Si quelqu'un te poursuit, ta seule présence expose les bébés au danger.

Il était conscient que ces mots étaient durs pour elle, mais il refoula sa culpabilité. Il n'y avait aucune raison de s'apitoyer sur son sort. Elle l'avait tant fait souffrir.

— Si les gens qui te recherchent sont des criminels – et il semble que ce soit le cas —, tu ferais mieux de te rendre au FBI pour en parler. Le US Marshals Service me semble la meilleure option. Au cas où tu l'ignorerais, ils se chargent de protéger les témoins.

— Je n'ai rien à signaler, répliqua-t-elle. Je ne suis pas un témoin.

— En tout cas, tu as plus de chances de régler tes problèmes en demandant aux forces de l'ordre d'enquêter sur la mort de ton père adoptif, poursuivit-il.

L'idée ne semblait pas l'intéresser beaucoup et elle avait soudain du mal à respirer.

— Si tu as l'intention de me déposer quelque part, tu n'as aucune raison de te soucier de ce que je ferai ensuite, répliqua-t-elle.

— Tes actes nous ont mis en danger, les jumeaux et moi.

Il ne voulait pas l'admettre mais, si elle était déterminée à ne pas faire intervenir les forces de l'ordre, il était obligé de veiller sur elle. Il tenta de se convaincre que cette volonté n'avait rien à voir avec son instinct protecteur.

Il avait l'intention de cacher sa famille pendant quelques jours sans mettre trop de pression sur le ranch. L'image de la génisse tuée lui revint en mémoire. S'il mettait les siens en sécurité quelque part, il aurait ensuite le loisir de comprendre ce qui se passait avec Kimberly.

Ses sentiments envers sa femme devaient être morts, maintenant.

Alors pourquoi la perspective d'être avec elle vingt-quatre heures sur vingt-quatre et sept jours sur sept suscitait-elle des émotions qui l'ennuyaient autant ?

6

Mitch conduisait depuis une heure en direction du Nouveau-Mexique. Il connaissait un endroit près de la frontière du Texas qui n'était répertorié sur aucune carte et ne bénéficiait d'aucune couverture réseau de téléphonie mobile. Tant qu'il n'aurait pas réglé le problème, garder les jumeaux le plus loin possible de Jacobstown était sa priorité.

Kimberly était assise sur le siège passager à côté de lui. Il lui faudrait un peu de temps pour s'habituer à ses cheveux blonds mais, même s'il avait du mal à l'admettre, elle était aussi belle que le jour où il l'avait rencontrée.

Une profonde colère grondait au fond de lui comme un ciel d'orage. Comment avait-il pu se fourvoyer à ce point à propos de cette femme ? Quand il mesurait la naïveté dont il avait fait preuve, son amour-propre en prenait un sacré coup.

Il avait quitté la voie express et roulait à présent sur une route de campagne. Comme il n'avait pas vu d'autres voitures depuis près d'une demi-heure, il estima ne pas prendre trop de risques en s'arrêtant un instant pour passer un coup de téléphone.

La respiration lente et régulière de Kimberly comme

ses yeux clos lui prouvèrent qu'elle s'était endormie, la tête contre la vitre. Elle semblait avoir lutté contre le sommeil le plus longtemps possible avant de lâcher prise.

Mitch n'était pas certain de bénéficier encore longtemps d'antennes-relais qui lui permettraient de téléphoner. Il décida donc de s'arrêter pour appeler Lone Star Lonnie pendant qu'il en avait encore la possibilité.

Son contremaître s'était certainement demandé pourquoi Mitch ne l'avait pas retrouvé comme d'habitude à 5 heures pour décider des tâches de la journée. Nul doute que Lone Star avait déjà compris que Mitch n'avait pas sellé Phoenix, ce matin. Après le meurtre de la génisse, Mitch ne voulait pas que Lonnie s'inquiète pour lui.

Si la plupart des éleveurs de la région utilisaient des camionnettes et des véhicules tout-terrain pour s'occuper de leurs troupeaux, Mitch préférait les chevaux. Certains de ses cow-boys plaisantaient sur le fait qu'il exploitait le ranch comme il y a deux siècles, mais au fond ils appréciaient sa façon de faire. D'ailleurs, la plupart d'entre eux lui avaient emboîté le pas. En vérité, son père, qui avait été un excellent éleveur, ne s'était jamais senti à l'aise au volant d'un camion. Il estimait qu'il valait toujours mieux être proche de son bétail. Quand Mitch avait la vingtaine, il avait un temps choisi de ne circuler qu'à bord d'un véhicule à essence – probablement par rébellion. Mais désormais il ne parvenait plus à s'imaginer rejoindre ses troupeaux autrement qu'à cheval.

Il aimait son hongre rouge, Phoenix. Quelques années plus tôt, l'animal avait été victime d'une mauvaise chute au cours d'une course à l'hippodrome de Lone Star Park. Gravement blessé, il aurait dû en principe être incapable de galoper par la suite. Mais, fidèle à son nom, le cheval avait ressuscité de ses cendres. Grâce à la chirurgie et à la rééducation – sans parler de l'argent et de la patience —, Phoenix avait réussi à surmonter son handicap. Certes, il ne pouvait plus participer aux courses ni aux tournois, mais il avait trouvé une nouvelle place au ranch qui semblait lui convenir.

Mitch laissa le moteur tourner pendant qu'il sortait de son SUV.

Lone Star Lonnie répondit à la première sonnerie.

— Tout va bien, patron ?

— Très bien. Je voulais te prévenir que je vais m'absenter quelques jours. J'espère que toi et les autres pourrez me remplacer au ranch.

— Pas de problème, assura Lonnie avec un soupir de soulagement. Comptez sur moi, sur nous. Avez-vous besoin d'autre chose ?

— Non, merci. Je me suis dit qu'un changement d'air ferait du bien aux jumeaux, avec tout ce qui se passe, répondit Mitch.

— J'ai été heureux d'apprendre que Rea était tirée d'affaire, poursuivit Lonnie.

— C'est une excellente nouvelle, oui, reconnut Mitch.

Son contremaître pensait sans doute que Mitch et les petits avaient besoin d'une pause pour endurer l'épreuve suivante : l'anniversaire de la mort de Kimberly.

— Savez-vous si Zach a avancé dans son enquête concernant la mort de la génisse ? s'enquit Lonnie.

— Il n'a pas pu faire grand-chose. Bêtement, je me suis approché de la génisse pour l'examiner, sans me rendre compte que je polluais l'endroit et que j'effaçais des pistes éventuelles.

Mitch prenait la faute sur lui, mais en réalité Lonnie avait piétiné le premier la scène du crime.

Lone Star ne fut pas dupe.

— J'aurais dû faire plus attention où je mettais les pieds...

— Je t'arrête tout de suite, vieux. En allant voir la génisse, tu ne pouvais pas deviner sur quoi tu allais tomber. Tu n'avais pas anticipé un tel carnage, dit Mitch. Alors que moi j'avais une petite idée de ce qui m'attendait.

— C'est vrai, patron. Mais il n'empêche que je m'en veux d'avoir été négligent et d'avoir empêché du même coup le shérif de travailler. Cette histoire m'inquiète beaucoup. Je suis responsable du troupeau, je me dois de le défendre des prédateurs, quels qu'ils soient.

— Si tu t'étais douté que quelqu'un avait tué cette malheureuse bête, tu aurais eu le pied plus léger, j'en suis certain. Ne te reproche rien. De toute façon, la terre était si dure, si sèche, que Zach n'aurait pas pu trouver la moindre empreinte. Et, si par miracle il en avait découvert une, il aurait été impossible de l'identifier. Tant d'hommes portent des bottes, au ranch...

Lone Star Lonnie le savait aussi. Il se tut un moment avant de reprendre la parole.

— Il y a quelque chose qui ne va pas, n'est-ce pas ? Je le sens au ton de votre voix. Que se passe-t-il ? S'agit-il des jumeaux ?

Tous deux étaient amis depuis longtemps, voilà pourquoi Lone Star était capable de saisir les différentes intonations de Mitch.

— Aaron et Rea vont très bien, ne t'inquiète pas.

Mitch hésita, espérant trouver les bons mots pour le rassurer.

— La journée d'hier a été dure. Entre la visite chez le médecin et le prochain anniversaire de... Eh bien... Tu sais de quoi je parle...

— Oui, bien sûr.

Lone Star Lonnie savait très bien à quoi Mitch faisait allusion. Il avait enterré sa femme presque un an auparavant. D'ailleurs, officiellement, elle était toujours morte.

— Une de mes amies a besoin d'un coup de main, et j'ai envie d'en profiter pour souffler quelques jours et me changer les idées, reprit-il.

Il n'avait pas l'intention de rester éloigné du ranch plus longtemps. Être loin de la maison avec des jumeaux d'un an était un vrai défi. Sans parler de la présence de Kimberly. Mitch devinait que prolonger cette parenthèse risquait de lui coûter son équilibre mental.

— Compris, patron. Je m'occuperai de tout, comptez sur moi. L'exploitation fonctionne comme une machine bien huilée et nous allons faire en sorte que cela continue.

Lone Star tiendrait parole, Mitch en était certain.

— L'amie que j'aide a peut-être mis le ranch en danger, reprit-il.

Mitch n'était pas sûr de croire toute l'histoire de Kimberly. Il ignorait aussi combien de temps il pourrait disparaître avec les enfants. Leur vie avait été suffisamment perturbée sans qu'il soit nécessaire d'en rajouter. Il jeta un coup d'œil vers le siège passager, se demandant qui diable était la femme qui y était assise. Il avait été fou de tomber amoureux d'une inconnue et de lui offrir sa vie sans rien savoir d'elle.

À son arrivée à Jacobstown, elle s'était montrée timide et réservée. Il n'avait pas voulu la forcer à se confier, lui tirer les vers du nez. Il avait décidé de l'apprivoiser, de lui donner du temps. Il avait été stupide.

— D'accord, répondit Lonnie.

Le ton de son contremaître et ami prouvait qu'il se posait beaucoup de questions, mais, à son crédit, il n'essaya pas de creuser.

— Fais attention, continua Mitch. Et veille sur tout le monde.

— Comme toujours, répondit Lonnie.

— Vu les soucis avec mon amie et la génisse, je préférerais être au ranch, ajouta Mitch. Mais je fais ce qui me semble le mieux pour les jumeaux, en ce moment.

— Compris, patron. Et je suis d'accord avec vous. S'il y a du danger à être au ranch actuellement, les petits seront mieux ailleurs, reconnut Lonnie.

Jacobstown étant une communauté très soudée, Mitch ne pouvait pas prendre le risque de lui parler de Kimberly. Le retour d'entre les morts de son épouse ferait évidemment sensation. Une sensation qui attirerait l'attention, en particulier celle de visiteurs indésirables. Mitch avait étudié toutes les options possibles : quitter la propriété quelque temps était la meilleure solution pour tout le monde.

Il se souvenait de la rapidité avec laquelle les nouvelles s'étaient propagées lorsque Kimberly était arrivée pour la première fois en ville. Les spéculations sur la femme mystère avaient commencé avant qu'elle n'ait déballé ses affaires. Mme Wilder, la propriétaire du chalet, avait répété à qui voulait l'entendre – et aux autres – combien il était agréable d'être payée en liquide, ce qui lui économisait des frais de prélèvement bancaire.

Au bout de quelques jours, les ragots allaient déjà

bon train. Kimberly n'était pas installée dans son chalet depuis une semaine que les rumeurs les plus folles se répandaient déjà sur son compte. Les gens déliraient sur les raisons qui l'avaient poussée à emménager seule près du lac. Comme elle ne parlait à personne, l'imagination des habitants avait comblé les lacunes. Certains avaient prétendu qu'elle pleurait un être cher. D'autres, qu'elle était une tueuse en série qui se faisait discrète avant de passer à l'attaque. Quelques-uns racontaient qu'elle frapperait à la tombée du jour ou lorsque la ville dormirait. Il avait même entendu une commère affirmer sans rire que Kimberly avait prévu d'égorger ses voisins au cours d'une nuit de pleine lune.

Perdu dans ses souvenirs, Mitch laissa le silence se prolonger, et Lone Star finit par lancer :

— Tout va bien, patron ?

Il semblait inquiet.

— Désolé, répondit Mitch. Tout va bien, oui. Mais sois très prudent pendant mon absence et dis aux autres de faire de même. Mon amie semble croire que tout le monde à Jacobstown pourrait être menacé, à commencer par nous.

— À cause du meurtre de la génisse ? demanda Lone Star Lonnie.

C'était plus une affirmation qu'une question.

— En partie. Cette amie a de bonnes raisons de le penser. En tout cas, avant que cette affaire ne soit tirée au clair, garde l'œil ouvert. Ne prends aucun risque en matière de sécurité.

Il était peu probable que les menaces ciblent quelqu'un d'autre que sa propre famille, mais Mitch préférait se montrer prudent.

— Je serai hors réseau et donc injoignable pendant quelques jours, ajouta-t-il. Je n'ai pas pu téléphoner aux autres, ce matin, et j'aimerais que tu mettes au courant mes frères et sœur. Préviens également les autres cowboys de ce qui se passe.

Il le chargeait d'une mission de grande responsabilité, mais il lui faisait totalement confiance. Il savait qu'avec Lone Star sa famille, sa principale priorité, serait entre de bonnes mains.

— Je m'en occupe dès que nous aurons raccroché, promit Lone Star Lonnie.

— Tu sais à quel point j'apprécie de pouvoir compter sur toi, dit Mitch.

— Je suis votre contremaître et ami, et je fais juste mon travail, répondit Lone Star avec sincérité. Prenez soin des petits et de vous.

— Bien sûr.

Lone Star pensait sans doute que Mitch réagissait de façon excessive en raison de l'approche de l'anniversaire de la mort de Kimberly. Mitch méprisait les mensonges. Surtout maintenant que Kimberly était revenue et qu'il avait découvert qu'elle n'avait cessé d'affabuler, de le trahir.

Comment avait-elle pu se faire passer pour morte et vouloir s'éloigner de lui et de leurs enfants ?

Mitch mit fin à l'appel avec Lone Star, remonta en voiture et reprit la route.

Près de deux heures plus tard, il s'arrêta devant une petite cabane en rondins.

Dès qu'il coupa le moteur, Kimberly se réveilla en sursaut. Elle promena autour d'elle un regard affolé. Visiblement, elle avait peur, et il lui dit :

— Tout va bien, tu es en sécurité.

Mitch se reprocha aussitôt sa sollicitude. Elle ne méritait aucun réconfort. Elle l'avait tant fait souffrir. Pourtant, sans doute parce qu'il avait ancré en lui le code d'honneur du cow-boy, il ne pouvait pas s'empêcher d'aider ses semblables.

Elle se frotta les yeux.

— Désolée, dit-elle de cette voix endormie, un peu rauque, qu'il trouvait si sexy autrefois. Pendant un instant, j'ai oublié où j'étais.

Il se tourna vers elle. Une myriade de questions lui brûlait les lèvres, mais il préférait ne pas discuter de sujets graves ou angoissants en présence des bébés. Les petits avaient besoin de dormir, et il n'était pas question que les cris de leurs parents perturbent leur sommeil. Or, Mitch n'était pas certain de parvenir à garder son calme. Le sale tour que Kimberly lui avait joué – *leur* avait joué – le mettait déjà hors de lui. Si elle disait maintenant quelque chose qu'il n'avait pas envie d'entendre, il craignait de perdre son sang-froid. Avant la naissance des enfants, il lui arrivait souvent de laisser éclater sa colère. La paternité lui avait appris à maîtriser ses émotions.

Comme il examinait le visage de Kimberly, il remarqua les rides sur son front, les cernes sous ses yeux et l'inquiétude qui assombrissait son regard.

— Où sommes-nous ? demanda-t-elle en sortant son smartphone de sa poche.

Il se rendit compte soudain qu'elle n'avait rien emporté avec elle. Ni sac à main ni sac à dos. Elle n'avait qu'un téléphone et probablement de l'argent liquide.

Avec les jumeaux, Mitch avait perdu l'habitude de voyager léger. En fait, il avait l'impression de devoir déménager chaque fois qu'il sortait de la maison avec eux.

— Ce chalet appartient à l'un de mes amis. Et tu peux ranger cet appareil, ajouta-t-il en désignant son portable. Il n'y a pas de réseau par ici.

La panique s'empara de Kimberly. Elle promena les yeux autour d'elle, essayant de se repérer. Le smartphone qu'elle avait acheté il y a six mois était un de ses rares liens avec le monde, un monde auquel elle n'appartenait déjà presque plus. Il n'y avait aucun contact enregistré dans son appareil, ce qui ne faisait que lui rappeler l'étendue de sa solitude. Elle avait l'impression de vivre en marge, et un jour sans doute arriverait le moment où elle aurait besoin d'appeler le 911.

— Quelle heure est-il ?

— Presque 7 heures du matin.

Elle décida de remédier au moins à un problème.

— Enregistre mon numéro dans ton téléphone, dit-elle avant de lui égrener les chiffres.

— Voilà.

— Combien de temps ai-je dormi ? demanda-t-elle en se frottant les yeux.

Elle n'avait pas l'habitude de dormir profondément ni longtemps. Depuis son départ de Jacobstown, il y a onze mois, elle était toujours sur le qui-vive. Elle gardait en permanence un œil ouvert et ne s'autorisait que des petites siestes d'une heure ou deux.

La gravité de la situation la frappa comme un coup de poing en plein ventre. Elle avait exposé au danger les trois personnes qu'elle aimait le plus au monde.

Mais comment aurait-elle pu renoncer à revoir sa famille ? Ne pas chercher à se rendre compte par elle-même à quel point ses enfants avaient grandi ? Ne pas constater si son mari venait au rendez-vous chez le pédiatre en compagnie d'une autre femme ? Le simple fait de songer à cette éventualité lui broya le cœur.

Comme elle glissait un œil vers l'annulaire de Mitch, elle remarqua qu'il portait toujours son alliance. Touchée qu'il ne l'ait jamais retirée, elle sentit sa gorge se serrer. Elle portait la sienne en sautoir pour l'avoir plus près de son cœur.

Leurs initiales étaient gravées à l'intérieur. Quand il lui avait passé l'anneau d'or au doigt, le jour où ils s'étaient juré un amour éternel, Mitch lui avait expliqué que cet anneau représentait l'infini et qu'il symbolisait l'amour sans limites qu'il avait pour elle.

Croiser à présent ses yeux froids, son regard distant, était particulièrement douloureux. Mais tout était sa faute à elle, et elle avait envie de lui demander pardon.

Il ouvrit sa portière et sortit avant de se pencher vers elle.

— Je vais m'assurer que l'endroit est désert, puis je reviendrai chercher les jumeaux. Si tu essayes de les prendre, ils se réveilleront, alors ne bouge pas jusqu'à mon retour.

Il referma doucement la portière et elle retrouva le froid intérieur qui l'avait habitée ces derniers mois. Des larmes montaient à ses paupières, mais elle les refoula. Elle ne méritait pas de pleurnicher sur son sort.

La vie était une question de choix.

Choisir de disparaître pour sauver Mitch et ses enfants n'avait pas été une erreur. Du moins tentait-elle de s'en persuader. Elle avait voulu protéger les trois personnes qu'elle aimait. Bien sûr, elle avait aimé Randy et Julie Bristol, ses parents adoptifs. Ils l'avaient accueillie autrefois et traitée comme leur propre fille. Ils lui avaient redonné confiance en l'amour. Mais ils étaient morts.

Comme elle se retournait pour contempler ses bébés, le bruit de l'ouverture de la portière la fit sursauter.

— Il y a de l'eau chaude, si tu veux prendre une douche, dit-il. N'allume que les lampes dont tu as besoin. L'électricité de la maison est assurée par un groupe électrogène.

Le timbre profond de Mitch l'enveloppait, déclenchant des frissons sensuels qui lui parurent très malvenus.

— N'as-tu pas besoin de moi pour t'occuper des jumeaux ? demanda-t-elle.

— Non.

Il ne dit pas qu'il avait appris à se débrouiller seul depuis onze mois, mais il le pensa si fort qu'elle le comprit.

Le cœur en miettes, elle sortit du véhicule, entra dans le chalet et gagna directement la salle de douche.

Alors qu'elle se réconfortait sous le jet d'eau chaude, un coup retentit à la porte.

Se rendant compte que Mitch allait surgir alors qu'elle était nue, elle paniqua un peu. Elle attrapa la serviette suspendue à la tringle de la cabine. D'un coup d'œil à travers le rideau, elle constata que la porte était toujours fermée et qu'il ne pouvait pas la voir.

— Oui ? dit-elle.

— Aimerais-tu un café ? demanda-t-il.

— Avec plaisir. Je sors dans un instant. J'ai presque fini.

La porte s'entrebâilla.

— Je t'ai apporté des vêtements propres. Je les pose sur le lavabo.

— Mitch...

— Oui ?

— Merci pour tout.

Ces trois mots étaient sans doute insuffisants pour lui exprimer sa profonde gratitude, mais dans l'immédiat elle n'en trouva pas d'autres.

Mitch grogna quelque chose d'inaudible puis referma la porte. Kimberly n'avait aucune idée de ce qu'il avait dit, et sans doute cela valait-il mieux.

Les enfants dormaient encore lorsqu'elle le rejoignit. Elle en profita pour faire le tour des lieux. La grande salle qui faisait office de salon et salle à manger s'ouvrait sur une petite cuisine. De l'autre côté se trouvaient une chambre et une salle de douche attenante. L'endroit était meublé et décoré de façon rustique. Un canapé et une petite table ronde dans la grande pièce, un lit à deux places, une armoire et une petite table dans la chambre. Cette maisonnette en bois n'était ni grande ni luxueuse, mais elle leur offrait un abri.

— Ton café est sur le comptoir, dit Mitch.

Il la dévisagea un moment avant de reporter son attention sur la table en bois devant laquelle il était assis. Comme tous les meubles, elle était recouverte d'une épaisse couche de poussière. Manifestement, personne n'était venu dans ce chalet depuis des semaines, peut-être des mois.

Kimberly s'approcha et s'empara du mug. Elle l'entoura de ses mains, heureuse de s'y réchauffer.

Mitch l'invita d'un geste à s'attabler, à prendre place en face de lui.

— Pour comprendre ce qui se passe, j'ai besoin que tu me parles un peu de la situation et des protagonistes de l'affaire. Le mieux est sans doute de commencer par ton père adoptif. Que peux-tu me dire à son sujet ?

Elle but une gorgée avant de répondre.

— Randy Bristol était un homme profondément bon. Il s'est retrouvé dans de très sales draps, c'est évident, mais, s'il a été mêlé à des affaires louches, ce n'était certainement pas intentionnel. Même si les apparences laissent penser le contraire, Randy n'aurait jamais commis quoi que ce soit d'illégal de son plein gré, ajouta-t-elle, un peu sur la défensive.

— Je ne suis pas ici pour juger qui que ce soit. Je cherche seulement la vérité afin de pouvoir déterminer l'origine de la menace qui plane à présent au-dessus des enfants. Il nous faut régler cette histoire afin de pouvoir chacun continuer notre vie.

Ces derniers mots lui firent plus mal qu'elle ne put l'admettre.

Elle aurait voulu être en mesure de lui dire de quoi il retournait, de lui révéler la nature et l'origine du danger. Elle aurait bien aimé savoir tout cela, oui.

Malheureusement, elle l'ignorait.

7

— Maintenant que les bébés et toi êtes en sécurité, je vais m'en aller. Je partirai demain à l'aube, dit Kimberly.

Elle espérait que Mitch accepterait sa décision, tout en devinant qu'il y avait peu de chances pour qu'il le fasse.

Il posa sur elle son regard gris d'acier.

— En quoi ton départ apporterait-il quelque chose de positif, d'utile, exactement ?

— L'important pour moi était de te prévenir du danger et de m'assurer que tu comprendrais la nécessité de vous mettre tous les trois à l'abri, répondit-elle. Pour le reste, le mieux est que je m'en aille. Comme tu le disais, tout le problème vient de moi.

— Ta réapparition n'avait-elle donc aucun sens ? Qu'espérais-tu en ressuscitant ? Quel était ton plan initial ?

Elle promena les yeux dans la pièce, comme si des réponses étaient écrites sur les murs. L'intensité du regard de Mitch sur elle la troublait.

— Je n'en ai pas. C'est évident, non ?

— Je l'ai compris dès que je t'ai vue, à ton air désespéré, dit-il avant de boire une autre gorgée de café.

— Prendre conscience que je vous avais exposés au danger me rendait malade. Je n'avais pas prévu que les deux tueurs qui me pourchassent depuis des mois te repéreraient. Rien de tout cela n'était censé se produire, dit-elle, incapable de dissimuler sa frustration.

Mitch ne répondit pas immédiatement. Comme il rivait les yeux sur ses mains, elle se rendit compte qu'il regardait si elle portait toujours son alliance. Sans doute était-il contrarié de voir son annulaire nu, mais elle n'avait pas voulu prendre le risque de révéler à ses poursuivants qu'elle avait un mari, potentiellement des enfants.

Il n'émit aucun commentaire mais joua avec la sienne. Sans doute regrettait-il de n'avoir jamais retiré l'anneau d'or de son doigt, et elle ne pouvait pas le lui reprocher.

— Tant que nous n'aurons pas réglé cette affaire et écarté les menaces qui pèsent sur les petits, je ne te quitterai pas d'une semelle. Je te suivrai comme ton ombre, ajouta-t-il après un instant de réflexion.

D'un regard, il la mettait au défi de protester.

Elle secoua la tête.

— Dans quel intérêt ? Et pourquoi as-tu changé d'avis ?

Il y a quelques heures à peine, il semblait déterminé à l'éloigner.

— Tu m'as clairement fait comprendre que tu ne voulais plus avoir affaire à moi, lui rappela-t-elle.

Avant qu'elle ne puisse continuer, il leva les mains en signe de reddition.

— Écoute-moi, commença-t-il d'un ton adouci.

Elle n'avait aucune envie de l'écouter. Ses commentaires antérieurs l'avaient profondément blessée et continuaient à la faire souffrir.

— Tant que cette histoire n'est pas finie pour toi, il est clair que les enfants et moi risquons d'en pâtir.

Elle se mordit la lèvre pour ne pas l'interrompre.

Malheureusement, ce qu'il disait était vrai. Elle aurait aimé discuter, défendre un autre point de vue, mais elle ne pouvait pas.

— Comment m'imaginer fermer l'œil la nuit en sachant qu'une menace plane au-dessus des jumeaux, une menace susceptible de fondre sur eux à tout moment ? poursuivit-il. Comme tu le sais, je passe mes journées à travailler au ranch, et il me serait impossible de rester avec les enfants pour les protéger. De plus, je refuse d'exposer Joyce au danger en les laissant avec elle, même en la mettant au courant de la situation, ce dont tu n'as sans doute aucune envie.

Kimberly était tellement frustrée qu'elle en étouffait presque. Bien sûr, elle faisait confiance à Joyce pour s'occuper de ses bébés, mais la laisser affronter des tueurs, prêts à tout pour la capturer, elle, c'était très différent. Joyce était la personne la plus adorable de la terre, mais à la moindre erreur les jumeaux le paieraient de leur vie.

— Ce que tu dis est vrai. Je ne vais pas en discuter.

Pourtant, elle l'aurait souhaité. Savoir qu'elle avait fait souffrir l'homme qu'elle aimait le plus au monde la rendait malade. Être consciente que, à cause d'elle, ses trois amours étaient en danger de mort lui était insupportable. Voilà pourquoi elle ne rêvait que de mettre un terme à ce cauchemar.

Depuis deux ans et demi, elle vivait dans l'angoisse. Depuis trente longs mois, elle était contrainte de se cacher. Toujours sur le qui-vive, elle avait peur de tout. Sa rencontre avec Mitch avait été une parenthèse enchantée, un peu de chaleur dans un univers glacé. Mais elle avait toujours su que, tôt ou tard, il lui faudrait le quitter. Malgré leur amour fou, malgré la naissance des jumeaux, un nuage sombre avait menacé depuis le départ leur bonheur.

Elle poussa un gros soupir.

— Que proposes-tu ? demanda-t-elle.

— Nous ne pouvons pas fuir avec des bébés dans les bras, dit-il. Je cherche à qui les confier afin qu'ils soient en sécurité sans exposer une tierce personne au danger.

Le timbre de sa voix la faisait frissonner comme autrefois, et son cœur s'accéléra tandis qu'elle prenait conscience de son émoi.

— Présentée comme ça, l'entreprise semble impossible, dit-elle avant de boire une autre gorgée de café. Personne n'a le profil.

L'idée d'abandonner de nouveau ses petits chéris la ravageait.

— J'aimerais trouver une solution qui ne perturbe pas leur vie plus que nécessaire, poursuivit-il.

— Joyce pourrait-elle se rendre quelque part avec eux ? demanda-t-elle.

— J'y pensais, oui. Mon arrière-grand-mère était originaire de Gunner's Pass, une petite ville du Colorado. Il me serait facile d'y conduire Joyce et les jumeaux et de veiller à ce qu'ils y soient en sécurité. Quitte à embaucher deux ou trois gardes du corps sur place. J'ai toujours de la famille dans la région, et personne ne poserait de questions si les petits arrivaient à l'improviste, dit-il.

Kimberly repéra tout de suite la faille de l'organisation.

— Sais-tu à quel point il est difficile de rester complètement hors des réseaux sociaux, de nos jours ? répliqua-t-elle. Je ne suis même pas sûre que ce soit possible. Il faudra t'assurer que personne – absolument personne – ne poste une photo d'eux en ligne, poursuivit-elle, glacée à l'idée d'être à nouveau séparée de ses bébés.

Malgré la terreur dont elle était la proie, elle essayait de garder son sang-froid et de ne pas élever la voix. Elle ne voulait surtout pas réveiller Aaron et Rea, qui dormaient dans la pièce voisine.

Pourtant, quelque part, elle mourait d'envie de les prendre dans ses bras. Elle rêvait de les tenir, de les bercer, de les nourrir, d'être avec eux. D'être leur mère. Bien sûr, rien de tout cela n'était réaliste et sans doute demandait-elle l'impossible.

Mitch répondit d'une voix calme et confiante :

— Nous devons enquêter pour découvrir ce qu'il est arrivé à ton père et pourquoi. Il n'est pas possible de mener ces investigations avec des bébés dans les bras. Comment espérer les protéger, tout en cherchant en même temps la vérité ?

La capacité de son mari à rester maître de ses émotions dans toutes les situations avait toujours étonné Kimberly, et, vu le contexte, elle fut encore plus impressionnée.

Elle saisit son mug et le serra entre ses deux mains, espérant que la chaleur du breuvage aurait raison du froid intérieur qui l'envahissait. Un long moment, elle réfléchit à ce que Mitch venait de dire. Elle passa plusieurs fois en revue les différentes options, mais elle eut beau faire, elle parvint toujours à la conclusion qu'il n'y en avait qu'une valable.

— Tu as raison, reconnut-elle finalement. Les jumeaux sont plus en danger avec moi.

— Avec *nous*, corrigea-t-il.

Kimberly comprit aussitôt que l'espoir qu'il avait fait naître au fond de son cœur avec ce « nous » était au mieux un leurre, au pire une erreur. Et qu'elle ne devait surtout pas y attacher de l'importance. Mitch était un homme bon, et voilà pourquoi il s'était inclus dans cette histoire. Il essayait de la réconforter, mais elle connaissait la vérité. Elle était toxique pour les gens qu'elle aimait, et tous trois seraient plus en sécurité si elle n'était plus dans le paysage.

— Laisser les jumeaux avec Joyce me semble bien, dit-elle. Elle s'occupe déjà d'eux, ils ne seront donc pas perturbés. En revanche, il me paraît important qu'elle n'ait aucune idée de ma... de mon retour.

Mitch avait déjà tout prévu et ne lui demandait pas sa bénédiction, mais elle fut contente de pouvoir au moins donner son avis. Que ce soit parce qu'il estimait qu'un cow-boy devait se comporter de façon chevaleresque ou parce qu'il avait été bien élevé, Mitch était en tout cas trop gentil pour l'interrompre. Elle se rendait surtout compte qu'il était un père formidable.

— Et tu as raison de les faire sortir du Texas, de les installer loin du ranch pour le moment, ajouta-t-elle.

Le dire lui fit mal, parce que le Texas avait été son sanctuaire et elle aurait voulu croire qu'il serait aussi celui de ses enfants.

— Personne n'ira les rechercher au fin fond du Colorado, dit-elle. Et d'autant moins que ces types doivent se douter que je ne retournerai jamais au Nouveau-Mexique ni aux alentours. Je serais immédiatement reconnue si je m'aventurais à revenir dans ma ville natale.

— Nous sommes donc d'accord, dit-il. Le Colorado sera parfait, au moins temporairement. Je prévois d'envoyer avec eux une équipe de gardes du corps de premier ordre. Les vacances de Noël approchent, et les touristes affluent dans la ville de Gunner's Pass. Si les enfants arrivent avec leur nounou, personne ne soupçonnera quoi que ce soit, et surtout personne ne les reliera à toi. Parmi les agents de sécurité, je trouverai un homme et une femme qui se feront passer pour un couple et que tout le monde verra comme leurs parents.

L'idée que ses petits chéris soient pris en charge par d'autres, que des inconnus se prétendent parents de ses jumeaux, donnait la nausée à Kimberly. Depuis onze mois, elle avait souvent imaginé Mitch se remariant et offrant aux petits une autre mère. Une telle éventualité l'avait tellement angoissée qu'elle n'en avait pas dormi des nuits durant. Elle n'avait pas le droit d'éprouver ces sentiments, elle le savait. C'était à cause d'elle que Mitch, Aaron et Rea étaient en danger. Alors elle ravala sa fierté et hocha la tête.

Avant qu'elle ne puisse s'exprimer, le regard de Mitch se riva de nouveau sur elle.

— Tes parents biologiques sont-ils vraiment morts ? demanda-t-il soudain.

— Pour moi, oui, répondit-elle.

— Sais-tu où ils sont maintenant ?

De nouveau, il joua un moment avec son alliance avant de prendre une gorgée de café.

Pour toute réponse, elle haussa les épaules et, quand il poussa un soupir frustré, elle finit par grommeler :

— Je suppose qu'ils vivent toujours au Nouveau-Mexique.

Ils restèrent un moment silencieux. Puis Mitch vida son mug avant d'asséner :

— Si tu veux que ça marche, tu dois être franche avec moi.

Il retira son alliance et la posa sur la table.

Elle regarda fixement l'anneau d'or comme s'il s'agissait d'une bombe sur le point d'exploser.

— Je le suis, répondit-elle. Ceux qui m'ont mise au monde m'ont abandonnée dans un centre commercial et sont partis sans un regard en arrière. Je ne les considère pas comme des parents. Les Bristol, qui m'avaient accueillie et qui m'ont finalement adoptée, m'ont aimée. Eux seuls étaient pour moi des parents.

— Avais-tu des sœurs ou des frères ?

Parler de son passé était douloureux, mais Mitch avait le droit de le connaître.

— J'avais une sœur que nos géniteurs avaient abandonnée, elle aussi. Le jour où nous avons été confiées à des familles d'accueil différentes, j'ai perdu sa trace. Je ne crois pas que nous avions d'autres frères et sœurs. Je me souviens à peine d'elle.

Une larme la surprit, et elle l'essuya d'un revers de main.

— Elle s'appelait Rose, poursuivit-elle, ne sachant pas pourquoi elle ressentait le besoin de parler d'elle.

Cela faisait si longtemps qu'elle ne cessait de mentir, aux autres ou à elle-même.

— Et, puisque nous en sommes aux révélations, je m'appelle Lily Grable, en réalité.

Si Mitch fut choqué de l'apprendre, il ne le montra pas. Sans doute soupçonnait-il depuis un moment qu'elle lui avait donné une fausse identité. À l'époque où il l'avait rencontrée, elle avait déjà une batterie de faux papiers. Une fausse carte d'identité, un faux permis de conduire, un numéro de sécurité sociale bidon… Tout ce qu'elle lui avait raconté avait été inventé, tout sauf son amour pour lui.

Mesurer l'étendue de sa trahison assombrit le visage de Mitch, mais il n'émit aucun commentaire.

Plus Mitch en saurait sur Kimberly – ou Lily —, plus il aurait de chances de retrouver les personnes qui la menaçaient. Il avait du mal à intégrer la nouvelle donne, mais au moins cette conversation était-elle sincère. En revanche, leur vie conjugale avait été une imposture, et mesurer à quel point elle lui avait menti le mettait en colère au-delà de tout.

Il considéra l'anneau d'or sur la table.

Pour l'aider, il devait absolument parvenir à se blinder, à oublier qu'il avait été un idiot de première classe, à minimiser la souffrance et l'humiliation d'en prendre conscience. Il ne réussirait à gérer cette histoire que s'il voyait Kimberly non pas comme une traîtresse mais comme une femme en détresse.

Elle semblait perdue, et cette vulnérabilité l'avait attiré vers elle, au début. Il aurait dû se méfier, se rappeler qu'elle était une totale inconnue. Il lui avait offert son nom, sa vie, sans rien savoir sur elle.

Il n'avait rien vu venir. Il y avait des signes, pourtant, des signes qui auraient dû lui mettre la puce à l'oreille. Kimberly était la personne la plus réservée, la plus secrète qu'il ait jamais rencontrée. Elle vivait en ermite, et apparemment elle acceptait très bien sa solitude. Elle ne cherchait pas la compagnie de ses semblables. Il ne l'avait pas intéressée, au départ.

Une belle femme mystérieuse habitant seule dans un chalet isolé au bord d'un lac, voilà qui avait tout pour attiser sa curiosité, pour lui plaire. Quand elle l'avait repoussé, à la supérette, il y avait vu un défi. Ce comportement était pour lui exceptionnel – toutes les femmes des environs lui tournaient autour dans l'espoir de séduire le plus beau parti du Texas. Bien entendu, il n'était pas question pour lui de s'imposer. Un honnête homme ne se le serait pas permis, et surtout pas un Kent. Mais elle lui avait donné suffisamment de signes encourageants pour qu'il se sente autorisé à lui faire la cour.

Devinant qu'elle avait besoin de temps et d'espace, il n'avait pas tenté de précipiter les choses. Mais ensuite, contre toute attente et pour des raisons qu'il ne pouvait toujours pas expliquer, tout s'était accéléré. Le jour où il s'était présenté chez elle cet après-midi pluvieux, elle l'avait invité à entrer dans son chalet et dans sa vie. Par la suite, tous deux étaient devenus inséparables.

Et, quand elle lui avait conseillé de s'éloigner d'elle avant qu'il n'y ait des complications, il s'était rendu compte qu'il était déjà trop tard. Il était fou amoureux.

Jusqu'à elle, Mitch n'avait jamais noué de véritables relations amoureuses. Il prenait la vie au sérieux, et en particulier ses responsabilités au ranch. Perdre son père avait accentué ce trait de caractère.

Ressasser le passé était peu productif, comprit-il, s'ordonnant de revenir au présent.

Il prit sa bague et la glissa dans sa poche. Ce faisant, il regarda Kimberly droit dans les yeux, ignorant la façon dont son cœur s'affolait dans sa poitrine.

— Fuir un problème ne l'a jamais réglé, dit-il.

— Que voulais-tu que je fasse ? protesta-t-elle. Deux tueurs me poursuivent à travers le pays depuis des mois, et je ne sais même pas pourquoi. Ils m'ont tiré dessus et j'ai failli être tuée plusieurs fois.

Il fallut un moment à Mitch pour que le choc provoqué

par ses mots se dissipe. Il pensa alors à ce qu'elle venait de lui dire. Bien sûr, il la savait vive, intelligente, capable de se défendre. Mais elle n'était pas de taille à lutter contre des hommes armés. Et elle était visiblement terrifiée par ces types...

Il y avait quelque chose qui ne collait pas. Quoi ? Il se souvenait des deux hommes près du centre médical. Oui, ils la regardaient. La suivaient. Ils n'avaient pas la mine d'honnêtes citoyens. Mais il n'avait pas vu d'arme.

— Ces hommes, à quelle distance de toi se trouvaient-ils quand ils te tiraient dessus ?

Elle sembla fouiller dans sa mémoire.

— Eh bien, ils étaient loin. Non, attends. Il est arrivé qu'ils me prennent pour cible alors qu'ils étaient tout près. Il y a eu cette fois à Atlanta...

Elle se figea comme si elle venait de lui livrer la combinaison d'un coffre-fort.

— J'ai sans doute eu beaucoup de chance à chaque fois.

Il n'aimait pas le fait qu'elle ne porte plus son alliance. Il était sentimental. Certes, leur mariage avait été une imposture, un simulacre, le moyen pour elle de se cacher. Encore une fois, il s'en voulut d'avoir été aussi bête, de s'être fait si facilement berner, manipuler. Il se ressaisit. Ce n'était pas le moment de s'attarder sur ses erreurs passées, sur sa naïveté coupable.

— Cela ne te paraît pas étrange... d'être encore en vie ?

Elle plissa le front.

— Que veux-tu dire ?

— Pour te manquer à chaque fois, ils devaient être de très mauvais tireurs, dit-il. Sauf si...

— J'ai toujours été persuadée qu'ils me tiraient dessus, dit-elle.

— Il y a une différence entre tirer sur quelqu'un et tirer pour tuer. Je suppose que ces hommes savaient se servir d'une arme. Même un nul ne manquerait pas sa cible à chaque fois. Selon toute probabilité, s'ils t'avaient réellement visée, ils t'auraient touchée au moins une fois, accidentellement. D'après ce que tu me dis, tes poursuivants n'étaient pas des bras cassés et savaient ce qu'ils faisaient. Pour te retrouver chaque fois que tu leur as échappé, ils étaient dotés d'un minimum de neurones. Combien de fois t'ont-ils tiré dessus ?

Elle était assise là, complètement immobile, avec son regard flou comme si elle cherchait en elle-même la réponse.

Et puis son visage s'éclaira.

— Des dizaines de fois. Et tu as raison. Ce n'est pas possible qu'ils m'aient ratée à chaque fois. Ils ne voulaient pas me tuer, c'est évident.

Elle se mordilla les lèvres et il comprit qu'une idée, une très mauvaise idée, venait de la traverser.

— N'y pense même pas, Kimberly.

— Comment sais-tu ce qui se passe dans mon esprit ?

— Quand une idée jaillit dans ton cerveau, une lueur apparaît dans tes yeux. Comme une luciole d'été, elle illumine tes traits. Et puis tes lèvres esquissent ce qui n'est ni une moue ni un vrai sourire. Et, si c'est une mauvaise idée, cette expression s'accompagne d'un froncement de sourcils.

Sans réfléchir, il repoussa une mèche de ses cheveux blonds derrière son oreille.

Avec un juron, il retira vivement la main comme s'il venait de toucher une plaque brûlante. Pas question de retomber amoureux de cette femme. Il avait vécu l'enfer à cause d'elle.

— Kimberly, il n'est pas question que tu te sacrifies en te livrant à ces monstres pour nous mettre, les bébés et moi, hors de danger.

— S'ils n'essaient pas de me tuer, ils doivent vouloir me capturer pour obtenir quelque chose de moi. Si j'arrive à découvrir de quoi il s'agit, peut-être parviendrai-je à mettre un terme à...

— J'ai dit non.

Elle émit un grognement.

— Tu n'es pas mon patron, et tu n'as pas à me dire ce que je dois faire ou pas, Mitch.

— Non, mais je suis toujours ton mari et cela me donne le droit de te dire que tu racontes des bêtises.

Elle le fusilla du regard.

Pourtant, il n'avait pas cherché à l'offenser.

— Tout ce que je dis, c'est que les époux sont là pour s'assister et se conseiller mutuellement.

Il adoucit le ton, se demandant pourquoi il avait joué la carte du mari. Il ne se considérait plus comme tel.

Elle lui lança un autre regard – celui qui disait qu'elle avait pris sa décision.

Plutôt que d'en discuter, il se leva et fit un pas vers elle. Elle se leva d'un bond et recula jusqu'à ce qu'elle se retrouve dos au comptoir dans la petite cuisine. Il remarqua qu'elle avait beaucoup maigri, même s'il ne voulait plus la regarder.

Il ne pouvait pas la laisser se mettre davantage en danger.

— Et maintenant tu comptes faire quoi, Kimberly ? Te

jeter dans la gueule du loup et te faire descendre ? As-tu perdu la raison ?

— Me trouves-tu folle ou stupide ? Dis-le, grommela-t-elle en serrant les dents.

— Tu veux vraiment mon avis ?

Des étincelles fusaient entre eux, mais soudain quelque chose d'autre passa entre leurs corps si proches. Le sexe n'avait jamais été un problème. Parler non plus. Ou du moins c'était ce qu'il avait cru.

Il lui toucha le bras, essayant de ne pas prêter attention au frisson sensuel qui le parcourut lorsqu'il posa la main sur elle.

Elle se raidit, s'apprêtant sans doute à déverser sur lui un torrent d'insultes.

Au lieu de la laisser exploser de colère, il se pencha vers elle jusqu'à plonger les yeux dans les siens. Pour une raison inconnue, il avait besoin d'inhaler son parfum fleuri et de se rappeler qu'elle était vivante.

Lorsque les fragrances de son parfum unique – celui de lys fraîchement coupés – lui chatouillèrent les narines, il sut qu'il ne rêvait pas. C'était elle. C'était Kimberly. Et elle était juste là, devant lui, après onze longs mois d'absence, de solitude, de souffrances.

Il eut soudain envie de la prendre dans ses bras et de ne plus jamais la laisser partir.

8

Lorsque Kimberly posa les mains sur lui, les paumes à plat contre son torse, Mitch s'attendait presque à ce qu'elle les utilise pour le repousser. En l'insultant. En lui criant qu'il allait trop loin.

Au lieu de quoi elle appuya son front contre le sien alors qu'il baissait la tête vers elle. Elle promena alors son index le long des muscles de son torse comme si elle en dessinait le contour afin de le mémoriser pour la prochaine fois qu'ils seraient séparés.

Elle savait aussi bien que lui que ces retrouvailles n'allaient pas durer, ne pouvaient pas durer. Mais tous deux plongèrent dans cette parenthèse enchantée, aucun d'eux n'ayant la volonté de s'y opposer.

Du bout du pouce, il caressa les lèvres de Kimberly. Elles étaient roses et pleines. Le souvenir de leur saveur s'imposa brutalement à sa mémoire.

Sans réfléchir, il baissa la tête et les captura.

Très vite, il approfondit leur baiser et fouilla sa bouche. Quand leurs langues entamèrent une danse sensuelle, il la saisit par la nuque. Il prit sa tête entre ses mains, ses doigts s'enfonçant dans ses cheveux.

Un désir puissant le soulevait avec une telle intensité

que, un bref instant, il oublia tout, et surtout qu'il fuyait des tueurs en compagnie d'une quasi-inconnue.

Mais, comme la réalité revenait brutalement à son esprit, elle lui fit l'effet d'un seau d'eau glacée jeté en pleine figure.

Une petite voix au fond de son cœur lui rappela qu'embrasser sa femme était la chose la plus naturelle au monde, aussi naturelle que tenir ses enfants dans ses bras.

Pourtant, il savait qu'il lui fallait s'arrêter, ne pas aller plus loin. Il dut faire appel à toute sa volonté pour réussir à se détacher d'elle et à s'écarter.

Les beaux yeux de Kimberly brillaient de désir, ce qui ne lui facilitait pas la tâche.

— C'était une mauvaise idée, parvint-il à balbutier.

Malheureusement, ses mains ne semblaient pas comprendre le message. Comme si elles étaient autonomes et se mouvaient sans qu'il puisse les contrôler, elles attiraient Kimberly vers lui au lieu de la repousser.

— Tu as raison, bredouilla-t-elle, un peu essoufflée.

Il voyait les efforts qu'elle faisait pour parvenir à s'éloigner de lui.

Ses lèvres meurtries et humides de leur baiser ne l'aidaient pas non plus. Il rêvait de reprendre sa bouche. Au cours des onze derniers mois, il avait connu trop de nuits blanches à se tourner et à se retourner entre ses draps, torturé par l'absence de Kimberly. Avant la tragédie, si quelqu'un lui avait demandé si, à son avis, un corps gardait la mémoire physique d'une compagne disparue, il aurait répondu par la négative. C'était avant de la connaître. Avant que la femme qu'il aimait de tout son être soit entrée dans sa vie et soit morte.

Morte.

Un autre mot qui donnait à réfléchir. Parce qu'il avait un peu trop tendance à oublier pourquoi elle était là. Kimberly était revenue pour les sauver, leurs enfants et lui. Et non à cause de l'amour qu'ils avaient partagé. Et qui n'avait été pour elle qu'une comédie.

Bon Dieu, il n'était pas question d'oublier ce qu'elle lui avait fait endurer, de faire preuve d'indulgence.

Il était temps de repousser le passé et de redresser les épaules.

— Je dois aller voir les jumeaux, dit-il, essayant de mettre un peu d'espace, et de concret, entre eux.

— As-tu besoin d'aide ? demanda-t-elle.

— Non, non. Je m'en occupe.

Il préférait la tenir à distance, autant pour elle que pour lui. Une fois cette histoire terminée, elle s'en irait et retrouverait sa vie. Il espérait en revanche que par la suite elle ne disparaîtrait pas complètement de celle de leurs enfants. Il était important pour les jumeaux d'avoir une mère. Lui-même avait eu la chance d'avoir été élevé par une mère aimante.

Depuis onze mois, sa femme lui avait terriblement manqué, et la conscience que ses petits grandiraient à moitié orphelins avait aggravé cette douleur, l'avait rendue insupportable.

Une pensée le frappa soudain.

S'il l'avait épousée, que savait-il vraiment de Kimberly ? Pas grand-chose, en définitive, se dit-il avec amertume en se glissant dans la pièce sombre où dormaient les bébés.

Il serait facile de la laisser reprendre son rôle de mère. Mais la maternité n'était pas comme un manteau qu'une femme mettait quand elle avait froid et retirait quand le poids du vêtement la gênait. Être parent était un travail à temps plein. Le plus beau métier au monde, d'accord, mais qui nécessitait un certain équilibre psychique et le sens des responsabilités. Peut-être devrait-il mener une petite enquête sur les antécédents de Kimberly avant de lui confier les enfants.

En revanche, il pourrait aisément l'aider à trouver un emploi en ville, si elle voulait rester à Jacobstown. Fort Worth était à proximité. Il y avait beaucoup de travail là-bas.

Mitch s'approcha à pas de loup des transats. Les jumeaux dormaient paisiblement. Depuis onze mois, il était émerveillé par la faculté de Aaron et Rea de sombrer dans un profond sommeil. Ils n'avaient jamais paru perturbés par la mort de Kimberly.

Vu leur âge, ils n'avaient pas conscience de la réalité. Mitch avait vécu cette insouciance comme une bénédiction. Mais les petits ne mesuraient pas non plus à quel point leur vie allait changer, maintenant que leur mère était revenue.

Les mots semblaient étranges, dans sa tête.

Combien de fois avait-il souhaité le retour de Kimberly ? Pendant des mois, il aurait tout donné pour que sa femme adorée revienne à la vie, lui revienne.

Devrait-il dire un jour aux jumeaux que leur mère avait mis en scène sa propre mort pour disparaître volontairement de leur existence ?

Comme les bébés dormaient encore, il retourna sans bruit dans la pièce commune.

— J'ai besoin de me connecter à un réseau pour appeler le ranch, dit-il à l'inconnue à qui il avait passé la bague au doigt. Mais cela peut attendre. Nous partirons plus tard, quand il sera temps de coucher les jumeaux pour une sieste. En attendant, repose-toi.

Il lui avait offert son cœur, l'éternité de son amour, sa vie, mais celle qu'il avait aimée, épousée, n'existait pas. Kimberly n'avait cessé de lui mentir, de le tromper.

À sa façon de se tordre les mains, il devina qu'elle était nerveuse. Elle se mordillait les lèvres, ce qui signifiait qu'elle était sur le point de lui poser une question.

— Je sais que je ne le mérite pas, mais m'autoriserais-tu à nourrir l'un des jumeaux ?

Elle retint son souffle dans l'attente de sa réponse. La manière dont elle penchait la tête sur le côté prouvait qu'elle s'attendait à un refus.

Résumons-nous, pensa-t-il.

Qu'il le veuille ou non, Kimberly était leur mère.

Qu'il le veuille ou non, Kimberly était revenue.

Qu'il le veuille ou non, Kimberly aurait une place dans leur vie.

Dans la pièce voisine, les jumeaux commençaient à s'agiter. Rea se mit à pleurer. Il était temps de se mettre en mouvement, de les changer puis de les nourrir.

Mitch tourna les talons.

— Tu peux te charger d'Aaron. Je m'occupe de Rea, grommela-t-il.

Kimberly n'avait jamais osé imaginer qu'elle aurait un jour la chance de revoir ses bébés, encore moins d'en tenir un dans ses bras.

Des larmes de joie jaillirent de ses yeux alors qu'elle prenait son fils contre elle. Il était plus grand et plus fort qu'elle ne l'avait pensé. Elle rêvait de porter Rea aussi, mais elle ne voulait pas abuser. Serrer son petit garçon contre elle était déjà un cadeau, un très beau cadeau.

Pour la première fois depuis longtemps, elle eut l'impression d'être rentrée à la maison. Se croire sauvée aurait été une erreur, elle le savait. Elle devait rester sur ses gardes. Deux tueurs rôdaient toujours dans l'ombre, à l'affût, prêts à fondre sur son bonheur et à lui enlever tout ce qui importait pour elle.

Comme elle en prenait conscience, une bouffée de colère la traversa. Il n'était pas normal de subir cette existence.

Pleurnicher sur son triste sort ne mènerait à rien, et elle refusa de céder à cette tentation.

Détournant les yeux de son fils, elle les posa sur Mitch. Elle devinait la myriade de questions qui traversait son esprit. Ses interrogations étaient légitimes mais attendraient encore un peu, parce qu'elle n'avait pas l'intention de gâcher ce moment parfait passé à nourrir son bébé.

Elle mesurait l'étendue de toutes les petites choses qu'elle avait ratées depuis un an : les biberons au milieu de la nuit, les promenades en landau, le bain des enfants, l'odeur de leur peau douce, de leurs cheveux, la façon dont ils semblaient se concentrer pour parvenir à la voir...

Avaient-ils mémorisé le visage de leur mère ? Avaient-ils deviné qu'elle n'était là que pour un temps, qu'elle ne resterait pas ?

Pendant le premier mois de leur existence, Kimberly leur avait donné tout son amour. Elle avait alors été certaine de pouvoir le faire sa vie durant. Après avoir craint dix fois d'être tuée, serrer son fils contre elle était un inestimable cadeau de la vie.

Les mots de Mitch revinrent hanter ses pensées. Les

types qui la poursuivaient essayaient-ils de l'enlever, et non de la tuer comme elle l'avait d'abord cru ?

Si c'était le cas, ils devaient penser qu'elle avait vu ou savait quelque chose.

Mais qu'espéraient-ils ? Que savait-elle qui leur importait à ce point ?

Elle n'en avait aucune idée.

Essayer trop fort de se rappeler un souvenir n'avait jamais fonctionné, alors elle reporta son attention sur le visage d'ange de son fils.

Tout en buvant son biberon, il posait sur elle ses magnifiques yeux gris, hérités de son père, et l'observait avec attention. Savait-il qu'elle était sa mère ? S'en souciait-il, à son âge ? Elle était déjà passée à côté de tellement de moments de sa vie.

L'enfant n'avait gardé aucun souvenir d'elle parce qu'elle avait disparu très tôt de son quotidien. Kimberly songea alors à sa mère biologique, qui l'avait abandonnée, et la colère qu'elle avait toujours ressentie envers ses parents se réveilla.

Cela dit, elle ne l'éprouvait plus avec l'intensité d'autrefois.

Maintenant qu'elle était plus âgée, qu'elle avait plus d'expérience, elle avait cessé de penser que tout était noir ou blanc dans la vie. Elle avait appris à faire la part des choses. Quelque part, elle ressentait une certaine empathie pour ses géniteurs.

Certes, les situations étaient totalement différentes, mais elle aussi avait dû abandonner ses enfants, se rappela-t-elle avec un regain de culpabilité. En quoi était-elle différente de sa propre mère biologique, au fond ? Un tel acte était une épreuve terrible pour n'importe quel parent, elle en était persuadée.

Peut-être avaient-ils de bonnes raisons de le faire, peut-être y avaient-ils été contraints. La vie lui avait montré qu'il y avait toujours deux versions à chaque histoire.

Ses pensées dérivèrent vers sa sœur, Rose. À quoi ressemblait-elle, maintenant qu'elle était devenue adulte ? Où était-elle ? Avait-elle gardé le talisman que Kimberly avait attaché à une cordelette et glissé dans sa poche avant que toutes deux ne soient définitivement séparées ? En lui disant qu'il la protégerait quand elle ne serait plus là pour le faire ?

Rose était si jeune à ce moment-là que Kimberly doutait qu'elle se souvienne d'avoir eu une grande sœur. Malgré ses efforts, elle-même ne parvenait plus à se rappeler clairement le visage de sa cadette.

Rose lui avait été arrachée. Sans doute avait-elle oublié son existence.

Il était temps de renouer avec sa vie. Parce que, après avoir retrouvé ses bébés et l'homme qu'elle avait aimé, qu'elle aimait toujours et aimerait sans doute sa vie durant, elle était plus déterminée que jamais à mettre fin à cette histoire avec les tueurs.

Ses parents adoptifs, les seuls à avoir compté, étaient morts. Ses parents biologiques n'avaient jamais fait partie de ses préoccupations, et maintenant elle ne le regrettait pas.

Pourrait-elle revoir Rose un jour ?

Cette pensée lui déchirait le cœur. Elle avait peur de se perdre à chercher une inconnue.

Chaque chose en son temps, s'ordonna-t-elle. Dans l'immédiat, elle devait apprivoiser deux beaux enfants et un homme. Pour la première fois, elle s'autorisa à penser que revenir dans leur vie pouvait se traduire autrement que par une catastrophe.

Kimberly regardait, émerveillée, son fils pendant qu'il buvait son biberon.

Mitch s'aperçut que le petit garçon avait fini.

— Donne-le-moi.

Il étendit une couverture sur le plancher avec des jouets avant de lui prendre Aaron des mains.

— Tu devrais te reposer pendant que tu en as la possibilité.

— Ça va.

Elle dissimula un bâillement. Comme ils prévoyaient de confier bientôt les bébés à des tiers, elle voulait passer le plus de temps possible avec eux.

Mitch la dévisagea pendant un long moment. Il dut remarquer sa nervosité et deviner son origine.

— Lorsque toute cette histoire sera terminée, tu auras tout le loisir d'être avec eux, dit-il.

Le timbre de sa voix la fit frissonner. Elle n'aurait pas dû en être affectée. Être ici avec leurs enfants la poussait à s'imaginer vivre avec eux trois. Comme une vraie famille.

— Comment y parviendrons-nous ? demanda-t-elle.

Depuis son retour parmi eux, elle se sentait comme une tante éloignée interrogeant leur père sur les habitudes de ses enfants. Étant leur mère, elle aurait dû tout savoir sur leur rythme, leur emploi du temps. C'était à elle de les coucher. De décider de l'heure de leur déjeuner.

Il poussa un gros soupir.

— Je ne sais pas. Mais nous allons trouver, parce que ces deux-là méritent de grandir avec leur mère. Pour le moment, nous devons nous concentrer sur l'enquête, sur la mort de ton père adoptif. Mais je te donne ma parole qu'ensuite nous nous en occuperons.

Kimberly l'en remercia d'un sourire. Le regard qu'il lui rendit, la brève lueur de tendresse qu'elle vit briller dans ses yeux gris, lui coupa presque le souffle. Avant de s'effondrer, elle disparut dans l'autre pièce. Il lui serait impossible de trouver le sommeil, elle le savait. Mais elle pouvait se reposer. Elle était prête à tout pour que fonctionne le partenariat provisoire que Mitch lui proposait.

Des dizaines de scénarios traversèrent l'esprit de Kimberly alors qu'elle s'allongeait sur le lit.

Était-il possible de vivre et de travailler près de Jacobstown afin d'être avec ses enfants ?

En tout cas, dans quelques heures, ils seraient de nouveau séparés. Mitch était sans doute en train d'organiser le voyage des petits et leur séjour loin du Texas, d'embaucher des gardes du corps qui veilleraient à leur sécurité. Même si l'idée de s'éloigner de ses bébés la ravageait, savoir qu'elle ne serait plus seule pour enquêter, chercher des réponses, la remplissait d'un sentiment qui ressemblait beaucoup à de l'espoir.

Réconfortée, elle finit par s'endormir.

Quand Mitch entra dans la chambre, quelques heures plus tard, et lui apprit que les jumeaux étaient réveillés, nourris et prêts à partir, elle s'était reposée, elle se sentait détendue. Elle rassembla ses affaires avant de le suivre dans le SUV.

Mitch avait un siège auto dans chaque main, alors elle lui ouvrit la portière sans parler – sans avoir besoin de parler —, heureuse de coopérer.

L'espoir d'un avenir possible avec eux trois se nicha dans son cœur alors qu'elle s'installait à côté de lui.

Dans son dos, les babillements des jumeaux lui redonnaient le moral, la réchauffaient.

— Où allons-nous ?

— À un relais de routiers sur la voie express pour y retrouver Isaac. Il travaille pour nous depuis dix ans et je lui confierais ma vie sans hésiter, répondit Mitch tout en roulant sur le chemin de gravier qui menait à la route. Il prendra les petits en charge. Parle-moi de Randy Bristol.

— Mon père adoptif possédait une petite entreprise de location de camions et de fourgonnettes, dit-elle. Il les louait principalement à des sociétés.

— De nombreuses activités criminelles sont susceptibles d'avoir besoin de camions et de faire appel à une entreprise de location telle que celle que dirigeait ton père, dit-il.

— Ah bon ? Qui aurait intérêt à utiliser des camions ? demanda-t-elle.

— Il y a une infinité de réponses, non ?

Elle prit le temps d'y réfléchir.

— La première idée qui me vient à l'esprit est en rapport avec des trafics de drogue, dit-elle.

— C'est une possibilité, reconnut-il. J'ai lu quelque part que le blanchiment d'argent devenait un problème de plus en plus grave aux États-Unis. Il serait facile d'utiliser la location des camions comme lessiveuse. Sans parler du fait que de tels véhicules sont indispensables pour transporter les marchandises.

— Je ne connais pas grand-chose aux activités criminelles, mais la location de camions génère des traces écrites, non ? Pour emprunter un véhicule, les gens doivent donner une copie de leur permis de conduire, un chèque de caution, signer un contrat. Il n'y a pas d'anonymat. Voilà pourquoi, si le camion finit rempli de came, la personne qui l'a loué doit être facile à retrouver.

— Les hommes qui te suivent croient peut-être que tu as accès à ces fichiers. Quand ta mère adoptive est-elle morte ? demanda-t-il.

Perdre sa mère avait été une terrible souffrance pour Kimberly, même si elle n'avait vécu avec Randy et Julie Bristol que pendant six ans. Après quoi elle s'était inscrite à l'université pour y suivre des cours du soir tout en travaillant en alternance pendant la journée. Elle avait emménagé dans son propre appartement, près du campus, pour être proche de ses parents adoptifs, qu'elle considérait comme sa famille.

— La veille de son anniversaire, il y a trois ans et demi, répondit-elle.

— Je suis désolé.

Mitch inclina la tête si légèrement qu'elle faillit ne pas le voir. Elle savait qu'il était sincère. Lui-même avait perdu sa mère, lui aussi connaissait ce chagrin. Même si Julie n'était pas la véritable mère de Kimberly, elle l'avait aimée autant que si elle l'avait été.

— Cet épisode a dû être très douloureux, dit-il avec douceur.

Cela voulait-il dire que, quelque part, il se souciait encore d'elle et de ce qu'elle pouvait éprouver ? Ou exprimait-il simplement son empathie naturelle face à la souffrance d'autrui ?

— Qu'est-il arrivé à l'entreprise de location après le meurtre de ton père ?

— Au départ, j'avais prévu de le remplacer, de reprendre le flambeau, mais, quand deux types ont fait irruption chez moi en pleine nuit, j'ai compris que je n'y arriverais pas. Quelques jours plus tard, son bureau a été ravagé par un incendie. Son entreprise est partie en fumée, et, comme c'était arrivé dans des circonstances suspectes, l'assurance a refusé de me dédommager. Et l'adjoint du shérif, un certain Talisman, m'a accusée d'avoir attenté à la vie de Randy dans l'espoir d'hériter de lui.

Il haussa un sourcil.

— Qu'est-ce qui t'a empêchée d'aller en justice, alors ?

Avec un cousin shérif, elle comprenait facilement pourquoi il posait la question.

— Celui ou ceux qui étaient derrière tout cela me l'ont interdit, reconnut-elle. Lorsque je me suis entretenue avec l'adjoint Talisman, après la mort de mon père, je me considérais au départ comme un témoin. Mais, au fur et à mesure qu'il me parlait, je me rendais compte qu'il me dévisageait comme si j'étais coupable. Ses seuls doutes concernaient le temps qu'il lui faudrait pour le prouver.

— L'enquête a-t-elle abouti ?

Il connaissait déjà la réponse.

— Non. Quand deux sales types ont surgi chez moi au milieu de la nuit, je m'étais enfuie.

— Qu'as-tu dit à l'adjoint qui t'a interrogée ?

— La vérité ! Que mon père avait peur de l'eau, qu'il ne savait pas nager. Qu'il me semblait très étrange que quelqu'un qui avait peur de l'eau loue un bateau et sorte seul en mer. Plus étrange encore qu'il ait décidé de se baigner au large. Mais l'adjoint avait soi-disant reçu le témoignage d'un parent éloigné de Randy, parent dont je n'avais jamais entendu parler, assurant qu'il avait envie d'apprendre à pêcher.

Elle poussa un soupir frustré.

— J'ai dit à l'adjoint Talisman que, si l'idée d'apprendre

à pêcher l'avait traversé, il l'aurait fait de la terre ferme, de la rive, et certainement pas d'un bateau. Il aurait été terrifié à l'idée de mettre un pied sur une embarcation.

— L'adjoint a donc refusé de prêter attention à tes doutes, dit-il.

— J'ai demandé une autopsie. Le légiste a conclu à une mort accidentelle.

— Et, quand son entreprise a été incendiée, personne n'a pensé à rouvrir le dossier ?

— Honnêtement, à ce stade, j'avais trop peur pour m'en inquiéter. Le comportement de mon père avait été étrange dans les semaines précédant sa mort. Il m'avait mise en garde d'un vague danger mais, quand j'avais essayé de comprendre ce qui se passait, il m'avait dit de le laisser tranquille, qu'il s'occupait de régler le problème.

— As-tu parlé à l'adjoint du téléphone jetable qu'il t'avait donné ?

Elle secoua la tête.

— Il ne m'écoutait pas, alors j'ai gardé ce détail pour moi. À ce moment-là, je l'avoue, le doute s'insinuait dans mon esprit. Je soupçonnais mon père d'être impliqué dans une activité illégale et je voulais protéger sa réputation. Le chef des pompiers a déclaré que son bureau avait été détruit par un incendie accidentel déclenché par des randonneurs. Il a prétendu que de jeunes campeurs avaient allumé un feu de camp à proximité et que la sécheresse qui sévissait à l'époque dans la région avait provoqué la catastrophe.

— Ont-ils retrouvé ces randonneurs ?

— Personne n'a jamais découvert qui avait allumé le feu de camp, parce que les preuves avaient été détruites par l'incendie.

— Est-il possible que ton père ait gardé des informations, des documents, ailleurs que dans son bureau, que dans son entreprise ?

— Oui, j'y ai pensé, mais je ne voulais pas prendre le risque de retourner chez lui après tout ce qui s'était passé, reconnut-elle.

— Et chez toi ? Quelles sont les chances qu'il reste quelque chose ?

— Je n'ai jamais conservé le moindre dossier de mon père chez moi.

— Peut-être avait-il caché quelque chose dans ton appartement à ton insu ?

Il cherchait une aiguille dans une botte de foin.

— C'est possible, mais cela poserait un problème.

Elle jeta un coup d'œil aux bébés installés sur le siège arrière. Ils dormaient paisiblement.

— Pourquoi ça ?

— Je ne suis jamais retournée chez moi, donc je ne sais pas où sont passées mes affaires depuis le drame.

— Tu n'as pas payé le loyer ?

— Je n'essayais pas de voler intentionnellement mon propriétaire, si c'est ce que tu veux dire, répliqua-t-elle sèchement.

Il poussa un soupir.

— Je ne l'ai jamais imaginé.

— Alors pourquoi ne pas dire simplement ce que tu as à l'esprit ?

La frustration la poussait à hausser le ton.

Il serra les dents.

— Très bien. Je vais le faire. Tu es partie en abandonnant tout derrière toi, en laissant tes affaires dans ton appartement, parce que tu avais peur, en y retournant, de tomber sur une menace. Tu venais alors de perdre ton père, la seule personne sur qui tu pouvais t'appuyer, et finalement tu as préféré t'enfuir plutôt que d'affronter les problèmes. Est-ce exact ?

La violence de ses accusations coupa le souffle de Kimberly.

— Je suppose que cela résume ta vision des choses, dit-elle sèchement.

— Il ne s'agit de pas de « ma » vision. Le monde entier la partagerait, c'est évident.

— Poursuis ton raisonnement. Dis-moi ce que tu as sur le cœur, Mitch.

Il lui faisait mal, et elle n'avait en réalité aucune envie qu'il continue.

— Tu veux la vérité ? lança-t-il.

— Vas-y, crache ton venin.

— Il est peut-être temps pour toi d'apprendre que fuir éternellement les problèmes ne règle rien.

Mitch n'avait jamais été du genre à mâcher ses mots, mais, blessée, Kimberly le fusilla du regard.

— Et qui es-tu pour me juger ? J'avais affaire à des tueurs, excuse-moi de te le rappeler !

— Et pourquoi n'avoir pas demandé l'aide de la police, des forces de l'ordre ?

— Ça n'a pas d'importance, répliqua Kimberly en croisant les bras. Tant que nous n'aurons pas découvert ce qui s'est passé, le reste est secondaire.

Et cette éventualité semblait aussi probable qu'une chute de neige en juillet.

9

Le reste du trajet jusqu'au point de rendez-vous avec l'agent de sécurité se passa en silence. Assise toute raide sur son siège, Kimberly s'efforçait de refouler les larmes qui lui brûlaient les paupières.

Ils roulaient depuis un long moment lorsque le bruit des clignotants la tira de sa morosité.

Mitch se gara et sortit du véhicule avant qu'elle n'ait eu la possibilité de lui présenter ses excuses. Elle le regretta, consciente de l'avoir heurté. Or, si elle voulait compter sur sa coopération, il lui fallait rester dans ses bonnes grâces. Cela dit, si elle avait envie de garder des relations harmonieuses avec lui, il ne s'agissait pas d'un calcul. Elle détestait être en conflit avec Mitch. D'ailleurs, au cours de leur vie conjugale, ils ne s'étaient jamais disputés.

Une petite voix lui rappela qu'elle avait alors l'intuition que, tôt ou tard, il lui faudrait partir, fuir. Et voilà sans doute pourquoi chaque instant avec son mari lui avait paru si précieux qu'elle n'avait pas voulu le gâcher avec des chamailleries sans intérêt.

Ils s'attendaient à voir Isaac, mais ce fut Amy, la cousine de Mitch, qui les attendait sur le parking. Elle devint blanche comme un linge lorsqu'elle posa les yeux sur Kimberly.

— Isaac m'avait dit que tu allais bien, mais, bon sang… Je n'en reviens pas. Te voir ici… vivante…

Son regard passa de Kimberly à Mitch avant de revenir sur elle.

— Que s'est-il passé ?

— C'est une longue histoire, répondit Kimberly en sortant à son tour de la voiture.

— Nous avions rendez-vous avec Isaac, lança Mitch en s'approchant de sa cousine. Pas avec toi, Amy. Que fais-tu ici ?

Le ton de sa voix prouvait qu'il était furieux, et Amy répliqua avec une grimace :

— Quel accueil !

Les yeux d'Amy ne quittaient pas Kimberly, et très vite le choc initial peint sur son visage laissa la place à l'émerveillement. Elle lui ouvrit les bras et l'étreignit avec force.

— Que je suis heureuse ! s'exclama-t-elle avec chaleur.

— Je suis désolée de t'avoir menti, d'avoir dupé tout le monde, balbutia Kimberly, au bord des larmes. Mais j'y ai été poussée par des circonstances indépendantes de ma volonté.

— Que s'est-il passé ? répéta Amy.

Mitch grogna, interrompant leurs effusions.

— Aurais-tu l'amabilité de répondre à ma question, Amy ? insista-t-il.

Kimberly se reprocha l'échange qu'ils avaient eu en route et qui avait mis Mitch d'une humeur massacrante. Maintenant, il déversait sa colère et sa frustration sur Amy, ce qui n'était pas juste.

Heureusement, cette dernière retrouva vite son sourire et accepta de s'expliquer.

— D'accord. J'avais besoin de faire une pause avant les examens de fin de semestre, alors je suis rentrée au ranch hier. Voilà, tu sais tout. Es-tu content, maintenant ? Vas-tu enfin me demander quel cadeau me ferait plaisir pour Noël ?

Kimberly ne put s'empêcher de sourire. Elle avait toujours admiré le courage d'Amy. Sa force de caractère était sans doute une question de survie. Amy et Amber étaient en effet les seules femmes dans une famille remplie de mâles alpha.

Mitch fronça les sourcils.

— Isaac était censé venir accompagné d'une pseudo-épouse, pas de ma cousine.

Amy le considéra un instant comme s'il était le dernier des imbéciles avant de secouer la tête.

Elle se tourna vers Kimberly.

— J'espère que ça ne te dérange pas qu'Isaac m'ait mise au courant du plan.

En proie à une brusque panique, Kimberly sentit sa gorge se serrer. Elle reporta son attention sur Mitch. Il ne lui avait pas dit qu'il avait tout raconté à Isaac. Bêtement, elle avait cru que les proches de Mitch en savaient très peu sur les événements.

Mitch tenta de se justifier.

— Je devais révéler à Isaac ce qui se passait. Il a accès à des réseaux dont nous ne bénéficions pas, dit-il, sur la défensive. En ne lui confiant pas tout, je l'aurais empêché de nous protéger de façon efficace.

— Mais maintenant ta famille risque de se retrouver mêlée à cette sombre histoire.

Que Mitch et les bébés soient entraînés dans son drame personnel la culpabilisait déjà beaucoup. Que d'autres innocents le soient aussi l'anéantissait. Elle se sentait responsable d'un désastre programmé.

À bout d'arguments, Mitch ne trouva rien à répondre et poussa un gros soupir.

Amy s'interposa alors et lança à Kimberly :

— Ne t'inquiète pas. Isaac est agent de sécurité. Protéger les gens, c'est son métier. Il a l'habitude de traiter avec des malfrats.

Amy était la benjamine de la famille. Sa mère et celle de Mitch étaient sœurs, et les ressemblances entre les deux cousins étaient frappantes. Mince comme une brindille, Amy était dotée d'une magnifique chevelure blonde, comme la plupart des Kent. Une vraie crinière. Tout comme ses cheveux, sa personnalité était du genre rebelle.

— Il saura opérer en toute discrétion pour mener des investigations et chercher des pistes, poursuivit-elle.

Amy était peut-être la plus jeune et la plus incontrôlable du clan, mais elle était également d'une grande sagesse.

Ses propos n'apaisèrent pourtant pas totalement les angoisses de Kimberly.

— Isaac est tout à fait capable de faire son travail, je le sais, répondit-elle avec sincérité. Mais si, à cause de moi, quelque chose lui arrivait ou à n'importe lequel d'entre vous, je...

Amy leva aussitôt les mains pour l'interrompre. Elle assura à Kimberly que ce genre d'enquêtes était le quotidien d'Isaac, que pour lui il s'agissait d'un banal travail de bureau. Une routine.

Malgré tout, Kimberly ne parvenait pas à se détendre.

Isaac faisait partie de l'équipe chargée de la sécurité des Kent et avait l'habitude de gérer toutes sortes de problèmes. Avec les années, il s'était lié aux membres du clan, qui le considéraient comme l'un des leurs. Il saurait faire preuve de délicatesse. Du moins l'espérait-elle. L'idée qu'il fouille dans son passé suffisait à lui donner des sueurs froides.

Lorsque son père adoptif avait été assassiné, l'adjoint du shérif local avait utilisé les antécédents de Kimberly contre elle. Comme elle avait connu des problèmes de délinquance à l'adolescence, Talisman s'était servi de ce passé pour l'accuser. Son casier judiciaire avait semé le doute et entaché la réputation de ses proches. Certains de ses voisins l'avaient d'ailleurs accusée d'avoir elle-même mis le feu au bureau de son père. Et avaient insinué qu'elle n'était peut-être pas étrangère à sa mort. D'autres étaient même allés jusqu'à dire qu'ils ne seraient pas surpris de découvrir qu'elle avait empoisonné Julie, sa mère adoptive. Toutes ces personnes voulaient sans doute uniquement se rendre intéressantes, mais leurs soupçons lui avaient fait mal.

Le souvenir de ces accusations mensongères était comme un couteau qui lui déchirait le cœur. Des années durant, elle avait dû affronter l'injustice, la haine, le rejet.

S'il connaissait son passé, Mitch la regarderait-il avec les mêmes yeux accusateurs que l'adjoint Talisman ? Il était tombé amoureux de la femme qu'elle avait prétendu être. L'aurait-il aimée s'il avait su qui elle était vraiment ?

Dès qu'elle avait compris que quelqu'un voulait sa mort, la décision de quitter le Nouveau-Mexique et de disparaître avait été une évidence pour Kimberly.

Mais, si Mitch était dans le vrai, si ces types voulaient la capturer vivante, elle était vraiment perdue. Qu'avait-elle donc que des malfrats pourraient convoiter ? Elle n'en avait aucune idée, mais elle avait bien l'intention de le découvrir.

— Pourquoi Isaac est-il toujours dans la voiture ?

La question de Mitch la tira de ses pensées et la poussa à se tourner vers le véhicule. Le radar à dangers de Mitch était en alerte maximale depuis qu'ils avaient quitté le chalet, et manifestement rien ne lui échappait. Kimberly avait remarqué qu'il n'avait cessé de balayer des yeux la route tandis qu'ils roulaient. Elle ne s'en plaignait pas. Une paire d'yeux supplémentaire signifiait une meilleure protection pour les jumeaux. Plus ils étaient nombreux à surveiller les alentours, mieux cela valait. L'aide qu'apporterait Isaac était également bienvenue. Depuis des années, il travaillait pour la sécurité du ranch et de la famille Kent. Il était digne de confiance.

Amy sourit.

— C'est moi qui lui ai demandé de rester à l'intérieur pendant que j'arrangeais les choses avec vous deux.

Amy posa les mains sur ses hanches.

— Il n'était pas ravi d'être mis à l'écart, mais je me suis dit qu'il valait mieux que nous discutions tous les trois d'abord. Comme il conduisait, il m'a priée de lire les textos qu'il recevait. Voilà pourquoi j'ai intercepté ton message, Mitch. Je lui ai demandé ce qui se passait et il m'a mise au courant des événements.

De nouveau, Mitch fronça les sourcils.

— Depuis quand Isaac et toi avez-vous pris l'habitude de vous parler, de vous confier l'un à l'autre ?

Le côté protecteur de Mitch vis-à-vis d'Amy prouvait s'il en était besoin combien il se souciait de sa famille.

— Pour venir jusqu'ici, nous avons eu trois heures de route. Nous avons discuté pour tuer le temps. Où est le problème ?

Les yeux d'Amy pétillaient de malice. Kimberly se doutait que la cousine de Mitch ne leur disait pas tout. Elle avait très envie de l'interroger, d'en savoir plus, mais ce n'était pas le moment. Dans l'immédiat, elle devait surtout convaincre Amy de rester en dehors de tout ça.

Alors que Kimberly s'apprêtait à lui donner des explications, une voiture apparut, une Toyota, venant de l'arrière de la supérette. Elle sentit les poils de sa nuque se hérisser.

Elle posa la main sur le bras de Mitch, ignorant la ribambelle d'autres émotions que ce simple geste déclencha aussitôt, et elle dit :

— Nous devons partir d'ici.

Au ton de sa voix, Mitch devina un danger. Il scanna la zone des yeux et repéra immédiatement la Toyota, qui reculait pour protéger ses occupants des regards.

— Changement de programme, dit-il. Amy, tu prends le volant de mon SUV. Kimberly, tu vas avec elle.

Le regard d'Isaac était concentré sur Mitch, remarqua Kimberly. Et il semblait comprendre ce qui se passait.

— Prends la voie express et dirige-toi vers le sud, poursuivit Mitch en posant ses clés dans la paume d'Amy.

C'était la direction opposée à leur destination finale, Gunner's Pass, Colorado, et Kimberly comprit qu'il cherchait à induire en erreur d'éventuels poursuivants.

Amy arbora une expression décontractée malgré la brusque montée de pression. Avec un sourire lumineux, elle embrassa son cousin.

Puis elle chuchota à Kimberly :

— Prête quand tu veux.

Kimberly prit une profonde inspiration. L'angoisse s'emparait d'elle. Elle n'avait pas peur pour elle-même mais pour les jumeaux, pour Amy, Mitch et Isaac. Ils étaient tous innocents et pourtant en danger. La colère balaya sa panique naissante. Quoi qu'il advienne, elle protégerait ceux qu'elle aimait.

— Allons-y.

Avec de grands gestes, Amy salua Mitch. Puis elle se tourna vers Kimberly et lança, assez fort pour être entendue alentour :

— Prête à prendre la route ?

— Je ne suis pas sûre que Cancún soit ravie de voir arriver deux terreurs en jupons, répondit Kimberly sur le même ton.

Amy regarda Kimberly et Mitch. Visiblement, elle s'attendait à ce qu'ils se disent au revoir.

Comme Kimberly se penchait pour embrasser Mitch sur la joue, elle fut surprise quand il la prit dans ses bras pour l'étreindre avec force. Elle retint son souffle lorsqu'elle sentit son corps puissant contre elle. De nouveau, sa gorge se serra. Manifestement, il se souciait de son sort.

— Quoi que tu fasses, chuchota-t-il, si bas qu'elle dut tendre l'oreille pour l'entendre, arrange-toi pour qu'il n'arrive rien de fâcheux à nos bébés.

— Compte sur moi, répondit-elle.

Elle aurait aimé qu'il lui dise qu'elle devait également veiller sur elle. Elle se remémora le baiser qu'ils avaient partagé – et qui ne se reproduirait sans doute jamais… Elle avait tort d'y songer. Là encore, ce n'était vraiment pas le moment.

Mitch se faisait du souci pour leurs enfants. C'était un

père incroyable. Il ne méritait rien de ce qu'elle lui avait fait endurer et continuait à lui faire subir.

Et ces deux petits anges non plus.

Se séparer de lui lui rappela instantanément ce qu'avait été sa vie ces onze derniers mois. Elle se remémora son existence sombre, solitaire et froide. Si elle voyait une ouverture, l'occasion de mettre fin à ces malheurs, elle n'hésiterait pas, quitte à se sacrifier s'il le fallait. Elle se croyait capable de gérer tout ce que les deux sales types attendaient d'elle. Mais imposer des souffrances supplémentaires à ses enfants, à Mitch, aux autres n'était pas une option.

Kimberly se tourna vers la Toyota garée derrière la supérette. Serait-il si difficile de se précipiter vers les tueurs et de leur donner ce qu'ils voulaient vraiment... *Elle* ?

Comme s'il lisait dans son esprit, Mitch prit sa main et planta les yeux dans les siens.

— Ne fais rien d'insensé. Les jumeaux ont besoin de leur mère.

Ses mots lui firent l'effet d'un coup de poing dans le ventre. S'il lui arrivait quelque chose, que penseraient ses enfants ? Lui sauraient-ils gré d'avoir tout sacrifié pour les protéger ? Ou lui en voudraient-ils, au contraire, de les avoir abandonnés ?

Tout comme sa propre mère l'avait abandonnée...

Consciente que Mitch avait raison, elle hocha la tête pour lui faire comprendre qu'elle suivrait ses conseils.

Lorsqu'elle regagna le SUV, elle remarqua que la main d'Amy tremblait un peu sur le volant.

— Tu veilles sur ma famille pendant que je garde un œil sur la Toyota.

— Ça marche, patron, répondit Isaac.

Mitch grimpa sur le siège passager de la jeep d'Isaac. Si nécessaire, elle serait capable de quitter la route pour rouler à travers champs. De plus, le moteur avait été trafiqué pour aller aussi vite que possible. Cela dit, le véhicule suspect étant une Toyota, une berline familiale, Mitch ne s'attendait pas à devoir forcer l'allure.

À la vue de la plaque d'immatriculation marquée du sceau de l'Oklahoma, il fut certain que la Toyota avait été volée. Pourtant, il n'était pas rare de croiser sur les routes texanes des voitures venues de l'Oklahoma, les deux États étant voisins. Mais la Toyota était en tête de liste des véhicules les plus volés aux États-Unis. D'après ce qu'il avait lu quelque part, elles étaient souvent démontées pour être revendues en pièces détachées. Apparemment, ce marché était juteux et en pleine expansion.

Mitch sortit son smartphone de sa poche et, discrètement, il photographia la plaque d'immatriculation de la berline. Il envoya immédiatement la photo par texto à Zach. Il essaya ensuite de capturer le visage du conducteur, mais l'image était trop floue, il était impossible de distinguer ses traits. En outre, les deux occupants du véhicule portaient des sweats à capuche et des lunettes de soleil réfléchissantes.

La réponse de Zach fut presque immédiate.

Vérification ASAP.

— Votre SUV sort du parking, annonça Isaac.

— Ne bouge pas. Attendons de voir ce que va faire, ou pas, la Toyota, dit Mitch.

Il se remémora l'étrange attitude d'Amy vis-à-vis

d'Isaac. Ils étaient sans doute en couple, comprit-il. Si tous deux sortaient ensemble, ils avaient gardé leur histoire secrète. Et Mitch était ennuyé pour sa cousine, parce qu'il avait souvent vu Isaac en compagnie d'une autre femme.

Voilà longtemps que Mitch avait remarqué qu'Amy se comportait différemment lorsque Isaac était dans les parages. Elle riait plus souvent, ses doigts virevoltaient sans cesse dans ses cheveux. Un jour, il l'avait interrogée à ce sujet, mais elle avait nié avoir le béguin pour Isaac, qui était de huit ans son aîné.

Mitch se redressa soudain.

— Regarde, Isaac, s'écria-t-il. La Toyota vient de démarrer. Elle va suivre le SUV. J'en étais sûr !

Traversé par une décharge d'adrénaline, Mitch ouvrit sa portière et bondit devant la berline, son smartphone à la main. Il prit une photo des deux hommes assis à l'intérieur. Malheureusement, le soleil se reflétait sur le pare-brise et il était impossible de voir distinctement leur visage.

La Toyota fit une embardée pour ne pas l'écraser, mais Mitch aperçut alors le canon d'une arme qui sortait de la vitre cassée du passager.

Il s'élança vers la jeep et sauta sur le siège passager au moment où une déflagration fendait l'air.

— Vas-y ! ordonna-t-il alors que la berline démarrait en trombe en direction du SUV.

Mitch vit soudain du sang pulser du cou d'Isaac. Il murmura un juron.

— Tu as été touché, dit-il, ravagé de culpabilité.

— Tout va bien, répliqua Isaac.

— Arrête-toi !

Mitch avait déjà débouclé sa ceinture et il changea rapidement de place pour prendre le volant.

— Foncez ! cria Isaac. Ne laissons pas ces salauds s'approcher du SUV.

Mitch démarra sur les chapeaux de roue.

— Trouve quelque chose pour appuyer sur cette plaie et tenter de juguler l'hémorragie, dit-il.

Isaac ouvrit la boîte à gants et en sortit un chiffon, qu'il plaqua contre sa blessure. Dans le même temps, il s'efforçait, de son autre main, de pointer son Glock vers la Toyota.

La jeep bondissait sur le bitume parsemé de nids-de-poule.

— Parle-moi. Dis-moi comment tu vas, dit Mitch, qui s'inquiétait pour son agent de sécurité et ami.

Il n'osait pas quitter la route des yeux. La Toyota fonçait devant lui. Comme Isaac restait silencieux, l'inquiétude de Mitch grandit pour se muer en terreur. Il se demanda si ce dernier avait été touché mortellement.

La voie express était chargée. Comme tous les samedis, de nombreuses personnes l'empruntaient pour aller faire des courses ou se promener dans les environs. Les limites de vitesse étaient de cinquante kilomètres-heure sur ce tronçon, mais ni la Toyota ni Mitch ne les respectaient.

La Toyota slalomait entre les voitures. À toute allure, elle doubla successivement une Honda, une Chrysler et une Ford. Mitch suivit le mouvement et le conducteur de la Ford lui fit des appels de phares.

Je sais, mon pote. Je préférerais lever le pied, crois-moi.

— Dis-moi comment tu te sens, ou je serai obligé de m'arrêter, dit-il à l'adresse d'Isaac.

— Ce n'est rien, répondit enfin ce dernier, les dents serrées. Une piqûre d'araignée me ferait plus mal.

Il s'exprimait d'un ton détaché et s'efforçait de minimiser les événements, mais Mitch sentit sa nervosité.

Comme il risquait un œil vers son ami, il blêmit en voyant que le linge qu'il pressait contre son cou était trempé de sang.

— Sors ton téléphone et appelle les secours.

— Finissons-en d'abord avec ces types, protesta Isaac.

— Tu as été touché, tu saignes et tu es probablement en état de choc.

Mitch savait de quoi il parlait. Un jour, alors qu'il avait une quinzaine d'années, il avait été pris pour cible par des braconniers. Jeune et stupide, il s'était lancé à leur poursuite, déterminé à leur faire regretter de lui avoir tiré dessus. Il avait présumé de ses forces, et au lieu de les rattraper il avait aggravé son cas en marchant alors qu'il se vidait de son sang. Prendre sa blessure à la légère avait failli le tuer.

Lorsqu'il était parvenu à leur repaire, il était si faible qu'il était tombé, face contre terre. Au lieu de l'aider, les braconniers l'avaient bourré de coups de pied et l'auraient laissé mourir. Heureusement, son frère Will l'avait découvert à temps et conduit à l'hôpital.

Les clans Kent et McWilliams avaient quadrillé le ranch et les alentours, refusant d'interrompre les recherches avant de l'avoir retrouvé. Lors des coups durs, Mitch savait pouvoir compter sur eux. La famille signifiait quelque chose pour lui. Et, après le sale coup que lui avait joué Kimberly, il était convaincu que seuls ses frères et sa sœur étaient dignes de confiance.

— Parle-moi, Isaac.

— Je suis en pleine forme, patron.

La Toyota doubla un camion puis une voiture. Elle était encore loin de Kimberly et des enfants, mais elle se rapprochait dangereusement d'eux.

— Je suis sérieux, Isaac. Appelle les secours. Indépendamment de toi, il faut que les flics du coin rappliquent pour nous donner un coup de main, dit Mitch avec un rapide coup d'œil à Isaac.

— Est-ce un ordre ? demanda ce dernier d'un ton résigné.

— C'est une suggestion, concéda Mitch.

Isaac était le seul à pouvoir déterminer s'il avait besoin de soins médicaux immédiats, mais Mitch était réellement inquiet.

Isaac poussa un juron.

— Ne vous en faites pas. Je suis touché, je saigne un peu, d'accord. Mais c'est la routine pour moi, patron.

Pour le convaincre, Mitch changea de stratégie.

— Nous devons réussir à les stopper à temps, Isaac. L'enjeu est énorme. Il est probable que plusieurs de ces automobilistes ont déjà contacté le shérif du comté pour lui signaler une course-poursuite sur la voie express. Si nous l'appelons, nous ne serons pas considérés comme des hors-la-loi.

— Peut-être. Mais le shérif nous arrêtera pour nous interroger comme témoins ou comme suspects, et pendant ce temps-là les deux types dans la Toyota s'attaqueront aux personnes qui comptent le plus pour nous.

10

Isaac avait fait valoir un bon argument : Mitch ne connaissait personne au sein des forces de l'ordre locales. Ils se trouvaient en dehors de la juridiction de son cousin.

Par ailleurs, Isaac paraissait également prendre conscience de sa gaffe. En venant en compagnie d'Amy au point de rendez-vous, il s'était trahi. Il avait ainsi révélé avoir noué des relations étroites avec elle. Comme ce n'était pas le moment de creuser le sujet, Mitch mit l'information de côté, se promettant d'y revenir plus tard.

— Mon téléphone ne cesse de vibrer dans ma poche, dit-il. Zach a peut-être remonté la piste de la plaque d'immatriculation de la Toyota.

— L'intervention de Zach nous est indispensable dans cette histoire, et pas uniquement pour identifier cette plaque, dit Isaac. Lui seul pourra nous aider à appréhender ces deux types.

— Tu as raison. Il aura au moins la possibilité d'alerter le shérif local, dit Mitch.

Il n'osait pas quitter des yeux la route et la Toyota qui se rapprochait dangereusement de son SUV, de ses enfants.

— Appelle Zach et mets-le sur haut-parleur dès qu'il prendra l'appel, ajouta-t-il.

Isaac obéit, et bientôt la voix de son cousin emplit l'habitacle.

— La Toyota a été volée sur l'aire de repos d'une station-service, commença Zach. Une famille est bloquée loin de chez elle.

— Je m'en doutais. Au volant de leur véhicule personnel, ces truands auraient été trop faciles à identifier, dit Mitch.

Il freina brusquement avant de braquer le volant à gauche pour éviter d'entrer en collision avec une Buick. Il avait été bien naïf d'imaginer qu'un coup de fil à Zach lui donnerait l'identité de ces gars et lui permettrait de mettre un terme à ce cauchemar. À cause des mensonges et des secrets de Kimberly, les enfants étaient en danger.

Isaac se tenait prêt à tirer sur l'un des pneus de la Toyota pour la forcer à s'arrêter, mais dans l'immédiat il y avait trop de monde sur la route. Il n'était pas question de faire feu et de risquer qu'une balle perdue atteigne des innocents.

— Où êtes-vous, maintenant ? s'enquit Zach au téléphone.

— Nous venons de passer devant un panneau qui indiquait que la ville de Smithtown était située à une dizaine de kilomètres, répondit Mitch.

Zach poussa un juron.

— C'est la juridiction du shérif Bogart.

— Au ton de ta voix, je devine qu'il ne s'agit pas d'une bonne nouvelle.

Mitch continuait à zigzaguer entre les voitures, cependant, la circulation s'intensifiait, ce qui rendait la manœuvre de plus en plus délicate.

— Communique-moi tous les éléments, en commençant par la marque et le numéro du véhicule que tu conduis, poursuivit Zach. J'aimerais donner à Bogart une image complète de la situation.

— Avant tout, je dois te prévenir de quelque chose, cousin, dit Mitch. Amy est mêlée à cette histoire.

— Amy ? Que fait ma sœur avec toi ?

Zach avait toujours protégé sa famille mais, dès lors que sa petite sœur chérie était concernée, il s'inquiétait au-delà du raisonnable.

— Elle est venue avec Isaac…

— Pourquoi a-t-elle fait ça ? Et d'abord que fabriques-tu dans la juridiction de Bogart ? C'est stupide, de t'être aventuré par là. Je ne peux rien faire pour t'aider, dans ce comté.

Zach s'efforçait manifestement de maîtriser ses émotions, mais Mitch le connaissait assez pour deviner sa colère et son inquiétude.

— J'ai reçu une visite inattendue hier soir qui m'a décidé à quitter la ville quelque temps avec les jumeaux, reconnut Mitch. Ce n'était pas prévu.

— Devin m'avait en effet dit que tu t'absentais pour aider une amie. De quoi s'agit-il, d'ailleurs ? s'enquit Zach sur le ton d'un inspecteur de police menant l'enquête.

— De Kimberly, répondit Mitch.

— Eh bien quoi ? Qu'y a-t-il à propos d'elle ? demanda Zach, manifestement perdu.

— Elle est revenue au ranch hier soir pour m'avertir d'un grave danger.

Mitch s'interrompit pour laisser les mots pénétrer dans l'esprit de son cousin.

— Kimberly ? Je ne comprends pas. Kimberly comme ta femme, morte l'année dernière ?

En général, Zach faisait preuve de davantage de tact, mais il était manifestement sous le choc.

Le passager de la Toyota tira dans leur direction.

Mitch redressa le volant avec un juron.

— Quelqu'un a été touché ? demanda Zach d'une voix tendue.

— Non, monsieur, déclara Isaac.

— Tout va bien, renchérit Mitch.

Il n'aimait pas la façon dont la Toyota slalomait entre les voitures.

Zach poussa un soupir.

— Que dois-je savoir d'autre ?

Isaac lui résuma la situation, omettant sciemment un élément crucial.

Dès qu'il eut fini de transmettre l'essentiel à Zach, Mitch prit le relais.

— Ce qu'Isaac ne t'a pas dit, c'est qu'il a pris une balle.

— J'envoie tout de suite une ambulance, répondit Zach.

— Inutile, déclara Isaac.

— Comment va-t-il ? s'enquit Zach, comme si Isaac n'était pas là.

Isaac grogna pour exprimer son mécontentement.

— Il a été touché au cou, répondit Mitch. Apparemment, il a réussi à juguler l'hémorragie, mais je me sentirais mieux s'il voyait un médecin.

— La balle n'a fait que m'effleurer, intervint Isaac. Rien de grave.

— Isaac est un dur à cuire, mais de quelle couleur est-il, là ? demanda Zach, manifestement inquiet.

— Aucune idée, dit Mitch. Excuse-moi, mais j'ai les yeux rivés sur la route et cela vaut mieux pour tout le monde.

— Le seul véritable souci concerne cette Toyota, dit

Isaac. Elle poursuit le SUV de Mitch où se trouvent les jumeaux.

— Arrangez-vous pour les orienter vers la voie express 30, dit Zach. Je vais positionner des adjoints à la limite de ma juridiction pour vous attendre. Ainsi qu'une ambulance. Il n'y a pas lieu d'en discuter, Isaac, ajouta-t-il.

— Dès que les jumeaux, leur mère et Amy seront en sécurité, j'accepterai de me faire soigner, assura Isaac.

— En attendant, poursuivit Zach, je vais voir si je peux obtenir le soutien des forces de l'ordre locales. Ce n'est pas gagné, le shérif Bogart a la réputation de ne pas être du genre coopératif. Alors sortez de son comté le plus vite possible et revenez dans le mien.

— Il nous faudra une bonne heure et demie avant d'arriver à Jacobstown, répondit Mitch.

— J'aurais préféré que tu me mettes au parfum plus tôt, Mitch, dit Zach.

— Je n'en ai pas eu la possibilité, répliqua-t-il. Tout m'est tombé dessus si vite que je n'ai rien vu venir. Tout ce que je sais, c'est que Kimberly – en fait, elle s'appelle Lily Grable – avait un père adoptif qui a été assassiné il y a deux ans et demi. Depuis, des tueurs la traquent. Elle prétend ignorer pourquoi, n'avoir aucune idée de ce qu'ils espèrent d'elle, et... je la crois.

Mitch se demanda pourquoi il avait ajouté ces derniers mots. Il semblait important que Zach sache que Mitch lui faisait confiance. Au moins à ce sujet.

— Le vrai nom de Kimberly est Lily Grable ? répéta Zach.

— Elle s'est fait faire de faux papiers pour le mariage. Le faussaire à qui elle s'est adressée était visiblement doué, puisque la personne qui nous a mariés ne s'est aperçue de rien. As-tu la possibilité d'en savoir davantage sur elle ? demanda Mitch.

— Maintenant que j'ai sa véritable identité, creuser un peu pour retrouver ses antécédents, un éventuel casier judiciaire, ne devrait pas être trop difficile, répondit Zach.

— Elle a eu des ennuis avec la justice à l'adolescence. Être ballottée d'une famille d'accueil à l'autre pendant des années ne lui a pas réussi, poursuivit Mitch.

— Il n'est pas possible d'accéder au casier judiciaire d'une mineure. Je suis désolé de poser la question suivante, mais...

Zach s'interrompit, et Mitch sentit l'hésitation de son cousin.

— Vas-y. Je t'écoute.

Mitch devina soudain ce que Zach allait demander.

— Comme tu le sais, les crimes et délits des mineurs sont effacés de leur casier à leur majorité. Mais, depuis que Kimberly, ou Lily, si tu préfères, a atteint la sienne, son casier judiciaire est-il resté vierge ?

Mitch n'en avait aucune idée. Son cœur, le traître, lui soufflait qu'il l'était, que Kimberly n'avait rien d'une délinquante, encore moins d'une criminelle. Mais dans le passé il avait déjà fait l'erreur de la croire, de se fier à ses sentiments, et il l'avait payé d'un cœur brisé.

— Je le pense, mais pendant des années j'ai cru la connaître pour me rendre compte à présent que j'avais épousé une inconnue. Ma seule certitude est qu'elle a des ennuis. Elle est persuadée que tout est lié aux activités de son père adoptif, mais...

— Amène-la ici, conseilla Zach. Je la mettrai en garde à vue et nous tirerons cette histoire au clair.

Mitch n'avait soudain plus très envie de lui en dire

davantage. Certes, il voulait connaître la vérité, mais il refusait de causer plus de problèmes à Kimberly. Contre tout bon sens, il était certain qu'elle ne lui mentirait pas, à moins de ne pas avoir le choix.

— Je ferai de mon mieux, dit Mitch.

— Jusqu'à ce que nous sachions à qui nous avons affaire, sois prudent, avertit Zach.

— Je le suis toujours, affirma Mitch.

Ses enfants avaient déjà perdu leur mère une fois. Il n'était pas question qu'il permette à une telle catastrophe ou à autre chose du même genre de se reproduire. Heureusement, les jumeaux étaient trop jeunes pour souffrir des événements.

La Toyota se comportait de façon de plus en plus agressive sur la route, obligeant Mitch à l'imiter.

Plus ils s'éloignaient de la ville, plus la circulation se fluidifiait. Malgré tout, ils roulaient trop vite et Mitch était conscient d'être un danger pour les autres automobilistes.

La Toyota fonçait vers le SUV sur un tronçon d'autoroute dégagé, et Mitch comprit qu'il devait à tout prix la bloquer avant qu'elle n'atteigne Kimberly, Amy et les enfants.

Il écrasa la pédale d'accélérateur.

— Appelle Kimberly, dit-il à Isaac.

La Toyota se rapprochait dangereusement du pare-chocs arrière du SUV. Elle était si près que Kimberly voyait sa plaque d'immatriculation dans son rétroviseur latéral. Elle chercha la jeep des yeux, mais elle n'était nulle part en vue.

La sonnerie du smartphone d'Amy retentit.

— Peux-tu regarder qui cherche à me joindre ? demanda cette dernière.

Paniquée, Kimberly regarda l'écran.

— C'est Isaac.

— Réponds, s'il te plaît.

Kimberly prit l'appel et actionna le haut-parleur.

— Allô !

— Isaac à l'appareil. Comment allez-vous, toutes les deux ?

— En pleine forme, assura Amy avec ironie.

Sa légèreté, comme la familiarité avec laquelle elle plaisantait avec Isaac, rassura un peu Kimberly. Cela dit, la façon dont elle serrait le volant prouvait qu'elle était moins détendue qu'elle ne voulait le faire croire.

— Cela fait plaisir à entendre, répondit Isaac, manifestement soulagé.

Kimberly jeta à nouveau un coup d'œil au rétroviseur extérieur.

— Je ne vois plus la jeep. Où êtes-vous passés ?

— Nous sommes derrière un grand pick-up noir. Il y a plusieurs voitures entre nous, mais nous gardons un œil sur la Toyota. Elle semble se diriger vers vous, et nous allons tout faire pour l'empêcher de vous approcher.

Il se tut un moment avant de poursuivre.

— J'ai d'autres mauvaises nouvelles. Il va vous falloir faire demi-tour et sortir de ce comté pour repartir vers celui de Zach.

— Ah bon ? Mitch, tu es là ? Qu'en penses-tu, toi ?

L'entendre confirmer les propos d'Isaac l'aiderait beaucoup à se calmer.

— Faites ce que vient de vous dire Isaac, répondit-il. Il n'y a aucune raison d'avoir peur, Kimberly. Je m'occupe de neutraliser la Toyota, mais j'ai besoin que, vous deux, vous rejcigniez Jacobstown. Compris, Amy ?

— Oui, oui.

— Ne vous arrêtez pas. Retournez dans le comté de Broward aussi vite que possible. Amy, ton frère a positionné des adjoints en renfort qui vous attendront là-bas, poursuivit Mitch.

Rassurée, Kimberly esquissait déjà un petit sourire quand un doute soudain la traversa.

— Attends, Mitch, dit-elle. Isaac et toi venez avec nous, n'est-ce pas ?

Elle n'avait pas l'intention de revenir à Jacobstown sans Mitch.

— Bien sûr, mais pas tout de suite. Nous avons un petit problème à régler d'abord, dit-il.

La voix d'Isaac se fit alors entendre.

— Amy ?

— Oui.

— Prends la prochaine sortie sur ta droite. Là, tout de suite, maintenant !

Les pneus crissèrent sur le bitume tandis qu'Amy braquait brusquement le volant, coupant la file de voitures pour atteindre la bretelle. La manœuvre était dangereuse et déclencha aussitôt un concert de klaxons, mais elle y parvint. Comme elle s'engageait sur la rampe de sortie, Kimberly vit la Toyota faire une embardée pour les suivre. La jeep était loin derrière.

Un coup de feu retentit et une balle fendit l'air tout près d'elles.

Amy resta imperturbable. Elle laissa échapper un « houlà ! » retentissant, accéléra et lança :

— Accroche-toi, ça va devenir sportif.

Comme Amy écrasait le champignon, Kimberly s'agrippa à son siège, tendue à l'extrême. Elle crut que son pied allait transpercer le plancher.

À l'arrière, l'un des jumeaux laissa échapper un petit cri affolé. L'autre l'imita aussitôt.

— Désolée, les bébés, déclara Amy.

Déterminée à semer ses poursuivants et à prendre le large, elle manipulait le volant comme une professionnelle. Ses talents en matière de conduite sportive étaient impressionnants.

Inquiets, les enfants se mirent bientôt à hurler et, en proie à un profond sentiment d'impuissance, Kimberly ignorait comment les calmer.

— Que puis-je faire ? demanda-t-elle à Amy, se reprochant sa voix perdue.

— Donne-leur leur tétine. En général, Mitch les accroche à leur T-shirt.

Kimberly déboucla sa ceinture et se glissa à l'arrière, entre les sièges des petits. Elle ne tarda pas à repérer les tétines sur les vêtements des jumeaux et les colla dans leur bouche. Ils se calmèrent aussitôt.

— Ça y est, dit-elle, soulagée. Ça va, les chéris ? Ne vous inquiétez pas. Votre tante va nous sortir de là.

Kimberly espérait que sa voix les apaisait, mais en réalité les tétines jouaient évidemment un rôle majeur. Très vite, ils se rendormirent.

— Ce sont de super gosses, dit Amy. Les trajets en voiture ont toujours un effet soporifique sur eux. Une chance.

Kimberly avait conscience qu'étant leur mère elle aurait dû savoir quoi faire pour les calmer au lieu de se sentir inutile.

Comme elle s'était occupée des enfants, elle avait perdu la trace de la jeep.

— Où sont-ils passés ?

Amy haussa les épaules.

— Je ne les ai pas vus depuis un moment. Mais, comme la Toyota n'est plus nulle part non plus, il n'y a pas lieu de s'inquiéter.

Kimberly n'en était pas si sûre. Être sur la route avec les jumeaux l'obligeait, bien sûr, à modifier l'ordre de ses priorités, mais l'idée de s'éloigner de Mitch et d'Isaac l'angoissait.

— Tous deux vont bien, j'en suis certaine, poursuivit Amy comme si elle lisait dans les pensées de Kimberly. Surtout s'ils n'ont pas à se soucier de nous et des petits, ajouta-t-elle. Isaac est agent de sécurité. Il a l'habitude de gérer le danger, c'est son métier. Je l'ai vu à l'œuvre depuis pas mal d'années et je te garantis qu'il est sacrément bon dans son domaine. Quant à Mitch, il a déjà eu affaire à des sales types dans sa vie, des braconniers, en particulier. Et, là encore, il gère. Ne t'inquiète donc pas. Ni pour l'un ni pour l'autre. Tout va bien se passer.

Kimberly ne répondit pas. En réalité, rien n'allait et rien n'irait jamais. Elle avait fait confiance à son père adoptif, et maintenant les ennuis s'accumulaient. Pourtant, Randy était un honnête homme. Non ?

Une petite voix s'entêtait à lui demander pourquoi il lui aurait donné un téléphone jetable s'il n'avait rien à se reprocher. Et pourquoi il lui avait recommandé de faire attention s'il avait la conscience tranquille.

Avait-il été impliqué dans des activités criminelles ? Était-il un gangster, un assassin ? Il était vraiment difficile pour Kimberly de croire que l'homme qui l'avait accueillie, aimée malgré son passé de délinquante et son mauvais caractère, et qui avait su l'aider à devenir quelqu'un de bien, ait pu commettre un acte répréhensible. Randy Bristol avait été pour elle le meilleur des pères. S'il n'était pas digne de confiance, personne ne l'était.

Malgré le doute qui s'insinuait dans son esprit, son instinct lui soufflait qu'il avait été jusqu'au bout intègre, honnête, capable.

Randy avait probablement été la première personne à l'avoir aimée. Était-ce la raison pour laquelle elle tentait de se convaincre qu'il ne pouvait pas être un criminel ?

S'il avait effectivement été un truand, aurait-elle pu s'en rendre compte à l'époque ?

Ou était-elle trop bête pour voir ce qui s'était passé sous son nez ?

11

Le pied au plancher de la jeep, Mitch se rabattit sur le bas-côté de la voie express. À cet endroit-là, elle longeait un ravin. La Toyota s'apprêtait visiblement à passer par ce vallon, et il devait à tout prix l'en empêcher.

Comme Mitch s'approchait, déterminé à faire irruption sur la droite de la Toyota pour lui interdire l'accès au précipice, le passager fit feu. Sans se laisser décontenancer, Mitch accéléra encore et heurta le véhicule avec violence. L'impact le fit légèrement glisser vers la pente.

Par bonheur, les jeeps avaient été conçues pour ne pas se renverser facilement. Elles avaient aussi la réputation d'être capables de gravir ou de descendre des pentes particulièrement raides sans basculer, grâce à leurs larges pneus qui s'accrochaient au terrain. Tandis qu'il projetait une nouvelle fois sa jeep contre la Toyota, Mitch espérait que cette réputation n'était pas usurpée.

Le canon d'un pistolet réapparut à l'avant de la berline, et Mitch vit jaillir un éclair de feu au moment où retentissait une déflagration.

— Le pare-brise de la jeep résiste aux balles, lui rappela Isaac, à côté de lui.

Si cela n'avait pas été le cas, Mitch aurait été frappé

en pleine tête, vu l'endroit sur sa vitre qui avait pris l'impact. Le projectile ne l'atteignit pas mais lui envoya une décharge d'adrénaline.

La Toyota fit une embardée, son conducteur cherchant sans doute à se positionner pour offrir un meilleur angle d'attaque au tireur.

— Je vais me placer derrière lui, grommela Mitch.

Il écrasa la pédale de frein tout en manœuvrant le volant vers la gauche. Au passage, il arracha presque le pare-chocs de la berline.

Terrifié à l'idée qu'une personne innocente prenne une balle perdue, il balaya la route des yeux. Au moins les autres automobilistes avaient-ils la sagesse de leur donner de l'espace. Mais Mitch était certain que nombre d'entre eux avaient déjà composé le 911 pour mettre les autorités au courant de cette course-poursuite sur la voie express.

Comme ils étaient encore loin du comté de Broward, l'intervention du shérif local risquait de poser un problème.

Isaac pointa son arme vers la Toyota.

— Je vais tirer dans leurs pneus pour les forcer à ralentir, dit-il, exprimant tout haut ce que pensait Mitch.

Mitch fit un écart vers la gauche pour lui donner une meilleure visibilité. La Toyota l'imita.

Isaac poussa un juron. D'une main, il plaquait toujours un mouchoir sur sa plaie pour juguler l'hémorragie. De l'autre, il s'efforçait de ne pas rater sa cible.

Mitch accéléra pour se placer parallèlement à la Toyota. Parvenu à la hauteur de la portière du passager, il tenta de regarder à l'intérieur du véhicule. Malheureusement, les vitres fumées lui interdisaient de distinguer le visage de ses occupants.

Et, pour ne rien arranger, il était certain que bon nombre d'automobilistes avaient prévenu le shérif et que ce dernier ne tarderait plus à apparaître.

Isaac avait raison. Ils allaient se faire arrêter et, pendant qu'ils s'expliqueraient avec les forces de l'ordre locales, la Toyota aurait le temps de s'enfuir. Plus grave, Kimberly et Amy se retrouveraient sans défense, confrontées à ces sales types. Avec les jumeaux installés sur la banquette arrière, Amy n'oserait pas prendre des risques pour tenter de leur échapper.

La Toyota se rapprochait dangereusement de la bande d'arrêt d'urgence et surtout du ravin.

Il fallait agir, et vite. Avant qu'il ne soit trop tard.

— Maintenant ! cria Mitch.

Isaac fit feu.

La déflagration résonna dans l'habitacle de la jeep, faisant éclater les oreilles de Mitch. Il gardait les yeux rivés sur la berline, conscient qu'il devait à tout prix l'empêcher de rattraper Kimberly, Amy et les enfants.

Si le conducteur de la Toyota peinait à garder le contrôle de sa voiture, Mitch, de son côté, s'efforçait de ne pas basculer dans le ravin. La pente était raide, les graviers rendaient l'adhésion des pneus difficile, surtout à la vitesse à laquelle il roulait.

Mitch hésita. Il avait le choix entre continuer cette folle course-poursuite, en risquant la vie d'Isaac et la sienne, et renoncer, en exposant du même coup Amy, Kimberly et les enfants.

Le dilemme était terrible.

— N'y pensez même pas, dit Isaac.

— Es-tu donc médium, pour être capable de lire

dans mes pensées ? répliqua Mitch, surpris qu'Isaac ait compris la situation.

— Je mesure l'enjeu, patron. Ne lâchez pas la Toyota, ajouta-t-il.

Dans des circonstances normales, Isaac ne se serait jamais permis de discuter un ordre de Mitch, et encore moins de chercher à l'influencer. Mais ils se trouvaient dans une situation extrême.

La culpabilité étreignait Mitch à l'idée de laisser s'échapper quelqu'un qui pourrait attaquer sa famille.

Le soleil brillait à l'horizon, face à lui, l'obligeant à plisser les yeux pour ne pas être ébloui.

Il était parvenu à bloquer la Toyota, à lui interdire l'accès à la bande d'arrêt d'urgence et au ravin. Il se préparait donc à une riposte, mais il avait anticipé un autre coup de feu.

Contre toute attente, le conducteur de la Toyota braqua le volant vers lui, visiblement décidé à l'envoyer dans le décor.

Sous l'impact, les pneus de la jeep patinèrent un peu plus sur la pente tapissée de gravillons.

Avant qu'il ne puisse redresser la voiture, la Toyota l'emboutit de nouveau avec force, et cette fois la jeep bascula dans le ravin. Elle fit plusieurs tonneaux.

Si sa ceinture de sécurité lui sauva la vie, Mitch se retrouva la tête en bas et désorienté ; il perdit ses repères. Tout se passa très vite, et pourtant il eut l'impression en même temps de vivre la scène au ralenti – une sensation étrange et désagréable. Il ordonna à son cerveau de lui dire quoi faire. Mais il ne parvenait à penser qu'à Kimberly, à Amy et aux enfants.

Lorsque sa tête heurta violemment la portière, une vive douleur le traversa. Puis un voile noir tomba sur ses yeux.

Dans un état second, Mitch entendit des voix inconnues au-dessus de lui. Des hommes criaient, s'interpellaient.

Son crâne était sur le point d'exploser et il était incapable d'ouvrir les yeux.

Comme il s'efforçait de recouvrer ses esprits, une odeur âcre de fumée emplit ses poumons et il se mit à tousser. Son nez le brûlait.

Alors qu'il tentait de nouveau d'ouvrir les yeux, il s'aperçut que sa vision était brouillée. Il avait la tête dans un étau, le ventre noué, et le sang rugissait à ses oreilles.

Et soudain il comprit pourquoi.

Envoyée dans le décor par la Toyota, la jeep avait quitté la route, basculé dans le ravin et fait plusieurs tonneaux avant de s'écraser contre un rocher.

Sa première pensée fut pour Isaac, puis il songea à Kimberly, à Amy et aux enfants. Imaginer qu'il leur soit arrivé malheur lui était insupportable.

L'obscurité le happa de nouveau.

– Combien de temps dure la sieste des bébés, d'habitude ? demanda Kimberly.

Elle regarda l'horloge sur le tableau de bord du SUV, résignée à l'idée de devoir compter sur Amy pour connaître les habitudes de ses enfants, leur quotidien.

Si, au cours de sa vie conjugale, elle avait rencontré toute la tribu Kent, les frères et la sœur, les cousins et toute la famille de Mitch, elle avait pris prétexte de sa grossesse pour s'isoler, rester à l'écart du clan. Elle n'avait donc aucune idée de ce qu'Amy pensait vraiment d'elle, surtout maintenant que celle-ci savait qu'elle avait menti.

Certes, Amy était adorable et avait toujours traité Kimberly avec gentillesse. Mais sans doute s'était-elle montrée polie avec la femme de son cousin uniquement pour ne pas créer de problèmes avec Mitch. Le clan Kent-McWilliams était très soudé.

Maintenant, Kimberly regrettait de ne pas avoir passé plus de temps avec eux tous. Lorsqu'elle avait fait leur connaissance, elle n'avait pas voulu risquer de voir son visage apparaître sur les réseaux sociaux, raison pour laquelle elle s'était tenue à l'écart. Et il lui avait paru plus simple de mentir.

Heureusement, les Kent n'aimaient pas particulièrement se montrer, parader en société, et voilà pourquoi Kimberly s'était crue à l'abri. Elle s'était imaginé pouvoir mener avec Mitch une vie tranquille, loin du monde, et heureuse.

Dès qu'elle avait été soupçonnée du meurtre de son père adoptif et avait pris la fuite, elle avait déployé beaucoup d'énergie pour changer d'identité. Sa première démarche avait été de trouver un faussaire compétent. Il lui avait confectionné des papiers au nom de Kimberly Smith, des papiers qui semblaient tellement authentiques qu'elle-même en avait été bluffée. Avec cette nouvelle identité, elle avait pensé s'offrir du même coup une nouvelle vie. Mais, elle devait l'avouer, lorsqu'elle avait rencontré Mitch, elle avait perdu beaucoup de ses réflexes de prudence.

L'amour avait enflammé son cœur et balayé le reste.

Elle s'était persuadé que tout se passerait bien. Pourtant, elle aurait dû se méfier. En effet, son père adoptif, en qui elle avait totalement confiance, avait sans doute été impliqué dans des activités illégales. Cela dit, en dépit de l'évidence, son esprit refusait de croire qu'il ait pu être un criminel. Il n'y avait pas une once de méchanceté en lui. Sa vie durant, Randy Bristol avait été un homme viscéralement bon et honnête.

Parce qu'elle avait dû se débrouiller très tôt toute seule, Kimberly avait vite appris à deviner les gens, à décrypter leur langage corporel, pour déterminer s'ils représentaient ou non une menace. Pour elle, il s'agissait d'une question de survie.

Par exemple, lorsqu'elle était petite fille, l'une de ses mères nourricières était charmante après deux verres mais se muait en épave déprimée dès le quatrième et en cruelle sorcière au sixième. À cinq ans, quand elle avait atterri chez les Monger, Kimberly comptait sans erreur les verres d'alcool que sifflait Olivia. Au bout de six mois, elle était capable d'un simple regard de dire combien elle en avait ingurgité. Elle savait identifier le point de basculement, le verre à partir duquel cette femme cessait de faire semblant d'être gentille pour devenir ouvertement méchante. Par chance, sa maison était assez grande pour offrir de nombreuses possibilités de cachettes à Kimberly. Les nuits où, sous l'emprise de l'alcool, Olivia perdait le sens de la mesure, elle la cherchait partout en hurlant. Elle avait besoin de passer ses nerfs sur une gamine sans défense, de la rouer de coups. Le souvenir des claquements des talons aiguilles d'Olivia sur le plancher hantait encore la mémoire de Kimberly.

Elle n'était alors qu'une enfant, mais la peur la poussait à bien se cacher. Ivre morte, Olivia finissait toujours, tôt ou tard, par s'écrouler. Le lendemain, quand elle émergeait, dans l'après-midi, une fois les excès de la veille dissipés, elle emmenait Kimberly acheter une glace. Elle veillait à prendre beaucoup de photos pour les montrer par la suite à l'assistante sociale.

Ce séjour chez cette alcoolique et d'autres expériences du même genre avaient appris à Kimberly à interpréter les faits et gestes des gens. Et à faire confiance à ses petites antennes, qui lui avaient souvent sauvé la vie. Voilà pourquoi sa certitude que Randy Bristol n'était pas un criminel était profondément ancrée en elle. Il était un type bien, elle en aurait mis la main au feu.

Amy répondit à sa question sur un ton d'excuse :

— Les enfants devraient être réveillés, maintenant.

Sans doute avait-elle perçu la tristesse de Kimberly, malgré tous ses efforts pour la dissimuler.

— Rouler en voiture les endort toujours, ajouta Amy.

— Exact, tu me l'avais dit, tout comme Mitch, répondit Kimberly.

Elle enregistra mentalement cette information. Elle avait l'intention d'apprendre tout ce qui concernait les habitudes des jumeaux.

Elle se rendit compte brutalement que quelqu'un manquait à l'appel. Mitch ne lui avait-il pas dit que la nourrice accompagnerait les bébés dans le Colorado ?

— Où est Joyce ?

— En principe, elle doit prendre l'avion pour nous rejoindre après notre arrivée. Mitch ne voulait pas que quiconque se doute que les enfants étaient loin de chez eux. Les nouvelles circulent vite, dans les petites villes. Voilà pourquoi Joyce s'est présentée au ranch ce matin afin que tout le monde pense qu'elle venait y travailler comme d'habitude.

Kimberly n'aurait pas dû être surprise que Mitch ait pensé à tout.

— La situation paraît calme. Devrions-nous essayer de rappeler Mitch et Isaac ?

Kimberly jouait avec le téléphone sans pouvoir se résoudre à leur passer un coup de fil. Tout contact avait été rompu avec les deux hommes depuis qu'elles avaient quitté la voie express, et elle avait hâte d'avoir de leurs nouvelles. Mais elle n'osait pas prendre l'initiative de leur téléphoner.

Amy secoua la tête.

— Moi aussi, j'ai très envie de les contacter, dit-elle. Mais il est plus prudent d'attendre que ce soient eux qui nous appellent.

— Tu as raison. Mais c'est éprouvant, de ne pas savoir où ils en sont.

Kimberly n'avait aucun mal à imaginer ce que Mitch avait vécu quand il l'avait crue morte. Comme son corps n'avait pas été retrouvé, il n'avait sans doute jamais réussi à faire son deuil. Un regain de culpabilité lui tordit le ventre lorsqu'elle songea à l'étendue de la souffrance qu'elle lui avait infligée.

Repensant à ses bébés, elle ne pouvait s'empêcher de se demander, une fois de plus, s'ils ne seraient pas mieux sans elle. Elle semblait incapable d'apporter autre chose que de la souffrance et de la tristesse à ceux qu'elle aimait.

Elle se tourna vers Amy :

— Merci d'être si gentille avec moi alors que je...

— Ne me remercie pas, coupa Amy. C'est normal.

— Peu de gens seraient prêts à m'aider et encore moins à risquer leur vie en sachant que je leur ai menti, poursuivit Kimberly, essuyant d'un revers de main une larme sur sa joue.

Au cours de ces onze mois, elle avait réussi à se blinder de l'intérieur et elle n'avait jamais pleuré. Et maintenant, pour un oui ou pour un non, elle s'effondrait. Depuis son retour, les vannes se rouvraient à tout propos.

Revoir ses jumeaux – et son mari – la rendait faible. Loin d'eux, il lui avait été plus facile de faire taire ses émotions, de les refouler si profondément qu'elle ne les sentait plus. Elle avait préféré les étouffer plutôt que d'affronter la souffrance et la solitude.

— Je sais que ta situation était... compliquée, répondit Amy. Je ne prétends pas tout comprendre. Mais rester ensemble, se soutenir les uns les autres... Voilà à quoi sert la famille.

Ses mots, prononcés avec une telle conviction, ébranlèrent un peu plus les digues érigées autour du cœur de Kimberly.

Toutes deux faisaient donc partie d'une même famille.

— Je suis désolée d'avoir... mis tout le monde en danger. En réalité, j'essayais ainsi de protéger Mitch et les jumeaux, les trois personnes que j'aime plus que tout. Mais en définitive, je m'en rends compte, à présent, je les ai au contraire exposés.

— Nous faisons tous des erreurs, répliqua Amy avec un haussement d'épaules, comme si mettre Mitch et les enfants en danger de mort était aussi banal que d'oublier de payer une facture d'électricité.

— Mitch ne me pardonnera jamais, répliqua Kimberly. Et, toi non plus, tu ne devrais pas me pardonner.

— Et qui t'a dit que je t'avais pardonné ? rétorqua Amy avec un clin d'œil.

Elle essayait d'alléger l'atmosphère. Malgré son jeune âge, Amy était vraiment dotée d'une incroyable maturité.

— Quant à Mitch, il s'en remettra avec le temps, ajouta-t-elle.

Elle l'affirmait avec une telle assurance que Kimberly avait envie de la croire.

Serait-ce si simple ? Elle était certaine qu'il ne passerait jamais l'éponge. Ce qu'elle lui avait fait subir était à mille lieues de sa nature. Mais peut-être y avait-il une petite chance qu'il accepte sa présence dans la vie des enfants. Elle n'osait pas espérer qu'un jour il la voie comme une partenaire pour élever les jumeaux. Elle en serait comblée.

Elle sourit à Amy.

— C'est gentil de ta part de dire cela, mais je ne le crois pas.

Dans des circonstances normales, Mitch lui aurait peut-être pardonné une erreur de jugement. Mais, là, il considérait ce qu'elle avait fait comme une trahison. Et il avait raison. Chaque fois qu'il posait les yeux sur elle, maintenant, elle voyait sa colère, sa rancune. Enfin, presque chaque fois. Lorsqu'il l'avait embrassée, elle avait vu briller autre chose dans ses prunelles.

Elle repensa à ce baiser, à ce moment entre eux qu'il avait préféré interrompre avant que leurs émotions ne deviennent incontrôlables.

Ils avaient vécu cette scène des dizaines de fois dans le passé. Un banal baiser pour se dire bonjour provoquait l'étincelle qui allumait un feu dévorant. Très vite, il dégénérait en brasier et ils se retrouvaient nus entre les draps à faire l'amour avec frénésie.

Ces souvenirs lui broyèrent le cœur. Il avait eu raison de les empêcher de retourner sur ce chemin.

La réalité la frappa de nouveau.

Combien de temps avait-elle ? Ne risquait-elle pas d'être arrêtée et emprisonnée ?

Si elle devait finir sa vie à croupir en prison, elle ne voulait pas que ses enfants grandissent en sachant leur mère derrière les barreaux. Mieux valait leur faire croire qu'elle était morte.

— Eh, tout va s'arranger, assura Amy.

— Comment sais-tu ce que je pense ? répliqua Kimberly en riant.

Les tentatives d'Amy pour la rassurer et lui remonter le moral la touchaient.

— Tu ne dis plus rien, tu restes silencieuse. Mitch fait la même chose. Quand il s'angoisse, il rumine ses soucis dans sa tête et cesse de parler, dit Amy.

— Je l'avais remarqué chez lui, oui.

C'était bon de s'en souvenir, de constater qu'elle n'avait rien oublié de cet homme merveilleux.

Elle espérait surtout que Mitch n'était pas étendu, exsangue, dans un fossé quelque part avec Isaac, payant au prix fort ses erreurs à elle.

Sans savoir pourquoi, elle ressentit soudain le besoin de raconter toute l'histoire à Amy. Peut-être la gentillesse et la compréhension dont faisait preuve la jeune femme la poussaient-elles à se confier. Amy avait des qualités humaines rares.

— Avant d'être assassiné, mon père adoptif a certainement été mêlé à une sale histoire, dit-elle. Je ne sais vraiment pas dans quoi il était embarqué. C'était un homme profondément bon. Jamais il n'aurait fait du mal à quelqu'un. D'ailleurs, il m'a prise sous son aile quand personne ne voulait de moi. À l'époque où je suis arrivée chez eux, j'étais en colère contre le monde entier. J'avais été trop longtemps ballottée d'une famille d'accueil à l'autre. Certaines me maltraitaient, me battaient. Ma sœur et moi avions été séparées, une épreuve terrible qui m'avait fait perdre la foi en l'humanité.

— Je suis désolée, dit Amy. J'ignorais que tu avais vécu tant d'horreurs. Cela n'a pas dû être facile pour elle ni pour toi. Et rien de tout cela n'était ta faute.

— Je m'en suis beaucoup voulu, pourtant, avoua Kimberly.

— Vous étiez des enfants, dit Amy avec tant de sympathie que des larmes brûlèrent les paupières de Kimberly.

Elle fit semblant de tousser pour dissimuler un sanglot.

— Ne me prends pas non plus pour une victime innocente, dit-elle, tenant à se montrer sincère après avoir si longtemps menti. À une époque, j'ai eu des ennuis avec la justice.

Amy resta un moment silencieuse.

— Qu'avais-tu fait ? demanda-t-elle enfin.

— À l'adolescence, je me suis souvent rendue coupable de vols. Au début, il s'agissait de ne pas mourir de faim, mais petit à petit j'ai commencé à me servir, à prendre ce qui me faisait plaisir et pas uniquement ce dont j'avais besoin pour survivre. Je piquais des barres chocolatées, des gâteaux… Ou je me glissais dans les salles de cinéma en entrant par-derrière, quand les gens sortaient, dit Kimberly.

Amy hocha la tête. Elle ne quitta jamais la route des yeux, mais Kimberly sentait la sympathie et la compréhension qui émanaient d'elle.

— Maintenant, je comprends mieux pourquoi tu avais tellement envie de rester seule.

— Je te l'ai dit, il y a quelque chose de cassé en moi qui me pousse à faire du mal aux gens que j'aime.

Ce n'était pas tout à fait exact, mais c'était assez proche de la vérité.

— J'entends ce que tu dis, déclara Amy après un instant de réflexion. Tu t'es peut-être convaincue que cette histoire était vraie. Et apparemment elle te convient. Mais moi je vois une femme qui, depuis l'enfance, a été confrontée à des épreuves que personne ne devrait avoir à endurer. Cela fait de toi une héroïne de roman, pas une criminelle. Tu as montré une force hors du commun.

Ces mots, tant de générosité, bouleversèrent Kimberly.

— Mais ces babioles, ces barres chocolatées, ces journaux que je volais… Je n'en avais pas besoin pour vivre, poursuivit-elle.

— Quel âge avais-tu, à cette époque ? demanda Amy.

La question prit Kimberly au dépourvu.

— Onze ou douze ans. Je ne me souviens pas exactement. En tout cas, j'étais assez vieille pour distinguer le bien du mal.

— Quand j'avais douze ans, j'avais volé une friandise dans la supérette Tom's Grocer, uniquement pour savoir si je pouvais y arriver sans me faire pincer. Cela fait-il de moi une criminelle ? demanda Amy.

— Eh bien, non. Tu n'étais qu'une enfant, reconnut Kimberly.

— Exactement. Dans l'ensemble, j'étais une gentille fille. J'étais issue d'une famille aimante. Mon frère allait devenir shérif. Je savais évidemment la différence entre le bien et le mal, mais je testais les limites. Permets-moi de te poser une question. La barre chocolatée que tu as volée… As-tu aimé la manger ?

— Elle m'a rendue malade. Je n'ai pas réussi à la terminer, répondit Kimberly. J'en ai jeté la moitié.

— Pourtant, le chocolat comme les autres ingrédients étaient très bons.

Kimberly haussa un sourcil interrogateur. Elle ne voyait pas où Amy voulait en venir.

— En effet.

— Et, depuis lors, as-tu mangé d'autres barres chocolatées du même genre sans en être malade ? insista Amy.

— Bien sûr.

— Alors il semblerait que ce soit le remords qui t'ait empêchée de savourer cette barre chocolatée. J'avais ressenti la même chose. Je n'ai jamais réussi à me régaler de ce que j'avais volé. J'étais trop gênée pour l'avouer à ma famille ou à Tom, le gérant de la supérette. J'avais honte de moi. C'était un ami de longue date de ma famille. Il avait toujours été gentil avec moi. Il m'avait proposé un job d'été pour me permettre de gagner un peu d'argent de poche. Ce vol m'a longtemps pesé. Quand j'ai eu l'âge de faire du baby-sitting, que j'ai commencé à garder des enfants, j'ai appris que la plupart d'entre eux faisaient toutes sortes de bêtises pour découvrir qui ils étaient. Voler cette friandise m'a prouvé que je n'étais pas une voleuse. Cela dit, je ne suis pas sûre que je recommencerais si c'était à refaire. Mais j'ai beaucoup appris sur moi-même, ce jour-là.

Kimberly s'autorisa un petit sourire. La logique d'Amy était imparable. À l'idée que ses actions puissent être pardonnées si facilement, elle avait l'impression qu'un poids s'envolait, allégeant son cœur, et elle avait soudain envie de chanter. Elle avait toujours été dure avec elle-même, elle n'avait jamais été tentée de s'absoudre pour ses propres crimes. En quelque sorte, elle avait toujours pensé avoir mérité ses malheurs. Sans le formuler vraiment, elle s'était imaginé, par exemple, que tomber dans des familles d'accueil maltraitantes était une sorte de punition pour ses fautes passées.

— Je suppose que, si j'y avais vraiment réfléchi, je serais arrivée à la même conclusion.

— Ce qui prouve que tu n'es pas une mauvaise personne et qu'à l'époque tu ne l'étais pas non plus.

Kimberly ne se sentait pas encore prête à se pardonner. Il était trop tôt, elle avait fait trop de mal à trop d'innocents.

Et elle était certaine que Mitch ne verrait pas la situation avec la bienveillance de sa cousine.

À propos de Mitch, où était-il ? Et pourquoi n'avait-il pas tenté de la joindre ?

12

— Avez-vous reçu des nouvelles de Mitch et d'Isaac ? demanda Kimberly à l'adjoint Hanson dès qu'Amy eut garé le SUV sur le parking de Dairy Dip.

Elles étaient revenues sans encombre dans le comté de Broward et avaient été rassurées de voir l'adjoint envoyé par Zach. Jusqu'au moment où Kimberly s'était demandé si elle faisait l'objet d'un mandat d'arrêt au Nouveau-Mexique. En ce cas, elle risquait d'avoir des ennuis dans ce comté.

Au lieu de lui répondre avec simplicité, l'adjoint Hanson resta dans le vague :

— Le shérif souhaite vous expliquer lui-même la situation.

Âgé d'une trentaine d'années, Hanson avait les cheveux bruns, les yeux noirs et surtout une impressionnante musculature. Il travaillait dans la région depuis plusieurs années, et Kimberly se souvint qu'à l'époque où elle y vivait il se vantait d'être un adepte du CrossFit, un entraînement sportif intensif et pluridisciplinaire. Il portait des lunettes de soleil réfléchissantes, et elle trouva désagréable de ne pouvoir voir ses yeux.

Zach avait-il l'intention de l'arrêter ? s'interrogeait-elle avec angoisse.

— Sa réponse ne semble pas de bon augure, chuchota-t-elle à Amy.

— Ils sont vivants, n'est-ce pas ? lança Amy d'une voix tremblante.

Lorsque l'adjoint hocha la tête, elle poussa un soupir de soulagement.

Hanson s'excusa d'un regard de ne pouvoir leur en dire davantage.

— Suivez-moi. Je vais vous conduire auprès du shérif, dit-il.

Il alluma ses gyrophares et actionna sa sirène avant de leur ouvrir la voie.

Grâce à cette escorte, elles parvinrent au bureau du shérif moins d'une demi-heure plus tard. Le hurlement des sirènes avait malheureusement réveillé les bébés, qui pleurèrent pendant tout le trajet.

Amy se gara, coupa le contact et se tourna vers Kimberly.

— Commençons par les changer et par les nourrir, dit-elle. Si ça te va, je me charge d'Aaron.

Kimberly bondit aussitôt de son siège pour ouvrir la portière arrière et libérer sa fille de son siège auto. Elle était heureuse d'avoir la possibilité de s'occuper de ses enfants. Tout en se battant avec la fermeture du harnais, elle se demandait si elle allait être arrêtée. L'éventualité d'être envoyée en prison pour des années et séparée de ses enfants l'accablait.

Amy se rendit compte de ses difficultés et lui montra comment débloquer la sécurité.

— Presse le bouton situé au centre des sangles, comme ça.

Kimberly l'imita et prit Rea dans les bras.

— Merci.

— De rien. J'ai sorti le sac à couches.

L'adjoint Hanson s'approcha d'elles pour les accompagner jusqu'au bureau du shérif. Il se montra très serviable et, surprise, Kimberly se demanda si sa gentillesse était sincère ou non. À la réflexion, elle prit conscience que Hanson était surtout aimable avec Amy. Apparemment, il ignorait que celle-ci était amoureuse d'Isaac, ce qui signifiait que Zach n'était sans doute pas au courant non plus.

Une fois à l'intérieur, Kimberly s'attendait plus ou moins à être jetée dans une cellule.

Au lieu de quoi Zach l'embrassa avec chaleur et l'étreignit contre lui avant de serrer sa petite sœur dans ses bras.

Dès qu'elle aperçut Kimberly, Marybeth, l'assistante de Zach, se leva d'un bond et contourna son bureau pour venir la saluer. Elle avait toujours été adorable avec Kimberly.

Elle lui décocha un sourire radieux.

— Ravie de vous voir, Kimberly, dit-elle en l'embrassant.

Cet accueil aussi chaleureux qu'inattendu raviva la culpabilité de Kimberly. Une profonde gratitude l'envahit lorsqu'elle mesura la générosité de tous ces gens. Elle leur avait menti, les avait trahis, mais, au lieu de lui en vouloir, ils lui témoignaient leur joie de la revoir.

— Puis-je vous donner un coup de main pour les bébés ? poursuivit Marybeth.

Avant que Kimberly ne puisse l'en remercier, le téléphone posé sur son bureau se mit à sonner.

Marybeth leva les mains avec un regard contrit.

— Pardonnez-moi. Je vous rejoins tout de suite, mais

je dois absolument répondre. Nous attendons un appel important.

Cela signifiait-il qu'ils n'avaient pas de nouvelles de Mitch et d'Isaac ?

Zach prit le bras de Kimberly et l'invita à entrer dans son bureau.

— Je suis vraiment très heureux de vous voir, toutes les deux, dit-il. Je me faisais du souci, je l'avoue.

D'un coup d'œil, il comprit que Kimberly n'avait pas l'intention de confier sa fille à qui que ce soit, aussi ne lui proposa-t-il pas de laisser les enfants aux bons soins de son assistante.

Amy les suivit. Les jumeaux avaient faim et pleuraient de plus en plus fort.

— Occupez-vous des petits, dit-il, fataliste. J'attendrai.

Amy posa Aaron sur le canapé et tapota le coussin à côté de lui pour encourager Kimberly à faire de même avec Rea.

Elle installa avec douceur Rea à côté de son frère. Comme la petite plongeait les yeux dans les siens, Kimberly se sentit fondre. L'enfant était plus lourde qu'elle ne l'avait pensé.

En onze mois, ses bébés avaient beaucoup grandi.

Elle changea rapidement la couche de Rea, espérant que les nouvelles que Zach s'apprêtait à leur communiquer étaient bonnes, que Mitch et Isaac allaient bien.

Elle finit par se tourner vers lui et lui lancer d'un ton suppliant :

— Ne nous fais pas languir davantage, Zach. Nous sommes capables d'écouter ce que tu as à nous dire tout en prenant soin des jumeaux.

Il poussa un gros soupir.

— D'accord. Mitch et Isaac ont été arrêtés, dit-il.

Kimberly en eut le souffle coupé.

— Que leur reproche-t-on ?

— Ils sont vivants et en sécurité, c'est l'essentiel, poursuivit Zach.

Kimberly échangea un regard inquiet avec Amy.

Sur ces entrefaites, Joyce apparut, chargée de petits pots pour bébé.

Kimberly s'attendait à ce que la nourrice des enfants se montre désagréable, peut-être même agressive, avec elle, ou au moins méprisante. Elle ne comprenait sans doute pas comment une mère avait pu abandonner ainsi sa progéniture. Mais, à sa grande surprise, Joyce posa son chargement sur la table basse pour la serrer dans ses bras.

— Vous m'avez tellement manqué, Kimberly. C'est si bon de vous voir.

D'un revers de main, Joyce essuya une larme.

L'émotion de Joyce était sincère, Kimberly le comprit immédiatement. Et elle fut heureuse qu'en son absence ses jumeaux aient été confiés à une femme aussi aimante.

— Merci pour tout ce que vous avez fait pour mes petits, pour ma famille, balbutia-t-elle, la gorge serrée.

— Je vous en prie. Je viens de réchauffer leur déjeuner. Je serais ravie de vous aider à les nourrir pendant que vous discutez avec Zach. D'ailleurs, si vous préférez, je peux m'installer avec eux dans la salle de repos. Vous serez ainsi plus tranquilles pour parler entre adultes.

Kimberly ne voulait à aucun prix que ses enfants soient témoins de son arrestation si elle devait être jetée en prison. Pourtant, elle devinait que Zach ne lui passerait pas les menottes devant les jumeaux. Comme Mitch, c'était un homme profondément bon.

Joyce dut sentir la panique de Kimberly à l'idée d'être séparée de ses bébés, même pour quelques instants, parce qu'elle lui proposa aussitôt une alternative.

— Le mieux est sans doute que je m'occupe d'eux ici, dit-elle.

Zach était déjà debout, pour demander à Marybeth de venir les aider. Il ne cessait de jeter des coups d'œil inquiets vers son téléphone. Manifestement, il n'avait toujours pas reçu l'appel important qu'il attendait.

Dès que Joyce et Marybeth commencèrent à les nourrir, Aaron et Rea cessèrent de pleurer, et, soulagé du calme revenu, Zach fit signe à Kimberly et Amy de s'asseoir en face de son bureau.

Il dévisagea sa sœur d'un air compatissant.

— Isaac est à l'hôpital. Il est au bloc pour se faire retirer une balle qui l'a touché au cou. Son chirurgien a promis de m'appeler à la fin de l'opération. Il semblait confiant quand je l'ai eu au téléphone, avant l'intervention.

Amy blêmit. Elle porta la main à la gorge comme pour réprimer une crise d'angoisse. Un sanglot s'échappa de ses lèvres, mais elle prit immédiatement une profonde inspiration pour maîtriser ses émotions.

— Que s'est-il passé ? balbutia-t-elle.

— Il a été pris pour cible et un projectile s'est logé sous sa mâchoire. Il a perdu suffisamment de sang pour inquiéter les secours dépêchés sur place, mais il a été pris en charge à temps, répondit-il avant de se tourner vers Kimberly. Tous deux ont été victimes d'un accident de la route.

Elle poussa un gémissement.

— Mitch va s'en tirer, n'est-ce pas ? s'enquit-elle d'une petite voix.

Elle chercha une réponse dans les yeux de Zach. Était-ce la raison pour laquelle il ne l'avait pas arrêtée ? Avait-il évité de prendre la responsabilité de priver Rea et Aaron de leur mère parce qu'il les savait déjà orphelins de leur père ?

Non, se dit-elle, se ressaisissant. Rien ne pouvait arriver à Mitch.

Cette pensée l'aida à reprendre pied.

— C'est grave ? poursuivit-elle.

— Physiquement, non. Sa ceinture de sécurité lui a sauvé la vie. Il souffre de deux ou trois côtes fêlées, mais il s'en remettra.

Les paroles de Zach étaient rassurantes, et pourtant elle perçut une note d'inquiétude dans sa voix. Il ne lui disait pas tout.

— Mais… ?

— Mais le shérif local l'a arrêté, dit-il avec un gros soupir.

Dans l'espoir de se calmer, Amy commença à faire les cent pas.

— C'est n'importe quoi ! Pour quelle raison ?

— Plusieurs automobilistes l'ont appelé, affirmant qu'il conduisait de façon dangereuse et avait tiré sur une Toyota.

Zach leva les mains en signe de reddition.

— J'attends un appel du gouverneur, poursuivit-il. Il me doit une faveur, et je lui ai demandé d'intervenir pour que Mitch et Isaac soient remis en liberté. Bien sûr, nous devrons attendre qu'Isaac sorte du bloc et soit en état d'être transféré dans un autre hôpital, à proximité.

— Il n'est donc pas sorti d'affaire ! lança Amy.

Elle prit conscience qu'elle s'était exprimée avec colère et, avant que son frère ne puisse répondre, elle leva la main.

— Pardonne-moi. J'ai tort de déverser ma frustration sur toi.

— Cette histoire nous met tous en fureur, dit Zach. Je comprends très bien ta révolte. Mais ne t'inquiète pas trop. Le chirurgien semblait confiant quand je l'ai eu au téléphone.

Il se voulait rassurant, et Kimberly espéra qu'il ne s'agissait pas de paroles en l'air. Il semblait également prendre conscience qu'Isaac était plus qu'un ami pour Amy.

— Je fais tout ce qui est en mon pouvoir pour le ramener à la maison, Amy, assura Zach. S'il faut que j'aille le chercher moi-même, je le ferai.

— Je sais, merci. Entre la blessure d'Isaac et l'emprisonnement de Mitch, j'ai l'impression d'être en plein cauchemar.

Bienvenue au club, pensa Kimberly avec amertume.

La complicité qui unissait le frère et la sœur lui faisait mesurer à quel point Rose lui manquait.

Lancer des recherches maintenant qu'elle était assez âgée pour que les services sociaux acceptent de rouvrir le dossier ne serait possible que si sa sœur, de son côté, souhaitait être retrouvée.

Mais ce n'était pas le moment de s'attarder sur ce sujet. L'urgence concernait Mitch. Il n'était pas question qu'il paie les pots cassés, qu'il ait des ennuis à cause d'elle. Leurs enfants avaient besoin de lui. Il était leur point d'ancrage. Alors que, malgré ses efforts, elle ne parvenait pas à se débarrasser de son passé, qui menaçait toujours de la rattraper.

Elle réunit son courage pour poser à Zach la question qui la torturait.

— Et moi ?

Si Zach avait l'intention de l'arrêter, elle préférait le savoir, s'y préparer.

— J'imagine que tu as mené une petite enquête sur mes antécédents et trouvé mon casier judiciaire, poursuivit-elle.

— Oui, répondit-il avec un regard d'excuse.

— Quoi que contienne son casier judiciaire, il ne représente pas ce que Kimberly est à présent, intervint Amy.

Voir Amy voler à son secours, prendre tout de suite sa défense, réconforta Kimberly, touchée par sa gentillesse.

— Je m'en rends parfaitement compte, répondit Zach.

— Tant mieux, intervint Joyce, assise par terre et occupée à nourrir les bébés. Chacun de nous se porterait garant de Kimberly sans hésiter.

L'amour dont faisaient preuve toutes les personnes présentes dans la pièce dépassait tout ce que Kimberly avait connu ailleurs que chez Randy et Julie Bristol.

Des larmes de reconnaissance jaillirent de ses yeux.

— Vous ne pouvez pas savoir à quel point ces mots me touchent, dit-elle en s'essuyant les joues d'un revers de main.

La sonnerie du smartphone de Kimberly retentit. Elle s'empara de l'appareil et regarda l'écran.

— C'est Mitch.

D'instinct, elle se retourna pour répondre et baissa la voix :

— Allô ?

— Où êtes-vous, Amy et toi ?

Elle perçut l'angoisse de Mitch. Il était probablement inquiet pour les bébés.

— Dans le bureau de Zach. Nous allons tous bien. Mais que t'est-il arrivé ? Zach nous a appris qu'Isaac et toi aviez été victimes d'un accident.

— La Toyota a envoyé la jeep dans le décor, répondit-il. Nous avons basculé dans le ravin. Des automobilistes ont mal interprété la scène et se sont crus obligés de contacter le shérif local. Le conducteur de la Toyota et son passager se sont enfuis. Je ne pouvais pas laisser Isaac sur le bord de la route pour me lancer à leur poursuite... d'autant que je suis resté un moment assommé.

Kimberly poussa un soupir de soulagement. Elle se tourna vers les autres, qui attendaient anxieusement des nouvelles.

— Mitch est indemne. Et Isaac, comment va-t-il ? demanda-t-elle à Mitch.

— Au moment où les secours sont arrivés, il avait perdu connaissance.

— Mais il va s'en tirer, n'est-ce pas ? s'enquit-elle.

— Je l'espère. Il a été conduit à l'hôpital, et moi, en prison. Tout à l'heure, un adjoint m'a tendu mon téléphone. Je prévoyais d'appeler Zach pour lui demander s'il avait des nouvelles d'Isaac.

Elle entendit du bruit derrière lui puis une voix masculine lancer :

— Nous partons, Kent.

La ligne fut coupée.

13

— Mitch va bien, répéta Zach pour la quatrième fois en une heure.

Il avait effectué quelques recherches, obtenu un ou deux renvois d'ascenseur et fini par découvrir qu'Isaac était soigné au Broward County General Hospital. Ils avaient attendu des nouvelles toute la nuit avant d'apprendre, à l'aube, qu'Isaac était sorti du bloc et dans un état stable. Zach remuait ciel et terre pour le faire transférer au Dawson Memorial Hospital, tout proche.

Kimberly traversa la pièce, veillant à ne pas faire de bruit pour ne pas déranger les bébés, qui s'amusaient gentiment avec leurs jouets dans un coin. Repus et ignorants des événements de la journée, ils étaient souriants et détendus.

Elle avait remarqué qu'Aaron aimait porter à sa bouche tout ce qu'il parvenait à attraper de ses petites mains potelées. Rea n'était pas très différente, mais elle semblait avoir une prédilection pour les livres de toutes tailles et de toutes couleurs. Son album préféré présentait les animaux de la ferme. L'enfant tapotait les images en imitant leurs cris. Lorsqu'elle parvint à un dessin de lapin, Kimberly se demanda comment la petite fille allait s'en sortir. En la voyant remuer le nez, reproduisant à la perfection la moue typique de l'animal, elle éclata de rire.

Être avec ses jumeaux donnait à Kimberly de la force, de la joie et un nouveau sens des priorités. Elle commençait à envisager sérieusement de vivre avec eux. Restait à trouver comment, à mettre au point une organisation qui lui permettrait de les voir régulièrement sans les déstabiliser. Dans l'immédiat, elle n'avait aucune idée de sa future existence, mais elle était déterminée à ce qu'ils y tiennent une place majeure.

S'imaginer loin de ses enfants lui était insupportable.

Lorsque le combiné posé sur son bureau sonna, Zach décrocha le téléphone. La voix de Marybeth se fit entendre via l'Interphone.

— L'adjoint Talisman, de Hatch, au Nouveau-Mexique, aimerait vous parler, dit-elle.

Un regain de peur s'empara soudain de Kimberly. Pourquoi Talisman appelait-il ? Comment avait-il pu apprendre où elle se trouvait ?

Zach jeta un coup d'œil à Kimberly avant de prendre l'appel.

Kimberly se prépara à ce qui allait suivre. Elle devinait que Zach et bientôt le reste du clan réagiraient comme tous ceux qu'elle connaissait depuis l'enfance. Ils la jugeraient, la condamneraient, la rejetteraient.

Elle se blinda intérieurement, consciente qu'elle en souffrirait davantage avec les Kent et les McWilliams, parce qu'elle les aimait et que l'opinion qu'ils avaient d'elle lui importait. La gorge serrée, elle se tourna vers les jumeaux.

Amy dut sentir l'angoisse dont elle était la proie :

elle vint s'asseoir à côté d'elle et lui prit la main pour la réconforter.

Zach écouta son interlocuteur, plaçant des « je vois » à intervalles réguliers au cours de l'échange.

Chaque fois, le ventre de Kimberly se nouait un peu plus. De toute façon, elle ne pouvait plus rien faire. Les dés étaient jetés, son sort, scellé, mais savoir que, d'un instant à l'autre, tout risquait de basculer l'accablait. Elle imaginait déjà des menottes se refermer sur ses poignets. Quand Zach raccrocherait, sans doute lui annoncerait-il qu'elle était en état d'arrestation. Elle perdrait alors tout.

Si elle commençait à désespérer, elle était fichue, se dit-elle, s'efforçant de se ressaisir.

Lorsque Zach mit fin à l'appel, elle prit une grande inspiration.

Au lieu de parler, il se cala sur sa chaise et fixa du regard un point sur le mur en face de lui.

Au bout d'un moment, Amy lui lança avec impatience :

— Alors ? Que t'a-t-il dit ?

— Il vient de me menacer, répondit enfin Zach.

Il y avait un mélange de sidération et de colère dans sa voix.

— Menacer ? répéta Amy, comme si elle non plus ne parvenait pas à y croire.

— Je devrais probablement être étonnée, dit Kimberly. Mais je ne le suis pas. En tout cas, maintenant, tu sais qui je suis.

Il y a plus de deux ans, elle avait cru faire une croix définitive sur Lily Grable en devenant Kimberly Kent. Mais, une fois de plus, son passé la rattrapait.

— La seule question, Zach, poursuivit-elle, est : que vas-tu faire de tout ce qu'il vient de t'apprendre ?

— Tu me demandes ce que je compte faire avec toi ? Rien. J'ai dit à Talisman que je ne t'avais pas vue. En revanche, j'ai la ferme intention de faire quelque chose contre lui.

Il se tourna vers Kimberly.

— Raconte-moi ce qui s'est passé à Hatch. J'aimerais ta version des événements.

Elle lui résuma l'interrogatoire que Talisman lui avait fait subir après le meurtre de son père adoptif.

— Il savait que j'avais eu des ennuis avec la justice à l'adolescence. Voilà sans doute pourquoi il s'est vite persuadé que j'avais commandité l'assassinat, si je ne l'avais pas perpétré moi-même.

Elle s'était préparée à être condamnée avec sévérité par Zach et Amy, et se rendre compte qu'il n'en était rien la bouleversait.

— Être ballottée d'une famille d'accueil à l'autre m'avait rendue enragée. Petite fille, j'étais toujours sur la défensive, et dès quatorze ou quinze ans en rébellion permanente. Depuis lors, j'ai changé. Je ne suis plus cette gamine en colère qui en voulait au monde entier. Mais beaucoup de gens sont persuadés que les enfants difficiles deviennent forcément des délinquants.

Amy lui tapota la main.

— C'est courageux de ta part, de reconnaître tes erreurs passées.

Le cœur de Kimberly faillit se briser. Elle n'avait connu autant de bonté qu'avec les Bristol.

— Tu fais partie d'une famille, Kimberly, dit Zach. Tu es des nôtres, maintenant. Et, contrairement à ce que croient ces personnes, les enfants ne sont pas déterminés de façon irréversible. De belles rencontres, des mains tendues, un peu d'amour et de bienveillance sont susceptibles de changer le cours de leur existence.

Bouleversée, Kimberly comprit qu'il ne la condamnait pas mais croyait au contraire qu'elle avait en effet changé et n'était plus l'adolescente incontrôlable qu'elle avait été.

Mais elle n'avait pas envie de lui causer des ennuis.

— Je sais qu'il est interdit d'héberger une fugitive. C'est encore plus vrai pour un shérif, j'imagine.

— L'adjoint Talisman m'a expliqué que tu avais quitté la ville avant la fin de l'enquête. Il aimerait manifestement t'interroger, poursuivit Zach. Mais aucun mandat d'arrêt n'a été émis contre toi. En fait, il prenait soin de ne pas donner trop d'informations.

— Je ne comprends pas en quoi il te menace, intervint Amy.

— Il m'a conseillé de me montrer extrêmement prudent dans cette affaire. Il m'a expliqué que le dossier était compliqué et risquait de me revenir en pleine figure comme un boomerang. Je cite ses mots exacts.

Avant que Kimberly ne puisse interroger davantage Zach à ce sujet, la silhouette athlétique de Mitch apparut dans l'embrasure de la porte.

Sans réfléchir, elle courut vers lui et se jeta dans ses bras. Il l'étreignit avec force contre lui.

Pendant un long moment, ils n'échangèrent aucun mot. Kimberly sentit ses joues s'inonder de larmes, des larmes qu'elle avait retenues au cours de ces longues heures à attendre des nouvelles de son mari.

Il lui releva le menton pour plonger les yeux dans les siens.

— Ça va. J'ai survécu et je suis là.

Sa voix forte, chaude et rassurante, la fit frissonner.

— Je craignais qu'il ne te soit arrivé malheur, reconnut-elle.

Les larmes lui brouillaient la vue et elle battit des paupières pour les refouler. Elle remarqua alors qu'un gros pansement était posé sur son front.

— Tu es blessé ?

— Ce n'est rien. Quand la voiture a basculé dans le ravin, ma tête a cogné la portière. Ce n'est qu'une égratignure, et les ambulanciers m'ont soigné sur place.

Sa voix, son assurance la réconfortaient. Depuis que toute cette histoire avait commencé, elle avait été dépassée par les événements. Maintenant, elle éprouvait le besoin animal de se blottir contre lui, persuadée que par sa seule présence il arrangerait tout comme par magie. C'était puéril, elle le savait bien.

Mitch reporta son attention sur Zach.

— Des nouvelles d'Isaac ?

— Il est au Broward County General Hospital, dans un état stable, répondit Zach. Je m'occupe de le faire transférer dans un établissement plus proche.

Mitch continuait d'enlacer Kimberly. Il ne semblait pas remarquer les regards surpris d'Amy et de Zach. Assise par terre, Joyce jouait avec les enfants. Zach finit par désigner le canapé à Mitch et lui proposer de s'asseoir.

Sans lâcher Kimberly, il s'y dirigea. Il tenta en passant de se baisser pour embrasser Rea, mais le mouvement lui tira une grimace de douleur, et Kimberly comprit qu'il minimisait la gravité de ses blessures.

— Je peux la prendre pour toi, proposa-t-elle.

Mitch hocha la tête en se laissant choir sur le canapé. Il était encore secoué. Sans doute se sentirait-il mieux une fois qu'Isaac serait rentré chez lui.

— Un adjoint m'a conduit jusqu'ici. J'aurais bien voulu vous prévenir que nous étions en route, mais il ne m'a rendu mon smartphone qu'en me déposant devant le bureau du shérif. Marybeth a signé les papiers et l'a chassé. Je suis officiellement mis en examen, en attendant qu'une enquête soit menée sur l'affaire, dit Mitch en regardant Zach. Merci de m'avoir sorti de là, cousin.

Zach secoua la tête avec un soupir agacé.

— Aucune charge ne sera retenue contre toi, je m'y engage. Le shérif Bogart aurait dû les laisser tomber sur-le-champ. Il est stupide.

— Avant que j'oublie, fais-moi penser à contacter Harley pour le remercier, dit Mitch.

Kimberly reconnut le nom de l'avocat de la famille.

— Il veillera à ce que Bogart se concentre sur la recherche des assassins au lieu de perdre son temps avec moi, poursuivit Mitch. Les adjoints discutaient de l'enquête non loin de moi et j'ai retenu un nom. Quelqu'un a-t-il déjà entendu parler d'un dénommé Baxter ?

Tout le monde se tourna vers Kimberly.

— Ce nom ne me dit rien, répondit-elle.

— Par ailleurs, j'ai obtenu la description des hommes de la Toyota en écoutant un adjoint transmettre ces renseignements à un collègue par téléphone.

Zach se redressa, intéressé.

— Je t'écoute.

— L'un d'eux est blond, pas très grand. En revanche, à en croire les témoins, il est bâti comme une armoire à glace.

Pour Mitch, il s'agissait plus d'une confirmation. Il avait vu les deux types lorsqu'ils pourchassaient Kimberly sur la place près du centre médical.

— L'autre est plus grand, paraît-il. Il a les cheveux noirs et la morphologie d'un coureur. Tous deux sont armés et considérés comme dangereux. Le shérif a informé son adjoint qu'il était sur le point d'émettre un mandat d'arrêt pour non-assistance à personnes en danger. Il leur est en effet reproché d'avoir pris la fuite au lieu de porter secours à des personnes accidentées. Par ailleurs, tous deux portaient des lunettes de soleil et un sweat à capuche. Comme le jour où je les avais croisés près du centre médical.

Kimberly n'avait jamais eu la possibilité d'observer d'assez près ses poursuivants pour être capable de les décrire. Cela dit, les éléments transmis par Mitch ne seraient sans doute pas très utiles.

Zach frappait les touches du clavier de son ordinateur de deux doigts déterminés.

Il se tourna vers elle :

— Avais-tu déjà vu ces hommes avant qu'ils ne commencent à te suivre, Kimberly ?

— Non, répondit-elle. J'aurais bien aimé savoir qui ils étaient, à qui j'avais affaire. Mais mon père ne m'avait rien dit non plus à propos des personnes qui le menaçaient.

— D'accord. Et rien dans ces descriptions ne te rappelle quelqu'un ? Le nom Baxter ne te dit-il rien non plus ?

— Non. Je doute qu'il soit possible de retrouver la trace de l'assassin de mon père. Il avait mis le feu à son bureau et donc à ses affaires, sans doute pour détruire les documents relatifs à leurs transactions commerciales et donc les preuves de leurs liens.

— Les incendies permettent de détruire des indices. Mais aussi de dissimuler des crimes, répondit Zach.

— J'ai l'impression que l'entreprise de location de

camions que dirigeait mon père adoptif est la clé de toute cette histoire. Pourquoi les truands y auraient-ils mis le feu, s'il en était autrement ? reprit Kimberly.

Sans enquête en cours ni mandat d'arrêt, Zach n'avait aucun moyen d'obtenir davantage de renseignements. Aucune agence du FBI ne s'était souciée de mener des investigations sur la mort de son père adoptif.

— Je n'ai reçu aucun mandat concernant cette affaire, dit Zach.

— Penses-tu que Bogart soit impliqué ? demanda-t-elle.

— À en croire sa réputation, il est respectueux des lois, très intègre. Cela dit, il pourrait avoir eu peur, reconnut Zach.

Dans ce cas, nous sommes deux, pensa-t-elle.

— Parle-moi de tes parents, Kimberly, reprit Zach. Qui étaient-ils, que peux-tu me dire sur eux ?

Il savait certainement que cette piste n'aboutirait à rien, mais elle apprécia ses tentatives pour avancer.

— Tous deux étaient formidables, adorables. La chance de ma vie. Ma mère était une femme pleine d'énergie. Quand je suis venue vivre chez eux, elle s'est inscrite comme parent accompagnateur dans mon école. Avant mon arrivée, elle travaillait à plein temps dans l'entreprise de mon père, et elle prétendait être contente de changer un peu d'activité. Elle répétait à qui voulait l'entendre qu'elle adorait être avec moi. C'était évidemment un mensonge. À l'époque, j'étais insupportable, j'en voulais au monde entier. La gentillesse des Bristol, leur soutien, leur amour m'ont changée. Quant à mon père, il avait un cœur d'or. Il n'hésitait pas, par exemple, à proposer son véhicule personnel à quelqu'un qui n'avait pas les moyens d'en louer un. Ma mère disait qu'il avait le cœur sur la main. C'était l'exacte vérité.

Elle avait commencé à l'appeler papa lorsqu'elle était en seconde. Avec l'argent qu'elle avait gagné en vendant des pâtisseries le week-end, elle avait en effet eu l'idée de lui offrir pour Noël un mug sur lequel était écrit « Super Papa ». L'expression était ringarde à souhait, mais il avait été ému en ouvrant le cadeau. Il avait fondu en larmes. Il lui avait proposé de laisser tomber le « Randy » et de l'appeler désormais papa. Elle s'était étonnée elle-même en acceptant. Ils avaient tous les deux pleuré un bon moment. Julie, sa mère adoptive, s'était jointe à eux, en répétant qu'ils étaient ses deux amours. Leur famille s'était vraiment formée à ce moment-là. Pour la première fois de sa vie, Kimberly avait eu l'impression de faire partie d'un clan, de compter pour quelqu'un. Des larmes coulèrent sur ses joues lorsqu'elle se remémora ce matin de Noël.

Quand elle secoua la tête pour s'extraire de cette douce rêverie et leva les yeux, tous les adultes dans la pièce semblaient soudain très intéressés par leurs pieds.

Elle se ressaisit, se moucha et continua :

— Ils m'ont élevée, soutenue, aimée. Et ils se sont toujours comportés comme si mes erreurs n'étaient pas un problème.

— Quel genre d'erreurs avais-tu commis ? demanda Zach, mais il n'y avait pas de jugement dans sa voix.

— Par exemple, au lycée, je m'étais arrangée pour échouer à un contrôle d'histoire. Alors que ma mère avait passé un week-end entier à me faire réviser.

Kimberly se tourna vers la fenêtre et poussa un gros soupir.

— Je pensais qu'elle serait furieuse, qu'elle s'emporterait contre moi, qu'elle me frapperait peut-être, comme tant d'autres avant elle.

Elle s'interrompit, s'efforçant de maîtriser son émotion.

— Dès que j'ai franchi la porte de la maison en rentrant de l'école, elle m'a prise dans ses bras, m'a embrassée et m'a préparé un chocolat chaud en me disant que bientôt je cesserais de perdre mes moyens en passant des examens.

— C'était visiblement une femme hors du commun, dit Mitch d'un ton si admiratif qu'elle sentit un frisson lui parcourir l'échine.

— Elle était exceptionnelle. Comme mon père, elle m'aimait inconditionnellement.

Au bord des larmes, Kimberly se remémora la mort de sa mère, emportée par une maladie rénale, après une longue et douloureuse agonie. Elle n'avait pas mérité de mourir ainsi.

Seule consolation, elle avait pu rester à son chevet jusqu'à la fin. Toutes deux s'étaient tenues par la main jusqu'au moment où celle de sa mère avait lâché la sienne.

— Je leur ai fait subir d'autres épreuves du même genre avant de me calmer, poursuivit-elle. Je voulais sans doute leur démontrer que je n'étais pas digne d'être aimée.

— Il est normal pour des adolescents de chercher à tester leurs limites, dit Zach. Vu ton passé, je suis même surpris que ton comportement n'ait pas empiré.

— Il avait commencé par empirer…

Reconnaître qu'elle avait eu un passé de délinquante était difficile. Mais tous trois étaient tellement adorables avec elle qu'elle ne voulait pas leur cacher quoi que ce soit.

— Un jour, je m'étais introduite chez un voisin par effraction. Je suivais un garçon, un voyou du coin, qui m'impressionnait beaucoup. Il avait passé quelques mois dans une maison de correction et je pensais qu'il m'apprendrait à me débrouiller dans le monde réel. Et j'espérais surtout prouver ainsi aux Bristol que j'étais un cas désespéré. Mark m'avait poussée à boire de la bière. Il avait ajouté à la mienne une substance, la drogue du violeur. Heureusement pour moi, le propriétaire des lieux était rentré plus tôt que prévu, l'empêchant ainsi d'aller au bout de son plan, ajouta-t-elle, la tête basse.

— Quel âge avais-tu à l'époque ? s'enquit Mitch avec colère.

— Quinze ans, répondit-elle. Mes parents adoptifs avaient plaidé la clémence, et le juge devait être de bonne humeur ce jour-là, parce qu'il m'a laissée en liberté. Il ne m'a condamnée qu'à trois ans de mise à l'épreuve. En réalité, cette mise à l'épreuve n'était pas nécessaire. J'avais compris que Mark aurait pu faire de moi n'importe quoi. Cette prise de conscience m'a refroidie, et par la suite j'ai toujours veillé à ne plus jamais me mettre dans une situation de vulnérabilité.

Elle jeta un coup d'œil à Mitch.

— C'est la raison pour laquelle je ne voulais pas de champagne le jour de notre mariage. Je ne supporte pas l'alcool.

— Tu aurais dû m'en parler, Kimberly, dit-il d'une voix douce. J'aurais compris.

Elle devina qu'elle devait changer de sujet avant de se remettre à rêver à des lendemains qui chantent. Même avec les Bristol, elle ne s'était jamais sentie aussi en confiance, aussi aimée qu'avec Mitch. Il était son ange gardien, son étoile du berger, son guide.

Pourtant, se laisser de nouveau emporter par le bonheur

qu'elle éprouvait auprès de lui serait une erreur. Depuis toujours, chaque fois qu'elle avait cru être heureuse et en sécurité, il s'était produit une catastrophe qui avait tout détruit. Pourquoi en serait-il autrement, à présent ?

Elle avait besoin de se ressaisir, consciente que ce bien-être risquait surtout de la faire hésiter lorsqu'elle devrait de nouveau se séparer de lui, fuir.

— Pourquoi le shérif Bogart soupçonne-t-il que tu as quelque chose à voir avec les événements ? demanda Kimberly à Mitch, tout en prenant Rea dans ses bras.

Elle posa la petite fille entre eux deux. Le sentiment d'être une famille la submergeait. Tout semblait si naturel. Mais cela ne durerait pas, ne pouvait pas durer.

Mitch et Zach échangèrent un regard entendu, et elle se demanda ce que cela signifiait.

— Ton casier judiciaire était vierge, ajouta-t-elle. Il l'a forcément vu.

— Il s'en moquait comme de l'an quarante, répliqua-t-il.

Et brutalement elle comprit tout.

— C'est à cause de moi, n'est-ce pas ? demanda-t-elle. Il te soupçonne à cause de mes antécédents criminels.

— Cela n'a aucune importance, répéta-t-il, se concentrant sur Rea.

Sa petite fille était innocente, belle et pleine de promesses.

Qui se ressemble s'assemble, pensa-t-elle.

Mitch avait probablement été arrêté en raison de ses liens avec elle. Dans quelques années, il était à craindre que la réputation de leur mère nuise aussi à leurs enfants. Il valait sans doute mieux pour eux ne pas la connaître, ou la croire morte, pour ne jamais endurer le rejet qu'elle avait subi toute son existence.

— Ce n'est pas juste. Tu ignorais tout de mon passé. C'est en partie la raison pour laquelle je ne t'ai rien dit quand nous nous sommes rencontrés. Pour que tu ne te retrouves jamais dans cette position.

Accablée, elle prenait conscience que, quoi qu'elle fasse, son passé la suivrait comme une ombre pour le reste de sa vie. Et, plus grave, il souillerait ses proches. Lorsque le monde entier saurait qu'elle avait mis en scène sa propre mort et qu'elle était mêlée aux crimes de ce Baxter – quel qu'il soit —, Aaron et Rea seraient également mal jugés.

La colère l'envahit. Ce n'était pas juste. Certes, elle avait commis des erreurs, mais ses bébés n'y étaient pour rien. Ils n'avaient pas à payer les pots cassés.

Pourquoi était-il si difficile d'échapper au passé et de recommencer à zéro ?

— Je suis désolée, murmura-t-elle.

— Inutile de t'excuser, dit-il. C'est la vie.

Peut-être. Mais sa présence souillait le nom de famille Kent alors qu'elle voulait que les jumeaux soient fiers de le porter.

Le sien – Grable – était désormais associé aux escroqueries, aux mensonges, aux tromperies.

Qu'importe qu'elle se sente si bien avec Mitch et leurs enfants, Kimberly se rendit compte qu'elle serait toujours un boulet pour eux.

Si elle restait...

14

— Nous devrions conduire les bébés dans un endroit sûr et partir, chuchota Kimberly à Mitch.

Perturbé par ses changements d'attitude, il ne savait plus sur quel pied danser. À son arrivée, elle s'était jetée à son cou. Maintenant, elle semblait prendre ses distances.

Qu'elle lui adresse des signaux aussi contradictoires semblait étrange. Sa façon de dévorer des yeux les bébés l'inquiétait aussi. En revanche, quoi qu'elle mijote, elle paraissait vouloir l'inclure dans ses plans, un point rassurant.

Il y avait trop de monde autour d'eux pour qu'il puisse l'interroger, et il se demandait si les autres personnes présentes dans la pièce étaient conscientes de l'angoisse dont elle était la proie.

— Ou nous pourrions laisser la justice faire son travail et découvrir qui a assassiné ton père adoptif, répliqua-t-il avec douceur.

— Qu'as-tu ressenti quand tu as été interrogé comme si tu étais un criminel ? rétorqua-t-elle.

— Ce n'était pas un moment agréable, je te l'accorde, mais cela fait partie du jeu. Au cours d'une enquête policière, il arrive que des innocents soient, un temps, soupçonnés à tort. Mais je fais confiance à la justice. Tôt ou tard, les enquêteurs finissent par aller au fond des choses et prendre conscience de leur erreur. Pourquoi cette question ? ajouta-t-il, devinant qu'elle parlait d'elle autant que de lui.

— C'est une longue histoire, répondit-elle, un peu sur la défensive.

Il y avait donc vraiment lieu de s'inquiéter, pensa Mitch. Comme elle ne semblait pas décidée à lui en dire davantage, il décida de laisser tomber, se promettant de revenir plus tard sur le sujet.

En l'observant de plus près, il se rendit compte qu'elle était au bout du rouleau. Des cernes mauves dévoraient son ravissant visage. Son épuisement était visible.

Mitch lui prit la main pour la rassurer, ignorant les frissons de désir que ce simple contact déclenchait.

— Nous allons régler cette affaire et je ne te lâcherai pas. Je serai avec toi.

Comme Kimberly ne réagissait pas immédiatement, il se demanda si elle l'avait entendu, si les mots avaient atteint son cœur. Elle avait construit tant de remparts pour se protéger qu'il en doutait.

— Tu ne devrais pas t'engager sans être certain de pouvoir tenir tes promesses, grommela-t-elle enfin. Et maintenant je vous ai tous mis en danger... Je m'en veux d'être ici.

Sur ces mots, elle se leva et quitta la pièce sans un regard en arrière.

Zach arrêta Mitch, qui s'apprêtait déjà à lui courir après.

— Elle va revenir, dit-il, en prenant place à côté de son cousin.

Pourquoi reviendrait-elle ? se demandait Mitch. À

quoi aspirait-elle avec lui ? À un accord pour une garde partagée ? À une amitié ? À quelque chose de plus ?

Il avait toujours accordé beaucoup d'importance à la confiance, mais Kimberly avait sérieusement ébranlé celle qu'il lui avait accordée.

Cela dit, elle n'avait cherché qu'à les protéger, les enfants et lui, il l'avait compris. À sa place, aurait-il réagi comme elle l'avait fait ?

Non, sans doute pas. Mais il avait grandi au sein d'une famille unie, aimante. Il avait toujours pu compter sur ses proches pour le soutenir dans les épreuves.

Kimberly n'avait pas eu cette chance. Dans quel monde avait-elle grandi ?

Ses parents l'avaient abandonnée avant qu'elle n'ait eu l'âge de se débrouiller dans la vie. Elle avait été envoyée dans des familles d'accueil qui n'avaient pas été à la hauteur. Elle n'avait cessé de tomber de Charybde en Scylla. Après avoir été brutalement séparée de sa petite sœur, elle avait été confrontée à des personnes qui l'avaient enfoncée. Alors qu'elle aurait eu besoin de soutien, de stabilité, d'amour, elle avait été maltraitée. Elle avait vécu l'enfer.

Mitch, lui, n'avait jamais manqué d'amour. Il avait toujours été entouré de parents, de ses quatre frères et sa sœur, de cousins. Tous aimants et formidables.

Bien sûr, la vie n'avait pas été un chemin de roses pour les Kent. Ils avaient eu leur lot de tragédies. Des proches qu'ils aimaient étaient morts. Ils avaient connu des moments heureux mais aussi des épreuves et des moments de tristesse. Comme tout le monde.

Ils avaient été élevés à la dure. Ils connaissaient la valeur d'une journée de travail, ils savaient que l'argent permettait d'acheter de quoi se nourrir mais pas nécessairement le bonheur. Mais ils pouvaient compter les uns sur les autres pour se soutenir dans les difficultés.

Il observa Kimberly et se demanda si elle parviendrait un jour à briser les murs qu'elle avait construits autour d'elle pour se protéger.

Là encore, qu'avait-il à lui proposer exactement ?

— Jordan a appelé pour savoir si j'avais eu de tes nouvelles, dit Zach.

— Mon Dieu, quel égoïste je suis ! s'exclama Mitch. Je dois téléphoner au plus vite au ranch et leur dire que je vais bien.

Occupé à tenter de comprendre ce qui se passait, il n'avait mis aucun de ses frères au courant des événements. Et maintenant, bien sûr, tout le monde devait être inquiet. Il s'en voulut de ne pas avoir pensé à sa famille. Cela dit, sa famille était ici avec lui. Kimberly était la mère de ses enfants. Elle serait toujours reliée à lui. *Sa famille.*

Par association d'idées, se remémorer le ranch lui rappela le meurtre de la génisse.

— As-tu progressé dans l'enquête au ranch ? demanda-t-il à son cousin.

Zach secoua la tête.

— J'ai d'abord cru que des adolescents avaient voulu faire une mauvaise blague sans bien mesurer à quel point elle était cruelle.

— Il faudrait être tordu pour trouver ça drôle.

— Ou avoir pris des substances qui déforment la réalité...

— Jacobstown n'a jamais eu de problème avec la drogue, répliqua Mitch en haussant un sourcil.

— Pas jusqu'à maintenant, en tout cas, répliqua Zach.

— Mais tu ne crois pas à cette hypothèse, n'est-ce pas ?

— Il est trop tôt pour le dire. Avec cette histoire, la ville est en effervescence. Les gens ne savent plus quoi inventer pour expliquer ce drame. J'ai tout entendu et tout vu sur les réseaux sociaux. D'un rituel vaudou auquel s'adonneraient des adolescents venus de Fort Worth jusqu'à une blessure mortelle provoquée par le piège d'un braconnier. Bref, les habitants de Jacobstown font preuve de beaucoup d'imagination.

— Je suppose que tu ne réfutes aucune piste, à ce stade.

— Non. Pour tout te dire, je préfère entendre certaines personnes délirer plutôt que d'en voir d'autres sortir des fourches et se relayer pour monter la garde dans la rue principale, dit Zach.

— Les gens paniquent vite, reconnut Mitch.

— En tout cas, les seules empreintes de pas que j'ai relevées autour de la génisse étaient les tiennes et celles de Lone Star.

— Il paraît étrange que tu n'aies rien trouvé d'autre.

— J'ai découvert des indices troublants, mais plus loin de la scène, répondit Zach.

— Quel genre d'indices ?

— Apparemment, des branches d'arbre ont été utilisées pour effacer les traces de quelqu'un. Mais cela ne veut peut-être rien dire. Par ailleurs, j'ai appris que des adolescents s'étaient introduits sans autorisation sur ta propriété pour camper.

— Rien de nouveau sous le soleil, répliqua Mitch.

Il recensait mentalement toutes les hypothèses.

— Il s'agit peut-être d'un braconnier, ajouta-t-il après un moment de réflexion. Je demanderai à Will de vérifier l'état des clôtures.

— Et de mon côté je garderai l'œil ouvert, dit Zach.

— Je vais embaucher des agents de sécurité supplémentaires pour le cas où il s'agirait d'un acte criminel, dit Mitch.

— Bonne idée.

Zach proposa ensuite à Mitch de se charger quelques jours d'Aaron et de Rea pour qu'ils soient protégés, en sécurité. Il voulait les installer chez lui avec Joyce, qui s'occuperait d'eux.

L'idée parut excellente à Mitch.

— Kimberly est-elle au courant de ce projet ? demanda-t-il aussitôt.

Il aurait dû lui paraître étrange d'inclure quelqu'un dans le processus décisionnel. Après tout, depuis un an, il prenait seul toutes les décisions concernant les jumeaux. Mais intégrer Kimberly était une évidence et lui fut très naturel.

— Oui. Elle voulait te demander ton avis à ce sujet.

Amy vint s'asseoir à côté de Mitch.

— Je viens de parler à Isaac au téléphone.

Elle s'exprimait d'une voix calme et posée, mais ses yeux brillaient, trahissant son émotion.

— Il va sortir de l'hôpital demain et sera mis en examen et sous ta responsabilité, Zach, poursuivit-elle.

— Il devrait rester chez moi jusqu'à son rétablissement, dit Zach.

— Tel que je le connais, il a certainement une opinion sur la question, dit Mitch.

Avec un regard d'excuse, il lança à Amy :

— Isaac a été vu plusieurs fois en ville en compagnie de Hailey Jepson. Elle pourrait, elle aussi, avoir un avis à donner.

Amy avait besoin de savoir qu'Isaac fréquentait une autre femme, mais Mitch n'aimait pas jouer les messagers porteurs de mauvaises nouvelles. Cela dit, il valait mieux qu'elle l'apprenne de sa bouche que par des tiers.

Aaron s'agitait, jetant le jouet qui le tenait occupé depuis un moment.

— Je vais aider Kimberly, dit Amy.

En la regardant se précipiter vers l'enfant, Mitch comprit que ce qu'il venait de lui révéler l'avait bouleversée. Il regrettait de ruiner ses espoirs amoureux, mais il ne voulait pas qu'elle pense avoir une chance avec Isaac si ce n'était pas le cas. Mitch savait qu'Isaac sortait maintenant avec Hailey. En revanche, il ignorait s'il s'agissait d'un flirt sans conséquence ou d'une relation sérieuse. Depuis qu'il avait hérité du ranch et perdu Kimberly, il avait eu beaucoup à faire. Il n'avait eu ni le temps ni l'envie de s'intéresser aux amours de ses proches. Mais Amy méritait de savoir à quoi elle était confrontée.

Une chose était sûre : les histoires d'amour n'étaient pas simples.

Kimberly s'approcha des deux cousins et s'arrêta devant Mitch.

— Que penses-tu de l'idée que les bébés aillent passer quelques jours chez Zach ? demanda-t-elle.

— Il s'occupera bien d'eux. Et veillera à ce qu'ils soient en sécurité, répondit-il.

Zach hocha la tête.

— Bien sûr. Comptez sur moi.

— Alors, puisque tout est arrangé pour eux, que dirais-tu de partir d'ici sans attendre, Mitch ? reprit-elle. Je suis épuisée, ajouta-t-elle en bâillant. Je viens de prendre une autre tasse de café qui n'a eu aucun effet. J'ai besoin de quelques heures de sommeil. Pas toi ?

Mitch devina qu'elle s'apprêtait à mettre en application un plan qu'elle avait élaboré au cours de la dernière heure.

— Dormir un peu me ferait du bien, reconnut-il, curieux de découvrir ce qu'elle avait en tête.

Un adjoint corrompu sévissait à Hatch, Mitch en était certain, à présent. En revanche, il ignorait jusqu'où s'étendait cette corruption et combien de personnes étaient impliquées.

Ils ne tarderaient sans doute pas à l'apprendre, parce que Kimberly avait ce regard déterminé qu'il connaissait bien.

— Alors, allons-y, dit-elle.

Kimberly se frotta les tempes pour tenter d'endiguer la migraine qui menaçait de faire exploser son crâne. Ils avaient bien fait de laisser les bébés aux soins de Zach et de s'éloigner de Jacobstown. Le camion que Zach leur avait prêté était moins confortable que le SUV mais leur permettrait de se déplacer plus discrètement.

— Penses-tu que Aaron et Rea seront bien, là-bas, sans toi ? demanda-t-elle après un moment. Tu es le centre de leur vie.

— Tous les membres de la famille ont prévu de venir les voir. Et Joyce sera avec eux vingt-quatre heures sur vingt-quatre. Ils seront entourés de gens qu'ils connaissent bien et qui les aiment, répondit Mitch.

— Ce n'est pas la même chose que d'être avec toi, répliqua-t-elle.

Pourtant, savoir que ses bébés seraient entourés de

tant de personnes merveilleuses lui réchauffait le cœur. Bien sûr, elle aurait préféré mettre elle-même ses petits au lit tous les soirs, mais ce n'était pas possible, elle le comprenait. Pas si Baxter obtenait ce qu'il espérait d'elle. Que se passerait-il alors ? Elle doutait qu'un tueur de cet acabit la laisse en vie alors qu'elle était susceptible de témoigner un jour contre lui.

— Ils ne manqueront pas d'oncles et tantes aimants pour les chouchouter, assura-t-il.

— Vont-ils réussir à dormir loin de chez eux ? demanda-t-elle tout en jouant avec son smartphone.

Elle n'avait pas pris le risque de mettre des photos de ses chéris sur son appareil, au cas où les sbires de Baxter s'empareraient de son téléphone. Elle enviait les mères qui pouvaient emporter partout des portraits de leurs enfants.

— Ne t'inquiète pas, dit Mitch avec un soupçon de sympathie dans la voix. Tu les as vus dans le SUV. Ils étaient souriants et détendus. Ils seront bien chez Zach. Et, avec Joyce pour s'occuper d'eux, ils auront l'impression d'être à la maison.

— Si tu le dis…

Il avait été douloureux pour elle de les quitter, mais Mitch avait sans doute raison. Ils seraient entourés de visages connus, aimants, de personnes qu'ils avaient l'habitude de voir. Pour eux, tout irait bien, et c'était l'essentiel.

Elle n'avait aucune expérience sur laquelle s'appuyer concernant les habitudes de vie des jumeaux. La dernière fois qu'elle les avait mis au lit, par exemple, ils dormaient dans un berceau et la faim les réveillait toutes les quatre heures. Maintenant, ils étaient installés dans des petits lits à barreaux et faisaient leurs nuits.

Ils seront en sécurité chez Zach, murmura une petite voix rassurante dans sa tête.

— Ça te dérangerait de changer de sujet ? demanda Mitch. J'aimerais te parler d'autre chose.

Elle fut touchée par sa gentillesse.

— Vas-y, je t'écoute.

— Que s'est-il réellement passé avec ton père adoptif, à ton avis ? demanda-t-il. Au plus profond de toi, que penses-tu qu'il lui soit arrivé ? Que te soufflent tes petites antennes, ton instinct ?

— Je n'ai rien pour le prouver, mais je suis certaine que Randy Bristol n'a rien fait d'illégal ou de répréhensible. Il était viscéralement bon et honnête. Un jour, par exemple, il a acheté de ses propres deniers un système de réfrigération. Il voulait ainsi livrer régulièrement des repas aux habitants d'une ville durement touchée par la récession. Il a entièrement financé l'opération de sa poche. S'il se rendait compte en rentrant à la maison que la caissière du supermarché lui avait rendu trop de monnaie ou avait oublié de lui compter un article, il y retournait aussitôt pour rembourser le trop-perçu. Il était capable de traverser la ville pour éviter à une caissière inconnue des ennuis avec son patron. Voilà pourquoi, si son entreprise était impliquée dans des activités illégales, quelles qu'elles soient, il l'ignorait, j'en suis certaine. Il a peut-être été mêlé à son insu à un crime ou vu quelque chose qu'il n'aurait pas dû voir. Le problème est que, dans les deux cas, sa mort aurait suffi à écarter toute menace pour les truands. Aucune de ces hypothèses n'explique pourquoi ses assassins s'intéressent à présent à moi.

— À moins qu'ils ne pensent la même chose et soient persuadés, par exemple, que tu as mouillé ton père dans des activités criminelles sans qu'il le sache, dit-il.

Il n'avait pas tort.

— J'ai peut-être commis des erreurs quand j'étais jeune, mais il ne devrait pas être trop difficile pour un inspecteur de police de comprendre que depuis le lycée je n'ai rien à me reprocher, répliqua-t-elle, un peu sur la défensive.

Même si elle vivait depuis lors de façon honnête, il lui était toujours difficile de parler de l'adolescente flirtant avec la délinquance qu'elle avait été. Le souvenir de la manière dont l'adjoint l'avait interrogée, l'accusant presque d'avoir commandité l'assassinat de son père, n'arrangeait rien.

— Disparaître de la circulation a sans doute contribué à convaincre les enquêteurs de ma culpabilité, reprit-elle.

— Nous savons déjà qu'aucun mandat d'arrestation n'a été émis contre toi, dit Mitch. Nous avons un nom. Baxter. Et Zach essaie de mener l'enquête de son côté.

— Ce qui signifie que de plus en plus de gens sont en danger à cause de moi, dit-elle avec un gros soupir.

— Les gens sont en danger à cause d'un criminel, pas à cause de toi, répliqua Mitch. Mon cousin est shérif. Les malfrats sont son quotidien. Il sait les gérer.

Du moins savait-il se montrer prudent et prendre les menaces au sérieux.

Mitch lui jeta un bref coup d'œil avant de reporter son attention sur la route.

— Tes parents adoptifs avaient-ils accueilli d'autres enfants de l'assistance publique ?

— Pas que je sache. Je ne leur ai jamais posé la question.

En tout cas, aucune photo ne venait l'attester, dit-elle. Je pense que, si d'autres gosses leur avaient été confiés, ils ne me l'auraient pas caché.

— Si je comprends bien, ton père adoptif était du genre à donner sa chemise pour venir en aide à quelqu'un, dit Mitch.

— Tout à fait.

Elle se remémora soudain un jeune homme qui s'était présenté, un jour qu'elle était passée voir son père, dans son bureau.

— Cette histoire est peut-être liée à quelqu'un à qui mon père voulait rendre service.

Prenait-elle ses désirs pour la réalité ? Refusait-elle d'admettre que son père avait un jour franchi la ligne jaune ? Non. Plus elle y pensait, plus elle était certaine que Randy Bristol n'avait jamais été un criminel. Il aurait été incapable de commettre un acte illégal.

— Je me rappelle vaguement un type que j'avais aperçu dans le bureau de mon père. Je ne l'avais pas bien regardé, je ne faisais pas spécialement attention à lui. Âgé d'une vingtaine d'années, il était maigre comme un clou et avait les cheveux longs. Je crois me souvenir que mon père l'appelait Tonto.

— D'accord, et par ailleurs te souviens-tu du nom de la personne responsable de toi lorsque tu étais prise en charge par les services sociaux d'aide à l'enfance ? demanda-t-il.

— Absolument. Mon éducatrice était une teigne nommée Turner. J'ai eu beaucoup de chance en atterrissant finalement chez les Bristol. Avant eux, Mme Turner m'avait placée dans des familles cauchemardesques. Elle se moquait totalement de la façon dont j'étais traitée.

Elle le vit serrer les poings avant de demander :

— Vit-elle toujours dans la région où tu as grandi ?

— C'est possible, répondit-elle avec un haussement d'épaules. Dès que j'ai eu dix-huit ans, j'ai rompu tout contact avec elle. Je ne voyais pas l'intérêt de rester proche de quelqu'un en qui je n'avais pas confiance et que je ne pouvais pas sentir, reconnut-elle.

— Prends mon téléphone et envoie son nom par texto à Zach, si cela ne te dérange pas, dit-il.

Son smartphone était verrouillé par un mot de passe, qu'il lui donna. Il l'avait changé. Pendant leur vie conjugale, il s'agissait de la date de l'anniversaire de Kimberly. Maintenant, c'était celle des jumeaux.

Zach répondit aussitôt avec une promesse de revenir vers eux dès que possible.

— Il est sur le coup, mais je doute que cette femme soit d'une grande utilité, dit-elle. Elle était déjà assez âgée à l'époque où elle s'occupait de moi et elle a probablement pris sa retraite depuis lors.

— Qui ne tente rien n'a rien. Mais peut-être serait-il bien aussi de parler à Zach de Tonto.

— D'accord.

Cela ne servirait probablement à rien non plus, mais elle n'avait rien à perdre à solliciter Zach sur le sujet.

Elle rédigea un texto résumant tout ce dont elle se souvenait concernant Tonto.

— Voilà, dit-elle en l'envoyant.

Une icône de pouce levé apparut sur l'écran.

Mitch prit la sortie suivante et suivit l'itinéraire donné par son GPS jusqu'à un motel qu'il avait choisi parce qu'il acceptait les règlements en liquide.

Ils se garèrent à l'autre bout du parking. Lorsqu'ils

gagnèrent la chambre qui leur fut attribuée, ils constatèrent que sa porte extérieure donnait sur le parking. Du point de vue de la sécurité, ce n'était pas idéal. Pourtant, l'essentiel était de pouvoir payer en liquide. Ainsi, ils ne laissaient aucune trace.

Typique des hôtels bon marché, la chambre était meublée de deux lits jumeaux séparés par une petite table de chevet. Sur celle-ci étaient posés un combiné de téléphone et une lampe. Et une bible avait sans doute été glissée dans le tiroir.

— La salle de douche est là, dit Mitch en la lui montrant du doigt.

Dix minutes plus tard, elle en ressortit enroulée dans une serviette.

— Je t'ai laissé un T-shirt propre sur le lit, dit-il. C'est le mien, mais je te l'offre, dit-il avec un grognement.

À ce bruit de gorge, elle sentit de longs frissons sensuels la parcourir. Autrefois, ils étaient le prélude à des relations sexuelles intenses et passionnées.

Prenant soudain conscience du peu de tissu qui la recouvrait, elle resserra le nœud de sa serviette pour s'assurer qu'elle tiendrait bien.

Lorsqu'il se détourna et s'éloigna d'elle, elle poussa un soupir de soulagement. Être si proche de l'homme à qui elle avait donné son cœur, le seul à avoir compté, était un enfer. Si elle y ajoutait l'alchimie sexuelle qui avait été une constante entre eux, elle devait avouer que la nuit s'annonçait difficile.

Alors qu'elle passait devant lui, il la saisit par le bras.

— Où as-tu vécu, l'année dernière ?

Une telle émotion teintait sa voix quand il posa la question qu'elle se mit à trembler. Elle voyait se refléter dans ses yeux un mélange de douleur, de colère et d'autre chose… Quelque chose de beaucoup plus primitif. Une faim qui faisait écho à la sienne.

S'abandonner au désir puissant qui les torturait l'un et l'autre serait une énorme erreur, elle le savait bien. Et pourtant elle fut incapable de s'écarter de lui.

Au lieu de répondre, elle botta en touche :

— Nous devrions dormir un peu.

Les mots sonnaient faux à ses propres oreilles.

— Kimberly…

Ils se tenaient face à face, si près l'un de l'autre qu'ils se touchaient presque. Quand elle reconnut la lueur affamée qui brillait dans ses yeux gris, son cœur se mit à battre la chamade.

— Mieux vaut que tu ignores où je m'étais cachée.

— Pourquoi ? Parce que tu as l'intention d'y retourner, de disparaître à nouveau si la situation redevient difficile ?

Elle détourna le visage, préférant ne pas le regarder en face.

— Peut-être…

— Le jour de notre mariage, pensais-tu un mot des engagements que tu as pris envers moi, ou ne s'agissait-il pour toi que de formules creuses et vides de sens ?

Sa voix était dénuée de toute émotion, maintenant.

Elle avait sans doute intérêt à mentir, à lui dire ce qu'il avait visiblement besoin d'entendre, que tout n'avait été qu'une comédie et qu'elle ne l'avait jamais aimé.

Elle en fut incapable.

— Je pensais chaque mot que j'ai prononcé ce jour-là.

— Alors pourquoi n'avais-tu pas assez confiance en moi pour tout me raconter, pour me dire la vérité ?

— Parce que ton sens de l'honneur de cow-boy

t'aurait obligé à te sacrifier pour régler mes problèmes, répondit-elle, sentant la colère monter dans sa poitrine.

— Et alors ? N'est-ce pas ce que font tous les gens mariés ? Ils affrontent les ennuis, les difficultés, les épreuves ensemble. Ils ont conscience d'être embarqués dans le même bateau et lorsqu'ils traversent les tempêtes ils s'entraident, se soutiennent, pour s'empêcher mutuellement de sombrer.

— Oui. Mais…

— Laisse tomber, dit-il finalement d'un ton fataliste. Dormons un peu, plutôt.

Kimberly aurait voulu lui dire qu'elle était désolée de ce qui s'était passé, de ce qu'elle lui avait fait subir.

Elle n'y parvint pas, elle ne trouvait pas les mots justes.

Alors elle se hissa sur la pointe des pieds, enroula ses bras autour de son cou et l'embrassa.

Mitch recula. Ses yeux étaient clos. Son combat intérieur était gravé sur chaque ride de son front.

— Je ne veux pas te faire souffrir davantage, chuchota-t-elle à voix basse. Depuis onze mois, tu m'as tellement manqué qu'à certains moments je n'arrivais plus à respirer. Et, maintenant que tu es près de moi, je n'ai plus la force de lutter contre le désir fou qui m'envahit.

— Si nous franchissons cette ligne, il n'y aura plus de retour en arrière possible, dit-il en appuyant son front contre le sien.

— Je sais… As-tu envie de moi, Mitch ?

Elle tira sur le nœud de la serviette et la laissa tomber sur le sol.

Nue devant l'homme pour qui elle se consumait de désir, elle aurait dû se sentir gênée, vulnérable, idiote, peut-être. Mais il s'agissait de Mitch. Son mari. Et, même si officiellement elle avait été déclarée morte, elle était bien vivante.

Elle se sentait surtout très femme. Une femme bouleversée par le mâle sexy qui se tenait devant elle.

— Ce n'est pas la bonne question à poser, grommela-t-il.

Son souffle chaud caressait sa peau et un long frisson la parcourut.

— Non ? Quelle est-elle, alors ? Quelle est la bonne question, Mitch ?

15

Mitch promena les mains le long des hanches de Kimberly. Il prit une grande inspiration avant de les faire courir sur son ventre – là où elle avait porté deux beaux enfants. Depuis l'accouchement, elle avait retrouvé sa minceur. Seul un léger renflement attestait qu'elle était mère. Son corps était magnifique, parfait.

Fiévreusement, Kimberly l'aida à se déshabiller, et très vite son jean rejoignit sa serviette sur le sol. Il arracha alors son T-shirt et son boxer.

Il la prit dans ses bras.

— Je pensais t'avoir perdue pour de bon, murmura-t-il d'une voix rauque.

— Je suis revenue, Mitch.

Il aurait dû être en colère contre elle, mais il ne ressentait aucune animosité à son égard. L'amour dont il brûlait pour elle était trop profond. Elle lui avait tellement manqué.

Elle était là, devant lui. Et, contre tout bon sens, il mourait d'envie de lui faire l'amour.

Lorsqu'elle pressa son corps contre le sien, il fut incapable de résister plus longtemps au désir qui le consumait. Il pencha la tête et captura sa bouche. Comme il l'embrassait avec fougue, il avait encore du mal à y croire. Il craignait de se réveiller d'un beau rêve. Quand leurs langues entamèrent une danse sensuelle, qu'il passa les doigts dans ses cheveux, il perdit pied. Il brûlait de reprendre possession de son corps, de se fondre en elle comme autrefois.

Il caressa ses courbes douces, excita la pointe de ses seins pour la faire se dresser. Lorsqu'elle se mit à gémir, ses doigts s'aventurèrent vers sa grotte secrète. Il sentit le plaisir de Kimberly monter.

Elle ouvrit les yeux et chuchota, le regard suppliant :

— Prends-moi. Fais-moi l'amour, Mitch.

Il la souleva et la porta jusqu'au lit.

Elle avait si faim de lui qu'elle saisit son sexe turgescent pour le guider en elle. Mais il prit le temps de récupérer un préservatif dans son portefeuille. Elle l'aida à l'enfiler avant de lui ouvrir de nouveau les bras.

Lorsqu'il s'enfonça en elle, il vit son regard fou de passion. Il se mit à aller et venir entre ses cuisses pour l'entraîner vers le ciel.

Elle plaqua les mains contre ses fesses.

— Mon amour, mon amour, balbutia-t-elle.

Leurs corps se retrouvaient avec la même évidence que s'ils s'étaient quittés la veille. Ils se fondaient pour ne faire qu'un avec la même ardeur et le même plaisir qu'autrefois.

Quand il accéléra le rythme, un orgasme la traversa. Elle l'étreignit plus fort, et quelques instants plus tard il explosa à son tour. Il s'abattit sur elle avec un cri rauque.

Comme ils se blottissaient l'un contre l'autre pour reprendre leur souffle et revenir sur terre, il l'enlaça tendrement et lui murmura à l'oreille :

— Je n'ai jamais cessé de t'aimer, Kimberly.

Kimberly se réveilla d'un profond sommeil. Il lui fallut un instant pour se repérer. Elle se souvint enfin qu'elle se trouvait avec Mitch dans une chambre de motel près de la frontière du Nouveau-Mexique.

Elle roula sur le côté et promena les yeux autour d'elle. La pièce était plongée dans l'obscurité, les rideaux, tirés. Elle n'avait aucune idée de l'heure qu'il était.

Et Mitch n'était plus là.

Comme elle promenait la main sur le lit, ses doigts tombèrent sur une feuille de papier. Elle prit son smartphone sur la table de chevet pour lire le petit mot qu'il lui avait laissé :

Je reviens tout de suite. M

La porte s'ouvrit, la faisant sursauter.

Mitch se glissa à l'intérieur et alluma la lumière.

— Lève-toi vite. Il faut partir.

— Que se passe-t-il ? demanda-t-elle en bondissant du lit.

— Les hommes de Baxter sont là.

Avec un juron, elle se jeta sur ses vêtements, les enfila à la hâte et rassembla les rares affaires qu'ils avaient montées.

— Qu'allons-nous faire ? demanda-t-elle.

— Essayer de sortir d'ici vivants, déjà.

En quelques enjambées, il s'approcha d'elle et s'empara du sac à dos pour le hisser sur son épaule.

Il lui prit la main. Ce n'était vraiment pas le moment de l'interpréter comme un élan romantique, et pourtant ce geste la toucha comme un témoignage d'amour. Son cœur fondit lorsqu'il planta son regard dans le sien et qu'elle y vit briller une petite lueur qu'elle reconnut. Beaucoup de choses avaient changé entre eux, et elle ne savait pas encore où tout cela les mènerait. Mais cette petite flamme qui dansait dans ses prunelles lui soufflait qu'ils avançaient dans la bonne direction.

— Comment comptes-tu t'y prendre ? murmura-t-elle.

— Ils ont trouvé notre véhicule mais pas nous, répondit-il.

— Alors ils sont sur le parking ?

Il hocha la tête et, ouvrant la porte, il l'entraîna à l'extérieur. Le soleil se levait à l'horizon, ce qui signifiait qu'il devait être près de 7 heures du matin.

— Nous allons nous cacher quelque part et rester hors de vue jusqu'à ce qu'ils repartent, dit-il. Une fois la zone dégagée, nous récupérerons le camion pour filer. Si c'est impossible, nous mettrons au point un nouveau plan.

D'un mouvement de menton, il lui montra des bâtiments de l'autre côté de la route, des bâtiments qui ressemblaient à des entrepôts.

— Profitons du fait qu'ils sont à la réception de l'hôtel en train de se renseigner sur notre numéro de chambre pour disparaître.

Vu la proximité des tueurs, Kimberly se félicita d'avoir confié les bébés à Zach. Chez le cousin shérif de Mitch et avec Joyce et Amy pour veiller sur eux, ils étaient en sécurité. Ils ne l'auraient pas été s'ils avaient passé la nuit avec leurs parents au motel. Et, avec deux petits dans les bras, leurs chances de survie auraient été minces.

Elle ne savait pas ce qui la terrifiait le plus : l'idée de mourir ou celle de vivre sans sa famille.

Rien ne devait leur arriver. Aaron et Rea méritaient de grandir entourés de leurs deux parents.

— Mitch, chuchota-t-elle alors qu'ils traversaient la route. Je suis vraiment désolée pour tout ce que je t'ai fait endurer. En t'aimant, j'ai fait preuve d'un profond égoïsme.

— Aimer quelqu'un n'est jamais égoïste, répliqua-t-il aussitôt.

— C'était de l'égoïsme, pour moi. Je n'ai fait que te blesser, et à un certain niveau je savais dès le départ qu'il en serait ainsi.

Il ne répondit pas tout de suite, se contentant de l'entraîner derrière l'un des entrepôts.

Dès qu'ils y arrivèrent, il posa les mains autour de sa taille et l'attira à lui. Lorsqu'il captura ses lèvres et l'embrassa avec force, elle faillit s'effondrer.

Après un moment, il recula et murmura :

— Tu avais essayé de m'avertir, mais je n'avais pas voulu t'entendre. Tu me faisais me sentir pleinement vivant, ce que je n'avais encore jamais ressenti avec personne. Si quelqu'un est à blâmer, c'est moi. Tu m'avais dit qu'il n'y avait pas de place pour moi dans ta vie, mais je refusais d'y croire et j'ai profité du désir qui existait entre nous pour m'imposer.

— Tu ne pouvais pas anticiper… ce qui allait se passer.

— Non, c'est vrai, répondit-il. Mais je ne m'étais jamais senti aussi bien avec quelqu'un. Tu as toujours été une évidence. Voilà pourquoi je suis si vite tombé raide amoureux d'une femme que je ne connaissais pas.

Mitch avait grandi à Jacobstown et vécu sur le ranch familial toute sa vie. S'éprendre d'une parfaite inconnue avait dû le déstabiliser, Kimberly le comprenait.

Pourtant, les mots qu'il prononça lui firent l'effet d'un coup de poignard parce qu'elle avait eu l'impression, elle, de le connaître depuis le départ. C'était étrange, vraiment, mais depuis le premier jour, depuis le premier regard échangé, elle avait senti cette puissante connexion entre eux. Elle avait eu le sentiment d'un écho au niveau le plus intime. Pourtant, il n'avait pas complètement tort. Il ignorait encore beaucoup de choses sur elle. Mais il s'agissait de détails sans importance. L'essentiel, ce qu'elle était au plus profond, elle ne le lui avait jamais dissimulé.

— Nous devons trouver un endroit où nous cacher jusqu'à leur départ, dit finalement Mitch.

Plusieurs camions étaient garés derrière l'entrepôt, et il réussit à en trouver un qui n'était pas verrouillé. Ils se glissèrent dans la cabine. Sans bruit, Mitch referma la portière. Puis il se pencha sous le volant pour s'emparer d'un boîtier sous le tableau de bord.

— Que fais-tu ? demanda-t-elle.

— Je regarde s'il serait possible de faire démarrer ce véhicule sans clés, dit-il.

Il examina les câbles avant de remettre le boîtier à sa place et de se repositionner pour dissimuler Kimberly aux regards.

Il faisait jour, à présent. Si quelqu'un s'approchait du camion, il les verrait, fatalement. Pourtant, ce véhicule restait la meilleure cachette possible. L'entrepôt était fermé par de lourdes portes métalliques qu'il ne serait pas facile de forcer. Surtout, le bâtiment était sans doute protégé par un système d'alarme.

— Je regrette de t'avoir menti à propos de mes parents, chuchota-t-elle, continuant son mea culpa. J'étais gênée d'admettre que j'ignorais tout de mes géniteurs. La seule chose que je sais est qu'ils nous ont abandonnées, ma sœur et moi, sur le parking d'un centre commercial. Comme personne ne nous a réclamées, nous avons été prises en charge par les services sociaux. J'avais sept ans.

Je n'ai aucune idée de l'endroit où ils se trouvent ni de ce qu'ils font dans la vie, à présent. Je ne sais même pas s'ils sont encore de ce monde. Je refuse de m'intéresser à leur sort, même si j'aimerais connaître mes origines malgré tout. Mon éducatrice a prétendu qu'elle avait essayé de ne pas nous séparer, ma sœur et moi. Mais un jour l'homme du couple qui nous avait accueillies a violemment frappé Rose sous prétexte qu'elle faisait trop de bruit en mangeant. J'ai voulu la défendre, et du coup il a exigé mon départ.

— Ça a dû être terrible pour toi.

— Il a raconté que j'étais incontrôlable, odieuse, et les responsables des services sociaux l'ont cru. Sa femme a menti, expliquant que je devenais trop difficile à gérer mais que Rose était une enfant adorable qui ne pleurait jamais. En réalité, la pauvre petite retenait ses larmes devant eux, mais la nuit je l'entendais sangloter dans le noir. Elle pleurait pendant des heures. Parfois, je rampais jusqu'à son lit pour la consoler, mais c'était risqué. Tout était prétexte à me rouer de coups. Et certains soirs, je l'avoue, j'étais tellement fatiguée que je m'endormais sans l'entendre.

Tous ces souvenirs pesaient sur elle et l'empêchaient de respirer.

— Aucun enfant ne devrait être traité de cette façon, dit Mitch.

Il s'exprimait à voix basse mais sa colère était palpable.

— As-tu déjà posé des questions sur tes parents ? ajouta-t-il.

— Non. À quoi bon ? Ils ne voulaient pas de moi.

Elle entendit la douleur qui teintait sa voix. Elle avait

passé des années à se blinder, pour ne plus rien éprouver, mais elle souffrait toujours de son passé.

— Pour connaître ta propre histoire, pour commencer, répondit-il. Et la vérité, aussi.

— Je sais tout ce que j'ai besoin de savoir à leur sujet. Ils m'ont rejetée. Le reste n'a aucun intérêt.

Des larmes lui brûlaient les paupières, mais elle refusa de les laisser couler.

— Comment peux-tu en être aussi certaine ?

— C'est l'évidence, non ? Ils m'ont laissée sur le parking d'un centre commercial avec ma sœur. Ils sont partis sans un regard en arrière.

Mitch se tut, comme il le faisait toujours quand il était en colère.

— Je suis désolé que tu aies traversé tant d'épreuves, Kimberly. Tu méritais mieux.

— C'est là que tu te trompes. C'est toi qui méritais mieux.

16

Mitch entendit des éclats de voix. Des hommes approchaient. Il se maudit de ne pas avoir apporté son fusil. Depuis la naissance des jumeaux, il gardait ses armes sous clé, pour des raisons évidentes de sécurité. Mais, avant de se lancer dans cette histoire, il aurait dû penser à s'équiper, à prendre de quoi se défendre.

— Hé, Ron, cria l'un des types. Ils sont forcément dans les parages, planqués quelque part près de cet entrepôt. De toute façon, nous ne partirons pas sans elle.

— Le guetteur est certain qu'il s'agissait bien d'eux ? s'enquit le dénommé Ron.

— Sur la vie de sa mère !

— Baxter est furieux qu'elle ait réussi à lui échapper aussi longtemps. Cette fois, nous devons absolument l'attraper.

Un guetteur, une entreprise de location de camions... Dans l'esprit de Mitch, les morceaux du puzzle se mettaient peu à peu en place et une image commençait à apparaître.

Tous ces éléments évoquaient pour lui... un réseau de passeurs de clandestins.

La misère poussait des centaines de milliers de Latino-Américains vers les États-Unis. Les mesures américaines de plus en plus restrictives vis-à-vis de cette immigration les obligeaient à tenter d'y entrer de façon clandestine. Et, depuis que des militaires surveillaient les lieux de passage, l'aventure était devenue très risquée pour ces malheureux.

Il leur fallait désormais faire appel à des filières mafieuses pour se donner une chance de réussir à franchir la frontière. Pour les cartels, ce marché était très juteux, parfois aussi lucratif que celui de la drogue. Tous les candidats à l'immigration devaient en effet les payer, sous peine de s'exposer à un risque de mort.

Située au Nouveau-Mexique, à proximité de la frontière mexicaine, la ville de Hatch était idéalement placée pour servir de base à ces trafics d'êtres humains.

À en croire la description que Kimberly avait donnée de son père adoptif, Randy Bristol n'avait pas le profil d'un passeur. Il ne semblait pas du genre à faire partie d'un réseau mafieux, et encore moins à participer à des trafics de clandestins. En revanche, il était possible, probable, même, que d'autres personnes aient graissé la patte de l'adjoint du shérif local pour qu'il regarde ailleurs.

Par la suite, accuser une innocente, lui faire porter le chapeau de leurs crimes, pouvait leur avoir permis de se couvrir. Quant au dénommé Tonto, il avait peut-être été chargé de trouver un moyen de transport. Mitch savait en effet que, dans les réseaux de passeurs de clandestins, chacun tenait un rôle précis : guetteur, rabatteur, transporteur, banquier...

Et Randy Bristol était alors entré en scène, à son insu, sans doute. Le gamin était peut-être venu lui demander un service, une camionnette, prétendant avoir des ennuis. À moins que le gosse n'ait fait une bêtise et que Bristol ait essayé de l'aider sans comprendre qu'il mettait le doigt dans un terrible engrenage.

Mitch se promit de faire part de ses soupçons à Zach dès qu'il en aurait la possibilité.

Une portière s'ouvrit et claqua. Puis une autre. Les truands inspectaient les camions.

Mitch sentit aussitôt l'imminence de la catastrophe. S'ils demeuraient plus longtemps dans cette cachette, ils allaient tôt ou tard être découverts. Fatalement. Il devait au plus vite faire sortir Kimberly de là. Mais comment ? Ils étaient faits comme des rats.

Il regarda frénétiquement si une clé du camion ne se trouvait pas dans le vide-poches ou la boîte à gants. Elle leur permettrait de s'enfermer à l'intérieur du véhicule.

Il n'y en avait pas, et il perdait un temps précieux.

Mitch risqua un coup d'œil au rétroviseur extérieur.

Le type qui examinait les véhicules sur la gauche avait un pistolet à la main. Son complice aussi, sans doute. Ils ne tarderaient pas à arriver à leur hauteur. Ils fouillaient méthodiquement l'intérieur et le dessous de chaque camion pour s'assurer qu'il n'y avait personne.

Kimberly se tourna vers lui.

— C'est moi qu'ils veulent. Laisse-les m'attraper et m'emmener. Je vais activer le GPS de mon smartphone pour te permettre de me suivre à distance. Préviens Zach et essayez d'intervenir avant qu'il ne m'arrive quelque chose. Tu as toi-même dit qu'ils ne semblaient pas vouloir me tuer. Pas avant d'avoir obtenu ce qu'ils espèrent de moi, en tout cas. Cela te donnera du temps.

— Il n'en est pas question. Laisse-moi réfléchir à une autre option.

— Mitch. Écoute-moi. Ils n'ont pas besoin de toi, ce

qui signifie qu'ils n'hésiteront pas à te descendre, poursuivit-elle.

L'argument était fondé.

Mitch était conscient qu'une fois mort il ne serait plus d'aucune utilité à Kimberly, mais il n'avait pas l'intention de la laisser se sacrifier pour le sauver.

Les hommes se rapprochaient. Bientôt, ils allaient parvenir à leur véhicule.

Il y avait forcément un autre plan, un meilleur plan.

— Promets-moi d'essayer de t'enfuir, dit-il.

Elle ne répondit pas.

— Kimberly, insista-t-il. Promets-le-moi.

Un long moment de silence passa avant qu'elle ne chuchote enfin :

— Je te le promets.

— Bien. Je vais faire diversion, et tu en profiteras pour fuir. Cours le plus vite possible, contourne l'entrepôt pour rejoindre le parking du motel.

Il sortit ses clés de sa poche et les lui tendit.

— Si tu arrives au camion avant moi, saute dedans et fonce. Ne m'attends pas.

— Mitch...

— Nous n'avons pas le temps de discuter. Ça ira. Ils te veulent et ils n'ont aucune raison de s'en prendre à moi, dit-il.

Les sbires de Baxter n'avaient surtout aucune raison de l'épargner, il le savait, mais il ne le dit pas.

Mitch espérait que les malfrats étaient mauvais tireurs, car il avait envie de revoir ses enfants.

— Roule, va le plus loin possible et contacte-moi dès que tu seras en sécurité. D'accord ?

— D'accord. Mais que comptes-tu faire ? Quel plan

as-tu en tête ? Ils se rapprochent, ajouta-t-elle en jetant un œil à son rétroviseur latéral. Ils sont à deux camions du nôtre.

— Écoute-moi bien. Quoi que je dise dans les prochaines secondes, n'en tiens pas compte. Reste ici, bien cachée sous le siège, jusqu'au moment où tout danger sera écarté. Et, à ce moment seulement, pars en courant.

Il ouvrit la portière, sauta sur le sol et la claqua derrière lui avec bruit avant de se précipiter vers l'entrepôt en criant de toutes ses forces :

— Sors d'ici en vitesse, Kimberly, et fonce ! Ils nous ont retrouvés ! Cours, je te suis.

Il longea le bâtiment, priant pour que les tueurs se soient lancés à sa poursuite sans terminer leur inspection des camions.

Un coup de feu fendit l'air.

Son cœur se mit à battre à coups redoublés dans sa poitrine.

Il s'arrêta et tendit l'oreille, guettant l'arrivée des deux hommes. Des bruits de bottes lui confirmèrent que les deux malfrats étaient à ses trousses.

D'un bref coup d'œil, il s'assura que l'entrepôt était protégé par un système d'alarme. À la vue de la petite lumière qui clignotait sur un boîtier au-dessus de la porte, il poussa un soupir de soulagement.

Il ramassa une grosse pierre et la lança contre la vitre de la porte, qui se brisa. Aussitôt, une puissante sirène retentit.

Mitch sourit, satisfait. Bientôt, la police débarquerait pour inspecter les lieux.

Le hurlement assourdissant de l'alarme l'empêchait de capter d'autres bruits. Mais il était probable que les sbires de Baxter ne tarderaient pas à apparaître à l'angle du bâtiment.

Ce qui signifierait qu'ils étaient passés devant le camion dans lequel était cachée Kimberly sans se douter de sa présence.

Comme il contournait l'entrepôt en courant, forçant l'allure au maximum, il entra de plein fouet en collision avec un type qui arrivait en sens inverse. Brutalement coupé dans son élan, il tomba en arrière.

À moitié assommé, il se remit péniblement sur pied, s'appuyant au mur pour retrouver l'équilibre. Le sang jaillit de son nez, coula sur son visage. Un bref instant, ses idées se brouillèrent, mais il s'ordonna de reprendre ses esprits.

Il plongea dans les jambes de son agresseur pour le déséquilibrer. Le type avait un gabarit de coureur. Il frappa Mitch en pleine figure avant de lui asséner un coup de genou dans le bas-ventre.

Mitch poussa un cri de douleur. Les dents serrées, il s'efforçait de maîtriser la main de son assaillant, celle qui tenait l'arme. Être abattu à bout portant ne faisait pas partie de son programme de la journée.

Malheureusement, d'un croc-en-jambe, son adversaire réussit à le faire basculer. Mitch s'étala de tout son long par terre. Quand son crâne heurta le sol, il vit mille étoiles. Dans un état second, il fut contraint de lâcher la main qui tenait le pistolet.

Refusant de s'avouer battu, il se redressa d'un coup de reins et cogna son agresseur à la mâchoire avec violence.

Comme ce dernier s'écroulait et laissait tomber son arme, Mitch envoya valser celle-ci au loin d'un coup de pied. Il se jeta alors sur le tueur pour le clouer au sol.

Lorsque des sirènes de police hurlèrent à ses oreilles, il poussa un soupir de soulagement.

— Enfin, grommela-t-il.

Il scanna le parking des yeux, cherchant Kimberly. Son adversaire profita de sa distraction pour lui asséner un uppercut, si fort que Mitch crut que sa tête allait exploser. Il faillit perdre connaissance, mais il eut le réflexe de resserrer les cuisses pour interdire à l'autre de s'échapper.

Une voiture de patrouille s'arrêta devant eux. Les portières s'ouvrirent, des adjoints du shérif en bondirent et le canon d'une arme à feu fut pointé sur Mitch.

— Les mains en l'air, ordonna l'officier d'une voix autoritaire que Mitch avait déjà entendue dans la bouche de Zach lorsqu'il interpellait des suspects.

Au lieu d'obtempérer, Mitch cria :

— Cet homme a essayé de me tirer dessus et je me suis défendu. J'ai lancé son pistolet au loin. Vous allez le trouver. Il est tombé par là !

Le malfrat continuait à se débattre, et l'adjoint répéta à Mitch :

— Les mains en l'air. Tout de suite !

— Je ne peux pas. Pas tant que vous n'aurez pas passé les bracelets à ce type, répliqua Mitch. Je m'appelle Mitch Kent. Mon cousin est le shérif du comté de Broward.

Ses propos parurent rassurer son interlocuteur. Il s'approcha de l'endroit indiqué par Mitch et ramassa le pistolet abandonné sur le sol.

Pendant ce temps, son collègue rangeait son arme dans son holster avant de menotter l'homme.

Mitch poursuivit :

— Ce type et son complice ont tiré sur ma femme et

sur moi. Elle est dans l'un des camions garés derrière l'entrepôt, elle m'attend.

Il se rendit soudain compte que le deuxième tueur n'était nulle part en vue, et son cœur se serra.

L'absence du complice de l'homme qui venait d'être arrêté ne pouvait signifier qu'une seule chose.

Il avait attrapé Kimberly.

Tel un fauve en cage, Mitch tournait en rond dans le bureau du shérif Anderson. Il avait conscience de perdre son temps alors qu'il lui fallait se lancer de toute urgence à la recherche de Kimberly. Comme il l'avait craint lorsqu'il était arrivé au camion, celui-ci était vide.

Voilà plus d'une demi-heure que les adjoints avaient débarqué sur le parking. Ils avaient conduit Mitch et l'homme qui l'avait agressé au poste, mais ce dernier refusait de parler.

Seule la certitude que Baxter avait besoin de Kimberly vivante empêchait Mitch de sombrer dans le désespoir.

Pour la énième fois, il consulta sa montre. Dans un quart d'heure, un avion de tourisme déposerait Zach au bout d'une piste d'atterrissage privée, située à dix minutes du bureau du shérif Anderson.

Rester assis, les bras ballants, dans ce bureau alors que des criminels tenaient Kimberly était un véritable supplice.

Pour être juste, le shérif avait mis tous ses hommes sur le coup.

L'homme qu'ils avaient arrêté avait été identifié grâce à ses empreintes digitales. Il s'appelait Ron Sawyer. Ses liens avec Paul Baxter étaient de notoriété publique. Baxter dirigeait l'un des plus grands réseaux mafieux de passeurs du Sud-Ouest. L'entreprise de location de fourgonnettes et de camions de Randy Bristol avait été impliquée dans ces trafics à l'insu de ce dernier. Comme Kimberly l'avait maintes fois souligné, l'activité professionnelle de son père adoptif était fortement réglementée. Pourtant, sans le vouloir, Randy s'était rendu complice de passeurs. Il avait en effet tenté d'aider quelqu'un dans le besoin, quelqu'un qu'il n'avait aucune raison de soupçonner, puisqu'il s'agissait du dénommé Tonto.

La sonnerie de son smartphone tira Mitch de ses sombres pensées, et un bref instant il espéra que Kimberly l'appelait pour lui dire qu'elle était en sécurité quelque part. C'était évidemment impossible. Le camion était toujours sur le parking du motel, il avait vérifié.

Le nom de Zach apparut sur l'écran.

— Alors ? lança Mitch.

— J'ai du nouveau.

Tendu, Mitch se remit à arpenter la pièce.

— Je t'écoute.

— Une correspondance a été établie entre un nom que Kimberly nous avait donné et l'un de ceux contenus dans nos fichiers. Celui de Tonto, plus connu sous le nom de Kenny Tonornato. Il est mort.

— Comment est-il mort ?

— Son cadavre a été retrouvé dans le coffre d'une voiture sur une route menant à la réserve mescalero, qui, à vol d'oiseau, n'est pas très loin de Hatch, répondit Zach. Il avait les poignets et les chevilles attachés...

Zach s'interrompit, et Mitch comprit qu'il allait lui asséner une nouvelle plus terrible encore.

— Il a été abattu à bout portant d'une balle entre les deux yeux.

Mitch marmonna une série de jurons.

— C'était un brave garçon. Des voisins de la famille ont raconté qu'il multipliait les petits boulots afin de récolter suffisamment d'argent pour faire traverser la frontière à sa grand-mère. Elle avait besoin de soins médicaux. La mère de Tonto se faisait beaucoup de souci pour elle.

Zach s'interrompit et Mitch poursuivit pour lui.

— À partir de là, les pièces du puzzle ne sont pas très difficiles à assembler. Il est allé trouver le chef des passeurs pour le supplier de faire entrer sa grand-mère aux États-Unis.

— Malheureusement, ce genre de services a toujours un prix. Baxter a demandé au gosse de dégoter un camion, poursuivit Zach.

— Et Tonto est allé sonner à la porte du seul homme qu'il connaissait et qui en possédait. Randy Bristol, conclut Mitch. Un homme qui avait le cœur sur la main.

— Ce qui explique comment un honnête citoyen a mis sans le savoir un camion à la disposition d'un criminel notoire, dit Zach. Parce qu'il croyait le prêter à Tonto. Quand il a compris ce qui se passait, il a tenté de se dépêtrer de cette sale histoire. Et il avait averti Kimberly du danger, au cas où les choses tourneraient mal.

Kimberly serait heureuse d'avoir la preuve que son intuition était bonne et que l'homme qu'elle avait connu et aimé n'avait jamais été un criminel.

— J'ai pensé qu'il fallait te mettre au courant de toute l'affaire, conclut Zach.

— Merci, merci beaucoup, répondit Mitch. C'est en effet très important pour Kimberly mais aussi pour moi.

— De rien. Une famille sert à se soutenir dans les épreuves, et je suis sûr que tu aurais fait la même chose si tu avais été à ma place. À ce sujet, les fausses accusations qui pesaient sur Isaac et toi ont été abandonnées.

— Comme elles auraient dû l'être depuis le début.

Mitch éprouvait plus que jamais une reconnaissance infinie envers son cousin, et plus généralement envers tout le clan. Parmi ses frères, sa sœur et ses cousins, il y avait toujours quelqu'un pour lui tendre la main et l'épauler dans les coups durs. Bien sûr, il leur rendait la pareille. Il appartenait à une famille. Ils comptaient tous les uns sur les autres.

Kimberly n'avait pas eu cette chance.

Avant sa majorité, elle n'avait connu que deux personnes de confiance. Les Bristol. Et tous deux étaient morts. L'un d'eux avait été assassiné.

Contre vents et marées, elle avait toujours cru en l'innocence de son père adoptif.

Randy Bristol n'était coupable de rien. Seul son bon cœur l'avait perdu. Kimberly avait toujours dit qu'il aurait donné sa chemise pour aider quelqu'un qui était dans le besoin. Tonto était un gamin qui lui avait demandé un coup de main. Un homme comme Bristol ne l'aurait jamais laissé tomber.

Il devait y avoir une trace écrite dans les accords de location, des preuves qui pourraient permettre aux autorités de coincer Baxter. Mitch se promit de les trouver.

Pour Kimberly.

Une nouvelle fois, il consulta sa montre.

Voilà une heure qu'elle avait disparu et il ne savait même pas par où commencer à la chercher, pensa-t-il, la gorge serrée.

17

En proie à une violente migraine, Kimberly avait l'impression qu'on lui transperçait la tête.

Elle tenta d'ouvrir les yeux, mais la douleur qui traversa aussitôt son crâne fut telle qu'elle les referma aussitôt. Le sang battait à ses oreilles au rythme de son cœur et elle poussa un gémissement.

— La Belle au bois dormant vient de se réveiller, déclara un homme avec calme.

Il était assis sur une chaise à l'autre bout de la petite pièce plongée dans l'obscurité. Comme elle s'efforçait de se redresser, elle s'aperçut que ses poignets étaient attachés. Ses chevilles également.

Elle promena le regard autour d'elle, à la recherche de Mitch. Il n'était nulle part en vue. Elle scruta alors la pénombre, se demandant où était passé le deuxième sbire de Baxter. En tout cas, lui non plus ne se trouvait pas dans cette pièce.

Elle était seule avec ce type.

Pour l'instant, du moins.

Il ne s'était pas adressé à elle. Il avait manifestement téléphoné à quelqu'un pour lui annoncer qu'elle avait repris connaissance.

Kimberly essaya de mémoriser son environnement afin d'aider Zach et ses adjoints à retrouver les lieux plus tard, quand elle aurait réussi à fausser compagnie à son ravisseur.

— Qui êtes-vous ? demanda-t-elle.

Il savait qu'elle était éveillée, il était donc inutile d'essayer de feindre le sommeil. Et peut-être parviendrait-elle à lui tirer les vers du nez, à obtenir des renseignements de ce type au corps d'athlète. Ses cheveux étaient noirs comme la nuit. Ses lunettes de soleil réfléchissantes ne lui servaient à rien dans ce réduit sombre, mais elles cachaient ses yeux. Il portait un jean et une chemise sales.

Assis sur une chaise pliante, il dissimulait quelque chose derrière sa large silhouette... Mais quoi ?

Elle remarqua également qu'il avait une arme à la ceinture. Pour la première fois de sa vie, elle regretta d'avoir refusé que Mitch lui apprenne à tirer. Il le lui avait proposé peu après leur mariage. En revanche, elle savait qu'il fallait débloquer une sécurité pour pouvoir faire feu. Si elle parvenait à s'emparer de son pistolet, elle avait intérêt à s'en souvenir.

Songer à la façon dont elle devait s'y prendre pour le désarmer et s'enfuir lui redonnait le moral. Elle avait bon espoir de s'en sortir vivante.

Baxter attendait quelque chose d'elle. Sans doute était-ce lui que le malfrat avait appelé pour le prévenir qu'elle avait recouvré ses esprits.

Il avait mis fin à l'appel sans ajouter un mot. Il mâchait une chique de tabac.

— Avez-vous une famille ? demanda-t-elle soudain, cherchant à établir un dialogue.

Sans répondre, il cracha par terre.

Elle souffrait à chaque mouvement. Son corps était couvert d'ecchymoses, et être allongée sur une plaque de béton n'arrangeait rien.

L'endroit où elle était enfermée semblait minuscule. Il avait la taille d'un cabanon. La poussière rouge sur les bottes du type prouvait qu'il avait marché sur une terre argileuse et qu'ils étaient donc dans l'ouest du Texas ou, plus probablement, au Nouveau-Mexique.

Était-elle de retour dans sa ville natale ? À cette éventualité, un frisson de peur lui parcourut l'échine.

Où était Mitch ?

La panique la saisit. Il lui était peut-être arrivé malheur.

Il faisait de plus en plus chaud dans le réduit où ils se trouvaient, si chaud qu'il devenait difficile de respirer.

Cet air sec, cette chaleur, cette poussière rouge, tout lui rappelait sa maison d'autrefois. S'ils n'étaient pas au Nouveau-Mexique, ils n'en étaient sans doute pas loin.

Comme elle essayait de se lever, le type lui envoya un coup de pied dans les jambes.

— Restez assise, ordonna-t-il.

Il avait la peau trop bronzée, presque orange. Avait-il utilisé de l'autobronzant en quantité excessive ? Son visage semblait écrasé comme celui d'un boxeur.

Elle se souvenait d'avoir été traînée à l'autre bout du parking, loin de Mitch, sous la menace d'une arme avant d'être assommée. Avait-elle été frappée par une matraque, une pierre ou la crosse d'un pistolet ? Elle aurait été incapable de le dire. Une main s'était plaquée sur sa bouche pour l'empêcher d'appeler à l'aide.

En tout cas, l'intensité de son mal de tête prouvait que le coup reçu avait été violent.

— Où est votre collègue ? demanda-t-elle.

— En enfer avec votre petit ami, répondit-il.

Kimberly sentit l'angoisse monter, mais elle parvint à garder un visage impénétrable. Mitch devait rester vivant. Les jumeaux avaient besoin de lui. Sa famille avait besoin de lui. Elle avait besoin de lui.

— Dites-moi où je suis et pourquoi je suis emprisonnée, dit-elle.

— Vous n'en avez donc aucune idée ? répliqua-t-il, incrédule.

— Vous croyez que je vous aurais posé la question si j'avais la réponse ?

Elle se reprocha aussitôt son ton sarcastique, qui risquait de lui nuire. Heureusement, il ne sembla pas s'en offusquer. Peut-être n'était-il pas conscient d'avoir été insulté. De toute façon, elle préférait ne pas trop se dévoiler. Elle ne savait pas si elle devait lui dire qu'elle connaissait Baxter.

Elle décida de lui donner un autre nom pour commencer, pour tâter le terrain, et voir sa réaction.

— Tonto est-il impliqué dans cette histoire ? demanda-t-elle.

— Plus maintenant.

Son cœur se serra. D'après ce qu'elle avait vu de lui, Tonto n'avait pas vingt ans. Il n'était qu'un enfant. Et le sourire du malfrat ne présageait rien de bon sur le sort qu'il lui avait réservé.

— Vous l'avez tué. Pourquoi ? Je n'ai pas d'argent. Mon père non plus n'était pas riche, dit-elle, essayant de retenir ses larmes face à cette mort insensée.

— Tonto s'est fait buter parce qu'il était stupide, répondit-il.

Son sourire suffisant prouvait qu'il s'était chargé du sale boulot et qu'il ne s'en plaignait pas.

— Des centaines de gens stupides peuplent les rues. Heureusement qu'ils ne sont pas tous condamnés à mourir.

— Personne ne refuse rien au patron. Quand il vous demande quelque chose, vous le faites. Point barre.

Il y avait un profond mépris dans sa voix.

— Je doute qu'il lui ait été demandé quelque chose de légal, répliqua-t-elle. Peut-être Tonto n'avait-il simplement pas l'âme d'un criminel.

— Vous avez raison à ce sujet. Il n'avait pas l'envergure pour...

— Pour quoi ? l'interrompit-elle. Pour s'attaquer à des innocents ?

— Personne ne lui avait demandé de tuer qui que ce soit.

— Alors de quoi avait-il été chargé ?

— Il devait vous balancer, répondit-il enfin avec un haussement d'épaules comme s'il énonçait une banalité sans conséquence.

Elle fronça les sourcils.

— Que voulez-vous dire ?

Elle s'efforçait de garder un visage impassible, de lui dissimuler son effroi et son accablement. Était-il sincère ? Peut-être jouait-il avec elle comme un chat avec une souris, pour brouiller les pistes.

— Le petit morveux n'a pas voulu nous dire où vous vous étiez enfuie, où vous vous cachiez. Il l'a payé cher.

Il ricana et cracha par terre.

À ces mots, Kimberly fut prise d'une violente colère. Sans les liens qui la retenaient, elle aurait étranglé ce salaud de ses propres mains.

Pour le salut de ses enfants, elle avait intérêt à se calmer, à se ressaisir, comprit-elle.

La porte s'ouvrit soudain et la lumière du soleil s'engouffra à l'intérieur, inondant la petite pièce. Kimberly battit des paupières, éblouie par cet afflux de luminosité. Elle s'efforça de distinguer la silhouette masculine qui s'avançait vers elle.

— Il est grand temps que nous nous rencontrions enfin, lança un homme aux tempes argentées.

— Baxter...

— Inutile d'être aussi formelle. Vous pouvez m'appeler Paul.

Il portait un pantalon de bonne facture et une chemise de qualité, peut-être en soie. Une telle élégance avait de quoi surprendre chez un tueur professionnel. Il était trop bien habillé pour se salir les mains. Mais, là encore, il avait très probablement des sbires qui effectuaient les basses besognes pour lui.

Comme une autre pensée la traversait, elle se sentit blêmir.

Un criminel comme Baxter lui montrerait-il son visage ou lui donnerait-il des éléments sur son identité s'il avait l'intention de lui laisser la vie sauve ?

Non, certainement pas. Dès qu'il aura obtenu de toi ce qu'il attend, il te tuera.

Le cœur serré, elle pensa à ses bébés... et à Mitch. Tous trois vivraient sans elle, si ce Baxter allait au bout de sa folie.

Si elle devait mourir aujourd'hui, elle voulait que ses enfants sachent qu'elle s'était battue jusqu'au bout... Battue pour eux... Battue pour rester en vie... Battue pour les protéger.

Elle aurait aimé retrouver Mitch, reconstituer la famille qu'ils avaient construite. Bien sûr, elle prenait ses désirs pour des réalités, elle le savait. Mitch ne souhaitait pas recommencer à vivre avec elle.

Il avait peur qu'elle ne reparte un beau matin et le replonge en enfer.

En réalité, il avait tort de s'inquiéter. Maintenant qu'elle avait de nouveau goûté au bonheur d'être avec ses trois amours, il lui serait impossible de les quitter.

Face à l'assassin de son père, à l'homme qui avait fait de sa vie un enfer depuis trois ans, elle s'attendait à être envahie par une haine sans mélange et à vouloir le tuer. Une partie d'elle le détestait, oui. Mais une autre partie – celle que Randy et Julie avaient influencée – ressentait une émotion qu'elle n'avait pas anticipée. De la compassion.

Était-elle en colère ? Oui.

Éprouvait-elle un sentiment d'échec ? Oui.

Haïssait-elle pour autant Paul Baxter ? Non.

Elle se rendit compte qu'il lui faisait… pitié. L'homme qui se tenait devant elle était une coquille vide au cœur de pierre. Malgré son envie de le détester, elle n'y parvenait pas. Elle voyait se refléter dans ses yeux glacés – des yeux que les épreuves avaient durcis – la fille qu'elle aurait pu être si l'amour des Bristol ne l'avait pas sauvée. Et elle se demanda si ce truand aurait emprunté une autre voie s'il avait eu la chance de rencontrer les Bristol.

Baxter n'avait jamais su ce qu'était l'amour véritable, l'empathie, la gentillesse, le pardon. Il ne connaissait que la haine, la violence et la vengeance.

Il s'attaquait aux plus vulnérables, abusait de leur faiblesse et se croyait au-dessus des lois. Il évoluait dans un monde de brutes où tous les coups étaient permis. Il était condamné à rester en permanence sur ses gardes, sur le qui-vive, parce qu'il ne pouvait se fier à personne. Ses propres hommes n'hésiteraient pas à le frapper par-derrière pour le tuer et prendre sa place.

Elle mesura soudain l'incommensurable cadeau que lui avaient fait ses parents nourriciers. Ils l'avaient regardée avec amour et bienveillance. Ils lui avaient pardonné ses erreurs, lui avaient donné confiance et l'avaient aidée à se dépasser pour devenir meilleure.

Ils lui avaient appris le sens de l'amour.

Grâce à eux, elle pouvait à présent s'ouvrir à Mitch et se laisser emporter par son amour. Ils lui avaient permis d'aimer cet homme hors du commun d'un amour sincère et véritable. Et elle se promit que, si elle survivait à ce cauchemar, elle ferait tout pour regagner sa confiance.

Elle s'éclaircit la voix et lança à Baxter :

— Quoi que vous espériez, vous allez être déçu. Vous avez détruit l'entreprise de mon père. Je n'ai pas d'argent. Je ne possède rien, rien qui puisse vous intéresser.

Baxter fit signe au type assis sur la chaise de s'écarter.

Elle découvrit avec stupeur ce qu'il cachait derrière sa haute stature : un coffre-fort. Elle le reconnut. Il s'agissait de celui de son père. Elle avait oublié ce petit coffre qu'il dissimulait dans un meuble spécialement conçu dans son bureau. Il le lui avait montré, un jour, alors qu'elle venait de fêter ses dix-huit ans. Pas étonnant qu'elle ait oublié son existence – c'était il y a sept ans.

— Ouvrez-le, ordonna Baxter.

— Comment voulez-vous que j'y parvienne ? Je ne connais pas la combinaison. Je n'ai jamais vu ce coffre, prétendit-elle.

Il lui envoya aussitôt un coup de pied – de botte ! – en

pleine figure avec une telle violence qu'elle bascula en arrière. Elle poussa un cri – une faiblesse qu'elle réprima aussitôt – et sentit un filet de sang dans sa bouche.

— Menteuse !

Baxter lui tournait autour. Visiblement, il cherchait où la frapper pour lui faire le plus de mal possible. Il lui rappelait un boxeur sur un ring, préparant ses coups de poing pour terrasser son adversaire.

— Vous savez aussi bien que moi que Tonto avait donné à votre père des photos et des contrats compromettants pour moi. Ces documents peuvent me conduire en prison pour le restant de mes jours. Je ne vous lâcherai pas avant de les avoir récupérés.

Elle devina qu'il allait de nouveau la frapper et elle se recroquevilla sur elle-même.

— Vous feriez mieux de vous mettre au travail, cria-t-il. De composer la combinaison.

— Je ne peux pas, balbutia-t-elle, retenant son souffle en attendant le prochain coup. Je ne la connais pas.

Le coup qu'elle anticipait ne vint pas.

Mais très vite elle se sentit soulevée pour être mise en position assise. Elle enroula ses bras autour de ses jambes repliées, les serrant contre sa poitrine.

— Je ne mens pas. Je ne peux pas vous aider. Pourquoi ne pas forcer ce coffre avec une masse ? demanda-t-elle.

Elle avait su la combinaison, à une époque, mais c'était il y avait des années.

Il secoua la tête.

— Ça ne marcherait pas. Pas avec ce genre de coffre-fort, répondit-il. Maintenant, faites ce que je vous dis. Ouvrez-le.

Résignée, elle montra ses poignets liés. Elle n'avait

sans doute pas le choix, elle devait céder à sa demande, en attendant de mettre au point un plan B.

— Depuis combien de temps suis-je ici ? demanda-t-elle.

Baxter hocha la tête vers son sbire.

Ce dernier consulta sa montre.

— Vous avez dormi près de onze heures.

Ce qui expliquait la faim qui la tenaillait.

Onze heures. On était donc lundi, calcula-t-elle. Lundi après-midi.

Avec la peur, la faim et la douleur, ses neurones avaient du mal à fonctionner. Elle ne parvenait plus à réfléchir et se sentait un peu nauséeuse.

L'homme de main de Baxter s'avança vers elle. Il tenait un poignard qu'il lui montra avec un sourire sadique.

— Je sais comment vous aider à vous souvenir de la combinaison, dit-il.

Quand il passa la lame le long de sa joue en ricanant, elle retint son souffle.

— Si vous voulez me tuer, allez-y et finissons-en, dit-elle, les dents serrées.

— Cesse de jouer avec elle, Landry, intervint Baxter. Voyons ce qu'elle sait.

— Je n'ai pas vu ce coffre depuis mes dix-huit ans, protesta-t-elle. Je suis sûre que mon père a changé dix fois la combinaison depuis.

— La mémoire vous revient enfin, dit Baxter. Vous vous souvenez d'avoir vu ce coffre et d'avoir su un jour la combinaison. Nous avançons. Encore un petit effort et nous allons réussir à l'ouvrir.

Elle se doutait qu'une fois parvenu à ses fins il la tuerait pour s'assurer qu'elle n'aurait jamais la possibilité de témoigner contre lui. Comme elle se remémorait le sort de Tonto, son cœur se serra.

Le tueur lui libéra les poignets.

Elle lui montra ses chevilles.

— Si je meurs, vous passerez en prison le reste de votre vie pour meurtre, lança-t-elle à Baxter en le regardant droit dans les yeux. Les forces de l'ordre me cherchent. Elles savent qui vous êtes, et aussi que vous me pourchassez depuis des mois à travers le pays.

Consciente d'avoir peu d'atouts dans son jeu, elle préférait abattre ses cartes.

Il se mit à ricaner.

— Des menaces ?

Il se tourna vers son sbire, qui ramassa un sac à dos, en sortit une corde. Il y fit un nœud coulant et le passa au cou de Kimberly.

Baxter fit un pas vers elle.

— Savez-vous ce que tout le monde dira bientôt à votre sujet ? Que vous êtes retombée dans vos vieux démons. Vous avez connu une adolescence difficile autrefois, flirté avec la délinquance, vous vous êtes souvent rendue coupable de vols et autres délits. Vos proches pensaient que vous aviez changé, mûri, que vous étiez tirée d'affaire. Et pourtant vous avez fini par vous attaquer aux deux seules personnes à vous avoir aidée, à vous avoir sortie de l'assistance publique et des services sociaux. Les Bristol vous aimaient et vous considéraient comme leur fille. Et vous les avez tués.

Baxter laissa échapper un gloussement sadique.

C'est un psychopathe, comprit Kimberly.

— Personne ne vous croira, répliqua-t-elle. J'adorais

Randy et Julie Bristol. De nombreuses personnes pourront en témoigner.

— Personne ne prétend que vous n'aimiez pas vos parents adoptifs. Voilà pourquoi les trahir, les assassiner, vous a rendue malade de culpabilité. Vous ne supportiez plus de vivre avec ce poids sur la conscience. Alors... dommage, vraiment... vous vous êtes pendue.

Les yeux exorbités, Baxter tira la langue et balança les bras, mimant un mort suspendu à une corde.

Puis il se dirigea vers elle et lui caressa la joue.

— Quel gâchis pour une jolie fille de finir ainsi.

— N'espérez pas que je vais me passer la corde au cou docilement. Je ne me laisserai pas faire. Tout le monde saura qu'il s'agissait d'un meurtre et non d'un suicide.

— C'est là que vous vous trompez, répliqua Baxter. Je peux faire tout ce que je veux, et après enquête les autorités chargées de l'affaire concluront à un suicide. Je vous le garantis.

L'adjoint Talisman.

— Vous avez un adjoint dans votre poche, mais les forces de l'ordre sont au courant, répliqua-t-elle. Et n'imaginez pas vous en tirer. Le FBI a été saisi pour mener des investigations sur Talisman, ajouta-t-elle, mentant avec aplomb.

Elle n'avait aucune idée du mode de fonctionnement du FBI, de ce qui déclenchait ses interventions, et elle priait pour que Baxter n'en sache rien non plus.

L'inquiétude assombrit le visage de ce dernier.

Discrètement, elle essayait de se libérer des liens qui retenaient ses pieds. Au moins n'avait-elle plus les mains attachées. Y avait-il moyen pour elle de se jeter sur le sbire de Baxter et de s'emparer de son arme avant de prendre la fuite ?

Trop longtemps entravées, ses jambes étaient engourdies, et elle devina que toute tentative pour passer en force se solderait par un échec.

Penser que ses jumeaux risquaient de tomber un jour sur un article de presse affirmant que leur mère s'était suicidée la fit bouillir.

Ils étaient deux contre elle. Elle ne faisait pas le poids.

Baxter l'attrapa par les cheveux et la souleva du sol. Avec un cri de douleur, elle lui saisit les mains pour tenter de desserrer son emprise.

Elle n'y parvint pas mais réussit à lui envoyer un coup de genou dans le bas-ventre.

— Salope ! hurla Baxter.

Il se plia en deux avec un cri de douleur, et elle en profita pour le frapper à la tête.

18

Mitch commençait à perdre patience. Zach et lui avaient sillonné le comté, chacun à bord d'une voiture de patrouille différente, en compagnie d'adjoints depuis...

Il jeta un coup d'œil à sa montre.

Depuis plus de onze heures.

Ils venaient de se retrouver à une station-service pour faire le point. Le résultat de leurs recherches n'était pas brillant. Seul côté un peu positif, cette halte avait donné à Mitch la possibilité de prendre un café. Il en avait vraiment besoin pour se requinquer. Il avait bu d'une traite un premier gobelet et s'en préparait un second.

— Nous avons roulé pendant des heures et nous n'avons toujours pas la moindre idée de l'endroit où elle pourrait être. Et il faudrait continuer à quadriller la région en espérant tomber par hasard sur Baxter ? Ou, plus miraculeusement encore, sur l'endroit où ses sbires ont enfermé Kimberly. C'est bien cela ?

— Tous les adjoints du comté la cherchent. Et tous ceux du Texas, répliqua Zach. Une dizaine d'hélicoptères survolent la zone. Si tu as une meilleure stratégie à proposer, j'aimerais beaucoup l'entendre.

Son cousin était tout aussi frustré que lui, Mitch le devinait aux rides qui creusaient son front.

L'adjoint Talisman était en train de se faire interroger. En vain, jusqu'à présent.

Ils n'avaient aucun signe de Kimberly. Aucun visuel. Rien.

Ses ravisseurs avaient balancé son smartphone sur le bas-côté de la route à la périphérie d'El Paso. Kimberly était sans doute tout près, sous leur nez, et ils ne la voyaient pas.

— C'est toi qui as l'expérience de ce genre de situations, rétorqua Mitch. Que penses-tu de tout ça ? Que te dit ton instinct ?

Il n'essayait pas de pousser Zach dans ses derniers retranchements. Il avait seulement envie que Kimberly lui soit rendue, saine et sauve.

— Je suis convaincu qu'elle est tout près et que nous sommes passés à côté de quelque chose, répondit son cousin.

— Tu penses qu'elle est toujours en vie ? Non, ajouta-t-il aussitôt, ne réponds pas à cette question.

Kimberly était en vie. Il le fallait. Il refusait d'imaginer les autres éventualités.

— Nous cherchons une aiguille dans une botte de foin, ajouta-t-il.

— En tout cas, c'est l'impression que ça donne, reconnut Zach.

Mitch poussa un gros soupir. Onze heures s'étaient écoulées depuis l'enlèvement de Kimberly. Onze heures et vingt minutes, pour être exact, rectifia-t-il en consultant une nouvelle fois sa montre. Il s'interdisait d'envisager le pire. Il n'était pas possible que tout finisse mal pour elle. Ils avaient encore tant de choses à se dire, tant à vivre, bon sang.

L'adjoint Bright s'approcha d'eux. Il lança un regard interrogateur à Mitch.

— Prêt ?

Mitch hocha la tête avant de le remercier. Il était conscient qu'il ne devait pas être très amusant pour Bright de sillonner la région en sa compagnie. Cette mission les occupait depuis l'arrivée de l'adjoint au bureau du shérif. D'ailleurs, il était probable qu'une nouvelle équipe allait bientôt prendre le relais.

Mitch se demanda pendant combien de temps encore le shérif local allait accepter d'affecter tous ses hommes à une enquête qui ne menait nulle part, qui ne les mettait sur aucune piste.

Il parvenait devant la voiture de patrouille et s'apprêtait à prendre place sur le siège passager quand il entendit Zach crier derrière lui.

— Mitch !

Il se retourna et vit Zach lui faire signe, son smartphone collé à l'oreille. Mitch sentit son ventre se nouer.

— Où est-ce ? demandait Zach à son interlocutrice tout en regardant Mitch avec intensité.

Il avait actionné la fonction haut-parleur de son appareil, et à côté de lui l'adjoint Stillwater hochait la tête. Grand et athlétique, Stillwater avait le teint mat et les cheveux bruns. Il portait un stetson blanc et des lunettes de soleil réfléchissantes. Il arborait en permanence une expression grave et, visiblement, il n'était pas du genre à prendre son travail à la légère.

— Je connais l'endroit, dit-il à Zach. C'est un ancien centre de tir, mais il est fermé depuis des années.

— Êtes-vous sûre de la fiabilité de cette information ? demanda Zach à sa correspondante après avoir remercié l'adjoint d'un signe de tête.

— Nous avons déjà envoyé des hommes fouiller la maison de Baxter et d'autres lieux où il a ses habitudes. En vain. Il n'y avait personne, monsieur, assura la voix féminine. Nous ne savons plus où chercher. Talisman a commencé à parler il y a quelques instants. Et voilà pourquoi, dès qu'il nous a signalé ce stand de tir désaffecté, j'ai tout de suite quitté la pièce pour vous mettre au courant.

Qu'aucune activité n'ait été constatée chez Baxter et dans ses différents repaires semblait étrange. Mais que Talisman ait donné l'endroit où se trouvait Baxter était plus bizarre encore. Il s'agissait peut-être d'un piège. Même si Baxter était là-bas, il avait sans doute été prévenu de leur arrivée et se préparait à les canarder.

Cela dit, Mitch et Zach n'avaient pas d'autre option.

— Nous nous y rendons immédiatement, dit Zach en regardant Stillwater.

Ce dernier hocha la tête.

L'adjoint Bright était déjà au volant et Mitch sauta dans la voiture.

Il reprenait espoir, mais il n'osait pas se réjouir trop vite, craignant d'être cruellement déçu à l'arrivée.

— À quelle distance se trouve cet ancien centre de tir ? demanda-t-il à Bright.

— À environ vingt minutes de route, répondit Bright en actionnant les gyrophares et la sirène.

Il sortit du parking sur les chapeaux de roue.

— Ne vous inquiétez pas. En approchant de notre destination, nous nous ferons plus discrets, ajouta-t-il.

Mitch avait le sentiment que les vingt prochaines minutes seraient les plus longues de sa vie.

Dix minutes plus tard, Bright coupa la sirène et éteignit les gyrophares. Vu la vitesse à laquelle il avait roulé, ils avaient parcouru le trajet sans respecter les limitations.

Bright et Mitch furent les premiers sur les lieux, bientôt suivis par Zach et Stillwater. Installé en plein air, au milieu des champs, le stand de tir était désaffecté, mais les installations n'avaient jamais été démontées.

Mitch ouvrit la portière. Devant lui s'étendaient de longues galeries en béton armé, conçues pour permettre aux tireurs de s'exercer sans risquer de blesser leurs voisins. Des appareils de lancement permettant d'envoyer en l'air des plateaux d'argile étaient disséminés sur le terrain, des vieilles cibles métalliques de forme humaine se balançaient sous de grands portiques.

— Restez là, ordonna Bright. Vous devez demeurer à l'abri dans mon véhicule pendant toute la durée de l'intervention.

Mitch n'avait pas l'intention de faire obstacle au travail de l'adjoint, mais rester en arrière, les bras croisés, lui était difficile.

— Laissez-moi vous accompagner. Je ne vous dérangerai pas, assura-t-il.

— Monsieur, je ne ...

Stillwater et Zach étaient déjà sortis de leur véhicule.

— Laissez-le, intervint Zach. J'en prends l'entière responsabilité.

— Avec tout le respect que je vous dois, vous n'êtes pas dans votre juridiction et la situation n'est pas de votre ressort, shérif, répliqua Bright.

— J'en suis conscient. Je vous propose mon aide, c'est tout.

— Laisse tomber, Zach, dit Mitch. Nous perdons du temps et nous ne pouvons pas nous le permettre. D'accord, nous resterons ici. Allez-y et ramenez-la vivante.

Stillwater appela le bureau du shérif pour demander des renforts. Suivi de Bright, il se dirigea vers les cabanes de tir. L'arme au poing, tous deux progressaient lentement, s'assurant avec méthode que chaque zone était sûre avant de s'y aventurer.

Avec un gros soupir, Mitch s'adossa à la voiture de patrouille et demanda à son cousin :

— Alors nous restons ici ?

— Il le faut.

Un petit avion passa au-dessus de leur tête en rase-mottes. Puis un autre.

— Nous devrions nous abriter quelque part, dit Zach. Être à découvert fait de nous des cibles faciles. Baxter ou l'un de ses hommes pourrait sortir de l'un de ces cabanons et faire feu sur nous.

Mitch le suivit vers une palissade derrière laquelle ils s'accroupirent.

— Comment as-tu su qu'il était ici ? demanda-t-il.

Le soleil brillait haut dans le ciel, il commençait à faire très chaud.

— La présence de deux véhicules sur ce champ de tir en principe désaffecté a étonné un fermier du coin, qui a prévenu les autorités, répondit Zach.

— Et ce fermier a dit quelque chose à propos de Kimberly ? demanda Mitch. Il l'a vue ?

Zach secoua la tête et Mitch ferma un instant les

paupières. Tous ces efforts ne servaient sans doute à rien. Il s'agissait sûrement d'une fausse piste.

L'éventualité que Kimberly ait été assassinée, il y a des heures, et abandonnée dans un fossé ou, comme Tonto, dans le coffre d'une voiture le rendait malade...

Son cousin avait sorti son smartphone et étudiait une carte.

— Suis-moi. Il nous faut localiser ces deux véhicules Si les choses tournent mal pour les gangsters, Baxter tentera de fuir à bord de sa voiture.

Il avait raison.

Zach sortit son Glock et ouvrit la voie.

— Par chance, aurais-tu un calibre à me prêter ? s'enquit Mitch.

L'idée d'être le seul à se présenter à la fête sans arme lui déplaisait.

Zach en tira une d'un holster dissimulé à sa cheville.

— Si quelqu'un te pose la question, je ne te l'ai jamais donné.

Mitch s'en empara, le remercia, et tous deux se mirent en marche.

La chaleur sèche du Nouveau-Mexique devenait étouffante et, tandis qu'ils cheminaient sous un soleil de plomb, le visage de Mitch ruisselait de sueur.

Plusieurs coups de feu se firent entendre, tirés en rafale. Un instant figés sur place, les deux cousins se laissèrent tomber à terre et roulèrent sur le ventre.

— Reste près du sol, murmura Zach alors qu'ils rampaient vers un luxueux SUV blanc garé à côté d'une camionnette. S'ils sortent, nous ne pourrons pas les rater.

Pour se préserver d'éventuels coups de feu, il leur fallait mettre une solide protection entre les criminels et eux. Mitch balaya la zone des yeux et repéra un mur de béton de dix mètres de haut et de plusieurs centimètres d'épaisseur. Les sbires de Baxter venaient sans doute s'entraîner régulièrement sur ce stand de tir, songea-t-il.

Afin de garder espoir, il se répétait que, depuis le départ, les tueurs n'avaient jamais cherché à descendre Kimberly. Ils avaient besoin d'elle. Le problème était qu'il ignorait pourquoi, et surtout il se doutait que, dès qu'ils auraient obtenu d'elle ce qu'ils attendaient, ils se débarrasseraient d'elle.

Ils la tueraient et abandonneraient son cadavre quelque part, comme celui de Tonto.

De nouveau, Mitch refusa de sombrer dans le désespoir. Pour tenir et avancer, il lui fallait se persuader qu'elle était toujours en vie.

D'autres déflagrations fendirent l'air. Zach marmonna quelques jurons tout en s'emparant de son smartphone. Il envoya un texto au shérif pour lui demander de le mettre au courant de l'évolution de la situation. Il ne reçut aucune réponse.

— Il n'est pas question d'entrer dans ce hangar sans savoir ce qui s'y passe, dit-il. Nous risquerions d'aggraver les choses.

— Je ne vois pas comment elles pourraient être pires, répliqua Mitch.

Rester en arrière, les bras ballants, lui était insupportable. Jusqu'à présent, la seule bonne nouvelle était que Baxter était là.

Mitch ne voulait pas imaginer l'éventualité que Kimberly ait été emmenée ailleurs. Tous les signes indiquaient qu'elle aussi se trouvait quelque part sur cet ancien champ de tir.

— C'est très dur pour moi aussi, reconnut Zach.

Il regarda de nouveau l'écran de son smartphone.

— Toujours rien pour le moment. Ça viendra.

Comme s'il l'avait entendu, son appareil se mit à vibrer. Zach activa le haut-parleur et baissa le volume pour que seul Mitch puisse entendre.

— J'ai deux hommes sur place, annonça le shérif Knelle d'un ton grave. Des renforts arriveront sur les lieux dans une vingtaine de minutes. Ne cherchez pas à intervenir ni à entrer en contact avec les suspects. Je répète : n'intervenez pas.

— Combien sont-ils ? demanda Zach.

— Deux individus sont retranchés dans l'un des cabanons de tir, répondit le shérif Knelle.

— L'un de vos adjoints a-t-il repéré la présence d'une femme ?

— Il est impossible à ce stade de déterminer si quelqu'un d'autre se trouve avec les suspects.

Après l'avoir remercié, Zach mit fin à l'appel. Il regarda Mitch.

— Tu l'as entendu comme moi. Personne ne sait si elle est là-dedans.

— Elle y est.

Mitch était incapable de dire pourquoi il en était sûr.

— Pourquoi tirent-ils, s'ils n'ont rien à cacher ? ajouta-t-il.

— Beaucoup d'autres raisons pourraient l'expliquer, répliqua Zach. Mitch, comprends-moi bien : des adjoints, des hommes valables sont là-bas, exposés au danger, peut-être en train de mourir. D'une manière ou d'une autre, je me dois d'agir, de leur prêter main-forte. Mais toi tu ne fais pas partie des forces de l'ordre, tu n'as pas le droit de t'en mêler. Alors, je t'en prie, ne complique pas la situation et reste à l'écart.

À ces mots, Mitch se leva d'un bond.

— Pourquoi ? Allons-y. Il n'y a plus un instant à perdre.

— Foncer tête baissée serait une grave erreur. Il nous faut d'abord sécuriser le périmètre. Baxter est peut-être sur le point de bouger. À mon avis, il est toujours dans le hangar, en train de mettre au point l'étape suivante.

Mitch reconnut que le raisonnement de Zach se tenait. Pour les adjoints opérant sur cette affaire, il valait mieux que des tiers n'interviennent pas. Mais il devinait que Kimberly risquait de payer cette inaction de sa vie.

— Laisse-moi t'accompagner. Je ne ferai rien de stupide.

— Je n'en ai jamais douté, répondit Zach alors qu'il s'accroupissait et se dirigeait vers le sentier.

Mitch le suivit.

Un petit hangar en taule se dressait à quelques pas. Tout semblait calme et désert. Il n'y avait pas un souffle de vent. Les rayons du soleil devenaient brûlants et tous deux transpiraient à grosses gouttes.

Mitch balaya la zone des yeux à la recherche des adjoints du shérif. Ils n'étaient nulle part en vue. Les portes métalliques du hangar étaient fermées. Il n'y avait pas de fenêtres. Mais, en approchant, Mitch remarqua un gros œilleton percé dans le battant. Il permettait de voir au travers, mais l'ouverture était assez grande pour laisser passer le canon d'une arme.

Zach se tourna vers Mitch et lui demanda d'un geste de le couvrir pendant qu'il s'aventurait pour tenter de retrouver ses collègues et leur prêter main-forte.

Comme son cousin disparaissait de son champ de vision, Mitch surveilla attentivement les portes.

Lorsqu'elles s'ouvrirent soudain, son cœur se serra.

Kimberly apparut et fit quelques pas tremblants, les mains en l'air.

— Ne tirez pas, dit-elle d'un ton suppliant avant de tomber à genoux.

Un homme surgit derrière elle et la força à se relever, se servant d'elle comme d'un bouclier humain.

Du coin de l'œil, Mitch vit Zach se lever d'un bond, s'accroupir derrière des barils. Il ne tenterait rien de stupide.

Le canon d'une arme apparut à travers l'œilleton de la porte du hangar.

Mitch n'avait aucun moyen d'en avertir Zach et pouvait juste espérer que son cousin l'avait remarqué.

Il comprit soudain ce qui allait se passer.

Baxter bondit de côté au moment précis où un coup de feu claqua.

Kimberly écarquilla les yeux. Un point rouge fleurit sur son ventre. Mitch crut devenir fou. Il ne pouvait intervenir sans trahir sa position et se faire descendre. Même s'il mourait d'envie de courir vers elle, il comprit que les sbires de Baxter comptaient sur cette réaction pour le prendre pour cible avant de s'échapper. Il refusait d'être un jouet entre leurs mains.

Baxter s'élança vers son SUV.

Luttant contre son envie de se ruer vers Kimberly pour lui porter secours, Mitch se précipita derrière Baxter, bien décidé à l'empêcher de s'enfuir.

Baxter se retourna et brandit une arme dans sa direction. Mais, sans lui laisser le temps de presser la détente, Mitch tira le premier.

Mitch n'avait pas eu la possibilité de stabiliser sa main,

mais il était assez proche pour l'atteindre. La balle frappa Baxter au bras gauche.

Traversé par une décharge d'adrénaline, Mitch continua sur sa lancée et plongea dans les jambes du criminel. Déséquilibré, ce dernier tomba de tout son long sur le sol. Son pistolet lui échappa des mains.

Baxter tenta de le récupérer, mais Mitch était déjà sur lui et le bourrait de coups de poing.

D'autres déflagrations résonnaient derrière lui et Mitch sentit son ventre se nouer.

Hors de lui, il asséna coup sur coup jusqu'à ce que le corps de Baxter devienne mou.

19

Deux paires de mains puissantes saisirent Mitch par les bras et l'écartèrent de Baxter.

Il lui fallut un instant pour identifier la voix de son cousin, qui lui ordonnait de lâcher le malfrat.

— Laisse-le-nous. Kimberly a besoin de toi, dit Zach d'un ton pressant.

Mitch cessa de résister et se releva précipitamment.

Zach enjamba le corps ensanglanté de Baxter.

— Ramassez-le et emportez-le, dit-il à l'un des ambulanciers dépêchés sur place. Il va passer le reste de sa vie en prison, et je tiens à ce qu'il s'en sorte pour avoir la possibilité de purger sa peine.

Les forces de l'ordre arrivées en renfort déployaient maintenant une intense activité. Quant aux secours, ils se consacraient essentiellement à Kimberly, s'efforçant de juguler l'hémorragie et de la ramener à la vie.

Mitch se précipita vers eux, vers elle.

— Laissez-le passer, ordonna Zach d'une voix autoritaire.

Mitch tomba à genoux à côté d'elle et lui prit la main tandis qu'un urgentiste effectuait sur elle un massage cardiaque.

Un masque à oxygène recouvrait la plus grande partie

de son visage. À la vue de sa Kimberly adorée allongée là, inerte, livide, Mitch sentit l'espoir l'abandonner.

Il l'avait déjà perdue une fois. S'il devait la perdre encore, il n'y résisterait pas. D'autant qu'à présent il avait découvert la vraie Kimberly. Une femme généreuse, intelligente, courageuse, féroce.

Des larmes jaillirent de ses yeux. Il les essuya d'un revers de main.

— Reste avec moi, Kimberly, dit-il en mêlant leurs doigts. Ne me quitte plus jamais. Ma vie n'a aucun sens sans toi. Je t'aime. Reste avec moi, avec nous. Nos jumeaux, Aaron et Rea, ont besoin de toi. J'ai besoin de toi. Je t'en prie, mon amour, ne meurs pas.

Il n'obtint aucune réponse. La vie semblait avoir déserté son corps gracile.

Bon sang, ce n'était pas possible.

Il se pencha pour lui chuchoter à l'oreille :

— M'entends-tu, mon amour ? Je t'aime. Avant de te rencontrer, je n'avais jamais connu l'amour, le véritable amour. Toi seule as su trouver le chemin de mon cœur. Alors ne me quitte pas. Sans toi, je ne suis que l'ombre de moi-même. Sans toi, je ne suis rien.

Les larmes ruisselaient sur ses joues.

Mais soudain il sentit les doigts de Kimberly frémir entre les siens.

Il entendit un des urgentistes dire à son collègue :

— Elle respire, elle revient.

Un autre s'adressa directement à Kimberly :

— Tenez bon, madame, vous allez vous en tirer. Un hélicoptère va atterrir d'un instant à l'autre pour vous transporter à l'hôpital. Accrochez-vous.

Un vrombissement sourd approchait. Mitch tendit l'oreille et reconnut le souffle puissant d'un rotor.

Le plus jeune des médecins se tourna vers Mitch.

— Nous l'emportons au Hope Memorial Hospital. Quelqu'un vous y conduira.

La gorge serrée, Mitch les regarda installer la civière dans la carlingue.

— Prenez bien soin d'elle, dit-il.

Zach l'entraînait déjà vers le parking. Jetant un coup d'œil par-dessus son épaule, il vit les adjoints qui encadraient Baxter et son sbire. Les deux truands étaient menottés. Ils allaient être conduits au bureau du shérif pour y être interrogés, mais dès ce soir ils dormiraient en prison.

L'hélicoptère était déjà haut dans le ciel, ses pales claquaient avec bruit.

Le cauchemar de Kimberly était terminé.

Le sien ne faisait que commencer.

Pendant trois longs jours et trois longues nuits, Mitch resta au chevet de sa femme. Elle avait passé plusieurs heures au bloc, mais les chirurgiens avaient réussi à extraire la balle de son estomac. Depuis l'intervention, elle était restée inconsciente. Pourtant, l'équipe médicale était confiante. Kimberly était jeune et en bonne santé. Tous les signes indiquaient qu'elle se rétablirait. Mais personne n'en avait la certitude. En effet, elle avait perdu beaucoup de sang. Et, si elle revenait à la vie, rien ne garantissait qu'elle serait la même qu'avant la fusillade.

Tous les membres de la famille de Mitch se relayaient pour le soutenir et pour s'occuper des petits. Ses frères avaient loué des chambres dans un hôtel proche et y avaient installé Joyce et les jumeaux. Amy et Amber étaient parties chercher une personne importante à l'aéroport.

L'épuisement menaçait Mitch, qui avalait sa énième tasse de café. Depuis soixante-douze heures, il regardait Kimberly dormir, lui susurrant parfois des mots de réconfort à l'oreille, des mots d'amour.

Elle allait bien. Elle irait bien à son réveil, il le fallait.

Mitch n'était pas vraiment pratiquant, mais il se surprenait à prier.

Tous les jours, Joyce lui préparait un repas fait maison. Il ne voulait pas la vexer en lui demandant de cesser, mais en réalité il ne mangeait rien. Il n'avait plus d'appétit. La plupart du temps, l'un de ses frères engloutissait le contenu de son assiette à sa place.

Mitch retenait son souffle, oscillant entre espoir et découragement.

Il contemplait Kimberly depuis des heures lorsque soudain il eut tellement envie de revoir ses beaux yeux qu'il se pencha vers elle pour l'encourager à les ouvrir.

— Kimberly, dit-il. Regarde-moi, mon amour.

À sa grande surprise, Kimberly battit plusieurs fois des paupières, cherchant manifestement à adapter sa vision à la luminosité. En effet, un grand soleil inondait la pièce.

Le cœur battant à tout rompre, Mitch se rapprocha encore.

— Veux-tu que je tire les rideaux ? proposa-t-il.

Quand elle posa les yeux sur lui, il cessa de respirer et sa gorge se serra.

Les soixante-douze heures passées à se demander avec

angoisse si elle se réveillerait un jour l'avaient épuisé, mais maintenant il savait qu'il n'avait pas espéré pour rien.

Elle esquissa un sourire.

— Tout va bien, grommela-t-elle.

Elle parut se rendre compte qu'il lui tenait la main. De l'autre, elle palpa sa gorge d'un air inquiet.

— Tu cherches quelque chose, chérie ? Ça, peut-être ?

Il sortit de sa poche l'alliance qu'elle portait en sautoir depuis des mois. L'infirmière lui avait remis le bijou avant qu'elle ne soit transférée au bloc.

Les yeux de Kimberly s'éclairèrent quand elle reconnut l'anneau d'or.

— Oui.

Il le lui remit au cou.

— Je vais chercher l'infirmière.

— Non, attends. Dis-moi d'abord… Que s'est-il passé ?

Elle regarda autour d'elle ; elle semblait un peu effrayée.

— Tu as été gravement blessée et tu te remets de l'opération qui t'a sauvé la vie. Baxter et ses tueurs sont en prison. C'est fini. Tu es en sécurité, maintenant.

Un intense soulagement traversa Kimberly, détendant ses traits.

— Quel jour sommes-nous ? demanda-t-elle en essayant de se redresser pour s'asseoir.

— Attends, ne fais pas trop de mouvements. Le médecin a recommandé d'y aller doucement.

Il lui mit dans la main la télécommande qui permettait de bouger le lit médicalisé.

— J'aimerais mieux tenir ta main, dit-elle en rougissant.

— Si tu savais à quel point ça me fait plaisir d'entendre ça.

— Quelle heure est-il ? demanda-t-elle d'une voix rauque.

Mitch consulta son téléphone.

— 16 h 30.

Il l'aida à porter un verre d'eau à ses lèvres.

Elle en avala une gorgée.

— Merci, cela me fait du bien. J'avais la gorge si sèche.

Entendre sa voix et la voir s'asseoir remplissaient Mitch de bonheur. Il avait eu si peur de la perdre.

— Et nous sommes jeudi, ajouta-t-il.

Le regard confus, elle fronça les sourcils avant de commencer à compter sur ses doigts.

— Je suis ici depuis trois jours ? Je dors depuis trois jours ?

— L'opération s'est bien déroulée, et ensuite tu as beaucoup dormi, oui.

— Tu as été ici tout ce temps ? dit-elle sans chercher à dissimuler sa sidération.

— Oui. Et je resterai à tes côtés ta vie durant si tu le souhaites.

Il se laissa tomber sur une chaise à côté de son lit, prit sa main dans la sienne et la porta à ses lèvres. Au départ, il avait prévu de lui parler plus tard, pour ne pas la fatiguer. Mais son cœur était sur le point d'éclater, et il comprit qu'il fallait lui déclarer sa flamme sans attendre.

Il lui leva donc le menton pour planter les yeux dans les siens.

— Je t'aime, Kimberly. Et je veux que tu retrouves ta place dans mon cœur, dans ma famille. Mais, toi, qu'en penses-tu ? As-tu envie de rentrer à la maison avec moi ?

Des larmes coulaient sur ses joues, mais elle lui décocha un sourire plus éclatant que jamais.

— Oui, mon amour. Je t'aime tant, Mitch. J'ai hâte de retrouver ma vie avec toi.

Il déposa un tendre baiser sur ses lèvres.

— Dans combien de temps pourrai-je sortir d'ici ? demanda-t-elle.

Elle allait mieux, constata-t-il à la vue de l'éclat de ses yeux. La petite étincelle au fond de ses prunelles témoignait de sa force de vie.

Un petit coup retentit à la porte.

— Entrez, dit Mitch.

Zach passa la tête par l'entrebâillement de la porte.

— Je dérange ?

— Pas du tout, répondit Kimberly avec un sourire.

Mitch et Zach échangèrent une brève accolade avant que Zach ne s'avance près de Kimberly.

Elle fit signe à Mitch de s'asseoir de l'autre côté du lit, ce qu'il fit.

— Je me souviens que deux adjoints ont été les cibles de Baxter et de son complice. Comment vont-ils ? Sont-ils hospitalisés ici, eux aussi ? demanda-t-elle.

Mitch n'avait pas encore eu la possibilité de lui annoncer la mauvaise nouvelle.

Zach poussa un soupir.

— L'un d'eux, Bright, n'a malheureusement pas survécu à ses blessures. L'autre a été opéré. Tout s'est si bien passé qu'il a déjà été autorisé à rentrer chez lui.

— Zach n'a pas réussi à les sauver tous les deux, ajouta Mitch.

Ce n'était pas faute d'avoir essayé. Son cousin avait tout tenté. Et Stillwater lui devait la vie.

— Je suis vraiment désolée pour Bright, déclara Kimberly.

Mitch avait créé un fonds pour soutenir les parents du jeune adjoint. Sa mort avait durement frappé la communauté.

— Baxter et ses hommes de main seront lourdement condamnés, assura Zach. Les peines qui leur seront infligées ne ramèneront pas notre adjoint et ne supprimeront pas la douleur de ses proches. Mais justice sera rendue. Talisman passera également le reste de sa vie derrière les barreaux. Il a commencé à parler.

— Et t'a-t-il dit comment mon père s'était retrouvé mêlé à tout cela ? demanda-t-elle.

— Tonto voulait à tout prix faire traverser la frontière à sa grand-mère malade, pour lui permettre de se faire soigner au Texas. Il a été présenté à Baxter, qui a promis de l'aider si Tonto mettait une camionnette à sa disposition, répondit Zach. Voilà pourquoi Tonto est allé voir ton père, qui a accepté de lui prêter l'un de ses véhicules. Mais…

— Mais mon père a alors compris les magouilles qui liaient l'adjoint Talisman et le truand Paul Baxter, dit-elle en soupirant.

— Il avait gardé les preuves de leurs petits arrangements dans son coffre-fort, poursuivit Zach.

Le smartphone de Mitch vibra. Il regarda l'écran et se tourna vers Zach.

— Ça t'ennuie, que je vous laisse un instant ?

— Pas du tout.

Zach s'installa à côté de Kimberly.

— Nous ne remplacerons jamais les Bristol. Je sais que tu les aimais beaucoup. Mais maintenant tu as une autre famille sur laquelle tu peux compter.

— Je sais. Je ne serai plus jamais seule, dit-elle d'une voix remplie de larmes.

Dans le couloir, Mitch se dépêcha de rejoindre les trois jeunes femmes qui venaient vers lui. Celle qu'il ne connaissait pas encore arborait un grand sourire.

Sa ressemblance avec Kimberly lui donna presque envie de se pincer. Ses cheveux étaient bruns – la couleur naturelle de Kimberly – et son nez était un peu plus grand. Pour le reste, toutes deux se ressemblaient comme deux gouttes d'eau.

Les présentations étaient inutiles.

— Elle ne sait pas que vous êtes ici, dit-il à Rose.

— J'ai hâte de la revoir. J'ai du mal à y croire. Ça fait si longtemps.

Ses joues étaient couvertes de larmes. Amy et Amber semblaient, elles aussi, bouleversées.

Il les remercia toutes les deux d'être allées chercher Rose à l'aéroport.

Il avait fallu exactement six heures à Isaac pour retrouver sa trace. Depuis sa sortie de l'hôpital, il était en convalescence et il tournait en rond chez Zach en attendant d'être autorisé à reprendre le travail. Il avait été trop heureux de s'occuper.

La première conversation entre Mitch et Rose avait duré trois heures. Il y en avait eu plusieurs autres.

Elle avait voulu tout savoir sur sa grande sœur.

— J'ai la chair de poule, avoua Rose. Je pense à elle tous les jours depuis que les services sociaux nous ont séparées.

— Eh bien, ne vous faisons plus attendre, déclara Mitch.

Il entra dans la chambre.

— Il y a quelqu'un ici qui aimerait te voir, annonça-t-il à Kimberly.

— Mes bébés ? demanda-t-elle en se redressant.

Ils viendraient plus tard, après avoir été nourris.

— Pas exactement.

Il fit un signe de tête à Rose, qui se précipita à côté de Kimberly.

Le souffle coupé, cette dernière porta sa main à la bouche.

— Rose ? Est-ce vraiment toi ?

— C'est moi. Ta petite sœur.

Kimberly la serra contre elle en sanglotant.

— Quel bonheur !

— Tu as toujours été avec moi pour me protéger.

Elle lui montra le talisman qu'elle portait au cou, le talisman que Kimberly lui avait donné autrefois, avant d'être envoyée dans une autre famille d'accueil.

Des larmes coulaient sur les joues de Kimberly alors qu'elle étreignait sa sœur chérie.

Mitch s'assit en retrait, bavardant avec ses cousins jusqu'à ce que l'infirmière entre avec le médecin. Les nouvelles étaient bonnes. Kimberly se rétablissait bien et pourrait quitter l'hôpital dans quelques jours.

Dès qu'ils repartirent, Rose et Kimberly reprirent leurs échanges. Elles avaient tant à se dire.

Comme le soir tombait, l'infirmière revint et pria Rose et Mitch de s'en aller, expliquant qu'ils pourraient revenir dès que Kimberly aurait fini son dîner.

Mitch refusa de sortir et resta sur la chaise à côté de sa femme. Rien ni personne ne les séparerait de nouveau. L'infirmière parut le comprendre et n'insista pas. Elle le laissa nourrir Kimberly et promit de repasser plus tard pour lui prodiguer les soins.

Quand ils se retrouvèrent tous les deux, Kimberly se pencha vers Mitch.

— D'abord, tu m'as donné ton amour, puis une famille. Maintenant, ma sœur…

Des larmes ruisselaient sur ses joues.

— Décidément, je suis une vraie fontaine, dit-elle. Mais je veux juste dire que je t'aime plus que tout, Mitch Kent.

— Je t'aime à la folie, moi aussi. Le jour où nous nous sommes rencontrés, je suis devenu pleinement moi-même. Avec toi, j'ai trouvé ma moitié. Oublions le passé et occupons-nous pour de bon de nous et de nos enfants. Tu n'as plus besoin de te cacher. Ni d'avoir de secrets. Désormais, il n'y aura plus que nous deux et nos bébés.

Kimberly se jeta à son cou.

— Je t'aime. Et j'ai hâte de rentrer à la maison.

CAROL ERICSON

Garde du corps d’une héritière

Traduction française de
LUCIE DELPLANQUE

BLACK ROSE

HARLEQUIN

Titre original :
DELTA FORCE DIE HARD

Ce roman a déjà été publié en 2020.

Prologue

L'adolescent enfonça le canon de son vieux fusil dans le dos de l'homme, et ensemble ils franchirent les derniers rochers, au bas de la montagne.

Le gamin afghan prétendait s'appeler Massoud et son anglais semblait se limiter à quelques menaces de mort qu'il répétait à tout bout de champ. À moins que ses aînés lui aient ordonné de se taire en présence d'étrangers – surtout s'il s'agissait de soldats américains.

L'homme n'avait aucune intention de faire du mal au garçon dont il n'avait pas pris les menaces au sérieux. Massoud était à peine assez âgé pour soulever l'antique fusil russe et viser… À condition que l'arme soit en état de marche, évidemment. Elle faisait cependant bien illusion comme accessoire, apportant visiblement à son porteur un semblant de courage.

L'homme préférait suivre Massoud, où qu'il le mène, plutôt que de chercher à lui échapper dans les montagnes et devoir se débrouiller pour redescendre tout seul. Il ne s'en prenait jamais aux enfants, de toute façon, contrairement à ce que l'armée américaine pensait de lui.

Avec sa jambe blessée, il aurait d'ailleurs eu du mal à se déplacer sur le terrain accidenté sans l'aide de Massoud.

Le gamin lui avait sans doute sauvé la vie. Évidemment, c'était peut-être simplement pour laisser à un autre le loisir de le tuer, plus tard.

Soudain, il s'arrêta, manquant de déraper dans les cailloux ; le canon du garçon vint s'enfoncer contre sa hanche. Il désigna quelques huttes, d'où s'échappaient des colonnes de fumée, et un petit troupeau de chèvres enfermé dans un enclos.

— C'est ton village ? demanda-t-il en pachto.

Le garçon répondit en anglais, avec les seuls mots qu'il semblait connaître :

— Crève, sale Yankee.

— D'accord, d'accord, soupira l'homme, une main levée en signe d'apaisement. Mais tu peux m'appeler Denver. Je te l'ai déjà dit. Denver.

Le garçon se tapota la poitrine.

— Massoud.

— Je sais, Massoud. Merci de m'avoir guidé dans la montagne.

L'adolescent rougit sous la couche de crasse qui lui recouvrait les joues et, oubliant un instant son prisonnier, il s'avança vers une chèvre égarée pour lui gratter le dessus de la tête.

— Chez moi, annonça-t-il.

— Manger ? demanda Denver, plein d'espoir.

Il aurait volontiers dévoré une de ces chèvres... S'il n'avait pas risqué que la famille de Massoud ne le tue avant. Avec un hochement de tête, le gamin se remit en route en direction des habitations. Arrivé devant la première, il écarta le pan de tissu qui faisait office de porte et, du bout de son arme, lui fit signe d'entrer.

Avec un soupir, Denver détacha la mitraillette qu'il

portait dans son dos et l'appuya contre le mur, à l'extérieur ; il conserva néanmoins son arme de poing accrochée à sa cuisse. Les proches de Massoud comprendraient sans doute que, s'il ne s'était pas encore servi de ses armes pour tuer leur fils, c'est qu'il n'avait pas l'intention de s'en prendre non plus aux autres membres de la famille.

Il se baissa pour franchir le seuil. À peine fut-il entré dans la pièce sombre et enfumée que ses yeux se mirent à larmoyer. Une marmite mijotait sur un feu, pleine d'un ragoût épais à l'odeur délicieuse qui le fit aussitôt saliver. Son estomac gronda soudain avec force.

Une petite femme leur tournait le dos. Penchée sur la marmite, elle remuait le ragoût avec une longue cuiller en bois. Massoud lança une volée de paroles en pachto, trop rapidement pour que Denver puisse saisir autre chose que « américain », mais l'effet sur la cuisinière fut immédiat.

Elle fit volte-face, sa cuiller à la main et se mit à invectiver Massoud avec véhémence, soulignant ses paroles de gestes qui projetaient des gouttelettes de sauce brûlante à travers la pièce. Lorsqu'elle se tut enfin, ce fut pour tourner les talons et disparaître dans une chambre voisine – sans doute la seule autre pièce du logis.

Massoud poussa Denver en direction de la porte, et ils ressortirent. La femme n'avait pas semblé ravie de le voir, pensa Denver en inspirant de grandes bouffées d'air frais. Mais au moins il n'avait pas reçu une balle entre les deux yeux.

Pas encore.

Portant deux doigts à sa bouche, Massoud émit un long sifflement modulé. Quelques dizaines de secondes plus tard, un homme d'une cinquantaine d'années apparut à l'entrée d'une autre hutte. Apercevant Massoud et son invité, il lança quelques paroles par-dessus son épaule puis s'avança dans leur direction.

Massoud courut à sa rencontre en agitant les bras, désignant Denver derrière lui. L'homme lui posa une main sur l'épaule puis reprit tranquillement sa progression en sa compagnie.

Arrivé devant Denver, il hocha brièvement la tête et articula, dans un anglais laborieux :

— Je suis le père de Massoud, Rafi.

— Major Rex Denver, armée des États-Unis.

L'homme hocha de nouveau la tête.

— Je sais qui vous êtes. Le traître américain. Et je sais pourquoi vous êtes ici.

1

À sa descente du taxi, Hailey fut saisie par le vent glacial qui lui mordit les joues. Elle releva le col de son manteau et vérifia la présence de son ticket dans sa poche. Même un soir de janvier, il fallait réserver pour monter à bord du ferry qui desservait l'ancienne prison d'Alcatraz.

Si Marten avait eu envie de faire un peu de tourisme, elle aurait été ravie de lui faire visiter la ville… Mais le moment était mal choisi. Et puis il était à peine possible d'avoir une conversation normale en plein vent, sur un ferry bondé. Il aurait été tellement plus simple pour eux de se retrouver au restaurant, pour un déjeuner.

Malheureusement, rien n'était jamais simple, avec Marten.

Il avait même insisté pour qu'elle monte à bord sans lui, pour l'attendre sur le bateau. À croire qu'il craignait qu'on ne les voie ensemble. Elle ne parvenait jamais à savoir si son goût pour le secret était fondé ou s'il aimait juste jouer aux espions.

Dans la queue pour le dernier ferry à destination d'Alcatraz, Hailey eut soudain la boule au ventre. Marten avait bel et bien fait des mystères à propos de leur rencontre, lui répétant plusieurs fois de ne parler à personne de leur rendez-vous et refusant de la retrouver chez elle, dans le quartier de Pacific Heights. Et à présent il ne daignait même pas monter à bord en sa compagnie ?

Ses craintes n'étaient quand même pas liées à ce qui s'était passé en Syrie ? La CIA et le département de la Défense les avaient déjà interrogés à propos de l'incident, avant de les laisser rentrer chez eux. Ou plutôt de les renvoyer. L'ordre avait été clair.

Hailey vérifia l'écran de son téléphone. Marten n'avait pas répondu à son précédent SMS qui annonçait son arrivée au port. Elle en envoya rapidement un autre pour le tenir informé de sa situation.

La queue commença à avancer. Quand son tour arriva, Hailey tendit son ticket et monta à bord du ferry, regardant autour d'elle pour tenter d'apercevoir le feutre noir de Marten – son accessoire fétiche. Il le portait même en Syrie, au camp de réfugiés, pour le plus grand plaisir de tous les gamins.

Hailey ravala les larmes qui lui nouèrent soudain la gorge et saisit la rambarde de la passerelle pour ne pas trébucher. Une fois à bord, elle gagna le pont supérieur pour jouir d'une meilleure vue sur les touristes qui continuaient à embarquer. Appuyée au bastingage, elle observa San Francisco qui se détachait nettement sur le bleu sombre du ciel. La ville pouvait être d'une beauté à couper le souffle, en hiver. Dommage de gâcher un instant aussi magique à cause de Marten et de ses petits jeux idiots.

Le capitaine fit quelques annonces grâce aux haut-parleurs, puis le ferry commença à s'éloigner du quai avec lenteur. Marten était-il monté ? Elle vérifia de nouveau son téléphone. Avait-il l'intention de lui communiquer un lieu de rendez-vous précis ou bien devait-elle arpenter le bateau à sa recherche ?

Le ferry continuait sa progression sur les eaux mouvementées de la baie, quand Hailey aperçut soudain un passager coiffé d'un chapeau noir, semblable à celui de Marten, sur le second pont.

Elle se pencha et agita la main pour attirer son attention, mais l'homme semblait perdu dans la contemplation de quelque chose devant lui. Pourquoi n'essayait-il même pas de la trouver ? Pourquoi ne répondait-il pas à ses messages ? C'était du Marten tout craché...

— Excusez-moi...

Elle se faufila parmi un groupe agglutiné près de l'escalier et gagna le pont inférieur. Les talons de ses bottes résonnèrent sur les marches de métal. Elle ne portait pas les chaussures idéales sur un bateau, même si elle n'avait pas l'intention de hisser une voile ou quelque chose de ce genre.

Elle suivit la direction prise par Marten, vers l'avant du ferry. Dressée sur la pointe des pieds, elle observait les passagers qui se pressaient sur le pont, smartphones à la main, pour prendre en photo le rivage et la Coit Tower qui scintillait au loin, avant de se retourner pour immortaliser Angel Island et la prison d'Alcatraz, qui se rapprochaient à présent rapidement.

Hailey poussa un soupir agacé. Aucune trace de Marten nulle part. À quoi jouait-il à la fin ? Il y avait eu des rumeurs, selon lesquelles l'engagement de Marten dans l'humanitaire n'était qu'une couverture pour ses activités d'espionnage. Des rumeurs que Marten n'avait jamais cherché à faire taire. Elle-même les avait toujours ignorées, mais son comportement ce soir-là laissait certainement entendre quelque occupation secrète.

Elle remarqua une soudaine agitation, un peu plus loin devant elle. Des clameurs fusèrent, puis quelqu'un poussa un cri. Quand Hailey s'approcha, le cœur battant, elle entendit un homme hurler :

— Un homme à la mer ! Un homme à la mer !

Une crainte atroce la saisit aux tripes. Elle se fraya un chemin parmi la foule penchée sur les côtés pour regarder par-dessus bord vers les eaux tumultueuses. Un peu plus loin sur le pont, elle aperçut un chapeau noir. Elle cessa un instant de respirer, puis se précipita pour le ramasser, mais un membre d'équipage lui barra la route.

— Reculez ! ordonna-t-il, les bras tendus. Tout le monde recule ! Personne ne doit venir dans cette partie du ferry.

Le bateau ralentit brusquement et entama un demi-tour. Sur le pont supérieur et à l'intérieur, les passagers qui ne savaient pas ce qui venait de se produire poussèrent presque à l'unisson un grognement de déception qui résonna à travers tout le ferry. Une annonce tomba bientôt des haut-parleurs :

— Nous invitons toute personne ayant vu l'homme tomber par-dessus bord ou possédant la moindre information sur son identité à venir se présenter au bar.

Ainsi, quelqu'un était bel et bien tombé à l'eau. Hailey resserra son écharpe autour de son cou. Était-elle en possession d'informations ? Était-ce bien le chapeau de Marten qu'elle avait aperçu ? Elle sortit son téléphone pour lui envoyer de nouveau un SMS.

Quelques minutes plus tard, une navette des gardes-côtes les rejoignit, et le ferry reprit la direction du quai. Un calme mortel se fit sur le bateau quand on annonça que tous les passagers devraient rester à bord jusqu'à nouvel ordre. Les touristes commencèrent à former des petits groupes pour discuter de l'incident et se plaindre de cette excursion interrompue.

Hailey décida de se rendre au bar. Marten n'avait pas répondu à ses SMS. En saisissant des bribes de conversations, elle crut comprendre que personne n'avait véritablement vu l'homme tomber par-dessus bord. Quelques-uns affirmaient avoir aperçu l'individu dans l'eau, mais aucun groupe ni aucune famille ne semblait avoir perdu un des siens. Il n'y avait qu'elle qui attendait toujours...

Elle s'approcha d'un des membres d'équipage qui se tenait derrière le bar.

— Vous avez vu quelque chose ? demanda-t-il.

— Non, mais...

Elle se mordit la lèvre. Son histoire allait paraître bien stupide.

— Oui ? insista l'homme en tapotant son crayon sur le bloc-notes qu'il tenait.

— Je... Je devais retrouver quelqu'un à bord et je crois l'avoir vu porter ce chapeau noir. Il possède en tout cas un chapeau semblable à celui-là.

— Quel chapeau ?

— Il y avait un chapeau de feutre noir sur le pont, près de l'endroit où l'homme est passé par-dessus bord.

Le membre d'équipage fronça les sourcils.

— Je n'ai pas entendu parler d'un chapeau. Continuez. Vous deviez le retrouver sur le ferry ?

Hailey repoussa un pan de son écharpe par-dessus son épaule d'un geste nerveux.

— Il m'a indiqué qu'il serait en retard et qu'il risquait de rater le bateau. Du coup, je devais monter à bord sans lui.

— Le nom de cet homme ?

— Marten de Becker.

L'employé inscrivit le nom à la suite de ses notes.

— Je vais transmettre son identité par radio au bureau du quai, pour vérifier s'il y a un billet à ce nom et s'il est monté à bord.

Hailey acquiesça et s'éloigna, serrant dans ses mains la tasse de café distribuée un peu plus tôt. Il ne pouvait s'agir de Marten. Pourquoi aurait-il sauté d'un ferry, alors qu'ils devaient se rencontrer ?

Plusieurs minutes plus tard, le membre d'équipage revint vers elle :

— Aucun passager du nom de Marten de Becker n'est monté à bord. Je crois que vous avez dû vous tromper dans la date ou l'heure de votre rendez-vous.

Hailey laissa échapper un soupir de soulagement.

— Personne n'a signalé de disparition, pour l'instant ?

— Le bureau est en train de passer en revue la liste des passagers, mais nous ne transmettrons aucune information avant d'avoir averti la famille.

— C'est horrible. Disposez-vous de caméras de surveillance dans cette partie du ferry ?

— Aucune caméra à bord, mais il y en a dans la zone d'embarquement.

Au bout de vingt minutes, les passagers furent autorisés à descendre, et le capitaine annonça qu'un autre ferry serait mis à disposition de ceux qui souhaitaient continuer leur excursion.

Hailey n'avait aucune raison de retourner à Alcatraz ; elle avait déjà visité l'endroit des centaines de fois. Comment ces gens pouvaient-ils envisager de maintenir leur sortie, alors que les projecteurs des garde-côtes étaient encore en train d'illuminer les eaux de la baie, dans l'espoir de retrouver le disparu ?

Sur la passerelle qui la ramenait à terre, Hailey vérifia son téléphone, dans l'espoir d'une réponse de Marten. Rien. Il allait regretter de ne pas avoir été du voyage et d'avoir raté un événement pareil.

Hailey se tourna malgré elle vers la baie et les navettes des garde-côtes, au loin. Un frisson la parcourut, comme si c'était elle qui était en train de lutter là-bas, dans les eaux froides.

Elle s'attarda quelques minutes devant le terminal, le temps de commander un taxi sur son téléphone. Alors qu'elle était sur le point de valider une prise en charge, un SMS arriva. Elle retint un petit cri en voyant apparaître le nom de Marten et ouvrit le message.

J'ai changé d'avis.

— Quoi ? marmonna-t-elle, sentant la colère monter en elle.

Elle s'était fait un sang d'encre pour lui, et il avait simplement changé d'avis ? Elle répondit aussitôt :

J'ai cru que tu étais à bord. Où es-tu, et c'est quoi ce petit jeu ? Appelle-moi.

Elle resta un long moment à attendre une réponse, sans lâcher son écran des yeux. Elle releva la tête quand quelqu'un la bouscula au passage.

— Désolée, lança une femme avec un geste d'excuse. Dites... Vous n'étiez pas à bord du ferry pour Alcatraz ?

— Si.

— Que s'est-il passé ? J'ai entendu dire que quelqu'un était tombé par-dessus bord.

— C'est ce qu'on nous a dit, mais aucune disparition n'a été signalée. Je pense qu'ils vérifient la liste des passagers et les garde-côtes sont toujours en train de quadriller la baie.

La femme haussa les épaules.

— Vous allez voir que ça va être la nouvelle mode, maintenant. Au lieu de sauter du pont, ils vont sauter du ferry !

— Sauter ? répéta Hailey, en se massant la nuque.

— Personne ne tombe comme ça d'un ferry pour Alcatraz.

La femme fit signe à un homme qui s'approchait et s'éloigna en lançant :

— Passez une bonne soirée !

Un suicide ?

Qui aurait l'idée de se suicider en se jetant d'un ferry pour Alcatraz ? Certainement pas Marten. Hailey chassa ces pensées saugrenues et regarda de nouveau son téléphone. Toujours rien. Agacée par ce silence, elle envoya à Marten une rangée de points d'interrogation.

— Et maintenant ? murmura-t-elle, en croisant les bras sur sa poitrine.

Elle observa un instant la foule des touristes qui se promenaient le long du boulevard de l'Embarcadero, en direction du quartier de Fisherman's Wharf et du Pier 39, une ancienne jetée aménagée en galerie marchande, où se trouvaient de nombreux restaurants et boutiques.

Manger.

Marten avait insisté pour qu'ils prennent le ferry du soir, et elle avait à présent une faim de loup. Elle décida de suivre le flot des touristes jusqu'à Fisherman's Wharf pour trouver quelque chose à se mettre sous la dent, dans un des kiosques à fruits de mer.

Elle tourna une dernière fois la tête en direction du terminal. L'homme qui était tombé à l'eau portait-il un feutre noir… comme celui de Marten ? Et où était passé ce chapeau ? Marten n'avait pas embarqué sur le ferry. Il n'avait même jamais acheté de billet. Elle consulta de nouveau son téléphone. Pourquoi ne répondait-il plus ? Il avait intérêt à avoir des explications à lui soumettre quand ils se reverraient…

Fourrant son téléphone dans sa poche, elle rejoignit les hordes sur la promenade et se faufila parmi la foule qui s'arrêtait à intervalles réguliers pour admirer les artistes de rue.

Lorsqu'elle atteignit les kiosques, elle se mit dans la queue et attendit vaillamment son tour pour commander une soupe de palourdes, servie dans un bol en pain au levain. Puis, tenant avec précaution son assiette avec le bol fumant en équilibre dessus, elle se fraya un chemin jusqu'au trottoir et prit la direction d'un quai où se trouvait le musée maritime. Le musée étant fermé, à cette heure, elle espérait trouver un peu de calme, après le tohu-bohu du boulevard. Elle en profiterait pour appeler Marten.

Elle descendait l'escalier vers le front de mer, lorsqu'elle sentit quelqu'un s'approcher derrière elle et la saisir par le bras. Elle manqua de renverser son dîner, mais un homme qu'elle ne connaissait pas rattrapa l'assiette juste à temps et lui glissa à l'oreille :

— Ayez l'air naturel. On vous suit. La même personne qui a assassiné Marten de Becker.

2

Voyant l'air déterminé de Hailey Duvall, Joe serra les mâchoires, prêt à encaisser un coup de poing en plein visage. Mais soudain une ombre se dessina au-dessus d'eux, en haut des marches. Il rejeta la tête en arrière et partit d'un grand rire, comme si Hailey et lui étaient deux vieux amis.

— Ah super ! s'écria-t-il joyeusement. Tu m'as pris à manger ! Attends, je vais t'aider...

Un pli se forma sur le front délicat de Hailey, et ses narines se dilatèrent. Elle baissa le regard vers le bol de soupe ; un tic nerveux agitait le coin de son œil. Allait-elle lui lancer la soupe à la figure ? Joe souriait tellement qu'il commençait à avoir mal aux joues.

— Peut-on remonter vers le boulevard pour discuter ? chuchota-t-il. Il y a plus de monde...

— Qui êtes-vous ?

Elle lâcha brusquement l'assiette qu'ils agrippaient tous les deux, et la soupe se renversa un peu.

— Je m'appelle Joe McVie. Je suis capitaine dans l'armée de terre américaine. Delta Force.

Hailey battit plusieurs fois de ses longs cils noirs. Ce nom signifiait quelque chose pour elle. Tant mieux.

— Je veux vous parler de Marten de Becker et de ce qui vient de se passer à bord du ferry.

— Il… Marten n'est jamais monté à bord, bafouilla-t-elle.

Elle sortit son téléphone de sa poche et le lui tendit d'une main tremblante.

— Vous voyez ? J'ai reçu un SMS après l'accident. Étiez-vous à bord du ferry ?

— J'ai suivi Marten sur le bateau. Il portait un feutre noir, avec un bandeau à carreaux noir et blanc. Je peux vous assurer qu'il n'est jamais redescendu… Du moins, pas par la passerelle.

Elle s'écarta d'un pas et jeta un coup d'œil autour d'elle. Le quai où était amarré l'ancien sous-marin transformé en musée était presque vide. Elle se passa rapidement la langue sur les lèvres.

— Retournons vers un endroit plus animé, proposa Joe en se rapprochant. Vous vous y sentirez plus en sécurité. Je ne suis pas là pour vous faire peur.

D'un geste énergique, elle indiqua du menton la direction de l'escalier. Elle ne semblait plus du tout effrayée.

— Passez le premier.

Tenant l'assiette à deux mains, Joe remonta les marches et attendit Hailey au sommet.

— Je ne plaisantais pas, à propos du repas, reprit-il. Je meurs de faim, et ça sent délicieusement bon.

Hailey désigna un des kiosques sur la rue.

— C'est là que j'ai acheté ma soupe. Prenez-la et trouvez une table. Je vais en chercher une autre et je vous rejoins… Sauf si je décide d'en profiter pour m'enfuir. Si vous essayez de me suivre, j'appellerai la police sans hésiter. Avec vos cheveux roux, vous serez facile à repérer…

Joe sourit malgré lui. Il fallait bien admettre qu'il passait rarement inaperçu, avec sa chevelure cuivrée.

— Vous n'êtes pas ma prisonnière, mais ce que j'ai à dire vous intéressera. Je vais trouver une table sur la terrasse, là-bas.

Hailey tourna les talons et plongea dans la foule qui se pressait près du kiosque de fruits de mer. Si elle décidait de prendre la tangente, il ne pourrait pas lui en vouloir. Cependant, une lueur dans son regard indiquait qu'elle n'avait pas été surprise par ce qu'il avait raconté à propos de de Becker.

Il ne la quitta pas des yeux, tandis qu'elle commandait un second bol de soupe. Hailey Duvall aussi passait difficilement inaperçu dans une foule : grande, très brune et très belle. Elle portait sa richesse avec une grâce tranquille. Même un lourdaud comme lui était capable de repérer la qualité de ses vêtements, le sac haute couture négligemment jeté sur son épaule, la coiffure et le maquillage impeccables que seuls les meilleurs produits et les meilleurs soins pouvaient offrir.

Qu'est-ce qu'une fille comme elle avait bien pu aller faire en Syrie ?

Lorsqu'elle fut servie, elle se faufila entre les touristes pour revenir vers lui. À mi-chemin, elle sembla hésiter. Puis, son regard croisa le sien, elle se redressa et se remit en route dans sa direction.

Peut-être venait-elle de comprendre que, s'il avait eu l'intention de lui faire du mal, il aurait pu le faire en bas des marches, en toute discrétion. Peut-être voulait-elle apprendre ce qui était arrivé à de Becker.

Lorsqu'elle approcha de la table, Joe se leva précipitamment pour trouver une autre chaise, qu'il essuya avec une serviette en papier.

— On ne sait jamais, avec toutes ces mouettes…

— Merci, répondit-elle en posant le bol de soupe devant elle. Où est cet homme qui est censé me suivre ? Ou bien était-ce une ruse pour jouer les gentils, avant de me balancer votre théorie fumeuse à propos de Marten ?

— Cela n'a rien d'une théorie, et vous le savez, Hailey.

Elle le regarda, bouche bée.

— Comment connaissez-vous mon nom ? Faisiez-vous partie des troupes qui sont intervenues au camp de réfugiés ?

— Non, mais je suis au courant pour le camp et ce qui s'y est passé.

Lorsqu'elle se couvrit les yeux avec sa main, le gros diamant qu'elle portait scintilla dans le crépuscule.

— C'était horrible, et nous sommes responsables.

— Non. Et le major Denver non plus.

Elle écarta légèrement ses doigts pour le regarder.

— Ce n'est pas l'avis de Marten.

— De Becker est-il le seul de votre groupe à avoir identifié Denver, lors de cette rencontre ?

— Rencontre ?

Elle s'empara de sa cuiller et se mit à remuer sa soupe d'un air pincé.

— Il ne s'agissait pas d'une visite de courtoisie. Les autres humanitaires, le guide et moi avons été enlevés. Ensuite, nos ravisseurs ont dissimulé une bombe dans notre voiture et nous ont renvoyés au camp de réfugiés… pour tuer des gens.

— Pardonnez-moi, le terme était mal choisi, marmonna-t-il en effleurant la peau douce de sa main.

Il ne put s'empêcher de remarquer qu'elle portait le diamant à la main droite, pas la gauche. Il s'ébroua mentalement. Qu'est-ce qui lui prenait ? Le statut marital de Hailey n'avait absolument aucun rapport avec la situation.

— Ça a dû être horrible pour vous tous, reprit-il.

— Encore pire pour ceux qui sont morts dans l'explosion.

Les épaules voûtées, elle souffla sur sa cuiller de soupe.

— Ainsi, vous connaissez tout de moi et de cet... incident. S'agit-il d'une enquête officielle de l'armée ?

— Officielle ? répéta-t-il en détachant un morceau de pain sur le côté de son bol. Pas vraiment.

— Que savez-vous de Marten de Becker ? demanda-t-elle encore, avant de goûter sa soupe du bout des lèvres.

— Je sais qu'il a changé d'avis sur l'identité exacte de celui qui vous a fait enlever, répondit-il.

— Vous le suiviez ?

— Oui.

Il trempa un morceau de pain dans la soupe crémeuse et l'engloutit.

— Je savais qu'il devait vous retrouver ici. Je vous ai à l'œil aussi. Vous tous, d'ailleurs.

— Vous m'avez suivie ? s'indigna-t-elle.

Il était inutile de suivre Hailey Duvall pour savoir qui elle était. Héritière, avec son frère, d'une fortune forgée dans l'immobilier. Humaniste, philanthrope et bonne âme. Dotée d'une beauté naturelle qui le laissait sans voix – un dernier détail qu'il venait juste de découvrir.

Toutes les photos des magazines et les vidéos trouvées sur Internet ne rendaient pas justice à la vitalité qui irradiait de son corps mince et brillait dans ses yeux. Hailey n'était pas du genre à disputer un match de tennis avant un déjeuner avec les autres mondains de la ville. Elle possédait une sorte d'énergie qui donnait l'impression qu'elle était à tout instant sur le point de bondir de sa chaise pour accomplir un acte important.

— Vous suivre ? Non. Pas comme de Becker. C'est lui qui a accusé Denver.

— Vous êtes sûre qu'il est monté à bord de ce ferry ? insista-t-elle, en recoiffant une mèche d'un noir de jais derrière son oreille.

— Je l'ai filé depuis son hôtel. Un type avec un chapeau noir. Il n'est pas redescendu du bateau.

Hailey jouait avec sa cuiller.

— J'ai indiqué son nom aux membres de l'équipage, et ils ont vérifié : Marten de Becker n'a jamais acheté de billet ce soir.

— Il a dû utiliser un nom différent.

Joe n'avait pas confiance en de Becker.

— Je vous ai déjà expliqué qu'il m'avait envoyé un SMS après l'accident sur le ferry. Il disait qu'il avait changé d'avis.

— Quelqu'un aura récupéré son téléphone. Sans doute juste avant de le pousser par-dessus bord.

Hailey lâcha sa cuiller en plastique, qui tomba par terre.

— Pourquoi quelqu'un chercherait-il à tuer Marten ? Pourquoi nous surveillez-vous ?

— C'est lié à votre enlèvement, et à ce que vous avez vu et entendu. C'est lié au major Rex Denver. Vous voulez que j'aille en chercher une autre ? proposa-t-il ensuite, en désignant la cuiller.

— Je n'ai plus faim.

— Dites-moi, Hailey : pourquoi de Becker voulait-il vous rencontrer, ce soir ? Et pourquoi sur le ferry d'Alcatraz ?

— Je n'en ai pas la moindre idée. Je ne l'ai pas revu

depuis l'attentat au camp de réfugiés. Il m'a appelée hier, et je l'ai invité à dîner, mais il a insisté pour qu'on se retrouve sur le ferry.

— Avez-vous une idée de ce qu'il voulait ?

— Il m'a juste demandé de rester discrète sur son appel et sur notre rendez-vous.

Elle repoussa son bol de soupe et croisa les mains sur la table.

— Il m'a paru… étrange. Secret. Mon instinct me dictait de ne pas y aller, mais… Du moins, pas selon ses conditions.

— Est-ce que ça vous arrive souvent d'ignorer ce que vous dicte votre instinct ?

Elle froissa sa serviette en papier et la jeta sur la table.

— Si vous sous-entendez que je soupçonnais ces… terroristes d'avoir caché une bombe sous notre voiture, vous êtes complètement à côté de la plaque. Aucun d'entre nous n'imaginait que ces gens nous avaient attaqués dans ce but.

— Ce n'est pas ce que je voulais dire, dit-il d'un ton apaisant. Vous ne pouviez pas vous douter qu'ils cherchaient à commettre un attentat dans le camp de réfugiés. Ce qui m'intéresse, c'est ce que vous avez pensé quand ils vous ont enlevés.

Joe vit apparaître dans les yeux sombres de Hailey une lueur qui déclencha une avalanche de frissons le long de sa colonne vertébrale. La belle princesse policée avait du feu dans les veines. Il reprit d'une voix plus calme, soucieux de ne pas provoquer sa colère :

— Je veux juste à savoir ce que vous avez pensé. Vous et les autres. Je veux savoir qui a suggéré le premier que cet Américain qui accompagnait vos ravisseurs était le major Rex Denver.

Hailey s'empara de nouveau de sa serviette et se mit à la réduire en charpie.

— Nous rentrions au camp de réfugiés, après un voyage de réapprovisionnement au Pakistan. Nous étions cinq : Marten, Andrew Reese, le journaliste britannique, Ayala Khan, qui est infirmière au centre, notre guide interprète, Naraj Siddiqi, et moi.

Joe n'avait pas non plus une grande confiance en ce Siddiqi, mais il préféra garder ses doutes pour lui, pour l'instant.

— Comment vous ont-ils capturés ?

— L'histoire habituelle... Deux hommes ont arrêté la voiture. Ils avaient des armes plus puissantes que celle de notre guide et ils nous ont forcés à monter à l'arrière de leur camion. On nous a bandé les yeux, puis conduits dans un bâtiment qui avait été bombardé.

— Vous étiez aveugle. Comment pouvez-vous savoir que l'endroit avait été bombardé ?

— Je le sentais... La poussière, le silence, les gravats. Ils étaient obligés de nous indiquer quand lever les pieds ou faire un pas de côté. Mais même ainsi j'ai dû trébucher une centaine de fois. Je savais que nous nous trouvions dans un quartier fantôme qui avait été bombardé.

— Vous ont-ils maltraités ?

Il sentit qu'il crispait la mâchoire, en imaginant Hailey entre les mains des insurgés de cette région.

— Non. Ils nous ont proposé du thé mais nous ont laissé les yeux bandés.

— C'est alors que vous avez entendu l'Américain, c'est ça ? Vous a-t-il parlé ?

— Nous avons simplement entendu sa voix, deux ou trois fois. Il s'exprimait en français avec l'un de nos ravisseurs. J'ai su qu'il était américain à son accent. Je… Je parle français couramment, précisa-t-elle en rougissant légèrement.

Évidemment. Sans doute l'avait-elle appris dans un de ces pensionnats chics pour jeunes filles de bonne famille. Joe continuait à arracher des morceaux de pain pour les émietter au fond de son bol.

— L'Américain ne parlait pas syrien ?

— Non.

Joe resta silencieux.

— Quoi ? demanda Hailey en se penchant vers lui. Qu'est-ce que cela signifie ?

— Denver connaît plusieurs langues, dont le syrien. Si c'est lui que vous avez entendu, pourquoi ne s'exprimait-il pas dans cette langue, plutôt que dans un mauvais français ?

— Je n'ai pas dit que son français était mauvais, corrigea Hailey en jetant de nouveau sa serviette sur la table. C'est peut-être exactement pour ça qu'il ne parlait pas syrien. Combien d'Américains connaissent cette langue ? Peut-être ne voulait-il pas se trahir ?

Joe s'esclaffa.

— Le major Denver n'était pas présent. Impossible. Il n'aurait jamais fait exploser une bombe dans un camp de réfugiés plein de gens en détresse. Des femmes, des enfants. Impossible.

— C'est donc de cela qu'il s'agit ? C'est l'armée qui vous envoie ? La Delta Force ?

— Je suis ici de mon propre chef, pendant une permission. L'armée américaine ne sait pas que j'ai repris cette affaire, et ma démarche ne serait certainement pas appréciée et encore moins approuvée... Mais je m'en fiche complètement.

— Qu'est-ce qui vous rend si sûr que Denver n'a pas dérapé ? Qu'il n'a pas déserté et trahi ?

— Je le connais. Et je suis plutôt bon juge concernant ceux qui m'entourent. Il a disparu de la circulation quand il a compris qu'on essayait de le piéger. Celui qui est derrière tout ça avait déjà tué un ranger et tenté d'assassiner un de nos coéquipiers de la Delta Force. L'armée a bien tenté de faire porter le chapeau à Denver, mais ce coéquipier, Asher Knight, a retrouvé la mémoire et a déclaré que le ranger, Denver et lui avaient tous été pris au piège.

— Vous pensez que notre enlèvement fait partie d'un complot pour faire accuser le major Denver ?

— Exactement. Qui vous a parlé de Denver en premier ? N'est-ce pas de Becker qui l'a identifié lors de cette... rencontre, avant que la bombe n'entre dans le camp de réfugiés ?

— Oui, c'était Marten. Je ne sais plus comment c'est venu. J'étais terrifiée, sous le choc, après l'explosion. Ils nous ont tous fait quitter le campement... Le pays, même.

Sa voix tremblait un peu.

— Vous a-t-on interrogée ? demanda Joe, en résistant à l'envie de lui prendre la main.

— Évidemment.

Comme si elle avait lu dans son esprit, elle glissa sa main dans sa poche.

— Nous avons été interrogés sur place, puis des gens du département de la Défense sont venus à San Francisco pour me poser encore des questions. Ensuite, le FBI a envoyé deux agents, pour faire bonne mesure. On nous a vraiment passés à la moulinette.

— Vous ont-ils posé des questions sur Denver ? Vous ont-ils demandé si vous pouviez l'identifier ? De Becker a expliqué que son bandeau avait glissé et qu'il avait vu l'Américain. Quand on lui a montré une photo de Denver, il l'a reconnu.

— Je sais, soupira-t-elle en arrangeant son écharpe. Mon bandeau était bien serré, et je n'ai rien vu du tout. Même pas nos ravisseurs.

Joe se laissa retomber contre le dossier de sa chaise.

— Donc, vous n'avez jamais affirmé que Denver était présent.

— J'ai dit que je n'avais pas vu nos ravisseurs, précisa-t-elle, en levant un doigt impeccablement manucuré. En revanche, je les ai entendus.

— Et ?

Il se passa la langue sur les lèvres.

— En plus d'avoir entendu un Américain parler français, j'ai entendu quelqu'un appeler un autre Denver.

Joe se prit la tête à deux mains.

— Non.

— Je suis désolée. C'est ce que j'ai entendu et ce que j'ai répété aux enquêteurs militaires.

— Si le major voulait que sa présence reste secrète, pourquoi les autres auraient-ils lancé son nom comme ça ? Cela n'a aucun sens.

— Je suis d'accord avec vous. Sauf si quelqu'un a fait une gaffe.

Hailey toucha doucement la manche de sa veste.

— Vous ne m'avez toujours pas raconté pourquoi on voudrait tuer Marten.

— À cause de tout ça, expliqua Joe, avec un geste large. De Becker s'est mis à clamer haut et fort qu'il avait l'intention de retirer son témoignage qui plaçait Denver en Syrie, hors du camp de réfugiés.

— En quoi est-ce problématique ? L'armée ne cherche-t-elle pas à découvrir la vérité ? La CIA ?

— Ils cherchent peut-être la vérité, mais certaines personnes en haut lieu préfèrent perpétuer le mensonge sur le major Denver. Nous ignorons pourquoi.

— Nous ?

— Plusieurs de mes coéquipiers de la Delta Force ont déjà découvert des failles dans cette histoire accusant Denver. Des détails qui ne collent pas.

— Et ces personnes haut placées seraient prêtes à commettre des meurtres pour soutenir leur version ? demanda Hailey, en portant une main à sa gorge. À suivre des citoyens innocents ?

— Votre rencontre avec de Becker n'a jamais eu lieu. Vous ignorez de quoi il voulait vous entretenir.

Joe se pinça l'arête du nez.

— Si quelqu'un reprend contact avec vous, dites que vous avez entendu un de vos ravisseurs prononcer le nom de Denver et restez-en là.

Ce n'était pas le discours qu'il avait prévu de tenir à Hailey Duvall. Il aurait voulu qu'elle remette spontanément en question l'attitude de ceux qui l'avaient interrogée et qui insistaient pour placer le major sur les lieux. Qu'elle comprenne à quel point il était ridicule que les ravisseurs aient utilisé son vrai nom, dans de telles circonstances. Mais à présent qu'il avait rencontré Hailey et avait discuté avec elle, tout ce qu'il avait envie de faire, c'était la protéger. La tenir à l'écart de toute cette folie.

Elle en avait déjà assez bavé. Sa voiture avait servi à introduire une bombe dans un camp de réfugiés plein d'innocents. Même si ce n'était pas sa faute, elle devait vivre avec cette idée. Il voyait bien que cela pesait sur sa conscience.

Pourquoi, sinon, une femme aussi riche gaspillerait-elle son temps et son argent avec des gens à l'autre bout du monde ? Pourquoi se mettrait-elle en danger ? Quand il avait démarré son enquête, il était persuadé que Hailey n'était qu'une philanthrope naïve et bien-pensante. En réalité, son altruisme était une véritable leçon d'humilité.

Hailey pianota du doigt sur la table.

— Si je m'en tiens à cette histoire, comment allez-vous prouver que Denver n'est pas responsable de l'attentat au camp de réfugiés ?

— Je me débrouillerai autrement, lui répondit-il en repoussant son assiette. En revanche, j'aimerais vous raccompagner chez vous, si vous n'y voyez pas d'inconvénients.

Hailey jeta un regard vers le trottoir, toujours bondé.

— Vous pensez que je cours un danger ?

Il haussa les épaules.

— Ce type qui vous suivait attendait certainement de voir si vous iriez voir la police pour exprimer vos doutes quant à l'identité de l'homme tombé à l'eau. Si le téléphone de de Becker a vraiment été dérobé, vous pouvez peut-être lui envoyer un SMS, comme s'il vous avait posé un lapin à un rendez-vous galant.

— C'est déjà fait... et ce n'était pas ce genre de rendez-vous, expliqua-t-elle en se passant nerveusement la main dans les cheveux. Si Marten a été assassiné, vous croyez que je vais pouvoir rester tranquille comme si rien ne s'était produit ? S'il s'agit bien de Marten, je vais non seulement aller trouver la police, mais aussi le FBI pour leur raconter notre rendez-vous manqué et les SMS reçus après sa mort.

— Je ne suis pas certain que ce soit très recommandé, pour l'instant.

— Recommandé ? s'écria-t-elle, les yeux ronds. C'est pourtant ce qu'il faut faire.

Joe se sentait mal à l'aise. Avait-il vraiment cru que Hailey laisserait tomber cette affaire, après tout ce qu'elle avait traversé ? Il aurait dû simplement s'assurer qu'il ne lui arrivait aucune mésaventure, ce soir-là. Il n'aurait jamais dû intervenir et encore moins l'approcher. Une femme comme Hailey n'annonçait rien de bon pour lui.

La vérité le heurta de plein fouet. Dès qu'il avait vu Hailey, il s'était senti dans l'obligation d'agir. Comment aurait-il pu rencontrer une femme pareille, autrement ? Ils n'évoluaient pas dans les mêmes cercles… et le pauvre gamin des quartiers sud de Boston cherchait toujours à se faire accepter par des femmes hors de sa portée.

Comme autrefois…

Misérable idiot qu'il était.

Hailey se leva brusquement.

— Vous pouvez me raccompagner, si vous voulez. J'allais commander un taxi, avant d'avoir l'idée géniale de dîner rapidement par ici.

— Vous n'avez même pas touché à votre soupe, fit-il remarquer en désignant le bol à peine entamé.

— Toute cette histoire m'a coupé l'appétit.

Penchée sur son téléphone, elle s'éloigna vers le trottoir, tandis que Joe débarrassait la table et déposait leurs assiettes dans la poubelle la plus proche. Quand il la rejoignit, elle annonça :

— Le taxi nous retrouve un peu plus haut, pour éviter la foule.

— C'est loin, Pacific Heights ?

Elle lui jeta un regard en coin.

— Vous avez vraiment fait des recherches, hein ? Vous savez même où je vis.

— Allons, Hailey... Il n'est pas vraiment difficile de découvrir où vous habitez. On ne parle que de vous dans les potins mondains de San Francisco.

— Parfois, cette ville est pire qu'une bourgade de campagne. Venez, traversons.

Il aurait voulu lui prendre le bras, mais il n'osa pas. Tous ceux qui la croisaient devaient ressentir la même chose - cette attirance pour sa vitalité et sa chaleur. Il n'était qu'un des nombreux satellites qui gravitaient autour d'elle, cherchant à l'approcher. Le téléphone qu'elle tenait à la main sonna. Elle décrocha.

— Oui, juste devant la boutique de T-shirts. Je vous vois. Une Nissan noire.

Lorsque le taxi se gara le long du trottoir, Joe bondit pour ouvrir la portière, et Hailey se glissa sur la banquette arrière.

— Vous avez besoin que je vous indique le chemin ? demanda-t-elle au chauffeur.

— Non, c'est bon. J'ai entré l'adresse dans mon GPS. Pacific Avenue dans Pacific Heights, c'est ça ?

— Exact.

Elle se cala contre le dossier et ferma les yeux.

— Quand pensez-vous que nous aurons des nouvelles, pour Marten ?

— S'il n'a pas acheté de billet sous son vrai nom et s'ils ne...

Il jeta un rapide coup d'œil au rétroviseur central et baissa la voix.

— ... Ne retrouvent pas le corps, cela peut prendre du temps. Si son cadavre échoue sur le rivage, quelque part, et qu'ils arrivent à relever des empreintes, ils finiront bien par l'identifier.

— Il est hollandais, vous savez. Et ça ira beaucoup plus vite si je signale sa disparition.

Joe resta songeur. Il commençait à comprendre que Hailey ne lâcherait pas si facilement le morceau. Un véritable pitt-bull.

Un pitt-bull absolument magnifique, avec de très jolies dents.

Quelques minutes plus tard, Hailey tapota l'épaule du chauffeur.

— C'est sur la gauche. Vous pouvez vous arrêter ici.

Le chauffeur émit un petit sifflement.

— La vue doit être géniale, la journée. Et la nuit aussi, d'ailleurs.

— Oui. Merci.

Hailey se tourna vers Joe.

— Voulez-vous garder la voiture pour aller... là où vous devez aller ?

— Vous n'allez pas vous débarrasser de moi aussi facilement. Je vous raccompagne jusqu'à la porte.

Le chauffeur ajusta son rétroviseur.

— Je peux attendre ici, mais il faudra me contacter de nouveau, via l'application.

— Je le ferai quand on sera à la porte. Mais si on vous propose une autre course, acceptez-la.

Hailey sortit de la voiture et traversa la rue. Joe resta un instant bouche bée en découvrant la demeure. C'était une immense bâtisse blanche qui semblait luire doucement dans la pénombre, avec un jardin orné d'une fontaine devant, ainsi qu'un garage attenant qui pouvait sans doute accueillir quatre véhicules. Ils montèrent les quelques marches jusqu'à la porte d'entrée.

— Je suis sûre que tout va bien. J'ai même des caméras de surveillance.

Elle désigna le pignon de la maison. Soudain, elle faillit trébucher et s'arrêta net sur le perron. Joe tendit une main vers elle, et elle se tourna aussitôt vers lui, se jetant presque dans ses bras.

— Ça va ? demanda-t-il.

Elle fit un pas de côté. Un chapeau noir avec un ruban à carreaux noir et blanc était posé sur le paillasson.

Charmant accueil.

3

Hailey se retourna vers l'escalier, cherchant à tout prix à s'éloigner du chapeau de Marten. Chancelante, elle tenta de descendre la première marche, mais ses genoux la trahirent, et elle s'effondra contre le torse de Joe. Quand il passa les bras autour d'elle, elle n'essaya pas de se dégager. Elle avait besoin de soutien à cet instant, et cet homme solide comme un roc remplissait parfaitement cette fonction.

— C'est celui de Marten, n'est-ce pas ? C'est le chapeau que j'ai suivi toute la journée, jusqu'au ferry pour Alcatraz. Vous avez encore des doutes, à présent ?

Même la voix de Joe, grave et profonde, représentait une certaine forme de sécurité.

— Comment a-t-il atterri ici ? Il était sur le pont après… la chute. L'équipage a bien dû le ramasser, non ? Pourquoi ont-ils laissé n'importe qui s'emparer du chapeau d'un type qui venait de passer par-dessus bord ?

— Il y a eu une bousculade quand les autres passagers ont signalé qu'un homme était tombé à l'eau. N'importe qui a pu récupérer le chapeau.

Un klaxon retentit, faisant violemment sursauter

Hailey qui se blottit davantage contre la présence chaude de Joe. Il lui serra la taille.

— C'est le chauffeur. Je vais lui dire de ne pas m'attendre. Il va penser que c'est mon jour de chance.

Hailey le regarda redescendre les marches en direction de la rue. Son jour de chance ? Était-ce donc cela qu'il espérait ? Était-ce aussi cela qu'elle-même espérait ?

Lorsque Joe revint sur le perron, Hailey contourna largement le chapeau pour ouvrir la porte d'entrée. Elle désigna l'étage.

— Je vais vérifier qui a déposé ce chapeau ici sur les vidéos de surveillance. Ensuite, j'appelle la police.

— Parce que quelqu'un a abandonné un chapeau sur le pas de votre porte ? demanda Joe en s'accroupissant pour saisir le feutre entre deux doigts. Peut-être que la police de San Francisco bondit quand elle reçoit un appel de Pacific Heights, mais je doute que ce genre de crimes les inquiète beaucoup.

— Un chapeau appartenant à un homme qui a été poussé d'un ferry pour Alcatraz ?

— Personne ne dit qu'il a été poussé. Il n'y a aucun témoin. Il a très bien pu tomber. Ou sauter. Tout cela manque... de crédibilité.

Elle se tourna vers lui, sans parvenir à décider si elle devait l'inviter à entrer ou non.

— Qui aurait fait une chose pareille ? Pourquoi déposer le feutre de Marten ici ?

— Un avertissement ? Je ne sais pas... Allons jeter un coup d'œil à cette vidéosurveillance.

Joe venait de prendre la décision à sa place en s'invitant chez elle... Mais Hailey se rendit compte que cela ne la dérangeait pas le moins du monde. Au contraire. Elle ouvrit la porte en grand et se recula pour le laisser passer, retenant son souffle quand il pénétra dans le vestibule. L'opulence de la maison avait de quoi faire tourner la tête à bien des gens. Ou les faire saliver. Elle avait déjà vu certains des hommes qu'elle fréquentait avoir ce type de réactions. Dans les deux cas, cela ne s'était pas bien terminé pour elle. Ni pour eux, d'ailleurs.

Joe, lui, ne tiqua même pas. Il posa le feutre sur un banc dans l'entrée et lui toucha doucement le bras.

— Vous êtes sûre que ça va ? Vous êtes un peu pâle… Vous feriez peut-être mieux de vous asseoir, avant d'aller regarder ces vidéos.

— Ça ira, je vous remercie, répondit-elle en s'emparant d'une télécommande près de la porte pour appuyer sur quelques boutons ; les lumières s'allumèrent dans la cuisine. Je peux envoyer les images de la vidéosurveillance sur mon ordinateur portable.

Ses talons résonnèrent sur le plancher de bois exotique quand elle gagna la cuisine. Joe la suivit aussitôt, comme s'il craignait qu'elle s'évanouisse à tout instant. Malgré l'environnement luxueux, il devait bien se rendre compte qu'elle était plus solide que ça.

Elle ouvrit son ordinateur et le mit en marche. Elle ne comprenait même pas pourquoi elle se souciait de l'avis de cet homme. Quand Joe se pencha par-dessus son épaule, elle le chassa d'un geste.

— Vous permettez ? Je vais entrer mon mot de passe.

— Oh ! pardon.

Il lui tourna le dos.

— Voulez-vous boire quelque chose ? demanda-t-elle en pianotant sur le clavier. J'ai de la bière ou du vin blanc au frais.

— De l'eau suffira, merci.

— Au réfrigérateur également, répondit-elle en tapotant impatiemment sur son ordinateur. Cela fait longtemps que je n'ai pas mis mon nez dans ces images…

— Je peux vous aider, si vous voulez, proposa Joe, en prenant une petite bouteille d'eau du réfrigérateur. Je vous en sors une aussi ?

— Non merci. Mais je veux bien un peu de ce chardonnay qui est ouvert. Les verres sont dans le placard du haut, sur votre droite.

Tandis que Joe sortait un verre et servait le vin, elle navigua dans le logiciel de sécurité et lança la vidéo.

— Votre vin, annonça Joe en déposant le verre à côté de l'ordinateur, avant de reprendre son poste derrière elle pour regarder par-dessus son épaule.

Il désigna un détail sur l'écran :

— Par défaut, vous êtes à la date d'aujourd'hui, mais vous pouvez faire défiler jusqu'à l'heure voulue avec ce bouton.

— Je sais. Merci pour le vin.

Elle prit son verre et le heurta doucement contre sa bouteille en plastique.

— Santé.

— Santé, répéta-t-il.

Elle but une gorgée et se mit à passer en revue les images de la journée.

— Ça, c'est la factrice. Je ne pense pas que ce soit elle qui ait laissé le chapeau.

— Vous pouvez aller directement à 16 heures. C'est forcément arrivé après.

— J'y viens, répondit Hailey, avec une moue agacée.

Bon sang, quel petit chef ! songea-t-elle. Existait-il des hommes qui ne se sentent pas obligés de tout diriger ?

— Ah, le voilà ! s'écria-t-elle soudain. Il a déposé le chapeau il y a un peu plus d'une heure.

Quand Joe se pencha en avant, elle perçut son souffle chaud qui lui chatouillait l'oreille. Il marmonna un juron.

— Visiblement, il s'attendait à être filmé.

Hailey mit la vidéo en pause et effleura du doigt la silhouette vêtue de noir et coiffée d'une cagoule.

— Pas très utile, hein ? Il porte même des gants, pour que la police ne puisse pas retrouver ses empreintes.

— Je n'arrive pas à dire si c'est la même personne qui vous suivait sur le quai. Il aurait largement eu le temps d'arriver ici avant nous.

Joe poussa un soupir qui souleva une mèche de cheveux de Hailey.

— Vous êtes toujours décidée à appeler la police ? Par chez moi, les flics ne lèveraient pas le petit doigt pour un cadavre sur votre paillasson. Alors, un chapeau ?

Elle le regarda par-dessus son épaule :

— Et c'est où, par chez vous ?

— Les quartiers sud de Boston. Même si ça fait un moment que je n'y suis pas retourné.

— Zone sensible ?

— On peut dire ça comme ça. Passez à la suite, qu'on voit ce qu'il fait d'autre, ajouta-t-il en désignant l'écran.

Hailey remit la vidéo en route et regarda l'individu masqué déposer le feutre sur le perron, avant de redescendre les marches au petit trot pour regagner le trottoir.

— Rien.

— Vous n'avez pas de caméra dirigée vers la rue ?

— Plus maintenant. Elle est tombée en panne, et je

n'ai jamais pris le temps de la faire réparer. Cela dit, je doute que ce type soit assez bête pour se garer juste devant la maison.

— Sans doute.

Il posa sa bouteille d'eau sur le comptoir, à côté de son verre de vin.

— On cherche à vous faire comprendre qu'il vaut mieux vous taire à propos de Marten et de l'enlèvement en Syrie. Et c'est exactement ce que vous allez faire.

Elle posa ses pieds sur la barre du tabouret et referma d'un coup sec son ordinateur.

— Et le major Denver ?

— On se débrouillera. Ne vous inquiétez pas. Vous avez dit la vérité en racontant ce que vous aviez entendu. On ne peut pas vous en demander plus.

— Et Marten ?

— Il s'est retrouvé mêlé à une affaire qu'il aurait mieux fait d'ignorer.

— Et s'il avait simplement dit la vérité ?

— Vraiment ?

Joe se frotta le menton. Sa barbe naissante aux reflets cuivrés avait quelque chose de terriblement sexy.

— Je ne pense pas. Quelqu'un l'a approché, et il a menti pour soutenir la version qui accuse Denver. Qui sait ? Peut-être a-t-il été acheté ? Ensuite, il a cessé de jouer le jeu, et c'est là que ses ennuis ont commencé.

Hailey passa le bout de son doigt sur le bord de son verre de vin.

— Ça serait bien le genre de Marten..., marmonna-t-elle.

— Vraiment ?

— Marten est un joueur. Aux dernières nouvelles, il

était endetté jusqu'au cou. Je crois qu'il serait capable de mentir pour de l'argent.

— Qu'est-ce qu'un type comme lui faisait avec des réfugiés ?

— Il aimait l'action... Je ne sais pas vraiment ce qu'il faisait en Syrie, mais je le soupçonne d'avoir travaillé comme mercenaire pour les Kurdes avant de nous rejoindre.

— Et les autres ? Ayala ? Le journaliste ? Votre guide, Siddiqi ?

— Ayala est une infirmière de Floride. Elle est déjà repartie au campement. Andrew est rentré en Angleterre pour écrire des articles. Naraj, lui, est probablement retourné à ses occupations. Il travaille en free lance. Il accompagne des Occidentaux complètement fous qui acceptent de payer le prix.

Joe se frotta le menton, le regard perdu dans le vide.

— Pratique...

— Ah non ! protesta Hailey en agitant sa main devant ses yeux pour interrompre sa rêverie. Naraj ne nous a pas trahis.

— Comment cette bande de brutes a-t-elle su où vous seriez à ce moment précis ?

— Nous n'étions pas très loin du camp de réfugiés, quand ils nous ont capturés. Ils nous attendaient certainement, prêts à saisir la première occasion.

— Mais pourquoi votre voiture en particulier ? Celle qui est finalement retournée au campement ? Cette explosion a fait capoter les négociations de paix entre le gouvernement syrien et les rebelles. Chaque faction a accusé l'autre et a bénéficié d'une propagande maximale, grâce à ce carnage.

— Je sais, soupira Hailey avec une grimace de douleur, une main sur le cœur.

— Hailey, vous ne pouviez pas vous douter que les ravisseurs allaient cacher une bombe dans votre véhicule.

Il fit glisser son verre de vin vers elle, et le liquide ambré tangua en scintillant sous la lumière. Hailey prit le pied entre deux doigts.

— C'est quand même difficile de ne pas se sentir responsable. C'est nous qui avons apporté la mort et la destruction au sein du campement.

— Je suis navré. La situation est vraiment terrible, là-bas.

Lorsque la main de Joe effleura la sienne, Hailey sentit un étrange pincement au creux de son ventre. Sans doute cette journée pleine d'émotions l'avait-elle rendue plus sensible au charme de ce soldat de la Delta Force. Ce ne pouvait être simplement ses cheveux cuivrés et ses manières un peu bourrues. Elle avait déjà été attirée par ce genre d'hommes, mais elle était alors adolescente et cherchait surtout à agacer son père. Cela n'avait pas fonctionné, et les garçons en question s'étaient révélés aussi peu dignes de confiance que les riches. Dans un style différent, c'est tout.

Hailey cligna les yeux.

— Merci. Mais je reste persuadée que Naraj ne nous a pas trahis.

— Êtes-vous en sécurité dans cette maison ? demanda Joe, avant de vider le fond de sa bouteille d'eau.

Il allait partir.

— Oui, bien sûr. En plus des caméras de surveillance, il y a un système d'alarme anti-intrusion.

— Je ne vous ai pas vu l'activer.

— C'est vrai. Je ne m'en sers pas toujours.

— Pourquoi ?

Il se laissa tomber au bas de son tabouret et, étirant les bras, regarda autour de lui.

— Il y a quelques œuvres d'art sur ces murs qui pourraient permettre de nourrir une famille nombreuse toute une vie.

Hailey sentit qu'elle rougissait. Le luxe de la maison ne lui avait donc pas échappé ; il n'avait juste fait aucun commentaire.

— C'est la résidence de mon père, se crut-elle obligée de préciser.

— Et vous vous fichez du capital de votre papa, c'est ça ? demanda-t-il, l'air étonné.

— Étant donné la façon dont il a amassé sa fortune ? Un peu, oui...

Elle redressa la tête, chassant les mèches de cheveux qui lui tombaient sur le visage.

— C'est un magnat de l'immobilier, non ? Pas un baron de la drogue.

— Laissez tomber...

Elle n'avait aucune envie de dérouler devant Joe son discours de fille aisée sur la richesse de son père.

— Je veillerai à activer l'alarme ce soir.

— Tant mieux. Parce que c'est vous le bien le plus précieux dans toute cette maison.

Cela suffit à faire frémir le cœur de Hailey. Et cela n'avait rien à voir avec la peur.

— Pensez-vous que je sois réellement en danger ? demanda-t-elle en buvant une gorgée de vin.

— Je pense que vous ne risquez rien, tant que vous

vous en tenez à votre premier témoignage et que vous ne faites pas de vagues à propos de Marten.

— Ça me semble...

Elle vida le fond de son verre.

— ... Mal.

— Vous ne pouvez plus rien faire pour Marten, Hailey. Ne vous écartez pas du scénario. Une chance que votre père rentre dans un futur proche ?

— Il est à New York avec sa femme. Elle préfère vivre là-bas.

— Et votre frère ?

Hailey déglutit. Joe connaissait vraiment toute l'histoire de sa famille.

— Mon frère, Win, n'est jamais très loin de mon père. Un vrai petit toutou.

— En parlant de toutou, vous n'avez pas un berger allemand caché quelque part, par hasard ? demanda Joe en faisant mine de regarder sous le canapé de la pièce voisine.

— Mel, la femme de mon père, ne supporte pas les animaux. Après la mort de mon chat, elle a décrété une politique « zéro tolérance » sur le sujet.

— N'avez-vous pas de logement propre ?

— Non. J'ai revendu mon appartement quand je suis partie en Syrie. À mon retour, mon père m'a demandé de vivre chez lui pour que la maison ne reste pas inoccupée.

— Ça pourrait être pire..., fit remarquer Joe, en écrasant la bouteille vide entre ses mains. Puisque vous êtes ici et qu'il y a une alarme, servez-vous-en.

— D'accord. Voulez-vous que je vous appelle un taxi ? Où logez-vous, d'ailleurs ?

— Un hôtel près de Fisherman's Wharf, répondit-il en prenant son portefeuille. Je vous rembourserai le taxi.

— Ne vous inquiétez pas. Cela ne coûtera pas bien cher.

Au moins, Joe ne partait pas du principe que Mlle Crésus allait régler de toutes les factures. Il sortit un billet de vingt dollars qu'il agita quelques secondes, avant de le glisser sous son verre de vin.

— Pour le dîner et le taxi.

— Le dîner ?

— Je vous ai volé votre soupe et ensuite je vous ai coupé l'appétit.

— C'est vrai.

Elle pianota un instant sur l'écran de son smartphone pour ouvrir l'application de taxis privés.

— Votre chauffeur arrive. Une Prius blanche.

— Merci, Hailey. Désolé d'avoir fichu votre soirée en l'air. Mais je suis ravi d'avoir fait votre connaissance, ajouta-t-il en lui prenant la main pour la serrer avec chaleur.

— Merci de ce que vous avez fait. Pour ma sécurité et tout. Qu'est-ce que vous allez faire ensuite ?

— Je vais continuer à enquêter sur cette histoire, annonça-t-il en remontant le col de sa veste. Peut-être retrouver le journaliste qui vous accompagnait.

— Andrew Reese est rentré en Angleterre. Il travaille sans doute sur un autre article, à présent.

— Avez-vous son numéro ?

— Oui.

Elle fouilla un instant dans son téléphone.

— Donnez-moi le vôtre, proposa-t-elle. Comme ça, je vous envoie directement le sien.

Joe récita son numéro, qu'elle sauvegarda, avant de lui envoyer le contact d'Andrew.

— Votre voiture va arriver d'une minute à l'autre.

Hailey ressentit soudain un élan de panique. Elle avait l'impression qu'elle devait absolument dire quelque chose à Joe, avant qu'il disparaisse de sa vie pour toujours. Il se dirigea vers la porte mais s'arrêta en chemin.

— Si... Si vous vous souvenez de quoi que ce soit, n'hésitez pas à m'appeler. N'importe quand.

Avait-il eu la même impression qu'elle ? Comme un non-dit entre eux ? Un sentiment d'inachevé ? Elle serra son téléphone contre sa poitrine.

— Oui, oui. Merci.

Dans l'entrée, Joe tapota le boîtier accroché au mur.

— Activez l'alarme anti-intrusion.

— Promis. Au revoir, Joe.

Il lui fit un petit signe puis descendit rapidement les marches du perron et tourna en direction de la rue.

Hailey rentra dans la maison, ferma la porte à clé et composa le code de l'alarme pour l'activer. Dans la cuisine, elle prit la bouteille d'eau écrasée de Joe et la porta contre sa joue brûlante. Il avait suffi d'une brève rencontre pour qu'elle se construise une image mentale de Joe McVie en super-héros à la rescousse.

Elle ricana doucement et jeta la bouteille dans la poubelle du recyclage. Ce n'était pas la première fois qu'elle se laissait séduire par ce genre d'hommes. Elle rinça son verre dans l'évier et soupira en constatant le silence qui régnait dans la maison.

Le vin qu'elle avait bu avait un peu apaisé ses nerfs à vif, mais elle avait encore du mal à croire que Marten était mort. Assassiné.

Peut-être Joe se trompait-il sur toute la ligne.

Dans le salon, elle alluma la télévision et chercha une chaîne d'infos locales. Le journal de 22 heures n'avait pas commencé. Elle monta rapidement à l'étage pour se changer.

Démaquillée, les dents brossées et les cheveux tirés en une queue-de-cheval, elle redescendit, manquant de rater la dernière marche quand elle aperçut le feutre de Marten posé dans l'entrée.

Que serait-il arrivé si Joe n'avait pas été là pour repérer qu'on la suivait ? Lui aurait-on adressé le même type d'avertissement qu'avec le chapeau ? « Pas de vagues » ? Ce n'était pas dans sa nature de se taire sagement. Son père l'avait appris à ses dépens.

Aider la police ne signifiait pas qu'elle cautionnait son revirement brutal concernant le témoignage qu'il avait fourni sur leur enlèvement. Elle ne savait même pas que Marten avait eu l'intention de se rétracter. Identifier un cadavre anonyme ne pouvait quand même pas lui attirer des ennuis ?

Évitant le chapeau, elle gagna le salon pour se blottir sur le canapé, la télécommande à la main. Elle augmenta le volume quand les informations locales commencèrent. L'incident sur le ferry faisait la une.

Hailey remonta ses genoux contre sa poitrine. Les gardes-côtes n'avaient pas encore retrouvé de corps et aucune disparition n'avait été signalée. Le nombre de billets validés ne correspondait pas à celui des ventes, mais cela arrivait fréquemment. Certains touristes oubliaient parfois de présenter le leur et d'autres rataient l'horaire de départ.

Comment la police pourrait-elle identifier l'homme

qui était tombé à l'eau ? L'accident avait-il seulement eu lieu ? Quelle preuve avaient-ils, après tout ?

Même le chapeau avait disparu.

Hailey éteignit la télévision en soupirant. Elle avait encore du travail pour le gala de charité prévu cette semaine. Un bon moyen de se changer les idées après Marten… et Joe McVie.

Elle récupéra son ordinateur portable dans la cuisine, le cala sous son bras et remonta dans sa chambre. Elle repoussa les couvertures et s'installa en tailleur sur le lit.

Elle cliqua sur le dossier contenant la liste des invités et le programme de la soirée. C'était Gretchen, sa coordinatrice, qui avait fait la plus grande partie du travail, ces derniers mois : réserver la salle de réception de l'hôtel, trouver le traiteur, planifier le menu et réfléchir à la décoration. Hailey, elle, ne faisait que superviser, donner son accord et signer les chèques.

Elle vérifia le devis de l'orchestre prévu par Gretchen et fit un nouveau compte des convives. Puis, elle ouvrit sa messagerie, dans l'intention d'envoyer un courriel à Gretchen. Elle avait aussi reçu plusieurs messages qu'elle passa rapidement en revue, supprimant la majorité d'entre eux. Soudain, un courriel avec une pièce jointe attira son attention. L'intitulé était « Campagne pour les réfugiés syriens ». Elle l'ouvrit.

Le message ne contenait qu'un lien. Elle était sur le point de l'effacer, quand l'intitulé lui sauta aux yeux. Il comportait un nom : Andrew Reese, le journaliste britannique qui avait été capturé avec eux.

Elle regarda la date. Le courriel avait été envoyé le soir même. Peut-être était-ce Andrew. Peut-être avait-il entendu parler de la mort de Marten. Le cœur battant, elle cliqua sur le lien. Une vidéo apparut sur l'écran, sans son et sans préambule.

On y voyait un long couloir obscur, dans lequel la caméra progressait. Hailey cessa de respirer ; le sang lui battait aux tempes. Soudain, une porte apparut, et une main gantée passa devant l'objectif pour l'ouvrir. Une pièce sombre se dessina, avec une seule ampoule nue dans un coin. La caméra se tourna vers un recoin peu éclairé.

Hailey saisit l'ourlet de son drap et le serra dans son poing. La caméra continuait à avancer dans la pénombre, se tournant soudain vers le coin opposé, vers la lumière. Hailey retint un cri en découvrant une silhouette ligotée à une chaise, un sac de toile sur la tête, le menton contre la poitrine.

S'agissait-il d'une plaisanterie malsaine ? La vidéo d'une exécution ?

La main gantée réapparut devant l'objectif et retira d'un geste sec le sac qui aveuglait le prisonnier. La tête du pauvre homme bringuebala, mais son visage restait caché par ses longs cheveux.

La main se profila de nouveau pour secouer l'homme assis. Lentement, le captif leva la tête et regarda la caméra avec des yeux las, perdus dans un visage tuméfié. D'une voix rauque, il chuchota :

— Au secours, Hailey.

4

Joe s'étira de tout son long sur l'immense lit de la chambre d'hôtel et retira ses chaussures du bout du pied. Le journal du soir n'avait pas parlé bien longtemps de ce pauvre vieux Marten. Son corps referait-il surface un jour ?

Il regrettait de ne pas avoir été plus direct avec lui, pour découvrir qui lui avait soufflé le nom du major Denver. Il avait préféré rester discret pour savoir où il allait et qui il fréquentait, sans jamais envisager que ce type finirait par disparaître.

Il avait sous-estimé l'adversaire.

Un sentiment de crainte l'envahit, le faisant frissonner légèrement. Hailey n'était au courant de rien et n'avait pas l'intention de retirer son témoignage. Elle continuerait à affirmer avoir entendu le nom de Denver prononcé par les terroristes.

Soudain, son téléphone, qu'il avait mis à charger près du lit, sonna. Le nom de Hailey, dont il avait enregistré le numéro, apparut sur l'écran, et il bondit pour répondre.

— Hailey ? Vous vous êtes souvenu de quelque chose ?

— Oh mon Dieu, Joe ! C'est Andrew. Ils ont Andrew, maintenant.

— Attendez. Moins vite. De quoi parlez-vous ? Qui a Andrew ?

— Les gens qui ont tué Marten. J'en suis certaine. Ils ont Andrew, et ils ont mon adresse mail.

Joe s'assit sur le rebord de son lit.

— Vous avez reçu un e-mail ?

— C'est horrible, Joe. C'est Andrew. Ils… Ils l'ont torturé.

Joe sentit son ventre se nouer.

— C'est une vidéo qui a été envoyée à votre adresse ?

— Oui, répondit Hailey entre deux sanglots. Je ne connais pas l'identité de l'expéditeur, mais il y avait le nom d'Andrew dans le lien. J'ai pensé que c'était peut-être lui qui m'envoyait quelque chose. Je suis désolée, j'ai cliqué sur le lien.

— Voit-on quelqu'un d'autre, dans cette vidéo ?

— Non. Juste la main gantée de celui qui tient la caméra. Je suis presque certaine que ça a été filmé avec un smartphone. L'image bouge beaucoup.

Elle poussa un long soupir.

— Je… Je ne sais pas où il se trouve, mais il faut l'aider. Il faut appeler le FBI.

— D'autres indices, sur la vidéo ? L'endroit, par exemple.

— C'est affreux, Joe. Andrew est ligoté dans une pièce. Ils lui ont mis un sac en toile sur la tête. Quand ils l'enlèvent, on voit qu'il a été torturé, tabassé. Andrew a prononcé mon nom.

— Votre nom ?

Joe se leva brusquement et commença à enfiler ses chaussures. Il devait visionner la vidéo.

— Il m'appelle à l'aide, sanglota-t-elle. C'est horrible. J'en suis malade.

— J'arrive tout de suite.

— Vous êtes sûr ? Je peux vous l'envoyer.

— Je veux voir le message original.

L'excuse était-elle assez crédible ? À croire qu'il cherchait un prétexte.

— Vous ne devez pas rester seule, Hailey. Pas avec tout ce qui s'est passé ce soir.

— Si ça ne vous dérange pas, je veux bien votre avis sur tout ça.

— Avez-vous activé l'alarme de la maison ?

— Oui.

— D'accord. J'appelle un taxi et j'arrive. Je serai là dans… une quinzaine de minutes ? N'ouvrez à personne d'autre.

— Je ne suis pas folle. Je n'ouvrirais même pas au chef de la police.

— Parfait. Ne changez rien.

Vingt minutes plus tard, Joe bondissait hors du taxi et grimpait quatre à quatre les marches menant à la maison de Hailey. Il lui avait envoyé un SMS pendant le trajet, lui demandant de guetter son arrivée depuis une des fenêtres de l'étage. Quelques secondes après qu'il eut sonné, la porte s'ouvrit en grand. Hailey le saisit aussitôt par le bras et le tira presque à l'intérieur.

— Merci beaucoup. Je sursaute au moindre craquement du plancher.

— Activez l'alarme, ordonna-t-il en fermant derrière lui.

Lorsqu'elle tendit la main pour composer le code, il perçut un parfum frais et fleuri. Elle s'était démaquillée et, avec sa queue-de-cheval, elle avait l'air d'une étudiante. Une étudiante terrifiée.

— Montrez-moi l'e-mail et la vidéo.

— Mon ordinateur est là-haut. Je voulais juste vérifier

deux ou trois choses pour le gala de charité que ma fondation organise, quand je suis tombée sur ce mail.

Elle croisa frileusement les bras sur sa poitrine et prit la direction de l'escalier.

— Je ne sais pas comment je vais pouvoir dormir avec le visage de ce pauvre Andrew en tête, murmura-t-elle par-dessus son épaule.

Dans son agitation, elle manqua à plusieurs reprises de trébucher, et il tendit la main pour l'aider à garder l'équilibre. Inutile qu'elle dégringole et l'entraîne dans sa chute. Il la suivit jusqu'à la chambre, hypnotisé par l'ondulation de ses hanches dans ce pantalon de pyjama en coton gris orné de nuages roses. Rien de très sexy, pourtant.

Arrivée devant la porte, Hailey désigna l'ordinateur sur le lit, comme s'il s'agissait d'un serpent à sonnette prêt à mordre. L'appareil était de guingois, sans doute dans la position où il avait atterri, après qu'elle l'avait repoussé. Joe s'assit sur le bord du lit et le tira vers lui.

— La vidéo est affichée ?

— Normalement, oui. Je ne l'ai pas fermée ni arrêtée.

Elle s'approcha avec prudence pour regarder par-dessus son épaule, un pied nu posé sur l'autre. Joe effleura une touche, et une image figée apparut sur l'écran. On y voyait un couloir sombre. Il cliqua sur la commande de lecture et, la bouche sèche, regarda défiler les images.

Hailey se détourna avant la fin de la vidéo et attendit dans un coin de la pièce, se tordant les mains d'inquiétude.

— Qu'est-ce que vous en pensez ?

— Ces types sont vraiment des malades.

Inutile de lui raconter qu'il avait déjà vu bien pire.

Évidemment, elle était présente au camp de réfugiés au moment de l'explosion. Elle aussi avait déjà vu bien pire.

— À qui peut-on signaler cela ? demanda-t-elle.

— La police ne saura pas quoi faire, mais vous pouvez contacter le FBI. Avez-vous toujours le numéro des agents qui vous ont interrogée à votre retour ?

— J'ai leur carte. Je les appellerai demain. Vous pensez qu'ils pourront faire quelque chose ?

— Ils pourront au moins prendre contact avec leurs homologues britanniques, si Andrew est en Angleterre et que c'est arrivé là-bas. Ils pourront aussi faire appel à des experts en informatique pour connaître la provenance de ce mail.

— Mais pourquoi ? demanda Hailey. J'ai besoin de savoir pourquoi ? Pourquoi Marten ? Pourquoi Andrew ? Pourquoi moi ?

— Vous avez tous un point commun.

— Nous avons tous été kidnappés par le groupe terroriste qui a fait exploser cette bombe et détruit les négociations de paix.

— Et d'une façon ou d'une autre, vous avez tous désigné le major Denver comme faisant partie des terroristes.

Joe referma l'ordinateur, comme si cela pouvait protéger Hailey de l'horreur.

— Et les deux autres ? demanda-t-il soudain ? Avez-vous des nouvelles de Naraj et d'Ayala depuis l'attentat ?

— Pas de Naraj. J'ai échangé quelques mails avec Ayala, pour savoir comment ça se passait au centre, envoyer de l'argent et lui parler du gala de charité.

— Quand avez-vous été en contact avec elle la dernière fois ?

— Il y a une semaine environ.

— A-t-elle évoqué quelque chose sortant de l'ordinaire ?

— Non. Vous pensez que je devrais la recontacter ?

— Inutile de lui parler de ce qui se passe ici. Voyez simplement ce qu'elle raconte.

— Je vais le faire tout de suite. Vous avez coupé la vidéo ? demanda-t-elle en désignant l'ordinateur.

— Je l'ai fermée, ainsi que l'e-mail, répondit-il en rouvrant l'écran pour le tourner dans sa direction. Il ne vous mordra pas.

À genoux, se servant du lit comme d'une table, elle lança sa messagerie et commença à rédiger un courrier à destination d'Ayala.

— Je lui demande juste comment les choses progressent sur place, et si elle peut me tenir au courant de la façon dont l'argent que j'ai envoyé est utilisé. J'ai besoin de ces informations pour mon comptable, de toute façon.

Elle appuya sur la touche d'envoi avec un geste théâtral.

— J'espère qu'il n'est rien arrivé à Ayala, sinon je vais devenir dingue. Vous pensez que Andrew va bien ? Ses blessures vous semblent-elles graves ? Sa vie n'est pas en danger, quand même ? Ils ne vont pas le tuer ?

— Comme Marten, vous voulez dire ?

Portant une main à sa bouche, elle s'assit sur ses talons.

— Que veulent-ils, Joe ? Nous faire taire ? Mais nous ne disons rien. Du moins, Andrew et moi n'avons pas parlé.

— Vous ne savez pas ce qu'Andrew a pu dire ou pas.

— Vous pensez que lui aussi s'est rétracté sur son témoignage à propos de Denver ? Si c'est ça, alors quelqu'un se donne vraiment du mal pour être sûr que ça reste la version officielle.

— Vous n'avez pas idée...

Joe pencha la tête pour se masser la nuque.

— Cela nous dépasse, c'est ça ? Ils ont plus de choses sur Denver que le témoignage de quelques humanitaires l'impliquant dans un attentat ?

— Il y a toute une machination contre lui, expliqua-t-il en s'écartant un peu. Ne restez pas par terre. Venez vous asseoir.

Hailey jeta à un coup à l'endroit qu'il indiquait sur le lit et se passa la langue sur les lèvres. Avait-elle peur de lui ? Craignait-elle qu'il tente quelque chose ? C'était elle qui l'avait appelé après avoir visionné la vidéo. Elle devait donc lui faire confiance... Peut-être pas au point de s'asseoir à côté de lui sur un lit, cela dit.

Il se leva, l'ordinateur à la main.

— Où le rangez-vous ?

— Branchez-le près de la table de chevet, si ça ne vous dérange pas.

Se levant à son tour, elle resserra sa queue-de-cheval.

— Je vais appeler le FBI demain matin. Voulez-vous être présent quand ils m'interrogeront ? S'ils m'interrogent...

— Je suis certain qu'ils voudront entendre ce que vous avez à leur dire, mais je ne serai pas là. Je ne veux pas que des officiels apprennent que je suis impliqué. Je suis censé être en vacances et je crois que ma hiérarchie n'apprécierait pas trop de me savoir mêlé à tout ça.

— Vous n'êtes pas le seul à... vous en mêler, non ? Vous avez dit que d'autres preuves à charge contre Denver avaient été remises en question ?

— Exact. Deux des membres de mon unité sont parvenus à trouver des failles dans ces preuves, mais cela n'a pas suffi à innocenter le major ni à changer le cours de l'enquête. Il nous faut des noms. Un mobile.

Pour l'instant, j'ignore totalement pourquoi quelqu'un veut piéger ainsi Denver.

— J'aimerais pouvoir vous aider.

Joe la regarda, surpris.

— Pourquoi voulez-vous m'aider ? Pourquoi partez-vous dans des endroits comme la Syrie ? C'est dangereux. Alors que vous pourriez vous contenter de jouer au tennis et de déjeuner avec vos copines, comme le font la plupart des jeunes femmes de la bourgeoisie.

Hailey le regarda d'un air songeur.

— C'est comme ça que vous voyez les... une jeune femme de la bourgeoisie ?

— C'est en tout cas ce que faisaient les bourgeoises de Boston.

— Et vous le savez, parce que... ?

Il haussa les épaules.

— Ma mère était femme de ménage pour ce genre de personnes.

— Oh. Je vois. En fait... Certaines d'entre nous préfèrent d'autres activités. D'ailleurs, je déteste le tennis.

— Il y a bien quelque chose qui vous motive, non ? La culpabilité ?

Un léger voile rose teinta ses joues et son cou, en parfait accord avec les nuages de son pyjama.

— Comment ça ? bafouilla-t-elle.

— Je ne sais pas. Parfois, les riches se sentent coupables d'être riches, alors ils tentent de rattraper le coup en jouant les philanthropes.

Il désigna l'ordinateur portable sur la table de nuit et ajouta :

— Comme le gala de charité et les séjours dans un pays dangereux pour essayer de « faire bouger les choses ».

Hailey se mordit la lèvre inférieure, les joues toujours rouges.

— Je suis désolé, reprit-il. C'était grossier de ma part. Je me fiche bien de vos motivations, et ça ne me regarde pas, de toute façon. Vous êtes de toute évidence généreuse avec votre temps et avec votre argent et vous êtes prête à prendre des risques pour essayer de faire bouger les choses. C'est plus que n'en font la plupart des gens. Respect.

— Je ne suis pas vexée, répondit-elle en repoussant sa queue-de-cheval derrière son épaule. Ces déments de riches et leur argent… Mais ma proposition était sérieuse. Je veux vous aider. Pourquoi pas ? Marten a été assassiné. Andrew est en danger. Qu'est-ce qui nous attend ensuite ?

Joe serra les mâchoires. Il n'avait pas envie de l'effrayer davantage, mais… elle était peut-être la prochaine sur la liste.

— Le FBI pourra peut-être vous en dire plus demain. Je vais y aller, maintenant.

Il rechignait à la quitter, mais il ne pouvait pas vraiment s'inviter à passer la nuit chez elle. Elle serait en sécurité, avec les caméras de surveillance et l'alarme.

— Voulez-vous… Voulez-vous que je vous tienne au courant, quand je les aurai appelés ? proposa-t-elle.

— Si cela ne vous dérange pas. De mon côté, je vais enquêter sur Andrew Reese… Au moins pour essayer de découvrir ce qu'il a raconté à l'armée à propos de Denver et s'il a changé d'avis récemment.

Joe fit mine de sortir de la pièce, espérant un signe de Hailey qui trahirait qu'elle avait envie qu'il reste.

— Je vous appelle demain. Merci beaucoup d'être venu ce soir. Cette vidéo m'a retournée.

— Elle retournerait n'importe qui. Vous vous sentez mieux ? Vous n'avez plus peur ?

— Non, ça va.

Ils se dirent au revoir pour la seconde fois, et Joe annonça qu'il allait se trouver un taxi pour rentrer. Pourtant, une fois sur le trottoir, il se frotta les mains et remonta le col de sa veste puis traversa la rue pour aller s'installer sur un banc aux abords d'un parc. De là, il avait une magnifique vue sur la baie... et sur la maison de Hailey.

Après tout, l'aube ne tarderait pas et, puisqu'il ne pouvait pas monter la garde chez elle, il le ferait devant sa maison. D'une façon ou d'une autre, elle avait besoin de protection. Et il venait de décider que c'était un job taillé sur mesure pour lui.

Le lendemain matin, Hailey se réveilla en sursaut. Elle s'assit sur son lit, le cœur battant.

Marten.

Andrew.

Elle repoussa les couvertures et marcha jusqu'à la fenêtre. En jetant un coup d'œil entre les rideaux, elle aperçut un homme aux cheveux cuivrés monter à l'arrière d'une voiture qui s'éloigna rapidement. C'était Joe, elle en était certaine. Était-il venu chez elle ce matin ?

Elle ramassa son ordinateur portable près de la table de chevet et se réinstalla sur le lit. De toute façon, elle devait se familiariser avec le logiciel de vidéosurveillance. Elle trouva les images de la caméra située sur le perron et passa en revue la dernière demi-heure. Rien. Personne. Si Joe n'était pas venu frapper à sa porte, alors que faisait-il dans le quartier ?

Elle se laissa retomber sur son oreiller, l'ordinateur toujours posé sur ses cuisses. Qu'espérait-il accomplir ? Si quelqu'un au sein de l'armée ou du gouvernement cherchait à faire passer le major Denver pour un traître, comme Joe l'avait laissé entendre, alors le témoignage d'un simple bénévole humanitaire n'allait pas changer grand-chose.

Avec un soupir, Hailey se prit la tête dans les mains pour réfléchir. Joe brûlait d'agir pour faire le bien. Rétablir la vérité. Elle comprenait ce sentiment. Le même feu couvait en elle.

Elle se doucha rapidement, s'habilla, puis alluma la télévision en arrivant dans le salon pour regarder un journal d'informations. Le corps de Marten n'avait toujours pas été retrouvé dans la baie et les autorités commençaient à se demander si un homme était vraiment tombé à l'eau ou si certains passagers avaient une imagination débordante.

Pourtant... Elle avait le chapeau de Marten. Son regard se tourna vers le feutre familier, toujours posé sur le coffre dans l'entrée. Elle avait bien l'intention de tout raconter au FBI le jour même.

Après le petit déjeuner, elle appela un des agents qui l'avait interrogée à son retour de Syrie et laissa un message. Puis, évitant le courriel avec la vidéo d'Andrew, elle se remit au travail pour le gala de charité. Elle sursauta quand la sonnerie de son téléphone retentit. En voyant le nom de Joe s'afficher sur l'écran, elle sentit une sensation de soulagement l'envahir.

— Bonjour, Joe.

— Tout va bien, ce matin ?

— Autant que possible, avec Marten présumé mort

et Andrew probablement retenu prisonnier quelque part en Angleterre après avoir été affreusement battu.

— Pas de nouveau message ? Aucune visite nocturne sur le pas de votre porte ?

— À part vous, non, répondit-elle en faisant tourner son café dans sa tasse.

Elle l'entendit étouffer un juron.

— C'était donc bien vous tout à l'heure, dans cette voiture.

— Je plaide coupable.

— Vous avez passé la nuit devant chez moi ?

— Techniquement, j'étais sur le trottoir d'en face.

— Vous êtes fou ? Si vous pensiez qu'il était nécessaire de veiller sur moi hier soir, pourquoi ne pas me l'avoir dit ? Vous auriez pu dormir sur le canapé ou dans l'une des nombreuses chambres de la maison.

— Hailey, on vient de se rencontrer. Je ne voulais pas m'imposer.

— Vous ne vouliez surtout pas m'inquiéter. Vous croyez vraiment que j'ai besoin d'un garde du corps ?

— Il s'est passé beaucoup de choses, hier. On ne sait pas s'ils en ont fini avec leurs avertissements. Mieux vaut rester prudents.

— Hum. Merci. Mais maintenant je me sens coupable.

— C'est une habitude, chez vous, non ?

Hailey serra sa tasse. Joe, lui, n'avait visiblement jamais eu de raison de se sentir coupable de quoi que ce soit.

— Bon d'accord, reprit-elle. Pas coupable, mais vous auriez dû m'en parler. Vous avez dû avoir très froid, et j'aurais au moins pu vous offrir le petit déjeuner.

Peut-être lui aurait-elle offert bien plus que ça.

— J'ai déjà monté la garde dans des circonstances bien pires. Et j'ai déjeuné à mon hôtel. Avez-vous appelé le FBI ?

Hailey laissa échapper un soupir silencieux. Joe McVie se montrait exclusivement professionnel avec elle. Même si elle lui avait proposé plus, il aurait certainement repoussé ses avances.

— J'ai laissé un message à l'un des agents. Il ne m'a pas encore rappelée.

— J'ai fait une petite recherche sur Andrew Reese, ce matin.

— Déjà ? Vous avez dormi, au moins ?

— Un peu.

Il toussota puis reprit, comme pour balayer la question de son manque de sommeil :

— La seule chose que j'ai trouvée sur lui, c'est un article qu'il a écrit sur la Syrie, pour une revue de géographie en ligne. Il y fait bien allusion à l'attentat et à ses conséquences sur les négociations de paix.

— Peut-être cela a-t-il suffi pour qu'on s'intéresse à lui. Mais moi… je ne fais rien pour me faire remarquer.

— Vous êtes sûre ? Et ce gala de charité dont vous m'avez parlé ?

Hailey déglutit.

— C'est… C'est pour les enfants de Syrie victimes de la guerre civile !

Joe resta silencieux.

— Qui pourrait s'opposer à ça ? reprit-elle.

À peine eut-elle prononcé ces paroles que la réponse lui parut évidente.

— Les mêmes personnes qui sont prêtes à faire exploser une bombe dans un camp de réfugiés…

— Pouvez-vous annuler ?

— Annuler ? C'est prévu cette semaine. Impossible d'annuler. Trop d'efforts ont déjà été fournis pour cet événement. Les invitations sont envoyées, sans parler de l'argent dépensé.

— Alors, soyez prudente. Surveillez vos arrières.

— Merci du conseil, mais je m'en doutais un peu.

Elle s'éclaircit la gorge, puis demanda :

— Accepteriez-vous de venir surveiller mes arrières ?

— Au gala ?

— Il s'agit juste d'une fête réunissant des gens très riches. On mange, on boit, on danse un peu. Je dois bien leur offrir quelque chose, en échange de leurs généreuses donations. Vous pourriez contribuer vous-même en assurant ma sécurité.

— Vous voulez que je sois votre garde du corps ?

— Plutôt mon cavalier.

Elle retint son souffle.

— Un garde du corps déguisé en cavalier ?

Très professionnel, toujours.

— Oui, si vous préférez voir les choses comme ça... Mais il va lui falloir un smoking, au cavalier.

— Dommage ! s'esclaffa Joe. J'ai oublié de prendre le mien !

— Je peux vous envoyer chez le tailleur de mon père. Ce sera rapide, et il le mettra sur son compte.

— Je ne...

— Écoutez, McVie, l'interrompit-elle. Je n'ai pas l'intention de vous payer pour ce boulot, alors vous feriez tout aussi bien d'accepter ce qu'on vous offre. En l'occurrence, un smoking.

— Bien, madame. Où se trouve ce tailleur ?

— Dans Mission District. Je vais vous donner l'adresse

et j'appellerai Tony dès qu'on aura raccroché. Il va s'occuper de vous.

— Finalement, vous êtes bien la fille de votre père.

— Si j'étais la fille de mon père, c'est vous qui régleriez le costume et, en plus, vous me remercieriez.

Après avoir raccroché, elle contacta Tony, le tailleur qui travaillait pour son père depuis des années, pour lui annoncer la visite de Joe. Ensuite, elle retourna à son ordinateur portable. Elle hésita une seconde avant d'ouvrir sa messagerie. Elle avait eu son compte de surprises pour la journée.

En se mordillant la lèvre inférieure, elle passa en revue les nouveaux messages. Arrivée au bas de la liste, elle se laissa retomber contre le dossier du canapé. Aucune vidéo de torture.

Elle remonta au message reçu la veille et fronça les sourcils. La petite icône signalant une pièce jointe avait disparu. Les mains moites, elle cliqua sur le message : il n'y avait plus rien, et la pièce jointe s'était bel et bien évaporée.

L'avait-elle effacée par erreur ? Le cœur battant, elle fouilla dans les éléments supprimés, puis dans toutes les vidéos présentes sur son disque dur. Même si elle n'avait aucune hâte de revoir le visage tuméfié d'Andrew, il lui fallait une preuve à montrer au FBI.

Reposant l'ordinateur, elle bondit du canapé. Comment était-ce possible ? Quelqu'un avait-il eu accès à son ordinateur pour supprimer le fichier ?

Elle sursauta quand son téléphone sonna puis se précipita pour répondre. Avec un soupir de soulagement, elle vit que c'était le numéro de l'agent du FBI.

— Mademoiselle Duvall ? Je suis l'agent Porter. Vous m'avez appelé ?

Le regard de Hailey s'égara vers l'ordinateur posé sur le canapé.

— Oui. Il faut que je vous voie. Aujourd'hui.

— Est-ce en rapport avec l'incident au camp de réfugiés ?

Hailey ferma les yeux un instant.

— Je pense, oui. Avez-vous entendu parler de cet homme qui est tombé du ferry pour Alcatraz, hier soir ?

Porter resta silencieux quelques secondes puis dit :

— Mieux vaut ne pas discuter de tout ça au téléphone. Peut-on se voir cet après-midi ?

— Maintenant. Il faut qu'on se voit maintenant.

— Indiquez-moi un lieu de rendez-vous près du district financier, et on vous y retrouvera.

— Connaissez-vous le café Luce, sur Colombus ?

— On y sera d'ici trente minutes.

Hailey appela ensuite Joe et mit son téléphone sur haut-parleur, tandis qu'elle s'affairait dans la pièce pour ranger son ordinateur dans sa pochette et enfiler une paire de bottines. Joe décrocha après quelques sonneries.

— Vous me fliquez ou quoi ? Je vais chez Tony le tailleur dans quelques heures seulement.

— Ce n'est pas ça. La vidéo d'hier soir a disparu. Quelqu'un l'a effacée à distance. Du moins, j'espère que c'est à distance… Et je pars retrouver les agents du FBI.

Joe émit un sifflement.

— Dans leurs bureaux du centre ?

— Non. On se retrouve au café Luce, dans Little Italy.

— Vous n'aurez rien à leur montrer.

— Non, mais j'ai plein de choses à leur raconter.

— Inutile de vous demander de ne pas mentionner mon nom ?

— Ne vous inquiétez pas. En revanche, je vais leur parler de mon rendez-vous manqué avec Marten, hier soir, et de la vidéo. Les deux doivent être connectés, non ? Qui peut bien se soucier de ce qui s'est passé en Syrie ? C'est du passé. Les terroristes ont réussi leur coup. À quoi bon revenir là-dessus ?

— Parce que quelqu'un veut éviter que certains éléments de cet incident ne soient révélés au grand jour.

— Je sais. Je sais. L'implication du major Denver… Ou plutôt, sa non-implication ?

— Allez à votre rendez-vous. Moi, je vais me faire tailler un costume…

— Je vais tout leur dire. Sauf concernant votre présence ici.

— Bien. Tenez-moi au courant.

— Un déjeuner ?

— OK, pour débriefer.

Débriefer ? Joe était visiblement déterminé à maintenir leur… relation sur un territoire neutre.

— OK… Et Joe ?

— Oui ?

— Pas de velours sur les revers de la veste.

Elle raccrocha et attrapa son sac à main. N'ayant pas le temps de prendre les transports en commun et ne voulant pas avoir à trouver une place pour se garer, elle appela donc un taxi.

Quinze minutes plus tard, elle descendait de la voiture et traversait la route pour rejoindre le café Luce. Un regard dans la salle à moitié vide suffit à lui faire comprendre qu'elle était un peu en avance.

Elle commanda un cappuccino et sortit s'installer sur une des petites tables rondes de la terrasse, sa tasse à la main. Elle emprunta une chaise en fer forgé à la table voisine. Quelques minutes plus tard, deux hommes en costume, avec des lunettes noires identiques, apparurent au coin de la rue. Elle reconnut aussitôt Porter. Ce dernier avait laissé entendre qu'il serait accompagné – les agents du FBI se promenaient en général par deux. L'autre devait donc être son coéquipier, l'agent Winston, un grand Noir aux épaules carrées. Hailey leur fit signe de la main. Les deux agents s'arrêtèrent devant sa table.

— Nous allons commander un café à l'intérieur, annonça l'agent Porter. Vous voulez autre chose ?

— Non, je vous remercie.

Hailey observa la foule éparse. La rue était presque vide. L'heure de pointe du matin était passée, et il était encore trop tôt pour l'agitation du déjeuner. Soudain, un crissement de pneus lui fit tourner la tête. Un imbécile venait de faire demi-tour en plein milieu du carrefour en étoile, et la voiture continuait à foncer dans la rue en zigzaguant.

Le véhicule fit une embardée et poursuivit sa course folle sur le trottoir. Le cœur battant, Hailey vit le chauffard renverser un panneau de bois et malmener quelques buissons, avant de foncer droit en direction des tables sur le trottoir.

Droit sur elle.

5

Joe s’était élancé avant même que la voiture ne monte sur le trottoir. Lorsqu’il atteignit l’autre côté de la rue, plusieurs tables avaient déjà été renversées, leurs pieds pointés vers le ciel. Hailey, les yeux écarquillés et pâle comme un linge, s’était plaquée contre le mur du café, derrière des débris du carnage.

Lorsque la berline bleue fit marche arrière dans un crissement de pneus, Joe se jeta sur le capot, mais le chauffard appuya sur l’accélérateur. Joe atterrit sur le trottoir dans une roulade, les poumons saturés de l’odeur de gaz d’échappement et de gomme brûlée.

— Joe !

Une main le saisit par l’arrière de sa chemise, manquant presque de lui arracher le vêtement. En se tournant, il aperçut Hailey penchée sur lui, ses lunettes de soleil remontées sur le sommet de son crâne.

— Vous êtes fou ! Il aurait pu vous écraser !

— Avez-vous relevé son numéro ? demanda-t-il en se mettant debout.

Il se frotta les mains pour en chasser les graviers qui s’y étaient logés.

— Oui, je l'ai mémorisé, répondit-elle, étonnamment calme. Attendez...

Elle se rua à l'intérieur du café, tandis que des sirènes se faisaient entendre au loin. Quelques secondes plus tard, les deux agents du FBI sortirent dans la rue. Joe se demanda s'ils risquaient de le reconnaître. Il ne les avait jamais rencontrés auparavant, mais il était prêt à parier qu'ils connaissaient son nom et ses liens avec le major Denver.

Il préféra se faire discret.

Hailey ressortit à son tour, agitant une serviette en papier blanche ; son visage ne trahissait qu'une ferme détermination.

— Voilà ! J'ai noté le numéro de la plaque d'immatriculation.

Les deux agents s'approchèrent.

— Ça va ? lui demanda le collègue de Porter. C'est un véhicule qui a percuté les tables, c'est ça ? De l'intérieur, on aurait dit une explosion.

Hailey jeta un rapide coup d'œil en direction de Joe, qui attendait à quelques mètres de là. Celui-ci lui adressa un signe imperceptible de la tête.

— Oui, c'est ça, répondit-elle. La voiture est montée sur le trottoir, et je sais pourquoi.

L'agent la regarda, éberlué.

— Vous pensez que c'était délibéré ?

À voix basse, mais assez fort pour permettre à Joe d'entendre, elle expliqua :

— Quelqu'un a essayé de perturber cette rencontre. Pour m'empêcher de parler.

L'agent du FBI sembla incertain.

— Mademoiselle Duvall, personne n'est au courant de notre rendez-vous.

— Je ne parierais pas là-dessus, rétorqua-t-elle en lui agitant la serviette en papier sous le nez. J'ai noté le numéro de la plaque et je vais le donner à la police.

Les agents du FBI ne prêtaient pas attention à Joe qui faisait mine de s'épousseter, avant d'aider les employés du café à redresser les tables et les chaises.

Une voiture de police arriva bientôt, et un homme en sortit. Avant même que le policier ait le temps d'ouvrir la bouche, Hailey se précipita vers lui.

— J'ai le numéro de la voiture !

— Attendez, dit-il. Que s'est-il passé, ici ?

Hailey entreprit alors de lui décrire ce qu'elle avait vu.

— ... Et c'est le numéro de la plaque d'immatriculation de cette voiture que vous tenez, conclut-elle en indiquant la serviette. Une berline bleue. Cinq portes.

— Personne n'a été blessé ?

— J'étais la seule assise à la terrasse, et le bâtiment n'a pas été touché.

— Le chauffeur a-t-il perdu le contrôle de son véhicule ? Est-il seulement sorti de sa voiture ?

— Non, il y a délit de fuite. Il a percuté les tables, a fait marche arrière et a disparu.

Elle jeta un regard hésitant à Joe.

— C'était peut-être délibéré, ajouta-t-elle. Je devais retrouver ici deux messieurs du FBI, pour... des questions diverses.

L'officier parut surpris. Porter et Winston s'approchèrent.

— Mademoiselle Duvall, nous aimerions nous entretenir avec cet agent, s'il vous plaît. Pouvez-vous nous attendre à l'intérieur ? Ensuite, nous écouterons ce que vous vouliez nous dire. Tout ça ne vous a pas fait changer d'avis, j'espère ?

— Absolument pas.

D'un pas décidé, elle rentra dans le café. Joe lui emboîta le pas. Arrivé près du comptoir, il se pencha par-dessus son épaule tandis qu'elle commandait un second cappuccino.

— Ajoutez un grand café à emporter, marmonna-t-il. C'est moi qui offre.

Hailey fit volte-face.

— Ça va, après cette cascade que vous venez de faire ?

— Cascade ? J'essayais d'arrêter cette voiture. J'ai pensé que je pourrais sortir le gars de son véhicule et obtenir quelques réponses.

— Il n'aurait pas hésité à vous traîner sous ses roues dans toute la rue. Mieux vaut laisser la police s'occuper de trouver des réponses.

— Vous n'espérez quand même pas que cette voiture nous mène à ceux qui ont tenté d'empêcher votre rencontre avec le FBI ?

Hailey rougit et chassa une mèche de cheveux de ses yeux.

— Alors, vous me croyez ?

— Oh oui. C'était un avertissement. Auraient-ils tenté la même chose si les deux gars du FBI avaient été assis à côté de vous ? J'en doute. Ils ont profité de ce que vous étiez seule.

— On m'a sans doute suivie.

Son regard se perdit par-dessus son épaule, en direction de la rue.

— Pensent-ils vraiment que ça va suffire à me faire peur ?

— Cela suffirait à effrayer n'importe qui d'autre.

Entendant les agents du FBI qui s'approchaient, Joe posa un doigt sur ses lèvres et prit son café sur le comptoir.

— N'oubliez pas : pas un mot à mon sujet.

— Compris, répondit-elle au moment où les deux agents franchissaient la porte.

— Retrouvez-moi chez le tailleur quand vous aurez terminé, ajouta-t-il en portant la tasse à ses lèvres.

Elle lui adressa un bref hochement de tête puis se tourna vers Porter et Winston :

— Une table près de la fenêtre, messieurs ?

Joe sortit discrètement en sirotant sa tasse et s'adossa à un arrêt de bus. Hailey avait une sacrée histoire à raconter à ces deux agents. Mais la croiraient-ils, en l'absence de la moindre preuve ? Seraient-ils en mesure de la protéger ou allait-il devoir s'en charger lui-même ?

Une heure plus tard, Hailey poussait la porte de la boutique du tailleur qui habillait son père depuis plus de trente ans. Elle s'arrêta net en découvrant un homme élégant, vêtu d'un smoking noir, qui tirait sur les manches de sa chemise, devant le miroir.

— Vous êtes sûr, pour cette coupe cintrée ?

— C'est parfait pour une carrure comme la vôtre, monsieur.

Hailey vérifia qu'elle n'était pas en train de baver sur le tapis puis s'avança dans la petite échoppe.

— Vous faites des miracles comme d'habitude, Tony ?

— Monsieur a le physique que le créateur devait avoir en tête en concevant ce modèle, mademoiselle Duvall.

Joe retira la veste.

— Tony ne fait pas dans le bas de gamme, fit-il remarquer. Mais vous êtes sans doute au courant.

— Ne vous inquiétez pas. Je vous ai dit que ce serait votre salaire. Si vous survivez à cette soirée ennuyeuse, vous comprendrez que c'est moi qui m'en sors bien dans cette affaire.

— Comment ça s'est passé, avec le FBI ?

— Je vous en parlerai pendant le déjeuner.

Elle caressa du doigt une rangée de vestes, savourant le contact du tissu soyeux.

— Vous avez bientôt terminé avec lui, Tony ?

— Je le libère dès qu'il aura trouvé un veston. Ensuite, il est tout à vous.

Hailey sentit l'eau lui venir à la bouche à l'idée que Joe McVie puisse être tout à elle. Lorsque Joe déboutonna son pantalon, la situation s'aggrava encore.

— J'ai fini, annonça celui-ci. Peut-être Hailey me fera-t-elle l'honneur de choisir le veston pour moi pendant que je me rhabille. Son goût est beaucoup plus sûr que le mien.

Il se retira derrière le rideau de la vaste cabine d'essayage.

— Il ment, vous savez ? annonça Tony en récupérant son mètre et ses épingles.

— À propos de quoi ?

Ce ne serait pas la première fois qu'un homme lui mentait.

— Votre ami a un goût vestimentaire impeccable.

— Dans ce cas, il faut que je sois à la hauteur.

Elle opta pour un veston noir très sobre. Joe n'avait pas besoin de couleurs ou de motifs pour être à son avantage. À vrai dire, même en sous-vêtement, il ne devait pas avoir de quoi rougir. Elle aurait d'ailleurs été prête à payer pour le vérifier.

Elle signait le bon de commande quand Joe ressortit de la cabine d'essayage, son pantalon et sa chemise pliés sur son avant-bras. Il posa le tout sur le comptoir.

— Joe vous a expliqué que c'était un peu urgent ? demanda-t-elle.

— Oui. Il a bien fait de mentionner le nom de votre père. Sinon, je l'aurais envoyé paître.

— Là, c'est vous qui mentez, Tony, répondit-elle en lui touchant le bras. Jamais vous n'oseriez dire ça à un client. Merci, en tout cas.

— Vous transmettrez mes salutations à monsieur Duvall, ajouta le tailleur en les raccompagnant jusqu'à la porte.

— Promis !

Dans la rue, Joe lui prit le bras.

— Bon. Revenons à nos affaires.

— Et à notre déjeuner. Un chinois, ça vous dit ? Chinatown n'est pas loin, à pied.

— D'accord. J'ai besoin de marcher un peu.

En chemin, Hailey bavarda de choses et d'autres, ce qui ne sembla pas déranger Joe, malgré sa volonté de rester professionnel. Avait-il donc si peur de mêler un peu de plaisir à leur travail ?

Lorsqu'ils atteignirent le quartier animé de Chinatown, la foule, les parfums et le bruit mirent aussitôt un terme à leur conversation. Ils se contentaient de se pousser du coude pour désigner une vitrine de temps à autre.

En apercevant la devanture du Lotus de Jade, son restaurant préféré, Hailey tira Joe par la manche de sa veste et se pencha tout contre lui.

— Nous déjeunons ici.

Ils traversèrent la rue bondée et se réfugièrent dans l'ambiance feutrée du restaurant. Lottie Chu, matriarche de la famille et de l'entreprise Chu, accueillit Hailey avec une étincelle dans le regard et un bref hochement de tête.

— Une table pour deux, Hailey ?

— Oui, s'il vous plaît, Lottie. Voici mon… ami Joe.

Lottie serra contre elle les menus, tambourinant du doigt sur la couverture aux motifs en relief.

— Vous êtes un bon ami de Hailey, Joe ?

— Jusqu'ici, il me semble que oui. Mais c'est surtout à elle qu'il faudrait demander.

Hailey leva les yeux au ciel.

— Joe est quelqu'un de bien, Lottie. On peut s'installer, maintenant ?

La vieille dame haussa les épaules avec un sourire et les conduisit vers une table à l'écart, au fond de la salle.

— Asseyez-vous, ordonna-t-elle en déposant les menus avec un claquement sec. Une bonne table pour un bon ami.

Elle s'éloigna d'un pas vif pour intercepter une famille de touristes qui entrait. Joe tira la chaise de Hailey et s'essuya le front du dos de la main.

— Ouf ! Je crois que j'ai passé la première épreuve, non ?

— Je connais Lottie depuis des années, expliqua Hailey en retournant sa tasse et en dépliant sa serviette sur ses genoux. Mon père m'emmenait déjà ici quand j'étais petite, et Lottie est devenue un peu protectrice, au fil des années.

— Juste un peu ? Elle était prête à m'arracher la tête, malgré son mètre cinquante.

— Ne vous laissez pas duper par sa taille.

Hailey remercia le serveur qui venait de leur apporter du thé.

— Vous en voulez ? proposa-t-elle à Joe, la théière à la main.

— Oui, s'il vous plaît.

Elle fit glisser un des épais menus dans sa direction.

— Des préférences ?

— Je vous laisse décider... Juste pas de poulpe ou de trucs que je ne peux pas identifier dans mon assiette.

— Je m'en tiendrai donc au poulet, au bœuf ou au porc.

Lorsque le serveur revint, Hailey commanda plusieurs plats puis s'empara de sa tasse pour humer le parfum léger du thé vert, avant de boire une gorgée.

— La voiture a été volée, annonça-t-elle.

— Sans blague, répondit Joe en reposant sa tasse, renversant un peu de son contenu dans la soucoupe.

— Cette plaque d'immatriculation que j'étais si fière d'avoir notée ? Ça a permis de remonter jusqu'à une voiture de San José. L'un des agents l'a appris tandis que nous étions encore au café.

— Cela ne me surprend pas, marmonna Joe en dépliant sa serviette pour s'essuyer la main. Y avait-il des caméras ? Le café ou un autre commerce disposent-ils d'une vidéosurveillance sur la rue ?

— Oui. Et la police va peut-être demander à voir les images.

— Vous voulez dire que la police ne prend pas ça très au sérieux.

— C'est ça. Malgré le délit de fuite, l'accident n'impliquait qu'un seul véhicule, et il n'y a eu aucun blessé et très peu de dégâts.

Elle reposa sa tasse.

— Je pensais qu'ils voudraient au moins retrouver la voiture volée, mais j'imagine que ça ne fait pas partie de leurs priorités, pour l'instant. J'ai également suggéré que le chauffeur était peut-être un terroriste, juste pour les faire réagir, mais comme le trottoir était quasiment vide – en dehors de moi –, la police n'y a pas cru.

— Et le FBI ? Les agents ont-ils cru qu'il s'agissait peut-être de quelqu'un cherchant à empêcher votre rencontre ?

Hailey fronça le nez.

— Ils n'ont pas écarté cette idée, mais je crois qu'ils auraient été plus convaincus si j'avais fini écrasée.

— Dommage que vous ayez dû les décevoir sur ce point...

Il vida sa tasse qui semblait minuscule dans sa grande main.

— Vous leur avez parlé de Marten et Andrew ?

— Oui, mais il n'y a toujours aucune preuve que Marten était bien à bord de ce ferry, et l'histoire du feutre noir ne les intéresse pas. On n'est même pas certain que quelqu'un soit tombé à l'eau.

— Et la vidéo d'Andrew ligoté a disparu.

Hailey tapota du doigt le bord de la table.

— J'aurais dû la leur envoyer dès que je l'ai reçue. Et j'aurais dû vous la transférer.

— Vous n'aviez pas imaginé que quelqu'un allait la supprimer de votre ordinateur. Moi, en revanche, j'aurais pu m'en douter et vous demander de me faire suivre le mail.

— Je ne savais même pas que c'était possible.

Le serveur s'approcha avec un chariot couvert de plats.

— Vous avez l'intention de tenir un siège ? s'exclama Joe, les yeux ronds.

— J'ai pensé que vous auriez peut-être faim, après toutes les émotions de ce matin.

Elle se frotta les mains en sentant le parfum des épices du Sichuan lui chatouiller les narines.

— Moi, en tout cas, j'ai une faim de loup ! ajouta-t-elle joyeusement.

— Et moi qui vous prenais pour une de ces filles rassasiées après une branche de céleri et une biscotte…

— Ah oui, c'est vrai. Les bourgeoises de Boston…

Elle se servit une louche généreuse de poulet *kung pao*, qu'elle versa sur du riz blanc fumant.

— Je devrais me sentir vexée ? demanda-t-elle soudain.

— J'ai bien compris que vous n'étiez pas une mondaine narcissique. Aucune des filles friquées que je connais ne serait partie se mettre en danger pour autrui, à l'autre bout de la planète.

— Vous en connaissez beaucoup, des filles friquées ? En dehors de celles pour qui votre maman travaillait…

— Hum. Pas vraiment, avoua-t-il en léchant une goutte de sauce sur son pouce. Mais vous êtes devenue mon étalon-or, en matière de gratin mondial.

Hailey sentit le rouge lui monter aux joues, alors qu'elle n'avait pas encore goûté de plat épicé.

— De toute façon, bafouilla-t-elle, je suis grande et naturellement mince. Et puis, je passe mes journées à grimper et descendre les collines de cette chère ville.

Joe s'éclaircit la gorge et mit le nez dans son assiette, comme s'il venait juste de se rendre compte que leur conversation avait dérivé vers des sujets personnels et que Hailey lui révélait plus d'informations sur elle qu'il n'en demandait.

— Bref..., dit-il enfin. Les agents ne vous ont pas crue.

Il examina un instant ce qu'il y avait sur sa fourchette, avant de la porter à sa bouche.

— Je n'irais pas jusque-là mais, sans preuve, ils ne peuvent pas faire grand-chose. Vous savez comment ça marche...

— Personne n'a évoqué mon nom ?

— Vous ne me faites pas confiance ? demanda-t-elle en levant un morceau de poulet coincé entre deux baguettes.

— Si. Je suis juste curieux de savoir si je suis sur leur radar ou pas. Je vous ai expliqué que deux de mes coéquipiers de la Delta Force s'étaient déjà penchés sur le comportement du major Denver. Je me demande si le FBI ou la CIA ont commencé à faire le lien.

— Il y a des liens à faire ? S'agit-il d'une enquête concertée et organisée ?

— Concertée et organisée ? Plutôt hasardeuse et désordonnée. Mais nous sommes prêts à faire notre possible pour révéler ce que nous savons être un traquenard. Denver aurait fait la même chose pour nous.

— Personne n'a prononcé votre nom ni celui de Denver. Je leur ai dit que je pensais que quelqu'un tentait de nous faire taire, tous les trois. D'abord Marten, puis Andrew, avant de s'en prendre à moi.

— Et à ce propos, avez-vous des nouvelles de l'infirmière ?

— Pas encore, répondit-elle, en vérifiant de nouveau son téléphone.

— Leur avez-vous suggéré des mobiles pour expliquer ces attaques ?

— Non. Les agents se sont posé la même question. S'ils n'ont pas écarté mes craintes, ils se sont quand même demandé pourquoi quelqu'un chercherait à me faire taire.

— Étant donné ce que mes coéquipiers ont découvert sur Denver, je pensais qu'ils auraient compris. Mais pour ça, il faudrait qu'ils soient capables de réfléchir par eux-mêmes et d'envisager que quelqu'un en interne... à la CIA, la défense, dans l'armée ou peut-être même dans leur propre agence... a décrété une sorte de vendetta contre Denver.

— Je peux vous dire tout de suite que ça ne fait pas partie de leurs pistes, le rassura-t-elle, avant de désigner les assiettes avec ses baguettes. Ça vous plaît ?

— C'est super... Mais avec ça, c'est encore mieux, répondit-il en montrant sa fourchette. La nourriture arrive plus vite dans mon estomac.

— Je savais que vous auriez faim.

Elle reposa ses baguettes puis reprit :

— Donc, le FBI ne sert à rien, même si les deux agents m'ont confirmé qu'ils tenteraient de retrouver la trace d'Andrew.

— Et Marten ? Ils pourraient commencer par son téléphone. Leur avez-vous parlé des SMS reçus après l'accident sur le ferry ?

— Ils vont demander un mandat pour obtenir ces informations.

— Avez-vous essayé d'envoyer un SMS à son numéro, depuis hier soir ?

— Oui, plusieurs fois, mais je n'ai reçu aucune réponse. J'ai l'impression que mes messages n'arrivent pas.

À la fin du repas, Lottie s'approcha d'eux avec l'addition,

et des biscuits chinois sur un petit plateau qu'elle posa avec ostentation devant Joe.

— Encore un peu de thé, Hailey ? proposa-t-elle ensuite.

Celle-ci cacha son sourire derrière sa main.

— Pas pour moi, merci. C'était délicieux, comme d'habitude, Lottie. Vous voudriez bien demander au serveur de nous apporter des boîtes en carton pour les restes ?

Lottie claqua des doigts au-dessus de sa tête.

— Danny ! Des boîtes !

Joe s'empara de l'addition d'un geste théâtral et sortit aussitôt son portefeuille de sa poche. Lottie le regarda en coin, avec un petit air satisfait.

— Il est bien, Hailey. Il ne faut pas le lâcher, celui-là.

En riant, Hailey regarda Joe, dont le visage était presque aussi rouge que le papier peint du restaurant.

— Il est libre comme le vent, Lottie.

— Tu verras bien ce que dit le message dans son biscuit, répondit Lottie en désignant le plateau.

Lorsqu'elle s'éloigna en direction d'une autre table, Joe sortit un billet de vingt dollars.

— Vous pensez que c'est suffisant, comme pourboire ? Cette femme me fiche une trouille bleue…

— Elle vous taquine un peu, c'est tout. Elle aime bien jouer les mamans tigre devant les touristes, mais c'est en réalité une femme d'affaires extrêmement rusée et moderne. Son fils et sa fille ont repris la main, mais c'est elle qui a bâti l'empire familial.

— Ça ne m'étonne pas.

Danny, qui craignait aussi visiblement Lottie, leur apporta des boîtes en carton et se chargea de les remplir.

Quand ce fut fait, Joe régla l'addition et lui tendit plusieurs billets.

— J'adore les biscuits chinois, dit Hailey, en observant le plateau d'un air gourmand. Le restaurant se fournit à la manufacture qui se trouve au coin de la rue. C'est pour ça qu'ils sont toujours très frais.

Joe s'empara d'un des biscuits et le rompit en deux.

— L'important, c'est de savoir s'ils annoncent vraiment l'avenir.

— Alors ? Que raconte le vôtre ?

Joe écarquilla les yeux puis se tordit le cou pour essayer d'apercevoir Lottie.

— C'est forcément elle qui a fait le coup…, marmonna-t-il.

— Impossible. Allez, crachez le morceau !

Tenant le petit bandeau de papier entre le pouce et l'index, il lut à voix haute :

— « Vous allez rencontrer une beauté brune. Tentez votre chance. »

— Non ! Vous mentez ! s'écria-t-elle en lui arrachant le papier des mains.

C'était exactement ce qu'il y avait d'inscrit.

— Ce serait bien le genre de Lottie, même si je ne comprends pas comment elle aurait pu réussir un exploit pareil. J'aurais pu choisir ce gâteau, en plus.

— Ça aurait pu marcher dans les deux sens ! s'offusqua Joe, en battant des cils. Je ne suis pas convaincant, en beauté brune ?

— Je n'ai vu aucune allusion à des cheveux roux ! répondit-elle en froissant le papier pour le lui lancer.

Il le saisit au vol.

— Voyons voir le vôtre. Comme ça, on saura si Lottie a joué avec notre avenir.

Un sourire aux lèvres, Hailey rompit le deuxième biscuit et en sortit le bandeau de papier. Elle se mit à lire et sa bouche se tordit en une moue étrange.

— Que se passe-t-il ?

— C'est juste une de ces prédictions génériques qui fonctionnent avec n'importe qui, annonça-t-elle en lâchant le message comme s'il lui brûlait les doigts.

— Pas de grands inconnus roux dans votre avenir ? s'enquit Joe.

Il récupéra le papier, intrigué.

— « Restez vigilant. Des événements approchent, qui projettent déjà leur ombre sur le présent », lut-il à voix haute. Vous avez raison. C'est stupide. Finalement, Lottie n'a pas triché.

— Des événements qui projettent une ombre ? C'est plutôt de mauvais augure.

Elle repoussa le message loin d'elle.

— Hailey…, murmura Joe en mêlant ses doigts aux siens. Ce truc a été imprimé au coin de la rue pour être glissé dans un biscuit.

— Oui, je sais…

Elle mordit dans sa pâtisserie, récoltant une pluie de miettes dans sa main.

— Mais je crois ne jamais avoir reçu un présage aussi sinistre.

— Moi, j'en ai tout le temps, répondit-il en lissant son propre présage du bout du pouce. En revanche j'en ai rarement eu d'aussi charmants que celui-ci.

Hailey sourit malgré elle, se sentant un peu idiote. Elle avait assez de soucis pour l'instant sans se préoccuper de l'avertissement d'un biscuit. Son téléphone vibra et, tandis qu'elle le sortait de sa poche, elle remarqua du coin de l'œil que Joe pliait avec soin son horoscope pour le glisser dans son portefeuille. Sans doute pour lui faire plaisir…

En baissant les yeux vers l'écran de son smartphone, elle fut saisie d'une étrange sensation de malaise.

— Je ne connais pas ce numéro, mais c'est un appel local. Allô !

Une voix d'homme retentit, teintée d'un léger accent étranger :

— Je voudrais parler à Hailey Duvall.

— Oui, c'est moi. À qui ai-je l'honneur ?

En voyant l'air interrogateur de Joe, elle fit une moue indécise.

— Je m'appelle Joost Palstra. Je suis un ami de Marten.

Hailey agrippa plus fort son téléphone.

— Avez-vous croisé Marten récemment ? demanda-t-elle. Nous étions censés nous retrouver hier, mais il n'est pas venu au rendez-vous.

Joe tapa du pied contre sa chaise, mais elle leva un doigt pour le faire patienter.

— J'ai vu Marten hier après-midi. Il logeait chez moi. C'est pour cela que j'appelle. Il est parti, mais il a laissé des affaires chez moi.

— Vous a-t-il dit où il allait ?

— Vous connaissez Marten : les détails ne sont pas son fort. En revanche, il m'a demandé de vous appeler si jamais il ne revenait pas. Donc, je vous appelle. Cela dit, je pense que sa disparition est sans doute liée à ses dettes de jeu.

— Qu'est-ce qui vous fait croire ça ? demanda Hailey, le cœur serré.

— Il y a beaucoup de personnes qui le cherchent, tout à coup… Et pas le genre qu'on a envie de faire attendre.

6

Joe vit Hailey écarquiller les yeux et poser une main sur son cœur. Il fit glisser une serviette en papier et un crayon dans sa direction, avec un regard insistant. Tout en continuant à parler à l'ami de Marten, elle se mit à griffonner quelques mots. Joe se pencha pour mieux voir.

Des gens cherchent Marten.

Si Marten avait été assassiné, alors pourquoi le chercher ? Avant qu'il puisse écrire cette question sur la serviette, Hailey raccrocha.

— Marten logeait chez ce Joost et lui a demandé de m'appeler si jamais il ne revenait pas, annonça-t-elle en lui prenant la serviette des mains. Et maintenant des gens sont à sa recherche.

— Attendez, interrompit Joe. L'homme qui vous a appelée habite dans un hôtel ?

— Un hôtel ? Non. Pourquoi ça ?

— J'ai suivi Marten depuis l'aéroport. Il est descendu dans un hôtel d'un quartier chic de la ville. Nob Hill, je crois. C'est comme ça que j'ai pu lui filer le train jusqu'au ferry, hier soir. Il n'habitait pas chez un ami. Comment savez-vous que ce type dit la vérité ? ajouta-t-il en désignant le téléphone. Qu'est-ce qui vous dit qu'il n'essaie pas de vous attirer dans un piège ?

— Marten m'a déjà parlé de cet ami, une fois. Et puis, pourquoi Joost m'avertirait-il que Marten est recherché par des individus louches, si lui-même était dans leur camp ?

— Pour gagner votre confiance, peut-être. Ce Joost sait-il qui sont ces gens ?

Elle griffonna une adresse au dos de la serviette.

— Non. Il a juste dit qu'ils n'avaient pas l'air très fréquentable.

— Joost..., marmonna Joe en se grattant le menton. Drôle de prénom, quand même.

— Il est hollandais. Comme Marten. Il a un léger accent.

— Donc... Ce Joost n'a pas trouvé bizarre que Marten ne rentre pas.

— Marten l'avait averti qu'il allait peut-être partir et que, s'il ne revenait pas, il devait m'appeler.

— Pour vous dire quoi ?

— De venir récupérer les affaires que Marten a laissées chez lui.

Elle ne quittait plus des yeux le papier de son biscuit chinois, sur la table.

— Joost veut qu'on passe chez lui.

— Et vous avez l'intention d'y aller, si je comprends bien.

— Bien sûr. On découvrira peut-être ce que Marten est venu faire ici, et pourquoi il insistait pour me voir.

— Pas question de vous laisser y aller seule, décréta-t-il, en désignant la rue animée, à travers la devanture du restaurant. On vous suit peut-être encore, même si j'ai fait attention en venant ici.

Hailey porta une main à sa bouche.

— Vous avez vérifié qu'on ne nous suivait pas ? Pourquoi ne pas m'avoir prévenue ?

— Pour rester discret. Personne ne nous a suivis et personne ne nous suivra jusque chez Joost.

Il vida son verre d'eau et le posa sur l'horoscope qui avait tant effrayé Hailey.

— Où vit ce Hollandais ?

— Dans le Sunset District. Il nous faut une voiture.

Hailey s'empara du sac contenant leurs restes.

— Pas question de trimballer tout ça à l'autre bout de la ville..., fit-elle remarquer en laissant le sac se balancer au bout de ses doigts.

— On peut retourner chez vous en taxi pour mettre tout ça au frigo. On en profitera pour prendre votre voiture au passage.

— Non. Je n'ai pas envie de conduire et je sais comment faire bon usage de cette nourriture sans la jeter. Vous voulez bien commander un taxi depuis votre téléphone ? Demandez au chauffeur de nous récupérer deux carrefours plus bas, pour qu'il n'ait pas à remonter cette rue bondée.

— D'accord.

Tandis qu'il pianotait sur son smartphone, il vit Hailey s'entretenir avec Lottie, puis glisser quelque chose dans le sac, avec la nourriture. Avant de sortir, il fit signe à la vieille dame qui lui répondit avec un sourire entendu.

C'était donc bien elle qui avait trafiqué ce message dans son biscuit. Il était bien tenté de suivre son conseil...

Ils avancèrent tant bien que mal parmi la foule des touristes qui entraient et sortaient des restaurants et des boutiques. Quand ils atteignirent la limite de Chinatown, Hailey lui toucha le bras.

— Attendez-moi ici. J'en ai pour une minute.

Il la regarda s'éloigner à grands pas, le sac à la main. Arrivée près d'un petit parc, elle se dirigea droit vers des bancs rapprochés, où deux SDF étaient allongés. Elle tendit le sac au premier, lui dit quelques mots, puis tourna les talons et revint dans sa direction.

— Une vraie philanthrope..., marmonna Joe.

Hailey le rejoignit quelques secondes avant que leur taxi ne se gare le long du trottoir. Il lui ouvrit la portière, et elle se glissa sur la banquette arrière.

— Vous faites ça souvent ? demanda-t-il en s'installant à ses côtés.

— Quoi ? Donner mes restes aux SDF ? Quand ça m'arrange, oui. Comme aujourd'hui.

— Ouais, c'est ça. Ne faites pas les modestes. Je vous ai déjà dit que ça m'impressionnait beaucoup, ajouta-t-il en lui effleurant le genou.

Le chauffeur se tourna vers eux avec un grand sourire :

— Bonjour. Sunset District ?

— S'il vous plaît.

Hailey sortit la serviette de sa poche et lui dicta l'adresse de Joost, puis elle se tourna vers Joe.

— J'espère qu'il arrivera avant nous. Il était en train de rentrer chez lui.

— On l'attendra devant, sinon. Au moins, il ne pleut pas.

Le chauffeur s'engagea dans la circulation et quitta les petites rues pentues pour gagner les artères plus importantes des quartiers périphériques. Joe regardait par la fenêtre.

— C'est différent, par ici, fit-il remarquer.

— Oui, ce quartier est plus résidentiel. Joost vit dans un appartement aménagé dans le garage d'une maison. Il m'a indiqué que sa porte d'entrée se trouvait sur le côté. Il existe beaucoup de locations de ce type dans San Francisco. C'est moins cher.

Le taxi s'arrêta devant une bâtisse bardée de bois bleu clair, avec une moto garée dans l'allée. Ils sortirent de la voiture.

— C'est là, annonça Hailey en désignant une baie vitrée coulissante. C'est l'entrée.

— Qu'est-ce qu'on fait ? On tape au carreau ?

Quand Joe s'approcha, quelque chose crissa sous ses pas. Du bout du pied, il chassa des débris de verre.

— Qu'est-ce que c'est ?

— Joe ? appela Hailey qui était penchée vers la vitre. Venez voir.

Elle montrait du doigt un carré net qui avait été découpé dans le verre, près de la poignée. Il laissa échapper un long sifflement.

— On dirait bien que Joost a été cambriolé.

Passant son doigt à travers le trou, il parvint à tirer le verrou.

— Quelle prévenance ! Le voleur a même pensé à refermer derrière lui.

— Peut-être espérait-il que Joost ne remarquerait rien.

Elle tapota sur la vitre et appela :

— Joost ? C'est Hailey Duvall. Vous êtes là ?

Joe tendit l'oreille, à l'affût du moindre bruit.

— Rien, dit-il enfin. Ce sont bien les cambrioleurs qui ont refermé après leur petite visite.

Il saisit la poignée et ouvrit la baie vitrée.

— Qu'est-ce que vous faites ? s'écria Hailey, en le prenant par le bras.

— Je vais voir dans quel état est l'appartement de

Joost. Avec un peu de chance, les visiteurs sont encore sur place et je pourrai leur poser quelques questions.

— Vous fonctionnez toujours comme ça ? demanda Hailey, une main sur la hanche. C'est exactement ce que vous m'avez dit ce matin en sautant sur le capot de cette voiture.

— Absolument. Il ne faut pas laisser ces fumiers s'enfuir quand ils sont sous votre nez.

Il sortit son arme et acheva d'ouvrir la porte coulissante. En entrant, il crut un instant s'être égaré dans l'atelier d'un réparateur informatique. Des rangées d'ordinateurs clignotaient à tout va, avec des écrans affichant des colonnes de données. Hailey fit lentement le tour de la pièce.

— J'imagine que ce n'était pas du matériel informatique que cherchaient les cambrioleurs..., marmonna-t-elle.

Un doigt sur les lèvres, Joe s'avança doucement vers la salle de bains, la seule autre pièce de l'appartement. Lorsqu'il se fut assuré qu'elle était vide, il revint dans la première pièce. Hailey se tenait près de la porte.

— Il n'y a personne, annonça-t-il.

— Je me demande ce qu'ils cherchaient, murmura Hailey en ramassant un des coussins du canapé qui traînait par terre. Du cash ?

L'appartement trahissait que Joost vivait en célibataire. La pièce unique servait à la fois de salon et de chambre. Le lit, installé dans un coin, avait été fouillé, le matelas était de travers, les couvertures rabattues et jetées en boule sur le côté.

Hailey passa le doigt sur la tranche des livres qui avaient été tirés des étagères puis remis pêle-mêle. Les bras croisés sur la poitrine, elle se tourna vers Joe :

— Vous pensez la même chose que moi ?

— Quelqu'un savait que Marten logeait ici et a décidé de fouiner un peu ?

Elle acquiesça.

— C'est l'idée, oui.

— Alors, on est sur la même longueur d'onde.

Soudain, une voix retentit :

— Plus un geste !

Joe fit volte-face, bondit devant Hailey et pointa son arme en direction de la porte. Il s'arrêta en découvrant un jeune homme aux cheveux blonds et bouclés qui tenait à la main une batte de base-ball.

— Joost ? s'enquit Hailey. Je suis Hailey Duvall. Voici mon ami Joe. Nous venons d'arriver. Quelqu'un était entré chez vous par effraction.

Le jeune homme raffermit un instant sa prise sur sa batte puis laissa retomber son bras et se précipita vers une rangée d'ordinateurs, maugréant en hollandais.

Joe s'éclaircit la gorge.

— Je crois que personne n'y a touché.

— J'espère bien. J'ai environ un an de travail pour un client stocké sur ces ordinateurs.

— Vos livres, votre lit et tous les autres meubles, en revanche, ont été soigneusement fouillés, intervint Hailey en désignant le reste de la pièce.

Joost repoussa une boucle de cheveux de ses yeux.

— Ils peuvent toujours chercher quelque chose de valeur, en dehors des ordinateurs.

— Manque-t-il quelque chose ? demanda Joe.

Joost observa le désordre.

— La seule chose qui me vient à l'esprit se trouve dans la salle de bains. Ont-ils fouillé là-dedans aussi ?

— Je ne saurais vous dire. Je n'ai fait qu'y jeter un œil pour m'assurer que les cambrioleurs étaient partis.

Traînant la batte de base-ball derrière lui, Joost se dirigea vers la salle de bains et ouvrit l'armoire à pharmacie. Il poussa alors une exclamation en hollandais. D'après l'intonation, ce devait être un juron.

— Ils ont pris mes médicaments.

— Vos médicaments ?

— Mon traitement. Je souffre de ce qu'on pourrait appeler des angoisses sociales. Les médicaments que je prends se vendent très cher au marché noir.

— Oh ! désolée, répondit Hailey avec une grimace de compassion. Pouvez-vous en avoir d'autres ?

— Je vais appeler mon médecin.

— Et la police ? Allez-vous appeler la police ?

Joe croisa les bras et s'adossa au chambranle.

— Il faudra bien, si je veux que mon médecin me refasse une ordonnance. Je crois que je dois fournir une déclaration de vol ou quelque chose comme ça.

— Voyez-vous autre chose qui manquerait, Joost ? insista Hailey.

— Pas à première vue, répondit Joost avec un haussement d'épaules. Je suis surtout soulagé qu'ils n'aient pas touché aux appareils.

— Vous ne trouvez pas ça bizarre ? demanda Joe, en se reculant pour laisser Joost sortir de la salle de bains. Des milliers de dollars d'équipement et les voleurs ne prennent que quelques flacons de pilules ?

— Sans doute des junkies. Ils se fichaient des PC ou n'avaient pas de moyen de transport.

— Des junkies équipés comme des cambrioleurs

professionnels ? insista Joe en désignant la porte-fenêtre coulissante. Ils ont utilisé un coupe-verre.

— Je ne sais pas, répondit Joost en passant la main sur le sommet de l'un de ses ordinateurs, presque avec tendresse. Je vais laisser la police réfléchir à la question, même si je n'ai pas beaucoup d'espoir qu'on les retrouve. Le SFPD n'est pas très motivé pour ce genre de petits délits.

— Si c'est bien de ça qu'il s'agit.

Hailey s'assit sur un des bras du canapé, qui étaient recouverts de bandes dessinées tombées d'un panier.

— Pourquoi pas ? s'étonna Joost.

— Joost, nous sommes venus pour Marten. Vous m'avez dit qu'il avait laissé des affaires ici et qu'il vous avait demandé de m'appeler s'il ne revenait pas. Depuis, Marten a mystérieusement disparu, des types louches ont commencé à le chercher, et quelqu'un est entré par effraction chez vous. Vous pensez toujours qu'il s'agissait de junkies en mal de drogue ?

Joost fronça les sourcils.

— Marten ? Disparu mystérieusement ? Non, il est juste parti. Il était là hier et aujourd'hui... parti ! Et ces types qui le cherchent ? Sans doute des créanciers. J'ai grandi avec Marten, à La Hague. Ça a toujours été un type mystérieux. Il est né comme ça. Du coup, plus rien de ce qu'il fait ne me surprend. Vous vous inquiétez pour lui ?

— Je devais le retrouver hier soir, sur le dernier ferry pour Alcatraz. Vous avez vu les informations ? Vous avez entendu parler d'une personne qui serait tombée ou aurait sauté d'un ferry pour Alcatraz ?

Joost acquiesça.

— C'est le même ferry, insista Hailey, avec une moue pincée.

— Vous pensez que c'est Marten qui est passé par-dessus bord ? Aux dernières nouvelles, c'était une fausse alerte, et personne n'est tombé.

— Je crois l'avoir aperçu à bord, et lui…

Elle désigna Joe du pouce.

— Il a suivi Marten jusque sur le bateau. En revanche, il n'est jamais redescendu, et je n'ai pas eu de ses nouvelles depuis.

Joost les regarda tour à tour.

— Pourquoi suiviez-vous Marten ?

— Peu importe, répondit Joe. Nous pensons qu'il a été poussé… assassiné.

— Impossible que ce soit Marten, affirma Joost. Il ne se serait jamais noyé dans la baie. Il a failli être sélectionné dans l'équipe de natation des Pays-Bas, pour les Jeux olympiques, il y a quelques années. Les gardes-côtes n'ont pas encore retrouvé de corps.

Joe se demanda s'il ne préférait pas le Joost agressif avec une batte à la main, plutôt que ce type vaguement tiède qui avait une explication pour tout.

— Je ne sais pas si Marten est mort ou vivant, soupira Hailey, en se tenant la tête avec lassitude. Et j'ignore ce qui s'est passé sur ce ferry. Mais ça fait quand même beaucoup de coïncidences étranges. Et pour couronner le tout, votre appartement est mis à sac quelques minutes avant que je passe récupérer les affaires de Marten.

— Ou quelques heures.

— Pardon ?

— Je suis parti depuis ce matin. L'effraction a pu se produire il y a plusieurs heures.

— Comme vous voulez…, soupira Hailey.

— On ignore ce qui est arrivé à Marten, dit Joe. Ce

qu'on sait, en revanche, c'est que quelqu'un est entré chez vous. Est-ce que les affaires de Marten ont été volées ? Avez-vous vérifié, au moins ? Ses affaires se trouvaient-elles dans cette pièce ?

— Des affaires ? répéta Joost surpris. Marten n'a laissé qu'une seule chose pour vous, et elle n'a pas pu être volée.

— Et pourquoi ? demanda Joe, les dents serrées.

Sa patience commençait à montrer ses limites.

— Parce que je l'ai ici, sur moi, dit-il en tapotant la poche de sa veste.

Hailey se laissa glisser sur le canapé, écrasant quelques bandes dessinées au passage.

— Pourquoi ne pas l'avoir dit tout de suite ?

— Je n'avais pas compris que cela vous intéressait.

— C'est la raison de notre venue ! s'exclama Hailey, en posant les pieds sur la table basse.

Joe tenta de l'apaiser d'un geste.

— Alors, qu'a-t-il laissé ? demanda-t-il. Un message ?

— Non.

Joost fouilla dans la poche de sa veste et sortit un petit objet brillant qu'il tint entre son pouce et son index.

— Une clé ! annonça-t-il avec un clin d'œil.

— Une clé ? répéta Hailey en se relevant d'un bond. Une clé de quoi ?

— Je ne sais pas.

Joost fit sauter la clé dans la paume de sa main, avant de la lancer à Joe. Tandis qu'il examinait l'objet, Hailey s'approcha, effleurant son bras de ses cheveux.

— Pourquoi a-t-il laissé une clé sans préciser à quoi elle correspond ?

— Peut-être avait-il peur qu'elle tombe entre de mauvaises mains ? marmonna Joe en retournant l'anneau, où était accroché un rond de carton cerclé de métal. Attendez, il y a quelque chose d'écrit…

Hailey tenta de déchiffrer l'inscription.

— Les lettres sont à moitié effacées. On dirait « MISS… ». Miss ? Comme mademoiselle ? Mais mademoiselle qui ? C'est bien le genre de Marten de fabriquer un indice incompréhensible.

— Je vous l'ai dit : Marten a toujours été mystérieux, rappela Joost, avec un petit air entendu. Il y avait quelque chose d'inscrit sur l'étiquette. Je l'ai peut-être effacé en la manipulant. Ou bien, Marten.

Joe serra les dents.

— Est-ce que le mystérieux Marten vous a parlé de cette clé ? Par exemple, pour vous expliquer ce qu'elle ouvrait ?

— Marten ne m'a rien dit du tout. Il a appelé à la dernière minute, en demandant s'il pouvait squatter chez moi quelques jours. Aucun bagage ni rien et je l'ai à peine vu. Hier matin, il m'a confié cette clé en me disant de la donner à Hailey, s'il ne revenait pas. Il n'est pas rentré, et j'ai contacté Hailey au numéro qu'il m'avait indiqué. C'est tout ce que je sais, ajouta-t-il en levant les mains. Je suis sûr que Marten va bien. Ce type a neuf vies, comme les chats.

— Les chats ne nagent pas, répondit Hailey en passant la bandoulière de son sac sur son épaule. Vous savez où me joindre. Si vous avez de ses nouvelles, tenez-moi au courant.

— Au moins, vous avez la clé, marmonna Joost en se tournant vers ses précieux ordinateurs.

Il considérait visiblement que sa mission pour Marten était accomplie.

— Une clé qui n'ouvre rien, maugréa Joe. Destinée à une Miss Mystère.

— Si je repense à quelque chose, je vous appelle.

Soudain, Joe claqua des doigts.

— Vous a-t-il parlé d'une chambre d'hôtel ? Cela expliquerait qu'il n'ait pas de bagages.

— Non, il n'a pas mentionné d'hôtel. C'est peut-être là qu'il se cache pour échapper à ses créanciers ?

— Merci, Joost, dit Hailey, en regardant Joe avec insistance, avant de désigner la porte vitrée du menton.

Ils sortirent, et Joost referma derrière eux. Il ne semblait pas s'inquiéter beaucoup du trou dans sa porte. Dès qu'ils furent seuls, Hailey fit volte-face, les yeux brillants.

— Pourquoi Marten m'aurait-il laissé une clé sans expliquer ce qu'elle ouvre ?

— Peut-être les lettres manquantes sur le porte-clés nous auraient-elles éclairés si Joost ne les avait pas effacées par mégarde.

— Je n'en suis pas si sûre. Miss... Miss... Est-ce qu'il pourrait s'agir d'autre chose ?

— Vous êtes prête à rentrer ? demanda Joe.

— Il faut retrouver le propriétaire de cette clé. Qu'est-ce que Marten m'a laissé, à votre avis ?

— Peut-être un document indiquant qu'il retire son témoignage impliquant Denver dans l'attentat en Syrie. C'est sans doute ce dont il voulait vous parler hier soir. À croire qu'il avait senti qu'il ne serait jamais à l'heure au rendez-vous.

Hailey se mordit la lèvre et posa une main sur son bras.

— Ça vous embêterait de venir chez moi ? On pourra peut-être découvrir quelque chose sur cette clé.

— J'allais vous suggérer la même chose.

— Je m'occupe du taxi, annonça-t-elle en fouillant dans son sac, à la recherche de son téléphone. Ah zut ! J'ai raté un appel de l'agent Porter. Il a laissé un message.

Elle écouta un instant son répondeur, le bout de sa langue logé à la commissure de ses lèvres. Au bout de quelques secondes, elle hocha la tête.

— Rien, marmonna-t-elle en raccrochant. La police a retrouvé la voiture volée abandonnée dans San José. Aucune empreinte digitale. Porter a contacté le MI6 pour essayer de localiser Andrew. C'est tout ce qu'ils ont. Aucune nouvelle de Marten.

— Allez-vous parler de la clé à Porter ?

— Non. J'ai le sentiment que, si je lui donnais cette clé, elle disparaîtrait dans le trou noir de cette non-enquête. À moins que vous ne soyez pas de cet avis, ajouta-t-elle, l'air soucieux.

— Ils ne prennent pas cette histoire autant au sérieux que moi, mais je ne peux pas vous conseiller de leur dissimuler des informations. Vous en savez plus qu'eux.

— Ce ne sont que des soupçons…

Elle passa nerveusement les doigts dans ses cheveux noirs, parvenant inexplicablement à les ébouriffer de façon chic.

— C'est le problème, non ? reprit-elle avec lassitude ? Je n'ai même plus la vidéo montrant Andrew ligoté à cette chaise.

Elle se cacha derrière sa main.

— Andrew m'appelait à l'aide, dans cette vidéo, et je n'ai pas été capable de faire quoi que ce soit.

Joe posa une main hésitante sur son épaule.

— Ce n'est pas vrai. Porter vient de vous annoncer que

le MI6 cherchait à localiser Andrew. Vous faites tout ce que vous pouvez, Hailey.

— J'ai bien tenté de l'appeler, mais je n'obtiens aucune réponse et je ne peux pas laisser de message. J'aimerais tant pouvoir faire plus.

— Vous ne pouvez sauver le monde entier, même avec tout l'argent de votre père.

— Au moins, je peux essayer. Notre taxi est là, ajouta-t-elle en désignant la rue.

Vingt minutes plus tard, la voiture les déposait sur Pacific Avenue, devant la maison du père de Hailey. Cette dernière se dirigea en premier vers les marches, les épaules basses. Joe voulait résoudre ce mystère pour innocenter le major Denver mais, à présent, il avait une nouvelle motivation : protéger Hailey.

Lorsqu'ils arrivèrent sur le perron, une femme surgit de derrière les buissons, une arme à la main. Laissant parler ses réflexes, Joe se jeta devant Hailey et saisit la main tendue de l'inconnue pour lui faire une clé dans le dos. La femme poussa un cri de douleur, et Hailey s'écria :

— Joe ! Arrêtez ! C'est Ayala.

7

Hailey saisit Joe par sa veste. Avait-il perdu la tête ? Il recula, libérant brusquement son amie.

— Bon sang, je suis désolé. J'ai cru que vous étiez armée.

Ayala, effrayée, montra du doigt l'objet noir qu'elle avait lâché.

— C'est... C'est mon parapluie.

— Ça va ? demanda Hailey. Il ne t'a pas fait mal au bras ?

Joe se pencha pour ramasser le petit parapluie compact et le rendre à Ayala. Cette dernière épousseta sa jupe et lança un regard à son amie, par-dessus l'épaule musclée de Joe.

— Je suis navrée, Ayala, dit Hailey, en contournant Joe pour prendre l'infirmière dans ses bras. Mais... Qu'est-ce que tu fiches ici ?

— J'ai entendu dire que tu organisais un gala de charité. Comment aurais-je pu rater ça ?

Elle observa Joe d'un air craintif en serrant son parapluie contre elle.

— Je croyais que tu ne pouvais pas venir. C'est super ! Je t'ai envoyé un mail hier. Tu l'as reçu ?

— Désolée, j'ai simplement pris mon smartphone et je déteste relever mes mails dessus. Qui... C'est qui, ton ami ?

— Ayala, je te présente Joe McVie. Joe, voici Ayala Khan, l'infirmière qui travaillait avec moi au camp de réfugiés.

Joe lui tendit la main.

— Ravi de vous rencontrer. Je me sens complètement idiot.

Ayala sourit.

— Tout va bien, ne vous en faites pas. Même si ce n'est pas exactement l'accueil que j'espérais.

— J'imagine, plaisanta Hailey. On est un peu à cran, ici.

Elle se redressa soudain, sentant Joe lui enfoncer un doigt dans le dos. Pensait-il vraiment qu'elle allait garder tout ça pour elle, alors qu'Ayala était susceptible d'être menacée, elle aussi ?

— Entre, Ayala, proposa-t-elle. Ça fait longtemps que tu attends ? Pourquoi ne m'as-tu pas appelée ?

— Je me suis décidée à la dernière minute. Je suis d'abord rentrée chez moi en Floride et je voulais te faire la surprise. J'ai compris que c'était une idée stupide quand je suis arrivée devant ta maison et que j'ai constaté qu'il n'y avait personne.

— Tu savais que je n'étais pas loin, à cause du gala.

Hailey ouvrit la porte, invita Ayala à entrer et fit les gros yeux à Joe. Celui-ci fit mine de se tirer une balle dans la tête, avant de ramasser les sacs d'Ayala sur le perron et de les suivre à l'intérieur.

— Tu veux boire quelque chose ? De l'eau ? Un jus de fruits ? Un thé ?

Ayala tourna sur elle-même en s'écriant :

— Waouh ! C'est une sacrée baraque que tu as !

— Rassure-toi, ce n'est pas la mienne.

— Je sais que c'est celle de ton père. Mais quand même. Pas mal, comme squat. Non pas que j'ai l'intention de m'installer ici, ajouta-t-elle précipitamment. J'étais sur le point de me chercher un hôtel.

— Ne sois pas ridicule. La maison est immense. Il doit bien rester deux ou trois chambres d'amis de libres.

— Je ne voudrais pas… m'imposer, murmura-t-elle en désignant Joe qui posait les sacs dans un coin de l'entrée.

— C'est juste un ami. Il loge à l'hôtel.

Elle-même ne semblait pas bien convaincue par ses paroles. Joe prenait visiblement son temps avec les bagages, pour les laisser bavarder tranquillement. Il les rejoignit enfin en se frottant les mains :

— On parle de moi ? Vous n'avez pas contacté la police pour me dénoncer, j'espère ?

— Je vous en prie ! s'écria Ayala. C'est déjà oublié. Vous cherchiez simplement à protéger Hailey, c'est tout. Mais… En a-t-elle besoin ?

Hailey s'éclaircit la gorge.

— Alors, je fais du thé ou pas ?

— Je veux bien, s'il te plaît, répondit Ayala. Tu sais, ça ne m'embête pas du tout d'appeler un hôtel pour réserver une…

— Pas un mot de plus. On va trouver un arrangement équitable. Pas vrai, Joe ?

— Hum hum, hésita Ayala, en les regardant tour à tour. Dans quoi est-ce que je suis en train de me fourrer ?

— Tu défends toujours la cause des réfugiés avec tant de ferveur, expliqua Hailey en se dirigeant vers la cuisine. J'espérais que tu pourrais faire un petit discours, au gala. Pas longtemps, juste un aperçu du travail que tu accomplis là-bas.

Ayala la suivit.

— Tu veux dire le travail que tu accomplis, corrigea

Ayala. C'est l'argent de gens comme toi et tes invités qui permet de faire bouger les choses. Je ne suis pas du genre à étaler mes exploits en public.

— C'est toi qui décides. Parle-leur de ce qui reste à faire, pour les encourager à ouvrir leur portefeuille et leur chéquier.

Hailey sortit deux tasses d'un placard et appela par-dessus son épaule :

— Joe, voulez-vous du thé ?

— J'ai eu mon compte, merci ! répondit celui-ci, depuis la pièce voisine.

Ayala se rapprocha du plan de travail et poussa Hailey du coude.

— S'il n'est pas pris, ça t'embête si je tente ma chance ? Il est sexy...

— Oh ! bafouilla Hailey, les joues soudain brûlantes. Tu... Bien sûr. Si tu veux.

Ayala lui lança un regard entendu.

— Je vois. Je ne suis pas dupe, Hailey Duvall. C'est « juste un ami » jusqu'à nouvel ordre. Je me trompe ?

— Hum... Tu l'as dit toi-même : il est sexy.

— Où et comment l'as-tu rencontré ? C'est un militaire ?

— Comment as-tu deviné ?

Hailey mit la bouilloire dans l'évier pour la remplir à moitié.

— Sa façon de parler et de se déplacer. N'oublie pas que j'ai fréquenté pas mal de soldats américains.

— Il fait partie de la Delta Force.

Ayala cligna les yeux. Se souvenait-elle que le major Denver appartenait lui aussi à la Delta Force ?

— Tu as fait sa connaissance en Syrie ?

— Non.

Hailey alluma le gaz puis se tourna vers son amie.

— On va tout t'expliquer. Ensemble. Ces deux derniers jours ont été un peu dingues, et tu ne sais pas à quel point je suis soulagée de te voir.

Joe s'installa à califourchon sur un des tabourets de l'îlot central.

— Peut-être qu'Ayala a envie de faire un brin de toilette ?

— Excellente idée ! s'exclama celle-ci en se dirigeant vers l'entrée.

Dès qu'elle fut sortie, Hailey chuchota, furieuse :

— Quelle grossièreté ! C'est quoi, votre problème ?

— Pensez-vous vraiment que ce soit une bonne idée de tout lui raconter ?

— Pourquoi pas ? Elle est aussi concernée que moi. Plus, même, car elle travaille encore dans les camps de réfugiés.

— Ce genre d'informations pourrait la mettre en danger.

La bouilloire commença à siffler. Hailey coupa le gaz et versa l'eau dans deux tasses.

— À mon avis, elle est déjà en danger, reprit-elle. En lui expliquant la situation, on lui donne une chance de sauver sa peau, si besoin. S'il devait lui arriver quoi que ce soit et que j'avais omis de l'informer de ce qui est arrivé à Marten et Andrew, je ne me le pardonnerais jamais.

Ayala apparut soudain à l'entrée de la cuisine.

— Encore ? Hailey a déjà du mal à se pardonner plein de fautes imaginaires. Je ne voudrais pas en rajouter.

Elle s'installa sur le tabouret voisin et croisa les jambes.

— Vous feriez mieux de tout me raconter.

Hailey posa une tasse de thé fumant devant elle.

— Tout a commencé par un appel de Marten de Becker...

Elle lui résuma tout ce qui s'était passé les deux jours

précédents, omettant de préciser que la présence de Joe lui était devenue nécessaire pour sa sécurité. À vrai dire, Ayala l'avait sans doute déjà compris toute seule.

Arrivée à la fin de ses explications, elle fouilla dans la poche de son jean et en sortit la clé laissée par Marten, pour la poser sur le comptoir.

— Voici la clé en question. Mais je ne sais pas à quoi elle sert. Tu aurais une idée ?

Ayala s'empara de la clé et la retourna dans tous les sens, passant le pouce sur l'étiquette accrochée.

— « MIS » ? Qu'est-ce que ça veut dire ?

— Pas la moindre idée, marmonna Joe.

— Elle n'a pas l'air toute neuve, fit remarquer Ayala. Dans quoi Marten a-t-il encore été se fourrer ? Il pourrait simplement s'agir de ses histoires habituelles : le jeu, les femmes...

— Peut-être. Mais... La vidéo d'Andrew ?

Avec un frisson, Ayala reposa la clé.

— C'est horrible. Le seul truc qui me rassure, c'est que je n'ai jamais désigné le major Denver comme étant l'un de nos ravisseurs. Et que je ne suis pas en train d'écrire un article sur l'attentat.

— C'est sur ça qu'Andrew travaillait ? demanda Hailey, en serrant sa tasse entre ses mains. Alors, c'est sans doute pour ça que ces types s'en sont pris à lui. Ils ne veulent pas attirer davantage l'attention sur l'attentat, au cas où Andrew disposerait de nouvelles informations concernant Denver.

— Mais toi ? demanda Ayala en touchant le bras de Hailey. Tout ce que tu as fait, c'est signaler que l'un des ravisseurs parlait français avec un accent américain et que quelqu'un l'a appelé Denver ? Pour ma part, je n'ai rien remarqué de ce genre. Tu n'es pas en train de revenir sur ton témoignage, quand même ?

— Je n'ai aucune raison de le faire.

Joe croisa les mains et s'accouda au comptoir.

— On commence à penser que les personnes impliquées suivent Hailey parce que Marten l'a contactée. Ou du moins, qu'il a tenté de le faire.

— Alors, peut-être que tu ferais mieux d'oublier Marten, Hailey. Je sais que ça peut paraître dur, mais tu ne peux plus rien faire pour lui, maintenant.

Ayala effleura la clé.

— Jette ce truc et oublie tout ça, reprit son amie. Si quelqu'un cherche à faire tomber le major Denver, alors, laisse l'armée américaine s'en occuper. Désolée..., ajouta-t-elle avec un rapide coup d'œil en direction de Joe.

— Pas la peine de vous excuser devant moi, répondit Joe en se frottant le menton. Je suis d'accord avec vous. L'armée doit faire tout son possible pour enquêter sur cette affaire. D'autant plus qu'il y a de plus en plus d'éléments pour indiquer qu'il s'agissait bien d'un coup monté.

— Où est Denver, d'ailleurs ? demanda Ayala en portant sa tasse à ses lèvres, sans quitter Joe des yeux.

— Personne ne le sait. Il a disparu après une rencontre organisée avec un informateur, plus au sud.

— En Afghanistan ?

— Oui.

Ayala essuya avec soin la trace de rouge à lèvres qu'elle avait laissée sur le rebord de sa tasse.

— Peut-être qu'il est déjà mort ?

— Je ne le pense pas, affirma Joe, en serrant les poings.

— Désolée, encore une fois. Je sais que vous êtes

inquiet pour votre supérieur, mais moi… Je suis inquiète pour mon amie.

— Moi aussi, je suis inquiet pour Hailey. Je ne veux pas la retrouver mêlée à tout ça et je n'attends pas d'elle qu'elle monte au créneau pour Denver.

Hailey leva la main.

— Bonjour ! Je suis là ! Pas la peine de vous faire du souci pour moi, tous les deux. Et je ne risque pas d'oublier Marten, Andrew, Denver ou quiconque lié à cette affaire.

Joe et Ayala se regardèrent un instant, puis ils marmonnèrent en même temps :

— Philanthrope !

— Vous pouvez bien vous liguer contre moi, mais je suis sérieuse, répondit-elle en déposant sa tasse dans l'évier. Ayala, tu veux encore du thé ou bien je te montre ta chambre ?

— Si tu es sûre que ça ne te dérange pas…

— Es-tu prête à dire quelques mots au gala ?

— Avec plaisir, si c'est bref.

Hailey battit des mains, ravie.

— Dans ce cas, tu es ici chez toi !

— Moi, je retourne à mon hôtel, annonça Joe en s'étirant.

Hailey s'efforça de ne pas trop regarder la façon dont sa chemise moulait son torse. Ayala n'eut pas les mêmes scrupules.

— Très heureuse d'avoir fait votre connaissance, Joe. Et merci de veiller sur mon amie, ajouta-t-elle en passant un bras autour des épaules de Hailey.

— Je suis rassurée de savoir qu'elle ne reste pas seule répondit Joe en récupérant sa veste. Est-ce que je peux vous emmener dîner en ville ce soir, mesdames ?

— Bien sûr, répondit Hailey en prenant son amie par

la taille pour lui faire comprendre qu'elle n'était pas de trop. Avec plaisir.

— Je crois que..., commença Ayala, avant que Hailey lui pince la fesse. Avec plaisir, Joe !

— Joe ? demanda Hailey, le plus naturellement du monde. On pourrait peut-être arrêter les civilités inutiles et se tutoyer ? Sinon, le dîner risque d'être un peu guindé...

— Ça me va, répondit-il, sur le même ton.

Ayala se libéra de l'étreinte de Hailey pour aller récupérer ses affaires.

— Je vais me choisir une chambre.

— Prends l'une des deux premières sur la droite. Elles sont reliées par une salle de bains. Il y a du linge de toilette propre dans le placard sous le lavabo.

— Comme un hôtel, mais en mieux, plaisanta Ayala, en jetant son sac sur son épaule. À tout à l'heure, Joe !

— À tout à l'heure !

Joe attendit qu'Ayala ait disparu dans l'escalier pour rejoindre Hailey près de l'évier.

— En parlant d'hôtel, je crois que ça vaudrait le coup de vérifier celui de Marten.

— Vous... Je veux dire : tu crois qu'il a encore une chambre là-bas ? demanda Hailey en frôlant Joe pour récupérer la tasse d'Ayala.

— Pourquoi pas ? Je l'ai pris en chasse à sa sortie du Pacific Rim Hotel, et il s'est rendu directement au terminal du ferry. Je ne l'ai jamais vu passer chez Joost. Et s'il n'est pas retourné à l'hôtel, alors il n'a jamais réglé sa note.

Hailey laissa échapper la tasse qu'elle tenait, qui tomba à grand bruit dans l'évier et se cassa en plusieurs morceaux.

— Tu ne m'avais pas dit que c'était le Pacific Rim.

— Tu t'es coupée ?

— Non, ça va. Tu es sûr que c'est le Pacific Rim ?

— Oui. Un truc très chic. Si Marten était joueur, il devait être en veine.

— C'est là que j'organise mon gala de charité, annonça Hailey en ramassant les débris pour les jeter à la poubelle. Je me demande si Marten était au courant…

— Dans ce cas, pourquoi ne pas avoir simplement organisé une rencontre à l'hôtel ? demanda Joe en récupérant avec précaution un morceau de tasse oublié par Hailey. Tu crois que tu pourrais avoir accès à la chambre de Marten ?

— Aucun problème.

— Tu connais le gérant ?

— Mieux que ça. Je connais le propriétaire. C'est mon père.

Joe resserra son écharpe autour de son cou et tourna le dos au vent glacial qui le saisit, quand il sortit de son hôtel. Il aurait préféré dîner seul avec Hailey, ce soir-là, mais puisque Ayala était arrivée, il avait bien été obligé de l'inviter, elle aussi.

Son horoscope au restaurant chinois ne l'avait-il pas incité à tenter sa chance avec une belle brune ? Ayala était aussi brune et aussi belle, mais il n'avait d'yeux que pour Hailey. Il avait déjà tenté sa chance avec une blonde, autrefois. Cuisant échec. La couleur des cheveux faisait-elle une différence ?

Une magnifique Jaguar blanche se gara dans la zone d'arrêt minute de l'hôtel, et la fenêtre côté passager se baissa avec un léger bourdonnement.

— Hep ! Jeune homme ! appela Hailey en se penchant vers lui. On peut vous déposer quelque part ?

Joe se glissa sur le siège en cuir.

— Je n'aurais jamais cru apprécier le confort d'un fauteuil chauffant, mais le vent qui souffle de la baie me glace jusqu'aux os.

— Tu imagines un peu pour moi, qui arrive de Floride ?

— Ouais… Ces sièges chauffants ne sont pas un luxe, par ici.

Hailey posa les mains sur le volant.

— Où est-ce qu'on dîne, ce soir ?

— J'ai réservé dans un grill, près du district financier. Jackson's. Ça ira ?

— Très bon choix. Tu as dû lire les critiques.

Hailey quitta le parking de l'hôtel pour s'engager dans la circulation.

— Ça te va aussi, Ayala ? demanda Joe en se tournant vers la banquette arrière. Je crois qu'ils font aussi du poisson et des hors-d'œuvre végétariens, au cas où.

— Non, un bon steak, ça me va.

Hailey connaissait bien San Francisco. Vingt minutes plus tard, elle tendait les clés de sa Jaguar à un voiturier. Ils prirent ensuite l'ascenseur jusqu'au dernier étage de l'immeuble, où le restaurant jouissait d'une vue magnifique sur les lumières de la ville.

Un cadre romantique parfait… S'ils n'avaient pas été trois. Joe tira la chaise de Hailey pour qu'elle s'y installe puis s'avança pour faire de même avec Ayala, qui le remercia d'un sourire. Il préférait se montrer courtois et dissimuler les réticences qu'il éprouvait à son égard.

— J'aime bien cet endroit, constata Hailey avec un

petit soupir, tandis qu'un serveur s'approchait à la hâte avec une carafe d'eau et une corbeille de pain.

Lorsque tout le monde fut servi, Ayala leva son verre d'eau et admira la vue.

— Ça change de la Syrie, hein ?

— Tu y retournes bientôt ? s'enquit Joe. Ou bien tu restes en Floride quelque temps ?

— Juste deux semaines, avant de repartir au camp de réfugiés.

— Ça doit être un peu... déprimant, non ? commença Joe, en s'emparant un morceau de pain. Ça fait combien de temps que tu fais ce boulot ?

— Plusieurs années. Et je ne trouve pas ça du tout déprimant. Je suis originaire du pays, tu sais. Mes parents ont émigré aux États-Unis, et mon frère aîné est né là-bas. J'étais déjà infirmière lorsque la guerre civile a éclaté. Quand j'ai entendu dire qu'il y avait besoin de personnel médical sur place, j'ai su que je devais y aller.

Joe baissa la tête.

— C'est une grande leçon d'humilité de se trouver en présence de deux personnes aussi généreuses et désintéressées.

— Les Delta Force aussi font leur part, répondit Hailey en ouvrant la carte des vins. À leur façon. On partage une bouteille ?

— Je ne suis pas un grand amateur de vin, répondit Joe. Je préfère la bière... On peut quitter la côte est, mais la côte est ne vous quitte jamais vraiment. Mais faites-vous plaisir !

— Je ne prendrai qu'un verre, Hailey. Donc, à moins que tu n'aies prévu de te siffler cette bouteille toute seule, je pense qu'on devrait commander au verre.

— Tu es restée en Syrie trop longtemps. Autrefois, tu n'étais pas la dernière pour boire un coup. Voyons voir… Si tu m'abandonnes, je ne vais pas prendre une bouteille entière.

Le serveur revint vers eux.

— Désirez-vous un apéritif ?

Hailey commanda un cabernet, Ayala, un cocktail et Joe se contenta d'une bière. Lorsque le serveur repartit, Joe présenta la corbeille de pain à Ayala.

— Parle-moi de ton expérience en Syrie. Ça te fera un entraînement pour le discours que tu dois à Hailey.

Ayala refusa le pain d'un geste.

— Je travaille là-bas depuis environ trois ans. Un jour, lors d'un congrès en Floride sur la médecine d'urgence, je… J'ai croisé quelques collègues qui avaient travaillé dans des camps de réfugiés. Ça avait l'air extraordinaire. À cette époque, j'étais coincée dans ma routine. C'était le moment idéal pour moi.

— Et pour eux, ajouta Hailey en suivant du doigt le rebord de son verre. C'est en ce moment qu'il y a besoin de gens comme toi.

— Ça reste quand même très dangereux, comme vous le savez toutes les deux. Te sens-tu en sécurité là-bas, Ayala ?

— La plupart du temps. Ce qui nous est arrivé…

Elle jeta un regard vers Hailey, avant de poursuivre :

— … C'était une aberration. Un accident ponctuel.

— Je sais que ça a mis un frein aux négociations de paix. Les deux camps se sont-ils remis des dégâts causés par cet attentat ?

Le serveur revint avec leurs boissons, et Ayala se cala dans sa chaise pour boire une longue gorgée de son cocktail, avant même que Hailey et lui ne soient servis. Il était visiblement temps de changer de sujet. Soit la violence perturbait plus Ayala qu'elle ne le laissait paraître, soit elle n'avait pas envie de parler de son métier ce soir-là.

Lorsque les plats furent commandés, Hailey leva son verre de vin :

— À mon garde du corps, à mon intervenante de dernière minute et à la réussite du gala de charité !

Ils trinquèrent. Ayala but une nouvelle longue gorgée.

— Il est bien entendu que je ne dirai que quelques mots, hein ? s'inquiéta-t-elle.

— C'est toi qui décides, répondit Hailey en faisant tourner le liquide d'un rubis profond dans son verre. J'ai déjà dû te dire que notre intervenant principal était le Dr Nabil Karam-Thomas. Tu te souviens de lui ? Il nous a rendu visite au centre de réfugiés.

Ayala s'essuya la bouche, disparaissant à moitié derrière sa grande serviette.

— Oui, je... je m'en souviens. Il est bien plus éloquent que moi.

— Tu n'es pas du tout obligée de parler, si ça t'embête. Je plaisantais quand je disais que tu devais gagner ton gîte et ton couvert.

— Je sais, Hailey. Ça ne me dérange pas de prendre la parole. C'est juste que je n'ai pas envie d'aborder les détails sordides ni le contexte politique.

Joe se demanda si cette dernière remarque lui était destinée. Il fallait vraiment qu'il change de sujet. Peut-être Ayala pensait-elle qu'il cherchait à glaner des informations sur Denver. Chez Hailey, Ayala avait suggéré à son amie de garder le plus possible ses distances avec l'enquête. Elle semblait elle-même prendre ce conseil au pied de la lettre. Joe but une gorgée de bière, à travers l'épaisse couche de mousse.

— Tu habites où en Floride, Ayala ? demanda-t-il.

Ayala préférait parler de la Floride, car elle finit par s'ouvrir un peu et perdre de sa réserve. À moins que ce ne soit l'effet du cocktail, qu'elle avait englouti avec une rapidité déconcertante.

Lorsque les plats arrivèrent, les deux femmes commandèrent un second verre. Joe se contenta de terminer sa bière. Il fallait bien que quelqu'un se dévoue pour ramener tout ce petit monde à la maison.

— Dis donc, on aurait pu prendre cette bouteille de vin toutes les deux, finalement ! fit remarquer Hailey en tapotant le verre vide d'Ayala.

— Oh ! ça ? C'est très léger, vraiment. On sent à peine l'alcool.

Hailey leva les yeux au ciel.

— Tu es restée trop longtemps en Syrie. Les cocktails, c'est ce qu'il y a de plus dangereux. Pas vrai, Joe ?

— Ce n'est pas à moi qu'il faut demander ça, répondit-il en serrant sa chope. Je suis un buveur de bière.

À la fin du repas, Joe en savait long sur la Floride et San Francisco, mais assez peu sur ses deux compagnes. Ayala s'était cantonnée à des sujets superficiels et, si Joe mourait d'envie de mieux connaître Hailey, il préférait le faire dans un contexte plus intime.

Lorsque Ayala s'excusa pour aller aux toilettes, Joe comprit qu'elle n'avait pas menti sur sa capacité à tenir l'alcool. En se levant, la jeune femme tituba et dut s'agripper un instant au dossier de sa chaise pour ne pas perdre l'équilibre.

— Ça va ? s'inquiéta Hailey, en lui touchant le bras.

— Oui. Je me suis levée trop vite, c'est tout.

Hailey regarda son amie se frayer un chemin parmi les tables du restaurant. Quand Ayala eut disparu, elle posa les coudes de chaque côté de son assiette, le menton dans une main.

— Merci.

— Pourquoi ? Pour le dîner ?

Il joua un instant avec l'addition que le serveur avait discrètement posée près de lui.

— Je n'ai pas encore payé, tu sais…

— Oh ! pour ça aussi. Merci. Mais je te remerciais d'avoir fait la conversation à Ayala. Je ne l'avais jamais vue aussi ouverte et enthousiaste.

— C'était de l'enthousiasme ?

— Pour elle, oui. C'est une fille très réservée, et son séjour au camp de réfugiés n'a rien arrangé.

— Apparemment, elle aurait bien besoin de faire une pause.

— Ça a été mon cas, après…

Elle vida son verre de vin et se passa discrètement la langue sur les lèvres.

— Ça va aller pour conduire ? demanda-t-il.

— Sans doute pas. Et où est Ayala ? s'inquiéta-t-elle en tournant la tête vers la salle. Elle en met du temps.

— C'est sûr qu'elle n'est pas en état de conduire. Heureusement que l'un d'entre nous a su rester sobre.

Joe sortit son portefeuille de sa poche et déposa sa carte bancaire à côté de l'addition. Le serveur récupéra le plateau, débarrassa quelques verres et leur demanda s'ils désiraient autre chose – deux fois –, avant de s'éloigner.

— Je ferais mieux d'aller voir si Ayala va bien, décréta

Hailey. Elle aurait eu le temps de se laver les cheveux dans le lavabo…

Elle s'éloignait de la table, lorsque Joe lui lança :

— Sois prudente !

À moins que ce soit son imagination. Pourquoi devrait-elle se montrer prudente en se rendant dans les toilettes d'un restaurant ? Néanmoins, un petit frisson la parcourut. Elle croisa frileusement les bras et poursuivit son chemin.

Elle hésita à l'entrée du couloir qui menait aux toilettes et à l'issue de secours. Un homme qui passa rapidement près d'elle la fit sursauter, puis elle se ressaisit et s'avança d'un pas résolu vers la porte des toilettes des femmes.

— Ayala ? appela-t-elle, en passant la tête à l'intérieur.

Une femme se lavait les mains au lavabo ; elle croisa son regard dans le miroir puis détourna les yeux. Hailey entra dans la pièce, qui contenait trois cabines. La porte des deux premières était grande ouverte. Elle s'avança pour frapper doucement à la troisième.

— Ayala ?

La femme près du lavabo sortit quelques serviettes en papier du présentoir, pour se sécher les mains.

— Cette cabine était déjà occupée quand je suis entrée, annonça-t-elle. Mais je n'ai entendu personne.

Les portes descendaient jusqu'à terre. Impossible de jeter un œil par en dessous. Elle frappa de nouveau, le cœur battant.

— Ayala ? Tu es là ?

Cette fois, elle perçut un léger gémissement.

— Vous avez entendu ? demanda-t-elle à la femme.

— Oui, répondit celle-ci, en portant une main à son

collier de perles, le regard plein d'angoisse. Il faudrait peut-être appeler le gérant ?

— Oui, allez-y ! répondit Hailey, en se précipitant dans la cabine voisine.

Elle grimpa sur la cuvette et jeta un œil par-dessus la cloison.

— Vite ! ajouta-t-elle. Mon amie a perdu connaissance !

Elle parvint à passer par-dessus la cloison et ouvrit la porte de l'intérieur, avant de s'agenouiller à côté d'Ayala.

À cet instant, une seconde femme entra dans les toilettes.

— Que se passe-t-il ? demanda-t-elle aussitôt, d'une voix paniquée.

— Mon amie ne se sent pas très bien. Je crois que quelqu'un est parti avertir le personnel. Pouvez-vous appeler des secours ?

— Bien sûr.

Hailey passa un bras sous la tête de son amie.

— Ayala. Ayala, qu'est-ce qui ne va pas ? Qu'est-il arrivé ?

Ayala poussa un gémissement étouffé, tandis qu'une écume blanche apparaissait à la commissure de ses lèvres.

— Aide-moi. On m'a empoisonnée…

8

La seconde femme qui était partie chercher de l'aide réapparut en trombe dans les toilettes.

— Comment va-t-elle ? J'ai alerté les secours.

Hailey s'efforça de répondre, malgré la sécheresse qui plaquait sa langue contre son palais.

— Elle a perdu connaissance. Vous voulez bien rester avec elle pendant que je vais prévenir mon ami ? Comment vous appelez-vous ?

— Marcia, répondit la femme en s'agenouillant près d'elles et en posant une main sur le visage d'Ayala. Elle a le front glacé.

— Je reviens tout de suite, lança Hailey en sortant à la hâte pour rejoindre la salle.

Joe devait guetter son retour, car il bondit de sa chaise dès qu'il l'aperçut.

— Que se passe-t-il ?

— C'est Ayala. Elle a été empoisonnée.

Joe poussa un juron et se rua en direction des toilettes.

— Elle est chez les dames ?

— Oui, dans la dernière cabine.

— Consciente ?

— À peine. Les secours ont déjà été appelés.

— Bien.

Joe poussa la porte et s'accroupit à côté de Marcia.

— Merci, murmura Hailey en posant une main dans le dos de la femme. Comment va-t-elle ?

— Elle n'a pas repris connaissance. Mais son pouls est bon, et l'écume a disparu.

Joe leva la tête.

— Elle avait de l'écume blanche aux lèvres ?

— Un peu, quand je l'ai découverte, expliqua Hailey, en aidant Marcia à se remettre debout. Puis-je vous demander encore un service ? Pourriez-vous dire au gérant qu'une cliente a fait un malaise dans les toilettes et que les secours arrivent ? Une dame devait le faire, mais...

— Pas de problème. J'espère que ça va aller. J'ai déjà vu des gens perdre connaissance à cause de l'alcool, mais jamais avec de l'écume aux lèvres.

Quand Marcia sortit, Hailey s'agenouilla de nouveau près de Joe qui avait roulé sa veste pour caler la nuque d'Ayala.

— Qu'est-ce qui s'est passé ? chuchota-t-il, furieux.

— Quand je suis entrée, il y avait une cliente qui se lavait les mains, et une seule cabine était occupée. J'ai appelé Ayala, sans obtenir de réponse. La dame m'a expliqué que la porte était déjà fermée à son arrivée. J'ai frappé, et c'est là que j'ai entendu un gémissement.

— Était-ce Marcia qui se lavait les mains ?

— Non, une autre femme. Elle a disparu. Marcia est arrivée après.

Hailey se tut en entendant quelqu'un entrer en trombe dans les toilettes. Une seconde plus tard, le gérant du restaurant passait la tête dans la cabine.

— Comment va-t-elle ?

Joe posa deux doigts sur le cou d'Ayala.

— Elle est vivante, mais sans connaissance. L'ambulance est là ?

— Pas encore, mais je l'ai vue se garer en bas, dans la rue. Ils doivent être en train de monter.

— Pourriez-vous vous assurer que personne n'entre ici ? Et guider les urgentistes quand ils arriveront ? Dites-leur que la victime a parlé d'empoisonnement, avant de perdre connaissance.

— Empoisonnée ? s'écria le gérant avec un mouvement de recul. Pas dans mon restaurant. Ce doit plutôt être l'alcool.

— Expliquez-leur juste que c'est ce qu'elle a dit. Cela pourra s'avérer utile quand ils la soigneront.

Quand le gérant ressortit, Joe se tourna vers Hailey.

— C'est bien ce qu'elle t'a dit, non ?

— Oui. Comme elle ne répondait pas et n'ouvrait pas la porte, je suis grimpée sur la cuvette des toilettes dans la cabine voisine, et c'est là que je l'ai vue sur le sol. J'ai escaladé la cloison pour la rejoindre. Elle marmonnait et avait de l'écume blanche au coin des lèvres. Quand je me suis agenouillée près d'elle, elle m'a murmuré qu'elle avait été empoisonnée, avant de perdre connaissance. J'ai demandé à la première femme d'appeler le gérant, puis à Marcia de contacter les secours. Ensuite, je suis venue te chercher.

— Comment sa nourriture a-t-elle pu être empoisonnée ici ? C'est peut-être arrivé avant ?

— Je ne sais pas. Si ça s'est passé ici, alors quelqu'un nous a suivis. Tu avais vérifié ?

— Je suis toujours sur le qui-vive.

Joe posa rapidement un doigt sur ses lèvres en entendant

les urgentistes dans le couloir. Ces derniers entraient avec fracas dans les toilettes. Hailey leur expliqua tout ce qu'elle savait de l'état de santé d'Ayala, et ils prirent le relais.

Une heure plus tard, quand Hailey récupéra ses clés auprès du voiturier, Joe tendit la main dans sa direction.

— Je crois que je suis parfaitement sobre, à présent, Joe.

— Si tu es sûre... De toute façon, il vaut mieux que ce soit toi qui conduises.

— Pourquoi ?

— Parce que tu sais comment te rendre au Pacific Rim Hotel.

Hailey serra les clés avec force.

— Tu veux aller vérifier la chambre de Marten maintenant ?

— Je pense qu'il est grand temps de le faire. Ces types deviennent audacieux... Voire imprudents. Il faut les arrêter.

Il lui ouvrit la portière, et elle se glissa derrière le volant. Elle n'eut pas besoin d'activer les sièges chauffants : la présence de Joe suffisait à la réchauffer et la rassurer. Elle aurait cependant aimé faire preuve d'autant de résolution. Elle ne pouvait dépendre de lui pour toujours.

— Je vais appeler l'agent Porter demain pour lui raconter ce qui est arrivé à Ayala.

— On ne sait pas encore ce qui lui est arrivé.

— Juste une nouvelle attaque contre une des personnes enlevées en Syrie. Il faudra bien qu'ils m'écoutent, cette fois. Ils doivent prendre ça au sérieux. Marten, Andrew, moi et maintenant, Ayala. Qu'est-ce qu'il leur faut de plus, comme preuve ?

— Des éléments tangibles, pas des soupçons ou des

suppositions. Le corps de Marten n'a jamais refait surface, et personne n'a signalé sa disparition. On n'a pas de nouvelles d'Andrew, et la vidéo s'est volatilisée. L'attaque contre toi aurait très bien pu être l'œuvre d'un chauffard quelconque, et si Ayala a bel et bien été empoisonnée… Eh bien, nous verrons.

— OK, des détails, des détails, soupira Hailey en quittant le parking. Allons voir si la chambre de Marten peut nous fournir quelques preuves.

Le Pacific Rim Hotel se trouvait à un jet de pierre du restaurant, mais il était toujours difficile pour une voiture de se faufiler dans la circulation de San Francisco. En chemin, Hailey lança son téléphone à Joe.

— Tu veux bien appeler l'hôpital où ils ont emmené Ayala ? C'est le San Francisco General.

Joe composa le numéro des renseignements et fut connecté directement au standard.

— Nous sommes les personnes qui accompagnaient Ayala Khan. Elle est originaire de Floride, en visite à San Francisco. Elle n'a aucune famille ici. Nous…

Il soupira en regardant Hailey.

— On m'a mis en attente.

— Indique-leur le nom de mon père.

— Quoi ?

— C'est un très généreux donateur de cet hôpital.

Joe pinça les lèvres, et Hailey eut une moue dépitée. Elle n'aimait pas avoir recours aux mêmes manies que son père qui usait sans vergogne de son nom et de son argent. Mais, là, c'était pour la bonne cause.

— Je comprends, reprit Joe, au téléphone. Une minute, s'il vous plaît.

Il tendit l'appareil à Hailey.

— C'est toi, l'experte. Je serai incapable d'utiliser ce genre d'argument.

Avec un soupir, Hailey s'empara du téléphone.

— Oui bonjour. Je suis Hailey Duvall. Mon père, Ray Duvall, a aidé à financer le service des grands brûlés de votre établissement de soin. Ayala Khan est mon amie. Elle est de passage chez moi, et nous étions sortis dîner quand elle s'est sentie mal. Je vous serais très reconnaissante si vous pouviez me transmettre la moindre information concernant son état de santé.

Dans sa précipitation pour donner à Hailey ce qu'elle attendait, l'infirmière se mit à balbutier de façon incompréhensible mais finit par lui expliquer qu'Ayala allait bien, qu'elle avait repris connaissance et serait en mesure de recevoir des visiteurs dès le lendemain matin.

— Merci beaucoup. Quel est votre nom ?

— Shailene Franklin.

— Merci, Shailene. Je veillerai à ce que mon père soit informé que des professionnels compétents et serviables travaillent au San Francisco General, avant sa prochaine rencontre avec M. Sharpe, le directeur.

Hailey raccrocha et posa le téléphone sur le tableau de bord, préférant ignorer le regard de Joe, qui lui brûlait la joue comme un laser. Au bout de quelques secondes, il s'éclaircit la gorge.

— Waouh ! Hum... C'est donc comme ça qu'on fait...

Hailey remercia le ciel qu'il fasse sombre dans la voiture, ce qui lui permit de cacher le rouge qui lui montait au visage.

— J'ai eu un excellent professeur, marmonna-t-elle. Le meilleur.

— C'est ce que tu répètes sans arrêt. Pourtant, tu

sembles mépriser cet excellent professeur qui est accessoirement ton père.

Hailey serra le volant avec force.

— Que veux-tu dire, Joe ?

Il leva les mains en signe d'apaisement.

— Écoute, je ne t'en veux pas d'utiliser le nom de ton père pour obtenir ce que tu veux.

— Ce dont j'ai besoin.

— Quoi ?

— Pour obtenir ce dont j'ai besoin, pas ce que je veux.

— D'accord, d'accord. Je ferais pareil. N'importe qui le ferait. Mais toi, tu traites ton père avec beaucoup de mépris, parce qu'il t'a donné les moyens de te servir de son influence et son argent. C'est un peu…

— Hypocrite ?

La main de Joe vint effleurer la toile de son jean, au-dessus de son genou.

— Tu sais quoi ? Oublie mes jugements à l'emporte-pièce. Je suis sans doute jaloux, parce que le seul passe-droit que mon paternel était capable de m'obtenir, c'était une pinte à l'œil au pub du coin.

Ses excuses avaient la même chaleur que la main posée sur son genou. La même sincérité. Il s'excusait avec facilité, comme s'il avait l'habitude de le faire. Avait-il des choses à se faire pardonner ? Il semblait avoir traversé tant bien que mal une enfance difficile, avant de poursuivre son chemin jusqu'à un corps d'élite de l'armée. Il était loyal et protecteur – et musclé. Il n'avait aucune raison de s'excuser, surtout pas pour avoir critiqué une riche gamine gâtée.

— Tu n'as fait qu'exprimer une opinion honnête, répondit Hailey, avec un vague haussement d'épaules résigné. Réjouis-toi juste du fait de fréquenter une fille possédant des contacts différents de ceux de ton père. Cela dit, il ne faut jamais cracher sur une pinte gratis.

Il lui pressa une dernière fois le genou, avant d'écarter sa main.

— Comment as-tu fait pour devenir aussi cool ?

— C'est grâce à mon père, également. Il m'a élevée pour que je prenne sa suite. Je connais les codes.

— Pas ton frère ?

— Je suis l'aînée. Et la plus responsable des deux. Mon père m'a préparée pour gérer les affaires familiales, jusqu'à ce que...

— Jusqu'à ce que quoi ?

— On est arrivés, annonça-t-elle soudain, mettant brusquement un terme à la conversation. Je vais faire le tour pour garer la voiture.

Joe regarda par la fenêtre et s'interrogea.

— Comment Marten a-t-il pu se payer une chambre dans un endroit pareil ? Et pourquoi serait-il allé se terrer chez Joost, s'il logeait ici ?

— Je ne sais pas. Peut-être juste pour lui confier cette vieille clé rouillée.

Elle se gara le long du trottoir et sortit quand le voiturier ouvrit la portière.

— Bonsoir, mademoiselle Duvall.

Hailey jeta un rapide coup d'œil au badge accroché à la veste de l'employé.

— Bonsoir, Henry. Comment allez-vous ?

— Très bien, mademoiselle. Je m'occupe de votre véhicule.

— J'espère bien, répondit-elle avec un clin d'œil. C'est celui de mon père...

Joe la prit par le bras pour la guider vers l'entrée.

— Comment ça se passe ? demanda-t-il en se penchant vers elle. Tu ne vas quand même pas simplement leur annoncer que tu veux entrer dans la chambre de Marten ?

— Si.

Hailey se redressa et se dirigea vers la réception d'un pas décidé. Elle avait peut-être tout appris de son père, mais elle ne parvenait jamais à se montrer aussi sûre d'elle. Elle s'approcha du comptoir, où deux employées s'occupaient d'accueillir des clients. L'une d'elles leva les yeux de son clavier et lui sourit.

— Je suis à vous dans un instant. Si vous avez besoin du concierge, le bureau se trouve derrière vous, sur votre gauche.

Hailey s'apprêtait à répondre qu'elle attendrait, quand Timothy Tang, l'un des directeurs de nuit sortit en trombe du bureau voisin.

— Carmen, c'est mademoiselle Duvall !

Deux taches vermillon apparurent sur les joues de Carmen.

— Oh ! veuillez m'excuser, mademoiselle Duvall.

Hailey fit signe que ce n'était rien.

— Je vous en prie. Je souhaitais parler à M. Tang, de toute façon.

Le directeur s'approcha en rajustant le col de sa veste impeccable.

— Que puis-je faire pour vous, mademoiselle Duvall ?

— Un de mes amis, Marten de Becker, a pris une chambre ici, mais il a été appelé à Sacramento pour une réunion importante. Il sera absent un jour ou deux et m'a demandé de récupérer quelque chose pour lui. Je me demandais si vous pourriez me laisser entrer dans sa chambre.

M. Tang hésita une fraction de seconde puis répondit :

— Bien sûr. Laissez-moi vérifier le numéro de chambre de M. de Becker.

— Merci infiniment.

Tandis que M. Tang pianotait sur un clavier, il demanda :

— Tout se déroule-t-il comme prévu pour le gala ? Gretchen a travaillé principalement avec Josie, notre responsable de l'événementiel, mais j'ai eu l'honneur de pouvoir apporter une petite touche.

— Gretchen est ravie.

Hailey jeta un regard dans la direction de Joe, qui attendait, les bras croisés, en tapotant le sol du bout de sa chaussure. Il avait promis de ne pas porter de jugement.

— Vous aimez votre poste de directeur de nuit, monsieur Tang ? On dirait que l'événementiel vous intéresse.

— Oh ! dit M. Tang en la regardant par-dessus son écran. Josie est parfaite pour ce poste, mais ça ne m'empêche pas d'intervenir ici ou là. Je crois que cela ne la dérange pas.

— J'en suis certaine.

— Voilà ! M. de Becker. Septième étage, chambre 728.

M. Tang fit glisser une clé magnétique sur le comptoir, la couvrant de sa main jusqu'à ce que Hailey s'en empare.

— Vous n'aurez qu'à la déposer à un des crochets en partant, mademoiselle Duvall.

— C'est entendu. Merci encore. Et à très bientôt, pour le gala !

M. Tang hocha brièvement la tête, puis tourna les talons et disparut dans le bureau.

Sans lâcher la carte dans sa poche, Hailey rejoignit Joe.

— Bon, ce n'était pas si dur que ça...

Joe applaudit trois fois lentement.

— Je suis sidéré, commenta-t-il tandis qu'ils se dirigeaient vers les ascenseurs. Même ton père ne s'en serait pas aussi bien sorti.

— Pas vraiment, non ! s'esclaffa-t-elle. Avec lui, M. Tang aurait eu l'impression que l'idée venait de lui et l'aurait remercié de lui avoir accordé le plaisir de le servir.

— On n'était pas loin du compte, quand même.

Il appuya sur le bouton d'appel de l'ascenseur et lui fit signe de le précéder, quand une des portes s'ouvrit devant eux.

— Est-ce que tous les employés ont des photos des membres de ta famille scotchés à leur écran d'ordinateur ? Ils sont tous censés vous reconnaître, c'est ça ?

— Mon père serait bien du genre à l'exiger. Moi, je m'en fiche. Tu me crois quand je dis ça, non ? insista-t-elle en le tirant par la manche. Je me fiche de tous ces trucs.

— Je sais. Sinon, tu ne partirais pas dans des pays déchirés par la guerre comme la Syrie.

Hailey poussa un petit soupir.

— Mon frère, en revanche…

— Il aime les privilèges, c'est ça ?

— Il les adore. Au début, c'était juste l'argent, les drogues, l'alcool, les soirées, les filles. Et puis, quand il a compris que j'étais tombée en disgrâce auprès de papa, il a commencé à revoir son attitude pour jouer les lèche-bottes. Maintenant, c'est un vrai petit toutou.

— Comment as-tu fait pour tomber en disgrâce auprès de ton père ?

— Oh ! des bricoles…, répondit-elle avec un geste vague.

Joe haussa les sourcils.

— Donc, ton frère est le prochain sur la liste pour reprendre les rênes du holding familial, c'est ça ?

— Si on veut. Notre père ne lui fait toujours pas confiance.

— Pas comme à toi.

— En gros, c'est ça.

Avec un petit tintement, l'ascenseur s'arrêta au septième étage, où l'épaisse moquette étouffa le bruit de leurs pas dans le long couloir qui menait à la chambre de Marten.

Lorsqu'ils furent arrivés devant la porte, Hailey inséra la carte magnétique dans le lecteur et la ressortit aussitôt. Quand le voyant vert clignota, Joe ouvrit. Hailey entra à pas de loup, les bras croisés sur la poitrine.

— Marten ? chuchota-t-elle.

Joe actionna un interrupteur dans l'entrée, et deux lampes s'allumèrent dans le petit vestibule ouvrant sur la vaste chambre. Hailey passa la pièce en revue et indiqua une valise, dans un coin.

— Ses affaires. Pas étonnant qu'il n'ait rien amené chez Joost. Tout est resté ici.

— Sauf la clé.

Un frisson parcourut Hailey qui se tourna vers la porte.

— Tu veux bien refermer ?

Pendant que Joe s'exécutait, elle sortit la clé de Marten de son sac.

— Tu crois que c'est la clé d'une valise ?

— Ça me paraît un peu gros, mais on peut toujours essayer.

Avant qu'elle puisse s'avancer, Joe traversa la pièce pour hisser la valise de Marten sur le grand lit. Il tira sur la fermeture Éclair qui glissa en silence.

— Sa valise n'est pas fermée, et il n'y a même pas de cadenas.

Hailey se faufila près de lui pour allumer la lampe au-dessus du lit.

— Peut-être que ça ouvre quelque chose qui se trouve à l'intérieur.

— Peut-être.

Joe plongea les mains dans la valise pour fouiller parmi les vêtements. Hailey le rejoignit, saisissant à pleines mains quelques chemises.

— Je crois qu'on n'a pas à s'inquiéter de chiffonner ses affaires.

Ils cherchèrent un moment, étalant les vêtements sur le lit. Joe vérifia rapidement les poches extérieures.

— On ne trouvera sans doute rien dans ses vêtements.

Hailey passa la chambre en revue, les poings sur les hanches.

— Où est son ordinateur portable ? Je suis presque sûre que Marten ne part jamais sans.

— Y a-t-il un coffre-fort ?

Hailey se dirigea aussitôt vers le buffet situé sous la télévision. Elle s'accroupit pour ouvrir en grand les deux portes. À l'intérieur, le coffre était complètement vide.

— C'est bizarre, il n'y a rien. Pas d'argent, pas de passeport et… pas d'ordinateur.

Joe s'agenouilla à côté d'elle,

— Rien non plus dans les poches latérales. À part ça, précisa-t-il, une paire de chaussettes à la main.

— La salle de bains ? interrogea-t-elle en donnant un coup d'épaule à Joe.

Il se leva et lui tendit la main pour l'aider à se relever.

Il ne la lâcha pas jusqu'à la salle de bains – et elle n'avait aucune envie qu'il le fasse.

L'équipe de ménage était venue depuis la dernière visite de Marten dans la chambre. Des serviettes propres étaient disposées sur les présentoirs et des bouteilles neuves de produits de toilette étaient alignées sur le lavabo.

— Les gens qui assurent l'entretien pourraient s'interroger en voyant qu'un client ne revient pas.

— Tant que la date prévue pour son départ n'est pas passée, je crois qu'ils s'en fichent.

Lorsqu'elle poussa la porte de la salle de bains pour ressortir, la trousse de toilette de Marten heurta le panneau de bois. Joe la décrocha de la patère et en vida le contenu à côté du lavabo. Il n'y avait que les articles habituels : rasoir, crème à raser, peigne, préservatifs.

Hailey saisit un des petits paquets entre le pouce et l'index.

— C'est bien Marten, ça. Il ne sort jamais sans un stock.

— Au moins, il se montrait prudent dans certains domaines de sa vie...

Hailey se percha sur le rebord de la baignoire, soudain lasse.

— Il n'y a rien ici. Rien. Pourquoi a-t-il voulu me donner cette clé ? Comment suis-je censée comprendre à quoi elle correspond ?

— Allez, viens. On va tout remettre dans la valise, dit Joe, en remballant les articles de toilette, avant de raccrocher la trousse derrière la porte.

Hailey se leva.

— Je suis déçue. J'étais tellement fière d'avoir réussi à nous faire entrer ici, mais ça n'a servi à rien.

— Nous n'avons pas vérifié tous les tiroirs dans la

chambre. Peut-être a-t-il choisi cet hôtel parce qu'il savait que tu aurais le moyen d'y entrer. Peut-être a-t-il laissé un message.

Joe ressortit de la salle de bains.

— Dans ce cas, pourquoi ne pas avoir laissé ce fichu message avec la clé ? Ou mieux encore : pourquoi ne pas m'avoir laissé un message pour me dire ce qu'il voulait me révéler sur le ferry ?

— Quelqu'un d'autre aurait pu le trouver trop facilement. Il est évident qu'il cherche à protéger cette information.

Joe se dirigea vers le bureau près de la fenêtre et ouvrit le premier tiroir d'un coup sec. Pendant ce temps, Hailey, un genou sur le matelas, entreprit de replier les chemises. Soudain, un bruit sourd se fit entendre de l'autre côté de la porte, dans le couloir. Elle se figea, serrant une chemise contre elle.

— C'était quoi ?

Joe lui jeta un rapide regard par-dessus le papier à lettres à en-tête de l'hôtel qu'il tenait à la main.

— Sans doute l'équipe de ménage.

Hailey reposa la chemise et se dirigea vers la porte sur la pointe des pieds. Une main sur le panneau de bois, elle se pencha pour coller son œil au judas.

Aussitôt, elle se recula d'un bond.

— Il y a quelqu'un dehors ? demanda Joe en s'approchant d'elle en silence.

— Je ne vois rien à travers le judas. On dirait que c'est bloqué.

Joe l'écarta doucement.

— Laisse-moi regarder.

Il colla son œil à la porte et se recula aussitôt, son pouce collé au trou.

— Que se passe-t-il ? chuchota Hailey.

— Quelqu'un a remplacé le judas par une caméra. On nous observe.

9

Hailey eut un mouvement de recul.

— Tu es sûr ?

— À cent pour cent.

Le doigt toujours plaqué contre l'œil du judas, Joe fouilla dans la poche de son jean et en tira un couteau.

— Tu veux bien me l'ouvrir ? demanda-t-il.

D'une main tremblante, Hailey sortit la lame et rendit l'arme à Joe.

— Qu'est-ce que tu vas faire ?

— Me débarrasser de ce truc.

Il retira doucement son pouce et positionna sa main à la place, pendant qu'il glissait la pointe de son couteau sous le rebord de l'œilleton. Au bout de quelques minutes, il parvint à décoller la caméra miniature.

— Quelqu'un nous observe depuis que nous sommes entrés ? demanda Hailey, en s'adossant au mur.

— Quelqu'un surveille cette chambre depuis un certain temps. Cette caméra était peut-être déjà installée quand Marten était là.

— Et après... son départ ?

Hailey se passa la langue sur les lèvres.

— ... Ils ont voulu savoir qui venait ici. Ils ont déjà dû

fouiller la chambre. Peut-être ont-ils pris son ordinateur. Sinon, je ne vois pas où il pourrait être, puisque Marten ne l'a pas laissé chez Joost.

» Hailey, j'adorerais rester toute la nuit dans cette chambre confortable à discuter avec toi, mais il faut que nous filions. Ceux qui nous observaient sont peut-être en chemin. »

Hailey sentit une poussée d'adrénaline l'envahir si vite qu'elle se mit à trembler.

— Oh non... Je n'y avais même pas pensé.

— Ça va ? s'enquit Joe en lui prenant doucement les poignets. Tu as besoin de t'asseoir un instant ?

— Je préférerais partir d'ici au plus vite. Tant pis pour le bazar, ajouta-t-elle en désignant le lit. On n'a qu'à tout laisser comme ça.

— Attends...

En trois enjambées, il rejoignit le lit, fourra les vêtements de Marten pêle-mêle dans la valise qu'il referma avant de la ranger dans le coin où il l'avait trouvée.

— En route ! annonça-t-il.

Quand ils arrivèrent devant l'ascenseur, il jeta un regard en arrière.

— Dommage qu'on n'ait pas repéré cette fichue caméra avant que tu ne colles carrément l'œil à l'objectif. On aurait pu faire semblant de ne rien remarquer et j'aurais attendu la personne qui l'a installée.

— C'est trop tard, tu crois ? demanda Hailey, en appuyant pour la troisième fois sur le bouton d'appel.

— Ils savent qu'on les a découverts. Ils ont perdu l'avantage de la surprise... Et nous aussi.

Dans le hall d'entrée de l'hôtel, Joe jeta discrètement la caméra dans une poubelle.

— J'espère que la vue leur plaira...

Vingt minutes plus tard, la Jaguar s'arrêta à un feu rouge. Hailey serra le volant, le regard dans le vague.

— Joe..., commença-t-elle soudain. Ça t'ennuierait de passer la nuit chez moi ? Je... Je ne cherche pas à te draguer ni rien. C'est juste que, après ce qui est arrivé à Ayala et la découverte de cette caméra... Je n'ai pas très envie de me retrouver toute seule dans cette grande maison vide. Avec ou sans système d'alarme.

— Tu as une brosse à dents d'invité ?

— Des tonnes.

— Alors, je suis ton homme.

— Super.

Elle appuya sur l'accélérateur, et la voiture fit un bond, imitant avec une certaine précision le mouvement que venait de faire son cœur. Tandis qu'ils rentraient dans Pacific Heights, Joe se perdit en conjectures sur cette caméra cachée et la clé laissée par Marten. Hailey, elle, n'avait qu'une pensée en tête.

« Je suis ton homme. »

Si seulement Joe avait pu prononcer cette phrase dans le sens qu'elle espérait. Elle pouvait très bien être en train de confondre le côté naturellement protecteur de Joe avec de la tendresse. Pourtant, la façon dont il la touchait dépassait la simple attention. Jusqu'à ce soir, il s'était toujours retenu, comme si ses gestes risquaient d'avoir quelque chose de déplacé. Peut-être avait-il l'intention de reprendre son poste sur le trottoir d'en face, pour la nuit... après s'être brossé les dents chez elle.

Elle s'engagea dans l'allée, actionna la commande de la porte du garage et rentra la Jaguar. Il y avait également une Ford Thunderbird 66, et la Range Rover de sa belle-mère complétait la collection.

Joe siffla avec admiration.

— Ça, c'est de la bagnole...

— Tu pourras faire un tour avec, si tu as envie.

Elle coupa le moteur, les lèvres pincées. On aurait dit qu'elle essayait de le soudoyer.

— C'est le genre de voiture avec laquelle j'aimerais traverser le pays.

— Tu l'as déjà fait ?

— Pas dans une authentique T-Bird.

Hailey sortit de la Jaguar.

— Il faut repartir par là, expliqua-t-elle en désignant la porte automatique. Le garage ne communique pas avec la maison.

— Je suis déçu. J'espérais un ascenseur desservant directement le salon.

Elle se frappa le front en riant.

— Je vais en parler à mon père. Il va s'en occuper en deux temps, trois mouvements.

Elle composa le code sur le boîtier et commença à s'éloigner. Joe la rattrapa par le bras.

— Tu ne restes pas pour vérifier que personne ne se faufile à l'intérieur pendant que la porte se referme ?

— Si quelqu'un faisait ça, ça se rouvrirait automatiquement.

— Mademoiselle..., dit-il en lui touchant le bout du nez. Vous devez vous montrer plus prudente. Tu crois que tu es en sécurité parce que c'est San Francisco et pas la Syrie ?

— J'ai bien compris que je n'étais plus en sécurité ici.

Elle attendit que la porte soit entièrement refermée et tourna les talons.

— Peut-être que si j'avais été plus vigilante en Syrie, j'aurais soupçonné quelque chose. On aurait dû se douter que nos ravisseurs avaient une idée derrière la tête.

— Si quelqu'un avait dû se montrer plus vigilant, c'était Siddiqi. Il était guide dans la région, quand même ! Il aurait dû savoir à quoi s'en tenir.

Hailey s'arrêta au bas des marches du perron et fit volte-face, se retrouvant presque nez à nez avec Joe.

— Arrête, avec ça. Naraj n'y est pour rien. D'ailleurs, il est peut-être lui-même en danger. Je devrais demander à Porter de vérifier.

— Ce n'est peut-être pas une mauvaise idée. Tu en as parlé à Ayala ? Est-ce qu'elle l'a croisé récemment ?

Quand il la rejoignit sur les marches, son parfum, frais et masculin, lui satura les sens. Elle hocha la tête.

— Elle ne l'a pas vu.

— Rajoute-le sur la liste de questions que tu dois poser à Porter, conseilla-t-il en la poussant doucement vers le perron.

Elle ouvrit la porte et s'écarta pour le laisser entrer, puis enclencha immédiatement le système d'alarme. Le judas attira soudain son attention, et elle se hissa pour y coller son œil.

— Non, ça va. Tout est normal.

— Tant mieux, soupira-t-il. Je boirais bien une bière, puisque tu le proposes si gentiment…

— Moi aussi. Tu connais le chemin. Je vais prendre des nouvelles d'Ayala.

Tandis que Joe s'éloignait tranquillement vers la cuisine, visiblement plus à l'aise qu'elle dans cette maison, elle rappela l'hôpital. Elle s'entretint avec une autre infirmière qui avait dû être informée de la situation, car elle lui transmit sans hésiter les dernières nouvelles concernant l'état de santé d'Ayala.

Après avoir retiré ses bottes, Hailey gagna la cuisine, où Joe sirotait sa bière, assis devant l'îlot central.

— Ayala va bien. Elle se repose et pourra sortir demain. J'ai tenté d'appeler sur son portable, mais soit elle l'a éteint, soit elle n'a plus de batterie.

Joe fit glisser une bouteille de bière dans sa direction, sur le comptoir de granit.

— Ont-ils confirmé l'empoisonnement ?

— L'infirmière a bien voulu me dire comment allait Ayala, mais elle ne m'a transmis aucun détail de ce genre. Il faudra lui poser la question demain, quand on ira la chercher.

— Tu la ramènes ici ?

Était-ce une note de déception qu'elle avait perçue dans la voix de Joe ?

— Bien sûr. Pas question de l'envoyer à l'hôtel, après ce qu'elle vient de subir.

— Non, c'est sûr.

Joe but une gorgée de bière.

— Mais qu'est-ce qu'elle a subi, exactement ? reprit-il. Qu'est-ce qui s'est passé ? Quelqu'un nous a suivis jusqu'au restaurant ? On a glissé quelque chose dans son cocktail ?

— Je ne sais pas...

Elle inclina la tête sur le côté et enroula ses cheveux autour de sa main.

— Où veux-tu en venir ?

— Pourquoi Ayala a-t-elle tout de suite soupçonné qu'il s'agissait de poison ? Ne venait-elle pas de nous dire qu'elle ne tenait pas l'alcool ? Son cocktail n'était pas aussi léger que ça...

— Tu l'as vue, fit remarquer Hailey en essuyant une goutte de condensation sur l'étiquette de sa bouteille. Elle était évanouie sur le sol. Tu trouves qu'elle avait l'air d'une fille qui n'avait pas pu encaisser deux cocktails ?

Joe haussa les épaules.

— Je ne comprends simplement pas comment on aurait pu l'empoisonner au restaurant, c'est tout.

— De la même façon que quelqu'un a remplacé le judas par une caméra, dans la chambre d'hôtel de Marten.

— Mais ils savaient que Marten logeait dans cette chambre. Qui était au courant qu'on allait dîner dans ce restaurant ? Et pourquoi viser juste Ayala ? Pourquoi ne pas toucher à ton vin ou même à ma bière ?

— Pour un type qui me rabâche depuis deux jours que ma vie est en danger depuis cet enlèvement, je trouve que tu retournes vite ta veste.

— Pas du tout. Ta vie est bel et bien en danger... tout comme celle d'Ayala. Je ne comprends simplement pas comment cela a pu se produire.

— Peut-être qu'on en saura plus en parlant avec Ayala demain.

Hailey but une gorgée et s'étira pour apaiser ses muscles douloureux... et chasser quelques inhibitions.

— Et sinon, tu vis toujours à Boston, quand tu n'es pas en mission ?

Il posa sa bière sur le comptoir et fit tourner la bouteille un instant entre ses mains.

— J'ai quitté Boston, répondit-il enfin. J'ai une maison dans le Colorado... Le grand air et une vue dégagée sur une chaîne de montagnes.

— Ta famille habite toujours là-bas ? interrogea Hailey, sincèrement intéressée. Ta mère ?

— Ma mère refuse de quitter les quartiers sud de Boston mais, au moins, on a réussi à la faire déménager dans un meilleur logement.

Hailey hésita une seconde.

— C'est qui, ce « on » ?

— Mes deux frères et l'une de mes sœurs.

— Une de tes sœurs ? Combien en as-tu ? Vous êtes combien ?

— On est cinq. J'ai deux frères et deux sœurs, tous plus jeunes que moi. La plus jeune vit toujours avec ma mère et... elle a quelques problèmes.

— Je suis désolée...

Elle ne voulait pas se montrer indiscrète et risquer de voir Joe se fermer brusquement.

— Oh ! pas la peine, soupira-t-il. Elle a choisi la drogue et l'alcool, dans les pas incertains de notre père.

— Je connais le problème. Mon frère était pareil. Il fallait absolument qu'il essaie tous les moyens d'atteindre un état second.

— Il est sobre, maintenant ?

— Va savoir... Il a bien dû se calmer. Mon père n'a jamais pu tolérer ce genre de comportement. Mais j'ai du mal à croire que Win ne se fasse pas plaisir quand il fait la fête avec la jet-set de Manhattan.

— Win ?

— Winslow Chandler Duvall.

Joe s'esclaffa.

— Je suis sûr que Win et Jenny fréquentent des soirées très différentes...

— Peut-être, mais le résultat est le même.

Il heurta doucement le col de sa bouteille avec la sienne.

— On dirait que tu te sens responsable de tout et de tout le monde… Alors, pourquoi pas de Win ?

— Pourquoi m’en sentirais-je responsable ? Mon frère est né avec les meilleures chances du monde et il a choisi de les gâcher.

Elle s’accouda au comptoir, le menton dans ses mains.

— Et toi ? Tu te sens responsable de ce qui est arrivé à Jenny ?

— Oh oui. Et pas juste à elle.

— Au reste de ta famille aussi ? S’ils arrivent tous à aider ta maman, ça veut dire qu’ils s’en sortent plutôt bien, non ?

— Ils s’en sortent très bien. L’un de mes frères est ingénieur informaticien, l’autre termine ses études d’avocat et ma seconde sœur est directrice des achats dans un grand magasin.

Elle perçut la fierté dans sa voix.

— C’est grâce à toi, n’est-ce pas ?

— Moi ? Pas vraiment. Ils ont réussi parce qu’ils ont travaillé dur et qu’ils ont évité de faire des bêtises.

— Et parce qu’ils ont eu un grand frère qui leur a montré le bon exemple. Trois sur quatre dans le droit chemin, il y a de quoi être fier. Qu’est-il arrivé à Jenny ?

Joe serra les mâchoires, et une lueur dangereuse s’alluma dans son regard.

— Elle a fréquenté les mauvaises personnes. Des gens déterminés à la voir échouer.

— Un petit ami ? demanda Hailey, en jouant avec sa bière.

— Mon ex-femme.

Hailey manqua de s'étouffer, et la bière lui ressortit par le nez. Elle se couvrit la bouche d'une main.

— Pardon ?

— Mon ex. Deirdre.

— Je… Je ne savais pas. J'ignorais que tu avais été marié.

— C'était il y a longtemps. On est sortis ensemble au lycée et, juste avant mon premier déploiement, elle est tombée enceinte. Du coup, on s'est mariés.

Hailey sentit le sol basculer sous ses pieds.

— Tu as un enfant ?

— Deirdre a fait une fausse couche… et je n'étais même pas présent.

— Je suis désolée, murmura-t-elle en lui caressant le dos de la main du bout du doigt.

— Quand je suis rentré, elle m'a reproché mon absence, mais j'ai appris par d'autres personnes, dont ma sœur, qu'elle avait passé son temps à boire et à faire la fête.

— Oh…

Hailey porta une main à son cœur.

— C'est ça qui a mené au divorce ?

— Disons que ça n'a pas aidé. Ni le fait qu'elle m'avait piégé pour me forcer à l'épouser en tombant enceinte. Elle m'avait assuré qu'elle prenait la pilule, mais c'était un mensonge.

Hailey se frotta le nez. Malgré l'attitude de Deirdre, Hailey ne pouvait s'empêcher d'avoir un peu pitié d'elle. Joe McVie n'était pas le genre d'homme qu'on avait envie de laisser filer.

— Attends…, reprit-elle soudain. C'est pour ça qu'elle s'en est pris à ta sœur ? Pour se venger de toi ?

— Je crois. Même si Jenny n'avait pas vraiment besoin d'encouragements dans ce domaine.

Joe termina sa bière d'un trait et reposa la bouteille d'un geste un peu sec.

— Je les ai laissées tomber toutes les deux.

— Tu ne peux pas sérieusement t'accuser de l'attitude de Jenny.

— J'ai mis un terme à ce mariage, et ça a été le début d'une spirale pour Deirdre.

— N'importe qui aurait fait la même chose. C'est sans doute son comportement irresponsable qui a provoqué la fausse couche, et j'ai comme l'impression que cette spirale dont tu parles avait commencé bien avant la fin de votre mariage.

— Nous avions prononcé des vœux. J'aurais dû faire en sorte que ça tienne. J'aurais dû faire un effort. Elle aurait changé.

— Ha ! s'esclaffa Hailey en rejetant la tête en arrière. Laisse-moi rire. Ça n'arrive jamais. Jamais.

— J'avais d'autres raisons de mettre un terme à ce mariage.

— Tu veux dire en plus du fait qu'elle t'avait piégé, que tu avais perdu ton futur bébé et que tu te retrouvais coincé avec une fêtarde ?

— J'avais rencontré quelqu'un.

Hailey sentit de nouveau le sol se dérober sous ses pieds.

— Tu l'as trompée ? demanda-t-elle, avec méfiance.

— Non. J'avais juste rencontré cette fille. Il n'y avait rien entre nous... Pas encore. Deirdre et elle étaient complètement différentes. Deirdre représentait tout ce à quoi je voulais échapper. Et Lisette... Tout ce que je cherchais à atteindre.

— À t'entendre, tu cherchais à échapper à Deirdre

avant d'avoir rencontré Lisette. Je pense que tu aurais fini par divorcer, même sans l'arrivée de Lisette.

Elle joua un instant avec sa bouteille de bière puis demanda :

— Qu'est-il arrivé à Lisette ?

— On est sortis un temps ensemble, avant qu'elle me largue.

— Peuh.

Comme si une femme pouvait larguer un type comme lui !

— Ça veut dire quoi, ça ? demanda-t-il.

— À mon humble avis..., reprit-elle en levant un doigt docte, tu te sentais coupable pour Deirdre et tu as saboté ta relation avec Lisette.

— Waouh ! s'écria-t-il en se passant une main dans les cheveux. Non seulement tu m'as très habilement amené à me confier, mais en plus tu m'as psychanalysé au passage.

Elle saisit leurs deux bouteilles, vida le fond de la sienne dans l'évier et les déposa dans le bac à recyclage.

— Je me suis dit qu'il était plus que temps. Tu es arrivé ici en sachant à peu près tout sur moi et ma famille.

— Parce que c'est de notoriété publique. N'importe qui de vaguement curieux pourrait le découvrir.

— Et toi ? Tu es vaguement curieux, c'est ça ?

Il lui prit les poignets.

— Il n'y a rien de vague dans ce que je ressens en ce moment.

Il la lâcha soudain et recula d'un pas.

— Je suis désolé, marmonna-t-il.

— Ne t'excuse pas, bafouilla-t-elle en chassant une mèche de devant ses joues rougies. Avec toutes ces questions personnelles dont je t'ai bombardé, la conversation a pris un tour un peu plus intime. Alors que nous sommes… des étrangers.

— C'est ce que tu penses ? Que nous sommes des étrangers l'un pour l'autre ?

— Je… Je veux dire qu'on se connaît à peine. On pourchasse des fantômes et des clés qui n'ouvrent rien et, quand on a enfin une minute pour souffler et que la conversation passe sur des sujets un peu plus personnels, c'est avec une familiarité très naturelle.

— C'est une très longue phrase, fit-il remarquer, en la fixant avec intensité. Tu me plais, Hailey. Beaucoup.

— Tu me plais aussi.

Elle se passa la langue sur les lèvres.

— Et j'apprécie que…

Il l'interrompit d'un geste.

— Je me fiche que tu m'apprécies ou que tu me sois reconnaissante. Ou que tu veuilles faire de moi ton garde du corps, ton chauffeur ou ton vigile.

— Tu penses que c'est comme ça que je te vois ?

Elle se laissa retomber sur le tabouret, craignant que ses jambes ne la trahissent d'un moment à l'autre.

— Je n'en sais trop rien, avoua-t-il en frottant sa barbe naissante. Quand tu n'es pas en train de me remercier, tu m'offres un smoking sur mesure pour me rendre présentable à ton gala de charité.

Hailey en resta bouche bée.

— Tu plaisantes ? Finalement, j'ai dû réussir à te faire peur. Parce que depuis le début, je fais tout mon possible pour ne pas laisser mes mains et mes pensées coquines vagabonder.

Un sourire paresseux s'étala sur le visage de Joe, le

genre qui donnait au cœur de Hailey l'envie de faire des saltos arrière.

— Des pensées coquines, hein ? Comme quoi, par exemple ?

Tendant une main par-dessus l'îlot, elle le saisit par sa chemise et l'attira contre elle. Quand ils se retrouvèrent nez à nez et qu'elle put presque compter les taches de rousseur sur son front, elle murmura :

— Des pensées qui sont bien plus faciles à exprimer sur l'oreiller.

Le regard de Joe s'embrasa. Plongeant les doigts dans ses cheveux, il l'attira contre lui et plaqua sa bouche contre la sienne.

La tranche du plan de travail lui meurtrissait les côtes et ses orteils se recroquevillaient douloureusement sur le carrelage, mais Hailey aurait voulu que ce baiser ne se termine jamais. Pourtant, Joe se recula au bout d'un moment en toussotant.

— Tu m'étrangles, marmonna-t-il.

— Oh ! pardon ! s'écria-t-elle en lâchant aussitôt le col de sa chemise.

— Tu me montres le chemin jusqu'à cet oreiller ? demanda-t-il en croisant les bras. Ou bien as-tu changé d'avis ?

— Tu veux dire que ce baiser était censé me faire changer d'avis ?

— Ni te persuader ni te dissuader. C'était juste... un baiser. Au cas où tu ne l'aurais pas remarqué, j'essaie moi aussi de garder mes distances depuis le début. Je ne suis pas certain de pouvoir continuer plus longtemps, sauf si c'est ce que tu veux. Il ne me restera plus qu'à tout faire pour que tu ne t'enfuies pas complètement.

— C'est une très longue phrase, aussi.

Elle contourna le plan de travail pour le rejoindre et lui prendre le menton.

— À quoi bon faire semblant ? Pourquoi cherche-t-on à combattre ce qui est clair depuis notre rencontre sur Fisherman's Wharf ?

— On a tous les deux un passé chargé. On ne sait pas si c'est pour de vrai ou si c'est juste parce qu'on a cette même menace qui plane sur nous.

— Pour l'instant...

Sa main quitta son visage pour descendre vers son cou. Ses doigts se glissèrent sous sa chemise pour caresser sa peau tiède.

— ... Je me fiche bien de tout ça.

Il prit sa main dans la sienne et la porta à ses lèvres pour embrasser chacun de ses doigts.

— Pour l'instant... Il n'y a que cet instant qui compte.

Entremêlant ses doigts aux siens, elle le tira vers l'escalier.

— Tu veux revisiter l'étage ?

— C'est une invitation ?

— Officielle. C'est même là que je stocke mes brosses à dents de secours.

— Alors, j'accepte.

Tenant toujours la main de Joe dans la sienne, elle monta l'escalier sans un mot, craignant de rompre le charme. La porte de sa chambre était ouverte. En entrant, elle le lâcha pour se diriger vers la fenêtre.

— Admire un peu cette vue...

Adossé au chambranle, il laissa échapper un sifflement.

— Celle que j'ai d'ici me suffit amplement.

Ses paroles déclenchèrent en elle des frissons, et son

corps se mit à fourmiller partout aux bons endroits. Jamais elle n'aurait cru que Joe McVie puisse toujours savoir quoi faire et quoi dire.

— Viens par ici, appela-t-elle en l'invitant d'un geste.

En trois enjambées, il la rejoignit et lui prit la main. Elle s'écarta un peu pour lui laisser de la place devant la fenêtre, et leurs épaules se touchèrent.

— N'est-ce pas magnifique ? soupira-t-elle en posant la tête sur son épaule.

Lui passant un bras autour des épaules, il se tourna pour la regarder.

— La plus belle vue que... Oh bon sang ! Couche-toi !

Il se jeta sur elle pour la plaquer au sol, et l'instant magique vola en éclat dans une pluie de verre brisé.

10

Joe crut que son cœur allait exploser quand il découvrit une perle de sang sur la joue de Hailey. Il la cueillit du bout du pouce.

— Tu n'es pas touchée ? Ça va ?

— Touchée ? demanda-t-elle, le regard plein d'incompréhension. Touchée par quoi ? Pourquoi m'as-tu plaquée comme ça ? Et qu'est-ce que c'est que tout ce verre ?

Joe palpa ses membres un à un, dans un pâle simulacre de ce qu'il avait eu l'intention de lui faire dans le grand lit.

— Hailey, regarde la fenêtre.

Elle leva les yeux vers la baie qui offrait une vue spectaculaire sur la ville. En plein milieu, il y avait à présent un trou béant.

— Que s'est-il passé ?

— On t'a tiré dessus à travers la vitre.

Couchée sous lui, elle sursauta.

— Comment ça ?

— Quelqu'un te visait. Tu avais le point rouge d'un laser sur le front. Heureusement que je m'en suis aperçu avant que le coup parte.

Elle se mit à trembler.

— Non. C'est impossible. Impossible. Ce devait être une lumière dans la rue.

— Un point rouge en plein milieu de ton front ?

Il passa les bras autour de son corps fébrile.

— Je fais partie de la Delta Force, n'oublie pas. Je sais à quoi ressemble un laser de visée.

Elle se blottit contre son torse.

— Et si tu ne m'avais pas rejointe pour admirer la vue ?

— Impossible. Tu m'as appelé, et je suis venu.

Il embrassa le sommet de son crâne puis retira quelques débris de verre de ses cheveux.

— Tu peux te déplacer ? Je veux que tu rampes jusqu'au lit, puis que tu ailles te coucher de l'autre côté, sur le sol.

— Où est mon téléphone ? J'appelle la police.

— En bas, dans le salon. Prends le mien et va derrière le lit. Allez.

Il roula sur le flanc.

— Où vas-tu ? demanda-t-elle en se mettant à quatre pattes.

— Jeter un coup d'œil par la fenêtre.

Elle s'arrêta aussitôt et se retourna pour le retenir par la chemise.

— Ah non !

— Juste un petit coup d'œil. Appelle la police.

Elle poussa un soupir, mais reprit sa progression sur la moquette. Joe se mit à genoux devant la fenêtre et ferma les rideaux d'un coup sec. Puis, il les rouvrit doucement et glissa un regard au bas de la vitre.

— C'est quoi, ce bâtiment en face de chez toi ?

— Une maison.

— Elle est immense. Qui habite là ?

— Un courtier, avec sa femme et ses enfants. Je ne

pense pas qu'il soit du genre à louer les services d'un *sniper* pour la soirée.

— Ils sont chez eux ?

— Je ne sais pas. Attends.

Pendant que Hailey appelait la police, il continua à examiner la rue.

— Dans le petit parc, j'aperçois plusieurs arbres qui seraient assez hauts pour offrir une vue dégagée sur ta chambre.

— La police arrive, annonça-t-elle en raccrochant.

Soudain, elle poussa un petit cri étouffé.

— Joe ?

— Ça va ? s'inquiéta-t-il.

— Il y a une balle logée dans mon mur.

— Tant mieux. On va laisser aux policiers le soin de la retirer.

— Quelqu'un m'aurait tiré dessus à travers ma fenêtre depuis un arbre ? Tu vois quelqu'un dans le parc ?

— Non. Peut-être que le tireur s'est enfui tout de suite après, pendant qu'on était couchés par terre.

— Peut-être qu'il croit m'avoir abattue.

Joe jeta un dernier regard puis rejoignit Hailey qui était allongée sur le dos, le téléphone serré contre sa poitrine. Dès qu'elle le vit, elle désigna un point sur le mur.

— La balle.

— Tu as raison. Au moins, la police sera en mesure d'identifier le type d'arme utilisé.

— Et le FBI. Je vais le signaler à l'agent Porter, tout comme la tentative d'empoisonnement sur Ayala. Quelqu'un cherche à nous faire taire à tout prix. Sans se soucier de vérifier si nous avons quelque chose à dire ou pas.

— C'est sûr que c'est un peu culotté.

En entendant des sirènes dans la rue, Hailey leva les yeux au ciel en soupirant.

— Les voisins vont jaser...

— Tu es prête ? demanda-t-il en touchant la petite coupure qu'elle avait à la joue. Tu as reçu un éclat de verre. J'ai eu une peur bleue en voyant que tu saignais.

— Mieux vaut un éclat de verre qu'une balle, affirma-t-elle en lui prenant la main pour embrasser l'intérieur de son poignet. Merci de m'avoir sauvé la vie.

— Avec plaisir. Passe la première.

Hailey roula sur le ventre, et ils commencèrent à ramper vers la porte.

— J'imagine qu'on reste au sol au cas où le tireur serait encore en train d'attendre ?

— Au moins jusqu'au couloir. Heureusement qu'il t'a visée en premier.

— Merci ! s'offusqua-t-elle, en lui décrochant un petit coup de pied.

— Sérieusement, Hailey. Aurais-tu remarqué un point rouge sur mon front ? S'il m'avait tiré dessus en premier, tu aurais été en état de choc, perdue, et tu serais devenue une cible encore plus facile pour un deuxième tir.

— Tu as raison. Je n'aurais pas du tout compris ce qui se passait... Avant qu'il m'arrive la même chose qu'à toi.

Dans le couloir, elle se tourna sur le côté.

— On peut se lever, maintenant ?

— La police est à la porte.

Hailey se remit debout, et ils descendirent les escaliers. Quelqu'un frappait avec force en vociférant :

— Police ! Vous nous avez appelés ?

— Oui, j'arrive ! cria Hailey en sautant la dernière marche.

Une heure plus tard, les agents étaient repartis, et Hailey se laissait tomber dans un des fauteuils du salon.

— Donc… Quelqu'un est monté dans un arbre, dans le petit parc en face, pour me tirer dessus à travers la fenêtre de ma chambre.

— C'est ce que les policiers ont conclu en découvrant une branche cassée. En revanche, tes voisins n'ont rien vu ni entendu. Sauf quand ta vitre a volé en morceaux.

Il s'assit sur l'accoudoir de son fauteuil et recoiffa une mèche derrière son oreille.

— Tu as toujours des éclats de verre dans les cheveux.

— Fais attention à ne pas te couper, dit-elle en secouant la tête. J'espère que l'agent Porter va se mettre en liaison avec le SFPD. Il a dit qu'il le ferait, quand je lui ai parlé hier soir.

— Rappelle le commissariat demain, pour être sûre qu'ils envoient le rapport à Porter.

— Promis.

Elle bâilla avec force et remonta ses jambes sous elle.

— Tu crois qu'ils s'en sont pris à nous quand ils ont vu qu'on fouinait dans la chambre d'hôtel de Marten ?

— Peut-être. De toute évidence, ils n'ont rien trouvé non plus. Mais ils doivent penser que ce qu'il allait raconter est assez important pour risquer de s'attaquer à Ayala et toi. D'autant plus qu'aucune de vous deux n'avait l'intention de revenir sur son témoignage.

— Il faut découvrir ce qu'ouvre cette clé.

Hailey bâilla de nouveau à s'en décrocher la mâchoire ; ses yeux se fermaient presque tous seuls. Joe ravala sa déception. Cette soirée ne s'était pas terminée comme prévu, mais il ne pouvait s'attendre à ce que Hailey soit de bonne humeur après avoir été prise pour cible par un tireur embusqué.

Il caressa du doigt la petite coupure sur sa joue. Il avait d'abord pensé que son attirance pour elle venait de ses souvenirs de Lisette. Pourtant, Hailey et Lisette évoluaient dans deux univers diamétralement opposés.

Lisette gaspillait gentiment la fortune de ses parents en caprices égoïstes et en babioles destinées à éblouir le pauvre garçon qu'il était, né dans les mauvais quartiers de la ville. Hailey, elle, faisait bon usage de l'argent de son père et aidait son prochain. Sa bonté l'avait plus ébloui que tout l'or de Fort Knox.

— Hailey ? chuchota-t-il en passant un bras derrière son dos. Tu veux que je te porte jusqu'à ton lit ?

Elle marmonna quelque chose d'incompréhensible et se cala encore plus confortablement. Sa main glissa sur le côté de l'accoudoir et le dossier du fauteuil s'abaissa. Apercevant un plaid en laine sur le canapé, Joe l'en couvrit avec soin, puis il déposa un baiser sur sa joue et murmura :

— Bonne nuit, Hailey.

Il recula sur la pointe des pieds puis gagna l'escalier. À l'étage, il trouva la brosse à dents promise et fit un brin de toilette. Puis, il prit la couette dans la chambre occupée par Ayala et s'apprêtait à récupérer aussi les oreillers, quand son orteil heurta violemment quelque chose sous le lit. Avec un juron, il souleva le couvre-lit et rangea l'ordinateur portable d'Ayala qui dépassait. Ensuite il prit un oreiller dans la chambre de Hailey et redescendit.

Il cala un coussin sous la tête de Hailey et jeta les deux autres sur le canapé. Il regarda d'un air pensif la longueur du sofa puis haussa les épaules. Il avait déjà dormi dans de pires conditions qu'un canapé un peu trop court dans une demeure de Pacific Heights, avec une magnifique jeune femme endormie dans le fauteuil voisin.

Il enleva ses chaussures, son jean et ses chaussettes, puis il déboutonna sa chemise, retira son maillot de corps et plia le tout en une petite pile bien ordonnée, sur la table basse.

Il étala une moitié de la couverture sur le canapé, se coucha dessus, et rabattit la seconde moitié sur lui. Il lui fallut plusieurs minutes pour trouver une position confortable, mais il finit par se caler sur le côté. Ainsi, il avait une vue dégagée sur Hailey, blottie dans son fauteuil. Il n'avait aucune intention de la laisser dormir seule en bas.

Ce qui l'inquiétait le plus, c'était ce sentiment de plus en plus marqué qu'il ne serait plus jamais capable de la quitter.

Hailey tourna la tête et étouffa un juron. Son torticolis était-il dû à sa nuit passée dans le fauteuil ou au plaquage salvateur de Joe, la veille au soir ?

Elle se frotta les yeux, et une vision lui apparut. Elle se frotta de nouveau les yeux pour être sûre qu'elle ne rêvait pas, mais sa vision ne fit que se préciser.

La jambe de Joe pendait du canapé, ses orteils touchant presque le sol. Le reste de la couette drapait son torse comme une toge, et il fallait bien admettre qu'il ressemblait beaucoup à un dieu grec.

La musculature qu'elle avait imaginée et sentie sous

les couches de vêtements était à présent révélée, en un étalage sidérant de virilité.

Pourquoi ce maudit tireur n'avait-il pas attendu un peu pour la viser ? C'était vraiment très indélicat de sa part d'avoir gâché leur soirée.

— Le fauteuil est confortable ?

Hailey se redressa brusquement et s'arracha à la contemplation des pectoraux parfaits de Joe pour croiser son regard bleu légèrement amusé. Elle serra le plaid en laine contre elle, comme si elle venait de se faire surprendre à moitié nue.

— Extrêmement confortable. Ça m'arrive souvent de m'endormir là, en général avec un livre ou une tablette sur les genoux.

— J'ai hésité à te laisser ici. J'ai pensé te porter en haut, mais tu dormais déjà profondément. Et c'était toujours mieux qu'une chambre glaciale et pleine de courants d'air.

— Pas de souci. Mais tu n'étais pas obligé de prendre le canapé. Je t'ai dit qu'il y avait plein de chambres libres, en haut.

— Je ne voulais pas te laisser seule.

Sa voix grave était comme du velours. Elle tapota son oreiller et cala une main sous sa joue.

— C'est dommage qu'on ait été interrompus, hier soir.

— C'est surtout dommage qu'on ait essayé de te tirer dessus.

— Tu ne regrettes pas qu'il ne se soit rien passé ?

— Qu'est-ce que tu crois ?

— Je... Je pense que tu veux jouer au garçon bien élevé. Ce serait grossier d'être plus dépité par l'interruption de nos élans charnels que par une tentative d'assassinat.

Le sourire qu'il lui adressa la fit fondre.

— C'est une question épineuse. Est-ce qu'on peut trouver un compromis ? On est à la fois furieux que ce *sniper* ait tenté de te tuer et qu'il ait coupé court à nos… élans charnels ?

Elle remonta le plaid sur son nez et le regarda par-dessus l'ourlet.

— Ça me va. Est-ce qu'on peut aussi se mettre d'accord sur le fait que, le danger étant passé, il est peut-être temps de revenir à nos projets initiaux ?

Il rejeta la couette et posa les deux pieds sur le parquet.

— Du danger ? Où ça ?

Hailey se cacha sous le plaid en riant. Le seul danger qu'elle voyait pour l'instant, c'était ce feu qui dansait dans le regard bleu de Joe. Avant qu'elle ait le temps de réagir, Joe la rejoignit et se mit à genoux devant elle. Il actionna le bouton qui permettait de redresser le fauteuil, et elle se retrouva brusquement assise.

— Je n'ai pas osé te déshabiller, hier soir, quand tu t'es endormie, parce que je craignais de… prendre des libertés.

Agrippant les accoudoirs, Hailey leva les hanches vers lui.

— Je t'en prie. Prends toutes les libertés que tu veux.

Joe déboutonna son jean et glissa ses pouces à l'intérieur du tissu, de chaque côté de sa taille. Sa culotte descendit en même temps que le pantalon, et il jeta le tout par-dessus son épaule sans jamais la quitter des yeux.

Un frisson d'impatience parcourut Hailey. Elle avait la bouche sèche. Joe passa les bras sous ses genoux et l'attira en avant. Puis, il plaça ses jambes sur ses épaules et glissa les mains sous ses fesses.

Lorsque ses lèvres entrèrent en contact avec sa chair palpitante, le monde sembla s'arrêter de tourner l'espace d'une seconde. Elle planta les ongles dans la peau de son crâne, comme si elle craignait de perdre pied. Sa langue jouait avec elle, l'agaçait, et elle chuchota son nom. Il cessa aussitôt sa torture exquise, mais elle en voulait toujours plus.

— Tu n'as pas le droit de t'arrêter maintenant, haleta-t-elle.

— Je pensais que tu en avais assez… Que c'était pour ça que tu m'avais appelé.

— Tu es un allumeur, dit-elle avec un rire rauque. Je ne sais même pas pourquoi on discute.

— À vos ordres, madame.

Il enfouit de nouveau son visage entre ses cuisses et reprit l'exploration de son corps, dans toutes ses sensibilités. Il apprenait vite… Les mains de Hailey passèrent des cheveux flamboyants de Joe à ses épaules, qu'elles pétrirent tandis qu'il la maintenait à des sommets vertigineux de plaisir.

Elle atteignit le seuil de l'orgasme à plusieurs reprises, mais Joe s'attardait alors sur l'intérieur de sa cuisse ou sur un grain de beauté au-dessus de son Mont de Vénus. La frustration de Hailey se mua rapidement en un besoin brûlant et impérieux qui croissait au plus profond d'elle-même et lui échauffait le sang jusqu'à un point de non-retour.

Après un énième détour, Joe passa lentement sa langue sur l'épicentre frémissant entre ses cuisses, et la douleur sourde que Hailey ressentait au creux de son ventre explosa en un million d'éclats. Elle se cambra pour mieux se plaquer contre la bouche de Joe qui ne recula pas. Le plaisir de Hailey se perdit en une infinité de répliques qui, vague après vague, se dispersèrent dans son corps.

Vidée et repue, elle se laissa retomber dans le fauteuil, ses jambes toujours sur les épaules de Joe. Celui-ci se redressa, prit un de ses talons dans le creux de sa main et déposa un baiser sur la voûte de son pied.

— C'était comment ?

Elle ouvrit un œil.

— Tu poses la question ? C'était incroyable.

— Pas facile de satisfaire une femme qui a déjà tout.

— Maintenant, j'ai tout, oui, répondit-elle en agitant les orteils. Enfin, presque...

— Que puis-je t'offrir d'autre ?

— Pour commencer, tu peux retirer ce boxer et me laisser faire ce que je fais de mieux.

— À savoir ? demanda-t-il, avec beaucoup d'intérêt.

Elle posa un pied à plat sur son torse.

— Tu l'as dit toi-même. Je suis plutôt généreuse. Trop, même.

— Je ne me souviens pas d'avoir dit que c'était un défaut, lui rappela-t-il, en glissant les pouces dans l'élastique de son sous-vêtement, pour le baisser sur ses cuisses musclées.

Le rythme cardiaque de Hailey, qui commençait juste à revenir à des valeurs normales, s'accéléra de nouveau. Elle se laissa tomber du fauteuil pour le rejoindre et s'agenouilla devant lui, les bras autour de sa taille.

— Tu sais quoi ? fit-il soudain remarquer, une main dans ses cheveux. Je ne t'ai même pas offert un baiser comme il faut.

— Ce que tu viens de faire n'était de toute façon pas très comme il faut, donc pas de panique.

Il se pencha vers elle, levant son visage vers lui, et posa sa bouche sur la sienne. Sa langue, qui venait juste de lui faire atteindre des sommets délirants, reprit ses assauts. Lorsqu'il la relâcha enfin, elle était de nouveau haletante.

— Si ça, ce n'était pas un baiser comme il faut, alors je veux bien qu'on m'explique la vie.

Joe se releva et fit mine de vouloir s'installer dans le fauteuil, mais elle le retint.

— J'ai envie de te goûter aussi.

Elle prit son érection dans sa bouche et laissa courir sa langue sur toute la longueur de son membre. Avec un gémissement étouffé, il se rapprocha d'elle.

— Je ne vais pas tenir longtemps, haleta-t-il. Surtout si tu fais ça…

Il s'écarta d'elle, s'assit dans le fauteuil et l'attira sur ses genoux.

— Il coûte cher ce fauteuil ?

Elle s'installa à califourchon sur lui.

— Très.

— Ah. Dommage.

Elle se laissa glisser sur lui et se mit à le chevaucher. À un moment, le fauteuil fut de nouveau basculé en position allongée, mais cela altéra à peine leur rythme. Et quel rythme…

La présence de Joe en elle était la sensation la plus parfaite qu'elle ait jamais connue. Il semblait attentif aux moindres nuances exprimées par son corps, pour lui apporter un maximum de plaisir. Entre ses bras, elle se sentait en sécurité.

Lorsque l'orgasme la faucha pour la seconde fois, ce fut comme une lame de fond qui balaya tout sur son passage. Joe ne tarda pas à atteindre sa limite et quelques coups de reins sauvages et affamés le firent chavirer.

S'agrippant à elle, il poussa un cri de bête blessée

puis les fit rouler tous les deux sur le côté. Allongés face à face, leurs jambes emmêlées, ils riaient et haletaient, se serrant comme s'ils n'allaient plus jamais se lâcher.

Du moins, c'était ce que Hailey aurait voulu.

Quand on frappa plusieurs fois à la porte avec force, la réalité les rattrapa brusquement, les forçant à s'extirper de leur doux rêve.

11

— Mademoiselle Duvall ? C'est l'agent Porter.

Avec un grognement, Joe se cacha le visage dans le creux de son coude.

— Je n'arrive pas à croire que le FBI va me gâcher mon moment de détente post-coïtal.

— C'est comme ça que ça s'appelle ? demanda Hailey en se précipitant pour enfiler sa culotte et son jean.

Elle n'avait pas retiré son haut. Joe avait d'ailleurs du mal à croire qu'il n'avait pas encore exploré ses seins magnifiques.

— Active ! chuchota-t-elle en le poussant du bout du pied. Pas question de laisser entrer Porter tant que tu trônes dans mon salon dans le plus simple appareil.

Joe ramassa ses vêtements, les oreillers et les deux couvertures, monta l'escalier quatre à quatre et se glissa dans la chambre de Hailey. La pièce était glaciale, à cause du trou dans la vitre. L'arrivée inopinée de Porter et l'air vif lui rappelèrent brutalement la véritable raison de sa présence à San Francisco.

Son objectif n'était pas du tout de se trouver enfin une riche héritière.

Un murmure de voix lui parvenait du rez-de-chaussée.

Il jeta l'oreiller de Hailey sur le lit, défit sommairement les draps et plia le plaid en laine sur un bord. Puis, il ramena la couette et les oreillers restants dans la chambre d'Ayala. Il referma doucement la porte derrière lui et refit le lit. Il terminait de s'habiller quand il entendit Hailey guider Porter à l'étage. Il colla l'oreille contre la porte :

— J'étais avec un ami, expliquait Hailey. Quand il a remarqué un point rouge sur mon front et m'a plaquée au sol.

— Où se trouve votre… ami, maintenant ?

— Il est rentré chez lui. Vous n'avez pas besoin de lui parler, j'espère ? Il ne sait rien, et la police l'a déjà interrogé hier soir.

— Ils ont récupéré la balle ?

— Oui. Elle était enfoncée dans le mur, juste là.

Leurs voix s'estompèrent ; Joe ne percevait plus qu'un mot de temps en temps. En attendant, il fit les cent pas dans la chambre, se sentant vaguement ridicule de se cacher ainsi. Porter pouvait-il seulement le reconnaître ? Reconnaître son nom ? Il ne voulait pas prendre de risques. Le major Denver avait besoin de lui actif et libre de ses mouvements, pas mis à pied.

Donc… Il se cachait comme un voleur.

En passant près du lit pour la centième fois, il se prit les pieds dans le cordon d'alimentation de l'ordinateur d'Ayala, toujours rangé dessous.

Enfin, il entendit la porte d'entrée claquer. Quelques secondes plus tard, les pas de Hailey résonnèrent dans l'escalier. Elle frappa doucement.

— Je peux entrer ? Tu t'es rhabillé ?

— Ça change quelque chose ?

La porte s'ouvrit, et Hailey apparut sur le seuil, les mains sur les hanches.

— J'espérais que non, en fait.

Il la prit dans ses bras pour l'embrasser. Juste pour le plaisir.

— Comment ça s'est passé ? Tu as enfin réussi à éveiller l'attention de Porter ?

— Oh oui...

Elle lui passa les bras autour de la taille et glissa ses mains dans les poches arrière de son jean. Juste pour le plaisir.

— Il pense qu'il s'agissait d'un fusil puissant et que, cette fois, mon agresseur avait l'intention de me tuer. Pas comme la voiture sur le trottoir.

— Sans blague. Tu lui as parlé d'Ayala ?

— Oui. Et il prend ça très au sérieux. Je lui ai dit de retrouver Naraj. Je lui ai également demandé s'il avait reçu des nouvelles d'Andrew en Angleterre.

— Et ?

— Le FBI a une longueur d'avance, pour une fois. Ils ont tenté de contacter Naraj, mais personne ne parvient à le trouver.

Elle se mordit la lèvre.

— Non, tais-toi, ajouta-t-elle. Pas la peine de le dire.

— Et Andrew Reese ?

— Le MI6 ne l'a pas encore contacté. Ou du moins, la CIA n'a pas encore transmis d'informations à Porter à ce sujet. Il les a mis au courant.

— C'est formidable, cette coopération entre agences... Tu comprends maintenant pourquoi mes coéquipiers et moi avons décidé de nous charger personnellement de l'enquête sur Denver ? Personne ne nous croit quand on parle d'une conspiration. Pas même après ce que Cam et Asher ont découvert.

— Il me semble qu'on progresse quand même, avec Porter. L'attaque du *sniper* l'a ébranlé… Ce qui n'est pas peu dire.

— Les gars du FBI sont plutôt du genre stoïque, c'est vrai, confirma Joe, en passant une main dans ses cheveux cuivrés. J'ai besoin d'une douche, avant qu'on parte chercher Ayala à l'hôpital.

— Elle ne sortira que plus tard, dans la journée. Allons prendre le petit déjeuner. Ensuite, j'ai quelques courses à faire pour le gala.

Posant les mains à plat sur son torse, elle ajouta dans un murmure :

— Je te proposerais bien d'aller sous la douche avec toi, mais on risquerait d'y être encore demain.

Il la prit dans ses bras.

— Si tu savais comme je suis soulagé que tu n'aies rien.

— Grâce à toi. Je suis contente que tu m'aies abordée sur Fisherman's Wharf. Je ne sais pas où je serais sans toi.

— Tu aurais peut-être été plus en sécurité, fit-il remarquer, en appuyant le menton sur le sommet de son crâne. Peut-être qu'on te vise à cause de moi. Si tu avais fait profil bas, que tu avais accepté que Marten ait changé d'avis pour votre rendez-vous et que tu avais repris le cours de ta vie normale, tu ne te serais peut-être pas retrouvée dans le collimateur d'un tireur embusqué.

Lorsqu'elle s'écarta pour le regarder, une mèche de ses cheveux resta accrochée à sa barbe.

— Ne sois pas idiot. Marten m'a impliquée dans cette affaire dès qu'il m'a contactée. Et même avant, quand il a décidé de me laisser cette clé.

— Peut-être.

— C'est certain, affirma-t-elle en posant les mains sur ses épaules. Et si tu n'avais pas été là pour me protéger, j'aurais eu de gros ennuis. Des ennuis… mortels.

Joe sentit son ventre se nouer et il la serra un peu plus fort contre lui, humant avec délice le parfum musqué de leurs ébats qui flottait encore autour d'eux. Son propre corps réagit sans tarder, et il s'écarta pour qu'elle ne remarque pas son érection. Il s'éclaircit la gorge.

— Quand vas-tu faire réparer cette fenêtre ?

Elle baissa les yeux vers sa braguette, avec un petit sourire entendu.

— Je vais appeler quelqu'un. Pour la fenêtre, je veux dire…

— Mademoiselle Duvall, vous avez l'esprit mal placé, murmura-t-il en lui prenant le menton.

— Vous n'avez pas idée, capitaine McVie, répondit-elle en posant une main sur ses fesses. Mais à moins que tu aies l'intention de te servir de ce que tu tentes de dissimuler il faut qu'on se prépare pour aller à l'hôpital.

— Tu me prêtes une serviette ?

Devant la porte de la chambre, elle jeta un regard par-dessus son épaule.

— Tu as vite repris tes esprits, dis-moi… Devrais-je me sentir insultée ?

— La seule idée d'une douche froide suffit à calmer les ardeurs de n'importe quel homme. Donc, non.

— Tu trouveras des serviettes dans la salle de bains, lança-t-elle en sortant de la chambre.

Plus tard, assis à côté de Hailey dans la Jaguar, il demanda :

— Tu penses qu'Ayala sera en état d'assister au gala ?

— Si les effets du poison ne se font plus sentir, ça devrait aller. Cela dit, je doute qu'elle soit très motivée. Pourquoi prendrait-elle des risques inutiles ? Surtout après ce qui s'est passé hier soir...

— Elle n'était pas très enthousiaste, dès le départ.

— Oui. Elle est timide et elle n'aime pas se vanter.

— J'avais compris. Elle n'avait pas très envie de s'étendre sur le camp de réfugiés. C'est étrange. La plupart des gens qui font un boulot qui leur tient autant à cœur en parlent en permanence.

— Ayala est une fille réservée.

Hailey s'engagea dans la zone d'arrêt minute, à côté de l'entrée de l'hôpital.

— Je pense qu'on peut se garer là, comme on vient chercher un patient.

— Et sinon, tu n'auras qu'à lâcher le nom de ton papa.

— Je vais faire comme si c'était une plaisanterie, McVie, répondit-elle en serrant le frein à main.

— À moitié, j'avoue. Je commence à m'habituer aux privilèges associés au nom de Ray Duvall.

Hailey sortit de la voiture en riant. L'employé du parking glissa un ticket sous l'essuie-glace de la Jaguar, et Joe prit Hailey par le bras pour entrer dans l'hôpital. Lorsqu'ils passèrent devant la salle d'attente des urgences, un homme héla Hailey. L'instinct protecteur de Joe s'enclencha aussitôt, mais avant qu'il puisse se ridiculiser en agressant de nouveau un ami de Hailey, celle-ci se tourna avec un grand sourire.

— Patrick ! Comment vas-tu ?

— Super. Et toi ? Ça fait longtemps !

Patrick s'avança vers eux et serra affectueusement

Hailey contre lui, provoquant chez Joe des instincts meurtriers. Hailey s'écarta ensuite pour les présentations.

— Patrick, voici mon ami Joe. Joe, Patrick.

Joe ne put s'empêcher de serrer la main de Patrick un petit peu plus fort que nécessaire. Comme un gamin. Le pire, c'est qu'une lueur dans le regard de Patrick trahissait qu'il lisait en lui comme dans un livre ouvert.

— J'espère que tu n'es pas là pour toi ? demanda soudain Hailey en prenant Patrick par le bras.

— Non..., répondit celui-ci en désignant la salle d'attente. Un des gars a fait une mauvaise chute, ce matin.

Derrière lui, un homme qui ressemblait à un SDF était assis, la tête entre les mains.

— Patrick dirige un refuge pour sans-abri dans Mission District, expliqua aussitôt Hailey.

— Ça s'appelle Mission Espoir, précisa Patrick, en agitant un gros trousseau de clés. La fondation de Hailey a largement contribué financièrement à notre cause.

Comme d'habitude, Hailey balaya le compliment d'un geste :

— Oh ! tu sais, avec la déduction d'impôts...

Quand Patrick laissa par mégarde échapper son trousseau, Joe se précipita pour le ramasser. En se relevant, il se figea.

— Qu'est-ce que c'est que cette clé ? demanda-t-il.

— Laquelle ? fit Patrick en se penchant.

Joe isola une clé avec une étiquette en carton accrochée. Il examina l'inscription... qui avait été effacée par le temps ou la pluie. Cela lui rappelait étrangement quelque chose.

— Oh ça ? C'est la clé d'un des casiers du refuge, expliqua Patrick.

— Le refuge Mission Espoir ? MISS...

Les yeux écarquillés, Hailey arracha la clé des mains de Joe.

— C'est la même. Marten savait que j'aidais Mission Espoir. Il savait que je m'étais déjà rendue au refuge.

Patrick les regardait tour à tour, sans comprendre.

— De quoi parlez-vous ? Et est-ce que je peux récupérer mon trousseau, s'il vous plaît ?

— Pardon, bafouilla Hailey. Bien sûr. Quelqu'un m'a laissé une clé, et on essaie de découvrir depuis hier à quoi elle correspond.

— Tu l'as avec toi ?

Hailey fouilla dans ses poches.

— Non, elle est à la maison. Mais elle ressemble à celle-ci, non ?

— Oui, assura Joe. Patrick, qu'est-ce qu'il y avait d'écrit sur l'étiquette ?

— Mission Espoir.

— Et qui peut obtenir la clé d'un casier ?

— Premier arrivé, premier servi. Si un sans-abri se présente au refuge et qu'il a des affaires de valeurs, ou qu'il considère de valeur, il peut les ranger dans un casier fermé, pendant la nuit ou la journée. Venez vérifier, si ça vous dit... À condition de ramener un gros chèque, de la nourriture ou des produits d'hygiène ! Allez, je dois retourner auprès de Mickaël. Ravi de vous avoir rencontré, Joe !

Joe lui serra la main – pas trop fort, cette fois.

— Merci. On viendra.

— J'étais contente de te revoir, Patrick, dit Hailey en le serrant de nouveau contre elle.

Patrick repartit s'asseoir près de l'homme qu'il

accompagnait. Joe se sentait un peu cerné par des philanthropes. Il se tourna vers Hailey.

— Bon, on a résolu le mystère de la clé.

— Je crois. Marten a dû se rendre au refuge pour une raison quelconque et il a jugé plus sage de prendre un casier.

— Peut-être a-t-il cru que personne n'aurait l'idée de chercher dans un refuge pour sans-abri... Personne, à part une amie philanthrope qui avait une chance de reconnaître une clé de chez Mission Espoir.

— Dès qu'Ayala sera installée chez moi, on file à la Mission avec des produits d'hygiène et de la nourriture.

Hailey se présenta ensuite à l'accueil des urgences, puis ils franchirent ensemble la double porte qui menait au service.

— L'infirmière dit qu'elle va bien et qu'elle est prête à sortir.

Le lit d'Ayala se trouvait dans une grande pièce divisée en quatre par des rideaux.

— Oh Ayala ! s'écria Hailey en rejoignant son amie. Comment te sens-tu ? Tu m'as fait une de ces peurs ! Quand je t'ai vue par terre...

Ayala, ses cheveux sombres étalés sur le linge blanc de l'oreiller, eut un faible sourire.

— J'imagine...

— Alors..., chuchota Hailey. C'était du poison ? La police est venue ?

Ayala secoua la tête.

— Non, ce n'était pas du poison, Hailey.

— Quoi ?

Joe glissa une chaise derrière Hailey qui se laissa tomber dessus, très pâle.

— Qu'ont dit les médecins, Ayala ? demanda-t-il.

La jeune femme haussa les épaules.

— Une indigestion et trop d'alcool.

— Tu y crois vraiment ? demanda Hailey en se penchant vers elle.

— Je ne sais pas trop quoi penser. J'ai déjà été ivre, et ça n'y ressemblait pas du tout. Peut-être que c'est à cause de tout ce dont on a parlé juste avant, mais j'ai aussitôt cru que quelqu'un m'avait empoisonnée.

— Mais les médecins n'ont trouvé aucune trace de poison dans ton organisme, murmura Joe, l'air songeur. J'imagine que certaines substances peuvent être masquées.

— Vraiment ? s'étonna Ayala. Je n'en sais rien. Tout ce que je sais, c'est que j'ai envie de partir d'ici.

Hailey lui serra la main.

— On est venus pour te ramener chez moi. Mais je dois t'avertir que quelqu'un a essayé de me tirer dessus hier soir, à travers la fenêtre de ma chambre.

Ayala étouffa un cri et serra son drap contre elle.

— C'est de la folie ! On devrait quitter la ville, Hailey. Toutes les deux.

— Je l'envisage, mais pas avant le gala. Tu seras en sécurité chez moi. Comment te sens-tu ?

— Un peu faible, mais ça va. Ils m'ont quand même fait un lavage d'estomac, donc s'il s'agissait d'un poison indétectable, il n'est plus dans mon organisme.

Elle ferma les yeux et murmura :

— Hailey ?

— Oui ?

— Je ne peux pas assister à ton gala, demain. Je suis désolée. J'ai juste envie de rentrer en Floride.

— Évidemment. Ne t'inquiète pas.

Une infirmière s'approcha d'un pas rapide, une liasse de documents à la main.

— Madame Khan ? Il ne vous reste plus qu'à signer ces papiers, et vous êtes libre.

Ayala apposa sa signature plusieurs fois, puis l'infirmière repartit.

— Je me sentirai mieux une fois que j'aurai quitté cette infâme blouse réglementaire et que je me serai éloignée du type qui vomit ses tripes, dans le lit d'à côté.

Hailey se leva pour aller récupérer les habits d'Ayala, soigneusement pliés sur une étagère.

— Ça ne t'embête pas de rester seule un moment chez moi ?

— Pas du tout. Pourquoi ?

Joe serra les dents. Pourquoi fallait-il que Hailey raconte toujours tout à tout le monde ? Ayala n'avait pas besoin d'être mise au courant pour la clé.

— On pense avoir trouvé ce qu'ouvre la clé de Marten.

— Oh ?

— J'ai croisé par hasard un ami qui dirige la Mission Espoir, dans Mission District, et il avait sur lui une clé semblable à celle de Marten.

— Sois prudente, Hailey. Je persiste à croire que tu devrais laisser tomber tout ça. Je ne suis pas sûre que le médecin sait de quoi il parle. C'était peut-être bien du poison.

Elle leva des yeux suppliants vers Joe.

— Dis-lui, Joe.

— Tu la connais mieux que moi, Ayala.

Elle soupira.

— Tu as raison. Alors, veille sur elle. Maintenant, si vous voulez bien sortir, j'aimerais me changer.

— On sera dans la salle d'attente, répondit Hailey en lui touchant le bras. Prends ton temps.

Joe resta silencieux dans le couloir bondé, zigzaguant parmi les nouveaux patients et les infirmières qui entraient et sortaient des chambres. Quand ils rejoignirent la salle d'attente, il se laissa tomber sur une des chaises en plastique.

— C'est bizarre.

— Ayala ? Je sais. Pourquoi prétend-elle maintenant qu'il s'agissait de poison ?

— Peut-être a-t-elle menti pour éviter de faire un discours au gala.

Hailey lui donna un léger coup de poing dans la cuisse en s'asseyant sur le siège voisin.

— Un peu de sérieux. Il peut s'agir d'un poison que le médecin n'a pas su ou pu détecter.

— C'est envisageable, répondit Joe en se mordillant l'ongle du pouce.

— Tu ne vas pas te ronger les ongles à cause de ça, quand même ? s'écria Hailey en lui prenant la main.

— Ne me dis pas que tu vas m'envoyer faire une manucure avant ton gala ! gémit-il en examinant son autre main. Les gars de la Delta Force ont une réputation à tenir.

— Je préfère tes mains calleuses.

— À la bonne heure.

— En tout cas, Ayala semble sacrément secouée.

— Chut..., fit Joe en indiquant du menton la porte du service.

Ayala s'avançait vers eux. Hailey le regarda d'un air songeur et murmura :

— Je ne sais pas pourquoi tu veux à tout prix garder Ayala en dehors de tout ça.

— Je ne sais pas non plus. L'habitude, sans doute.

Mais ses paroles étaient vaines car Hailey rejoignait déjà son amie. Joe attendit qu'elles reviennent vers lui pour se lever à son tour.

— Tu es prête ? demanda-t-il, plein de prévenance.

— À partir d'ici ? Oh oui ! s'exclama Ayala en prenant le bras de Hailey. Au fait, j'avais complètement oublié, mais l'agent du FBI est venu me voir tout à l'heure.

— Porter ? s'étonna Hailey. Je l'ai rencontré ce matin, suite à la fusillade. C'est là que je lui ai parlé de toi. Il a été rapide. Qu'a-t-il dit ? Il ne t'a pas parlé du *sniper* ?

— Non. D'ailleurs, il n'a pas eu grand-chose à dire, après avoir vu mes analyses. Il n'y avait rien dans mon organisme en dehors d'un peu d'alcool.

Joe laissa les deux femmes le précéder dehors. Hailey sortit les clés de la Jaguar et déverrouilla les portières. Joe tint celle d'Ayala qui se glissa sur la banquette arrière.

— Tu as croisé Porter, et il n'a pas évoqué le tireur embusqué qui s'en est pris à Hailey ? insista-t-il.

— Non. C'est étrange.

Comme elle s'était tournée pour chercher sa ceinture, ses cheveux lui cachaient le visage.

— T'a-t-il expliqué la raison de sa visite et comment il savait que tu étais à l'hôpital ?

Ayala boucla sa ceinture.

— Il a dit que Hailey lui avait parlé de ce qui m'était arrivé au restaurant.

Joe claqua la portière arrière et monta devant.

— Porter n'a jamais fait allusion au tireur qui a visé Hailey. C'est étrange, non ?

— Tu l'as dit toi-même, rappela Hailey en démarrant. Les gars du FBI aiment faire des mystères.

— J'ai dit ça ?

— Ou alors tu parlais de la Delta Force, je ne sais plus, marmonna Hailey en quittant le parking. Tu as faim, Ayala ?

— Beurk… L'idée même de nourriture me retourne l'estomac. En revanche, je boirai bien un thé quand on sera chez toi… Mais je m'en occuperai moi-même. Vous n'avez qu'à aller à la Mission Espoir. Peut-être que vous serez en mesure de mettre un terme à toute cette folie, en vérifiant le contenu de ce casier.

— Je l'espère, en tout cas.

Arrivée devant chez elle, Hailey gara la voiture dans l'allée et se tourna vers Joe.

— Attends ici, si tu préfères. Je vais ouvrir à Ayala, lui montrer où se trouve le thé et je reviens.

— Non, c'est bon, répondit Joe, une main sur la poignée. J'ai besoin de me dégourdir les jambes.

Hailey comprit qu'il entendait bien garder un œil sur elle.

— D'accord, grommela-t-elle.

Joe laissa une fois encore les deux femmes passer devant et, comme toujours, il vérifia avant d'entrer que personne ne les suivait. Il devait à présent s'assurer également qu'aucun tireur n'était embusqué dans les arbres alentour. Une fois à l'intérieur, Hailey désigna le canapé sur lequel Joe avait passé la nuit.

— Installe-toi. Je vais te faire du thé.

— Ne dis pas n'importe quoi. Je peux très bien m'en occuper.

— Non, je t'en prie, insista Hailey en se dirigeant vers la cuisine d'un pas décidé, comme si elle avait l'intention de préparer un repas complet.

Joe prit position près de la baie vitrée.

— Souhaites-tu qu'on vérifie la vidéosurveillance, Hailey ? proposa-t-il.

— On le fera à notre retour. Tu veux de l'eau ou quelque chose, avant qu'on reparte ?

— Un verre d'eau, s'il te plaît.

Hailey glissa un verre sous le distributeur d'eau du réfrigérateur et le remplit. Quand elle sortit de la cuisine avec le verre, la bouilloire se mit à siffler. Ayala bondit du canapé pour lui prendre le verre des mains et le porter à Joe.

— Tu vois de belles choses dehors ? demanda-t-elle en le rejoignant près de la fenêtre.

— Merci, dit-il. Et non, pas grand-chose. On n'est pas assez haut pour apercevoir.

— Tu prends du lait, Ayala ? demanda Hailey.

— Oui, s'il te plaît.

Ayala regarda Joe d'un air dépité.

— Franchement, j'aurais pu me faire mon thé moi-même...

Hailey ignora sa remarque et continua à s'activer dans la cuisine.

— Que vas-tu faire de ton après-midi ? Tu devrais faire une sieste. Ton lit t'attend.

— Peut-être.

Joe but une gorgée d'eau, avant d'ajouter :

— Et puis, ton ordinateur est toujours sous le lit.

Ayala tourna la tête si rapidement que Joe crut que quelque chose avait attiré son attention, par la fenêtre.

— Tu as vu quelque chose ?

— Je... Peut-être près du banc, dans ce petit parc.

Quand elle désigna la rue, la pierre rouge de sa bague

accrocha la lumière, projetant un rayon sur son visage qui n'était pas sans rappeler le point rouge sur le front de Hailey, la veille au soir.

Joe mit sa main en visière pour regarder par la fenêtre.

— Je ne vois rien. La maison dispose d'un système d'alarme. Ne t'approche pas des fenêtres, et ça devrait aller.

— Et un thé, un ! annonça Hailey en déboulant dans le salon avec une tasse fumante. Je t'ai laissé quelques sachets sur le comptoir, au cas où. La bouilloire est pleine, et le lait se trouve dans le frigo.

— Merci beaucoup, Hailey. Ça ira. Allez-y !

Hailey récupéra la clé de Marten dans la cuisine et prit son sac à main. En passant la lanière à son épaule, elle se tourna vers la porte.

— Enclenche l'alarme dès qu'on sera partis. Le code, c'est 5806.

Ayala lui fit un petit signe de la main.

Une fois sur le perron, après que Hailey eut fermé à clé, Joe lui enfonça un doigt dans les côtes.

— Il faudra changer ce code dès ton retour.

— Il fallait bien que je le lui donne. Comment voulais-tu qu'elle l'active, sinon ?

— Je dis ça comme ça. Change de code.

— Oui, mon général, répondit Hailey, en faisant un salut militaire.

— Je ne suis pas général, répondit-il, en lui enfonçant de nouveau un doigt dans les côtes. On prend ta voiture ?

— Il y a un parking près de la mission, et je connais la voiture de Patrick. Je pourrai me garer derrière lui si besoin.

Quand ils montèrent dans la voiture, Joe leva les yeux

vers la fenêtre du salon, en partie cachée par des buissons. Les rideaux s'agitèrent puis se remirent en place.

— Je pense qu'Ayala a déjà actionné l'alarme.

— Tant mieux. Elle était bien tendue.

— Elle a cru voir quelque chose dans le parc, expliqua Joe en attachant sa ceinture.

— Ah bon ?

— C'était un effet de son imagination. Il n'y avait rien.

— C'est bien ce que je disais : elle est tendue.

Hailey naviguait avec aisance dans les rues bondées de San Francisco, traversant Union Square, où l'énorme sapin de Noël dominait encore les passants qui faisaient du shopping. Quelques rues plus loin, tout était plus calme et beaucoup moins chic.

— Tu viens souvent par ici ?

— Pas assez. Mon assistante, Gretchen, passe livrer des colis de la part de la fondation, de temps en temps.

Elle frappa soudain du plat de la main sur le volant.

— Zut ! On a oublié d'apporter de la nourriture et des produits d'hygiène.

— Je ferai un chèque, proposa Joe. Il doit bien y avoir quelques vétérans qui dorment dehors, dans ce quartier. J'aurai la satisfaction de faire une bonne action, pour une fois.

— Je suis sûre que tu en fais souvent.

Elle contourna un ancien bâtiment en pierre grise, sur la façade duquel était accrochée une enseigne au néon annonçant « Mission Espoir » ; le P et le R ne s'allumaient plus. Elle s'arrêta derrière une Prius noire, avec un autocollant COEXIST sur le pare-chocs.

— Laisse-moi deviner, marmonna Joe en désignant la voiture. C'est celle de Patrick ?

— C'est pour ça que je me gare là.

Joe garda une main sur le bras de Hailey et une autre sur la crosse de son arme, tandis qu'ils remontaient une ruelle menant à l'arrière du refuge.

Quelques SDF bavardaient devant la porte, une cigarette aux lèvres. Joe passa près d'eux sans un mot. Lorsqu'ils entrèrent, un cuisinier penché sur une énorme marmite les salua d'une voix forte sans même lever le nez.

— C'est trop tôt pour la cantine du soir, annonça-t-il. Et vous ne pouvez pas faire la queue plus d'une heure avant l'ouverture du réfectoire. À l'entrée principale !

— En fait, on est venus voir Patrick.

Le cuistot leva les yeux.

— Oh pardon ! Patrick est sorti avec la camionnette, dans l'espoir de ramener quelques invités supplémentaires pour le dîner.

— Merci. Les casiers se trouvent dans la grande salle, au bout du réfectoire ?

— Absolument, répondit-il en posant sa louche pour s'essuyer le front avec un torchon. Vous cherchez quelque chose en particulier ?

Hailey sortit la clé.

— Je viens juste vérifier le casier d'un ami.

— D'accord, allez-y. C'est comment, votre nom, déjà ?

— Hailey. Hailey Duvall.

— Ah, mais il fallait le dire tout de suite. Je connais ce nom-là ! Et maintenant je connais le joli minois qui se cache derrière toutes ces généreuses donations.

— Je vous en prie. C'est grâce à des gens comme vous que ce genre d'endroits continue à exister.

Serrant la clé dans son poing, elle sortit de la cuisine

et traversa le réfectoire, où étaient alignées des tables de pique-nique en bois.

— La salle des casiers se trouve juste à côté.

Deux sans-abri levèrent les yeux de leur jeu de cartes quand ils passèrent devant la porte d'une salle commune. Dans la pièce suivante se dressaient plusieurs rangées de grands casiers en métal, dont certains avaient une clé accrochée à la serrure.

Joe joua un instant avec l'une d'elles.

— Combien, pour louer un de ces trucs ?

— Je crois que c'est cinquante cents, répondit-elle en plaçant les mains sur les hanches pour examiner la pièce. Il n'y a aucun numéro sur le porte-clés. Impossible de savoir à quel casier elle correspond.

— Je me demande comment ces gars font pour se rappeler lequel est le leur, surtout s'ils rentrent soûls ou défoncés.

— Ils ne sont pas autorisés à entrer ici en état d'ébriété.

— Mouais… Certains n'ont pas besoin de prendre quoi que ce soit, si tu vois ce que je veux dire. La vie s'est chargée d'altérer pour de bon leurs perceptions.

— Je suis sûre que Patrick et le reste de l'équipe les aident.

Joe tapa du plat de la main sur le premier casier situé sur sa droite.

— Tu es prête à tenter ta chance ?

— Au moins, on peut écarter tous ceux qui ont déjà une clé, grommela Hailey en s'avançant pour essayer une première serrure.

Elle passa ensuite en revue tous les casiers du haut de la première rangée, sans succès, puis s'accroupit pour s'attaquer à ceux du bas.

Un homme entra en traînant les pieds dans la pièce. Il était coiffé d'un vieux chapeau qui lui cachait la moitié du visage. Joe le salua d'un hochement de tête. Le SDF baissa les yeux puis fourra les mains dans les poches de son grand manteau en marmonnant.

— Aucun de ceux-là, annonça Hailey en se redressant, manquant de se cogner au bras de Joe.

Apercevant soudain le nouveau venu, elle se dirigea vers lui avec un sourire :

— Vous cherchez quelque chose, monsieur ?

Du bout du pied, Joe tapa le côté de sa botte. Elle se tourna vers lui, l'air mécontent, puis adressa un nouveau sourire au sans-abri.

— Vous avez besoin d'aide ?

— Non ! hurla-t-il.

Hailey sursauta et se recula brusquement, une main posée sur sa poitrine.

— D'accord.

— On reprend, Hailey, dit Joe en frappant sur la porte du casier suivant.

Lorsqu'elle inséra la clé, il y eut un petit déclic.

— C'est le bon.

Du coin de l'œil, Joe perçut un mouvement. Il porta la main à son revolver, mais le faux SDF fut plus rapide que lui. Quand Joe se tourna, l'homme avait déjà saisi Hailey par le cou et pointait une arme contre sa tempe.

12

Tournant la tête sur le côté, Hailey tenta de planter ses dents dans le bras qui la retenait prisonnière, mais l'homme resserra son étreinte, l'étouffant presque. Joe se tenait devant eux et barrait le chemin menant au casier de Marten, son arme pointée vers leur agresseur. Soudain, elle sentit le bout froid d'un canon contre sa tempe.

— Baissez ça tout de suite, sinon je la flingue. Posez votre arme sur le sol et faites-la glisser jusqu'à moi.

— Non, Joe ! s'écria Hailey. Il va nous tuer de toute façon. Tu sais ce qui s'est passé chez moi.

Joe agita son revolver en direction de l'homme.

— Qui êtes-vous et que voulez-vous ?

L'inconnu ricana, et elle sentit son haleine chaude contre son oreille.

— C'est moi qui détiens toutes les cartes. Pourquoi vous dirais-je quoi que ce soit ? Maintenant, écartez-vous pour que je puisse récupérer ce que de Becker a laissé pour Hailey.

Hailey cligna rapidement les yeux en regardant Joe puis articula en silence : « Pousse-toi ». Sans lâcher son arme, Joe fit quelques pas sur sa droite.

— Encore ! aboya l'homme.

Hailey fit un clin d'œil à Joe qui s'éloigna davantage. L'homme s'approcha du casier ouvert en poussant Hailey devant lui ; il ne quittait pas Joe du regard. Il n'avait sans doute pas l'intention de tirer, à cause du groupe qui jouait aux cartes dans la pièce voisine. Un coup de feu dans un refuge pour sans-abri risquait de créer une véritable panique. Évidemment, une fois qu'il serait sorti avec elle, elle n'était plus sûre de rien.

S'il parvenait à sortir…

Sans tourner le dos à Joe, l'homme se pencha vers le casier et plongea la main dedans. Le crissement de ses ongles sur le métal résonna dans le silence.

— Qu'est-ce que… ?

Il passa une nouvelle fois la main dans le casier, mais revint bredouille.

— Qu'est-ce que vous en avez fait ?

— Il n'y a rien dedans.

— Menteuse !

Il poussa violemment Hailey qui se cogna la tête contre les casiers. Avec un grondement menaçant, Joe s'avança.

— Ne bougez pas ou je vous jure que je la descends ! s'écria l'homme.

— Vous ne tirerez pas ici. Le refuge est certainement en ligne directe avec la police.

Le ton glacial de Joe lui fit froid dans le dos. Comment pouvait-il en être aussi sûr ?

— Écoutez, intervint-elle. Je n'ai rien trouvé. Je n'ai rien pris dans ce casier, parce qu'il était vide. Fouillez-moi, vous verrez, ajouta-t-elle en écartant les bras.

Un éclat de rire retentit dans la pièce voisine. L'homme s'agita, nerveux. Que ferait-il si quelqu'un venait les interrompre ? Ouvrirait-il le feu ? Hailey ne pouvait envisager une chose pareille.

— Faites-moi sortir d'ici, et je vous montrerai. Je n'ai rien sur moi.

— Hailey, non, s'écria Joe en s'approchant de nouveau. Je ne le laisserai pas partir avec toi.

— Bon sang, qu'est-ce qui se passe, ici ?

Deux des hommes de la salle commune se tenaient près de la porte, les yeux écarquillés.

— Mêlez-vous de vos oignons ! Dégagez d'ici, bandes de déchets ! cria l'homme.

Les deux SDF battirent en retraite, mais l'un d'eux fit soudain volte-face et chargea Hailey et son agresseur. Ce dernier, pris par surprise, éloigna le canon de la tête de sa captive pour viser son attaquant et tira.

Hailey poussa un cri.

Joe plongea devant elle.

Le SDF héroïque se jeta sur le tireur et une lutte pour le revolver s'engagea sur le sol de ciment. Joe leva son arme, indécis, en direction des deux hommes qui roulaient par terre.

— Sois prudent, Joe. Ne blesse pas le type du refuge.

Des cris enthousiastes retentirent. Bouche bée, Hailey aperçut alors d'autres SDF, agglutinés près de la porte, en train d'encourager leur camarade comme s'il s'agissait d'une bagarre de rue et non d'un combat à mort. Joe se rapprocha de la mêlée et hurla :

— Stop. Stop !

Un coup de feu claqua, résonnant contre les murs nus. Hailey se couvrit les oreilles et se plaqua contre les casiers, la bouche sèche. Au sol, les deux hommes se séparèrent lentement.

Le sans-abri se dégagea, haletant, en tenant sa jambe maculée de sang. Il toussa plusieurs fois, puis éclata d'un rire dément. Hailey se tourna vers son agresseur. Joe était assis près du corps, étendu sur le ciment, une plaie béante sur le torse. Il vérifia rapidement son pouls, puis lui murmura quelque chose à l'oreille.

Soudain, Patrick apparut.

— Qu'est-ce qui s'est passé ? Quelqu'un a appelé la police. Trace, tu n'as rien ?

Le sans-abri se releva avec un grognement.

— Ce type m'a tiré dans la jambe. Il y a des témoins. Légitime défense, mon gars. Il avait son arme pointée sur cette femme.

Patrick s'approcha de Hailey.

— C'est vrai ?

— Il dit la vérité. Ce gars...

Elle désigna l'homme qui agonisait par terre, Joe toujours à son côté.

— ... Il me tenait en joue. Trace est arrivé et lui a sauté dessus.

Joe se releva en frottant ses mains sur son jean.

— Trace aurait pu mettre Hailey en danger et se faire tuer au passage, mais il faut bien admettre qu'on lui doit une fière chandelle.

Trace se tenait toujours la jambe.

— Il nous a traités de déchets. Je ne suis pas un déchet. Je suis un ancien *marine*.

Une heure plus tard, Hailey regagnait sa voiture en compagnie de Joe.

— Ton nom apparaît plusieurs fois sur le rapport de la police. Tu penses que ta hiérarchie va être informée ?

— Oh oui. Je suis soulagé que Trace n'ait pas parlé de mon arme, cela dit. Cela aurait été beaucoup plus difficile à expliquer.

— Je suis surtout soulagée que le gars n'ait pas décidé de me tuer avant l'intervention de Trace.

— Il disposait de l'élément de surprise. Je n'ai jamais été aussi content de croiser un *marine*.

Il toucha du bout des doigts la gorge de Hailey.

— C'est encore rouge. Mon seul regret, c'est de ne pas avoir tué ce fumier moi-même.

— Tu étais trop occupé à t'inquiéter pour moi, dit-elle doucement, en lissant du pouce le pli soucieux qu'il avait entre les sourcils. Tu as pu en tirer quelque chose ?

— Comment ça ?

— Je t'ai vu lui parler, ou du moins, essayer de le faire, avant qu'il meure. Tu as obtenu des explications ?

— Il était trop occupé à rendre son dernier soupir, mais j'ai réussi à relever ses empreintes digitales.

Il tapota la poche de sa veste.

— Juste au cas où le SFPD ne serait pas d'humeur à nous divulguer son identité.

— Je suis restée aussi fidèle que possible à la réalité : un ami m'a laissé une clé de son casier à Mission Espoir, et cet homme nous a agressés en me menaçant d'une arme à feu, pour essayer de s'emparer de ce qu'il y avait dans le casier.

— Un casier vide, de toute façon, marmonna Joe en se massant les tempes.

— Pas tout à fait, répondit Hailey en sortant un petit morceau de papier de son soutien-gorge.

— Tu as trouvé ça où ?

— J'avais déjà la main dans le casier quand le faux

SDF nous a attaqués. J'ai attrapé le papier et l'ai glissé dans mon T-shirt.

Joe ouvrit le bout de papier.

— Eh bien ça alors..., s'exclama Joe en donnant un coup de dans un réverbère, avant de lire à voix haute : « Je suis toujours en vie. MDB. »

— Marten. Marten est en vie ?

— Et ça... ? demanda Joe en agitant le morceau de papier. C'est comme ça qu'il a décidé de te prévenir ? Quel sacré...

Hailey lui arracha le document des mains, le froissa et l'avala. Joe la regarda, l'air stupéfait.

— Pourquoi tu as fait ça ?

— Je ne veux pas que quelqu'un d'autre le voie. Personne n'a besoin de savoir que Marten a survécu à cette chute depuis le ferry. Comme ça, ajouta-t-elle en se tapotant l'estomac, personne n'est au courant.

— Je pense que tu exagères un peu, grommela-t-il en donnant un coup sur le capot de la voiture. Il te met dans un pétrin pas possible en te laissant cette clé, tout ça pour t'annoncer qu'il est encore vivant.

— Je ne crois pas que ce soit son intention première, Joe. À mon avis, il avait laissé quelque chose dans ce casier, mais comme il a survécu, il est revenu le chercher et l'a remplacé par ce mot.

— Tu as sans doute raison. C'est plus logique.

Il tambourina nerveusement sur ses cuisses.

— Pourquoi n'a-t-il pas encore rendu cette information publique ? Ce serait stupide de sa part de changer d'avis maintenant, juste parce que des gens en ont après lui.

— Il doit se cacher en attendant le bon moment.

— C'est maintenant, le bon moment ! Pour te protéger

et arrêter ces gens qui te poursuivent. Il ne se rend pas compte qu'il te met en danger, avec ses petits jeux d'espion à la noix ?

— Peut-être n'est-il pas au courant qu'on a essayé de me tuer.

— Il devrait s'en douter, maugréa Joe. Il savait qu'il était surveillé. Il avait suffisamment de soupçons pour organiser une rencontre secrète avec toi et te laisser des preuves, au cas où il lui arrivait quelque chose.

— Je suis surtout étonnée que Marten ait survécu dans la baie, l'autre nuit.

— Rappelle-toi ce qu'a dit Joost. Marten était un nageur olympique.

— Avec un peu de chance, il me racontera cette histoire lui-même un jour.

Hailey démarra la voiture et mit le chauffage.

— J'espère que ça va aller pour Trace. Qu'est-ce que la police va découvrir sur ce type mort, à ton avis ?

— Sans doute ce que son patron veut bien qu'on découvre sur lui, répondit Joe en se mordant la lèvre inférieure. C'est pour ça que j'ai relevé ses empreintes digitales moi-même.

Il eut soudain l'air songeur.

— Qu'est-ce qui ne va pas ?

— La question à vingt-cinq mille dollars.

— À savoir ?

— Comment cet homme pouvait-il être au courant pour la clé ? Comment savait-il que nous serions au refuge à ce moment précis ?

— Il nous a suivis depuis la maison.

— Déguisé en SDF ?

— Il... Il... Attends.

Elle posa les mains sur le volant.

— Tu n'es quand même pas en train de dire que Patrick a quelque chose à voir avec tout ça !

— Patrick ? Il n'est pas le seul à avoir eu connaissance de la clé et du refuge…

Hailey réfléchit un instant puis s'exclama :

— Pas Ayala !

— C'est la seule, en dehors de Patrick et de nous, et peut-être de Joost, qui était au courant pour la clé.

— C'est impossible ! protesta Hailey, rouge d'indignation. Ayala a été attaquée hier soir. Empoisonnée.

— Vraiment ? Ce n'est pas ce que ses analyses toxicologiques indiquaient.

— Mais on s'est tous accordés à penser que le poison était peut-être indétectable. Elle s'est évanouie dans les toilettes. Je l'ai vue. Elle était couverte d'une sueur froide.

— Cela aurait pu être provoqué par n'importe quoi. Elle jouait peut-être la comédie.

Hailey se massa la nuque, la tête tourbillonnante d'idées saugrenues.

— Tu penses qu'elle aurait pu mettre en scène son empoisonnement ? Mais pour quelle raison ?

— Pour qu'on ne remonte pas jusqu'à elle, justement. Si elle devient une victime, comment pourrait-elle être considérée comme responsable des attaques contre toi ?

— Joe, c'est complètement dément. J'ai travaillé avec Ayala pendant plus d'un an au camp de réfugiés.

— Qu'as-tu appris sur elle, pendant ce temps ? Tu as dit qu'elle était du genre réservé. Où est son frère ? Son mari ?

— Mari ? Elle n'est pas mariée.

— Un fiancé ? Elle porte une bague avec une pierre solitaire rouge à l'annulaire gauche.

— Ah bon ?

— Elle est la seule d'entre vous à ne pas avoir identifié Denver. Tout comme pour l'empoisonnement, elle essaie de faire profil bas. J'ai toujours soupçonné Siddiqi d'être une taupe, mais il pourrait très bien s'agir d'Ayala. Elle connaît la région, la langue, les gens.

— C'est justement ça, le hic. Son but est d'aider les victimes. Tu ne l'as jamais vue sur le terrain.

— Elle cherche peut-être à les aider à un certain niveau, mais rien ne la détournera jamais de son idéologie. J'ai déjà croisé plusieurs extrémistes. Ces gens-là ne pensent pas comme nous.

Hailey coinça ses mains tremblantes entre ses genoux.

— Tu crois vraiment qu'elle est venue ici pour surveiller la situation ? Gagner ma confiance avant de frapper ?

— Oui. Peut-être ses associés avaient-ils déjà mis le projet à exécution avec Marten, mais quand ils se sont rendu compte qu'il avait communiqué avec toi, ils l'ont envoyée pour t'amadouer et t'amener à lui confier ce qu'il savait ou soupçonnait.

— Tu t'es méfiée d'elle dès le départ, non ? Peut-être est-ce ton instinct qui t'a tout de suite averti qu'elle représentait une menace pour moi.

— Je me suis jeté sur elle parce que j'ai pris son parapluie pour une arme.

— Évidemment, c'est pareil, ironisa Hailey. Je n'arrive toujours pas à y croire. Tu pourrais avoir tort.

— J'ai raison, Hailey. Personne d'autre n'aurait pu indiquer à notre agresseur que nous nous trouvions au refuge, en train de fouiller le casier de Marten.

— Donc, elle s'est jetée sur son téléphone pour donner l'alerte dès qu'on est sortis de la maison.

— Ce n'était pas la première fois. Pendant qu'elle s'habillait à l'hôpital. Elle était au courant pour la clé. Qui sait ? Elle a même pu laisser quelque chose dans la voiture, comme un GPS. Si ça se trouve, elle est devant son ordinateur en ce moment même, en train de préparer son prochain coup.

— Elle n'a pas son ordinateur avec elle.

— Mais si...

Il claqua soudain des doigts.

— Maintenant, je suis sûr que c'est elle ! Elle nous a dit qu'elle ne l'avait pas emporté, n'est-ce pas ?

— C'est pour ça qu'elle n'avait pas reçu mon mail. Elle n'avait pas pris son ordinateur portable et n'aimait pas consulter sa messagerie depuis son téléphone.

— Pourtant, elle l'a bien avec elle. Elle l'a laissé en charge sous le lit, et j'ai même failli perdre un orteil en le heurtant. C'était ce matin, pendant que j'attendais que tu finisses avec Porter.

— Oh mon Dieu ! Si elle a menti pour l'ordinateur, qu'a-t-elle pu inventer d'autre ?

— Beaucoup de choses.

Il se tourna pour lui prendre le bras.

— Quoi ? demanda Hailey, avec un mauvais pressentiment.

— Elle sait que je me méfie d'elle.

— Comment ça ?

— Quand j'ai suggéré qu'elle pourrait passer l'après-midi sur son ordinateur, j'avais complètement oublié qu'elle n'était pas censée l'avoir apporté. Elle a sursauté.

Hailey secoua la tête pour tenter de s'éclaircir les idées.

— Si on revient vivants, elle saura avec encore plus de certitude qu'on la soupçonne.

— Si elle n'a pas reçu de nouvelles de son contact, elle va penser que le plan n'a pas fonctionné. Elle sait déjà qu'on la soupçonne.

— Et elle se trouve seule dans ma maison.

— Je doute fort qu'elle s'attarde chez toi, mais appuie sur le champignon quand même.

Hailey sortit du parking dans un crissement de pneus et rentra chez elle en un temps record. Elle espérait qu'Ayala ne serait plus là. Comment affronter une personne qu'on avait prise pour une amie, mais qui était en réalité capable du pire ?

Lorsqu'elle se gara dans l'allée, Joe posa une main sur son bras.

— Doucement, d'accord ?

— Tu as dit qu'elle ne serait plus là, répondit Hailey en agrippant le volant, jusqu'à ce que ses articulations blanchissent. Je n'ai pas envie de la revoir. Plus jamais.

— Moi si. Je veux finir ce que j'ai commencé la première fois que je l'ai vue. Mais je doute qu'elle soit tranquillement assise dans un fauteuil, avec une tasse de thé.

— Alors, qu'est-ce qu'on attend ? demanda Hailey, une main sur la poignée.

— Hailey, on ignore le genre de surprise qu'elle a pu nous laisser. Son homme de main au refuge n'a pas réussi son coup, mais ces gens-là ne renoncent jamais.

Hailey baissa la tête.

— Ne me dis pas qu'un *sniper* me guette encore depuis un arbre, de l'autre côté de la rue.

— Je ne sais pas. C'est pour ça qu'on va être très prudents et y aller en douceur.

Il ouvrit sa portière.

— Attends-moi.

Il contourna la voiture par l'arrière. Dans le rétroviseur, Hailey le vit retirer sa veste. Quand il arriva près de la portière du conducteur, elle ouvrit.

— C'est bon. Sors lentement.

Elle prit son sac à main et le serra contre elle pour se glisser hors de la voiture. Joe fit rapidement un pas de côté pour se positionner entre elle et le trottoir, puis étendit sa veste au-dessus de sa tête. Un bras fermement passé autour de ses épaules, il l'accompagna jusqu'en haut des marches. Elle trébucha une ou deux fois, mais Joe l'aida à se rétablir.

— Aucun point rouge de laser sur mon front ?

— Non. On est presque à la porte. Les clés.

Elle lui tendit son trousseau, puis repoussa la veste et regarda par-dessus son épaule.

— Ça va, ici ?

— Oui...

Il se mit sur la pointe des pieds et palpa tout le pourtour de la porte d'entrée, avant de s'agenouiller pour inspecter sa base et retourner le paillasson.

Hailey retenait son souffle, lorsqu'une pensée la traversa.

— La nourriture. Elle a pu empoisonner ma nourriture.

— Bien vu. Il faudra se méfier.

Joe glissa la clé dans la serrure et la tourna lentement. Il poussa un soupir quand il entendit le verrou cliqueter.

— Reste bien derrière moi, Hailey.

Elle se lécha les lèvres.

— Tu crois qu'elle a installé une arme qui tirera automatiquement quand on ouvrira ?

— Elle en serait bien capable, non ?

— Maintenant que je la sais responsable du carnage au camp de réfugiés ? Je pense que oui.

Elle se blottit contre la carrure solide de Joe, une main dans son dos. Il ouvrit la porte avec d'infinies précautions, chaque muscle de son corps tendu et prêt à… tout.

— Pas de fusillade, fit-elle remarquer, soulagée.

Puis, se sentant toujours exposée sur le perron, elle s'avança dans la maison, son sac à la main.

— Hailey, stop ! cria Joe.

Une odeur étrange lui piqua les narines, mais avant qu'elle ait le temps de l'analyser, Joe la saisit par la taille et la poussa par-dessus la rambarde du perron, dans le jardin en contrebas.

Ce fut alors que le monde explosa autour d'eux.

13

Un sifflement aigu emplissait les oreilles de Joe, assourdissant les cris de Hailey. Du moins, il pensait qu'elle criait. Mais peut-être qu'aucun son ne sortait de sa bouche grande ouverte.

Il roula sur le dos et sentit les branches d'un buisson mordre sa chair. Des volutes de fumée noire s'élevaient du perron, répandant une saveur âcre dans l'air qui lui faisait monter les larmes aux yeux.

Il entendit des voix. Il secoua la tête et cracha quelque chose qui ressemblait à du charbon.

Hailey.

Il laissa retomber sa tête sur le côté, dans des feuilles qui lui griffèrent le visage, mais il parvint à l'examiner. Elle était entière. Il l'espérait.

— Tu es blessée ? demanda-t-il.

Elle toussa en guise de réponse, une coulée noirâtre au coin des lèvres. Les voix semblaient plus nettes et, au prix d'un immense effort, il tourna la tête de l'autre côté. Un groupe de gens s'étaient approchés des marches menant à la maison et se penchaient par-dessus la rambarde pour regarder dans le jardin, à l'endroit où Hailey et lui étaient allongés, complètement sonnés.

Joe parvint à bouger un bras, puis une jambe. Ses membres semblaient encore attachés au reste de son corps. La chute avait causé plus de dégâts que la bombe elle-même.

Parce qu'il s'agissait bien d'une bombe, il en était certain. Pas un dispositif très sophistiqué, mais suffisant pour les mettre en pièces. Par chance, c'était le sac à main de Hailey qui avait franchi le seuil en premier.

Joe lutta un moment pour se débarrasser des échardes, épines et branchages qui s'accrochaient à sa peau et à ses vêtements, comme pour essayer de le fondre dans le décor.

Il n'avait pas envie de faire partie du décor. Évitant une épine particulièrement vicieuse, il passa un bras sous Hailey et la souleva.

— Tu vas bien ? Dis quelque chose.

Elle cligna plusieurs fois les yeux puis les écarquilla et laissa échapper un cri rauque et sauvage, juste contre son oreille.

C'était le son le plus doux qu'il ait entendu depuis longtemps.

— Tu es blessée ? Je vais t'aider à remonter.

Un des voisins sur les marches lança :

— On a appelé les secours ! Les pompiers arrivent, mais je crois que le système d'arrosage s'est chargé d'éteindre l'incendie. Hailey n'a rien ?

Un des badauds tentait de grimper depuis le trottoir, mais glissa à plusieurs reprises.

— Ça va aller ! lui cria Joe qui avait réussi à s'accroupir. Elle ne semble pas blessée, juste choquée. Je vais l'aider à remonter.

Les sirènes qui approchaient furent comme une douce

mélodie à ses oreilles. Avec précaution, il attira Hailey contre lui, tout en écartant d'elle une branche épineuse. Elle poussa un gémissement plaintif.

— Ça va aller, chuchotait-il. Ça va aller.

Les sirènes se turent, et une grande agitation se fit entendre dans la rue, tandis que les pompiers déroulaient leurs tuyaux. Joe venait juste d'asseoir Hailey, quand un pompier en tenue complète commença à escalader le talus.

— Attention ! l'avertit Joe. La pente est raide.

— Avez-vous été propulsés par l'explosion ?

— On a sauté.

— Vous avez sans doute bien fait.

Un second pompier le rejoignit avec un brancard sur le dos.

— On va l'installer là-dessus. Est-elle blessée ?

— Je ne crois pas. Mais elle est en état de choc. Elle reprend ses esprits de temps en temps, juste pour pousser des cris paniqués. Je crois que ses principales blessures ont été causées par la chute dans ces maudits rosiers.

Une fois le brancard calé, ils couchèrent Hailey dessus.

— Et vous ? Vous êtes blessé ?

— Non, mais je monte avec elle dans l'ambulance et n'essayez même pas de m'en empêcher, annonça Joe en soulevant lui-même un côté du brancard.

Lorsqu'ils atteignirent la chaussée, Joe leva le nez vers la maison pour évaluer les dégâts. L'explosion avait soufflé la porte qui gisait à présent dans le caniveau. Ils avaient eu de la chance qu'elle ne leur tombe pas dessus.

Une fois Hailey installée dans l'ambulance, Joe grimpa à son tour. Pendant le trajet les menant à l'hôpital, les infirmiers vérifièrent les constantes de Hailey, nettoyèrent les plaies superficielles et la mirent sous oxygène. Elle était consciente mais semblait incapable de parler ou de comprendre ce qui se passait autour d'elle.

Joe ne lui lâchait pas la main, la caressant de son pouce en murmurant de douces inepties, comme quoi il ne la quitterait jamais et prendrait toujours soin d'elle.

— Où l'emmenez-vous ? demanda-t-il aux ambulanciers.

— Au San Francisco General, aux urgences.

— Non, pas aux urgences. Elle va dans une chambre individuelle et elle voit un médecin qui aura plus de trente secondes à lui accorder.

L'homme s'apprêtait à répondre, mais Joe le fit taire d'un geste.

— Vous savez de qui il s'agit ? C'est Hailey Duvall. Son père, Ray Duvall, est quasiment le propriétaire de cet hôpital. Donc... Faites ce que je vous dis.

L'ambulancier se tourna vers le chauffeur et s'entretint un instant avec lui. Joe regarda Hailey. Était-ce un sourire qu'il apercevait, sous le masque à oxygène ? Il se pencha pour lui murmurer à l'oreille :

— J'ai eu un bon professeur.

Une heure plus tard, Hailey était couchée sur un lit d'hôpital, dans une chambre privative, avec une perfusion. Joe tira une chaise pour s'asseoir près d'elle et enlaça ses doigts avec les siens.

— Tu te sens mieux ?

— Ça va, coassa-t-elle d'une voix râpeuse. Et toi ? Tu as vu un médecin ?

Soulevant un pan de son T-shirt, il se tourna pour dévoiler un large pansement dans son dos.

— C'est le pire. Attaqué par des branches pointues. Pourquoi le jardinier de ton père n'a-t-il pas planté des géraniums, dans ce coin-là ?

— Tu devrais être content qu'il n'y ait pas eu plus de rosiers.

— Il y en avait déjà bien assez comme ça, marmonna Joe, en montrant son bras parsemé de petits pansements.

Hailey effleura du bout des doigts la gaze dans son dos.

— Tu as vu la police ?

— Oui. Et Porter ne va pas tarder.

Il rapprocha sa chaise.

— Je crois qu'Ayala n'a pas dû être très attentive pendant ses cours sur les explosifs. Je lui donne à peine huit sur vingt.

— Je ne sais pas..., répondit Hailey en jouant avec l'ourlet de son drap. Je mettrais facilement la moyenne, pour l'effort.

— Pas assez de produits chimiques pour détruire la maison, mais nous aurions été gravement blessés si nous avions franchi le seuil.

— C'est mon sac à main qui a tout déclenché, c'est ça ?

— J'ai vu le fil au moment même où tu t'es avancée.

— Tu nous as sauvé la vie, une fois de plus. Si tu n'avais pas vu le fil et si tu n'avais pas soupçonné Ayala de préparer un piège, les ambulanciers seraient encore en train de ramasser des morceaux de nous dans le jardin.

Elle se couvrit le visage d'une main.

— C'était comme... Comme...

— Ce que tu as vécu au camp de réfugiés, termina Joe en posant la main sur sa jambe, par-dessus le drap.

— Même si c'était bien pire là-bas. Il y avait des projectiles dans la bombe qui a explosé au camp. Comment une infirmière peut-elle commettre un acte d'une telle violence ?

— Il y a des choses plus importantes pour elle en ce

moment. Si quelques enfants doivent mourir pour la cause, ça ne lui pose pas de problème.

— Exactement.

L'agent Porter frappa à la porte ouverte.

— Nous sommes en train d'enquêter sur le frère d'Ayala Khan et sur son petit ami, annonça-t-il en entrant.

— Agent Porter, je vous présente Joe McVie.

Porter lui tendit la main.

— Je connais bien le capitaine McVie, de la Delta Force. Vous ne chômez pas, quand vous êtes en permission, capitaine.

— Appelez-moi Joe. J'ai l'impression qu'on se connaît depuis toujours.

Porter approcha une chaise de l'autre côté du lit.

— Comment vous sentez-vous, Hailey ? Vous en avez vu de toutes les couleurs depuis... que Joe a débarqué.

— Vous pensez que je suis visée à cause de Joe ? demanda Hailey, en essayant de se redresser. Si vous devez tenir quelqu'un responsable, en dehors des véritables coupables, alors accusez Marten de Becker... et aidez-le. Il est toujours en vie.

— Andrew Reese aussi.

— Ouf ! A-t-il parlé ?

— Je n'ai rien appris de la CIA, sauf qu'il a été passé à tabac et qu'il a refusé de dénoncer ses agresseurs.

— Pas comme moi.

Joe croisa les bras et étendit ses jambes sous le lit.

— Qu'allez-vous faire, à propos d'Ayala Khan ?

— Elle a été mise sur la liste noire des terroristes. Elle ne pourra pas prendre l'avion. Et nous avons contacté Interpol. C'est tout ce que nous pouvons faire.

— La CIA est-elle prête à reconnaître que le major Denver n'avait rien à voir avec l'attentat en Syrie ?

— Pas si vite, répondit Porter. Tout ce qu'on sait, c'est qu'un groupe inconnu prend pour cible les humanitaires qui ont été enlevés. On ignore pourquoi. Peut-être craignent-ils qu'ils identifient les responsables.

Joe s'esclaffa avec mépris.

— Je ne crois pas que le premier terroriste syrien s'inquiéterait pour si peu. Le lien, c'est l'identification du major Denver et le fait que Marten de Becker, qui a affirmé le reconnaître comme l'un des ravisseurs, a décidé de revenir sur sa déposition.

— Vous faites beaucoup de suppositions, McVie.

— Avez-vous oublié ce que mes collègues de la Delta Force ont découvert ? Les mails originaux impliquant Denver étaient faux. Et l'idée que le major ait abattu un ranger après avoir déserté a été fourrée dans le crâne de Asher Knight au moyen d'un bon lavage de cerveau.

Joe serra les poings d'un air rageur.

— J'ai entendu des choses comme ça.

— Les affirmations qui accusent le major Denver d'avoir enlevé les humanitaires et d'avoir glissé la bombe dans leur voiture avant de les renvoyer au camp de réfugiés sont également erronées. Tout cela n'est qu'une supercherie à grande échelle.

— Je ne suis pas ici pour discuter de ça avec vous, McVie. Je voulais surtout m'assurer que Hailey n'avait rien...

Il adressa un large sourire à Hailey.

— ... Et récolter tout ce qu'elle pourrait nous apprendre de plus sur Ayala Khan.

— Je crois que vous en savez déjà plus long que moi, répondit Hailey en saisissant la tasse posée près de son lit pour boire une gorgée d'eau. Je n'étais pas au courant de l'existence d'un petit ami et je n'avais pas la moindre idée que son frère était lié à une organisation terroriste.

Joe se pencha en avant, les coudes sur les genoux, et demanda :

— Vous avez appris quelque chose à propos de son fiancé ?

— Rien pour l'instant. Comment savez-vous qu'elle est fiancée ? s'étonna Porter.

— C'est vrai, ça ! Comment sais-tu ça ? s'exclama Hailey en essuyant les quelques gouttes d'eau qu'elle avait fait tomber.

— Elle porte une bague à l'annulaire gauche, répondit Joe. Beaucoup de femmes se laissent entraîner dans des idéologies violentes par amour.

— On vérifiera tous ses contacts.

Sentant que Hailey le fusillait du regard, il bafouilla :

— Enfin, je dis ça... C'est une généralité. La plupart des femmes sont capables de penser par elles-mêmes.

Porter vola à son secours en posant d'autres questions à Hailey. Il resta encore une vingtaine de minutes, prenant des notes sur les activités quotidiennes d'Ayala, au camp de réfugiés. Enfin, il rangea son calepin dans sa poche et se leva.

— Je suis content qu'aucun de vous deux n'ait été gravement blessé. Vous avez eu de la chance d'avoir un membre de la Delta Force avec vous, Hailey.

— Ce n'est pas la première fois que j'ai de la chance de me trouver en compagnie de Joe, confirma Hailey, en tirant doucement sur le fil de sa perfusion. Agent Porter... Marten peut-il venir vous confier ce qu'il a découvert ?

— Il peut me contacter quand il veut. C'est valable

pour vous également. Pourquoi me demandez-vous ça ? reprit-il soudain, en la regardant d'un air sérieux. Vous avez été en contact avec de Becker ?

— Pas encore, mais j'imagine que ça ne va pas tarder. Il est en vie et a bien l'intention de le rester. Sa seule assurance, c'est la vérité. Une fois qu'elle aura éclaté au grand jour, il n'y aura plus aucune raison de le faire taire.

— Par vengeance, peut-être…, dit Porter en haussant les épaules.

Voyant Hailey pâlir, Joe bondit de sa chaise et serra la main de Porter.

— Merci d'être passé. À la prochaine !

Lorsque l'agent du FBI fut près de la porte, Hailey le rappela :

— J'espère vous voir demain soir, au gala de charité, agent Porter !

Porter fit demi-tour.

— Vous n'annulez pas ?

— Bien sûr que non. Je n'ai pas été blessée dans l'explosion, et c'est une excellente publicité pour nos actions là-bas.

— Si vous avez l'intention d'y assister, le SFPD va devoir renforcer les mesures de sécurité.

— J'y compte bien, répondit Hailey en lui adressant un petit clin d'œil.

Lorsqu'il partit, Hailey se laissa retomber sur son oreiller et ferma les yeux. Joe s'assit sur le rebord du lit et caressa sa joue.

— Tu es sûre, pour le gala ?

— Oh oui. J'ai un pressentiment, pour demain soir.

— Moi aussi. J'en ai même plusieurs. Et aucun d'eux n'est bon.

— C'est pour ça qu'il ne faut pas renoncer. Des forces obscures sont à l'œuvre dans cette ville et elles vont converger vers le Pacific Rim demain soir. C'est ce qu'avait prédit mon biscuit, au restaurant chinois.

— Oh là ! C'est très sérieux, alors.

Il lui caressa doucement l'oreille.

— Hailey ? appela-t-il, au bout de quelques minutes.

Son souffle était régulier et tranquille. Elle dormait. Joe n'en fut pas surpris car le sédatif destiné à lui faire encaisser le choc émotionnel de l'explosion était puissant.

Il la borda, puis embrassa ses lèvres entrouvertes, avant de reprendre son poste de sentinelle, près du lit. Tout en cherchant une position confortable, il murmura :

— Je ne regrette pas d'avoir suivi le conseil de mon biscuit, en tout cas.

Un éclat de lumière aveuglant. Un nuage de fumée noir au loin. Une puanteur infernale qui imprégnait l'air. Et les cris des enfants. Les cris des enfants.

Hailey se débattit en hurlant.

Elle sentit un côté du matelas s'affaisser et des mains chaudes s'emparer des siennes. Recoiffer une mèche de ses cheveux avec douceur.

Hailey ouvrit brusquement les yeux. Son sauveur aux cheveux roux était penché sur elle.

— Chut, tout va bien. Tu es à l'hôpital, et je suis là.

Il ne la quitterait pas. N'était-ce pas ce qu'il lui avait dit, dans l'ambulance ? Qu'il ne la quitterait plus jamais ? Elle lui passa les bras autour du cou.

— Oh mon Dieu ! Ces rêves. Ces visions.

— L'explosion à la maison de ton père a tout fait remonter, tous les pires détails.

Il caressa ses cheveux.

— Tu devrais consulter, Hailey. Voir un professionnel.

— Sans doute.

Elle tenta de déglutir, mais elle avait la gorge tellement nouée qu'elle se mit à tousser.

— Tiens, dit-il en lui tendant de l'eau. Tu dormais profondément, tout à l'heure. Tu veux que l'infirmière t'administre un nouveau sédatif ?

— Ah non !

Elle vida son verre jusqu'à la dernière goutte.

— Ce truc me donne terriblement soif, et je crois que c'est en partie à cause de ça que j'ai des hallucinations. Quelle heure est-il, au fait ?

— 5 heures du matin. Le gala a lieu ce soir, si tu es toujours partante.

— Tu m'étonnes.

Elle étudia un instant les cheveux en bataille et la barbe naissante de Joe.

— Encore une nuit passée dans des conditions précaires, hein ? Voyons voir… Depuis qu'on s'est rencontrés, tu as dormi dans le parc en face de chez moi, sur un canapé trop petit, et enfin, dans un fauteuil, dans une chambre d'hôpital. Tu as besoin de quelques heures de sommeil dans un vrai lit.

— J'ai bien l'intention de passer une nuit dans un vrai lit bientôt, mais pas pour dormir, répondit-il avec un clin d'œil appuyé.

Il n'avait donc pas l'intention de lever le camp aussitôt la tempête passée ?

— On devrait pouvoir arranger ça. Bon… Quand est-ce que je sors d'ici ? demanda Hailey.

— Quand tu veux. Tu es VIP, n'oublie pas. Mais rien ne presse. Il reste un problème à régler : tu ne peux pas retourner à la maison de Pacific Heights.

— Oh mince ! s'écria-t-elle en se tapant le front. Il faut que j'appelle mon père !

— Il est déjà au courant.

— Quoi ?

— Il a contacté l'hôpital.

Joe sortit son téléphone de sa poche et le posa sur les genoux de Hailey.

— Tu veux l'appeler ? Il est 8 heures à New York.

— Autant me débarrasser de ça tout de suite, marmonna-t-elle en composant le numéro de son père. Je parie qu'il ne répondra pas.

Au bout de quelques secondes, en effet, elle laissa un message :

— Papa, c'est Hailey. Tout ce qu'on t'a dit est vrai. Je suis à l'hôpital, il y a eu une explosion à la maison. Rappelle-moi à ce numéro.

Elle raccrocha, mais garda le téléphone dans sa main.

— Allez… Dans cinq, quatre, trois, deux…

Le smartphone de Joe se mit à vibrer.

— Papa ? C'est Hailey.

— Qu'est-ce que c'est que ce bazar ? demanda son père. Qui a osé faire exploser une bombe dans la maison de Pacific Heights ?

— Je n'ai rien, papa, ne t'en fais pas, répondit Hailey avec un clin d'œil à Joe.

— N'essaie pas de me prendre par les sentiments. Je sais déjà que tu n'as rien. J'ai discuté avec le Dr Owens pendant vingt bonnes minutes. Il m'a assuré que tu étais en excellente santé, à part quelques bleus et égratignures. En revanche, il n'a pas su m'expliquer pourquoi quelqu'un avait fait exploser ma maison.

— C'est à cause de...

— Ne me dis rien. Encore ce bazar avec la Syrie, c'est ça ? Arrête ce cirque, Hailey. Tu t'es mise en danger je ne sais combien de fois. Rentre au bercail et reviens dans l'entreprise. Ton frère est bien gentil, mais il n'y connaît rien. J'ai besoin de toi.

— Je n'aime pas la façon dont tu gères tes affaires, tu te souviens ? rétorqua Hailey. Et si tu n'as pas amélioré l'éthique de tes pratiques, je crains que tu n'aies pas très envie de me voir tirer de nouveau la sonnette d'alarme.

Cette fois, elle évita le regard de Joe, mais elle sentait qu'il ne la quittait pas des yeux. Au téléphone, son père se renfrogna, indigné.

— Tu crois que j'en ai quelque chose à faire ? Tu nous as dénoncés, j'ai payé mon amende, l'affaire est close. Je préfère encore une renégate à un incapable.

— Une renégate ?

— Tu dois bien admettre que c'est la vérité. Tu es une renégate et une philanthrope.

— C'est marrant, quelqu'un m'a traitée de philanthrope, il n'y a pas si longtemps.

— Un homme sage.

— Comment sais-tu qu'il s'agit d'un homme ? demanda Hailey, en répondant aux regards interrogateurs de Joe par un sourire.

— Tu me prends pour un idiot ? Tu crois que je ne te connais pas ? Le Dr Owens m'a également informé qu'un genre de militaire te surveillait jour et nuit comme un garde du corps. Si tu laisses un type s'approcher autant, alors ça doit vouloir dire quelque chose.

— C'est vrai, papa.

— Tant mieux. Fais réparer cette porte dès que les flics te laisseront retourner à la maison et ne t'éloigne pas de ce militaire.

— Oh ! c'est promis.

Elle raccrocha et pressa le téléphone contre sa poitrine. Joe s'accouda au cadre du lit.

— Tu as dénoncé la société de ton père ?

— L'une d'entre elles. Il trempait dans des pratiques révoltantes, à la limite du criminel.

— Apparemment, il veut toujours que tu reviennes.

— J'imagine que ça ne doit pas fonctionner avec Win. Cela dit, le plus important pour lui, c'est que je répare sa maison.

Elle lui rendit son téléphone.

— Je n'ai même pas vu l'état de la porte. Il y a beaucoup de dégâts ? J'ai appris qu'il y avait eu un début d'incendie.

— Le système anti-incendie de ton père s'est chargé de l'éteindre rapidement. Comme je te l'ai dit, Ayala n'a pas dû écouter beaucoup pendant ses cours de bombe artisanale. La porte a atterri sur le trottoir, le vestibule est carbonisé, et nous avons pratiquement détruit le jardin de devant.

— Rien qui ne puisse être réparé.

— En revanche, la maison n'est pas habitable pour l'instant. Tu ne pourras pas y aller tant que la police et le FBI n'auront pas fini leur enquête. Tu es la bienvenue dans mon hôtel de Fisherman's Wharf. Je suis même prêt à t'offrir un autre bol de soupe de poisson.

— J'ai mieux à te proposer : tu es le bienvenu dans mon hôtel.

— Ton hôtel ?

— Le Pacific Rim.

— Tu veux dire, celui vers lequel les forces obscures sont en train de converger ?

— Exactement.

— Ce serait un honneur.

Après sa sortie de l'hôpital, Hailey emprunta le portable de Joe pour passer quelques appels, tandis qu'un taxi les conduisait à l'hôtel de Joe, pour que celui-ci puisse récupérer ses affaires.

Ensuite, elle se prépara à affronter les dégâts de la maison de son père. La première chose qu'elle vit, cependant, ce fut une voiture de police garée devant l'allée et beaucoup de bandes en plastique jaunes délimitant le périmètre. Quand ils s'approchèrent sur le trottoir, le policier sortit de sa voiture.

— Vous cherchez quelque chose ?

— Je suis Hailey Duvall, répondit-elle. C'est la maison de mon père. Je suis venue récupérer quelques affaires et faire une rapide estimation des dégâts.

— Soyez prudents sur le perron. Les inspecteurs ont presque terminé.

— Promis.

Hailey se tourna vers Joe et désigna la valise qu'il avait posée à ses pieds.

— Tu peux la mettre dans le garage, près de la Jaguar. On prend la voiture au Pacific Rim.

Quand il revint, Hailey grimpa l'escalier d'un pas

incertain. Joe dut sentir son émoi, car il posa une main rassurante dans son dos. Arrivé en haut des marches, il indiqua le feuillage sur leur droite.

— C'est là que nous avons atterri.

— Ça a dû piquer un peu.

— Effectivement, répondit-il en ramassant un bloc de ciment sur la marche du haut. Un morceau de rambarde.

— C'est gentil à eux d'avoir ramené la porte, fit remarquer Hailey en désignant le panneau calciné et brisé, appuyé contre le mur, près de l'entrée béante de la maison.

Le chambranle et le perron étaient recouverts de suie. Le plancher du vestibule était encore trempé et taché, à cause du système d'arrosage et des lances des pompiers. Au mur pendait une tapisserie brûlée.

— J'espère qu'elle ne valait pas trop cher, dit Joe.

— Tout vaut cher, mais mon père a une bonne assurance.

Hailey huma l'air avec prudence. Les odeurs, plus que tout, éveillaient en elle des souvenirs douloureux. Elle se couvrit le nez et la bouche.

— Ça va ? demanda Joe, en lui caressant le dos.

— Oui. Finissons-en. Tu veux bien prendre quelques photos des dégâts ? Je vais les envoyer à mon père, qui les fera suivre à sa compagnie d'assurances.

Tandis que Joe sortait son téléphone de sa poche, Hailey jeta un coup d'œil dans le salon, pour s'assurer qu'Ayala n'avait pas fait main basse sur des objets de valeur avant de s'enfuir.

Elle resta un instant figée en découvrant la tasse avec une trace du rouge à lèvres d'Ayala sur le rebord. Elle n'avait pas encore digéré l'attaque dont elle avait été la cible. Pourtant, elle avait accepté celle dont les gens du camp de réfugiés avaient été victimes. Mais comment se remettre de la trahison d'une femme qu'elle admirait et avec laquelle elle avait travaillé ? Elle n'osait même pas y penser. Elle s'adossa contre l'évier.

Et Joe ?

La trahirait-il, lui aussi ?

Tout ce chemin avec lui n'était pas simplement le fruit de sa volonté de justice pour le major Denver. À moins que... ?

La présence de Hailey avait définitivement fait sortir les coupables du bois. S'ils n'avaient pas tenté de s'en prendre à elle, Joe n'aurait jamais pu se rapprocher d'elle – pas de la même façon. Il n'aurait pas non plus eu accès à son lit. Ni à son cœur.

Elle sursauta quand il lui posa une main sur l'épaule.

— Tu veux m'attendre à la voiture ? Dis-moi ce dont tu as besoin, j'irai les chercher pour toi là-haut.

Elle se jeta dans ses bras.

— Tu ferais ça ? Pour moi ? Rien que pour moi ?

Ses bras puissants se refermèrent sur elle.

— N'en doute jamais, Hailey. Je ferai tout pour toi. J'irai jusqu'en enfer pour te protéger, même si tu es trop bien pour moi. On ne joue pas dans la même cour.

Elle posa un doigt sur ses lèvres.

— Ne redis plus jamais ça. L'argent n'est rien. C'est juste de l'argent, Joe. Ça n'achète pas l'intégrité, la loyauté ou le courage. Mince, ça n'achète même pas l'élégance.

— Toi, tu as tout ça, en plus de l'argent, répondit-il, en déposant un baiser au coin de ses lèvres.

— Si tu penses que j'ai toutes ces qualités, alors toi et moi, on joue bel et bien dans la même cour.

Elle lui rendit son baiser. Elle ne s'était jamais sentie aussi en sécurité qu'entre ses bras. Un instant plus tard, ce sentiment de sécurité vola en éclat quand Joe sursauta et tira son arme.

— Ne bougez plus ! Pas un pas de plus !

Hailey regarda par-dessus son épaule. Un homme déguenillé agitait une béquille dans leur direction.

— Ne me tirez pas dessus, collègue. Je suis juste venu récupérer ce chapeau.

Il désigna le feutre noir de Marten, posé sur la table basse dans le vestibule.

— Il faut que je le rende à son propriétaire.

14

— Hé toi ! s'écria le policier en se précipitant dans l'entrée, son arme de service au poing. Lâche cette béquille !

— Si je fais ça, m'sieur, je vais me casser la figure, répondit le SDF en montrant sa jambe. On m'a tiré dessus hier, quand j'ai sauvé la vie de la p'tite dame...

Hailey poussa un soupir et posa une main sur le bras de Joe.

— C'est Trace, de la Mission Espoir.

— Vous ne devriez pas arriver en douce comme ça, grommela Joe, en rangeant son arme. À moins que vous ne cherchiez les ennuis. Tout va bien, monsieur l'agent. Nous connaissons cet homme.

Le jeune policier s'essuya le front.

— Mademoiselle Duvall ?

— Tout va bien. Tout ce qu'il a dit est vrai. J'ai été... attaquée hier, et Trace nous a sauvé la vie. Vous pouvez nous laisser.

Le policier se redressa en reniflant.

— Ne recommencez pas, conseilla-t-il à Trace, d'une voix qui se voulait sévère. Quand on vous somme de vous arrêter, obéissez.

— À vos ordres !

Trace se mit au garde-à-vous, puis rabattit la capuche de son sweat. Hailey attendit que l'agent soit ressorti par ce qui était autrefois la porte d'entrée pour s'avancer vers Trace.

— Comment va votre jambe ? s'enquit-elle.

— Rien de bien grave. J'ai connu pire.

Joe s'éclaircit la gorge.

— Tout est réglé avec la police, concernant ce qui s'est passé hier ? Ils ne vont pas vous embêter avec ça ? Sinon, on ira leur parler.

Hailey le poussa du coude.

— Dis donc, tu apprends vite, plaisanta-t-elle. Un vrai petit Samaritain.

— Ouais, ouais, aucun souci, les rassura Trace. De toute façon, je n'ai rien fait. Le gars avait le doigt sur la gâchette et il s'est tiré dessus tout seul. Je n'ai fait qu'éloigner le canon.

— Qu'est-ce qui vous amène ? demanda Joe. Comment savez-vous que Hailey vit ici, déjà ?

Trace désigna le chapeau.

— Je vous l'ai dit : je viens récupérer quelque chose pour un copain. C'est lui qui m'a parlé de la maison.

— Où est Marten ? Il est vivant ? demanda Hailey en attrapant le feutre par son rebord.

— Ce n'est pas ce que disait la note ? fit remarquer Trace, en prenant appui sur sa béquille pour sortir une cigarette de sa poche.

Joe la lui arracha des mains.

— Pas de ça ici. Vous êtes fou ou quoi ?

Trace rangea sa cigarette.

— Comment êtes-vous au courant, pour la note ?

l'interrogea Hailey, en faisant tourner le chapeau entre ses mains. Pour Marten ?

— Complètement barré, ce Marten. Il parle bizarrement, aussi.

— Où l'avez-vous rencontré ? demanda Joe.

— Près des rochers, sur Fisherman's Wharf. Il est arrivé de la baie comme un de ces prisonniers échappés d'Alcatraz dans les films.

— Tous ceux qui ont tenté de s'évader d'Alcatraz sont morts.

— Il y a une bande qu'on n'a jamais retrouvée, rappela Trace, avec un clin d'œil. Juste leur radeau.

— Revenons à Marten.

— Oui. Il est sorti de l'eau, m'a raconté qu'il cherchait à échapper à des types et qu'il venait juste de mettre en scène sa propre mort. Je lui ai alors expliqué que le meilleur moyen d'être invisible dans cette ville, c'était d'être un SDF. Je lui ai procuré le costume et je l'ai ramené avec moi au refuge pour dîner.

— Vous a-t-il dit s'il avait été poussé du ferry ? demanda Hailey en prenant appui sur l'accoudoir d'un fauteuil. Vous voulez vous asseoir, au fait ?

— Je ne reste pas, répondit Trace en grattant sa joue mal rasée. Non, il a dit qu'il avait sauté.

— J'ai cru qu'il était mort.

— C'était l'effet recherché, en effet.

Joe fit la moue.

— Sympa, pour les amis qui s'inquiètent. C'est à ce moment-là qu'il a pris le casier ?

— Ouais. Quand il a vu le truc, il a pensé que c'était exactement ce qu'il lui fallait.

— Attendez une minute, l'interrompit Joe. S'il a pris

le casier après son plongeon dans la baie, comment a-t-il fait pour donner la clé à Joost ?

— Joost a dû mentir, répondit Hailey, après quelques secondes de réflexion.

— Joost, c'est ce grand type ? demanda Trace. Avec un drôle d'accent, comme Marten ?

— C'est ça.

— Alors, Joost a dû mentir, oui. Parce que Marten lui a déposé la clé après en avoir fait un double pour lui-même. Cela dit, j'imagine que Marten a dû vivre plus longtemps que prévu, car il est revenu au casier et a remplacé la lettre par la note annonçant qu'il était en vie.

— Et comment espérait-il que je découvre l'origine de cette clé ?

— Il y a « Mission Espoir » écrit dessus, rappela Trace, en inclinant la tête sur le côté.

— L'inscription était effacée, expliqua Joe. Marten vous a-t-il demandé de garder un œil sur les casiers ?

— Oui. Et je l'ai fait. Je vous ai vus passer, tous les deux, et je serais arrivé plus tôt si j'avais aussi remarqué le gars qui vous suivait. Mais j'étais en pleine partie de cartes. Ça ne m'a pas empêché de vous sauver, hein ?

— C'est vrai, approuva Hailey, en mettant le feutre sur sa tête. Où se trouve Marten, à présent, et qu'est-ce qu'il a prévu de faire ensuite ?

— Je ne sais pas où il est. Et pour la suite ? Il veut récupérer son chapeau.

Joe se leva d'un bond du canapé où il s'était assis et s'approcha de Trace, l'air menaçant. Le SDF en laissa tomber sa béquille.

— Vous direz de ma part à ce fumier qu'il doit refaire surface pour raconter la vérité, afin que Hailey puisse dormir sur ses deux oreilles. Vous voyez tout ça ? ajouta-t-il en désignant les dégâts sur la maison. C'est à cause de ce fou de Marten.

— Je le lui dirai, je le lui dirai, lui assura Trace en faisant un petit bond en arrière. Mais ne me suivez pas, hein ? Je ne vous conduirai pas à lui. Il disparaîtra de nouveau. Il m'a prévenu.

— Joe..., commença Hailey, en se levant. Laissons Marten faire les choses à sa façon.

— Pour qu'il puisse continuer ses petits jeux et te mettre en danger ? Pourquoi ?

— Il risque de disparaître. Et s'il le fait, nous n'aurons plus rien.

Joe agita son doigt sous le nez de Trace.

— Dites-lui de se dépêcher, sinon la liste de ses ennemis va s'allonger.

— OK. Pas de soucis.

Il baissa les yeux vers sa béquille, et Hailey se précipita pour la ramasser. Elle lui tendit ensuite le chapeau et demanda :

— Voulez-vous quelque chose à manger ?

— Une bière ne serait pas de refus.

— Dehors, grommela Joe en désignant l'entrée.

Avec un grand sourire, Trace tourna les talons en se servant de sa béquille comme d'un pivot.

— Trace ? le rappela Hailey.

— Oui ?

— Dites à Marten que je suis contente de le savoir en vie.

Lorsque Trace fut sorti de la maison en boitillant, Hailey se tourna vers Joe.

— C'est incroyable qu'il ait mis en scène tout cet

incident sur le ferry. Il devait se douter de ce que j'allais en penser.

— Peut-être était-ce sa façon de te protéger. Mort, il lui devenait impossible de te révéler ce qu'il savait sur Denver. Que crois-tu qu'il ait prévu ?

— Je l'ignore. Mais il a intérêt à agir vite, sinon nous serons toujours en danger.

Quand Joe vit la longue robe de soirée posée avec soin sur le sac de Hailey, il poussa un juron.

— Avec tous ces événements, j'ai oublié de passer prendre mon smoking !

— C'est bon. J'ai appelé Tony quand tu étais à ton hôtel, et il va le faire livrer au Pacific Rim. Il a dit que si tu avais besoin de retouches, il viendrait te les faire directement là-bas.

— Les retouches sont le cadet de mes soucis, maugréa-t-il en palpant sa poitrine. Tant que j'ai de la place pour glisser mon *holster* sous la veste.

— Ta demande a dû donner du fil à retordre à Tony. Le tissu va forcément être abîmé.

— Tu veux que ton garde du corps soit en mesure de te protéger ou qu'il soit élégant ?

Elle posa une main sur son épaule.

— Par chance, je n'ai pas à faire un tel choix.

Ils chargèrent leurs sacs dans le coffre de la Jaguar et se mirent en route pour l'hôtel. Dès leur arrivée, l'assistante de Hailey, Gretchen Reynolds, apparut.

— Je n'en reviens pas que vous mainteniez l'événement, après tout ce qui s'est passé chez vous.

— Contente de vous revoir, Gretchen. Je vous présente Joe McVie. Joe, voici Gretchen.

Ils se serrèrent la main. Gretchen le dévisagea.

— J'espère qu'il est là pour vous protéger.

— Absolument, affirma Joe. Et je ne serai pas le seul.

Gretchen eut l'air surpris.

— Le SFPD va-t-il déployer plus d'hommes, à cause de l'explosion ?

— Oui, répondit Hailey. Mais ne vous inquiétez pas. Tout est sous contrôle, et vous avez fait un super boulot. Cette soirée va être un succès.

Ils gagnèrent leur suite. Dans la chambre, Hailey entrouvrit la porte de la penderie.

— Le smoking est là. Tu veux l'essayer ?

— Je suis sûr que ça ira, Hailey, répondit Joe en se laissant tomber sur le lit. Tu veux bien me mettre au parfum, pour ce soir ?

— Je vais te faire visiter la salle où doit avoir lieu le gala, proposa-t-elle, en accrochant sa robe dans la penderie. Comme ça, tu pourras jeter un œil. À 19 heures, cocktails et petits fours. Quelques discours... Sans intervention d'Ayala Khan. Puis buffet, bal et encore des cocktails.

— C'est ce que tu as organisé, en tout cas. Mais qui sait ce qui a été prévu pour toi ?

— Je l'ignore, mais je suis sûre que toi, le SFPD et peut-être aussi l'agent Porter, vous allez veiller au grain. Ayala a été démasquée.

— Elle est la seule que nous ayons identifiée. Et tous les autres ? Je suis certain qu'ils sont des centaines comme elle. Dévoués corps et âme à une cause secrète, tout en assurant une façade respectable.

— On verra bien.

— Ces forces maléfiques ?

Hailey haussa les épaules. Une étrange sensation de calme s'était emparée d'elle, depuis qu'elle avait quitté l'hôpital. Peut-être était-ce dû à la présence de Joe McVie à ses côtés.

— J'ai envoyé la liste des invités au FBI.

— Récemment ?

— Aujourd'hui même.

— Désolé de te décevoir, dit Joe, mais ils ne sont pas très rapides. Ils n'auront pas le temps de faire les vérifications nécessaires. Ne va pas raconter à Porter que j'ai dit ça.

— Je serai muette comme une tombe. Tu veux que je te fasse visiter la salle de bal ?

— Le dîner est prévu à 20 heures, non ? demanda Joe, en se frottant pensivement l'estomac. Je meurs de faim. On pourrait manger un morceau avant.

— Il y a quelques très bons restaurants dans l'hôtel, proposa Hailey en récupérant son sac à main.

— On va plutôt faire monter quelque chose, décréta Joe, en se levant d'un bond pour s'emparer du menu relié plein cuir posé sur le bureau près de lui. Moins tu seras exposée, mieux ce sera. Le danger n'est pas écarté, Hailey. Ayala est dans la nature.

— Je sais. Quelque chose se prépare. Je le sens. Mais maintenant je suis prête.

Le reste de l'après-midi passa tranquillement, chacun travaillant sur son ordinateur. La nuit commençait à tomber quand Joe s'étira en se frottant les yeux.

— Tu crains d'avoir des ennuis ? demanda soudain Hailey, en levant le nez de son écran.

— Quoi ?

Joe posa les pieds sur le bureau et croisa les mains derrière sa tête.

— Tu n'as pas arrêté d'écrire, cet après-midi. Tu peaufinais ta défense ?

Hailey étira à son tour ses jambes sur le lit et agita les orteils.

— J'ai répondu à quelques mails. Et oui, je me suis un peu expliqué.

— D'où ma question : tu crains d'avoir des ennuis ?

— Non. En revanche, on va en avoir tous les deux si on ne commence pas à se préparer pour ce fichu gala.

— On a plus d'une heure devant nous. Je ne sais pas pour toi, mais je n'ai pas besoin d'autant de temps.

— Moi si, répondit Joe en se levant pour s'approcher du lit. D'autant plus que j'ai prévu de prendre une douche avec ma protégée et de profiter honteusement de la situation.

— Qu'est-ce qu'on attend, alors ? demanda Hailey en rabattant l'écran de son ordinateur d'un coup sec.

Une heure plus tard exactement, Joe se regardait le miroir, vêtu de son smoking. Hailey arriva derrière lui dans sa robe de soirée argentée qui flottait autour d'elle. Elle passa une main devant lui pour ajuster son nœud papillon.

— Tu es très élégant.

— Et toi, tu es..., commença-t-il, en tirant un peu sur sa robe. Époustouflante.

Elle déposa un baiser dans son cou puis se tourna pour attraper sa veste suspendue à un dossier de chaise.

— Je vais t'aider à l'enfiler.

— Chaque chose en son temps.

Il ouvrit la penderie et sortit son *holster.*

— Aide-moi plutôt à enfiler ça.

— Pauvre Tony, soupira-t-elle.

— Il va survivre.

Après avoir attaché l'étui et son arme, il accepta la veste que lui tendait Hailey.

— C'est très bien, Joe, dit-elle en lui tapotant le torse. Il faudra que tu restes avec moi à l'entrée, parce que je n'ai pas de billet à ton nom. Gretchen m'en a envoyé un à la maison, et je pensais l'avoir imprimé, mais avec l'explosion, va savoir ce qu'il est devenu.

— J'ai la ferme intention de ne pas te lâcher d'une semelle.

Dès qu'ils eurent quitté la chambre, tous les sens de Joe se mirent en alerte. Si quelqu'un cherchait à s'en prendre à Hailey, le gala était l'occasion rêvée.

Maudit de Becker. Qu'est-ce qu'il attendait ? Tant qu'il se taisait, Hailey était en danger.

Les vigiles à l'entrée de la salle de bal effectuaient des fouilles consciencieuses sur les convives. Hailey dut expliquer que Joe était son garde du corps personnel pour qu'ils ferment les yeux sur son arme.

En découvrant le décor scintillant, Joe resta un instant interdit. On était à mille lieues du camp de réfugiés syrien. Peut-être l'opulence et le confort étaient-ils censés attiser la culpabilité des invités.

Joe refusa le champagne qui circulait sur les plateaux des serveurs, mais Hailey s'empara d'une flûte et en but la moitié d'un trait.

— Tu es sûre que c'est une bonne idée ? murmura Joe, surpris.

— Il n'y a que toi qui dois rester sobre, Joe.

Les convives commençaient à arriver. Bientôt, le volume sonore augmenta. Joe salua de loin l'agent Porter, large silhouette sportive coincée dans un smoking très chic. Il était venu en tant qu'invité, mais il semblait sur le qui-vive.

Pendant ce temps, Hailey parcourait la salle et présentait Joe aux membres du conseil d'administration et à diverses connaissances comme… un ami. Si ce statut lui permettait de continuer à faire ce qu'ils avaient fait dans leur chambre, il était partant.

Au fond une estrade avait été dressée, avec de longues tables et un écran. Des images de la situation en Syrie allaient-elles être diffusées ? Ou seraient-elles trop violentes pour cette assemblée délicate ? Un mouvement attira soudain son attention vers la porte située juste à droite de l'estrade, et il vit les vigiles faire entrer un grand homme, accompagné de deux femmes. Hailey suivit son regard et murmura :

— Dr Nabil Karam-Thomas, Dr Lynne Robertson. L'autre femme doit être sa compagne,

— Karam-Thomas, l'intervenant principal.

— C'est ça. Il a beaucoup œuvré pour recruter des volontaires dans le milieu médical.

— Thomas ?

— Père anglais, mère syrienne, je crois, expliqua Hailey en déposant sa flûte sur un plateau qui passait. Ils arrivent par ici.

Lorsque le petit groupe approcha, Hailey s'avança à leur rencontre, les mains tendues.

— Je suis tellement heureuse que vous ayez pu venir ce soir. Tout le monde attend votre discours avec impatience, docteur Karam-Thomas.

— Charmé de vous revoir, Hailey. Mais je vous en prie, appelez-moi Nabil.

— Docteur Robertson, soyez la bienvenue, poursuivit Hailey. Je vous présente Joe McVie. Joe, voici le docteur Robertson et...

Le Dr Robertson serra fermement la main de Joe.

— ... Et Valerie Guida, précisa-t-elle.

Après avoir salué les deux femmes, Joe serra la main de Karam-Thomas et sentit une bague lui écraser les articulations. Il jeta un œil au large anneau doré que le médecin portait à la main droite, puis il regarda brièvement sa main gauche et resta perplexe. À son annulaire brillait un solitaire rouge, d'une couleur sombre assez inhabituelle. Où avait-il vu une pierre semblable récemment ?

Il vérifia les mains de Hailey. Ses longs doigts graciles étaient ornés de trois bagues ornées de diamants. Les rubis n'étaient visiblement pas dans ses habitudes. Lorsqu'il reprit le fil de la conversation, le Dr Robertson demandait des nouvelles d'Ayala Khan.

— On m'a dit beaucoup de bien de son travail au camp de réfugiés près de la frontière turque. Viendra-t-elle ce soir ?

Hailey tira discrètement Joe par la manche de sa veste.

— Elle... Elle n'a pas pu se libérer.

Mais le Dr Robertson n'avait pas fini de chanter les louanges d'Ayala. Elle se tourna vers Karam-Thomas.

— Avez-vous fait la connaissance d'Ayala Khan, Nabil ? Elle est syrienne, également.

Karam-Thomas leva une main avec un sourire humble.

— Je ne suis qu'à moitié syrien, vous savez. Je n'ai pas rencontré Mlle Khan, mais peut-être nos chemins se croiseront-ils une prochaine fois.

— Hailey..., intervint alors Joe, un doigt en l'air. Je croyais que le Dr Karam-Thomas avait visité le centre de réfugiés, quand tu y travaillais. N'aurait-il pas dû croiser Ayala à cette occasion ?

Hailey se raidit, visiblement mal à l'aise. Joe n'avait pourtant pas eu l'intention de mettre l'invité d'honneur de la soirée dans une situation délicate. Il trouvait simplement étrange que Karam-Thomas ne se rappelle pas avoir rencontré Ayala. Cela dit, ce type était une telle star dans le milieu qu'il ne pouvait se souvenir de toutes les petites mains.

— Vous avez raison ! s'exclama soudain le médecin en claquant des doigts, faisant scintiller sa bague sous la lumière des lustres. J'ai bel et bien croisé Mlle Khan lors de cette visite. Une infirmière hors pair. Si vous voulez bien m'excuser, mesdames, monsieur, je crois qu'il est temps pour moi d'aller saluer quelques personnes.

— Je vous en prie, répondit Hailey, en faisant un pas de côté pour le laisser passer.

Joe le regarda s'éloigner. Raide comme la justice, il fendit la foule, saluant des gens au passage, un sourire confiant aux lèvres.

— Bizarre…, marmonna Joe.

— Quoi ?

— Qu'il ne se soit pas souvenu d'avoir rencontré Ayala.

— Pourquoi ? demanda Hailey, avec un petit geste l'adresse du Dr Robertson et de sa compagne, qui s'éloignaient à leur tour. Pourquoi est-ce que tu as parlé d'elle ?

— Ce n'est pas moi. C'est Robertson qui a commencé.

— Mais pourquoi avoir insisté comme ça auprès de Karam-Thomas ? Je n'ai pas envie que l'implication d'Ayala dans l'attentat soit mentionnée dans un moment comme celui-ci.

— Désolé, Hailey. J'ai repensé à la conversation que

nous avions eue avec Ayala, quand tu lui as annoncé qu'il serait l'intervenant principal lors du gala. Je trouve juste étonnant qu'il ne se souvienne pas d'elle.

— Ça n'a rien de bizarre, répondit-elle en désignant le médecin, à présent au centre d'un groupe de fans en adoration. Il est très célèbre et très pris. D'ailleurs, je ferais bien de monter faire mon laïus de présentation, avant les petits fours et l'intervention de Nabil.

Le discours de Hailey se déroula sans heurts. Joe ne comprit pas un mot de ce qu'elle racontait, car il observait la foule, tous ses sens en alerte. La moindre toux, le moindre grincement de chaise lui faisait dresser l'oreille.

Le public accueillit le Dr Karam-Thomas avec une salve d'applaudissements enthousiastes. Joe se détendit… un tout petit peu. La soirée semblait se poursuivre sans accrocs… et sans la moindre tentative contre la vie de Hailey.

Pourtant, Joe avait toujours l'estomac noué, ce qui l'empêcha de profiter du buffet. Hailey lui avait demandé de la rejoindre sur l'estrade, en compagnie des médecins et de plusieurs dignitaires syriens, mais il se sentait plus à son aise parmi les convives. Lorsque le repas toucha à sa fin et qu'on servit le café, des cris de colère se firent entendre à l'entrée de la salle de bal. Aussitôt en alerte, Joe s'écarta du mur contre lequel il était appuyé et s'approcha.

Deux vigiles tentaient de retenir un homme qui luttait pour se dégager. Il portait un feutre noir avec un bandeau à carreaux blanc et noir.

— Laissez-moi passer ! Donnez mon nom à Hailey Duvall. Elle sait qui je suis.

— Ça alors ! s'exclama l'agent Porter, en arrivant à côté de Joe. C'est Marten de Becker.

Joe émit un sifflement.

— Et c'est ici qu'il a décidé de faire sa grande révélation. Dans un lieu public, pour garantir sa sécurité.

Porter s'avança vers les vigiles et sortit son badge du FBI.

— Laissez-le entrer. Mlle Duvall voudra le voir. Et elle voudra encore plus entendre ce qu'il a à dire. Comme nous tous, d'ailleurs.

Les vigiles lâchèrent de Becker qui épousseta ses vêtements et toucha son chapeau en passant devant Joe, en compagnie de Porter. Joe leur emboîta le pas pour se diriger vers l'estrade. Lorsque Hailey aperçut de Becker, elle bondit de sa chaise, souleva le bas de sa robe et descendit en toute hâte les marches. Elle se jeta à son cou et lui murmura quelque chose à l'oreille. Joe serra les dents.

Tandis que les invités de marque terminaient leur dessert et buvaient leur café, le Dr Karam-Thomas se leva de sa chaise et gagna l'autre extrémité de l'estrade… quittant ainsi la place où il était assis, près de l'endroit où Hailey et de Becker discutaient toujours.

Joe l'observa avec méfiance. Karam-Thomas semblait pressé mais ne voulait manifestement pas le montrer. Son sourire facile avait également disparu.

Lorsqu'il glissa une main dans la poche de sa veste, Joe aperçut une fois de plus cette bague inhabituelle. Soudain, la mémoire lui revint. Ayala portait la même.

Poussé par une violente décharge d'adrénaline, Joe se rua à la poursuite du médecin. Karam-Thomas évoluait parmi les tables, prenant à peine le temps de saluer ses admirateurs qui tentaient de l'interpeller.

Pourquoi gardait-il la main dans la poche de sa veste ? Celle-ci était trop petite pour y dissimuler une arme, même de faible calibre. Joe effleura la crosse de son revolver et continua à suivre discrètement le médecin. Il fit un détour par la droite de la salle, sans perdre Karam-Thomas des yeux.

Lorsque la voix de Hailey résonna dans les haut-parleurs, ce dernier sursauta et se figea, avant de tourner la tête en direction de l'estrade.

— Nous avons un invité surprise ce soir. Quelqu'un qui a travaillé en Syrie avec moi. Il aimerait vous dire quelques mots.

Karam-Thomas semblait cloué au sol. Le visage livide, il écouta Hailey présenter de Becker. Puis, il s'élança, visiblement peu soucieux de masquer sa fuite. Joe continua à le suivre à distance. Soudain, le médecin sortit la main de sa poche, et Joe le vit serrer un petit objet noir, le pouce positionné dessus.

Il se rapprocha, et son cœur se mit à battre avec force, car il venait de reconnaître un détonateur. Il connaissait bien ces appareils. Il suffisait de retirer son pouce pour déclencher une bombe à distance. Mais où se trouvait la bombe ? S'agissait-il d'une mission suicide ? Karam-Thomas avait-il des explosifs attachés sur le corps ?

La voix de Hailey retentit de nouveau dans la salle.

— Je passe donc le micro à mon collègue Marten de Becker.

Des applaudissements retentirent, tandis que de Becker s'approchait. Karam-Thomas jeta un nouveau regard par-dessus son épaule. Lorsque Marten prit la parole, il se remit en route en direction de la sortie, serrant toujours le détonateur.

Joe sentit un grand calme l'envahir quand il prit sa décision. En quelques enjambées, il rejoignit Karam-Thomas, avant que celui-ci n'atteigne la porte. De sa main gauche, il saisit celle du médecin qui tenait l'appareil et recouvrit son pouce du sien, appuyant sur le détonateur de toutes ses forces.

Karam-Thomas se débattit et, plongeant son autre main dans sa poche, en tira un poignard. Joe ressentit une douleur fulgurante lui déchirer la cuisse. Les dents serrées, sans lâcher la main du médecin, il approcha son arme de sa tempe et gronda :

— Pas question de vous laisser gâcher la soirée.

Puis, il pressa sur la détente.

15

Le coup de feu résonna dans toute la salle de bal. Des invités crièrent et se baissèrent instinctivement. Dans le micro, de Becker se mit à hurler : « À terre ! À terre ! »

Karam-Thomas eut un soubresaut, puis son corps s'affaissa contre celui de Joe, sa tête roulant sur le côté. Du sang lui coulait sur le visage, jusque sur la veste de Joe. Sa main, qui tenait le détonateur, commença à glisser, mais Joe appuya de toutes ses forces sur les doigts du mort, repositionnant son pouce sur le sien.

Un vigile s'approcha. Joe lâcha son revolver et passa un bras autour du torse du médecin. Il avait le choix entre le soutenir ainsi, dans un simulacre de danse macabre, ou tomber avec lui. Finalement, Karam-Thomas continua à glisser sur le sol, et Joe fut bien obligé de suivre le mouvement, se couchant sur le cadavre et concentrant toute son attention sur leurs pouces joints.

Une arme cliqueta à son oreille, et il sentit un pied s'enfoncer dans ses reins.

— Lâchez-le. Poussez-vous.

— Impossible, répondit Joe, sentant une goutte de sueur couler sur son front.

Il leva son bras, sans lâcher Karam-Thomas et le détonateur.

— Si je bouge mon pouce, une bombe va exploser. Je ne sais pas où elle se trouve ni de quel genre elle est, mais ce truc sert de détonateur. Faites sortir tout le monde. Trouvez l'agent Porter, du FBI, et faites évacuer. Maintenant.

Un second vigile s'approcha.

— Je connais ce Porter. Je vais le chercher, mais ne quitte pas ce type des yeux. On ne sait pas ce qui se passe.

La foule commençait à se diriger vers la sortie, faisant un large détour pour éviter Joe et le mort couché sous lui. La chemise de Joe était maculée de sang, et son pantalon était lacéré à l'endroit où Karam-Thomas avait planté son poignard. Tony ne le lui pardonnerait jamais.

— Guidez les gens vers l'autre sortie, bon sang ! cria-t-il à l'adresse du vigile. Ils n'ont pas besoin de voir ça !

Quelques secondes plus tard, Hailey s'accroupit près de lui, l'ourlet de sa robe scintillante effleurant la mare de sang sur le sol.

— Oh mon Dieu, Joe ! Que s'est-il passé ? Ne me dis pas que Nabil a réussi à cacher une bombe dans la salle ? Comment as-tu su qu'il préparait quelque chose ?

— Sa bague. Regarde sa bague, Hailey. Ayala en portait une semblable. Ils sont en couple. C'est sans doute lui qui l'a recrutée. Si ça se trouve, ils sont même mariés.

Hailey se releva, tremblante. Était-elle submergée par la culpabilité et le remords, pour avoir fait confiance à ces deux personnages ? Pour avoir invité le Dr Karam-Thomas à la soirée ? Elle devait cesser de se torturer. Les gens profitaient d'elle parce qu'elle avait bon cœur.

En même temps, Joe espérait qu'elle ne changerait jamais.

Moins d'une minute plus tard, Hailey revint avec plusieurs serviettes en tissu, qu'elle pressa sur la plaie de sa cuisse.

— Tu saignes beaucoup. Combien de temps vas-tu devoir appuyer sur ce bouton ?

— Aussi longtemps qu'il le faudra, intervint Porter, en se penchant sur eux. Bien joué, McVie. Combien de temps êtes-vous capable de tenir ? Les démineurs arrivent.

— Comme vous l'avez dit, Porter : aussi longtemps qu'il le faudra.

De Becker les rejoignit.

— Dire que je n'ai même pas eu l'occasion de parler.

— Tout est votre faute, de Becker, grogna Joe. Pourquoi avez-vous menti au sujet du major Denver ?

— L'argent et le goût de l'intrigue, répondit de Becker en ajustant son chapeau. Enfin, surtout l'argent. Mais j'ai été en mesure de faire sortir de son trou le groupe terroriste responsable de l'attentat et du traquenard contre Denver. Ce n'est pas rien. Ça compte un peu, non ?

— Pas autant que la vie de Hailey.

Celle-ci se pencha sur lui pour l'embrasser. Dix minutes plus tard, la salle de bal était vide, et les démineurs entraient avec des chiens. Un membre de l'unité s'approcha de Joe et glissa autour du détonateur un dispositif destiné à maintenir le bouton en place.

— Vous pouvez lâcher, mon vieux. Vous avez fait du bon boulot.

Joe roula sur le dos en secouant sa main et ses doigts.

Hailey s'agenouilla auprès de lui.

— Quelqu'un a pensé à appeler une ambulance ? Joe a été poignardé dans la cuisse.

— Ce n'est rien. C'est juste une estafilade.

— La police et des secours sont là. Quelques personnes ont été légèrement blessées pendant la bousculade. On s'occupe d'eux. L'hôtel tout entier est en train d'être évacué.

L'un des bergers allemands des démineurs se mit soudain à aboyer furieusement à l'avant de la salle.

— On a une touche. Il est temps pour vous de quitter les lieux.

Porter et Hailey aidèrent Joe à se remettre debout, puis celui-ci sautilla jusqu'à la sortie en prenant appui sur eux. Arrivé en haut des marches descendant vers le hall principal, Joe aperçut de Becker, et son sang ne fit qu'un tour. Il avait mis tout le monde en danger, avec ses petits jeux d'espions ridicules. Une femme s'approcha soudain de lui, une arme à la main. Joe manqua de tomber, et Hailey étouffa un cri.

— Ayala !

— Qu'est-ce que tu as fait ? Qu'est-ce que tu as fait à Nabil ?

Le revolver avec lequel elle menaçait de Becker tremblait.

— C'est fini, Ayala, intervint Joe en la rejoignant. Nabil est mort. Les démineurs ont trouvé la bombe. Votre plan a échoué.

Une lueur mauvaise passa dans le regard de la jeune femme.

— Ce n'est pas fini. Ceux qui défendent notre cause sont plus nombreux que vous ne pourrez jamais l'imaginer. Il y a des gens en qui vous avez confiance parmi eux.

— Mais pas le major Denver. Vous avez menti à son

sujet. Vous avez menti sur sa présence au moment de l'enlèvement. Pourquoi ? Pourquoi lui ?

Ayala éclata de rire.

— Vous vous trompez. Le major Denver est des nôtres.

De Becker s'écarta d'un pas.

— Ce n'est pas vrai, rétorqua-t-il. J'ai été payé pour mentir et certifier que je l'avais entendu, le jour de notre enlèvement. Ensuite, quand j'ai décidé de dire la vérité, j'ai reçu des menaces.

— Tu ne sais rien, Marten.

L'arme d'Ayala avait baissé de quelques centimètres. Joe poussa Porter du coude.

— Notre cause perdurera, avec l'aide de gens comme Denver… et d'autres.

— Quelle cause défends-tu, Ayala ? demanda Hailey en tendant une main vers elle. Je croyais que nous partagions la même. Aider les innocentes victimes de la guerre.

— Des pertes collatérales pour atteindre un objectif à long terme, Hailey. Tu ne comprendras jamais.

— Raconte toujours, répondit Hailey, en s'écartant lentement.

L'heure n'était plus à la négociation. Joe avança rapidement pour tenter de saisir l'arme d'Ayala. Elle esquiva.

— Vous ne comprendrez jamais le degré d'engagement qui est le nôtre ! hurla-t-elle. Nabil, j'arrive !

Puis, elle retourna l'arme contre elle-même.

Épilogue

Hailey rejoignit Joe près de la fenêtre, lui passa les bras autour de la taille et admira la vue sur la baie de San Francisco.

— Merveilleuse journée, pour un mois de janvier.

— Il fait quand même froid, grommela-t-il en tournant la tête pour l'embrasser. Retournons au lit.

— Oh non, pas question, soldat ! Ça fait deux jours qu'on n'a pas quitté la chambre, sous prétexte qu'il faisait mauvais temps. Il est temps d'aller faire travailler un peu cette jambe, ajouta-t-elle en effleurant le bandage sur sa cuisse.

— Tu es bien exigeante. Je viens d'aider à stopper deux terroristes, j'en ai abattu un et j'ai empêché l'explosion d'une bombe. Est-ce que je n'ai pas mérité un peu de répit ?

— Tu as surtout eu de la chance que ce soit bel et bien un détonateur et pas la télécommande du vidéoprojecteur.

— J'avais deviné ce dont il s'agissait avant de me jeter sur lui. Quand j'ai reconnu cette bague, j'ai compris que c'était lui qui avait recruté Ayala, lors de ce colloque en Floride. Ils étaient amants, ils avaient la même bague, la même passion. Une passion destructrice.

— Porter m'a montré une vidéosurveillance de l'hôtel.

On y voit Ayala entrer dans la salle de bal. C'est à ce moment-là qu'elle a installé la charge explosive sous l'estrade. Tu penses qu'ils savaient que Marten allait pointer le bout de son nez ?

— Je crois que c'était la cerise sur le gâteau, pour eux. Ils avaient l'intention d'interrompre le gala d'une façon ou d'une autre, avec ou sans l'intervention de Becker. Peut-être que son intrusion les a obligés à agir plus vite.

— Heureusement que tu t'es méfié du médecin et que tu as gardé un œil sur lui. Je ne me serais jamais doutée qu'il tentait de bloquer les négociations de paix en Syrie.

— C'est normal. Ce type était un malin.

— Et Marten a pu faire son annonce en public, comme il le voulait.

— Il a innocenté le major Denver, malgré tout ce qu'Ayala a pu prétendre.

Hailey lissa du doigt son front soucieux.

— Tu devrais être content, non ?

— Oui, mais on est toujours sans nouvelle de Denver. Il ignore que nous avons fini par démonter les preuves contre lui. J'aimerais trouver un moyen de le contacter. S'il rentrait maintenant, il aurait la possibilité de se blanchir totalement.

— La CIA et l'armée pensent toujours qu'il est de mèche avec un groupe terroriste. Et la déclaration d'Ayala, avant de mourir, n'arrange rien à l'affaire.

— Peut-être. Mais on va avoir une meilleure idée de l'identité de ce groupe, quand la CIA et le FBI vont commencer à fouiller dans les contacts de Nabil. Je suis prêt à parier qu'Ayala n'a pas menti.

— En disant qu'on ne comprendrait jamais leur cause ?

— Non. En affirmant que des gens haut placés les soutenaient.

— Ces personnes finiront bien par être découvertes.

Hailey se glissa entre Joe et la fenêtre pour poser les mains sur ses épaules.

— Il va être temps pour toi de retourner au travail, j'imagine ?

— Dès que ma cuisse sera guérie, répondit-il en prenant son visage dans ses mains. Tu veux bien m'attendre ? Parce que je te le dis tout net, Hailey Duvall : je ne peux pas vivre sans toi.

— Évidemment que je vais t'attendre. Je t'aime.

Elle déposa un baiser sur la paume de sa main.

— Mais si tu crois que je vais rester à me dorer au soleil à côté d'un court de tennis, en sirotant des mojitos, alors tu te mets le doigt dans l'œil.

— Où vas-tu encore partir ? soupira-t-il, l'air faussement las.

— Je pensais ne pas trop prendre de risque et me porter volontaire pour aller construire des maisons au Guatemala.

— Tant qu'il n'y a pas de bombes…

— Normalement, non.

Elle s'écarta de lui.

— Cela dit, je ne dirais pas non à quelques mojitos, maintenant.

— Au lit ? demanda-t-il, d'un ton plein d'espoir.

— Tu ne penses qu'à ça. J'avais plus en tête ce petit bar dans Big Sur, mais il va me falloir un chauffeur.

— Je suis ton homme, affirma-t-il, en se mettant au garde-à-vous.

— Tant mieux. Parce qu'il y a une T-Bird 66 au garage,

qui est restée enfermée trop longtemps et qui a besoin de prendre un peu l'air... Comme toi, finalement.

Le regard de Joe s'enflamma.

— C'est peut-être encore mieux que le sexe.

— Ne fais pas le malin. Évidemment, si nous rencontrons de pauvres nécessiteux sur le chemin, il va falloir s'arrêter pour les aider. J'espère que cela ne te pose pas problème.

Il l'attira de nouveau contre lui et enfouit son visage dans son cou.

— Espèce de philanthrope, murmura-t-il.